BASTEI
LÜBBE

ROBERT A.
# HEINLEIN

# DAS NEUE BUCH HIOB

BASTEI LÜBBE

BASTEI-LÜBBE-PAPERBACK
Band 28 132


Deutsche Lizenzausgabe 1985
Bastei-Verlag Gustav H. Lübbe GmbH & Co., Bergisch Gladbach
Originaltitel: Job: A Comedy of Justice
Ins Deutsche übertragen von Harro Christensen
Titelillustration: Michael Whelan
Umschlaggestaltung: Quadro-Grafik,Bensberg
Satz: ICS-Computersatz, Bergisch Gladbach
Druck und Verarbeitung:
Clausen & Bosse, Leck
Printed in Western Germany
ISBN 3–404–28132–2

Der Preis dieses Bandes versteht sich einschließlich
der gesetzlichen Mehrwertsteuer.

*Siehe, selig ist der Mensch, den Gott strafet; darum weigere dich der Züchtigung des Allmächtigen nicht.* Hiob 5:17

Für Clifford D. Simak

# I

*Und so du ins Feuer gehst, sollst du nicht brennen.* Jesaja 43:2

Die Feuergrube war fast acht Meter lang, drei Meter breit und vielleicht sechzig Zentimeter tief. Das Feuer hatte schon stundenlang gebrannt. Die glühenden Kohlen strahlten eine Hitze aus, die selbst knapp fünf Meter von der Seite der Grube entfernt, wo ich in der zweiten Reihe der Touristen saß, kaum zu ertragen war.

Ich hatte meinen Platz in der ersten Reihe einer der Damen vom Schiff abgetreten und war froh, hinter ihrem wohlgenährten Leib einigen Schutz zu finden. Ich war versucht, mich noch weiter zurückzuziehen . . . aber ich wollte die Leute, die durch das Feuer gehen sollten, aus der *Nähe* sehen. Wie oft werden einem schon Wunder vorgeführt?

»Hokuspokus«, sagte der Weitgereiste. »Ihr werdet es schon sehen.«

»Es ist kein Hokuspokus, Gerald«, sagte der Kenner aller Dinge. »Es wird vielleicht nicht ganz das sein, was wir erwarten. Nicht alle Leute aus dem Dorf werden es tun – wahrscheinlich keine der Hula-Tänzerinnen und ganz gewiß nicht die Kinder. Einer oder zwei von den jungen Männern mit den Schwielen an den Füßen, die so dick sind wie Rinderhäute. Vielleicht nehmen sie vorher Opium oder irgendeine andere Droge und rennen dann ganz schnell durch die Grube. Die Dorfleute werden klatschen, und unser Freund, der Kanake, der für uns dolmetscht, wird uns dringend empfehlen, zusätzlich zu dem, was wir für den Luau, den Tanz und diese Schau bezahlt haben, noch ein kräftiges Trinkgeld zu spendieren.

Nein, es ist nicht nur Hokuspokus«, fuhr er fort. »In dem Prospekt über den Landausflug wird eine Demonstration dieses

Gangs über das Feuer angekündigt. Und die werden wir erleben. Das Gerede darüber, daß ein ganzes Dorf durch das Feuer läuft, können wir getrost vergessen. Das steht nicht im Vertrag.« Der Kenner lächelte selbstgefällig.

»Massenhypnose«, sagte der professionelle Langweiler. Ich hätte ihn gern um eine Erklärung des Begriffs »Massenhypnose« gebeten – aber das hätte niemand von mir hören wollen; ich war der Jüngste – nicht unbedingt an Jahren, aber ich war ein Neuling auf dem Kreuzfahrtschiff *Konge Knut*. So ist es nun einmal auf Kreuzfahrtschiffen: Jeder, der beim Auslaufen des Schiffs schon an Bord war, ist jedem, der später zusteigt, überlegen. Dieses Gesetz haben bereits die Meder und Perser gekannt, und es steht unverrückbar fest. Ich war mit dem *Graf Zeppelin* heruntergeflogen, und wollte von Papeete aus mit dem *Admiral Moffet* wieder nach Hause fliegen; ich würde also immer der Neuling bleiben und hatte den Mund zu halten, wenn die mir Überlegenen ihre Autorität ausspielten.

Auf Kreuzfahrtschiffen gibt es das beste Essen und nur allzu oft die dürftigste Konversation der Welt. Trotzdem genoß ich die Fahrt zwischen den Inseln; selbst der Mystiker und der Amateurastrologe und der Salonfreudianer und die Numerologin störten mich nicht weiter, da ich meistens nicht zuhörte.

»Sie schaffen es mit Hilfe der vierten Dimension«, sagte der Mystiker. »Stimmt das nicht, Gwendolyn?«

»Ganz gewiß, Liebling«, stimmte die Numerologin zu. »Oh, da kommen sie schon! Ihr werdet sehen, das gibt eine seltsame Nummer.«

»Du bist so gelehrt, mein Liebes.«

»Hmmm«, sagte der Skeptiker.

Der Eingeborene, der bei diesem Landausflug unserem Betreuer assistierte, breitete die Arme aus und bat um unsere Aufmerksamkeit. »Würden Sie bitte einmal zuhören! Mauruuru roa. Vielen Dank. Der Hohepriester und die Hohepriesterin werden nun die Götter bitten, die Dorfleute sicher über das Feuer zu führen. Ich bitte Sie zu bedenken, daß es sich um eine uralte religiöse Zeremonie handelt; bitte verhalten Sie sich, wie Sie sich in Ihrer eigenen Kirche verhalten würden. Denn –«

Ein sehr alter Kanake unterbrach ihn; er und der Dolmetscher wechselten einige Worte in einer Sprache, die ich nicht kannte – polynesisch vermutete ich; sie floß angenehm und leicht dahin. Der jüngere Kanake wandte sich wieder an uns.

»Der Hohepriester sagt mir gerade, daß einige der Kinder heute zum ersten Mal durch das Feuer gehen; auch das kleine Kind, das Sie dort drüben auf dem Arm seiner Mutter sehen. Er bittet Sie alle, während der Gebete völlig ruhig zu sein, damit die Sicherheit der Kinder gewährleistet ist. Ich selbst bin Katholik. In diesem Stadium bitte ich immer unsere Heilige Mutter Maria, über die Kinder zu wachen – und ich bitte Sie alle, auf Ihre Weise für die Kinder zu beten. Wenn nicht, dann schweigen Sie wenigstens und widmen Sie den Kindern gute Gedanken. Wenn der Hohepriester nicht überzeugt ist, daß hier eine Atmosphäre der Andacht herrscht, wird er die Kinder nicht über das Feuer gehen lassen – es ist sogar schon vorgekommen, daß er die ganze Zeremonie abgeblasen hat.«

»Da hast du es, Gerald«, sagte der Kenner aller Dinge, und es klang wie ein Flüstern aus der dritten Galerie. »Erst die großartige Ankündigung. Und jetzt die Einschränkung, damit man uns die Schuld geben kann.« Er schnaufte.

Über den Kenner – er hieß Cheevers – hatte ich mich schon geärgert, seit ich das Schiff betrat. Ich beugte mich vor und flüsterte ihm leise ins Ohr: »Wenn diese Kinder durch das Feuer gehen, hätten Sie dann den Mut, es ebenfalls zu tun?«

Lassen Sie sich das eine Lehre sein und lernen Sie an meinem schlechten Beispiel. Lassen Sie sich nie von irgendeinem Trottel zu Unbedachtsamkeiten verleiten. Ein paar Sekunden später stellte sich heraus, daß sich diese Herausforderung gegen mich gekehrt hatte, und – irgendwie! – hatten alle drei, der Kenner, der Skeptiker und der Weitgereiste, um einen Hunderter mit mir gewettet, daß *ich* nicht wagen würde, durch das Feuer zu gehen, immer vorausgesetzt, die Kinder gingen zuerst.

Dann bat der Dolmetscher uns noch einmal um Ruhe, und der Priester und die Priesterin traten in die Feuergrube hinab, und alle waren sehr still, und ich glaube, einige von uns beteten. Ich tat es jedenfalls. Ich rezitierte stumm, was mir gerade einfiel:

»Nun leg' ich mich zum Schlafen nieder. Gott schütze Seele mir und Glieder –«

Irgendwie schien das zu passen.

Der Priester und die Priesterin gingen nicht durch das Feuer; sie taten etwas viel Spektakuläreres und (wie mir schien) viel Gefährlicheres. Sie blieben einfach barfuß in der Feuergrube stehen und beteten mehrere Minuten lang. Ich sah, wie sich ihre Lippen bewegten. Hin und wieder spritzte der alte Priester etwas in die Grube. Was es auch gewesen sein mochte, wenn es auf die Kohlen traf, sprühten Funken.

Ich versuchte zu erkennen, worauf sie standen, ob auf Kohlen oder auf Steinen, aber ich konnte es nicht sehen . . . und wußte auch nicht, was gefährlicher war. Und doch stand diese alte Frau, die so dürr war wie ein abgenagter Knochen, mit gelassenem Gesicht ganz ruhig da. Vorsichtshalber hatte sie lediglich ihren Lava-lava so hoch gerafft, daß er aussah wie ein Latz. Anscheinend fürchtete sie eher, ihre Kleider zu verbrennen als ihre Beine.

Drei Männer hatten mit Stangen die Glut verteilt, um denen, die durch das Feuer gehen sollten, eine ebene Fläche zu bereiten. Ich beobachtete das mit großem Interesse, erwartete ich doch, in wenigen Minuten selbst die Grube zu betreten – wenn ich nicht weich wurde und meine Wette verlorengab. Mir schien, es müßte möglich sein, auf Steinen statt auf glühenden Kohlen durch die ganze Grube zu gehen.

Dann fragte ich mich, ob das wirklich einen Unterschied machte – ich erinnerte mich an manches von der Sonne erhitzte Straßenpflaster, über das ich als Junge in Kansas gegangen war und auf dem ich mir Blasen geholt hatte. Dieses Feuer hatte eine Temperatur von mindestens 400 Grad, und die Steine hatten seit mehreren Stunden in diesem Feuer gelegen. Trat man bei solchen Temperaturen von den Kohlen auf die Steine, geriet man eigentlich nur vom Regen in die Traufe.

Inzwischen flüsterte die Stimme der Vernunft mir ins Ohr, daß drei Hunderter zu verlieren ein geringer Preis sei, aus dieser Verpflichtung herauszukommen . . . oder wollte ich für den Rest meines Lebens auf gegrillten Stümpfen herumlaufen?

Würde ein Aspirin vielleicht helfen?

Die drei Männer hatten aufgehört, sich mit der brennenden Kohle zu schaffen zu machen, und gingen an das links von uns gelegene Ende der Grube; die übrigen Dorfleute versammelten sich hinter ihnen – darunter auch diese verdammten Kinder. Was dachten ihre Eltern sich eigentlich dabei, sie einem solchen Risiko auszusetzen? Warum waren sie nicht in der Schule, wo sie hingehörten?

Die drei Männer, die das Feuer versorgt hatten, gingen voran und schritten in der Mitte der Grube durch das Feuer. Sie beeilten sich nicht, aber sie gingen auch nicht übermäßig langsam. Die anderen Männer aus dem Dorf folgten ihnen in einer langsamen und stetigen Prozession. Dann kamen die Frauen, unter ihnen die Mutter mit dem Baby auf dem Arm.

Als die Hitze das Kind traf, fing es an zu weinen. Ohne ihre Schrittgeschwindigkeit zu ändern, nahm sie das Baby an die Brust und säugte es. Es war jetzt ruhig.

Dann folgten die Kinder, von pubertierenden Mädchen und heranwachsenden Knaben bis zum Kindergartenalter. Die letzte war ein kleines Mädchen (neun? acht?), die ihren kleinen rundäugigen Bruder an der Hand führte. Er mußte ungefähr vier Jahre alt sein und war nur mit seiner Haut bekleidet.

Ich betrachtete das Kind und hatte die traurige Gewißheit, daß ich im Begriff stand, angeröstet serviert zu werden. Ich konnte nicht mehr zurück. Einmal stolperte der Kleine, und seine Schwester hielt ihn fest, damit er nicht hinfiel. Mit kurzen festen Schritten ging er weiter. Jemand bückte sich und hob ihn aus der Grube.

Und jetzt war *ich* an der Reihe.

»Sie werden Verständnis dafür haben«, sagte der Dolmetscher zu mir, »daß die polynesische Fremdenverkehrsbehörde jede Verantwortung für Ihre Sicherheit ablehnt. Das Feuer kann Sie verbrennen, es kann Sie töten. Diese Leute können unversehrt durch das Feuer gehen, weil sie einen Glauben haben.«

Ich versicherte ihm, daß auch ich einen Glauben habe, und fragte mich, wie ich nur so schamlos lügen konnte. Ich unterschrieb eine Verzichtserklärung, die er mir reichte.

Nur allzu rasch stand ich mit bis an die Knie aufgekrempelten Hosenbeinen an einem Ende der Grube. Meine Schuhe und Socken, mein Hut und mein Portemonnaie lagen am anderen Ende auf einem Schemel. Sie waren mein Ziel, mein Gewinn – würden sie um die Sachen losen, wenn ich es nicht schaffte? Oder würden sie sie meinen nächsten Verwandten zustellen?

»Gehen Sie direkt in der Mitte«, sagte er. »Gehen Sie nicht zu schnell, aber bleiben Sie auch nicht stehen.« Der Hohepriester sprach jetzt. Mein Mentor hörte ihm zu und sagte dann zu mir: »Er sagt, daß Sie nicht laufen dürfen, auch nicht, wenn Ihre Füße brennen. Sie könnten dann nämlich stolpern und stürzen. Möglicherweise könnten Sie dann nicht mehr aufstehen. Er meint, Sie könnten dann sterben. Ich muß hinzufügen, daß Sie wahrscheinlich nicht sterben würden – wenn Sie nicht das Feuer einatmen. Aber Sie würden sich mit Sicherheit entsetzlich verbrennen. Also beeilen Sie sich nicht und stürzen Sie nicht. Sehen Sie den flachen Stein dort vor sich? Dorthin treten Sie zuerst. *Que le bon Dieu vous garde*. Viel Glück.«

»Danke.« Ich schaute zum Kenner aller Dinge hinüber, der dämonisch lachte, wenn Dämonen überhaupt lachen. Ich winkte ihm mit gespielter Sorglosigkeit zu und trat hinunter.

Ich hatte schon drei Schritte getan, als ich merkte, daß ich überhaupt nichts fühlte. Aber dann empfand ich doch etwas: Angst, nackte Angst. Und ich wünschte, ich wäre in Peoria. Oder meinetwegen sogar Philadelphia. Lieber dort als in dieser riesigen qualmenden Wüste. Das andere Ende der Grube lag einen ganzen Straßenblock entfernt. Vielleicht noch weiter. Aber ich schleppte mich darauf zu und hoffte dabei, daß diese betäubende Lähmung nicht dazu führen würde, daß ich stürzte, bevor ich es erreichte.

Ich hatte ein Erstickungsgefühl und stellte fest, daß ich den Atem angehalten hatte. Deshalb holte ich Luft – und bereute es sofort. Über einer so großen Feuergrube gibt es sengende Gase und Kohlendioxyd und Kohlenmonoxyd und etwas, das man den Hauch des Satans nennen könnte, aber keine nennenswerte Menge Sauerstoff. Ich hielt die Luft an, und meine Augen tränten. Meine Kehle war rauh, und ich wußte nicht, ob ich das andere Ende ohne zu atmen erreichen würde.

Der Himmel mochte mir helfen, aber ich konnte das andere Ende nicht einmal *sehen*! Der Rauch stieg auf, und meine Augen wollten sich kaum öffnen, sie weigerten sich, etwas wahrzunehmen. Ich ging weiter und versuchte, mich an die Formel zu erinnern, nach der man auf dem Totenbett beichtet, um durch diesen technischen Kunstgriff zum Himmel aufzufahren.

Vielleicht gab es gar keine solche Formel. Meine Füße fühlten sich seltsam an, und meine Knie schienen nachgeben zu wollen.

»Fühlen Sie sich besser, Mr. Graham?«

Ich lag im Gras und schaute in ein freundliches braunes Gesicht. »Ich glaube doch«, sagte ich. »Was ist passiert? Bin ich durch das Feuer gegangen?«

»O ja, Sie sind durch das Feuer gegangen. Wunderbar. Aber ganz zuletzt verloren Sie das Bewußtsein. Wir standen bereit und haben Sie herausgezogen. Aber sagen Sie, was war denn los? Haben Sie Rauch eingeatmet?«

»Kann sein. Habe ich mich verbrannt?«

»Nein. An Ihrem rechten Fuß wird sich vielleicht eine Blase bilden. Aber Sie haben sich perfekt konzentriert. Dieser Ohnmachtsanfall wurde gewiß durch den Rauch verursacht.«

»Wahrscheinlich.« Ich richtete mich mit seiner Hilfe auf. »Würden Sie mir bitte meine Socken und meine Schuhe geben? Wo sind die anderen alle?«

»Der Bus ist schon weggefahren. Der Hohepriester hat Ihren Puls gefühlt und Ihre Atmung geprüft, aber er hat nicht zugelassen, daß Sie jemand stört. Wenn man einen Mann, dessen Geist noch umherirrt, gewaltsam weckt, mag der Geist nicht wieder zu ihm finden. Das glaubt er, und darüber wagt niemand mit ihm zu streiten.«

»Ich will auch nicht mit ihm streiten. Ich fühle mich gut. Ausgeruht. Aber wie komme ich zum Schiff zurück?« Fünf Meilen tropisches Paradies würden mich schon nach der ersten Meile langweilen. Zu Fuß. Zumal meine Füße ein wenig geschwollen waren. Und das konnte man ihnen gewiß nicht übelnehmen.

»Der Bus wird zurückkommen, um die Dorfleute zu dem Boot zu bringen, mit dem sie zu der Insel fahren, auf der sie wohnen. Anschließend kann das Boot Sie zu Ihrem Schiff bringen. Aber es geht sogar noch einfacher. Mein Cousin hat ein Automobil. Er wird Sie fahren.«

»Gut. Und wieviel muß ich dafür bezahlen?« In Polynesien verlangen die Taxifahrer horrende Preise, besonders, wenn man auf ihre Gnade angewiesen ist. Und gnädig sind sie nie. Dann fiel mir ein, daß ich es mir leisten konnte, beraubt zu werden, denn ich hatte schließlich bei dieser Wette gewonnen. Drei Hunderter minus eine Taxifahrt. Ich nahm meinen Hut auf. »Wo ist denn mein Portemonnaie?«

»Ihr Portemonnaie?«

»Meine Geldscheintasche. Sie lag im Hut. Wo ist sie? Das finde ich überhaupt nicht komisch; darin war mein ganzes Geld. Und meine Kreditkarten.«

»Ihr Geld? *Oh! Votre Portefeuille*. Tut mir leid. Mein Englisch ist nicht perfekt. Der Offizier von Ihrem Schiff, Ihr Betreuer bei dem Landausflug, hat es an sich genommen.«

»Das war sehr nett von ihm. Aber wie soll ich Ihren Cousin für die Fahrt bezahlen? Ich habe keinen Cent.«

Die Sache klärte sich. Unserem Begleiter, der mein Portemonnaie sichergestellt hatte, war rechtzeitig eingefallen, daß ich nun kein Geld mehr hatte. Deshalb hatte er die Rückfahrt im voraus bezahlt. Mein Freund, der Kanake, brachte mich zum Wagen seines Cousins und machte mich mit ihm bekannt. Das gelang ihm nicht recht, denn das Englisch seines Cousins beschränkte sich auf die Worte »Okay, Chief!« und ich verstand seinen Namen nicht.

Sein Automobil war ein Triumph von Packdraht und Zuversicht. Mit Vollgas rasten wir zum Hafen zurück. Wir erschreckten die Hühner und waren sogar schneller als die jungen Ziegen. Ich achtete nicht sehr auf Einzelheiten, denn ich mußte an das denken, was kurz vor unserer Abfahrt passiert war. Die Dorfleute warteten auf ihren Bus; wir gingen zwischen ihnen hindurch. Oder versuchten es. Ich wurde geküßt. Ich wurde von allen geküßt. Ich wußte schon, daß es bei den Polynesiern Sitte ist, sich zu küssen, wo wir uns nur die Hand reichen, aber dies war das erste Mal, daß es mir pasierte.

Mein Freund erklärte es mir: »Sie sind durch das Feuer gegangen, und deshalb sind Sie jetzt Ehrenmitglied der Dorfgemeinschaft. Sie wollen für Sie ein Schwein schlachten und Ihnen zu Ehren ein Fest feiern.«

Ich versuchte den Leuten zu erklären, daß ich über das große Wasser in meine Heimat fahren müsse, aber mit Gottes Hilfe eines Tages zurückkehren werde. Endlich ließen sie uns gehen.

Aber das war es eigentlich nicht, was mich so verwirrte. Jeder unvoreingenommene Betrachter hätte mich für einigermaßen weltmännisch gehalten. Ich bin mir bewußt, daß es Gegenden gibt, wo die hohen moralischen Maßstäbe Amerikas nicht gelten und wo die Leute nichts dabei finden, sich halbnackt zur Schau zu stellen. Ich weiß, daß die polynesischen Frauen mit freiem Oberkörper herumliefen, bis die Zivilisation sie erreichte – ich lese schließlich *The National Geographic*.

Aber ich hätte nie erwartet, es zu *sehen*.

Bevor ich durch das Feuer ging, waren die Dorfleute gekleidet, wie man es erwartet hätte: Baströcke und die Brüste der Frauen bedeckt.

Aber als sie mich küßten, war das anders. Ich meine natürlich, ihre Brüste waren nicht bedeckt. Wie in *The National Geographic*.

Nun weiß ich weibliche Schönheit zu würdigen. Unter geeigneten Umständen, bei heruntergelassenen Jalousien, können diese köstlichen Unterschiede bezaubernd sein. Aber über vierzig machen einem Angst. Ich sah mehr weibliche Brüste auf einmal, als ich bisher in meinem ganzen Leben insgesamt gesehen hatte. Die methodistische bischöfliche Gesellschaft für Enthaltsamkeit und Moral wäre aufs höchste schockiert gewesen.

Wäre ich gewarnt gewesen, hätte ich diese Erfahrung genießen können. Aber so war es zu neu, zu viel und zu schnell. Ich konnte es nur rückblickend würdigen.

Unser Tropen-Rolls-Royce kam mit Hilfe der Handbremse, der Fußbremse und des ersten Ganges knirschend zum Stehen; ich erwachte aus meiner nachdenklichen Euphorie. »Okay, Chief«, sagte mein Fahrer.

Ich sagte: »Das ist nicht mein Schiff.« – »Okay, Chief?«

»Sie haben mich zum falschen Dock gefahren. Äh, es sieht aus wie das richtige, aber es ist das falsche Schiff.« Da war ich ganz sicher. Das Motorschiff *Konge Knut* hatte weiße Seiten und weiße Aufbauten und eine schnittige Schornsteinattrappe. Dies Schiff war hauptsächlich rot und hatte vier große schwarze Schornsteine. Es war ein Dampfschiff – kein Motorschiff. Außerdem ein sehr alter Kahn. »Nein, nein.«

»Okay, Chief. *Votre vapeur! Voilà!*«

»Non!«

*»Okay, Chief.« Er stieg aus, ging um den Wagen herum und öffnete die Tür an der Passagierseite. Dann packte er meinen Arm und zog. Ich bin in ziemlich guter Verfassung, aber sein Arm war gestählt durch Schwimmen, das Erklettern von Kokospalmen, das Einholen von Fischnetzen und das Herausziehen von Touristen, die nicht aus dem Wagen aussteigen wollen. Ich stieg aus.*

*Er sprang wieder in den Wagen. »Okay, Chief!* Merci bien! Au 'voir!« *rief er und war verschwunden.*

*Mir blieb keine Wahl. Ich stieg die Gangway hinauf, um möglichst zu erfahren, was aus der* Konge Knut *geworden war. Als ich an Bord war, grüßte der wachhabende Offizier und sagte: »Guten Tag, Mr. Graham. Mr. Nielsen hat ein Päckchen für Sie hinterlegt. Einen Augenblick –« Er hob den Deckel seines Pults und nahm einen großen festen Umschlag heraus. »Bitte sehr, Sir.«*

*Auf dem Umschlag stand: A. L. Graham, Kabine C109. Ich öffnete ihn. Er enthielt ein abgegriffenes Portemonnaie.*

*»Ist alles in Ordnung, Mr. Graham?«*

*»Ja, danke. Richten Sie bitte Mr. Nielsen aus, daß ich es bekommen habe. Und ich lasse herzlich danken.«*

*»Gern, Sir.«*

*Ich bemerkte, daß ich mich auf dem D-Deck befand, und ging eine Treppe hoch, um Kabine C109 zu suchen.*

*Es war nicht alles ganz in Ordnung. Ich heiße nicht »Graham«.*

# II

*Was ist's, das geschehen ist? Eben das hernach geschehen wird. Was ist's, das man getan hat? Eben das man hernach wieder tun wird; und geschieht nichts Neues unter der Sonne*

Prediger 1:9

Gott sei Dank haben Schiffe ein übereinstimmendes System der Numerierung. Die Kabine C109 war genau da, wo sie sein sollte: auf dem C-Deck zwischen C107 und C111; ich erreichte sie, ohne mit jemandem sprechen zu müssen. Die Tür war verschlossen. Mr. Graham hatte anscheinend den üblichen Rat des Zahlmeisters ernstgenommen, die Kabinentür abzuschließen, besonders während der Liegezeit im Hafen.

Der Schlüssel, dachte ich verdrießlich, steckt in Mr. Grahams Hosentasche. Aber wo ist Mr. Graham? Ist er im Begriff, mich dabei zu erwischen, wie ich an seiner Tür herumschnüffle? Oder versucht er, meine Tür zu öffnen wie ich seine?

Die Chance ist etwas größer als null, daß ein beliebiger Schlüssel auch in ein fremdes Schloß paßt. Ich hatte den Schlüssel zu meiner Kabine auf der *Konge Knut* in der Tasche. Ich versuchte es.

Nun, warum sollte man es nicht versuchen? Ich wußte nicht, ob ich niesen oder tot umfallen sollte, als ich hinter mir eine angenehme weibliche Stimme hörte.

»Oh, Mr. Graham!«

Eine hübsche junge Frau in Hausangestelltentracht – ich korrigiere: in Stewardessenuniform. Sie eilte auf mich zu, nahm einen Hauptschlüssel, den sie am Gürtel hängen hatte, und öffnete die Kabine C109. Dabei sagte sie: »Margrethe hat mich gebeten, nach Ihnen Ausschau zu halten. Sie hat mir gesagt, daß Sie Ihren Kabinenschlüssel auf dem Tisch liegengelassen haben. Er liegt immer noch da, aber sie hat mich gebeten, auf Sie zu warten und Sie einzulassen.«

»Das ist sehr freundlich von Ihnen, Miss, äh –«

»Ich bin Astrid. Ich habe die entsprechenden Räume an Backbord, und Marga und ich lösen uns ab. Sie ist heute nachmittag an Land gegangen.« Sie hielt mir die Tür auf. »Brauchen Sie sonst noch etwas, Sir?«

Ich bedankte mich, und sie ging. Ich verriegelte die Tür von innen, sank in einen Sessel und fing an zu zittern.

Zehn Minuten später stand ich auf und ging ins Bad. Ich ließ mir Wasser über Gesicht und Augen laufen. Nichts hatte sich geklärt, und ich hatte mich noch nicht beruhigt, aber meine Nerven knatterten nicht mehr wie eine Flagge in starkem Wind. Ich hatte mich zurückgehalten, als ich merkte, daß hier etwas ganz ernsthaft nicht stimmte. Wann hatte ich es gemerkt? Nach meinem Gang durch die Feuergrube, als nichts mehr ganz in Ordnung schien? Später? Mit Sicherheit aber, als ich sah, daß ein Schiff von 20 000 Tonnen an die Stelle eines anderen getreten war.

Mein Vater pflegte zu sagen: »Alex, es ist nicht schlimm, wenn man Angst hat . . . solange man sich von ihr nicht beeinflussen läßt, bevor die Gefahr vorbei ist. Man darf sogar hysterisch werden . . . anschließend und wenn man allein ist. Tränen sind nicht unmännlich . . . im Badezimmer und bei verschlossener Tür. Der Unterschied zwischen einem Feigling und einem mutigen Mann besteht hauptsächlich im Timing.«

Ich bin nicht der Mann, der mein Vater einmal war, aber ich versuche, mich an seinen Rat zu halten. Wenn man es lernt, nicht zusammenzuzucken, wenn ein Knallfrosch explodiert – oder um welche Überraschung es sich auch handeln mag –, hat man eine gute Chance, eine unvorhergesehene Situation zu überstehen.

Die gegenwärtige Situation war noch nicht überstanden, aber ich hatte die innere Reinigung schon hinter mir, die von einem gewaltigen Zittern kommt. Ich konnte mich jetzt an die Bestandsaufnahme machen.

Hypothesen:

a) Der Welt um mich herum war etwas Widersinniges zugestoßen, oder

b) mit Alex Hergensheimers Verstand war etwas Widersinniges geschehen; man müßte ihn einsperren und ruhigstellen.

Eine dritte Hypothese fiel mir nicht ein; diese beiden schienen alles abzudecken. Auf die zweite Hypothese brauchte ich keine Zeit zu verschwenden. Wenn ich tatsächlich nicht alle Tassen im Schrank hatte, würden die Leute es irgendwann merken, und dann würden sie mich in eine Zwangsjacke stecken und in eine schöne Gummizelle schaffen.

Nehmen wir also an, daß ich geistig normal bin (oder fast, denn ein bißchen verrückt zu sein kann helfen). Wenn mit mir alles in Ordnung ist, dann muß die Welt aus den Fugen geraten sein. Machen wir also Bestandsaufnahme.

Dieses Portemonnaie. Es war nicht meines. Portemonnaies ähneln einander, und dieses sah fast so aus wie meines. Aber wenn man so ein Ding ein paar Jahre lang mit sich herumträgt, kann man es mit keinem anderen mehr verwechseln; es ist angestammter Besitz. Ich hatte gleich erkannt, daß dieses nicht mir gehörte. Aber das wollte ich dem wachhabenden Offizier des Schiffs nicht sagen, der darauf bestanden hatte, mich »Mr. Graham« zu nennen.

Ich nahm Grahams Portemonnaie aus der Tasche und machte es auf.

Mehrere hundert Francs – die konnte man später zählen.

Fünfundachtzig Dollar in Scheinen – gesetzliches Zahlungsmittel der »Vereinigten Staaten von Nordamerika«.

Ein auf den Namen A. L. Graham ausgestellter Führerschein.

Ich fand noch einige andere Kleinigkeiten, und dann sah ich unter einem Klarsichtfenster eine mit Schreibmaschine geschriebene Notiz, die mich erstarren ließ:

Wer dieses Portemonnaie findet, darf das darin enthaltene Geld als Finderlohn behalten, wenn er nur so freundlich ist, das Portemonnaie an A. L. Graham, Kabine C109, DAMPFSCHIFF KONGE KNUT, Danish American Line zurückzuschicken oder einem Zahlmeister oder Agenten der genannten Linie auszuhändigen. Vielen Dank. A. L. G.

Jetzt wußte ich also, was mit der *Konge Knut* passiert war: sie hatte sich einer Verwandlung unterzogen.

Oder hatte *ich* mich verwandelt? Gab es wirklich eine veränderte Welt und damit ein verändertes Schiff? Oder gab es zwei Welten und war ich irgendwie durch das Feuer in die zweite gelangt? Gab es tatsächlich zwei Männer, die ihr Schicksal miteinander getauscht hatten? Oder hatte Alex Hergensheimer sich in Alec Graham verwandelt, während das Motorschiff *Konge Knut* sich in das Dampfschiff *Konge Knut* verwandelte? (Während die Nordamerikanische Union zu den Vereinigten Staaten von Nordamerika verschmolz?)

Gute Fragen. Ich bin froh, daß ihr sie gestellt habt. Noch weitere Fragen, liebe Schüler –

Als ich die Mittelschule besuchte, gab es eine Flut von Magazinen, in denen phantastische Geschichten veröffentlicht wurden, nicht nur Gespenstergeschichten, sondern unheimliche Geschichten aller Art. Zauberschiffe, die den Äther durcheilten, um zu fremden Sternen zu fliegen. Seltsame Erfindungen. Reisen in das Innere der Erde. Andere »Dimensionen«. Flugmaschinen. Energie aus brennenden Atomen. In geheimen Laboratorien erschaffene Monstren.

Ich kaufte diese Magazine und versteckte sie in verschiedenen Exemplaren von *Youth's Companion* oder *Young Crusaders*, denn ich wußte instinktiv, daß meine Eltern diese Lektüre mißbilligen und konfiszieren würden. Aber ich war versessen auf diese Magazine. Genauso wie mein gleichgesinnter Freund Bert.

Es sollte nicht dauern. Zuerst erschien ein Leitartikel in *Youth's Companion*: »Gift für die Seele – Vernichtet es!« Dann hielt Bruder Draper, unser Pastor, eine Predigt gegen diesen verderblichen Schund und wies gleichzeitig auf die üblen Auswirkungen von Schnaps und Zigaretten hin. Bevor auf nationaler Ebene die entsprechenden Gesetze und Ausführungsbestimmungen ergingen, verbot dann unser Staat solche Publikationen.

Und ein Versteck, das ich mir mit aller Sorgfalt auf dem Dachboden eingerichtet hatte, existierte plötzlich nicht mehr.

Schlimmer noch, die Werke von H. G. Wells, Jules Verne und einigen anderen wurden aus den öffentlichen Büchereien entfernt.

Man muß die Motive unserer geistigen Führer und gewählten Beamten bewundern, wenn sie versuchen, die Seelen der Jungen zu schützen. Wie Bruder Draper aufzeigte, gibt es genug aufregende und abenteuerliche Geschichten in der Bibel, um die Bedürfnisse aller Jungen und Mädchen zu befriedigen; für schlechte Literatur bestünde einfach kein Bedarf. Er befürwortete keine Buchzensur für Erwachsene, sondern nur für die so leicht zu beeinflussenden Jugendlichen. Wenn reifere Menschen solchen phantastischen Unfug lesen wollten, sollten sie es ruhig tun – wenn er für seinen Teil auch nicht einsehen konnte, wieso ein erwachsener Mann das überhaupt *wollte.*

Ich war wohl einer von diesen »leicht zu beeinflussenden Jugendlichen« – aber ich vermisse diese Bücher immer noch.

Besonders erinnere ich mich an eines von Mr. Wells: *Menschen Göttern gleich.* Diese Leute fahren in einem Automobil, als es plötzlich eine Explosion gibt und sie sich in einer anderen Welt wiederfinden, der ihnen gewohnten sehr ähnlich, aber besser. Sie lernen Leute kennen, die dort leben, und es gibt Erklärungen über parallele Universen, die vierte Dimension und anderes.

So fing es an, aber gleich darauf wurden die Jugendschutzgesetze erlassen, so daß ich die Fortsetzungen nicht lesen konnte.

Einer meiner Englischlehrer, der gegen jede Zensur war, sagte, Mr. Wells habe alle grundsätzlichen phantastischen Themen erfunden, und er zitierte die genannte Geschichte als Quelle für den Begriff der nebeneinander existierenden Universen. Ich wollte diesen Lehrer immer fragen, wo ich wohl ein Exemplar des Buches auftreiben könne, aber ich schob es bis zum Ende des Schuljahres auf, denn dann würde ich ganz legal zu den »reiferen Menschen« gehören. Aber ich wartete zu lange; das vom amerikanischen Senat eingesetzte Komitee für Glauben und Moral stimmte gegen eine Verlängerung der Amtszeit dieses Lehrers, und er verschwand sofort und wartete nicht einmal das Ende des Schuljahres ab.

Passierte mir etwas ähnliches wie das, was Mr. Wells in *Menschen Göttern gleich* beschreibt? Besaß Mr. Wells die heilige Gabe der Weissagung? Würden die Menschen eines Tages tatsächlich auf den Mond fliegen? Welch ein Unsinn!

Aber war das unsinniger als das, was mir passiert war?

Schließlich saß ich hier auf der *Konge Knut* (wenn es auch nicht meine *Konge Knut* war), und die Notiz an der Gangway besagte, daß das Schiff am Nachmittag um sechs Uhr in See stechen sollte. Der Nachmittag war schon fortgeschritten; ich mußte mich also rasch entschließen.

Was war zu tun? Ich schien mein eigenes Schiff, das Motorschiff *Konge Knut,* verlegt zu haben. Aber die Besatzung (jedenfalls einige der Leute) schien mich als den Passagier »Mr. Graham« zu akzeptieren.

An Bord bleiben und die Sache mit aller Unverschämtheit

durchstehen? Wenn aber Graham an Bord kommt (das kann jede Minute geschehen) und wissen will, was ich in seiner Kabine zu suchen habe?

Oder an Land gehen (was ich eigentlich tun sollte) und mich mit meinem Problem an die Behörden wenden?

Alex, die französischen Kolonialbehörden werden dich mit offenen Armen aufnehmen. Kein Gepäck, nur die Kleider, die du auf dem Leib trägst, kein Geld, nicht einen Sou – kein Paß! Oh, du wirst ihnen so sehr gefallen, daß sie dir für den Rest deines Lebens freie Unterkunft und Verpflegung bieten werden . . . in einem Verlies mit einem Eisengitter darüber.

In dem Portemonnaie ist Geld.

Na und? Schon mal was vom achten Gebot gehört? Das ist *sein* Geld.

Aber es ist klar, daß er zur gleichen Zeit durchs Feuer gegangen ist wie du, nur auf dieser Seite, in dieser Welt, oder wie man es nennen will – denn sonst hätte dich sein Portemonnaie hier nicht erwartet. Jetzt hat *er dein* Portemonnaie. Das ist doch logisch.

Hör zu, mein geistig zurückgebliebener Freund, glaubst du wirklich, daß Logik etwas mit der unangenehmen Situation zu tun hat, in der wir stecken?

Nun –

Sag schon!

Nein, eigentlich nicht. Wie wäre es hiermit? Du bleibst einfach in der Kabine. Wenn Graham auftaucht, bevor das Schiff abfährt, wirst du von Bord gejagt, das steht fest. Aber das wäre nicht schlimmer, als wenn du jetzt verschwinden würdest. Wenn er *nicht* auftaucht, nimmst du wenigstens bis Papeete seinen Platz ein. Das ist eine größere Stadt; dort hast du bessere Chancen, mit dieser Situation fertig zu werden. Dort gibt es zum Beispiel Konsulate.

Du hast mich überzeugt.

Passagierschiffe geben gewöhnlich täglich eine Zeitung für die Passagiere heraus – nur einen einzelnen oder doppelten Bogen mit so interessanten Informationen wie »Heute morgen um zehn Uhr findet eine Rettungsübung statt. Alle Passagiere werden gebeten –« oder »Die Wette um die zurückgelegte Tagesstrecke gewann Mrs. Ephraim Glutz aus Bethany, Iowa« und gewöhnlich auch die wichtigsten Nachrichten, die der Funker aufgefangen hatte. Ich suchte nach der Schiffszeitung und dem »Willkommen an Bord!« Das letztere ist eine Broschüre (die auch anders heißen kann), die den Passagier, wenn er an Bord kommt, mit der kleinen Welt des Schiffs vertraut machen soll: die Namen der Offiziere, die Essenszeiten, die Lage des Frisiersalons, der Wäscherei, des Speisesaals, des Geschenkladens (modische Kleinigkeiten, Zeitschriften, Zahnpasta), wie man morgens den Stewart ruft, Pläne aller Decks des Schiffs, wo die Schwimmwesten liegen, wie man sein Rettungsboot findet, wo man seine Tischzuweisung bekommt – »Tischzuweisung!« Oh, verflixt! Ein Passagier weiß schon am ersten Tag, wie er seinen Tisch im Speisesaal findet. Man scheitert immer nur an Kleinigkeiten. Aber das würde ich durchstehen müssen.

Die Willkommensbroschüre lag in Grahams Schreibtisch. Ich blätterte darin und nahm mir vor, mir die wichtigsten Dinge einzuprägen, bevor ich diese Kabine verließ – wenn ich bei Abfahrt des Schiffs überhaupt noch an Bord war –, dann legte ich sie beiseite, denn ich hatte inzwischen die Schiffszeitung gefunden:

*Skalde des Königs* hieß der Titel, und Graham, Gott segne ihn, hatte vom Tag seiner Einschiffung an alle Exemplare aufgehoben . . . er war in Portland, Oregon, zugestiegen, wie ich aus der Orts- und Datumszeile der ersten Ausgabe erkennen konnte. Das ließ vermuten, daß Graham die gesamte Kreuzfahrt gebucht hatte, und das konnte für mich wichtig sein. Ich hatte mit dem Luftschiff zurückfliegen wollen, wie ich auch mit dem Luftschiff hergekommen war – aber selbst wenn das lenkbare Luftschiff *Admiral Moffet* in dieser Welt oder in dieser Dimension, oder wie man es auch nennen mochte, tatsächlich existierte – ich hatte kein Ticket mehr und auch kein Geld, mir eines zu kaufen. Was machen die französischen Kolonialbeamten mit einem Touristen, der kein Geld hat? Verbrennen sie ihn auf dem Scheiterhaufen? Oder vierteilen sie ihn nur? Ich wollte es gar nicht erst herausfinden. Grahams Ticket für die ganze Kreuzfahrt (wenn er eins hatte) konnte mich davor vielleicht bewahren.

(Wenn er nicht innerhalb einer Stunde auftauchte und mich vom Schiff jagen ließ.)

In Polynesien zu bleiben zog ich nicht in Betracht. Als mitteloser Beachcomber auf Bora-Bora oder Moorea zu leben, mochte vor hundert Jahren praktisch gewesen sein, aber das einzige, was man heute auf diesen Inseln umsonst bekommt, sind anstekkende Krankheiten.

Wahrscheinlich würde ich in Amerika genauso pleite sein und mir genauso als Fremder vorkommen, aber ich hatte dennoch das Gefühl, daß es mir in meinem Heimatland besser ergehen würde. Nun ja, in Grahams Heimatland.

Ich las einige der neuesten Nachrichten, aber sie ergaben für mich keinen Sinn. Ich legte sie weg, um sie später zu studieren. Was ich gelesen hatte, war nicht sehr tröstlich. Ich hatte irgendwie die unlogische Hoffnung gehabt, daß dieses alberne Verwirrspiel sich bald klären würde (fragen Sie mich nicht, wie). Aber was ich in den Nachrichten las, machte jede Hoffnung zunichte.

Was ich damit sagen will: was für eine Welt kann das sein, in der der deutsche »Präsident« London besucht? In meiner Welt regiert Kaiser Wilhelm IV. das Deutsche Reich. »Präsident« von Deutschland hört sich genauso lächerlich an wie »König« von Amerika.

Dies mochte eine angenehme Welt sein . . . aber es war *nicht* die Welt, in die ich hineingeboren worden war. Das war an diesen seltsamen Nachrichten zu erkennen.

Als ich Grahams gesammelte Ausgabe der Bordzeitung weglegte, las ich oben eine Notiz, in der die für das Dinner vorgeschriebene Kleidung erwähnt wurde: »Gesellschaftskleidung.«

Ich war nicht überrascht. Auf der *Konge Knut* in ihrer früheren Gestalt als Motorschiff war es sehr formell zugegangen. Während das Schiff unterwegs war, wurde eine schwarze Krawatte erwartet. Trug man sie nicht, lief man mit dem Gefühl herum, daß man vielleicht doch lieber in der Kabine essen sollte.

Ich habe keinen Smoking; unsere Kirche lehnt derlei Eitelkeit ab. Mein Kompromiß bestand darin, auf See zum Dinner einen blauen Anzug mit weißem Hemd und ansteckbarer schwarzer Fliege zu tragen. Niemand sagte etwas. Es spielte auch keine Rolle, denn da ich erst in Papeete an Bord gekommen war, zählte ich ohnehin nicht.

Ich beschloß nachzuschauen, ob Mr. Graham einen schwarzen Anzug besaß. Und eine schwarze Krawatte.

Mr. Graham war mit Kleidung reichlich ausgestattet; er hatte viel mehr als ich. Zuerst probierte ich ein Sportjacket an; es paßte ganz gut. Hosen? Die Länge schien richtig; wie es mit der Weite im Bund bestellt war, wußte ich nicht genau – ich hatte Bedenken, eine anzuziehen und so zu riskieren, daß Graham mich mit einem Bein in seiner Hose erwischte. Was hätte ich sagen sollen? Hallo! Ich habe auf Sie gewartet und mir die Zeit damit vertrieben, Ihre Hosen anzuprobieren. Nicht sehr überzeugend.

Er hatte nicht nur einen Smoking, sondern zwei, einen in konventionellem Schwarz und einen dunkelroten – von so einem Flitter hatte ich noch nie gehört.

Aber ich fand keine ansteckbare Fliege.

Er hatte mehrere schwarze Fliegen, aber ich hatte nie gelernt, eine Fliege zu binden.

Ich atmete tief durch und dachte darüber nach.

Jemand klopfte an die Tür. Ich fuhr nicht aus der Haut, nur beinahe. »Wer ist da?« (Ehrlich, Mr. Graham, ich habe hier nur auf Sie gewartet!)

»Die Stewardeß, Sir.«

»Oh, kommen Sie doch herein.«

Ich hörte, wie sie versuchte, mit ihrem Schlüssel die Tür aufzuschließen. Rasch sprang ich hinüber und schob den Riegel zurück. »Tut mir leid, aber ich hatte den Riegel vorgeschoben. Treten Sie doch ein.«

Es stellte sich heraus, daß Margrethe etwa in Astrids Alter war, jung und sogar noch hübscher mit ihrem flachsblonden Haar und den Sommersprossen auf der Nase. Ihr Englisch war wie aus dem Lehrbuch, und sie sprach es mit einem charmanten leicht singenden Akzent. Sie hatte einen Kleiderbügel in der Hand, auf dem ein kurzes weißes Jackett hing. »Ihr Messejackett, Sir. Karl sagt, das andere wird morgen fertig.«

»Vielen Dank, Margrethe! Ich hatte das total vergessen.«

»Das dachte ich mir. Deshalb bin ich ein wenig früher an Bord zurückgekommen – die Wäscherei wollte gerade schließen. Jetzt bin ich froh, denn es ist viel zu heiß, als daß Sie Schwarz tragen könnten.«

»Sie hätten nicht früher zurückkommen sollen; Sie verwöhnen mich zu sehr.«

»Ich sorge gern gut für meine Gäste. Aber das wissen Sie ja.« Sie hängte das Jackett in den Kleiderschrank und wandte sich zum Gehen. »Ich werde wiederkommen, um Ihnen die Fliege zu binden. Wie gewöhnlich um sechs Uhr dreißig, Sir?«

»Sechs Uhr dreißig wäre sehr gut. Wie spät ist es jetzt überhaupt?« (Verdammt, meine Uhr war zusammen mit dem Motorschiff *Konge Knut* verschwunden; ich hatte sie an Land nicht getragen.)

»Fast sechs Uhr.« Sie zögerte. »Ich lege Ihre Kleidung zurecht, bevor ich gehe; Sie haben nicht mehr viel Zeit.«

»Mein liebes Mädchen, das gehört nicht zu Ihren Pflichten.«

»Nein, aber ich tue es gern.« Sie öffnete eine Schublade, nahm ein Frackhemd heraus und legte es auf mein/Grahams Bett. »Und Sie wissen auch, warum.« Schnell wie jemand, der genau weiß, wo alles liegt, öffnete sie eine Schreibtischschublade und entnahm einer kleinen Schatulle eine Uhr, einen Ring und Manschettenknöpfe. Sie befestigte die Knöpfe an den Manschetten und legte Uhr und Ring zum Hemd; dazu einen Eckenkragen und eine schwarze Fliege. Sie legte frische Unterwäsche, schwarze Seidensocken und ein sauberes Taschentuch auf das Kopfkissen. Dann stellte sie schwarze Halbschuhe, nebst einem Schuhlöffel, neben den Stuhl und nahm die Messejacke aus dem Kleiderschrank. Diese hängte sie zusammen mit einer schwarzen Hose (die Hosenträger waren schon angeknöpft) und einem dunkelroten Kummerbund vorn an den Schrank. Schließlich begutachtete sie das Arrangement mit einem prüfenden Blick und legte noch den Kabinenschlüssel und mein Portemonnaie hinzu. Dann nickte sie und sagte: »Jetzt muß ich mich aber beeilen. Ich verpasse sonst das Dinner.« Sie verschwand. Dabei lief sie nicht, aber sie bewegte sich sehr schnell.

Margrethe hatte ganz recht. Wenn sie nicht alles zurechtgelegt hätte, wäre ich immer noch damit beschäftigt gewesen, mir alles zusammenzusuchen. Allein an dem Hemd wäre ich gescheitert; es war von der Sorte, die hinten geknöpft werden. So eines hatte ich noch nie getragen.

Glücklicherweise benutzte Graham einen ganz gewöhnlichen Rasierapparat. Gegen sechs Uhr fünfzehn hatte ich die seit dem Morgen nachgewachsenen Bartstoppeln beseitigt, geduscht (dringend erforderlich!) und mir den Rauchgestank aus den Haaren gewaschen.

Seine Schuhe paßten mir, als hätte ich sie selbst eingelaufen. Seine Hosen waren im Bund ein wenig eng – ein dänisches Schiff ist nicht der geeignete Ort für eine Schlankheitskur, und ich war schon vierzehn Tage lang auf dem Motorschiff *Konge Knut* gewesen. Ich mühte mich noch mit diesem verdammten hinten zu schließenden Hemd ab, als Margrethe mit dem Hauptschlüssel die Tür öffnete und in die Kabine trat.

Sie kam gleich zu mir und sagte: »Nicht bewegen.« Dann schloß sie die Knöpfe, die ich nicht erreichen konnte, knöpfte mir diesen teuflischen Kragen an und machte sich daran, mir die Fliege zu binden.

Eine Fliege richtig zu binden verlangt magisches Wissen. Und sie kannte den Zauber.

Sie half mir, den Kummerbund anzulegen, und hielt mir die Jacke hin. Dann betrachtete sie mich prüfend und sagte: »So wird es gehen. Und ich bin stolz auf Sie; beim Dinner haben die Mädchen über Sie gesprochen. Ich wollte, ich hätte zuschauen können. Sie sind ein sehr mutiger Mann.«

»Nicht mutig. Ich war ein Narr. Ich habe geredet, wo ich den Mund hätte halten sollen.«

»Nein, mutig. Ich muß gehen – Kristina paßt auf meine Kirschtorte auf, aber wenn ich zu lange fortbleibe, wird jemand sie stehlen.«

»Laufen Sie nur. Und recht vielen Dank! Beeilen Sie sich und retten Sie Ihre Torte.«

»Wollen Sie mich denn gar nicht belohnen?«

»Oh. An welche Art Belohnung hätten Sie denn gedacht?«

»Ach, tun Sie doch nicht so!« Sie trat näher an mich heran und hob ihr Gesicht zu mir auf. Ich verstehe nicht viel von Mädchen (wer tut das schon?), aber gewisse Signale erkennt man deutlich. Ich nahm sie bei den Schultern und küßte sie auf beide Wangen. Ich wartete gerade lange genug, um festzustellen, daß sie weder beleidigt noch überrascht war, und dann küßte ich sie auf den Mund. Ihre Lippen waren weich und warm.

»War das die Belohnung, an die Sie gedacht hatten?«

»Ja, natürlich. Aber Sie können besser küssen. Und das wissen Sie auch.« Sie schob schmollend die Unterlippe vor und schaute zu Boden. »Also, geben Sie sich Mühe.«

Ja, ich kann viel besser küssen. Jedenfalls konnte ich es, als dieser Kuß vorbei war. Ich überließ Margrethe die Ausführung und tat mit Vergnügen alles, was ihr half, diesen Kuß als einen besseren anzusehen. In zwei Minuten lernte ich mehr über das Küssen als vorher in meinem ganzen Leben.

In meinen Ohren dröhnte es.

Als unsere Lippen sich voneinander lösten, hing sie noch eine

Weile in meinen Armen und sah mich höchst sachlich an. »Alec«, sagte sie leise, »so gut haben Sie mich noch nie geküßt. Aber jetzt muß ich laufen, sonst kommen Sie noch zu spät zum Dinner.« Sie glitt aus meinen Armen und verschwand. Schnell. Alles, was sie tat, tat sie schnell.

Ich schaute mich im Spiegel an. Nichts zu sehen. Ein so heftiger Kuß hätte Spuren hinterlassen müssen.

Was war dieser Graham für ein Mann? Ich konnte seine Kleidung tragen . . . aber konnte ich auch mit seiner Freundin fertigwerden? War sie überhaupt seine Freundin? Wer weiß? – Ich wußte es nicht. War er ein Wüstling, ein Weiberheld? Oder war ich im Begriff, mich in eine sehr schöne, wenn auch etwas indiskrete Beziehung einzumischen?

Wie kann man den Rückweg durch die Feuergrube antreten?

Und wollte ich das überhaupt?

Nach hinten zum Niedergang gehen, dann zwei Decks nach unten und wieder nach hinten – so stand es in der Broschüre, die den Schiffsplan enthielt.

Kein Problem. Ein Mann an der Tür zum Speisesaal, der ähnlich gekleidet war wie ich, allerdings eine Speisekarte unter dem Arm trug, mußte der Chefsteward sein. Er bestätigte das mit einem breiten professionellen Lächeln. »Guten Abend, Mr. Graham.«

Ich blieb stehen. »Guten Abend. Was soll das heißen, daß die Sitzordnung geändert wird? Wo soll ich denn heute abend sitzen?« (Wenn man den Bullen bei den Hörnern packt, bringt man ihn wenigstens in Verwirrung.)

»Das gilt nur für heute, Sir. Morgen sitzen Sie wieder an Tisch 14. Aber für heute abend hat der Kapitän Sie an seinen Tisch gebeten. Wenn Sie mir bitte folgen wollen, Sir.«

Er führte mich an einen großen Tisch mitten im Saal und wollte mich rechts vom Kapitän plazieren – als dieser aufstand und klatschte. Die anderen Leute am Tisch taten es ihm gleich, und bald waren alle im Saal aufgestanden und applaudierten. Es gab sogar einige Hochrufe.

Bei diesem Dinner wurden mir zwei Dinge klar. Erstens: Graham mußte den gleichen albernen Trick wie ich durchgezogen haben. Es war nur noch nicht klar, ob es nur einen von uns gab oder zwei – diese Frage ließ ich einstweilen auf sich beruhen.

Zweitens, und das war von größerer Bedeutung: Trinken Sie nie auf nüchternen Magen Aalborg-Aquavit, besonders dann nicht, wenn Sie, wie ich, mit Milch großgezogen wurden.

# III

*Der Wein macht lose Leute, und starkes Getränk macht wild.* Sprüche 20:1

Ich mache Kapitän Hansen keinen Vorwurf. Ich habe gehört, daß die Skandinavier sich gegen ihre harten Winter Äthanol als Frostschutzmittel ins Blut tun und deshalb nicht verstehen, daß es Leute gibt, die keine starken Getränke vertragen können. Außerdem hatte mir niemand die Arme festgehalten, die Nase zugekniffen und mir den Schnaps in die Kehle geschüttet. Ich hatte freiwillig getrunken.

Unsere Kirche hält nicht viel von dem Grundsatz, das Fleisch sei schwach und die Sünde deshalb menschlich verständlich und leicht zu vergeben. Nein, Sünden sind nur schwer zu vergeben, und vorher werden sie einem heimgezahlt. Sünde muß leiden.

Und einen Teil solcher Leiden bekam ich zu spüren. Man nennt es, glaube ich, einen Kater.

So nannte es jedenfalls mein Onkel, ein fröhlicher Trinker. Onkel Ed behauptete, kein Mann könne es mit der Enthaltsamkeit aufnehmen, wenn er nicht vorher einen Lehrgang im Saufen absolviert hat . . . wie könne er sonst einer Versuchung widerstehen?

Vielleicht hatte ich den Beweis für Onkels Eds These erbracht. Er galt in unserem Haus als schlechter Umgang, und wenn er nicht Mutters Bruder gewesen wäre, hätte Vater ihn nicht zu uns gelassen. Aber auch so wurde er nie gebeten, doch noch ein Weilchen zu bleiben, und er wurde nie gedrängt, bald wiederzukommen.

Bevor ich mich noch an den Tisch gesetzt hatte, bot der Kapitän mir ein Glas Aquavit an. Die Gläser, die man dafür benutzt, sind nicht groß; sie sind ziemlich klein – aber genau das ist das Trügerische und Gefährliche.

Der Kapitän hielt ein ebensolches Glas in der Hand. Er sah mir in die Augen und sagte: »Auf unseren Helden! *Skål!*« Dann warf er den Kopf zurück und ließ sich den Inhalt in die Kehle laufen.

Überall am Tisch wurde »*Skål!*« gerufen, und alle kippten das Getränk genauso schnell herunter wie der Kapitän.

Ich auch. Als Ehrengast hatte ich gewisse Verpflichtungen – »Man muß mit den Wölfen heulen« und so weiter. Aber in Wirklichkeit hatte ich ganz einfach nicht die Charakterstärke, den Drink abzulehnen. »Ein kleines Glas kann nicht schaden«, sagte ich mir und schluckte den Schnaps.

Keine Schwierigkeiten. Er ging glatt runter. Ein angenehmer eiskalter Schluck, dann ein würziger Nachgeschmack mit einem Anflug von Lakritz. Ich wußte nicht, was ich trank, und ich war nicht einmal sicher, daß es Alkohol war. Es kam mir nur so vor.

Wir setzten uns, und irgend jemand stellte ein Essen vor mich hin. Dann füllte der Steward des Kapitäns mein Glas wieder mit Schnaps. Ich wollte gerade die köstliche dänische Vorspeise – Smörgåsbord – in Angriff nehmen, als sich mir eine Hand auf die Schulter legte.

Ich schaute hoch. Es war der Weitgereiste –

Neben ihm standen der Kenner aller Dinge und der Skeptiker.

Nicht dieselben Namen. Wer auch immer (Was auch immer?) mit meinem Leben seine Scherze trieb, war so weit nicht gegangen. Aus »Gerald Fortescue« war zum Beispiel »Jeremy Forsyth« geworden. Aber trotz leichter Unterschiede hatte ich keine Mühe, die drei zu erkennen, und ihre neuen Namen waren den alten gerade ähnlich genug, um mir klarzumachen, daß irgendwer oder irgendwas den Scherz fortzusetzen gedachte.

(Warum aber lautete mein neuer Name nicht so ähnlich wie »Hergensheimer«? »Hergensheimer« hatte mehr Würde, der Name klingt vornehm. Graham ist ein Allerweltsname.)

»Alec«, sagte Mr. Forsyth, »wir haben Sie falsch eingeschätzt, Duncan, Pete und ich geben das gerne zu. Hier sind die Dreitausend, die wir Ihnen schulden, und –« er holte seine rechte

Hand hinter dem Rücken hervor und hielt eine große Flasche hoch. »– der beste Champagner, der an Bord aufzutreiben war, als Zeichen unserer Anerkennung.«

»Steward«, sagte der Kapitän.

Kurz darauf machte der Wein-Steward seine Runde und füllte an unserem Tisch die Gläser. Aber vorher sagte ich noch dreimal »*Skål!*« auf Aquavit, einmal für jeden der drei Verlierer, während ich krampfhaft die dreitausend Dollar festhielt (Dollar der Vereinigten Staaten von Nordamerika). Ich hatte keine Zeit, mich zu fragen, warum aus dreihundert dreitausend geworden waren – im übrigen war das nicht halb so seltsam wie die Verwandlung der *Konge Knut*. Beider Schiffe. Und meine Aufnahmefähigkeit für Wunder war ohnehin überstrapaziert.

Kapitän Hansen bat die Stewardeß, für Forsyth und seine Begleiter Stühle an den Tisch zu rücken, aber die drei bestanden darauf, zu ihren Frauen und Tischgenossen zurückzugehen. Nicht, daß Kapitän Hansen darauf Rücksicht genommen hätte. Er ist ein Wikinger und halb so groß wie ein Haus. Wenn er einen Hammer in der Hand hätte, würde man ihn mit Thor verwechseln – er hat Muskeln, wo andere Männer nicht einmal die Stellen haben, an denen sie sitzen könnten. Mit ihm sollte man lieber nicht streiten.

Aber er fand sich freundlicherweise zu einem Kompromiß bereit. Sie durften an ihre Tische zurück und ihr Mahl beenden, aber zuerst mußten sie mit ihm und mir auf Shadrach, Meshach und Abed-nego trinken, die Schutzengel unseres Schiffsgenossen Alec. Der ganze Tisch mußte mittrinken. »Steward!«

Wir sagten also noch dreimal »*Skål!*« während das dänische Frostschutzmittel unsere Mandeln umspülte.

Haben Sie mitgezählt? Ich glaube, das waren sieben. Sie können aufhören zu zählen, denn ab hier verlor ich selbst die Übersicht. Ich hatte wieder dieses taube Gefühl, das ich mitten in der Feuergrube erlebt hatte.

Der Wein-Steward hatte den Champagner ausgeschenkt und auf einen Wink des Kapitäns seine Vorräte ergänzt. Dann war es wieder an der Zeit, auf mich einen Trinkspruch auszubringen, und ich gab das Kompliment an die drei Verlierer zurück. Dann tranken wir auf Kapitän Hansen, und dann tranken wir auf das gute Schiff *Konge Knut*.

Der Kapitän trank auf die Vereinigten Staaten, und der ganze

Saal stand auf und trank mit ihm, so daß ich mich veranlaßt sah, auf die dänische Königin zu trinken, was mir noch einen Trinkspruch eintrug. Jetzt verlangte der Kapitän, daß ich eine Ansprache halten sollte. »Erzählen Sie uns, wie man sich im Feuerofen fühlt!«

Ich wollte nicht, aber von allen Seiten hörte ich Rufe: »Erzählen! Erzählen!«

Ich hatte Schwierigkeiten aufzustehen und versuchte, mich an den Vortrag zu erinnern, den ich bei einem Dinner anläßlich einer Spendensammelaktion für die auswärtigen Missionen gehalten hatte. Der Text fiel mir nicht ein, und ich sagte: »Ach, das war gar nichts. Sie brauchen nur das Ohr am Puls der Zeit zu haben, die Schultern zu straffen und den Blick auf die Sterne zu richten, und dann schaffen Sie es auch. Vielen Dank. Ich danke Ihnen allen, und das nächste Mal müssen Sie mich zu Hause besuchen.«

Die Leute klatschten, und wieder riefen wir »*Skål*!« Ich weiß nicht mehr, warum. Die Dame, die links vom Kapitän saß, stand auf, kam zu mir und küßte mich. Darauf standen alle Damen vom Tisch des Kapitäns auf, drängten sich um mich und küßten mich ebenfalls. Das schien die übrigen Damen im Raum zu inspirieren, und in einer langen Prozession kamen sie alle herbei, um mich zu küssen. Und da sie gerade dabeiwaren, küßten sie auch den Kapitän oder ihn zuerst oder umgekehrt.

Während dieser Parade nahm jemand ein Steak vor mir weg, das ich eigentlich hatte essen wollen. Ich vermißte es allerdings nicht so sehr, denn diese endlose Küßorgie hatte mich total verwirrt, und ich mußte immer noch an die Frauen aus dem Dorf denken, die meinem Gang durch das Feuer beigewohnt hatten.

Ich war schon sehr nachdenklich geworden, als ich den Speisesaal betrat. Ich will es mal so ausdrücken: Meine Mitpassagiere, die weiblichen, hätten eigentlich in *The National Geographic* erscheinen müssen.

Ja. Das hätten sie. Nun, vielleicht nicht ganz, aber was sie anhatten, ließ sie noch nackter erscheinen als diese freundlichen Dorfleute. Als »Gesellschaftskleidung für den Abend« kann ich das beim besten Willen nicht beschreiben, und das sollte ich wohl auch nicht. Denn keine von ihnen trug mehr als zwanzig Prozent von dem, was die Damen in der Welt, in der ich aufwuchs, selbst zu den verrücktesten Kostümfesten trugen. Ich meine natürlich oberhalb der Gürtellinie. Ihre Röcke – einige reichten bis zum

Boden – waren auf erstaunliche Weise eingeschnitten oder geschlitzt.

Einige der Damen trugen Oberteile, die alles abdeckten . . . aber das Material war durchsichtig wie Glas. Oder fast.

Und einige der jüngeren Damen, eigentlich eher Mädchen, gehörten tatsächlich in das *National Geographic Magazine*, genau wie meine Dorfleute. Aber irgendwie wirkten diese jungen Damen nicht ganz so aufdringlich wie die etwas älteren.

Ich hatte diese Zurschaustellung schon bemerkt, als ich hereinkam. Aber ich versuchte, nicht hinzustarren, und der Kapitän und die anderen hielten mich so beschäftigt, daß ich nicht einmal verstohlene Blicke auf diese unglaublichen Entblößungen werfen konnte. Aber, sehen Sie – wenn eine Dame auf Sie zukommt, ihre Arme um Sie schlingt und darauf besteht, Sie zu küssen, dann ist es sehr schwer, *nicht* zu bemerken, daß sie zu wenig anhat, um einer Lungenentzündung vorzubeugen. Oder anderen Bronchialbeschwerden.

Aber trotz eines zunehmenden Schwindelgefühls versuchte ich, mich zu beherrschen.

Die nackte Haut erschreckte mich nicht so sehr wie die nackten Worte – eine solche Sprache hatte ich öffentlich in meinem ganzen Leben noch nicht gehört und privat nur höchst selten unter Männern. Ich sagte »unter Männern«, denn Gentlemen reden so nicht, schon gar nicht, wenn Damen in der Nähe sind – jedenfalls nicht in der Welt, die ich kannte.

Das schockierendste Erlebnis meiner Jugend hatte ich, als ich eines Tages in unserer Stadt über den Marktplatz ging. Vor dem Gerichtsgebäude sah ich eine Menschenmenge. Ich lief hin, um festzustellen, wer hier bestraft wurde und warum . . . und sah, daß man den Führer unserer Pfadfindergruppe in den Stock geschlossen hatte. Ich wäre fast in Ohnmacht gefallen.

Er hatte sich lästerlicher Sprache schuldig gemacht, wie das Schild auf seiner Brust aussagte. Seine eigene Frau hatte ihn angezeigt. Er hatte nicht geleugnet und sich der Gnade des Gerichts ausgeliefert – Richter war der Diakon Brumby, der das Wort Gnade nicht kannte.

Mr. Kirk, der Führer unserer Pfadfindergruppe, verließ zwei Wochen später die Stadt, und niemand hat ihn je wiedergesehen – in den Stock geschlossen zu werden, konnte auf einen Mann leicht eine solche Wirkung haben. Ich weiß nicht, welche Ausdrücke dieser Mr. Kirk gebraucht hatte, aber es konnten keine allzu schlimmen gewesen sein, wenn Diakon Brumby ihn nur für einen Tag in den Stock schließen konnte – von morgens bis abends.

An jenem Abend am Tisch des Kapitäns auf der *Konge Knut* hörte ich eine nette Dame – Typ Lieblingsoma – ihren Mann mit einer Serie von verbotenen Ausdrücken anreden, die teils Gotteslästerungen waren, teils gewisse kriminelle sexuelle Praktiken nannten. Hätte sie in meiner Heimatstadt so in der Öffentlichkeit geredet, wäre sie zum Höchstsatz im Stock verurteilt und anschließend aus der Stadt gepeitscht worden. (In unserer Stadt wurde nicht geteert und gefedert; das galt als brutal.)

Und doch wurde diese nette Dame auf dem Schiff nicht einmal gescholten. Ihr Mann lächelte nur und bat sie, sich nicht aufzuregen.

Die schockierende Sprache, die unglaublich schamlose Zurschaustellung nackten Fleisches und die Wirkung der reichlich genossenen, mir ungewohnten beiden Getränke hatten mich völlig verwirrt. Ich war ein Fremder in einem fremden Land. Um mich herum erlebte ich neue und schockierende Verhaltensweisen. Aber ich hatte die feste Überzeugung, daß ich mich bei alledem überlegen zeigen mußte. Ich mußte so tun, als sei mir das alles vertraut, und durfte nicht die geringste Überraschung erkennen lassen. Niemand durfte argwöhnen, ich sei gar nicht der Schiffsgenosse Alec Graham sondern Alex Hergensheimer, ein völlig Fremder . . . sonst könnte etwas Entsetzliches passieren.

Natürlich stimmte das nicht; es war schon etwas Entsetzliches passiert. Ich war tatsächlich ein völlig Fremder in einem völlig fremden und verwirrenden Land . . . aber rückblickend glaube ich nicht, daß sich meine Lage verschlechtert hätte, wenn ich den Leuten von meinen Schwierigkeiten erzählt hätte.

Sie hätten mir ganz einfach nicht geglaubt.

Wie denn anders? Ich konnte es ja selbst kaum glauben.

Kapitän Hansen, ein rauher, aber herzlicher Mann von praktischem Verstand, hätte über meinen »Scherz« vor Lachen gebrüllt und darauf bestanden, noch einmal auf mein Wohl zu trinken. Wenn ich an meiner »Wahnvorstellung« festgehalten hätte, wäre er vermutlich auf den Gedanken gekommen, mich vom Schiffsarzt untersuchen zu lassen.

Dennoch überstand ich diesen erstaunlichen Abend dadurch

leichter, daß ich an der Vorstellung festhielt, die Rolle Alec Grahams weiterspielen zu müssen, damit keiner merkte, daß ich ein Wechselbalg war, ein Kuckucksei.

Zusammen mit einer Tasse Kaffee hatte mir gerade jemand ein Stück Prinzeßtorte hingestellt; ein schönes vielschichtiges Stück Gebäck, wie ich es noch von der anderen *Konge Knut* kannte, als der Kapitän aufstand. »Kommen Sie, Alec! Wir gehen jetzt in den Salon; die Show ist vorbereitet, aber sie können nicht anfangen, bevor ich dort bin. Kommen Sie! Sie wollen doch nicht etwa das süße Zeug essen; das wäre nicht gut für Sie. Kaffee können Sie im Salon bekommen. Aber zuerst brauchen wir ein Getränk für Männer, nicht wahr? Nicht diese Scherzartikel. Mögen Sie russischen Wodka?«

Er schob seinen Arm unter meinen. Ich stellte fest, daß ich auf dem Weg zum Salon war. Mit einem freien Entschluß hatte das nichts zu tun.

Die Show war ziemlich genau die Mischung, die ich schon vom Motorschiff *Konge Knut* kannte – ein Zauberer, der Unwahrscheinliches vollbrachte, aber nichts so Unwahrscheinliches wie das, was ich getan hatte (oder was mir getan wurde), ein Komiker, der besser in irgendeiner Ecke sitzengeblieben wäre, ein hübsches Mädchen, das sang, und Tänzer. Es gab zwei Hauptunterschiede, denen ich bereits ausgesetzt gewesen war: nackte Haut und nackte Worte, und bis dahin war ich schon so betäubt vom anfänglichen Schock und vom Aquavit, daß diese zusätzlichen Beweise dafür, daß ich mich in einer anderen Welt befand, nur noch minimale Wirkung auf mich hatten.

Das singende Mädchen war kaum bekleidet, und die Texte ihrer Lieder hätten selbst in der Unterwelt von Newark, New Jersey, Anstoß erregt. Wenigstens glaube ich das; ich kenne diesen Sumpf des Lasters nicht aus eigener Anschauung. Diesmal achtete ich mehr auf ihr Aussehen, denn ich brauchte den Blick nicht abzuwenden; bei einer Vorführung wird *erwartet*, daß man die Darsteller anstarrt.

Nehmen wir einmal an, es stimmt, daß die Kleiderordnung sehr verschieden sein kann, ohne daß das Gefüge der Gesellschaft gestört wird (eine Möglichkeit, die ich nicht einräume, sondern nur dahingestellt sein lassen will), dann sollte die Person, die eine solche Verschiedenheit demonstriert, jung, hübsch und gesund sein.

Die Sängerin war jung, hübsch und gesund. Als sie von der Bühne abtrat, empfand ich leises Bedauern.

Den Hauptteil der Veranstaltung bestritt die Tanzgruppe aus Tahiti, und ich war wirklich nicht überrascht darüber, daß sie, von Blumen und Muschelketten abgesehen, oberhalb der Hüfte nackt waren. Ich wäre erstaunt gewesen, wenn ich anderes vorgefunden hätte. Was mich dennoch überraschte (obwohl ich es besser hätte wissen müssen), war das darauf folgende Verhalten meiner Mitpassagiere.

Zuerst tanzte die Truppe für uns. Es waren acht Mädchen und zwei Männer, und ihr Tanz war dem sehr ähnlich, den ich am Morgen vor meinem Gang durch die Feuergrube gesehen hatte, und auch dem einer Truppe, die in Papeete an Bord des Motorschiffs *Konge Knut* gekommen war. Vielleicht wissen Sie, daß der Hula in Tahiti sich von dem langsamen und anmutigen Hula des Königreichs Hawaii unterscheidet. Er hat einen viel schnelleren Rhythmus und wird auch viel energischer getanzt. Ich bin kein Experte auf dem Gebiet der Tanzkunst, aber wenigstens hatte ich beide Stile in den Ländern gesehen, in denen sie heimisch sind.

Ich ziehe den hawaiischen Hula vor, den ich kennengelernt hatte, als der *Graf Zeppelin* auf seinem Weg nach Papeete in Hilo zwischenlandete und dort einen Tag blieb. Der tahitische Hula scheint mir weniger eine Kunstform als eine athletische Leistung zu sein. Aber gerade die Energie und die Geschwindigkeit, mit der er getanzt wird, lassen ihn bei der Kleidung oder Nichtkleidung, die diese Eingeborenenmädchen tragen, noch verblüffender erscheinen.

Es sollte noch schlimmer kommen. Zuerst gab es eine längere Tanzfolge, bei der die Mädchen nacheinander paarweise mit jedem der beiden jungen Männer tanzten – wobei sie Dinge taten, die selbst bei Geflügel auf einem Bauernhof erstaunlich gewesen wären (ich erwartete die ganze Zeit, daß Kapitän Hansen etwas dagegen unternehmen würde). Dann trat der Zeremonienmeister des Schiffs vor. »Ladies and Gentlemen«, rief er, »und ihr anderen Raufbolde von regelwidriger Herkunft –« (ich muß seine Ausdrucksweise ein wenig ändern). »Die meisten von euch Hunden, es mögen auch ein paar Köter dazwischen sein, haben die vier Tage, seit unsere Tänzer bei uns sind, dazu benutzt, den tahitischen Hula ihrem Repertoire beizufügen. In Kürze werdet ihr Gelegenheit haben, zu demonstrieren, was ihr gelernt habt, und ihr werdet Diplome bekommen, die euch als echte Papeete-Papayas ausweisen. Was ihr aber noch nicht wißt, ist, daß auch andere auf dieser guten alten *Knut* ein bißchen geübt haben. Maestro! Musik!«

Aus dem Hintergrund der Bühne tauchten zwölf weitere Hula-Tänzerinnen auf. Aber diese Mädchen waren keine Polynesierinnen; es waren offenbar Weiße. Sie waren authentisch gekleidet: Baströcke, Muschelketten, eine Blume im Haar und sonst nichts. Aber sie hatten nicht diese warme braune Hautfarbe; ihre Haut war weiß. Die meisten waren blond, und zwei hatten rote Haare.

Und das ist ein Unterschied. Ich war ja schon bereit zuzugeben, daß polynesische Frauen in ihrem Eingeborenenkostüm korrekt und sogar sittsam gekleidet sind – andere Länder, andere Sitten. War nicht vor dem Sündenfall auch Urmutter Eva in ihrer Einfachheit sittsam?

Aber in Südseetracht wirken weiße Frauen völlig deplaziert.

Das hielt mich allerdings nicht davon ab, dem Tanzen zuzuschauen. Ich war erstaunt darüber, daß die Mädchen diesen schnellen und komplizierten Tanz genauso gut tanzten (jedenfalls soweit für meinen ungeschulten Blick erkennbar) wie die Mädchen von den Inseln. Ich wandte mich an den Kapitän: »Haben sie wirklich in nur vier Tagen so gut tanzen gelernt?«

Er schnaufte. »Die Mädchen, die schon vorher mit uns gefahren sind, üben auf jeder Kreuzfahrt. Alle haben mindestens seit San Diego geübt.«

In diesem Augenblick erkannte ich eine der Tänzerinnen – Astrid, die hübsche junge Frau, die mich in »meine« Kabine eingelassen hatte – und jetzt begriff ich, wieso sie Zeit und Anreiz zum Üben gehabt hatten. Diese Mädchen gehörten zur Schiffsbesatzung. Jetzt schaute ich sie mir mit mehr Interesse an – ich starrte geradezu. Sie bemerkte meinen Blick und lächelte. Anstatt zurückzulächeln, benahm ich mich wie ein Trottel. Ich schaute rasch weg und wurde rot. Um meine Verlegenheit zu überspielen, nahm ich einen großen Schluck von dem Drink, den ich in der Hand hielt.

Einer der jungen Kanaken verließ die Formation und winkte eines der weißen Mädchen heraus, um mit ihr zu tanzen. Der Himmel beschütze mich, es war Margrethe!

Ich hielt die Luft an und konnte kaum weiteratmen. Sie war der schönste Anblick, den ich jemals in meinem Leben gehabt hatte.

*»Denn siehe, du bist so schön, mein Lieb; siehe, du bist schön; zwischen deinen Locken hast du die Augen einer Taube; dein Haar ist wie eine Ziegenherde, die vom Berg Gilead herabsteigt.*

*Dein Nabel ist wie ein runder Becher, dem es an Wein nicht mangelt; dein Leib ist wie Weizen, mit Lilien besteckt. Deine Brüste sind wie zwei junge Zwillingsrehe.*

*Du bist so schön, mein Lieb; an dir ist kein Makel.«*

# IV

*Denn Mühsal aus der Erde nicht geht, und Unglück aus dem Acker nicht wächst; sondern der Mensch wird zu Unglück geboren, wie die Vögel schweben, emporzufliegen.* Hiob 5:6–7

Ich kam langsam zu mir, und das gefiel mir überhaupt nicht. Ein entsetzlicher Alptraum jagte mich. Ich kniff gegen das Licht die Augen zu und versuchte, wieder einzuschlafen.

In meinem Kopf dröhnten Eingeborenentrommeln, und ich hielt mir die Ohren zu.

Sie wurden lauter.

Ich gab auf, öffnete die Augen und hob den Kopf. Ein Fehler – mein Magen schlug einen Purzelbaum, und meine Ohren flatterten. Ich sah doppelt, und diese infernalischen Trommeln wollten mir den Schädel sprengen.

Nach einiger Zeit konnte ich wieder normal sehen, wenn auch verschwommen. Ich schaute mich um und stellte fest, daß ich mich in einem fremden Raum befand. Ich lag auf einem Bett und war nur halb bekleidet.

Und dann fiel es mir wieder ein. Eine Party auf dem Schiff. Schnaps. Viel Schnaps. Lärm. Nacktheit. Der Kapitän tanzt ausgelassen in einem Rock aus Bast, und das Orchester versucht, mit ihm Schritt zu halten. Einige Damen unter den Passagieren tragen ebenfalls Baströcke, manche sogar noch weniger. Das Rasseln von Bambus, das Dröhnen von Trommeln.

Trommeln –

Das in meinem Kopf war kein Trommeln; es war das Dröhnen der schlimmsten Kopfschmerzen meines Lebens. Warum in aller Welt habe ich nur zugelassen, daß sie –

Nein, nicht »sie«. Es war deine eigene Schuld, alter Junge.

Ja, aber –

»Ja, aber«. Immer nur »Ja, aber«. In deinem ganzen Leben hat es immer nur »Ja, aber« geheißen. Warum stehst du denn nicht endlich auf und übernimmst die volle Verantwortung für dein Leben und für alles, was dir passiert?

Ja, aber dies war nicht meine Schuld. Ich bin nicht A. L. Graham. Das ist nicht mein Name. Dies ist nicht mein Schiff.

Wirklich nicht?

Natürlich nicht –

Ich setzte mich auf, um diesen bösen Traum abzuschütteln. Das war ein Fehler; mein Kopf fiel zwar nicht ab, aber ein stechender Schmerz im Genick kam zu dem Dröhnen in meinem Schädel hinzu. Ich trug eine schwarze Hose und offenbar sonst nichts, Und ich befand mich in einem fremden Raum, der sich langsam bewegte.

Grahams Hosen. Grahams Kabine. Und diese langsame schlingernde Bewegung war die eines Schiffes, das ohne Stabilisatoren fuhr.

Nein, es ist kein Traum. Und wenn es einer ist, kann ich ihn nicht abschütteln. Meine Zähne juckten, und meine Füße paßten nicht mehr zusammen. Überall trockener Schweiß, außer an den feuchten Stellen. Meine Achselhöhlen – ich darf an Achselhöhlen nicht einmal denken!

Man hätte mir Lauge in den Mund schütten müssen.

Jetzt fiel mir alles wieder ein. Fast alles. Die Feuergrube. Die Dorfleute. Die auseinanderstiebenden Hühner. Das Schiff, das nicht mein Schiff war – aber es doch war. Margrethe –

Margrethe!

*»Deine Brüste sind wie zwei Rehe – du bist so schön, mein Lieb!«*

Margrethe unter den Tanzenden, die Brüste so nackt wie die Füße. Margrethe, die mit diesem schurkischen Kanaken tanzt, der sie herumwirbelt –

Kein Wunder, daß du dich betrunken hast!

Langsam, alter Junge! Du warst schon vorher betrunken. Das einzige, was du gegen diesen Eingeborenen hast, ist die Tatsache, daß er statt deiner mit ihr getanzt hat. Du hättest selbst gern mit ihr getanzt. Aber du kannst nicht tanzen.

Tanzen ist eine der Schlingen des Satans.

Und möchtest du nicht gern tanzen können?

»*– wie zwei Rehe!*« Ja, das möchte ich!

Ich hörte ein leises Klopfen an der Tür, dann das Rasseln von Schlüsseln. Margrethe steckte den Kopf in die Kabine. »Sind Sie schon wach? Gut.« Sie kam mit einem Tablett herein, schloß die Tür und trat an mein Bett. »Trinken Sie dies.«

»Was ist das?«

»Hauptsächlich Tomatensaft. Widersprechen Sie nicht – trinken Sie!«

»Das kann ich nicht.«

»Das können Sie sehr wohl. Sie müssen es sogar. Los jetzt.«

Ich roch daran. Dann nahm ich einen kleinen Schluck. Zu meinem Erstaunen wurde mir nicht schlecht. Ich nahm also noch einen Schluck. Zuerst mußte ich mich ein wenig schütteln, aber dann ging es glatt runter und blieb auch im Magen. Margrethe legte mir zwei Tabletten hin. »Nehmen Sie die. Spülen Sie sie mit dem letzten Schluck Tomatensaft runter.«

»Ich nehme niemals Medizin.«

Sie seufte und sagte etwas, das ich nicht verstand. Kein Englisch. Jedenfalls nicht ganz. »Was haben Sie gesagt?«

»Nur etwas, das meine Großmutter sagte, wenn mein Großvater nicht auf sie hören wollte. Mr. Graham, nehmen Sie diese Tabletten. Es ist ja nur Aspirin, und Sie brauchen es. Wenn Sie jetzt nicht vernünftig sind, werde ich nicht mehr versuchen, Ihnen zu helfen. Ich werde – ich werde Sie an Astrid weitergeben, ja, das werde ich tun.

»Das dürfen Sie nicht.«

»Das werde ich aber tun, wenn Sie sich noch länger sperren. Astrid wäre damit einverstanden. Sie mag Sie – sie hat mir erzählt, daß Sie ihr gestern Abend beim Tanzen zugeschaut haben.«

Ich nahm die Tabletten und spülte sie mit dem Rest Tomatensaft herunter. Er war eiskalt und angenehm. »Das stimmt. Bis ich Sie sah. Dann habe ich Ihnen zugeschaut.«

Zum ersten Mal lächelte sie. »Ja? Hat es Ihnen gefallen?«

»Sie waren wunderbar.« (Und dein Tanz war obszön. Deine schamlose Kleidung und dein Benehmen haben mich zutiefst schockiert – und ich wünschte, ich könnte in diesem Augenblick alles noch einmal sehen!) »Sie sind so anmutig.«

Sie lächelte jetzt so strahlend, daß in ihren Wangen Grübchen erschienen. »Ich hatte gehofft, daß es Ihnen gefallen würde, Sir.«

»Es war wirklich sehr schön. Und jetzt hören Sie auf, mir mit Astrid zu drohen.«

»Okay. Aber nur wenn Sie sich vernünftig benehmen. Und jetzt stehen Sie auf und gehen Sie unter die Dusche. Zuerst sehr heiß, dann sehr kalt. Wie in der Sauna.« Sie wartete. »Hoch jetzt. Haben Sie nicht gehört? Ich gehe nicht, bevor in der Dusche das Wasser läuft und der Dampf herauskommt.«

»Ich werde schon duschen. Wenn Sie weg sind.«

»Ich weiß. Und dann lassen Sie das Wasser lauwarm laufen. Ziehen Sie die Hose aus und verschwinden Sie unter der Dusche. Während Sie duschen, hole ich Ihr Frühstück. Die Kombüse schließt gleich, damit das Mittagessen vorbereitet werden kann. Beeilen Sie sich also bitte!«

»Oh, ich kann heute nicht frühstücken! Bestimmt nicht.« Essen – was für ein ekelhafter Gedanke.

»Sie *müssen* essen. Sie haben gestern abend zu viel getrunken. Das wissen Sie doch. Wenn Sie nichts essen, werden Sie sich den ganzen Tag nicht wohlfühlen, Mr. Graham. Meine anderen Gäste sind alle schon versorgt. Ich habe also jetzt frei. Ich hole jetzt Ihr Tablett, und dann werde ich hierbleiben und aufpassen, daß Sie auch essen.« Sie sah mich an. »Ich hätte Ihnen die Hose ausziehen sollen, als ich Sie ins Bett brachte. Aber Sie waren zu schwer.«

»Sie haben mich ins Bett gebracht?«

»Ori hat mir geholfen. Der Junge, mit dem ich getanzt habe.« Mein Gesichtsausdruck muß mich verraten haben, denn sie fügte rasch hinzu: »Oh, ich habe ihn natürlich nicht in Ihre Kabine gelassen, Sir. Ich habe Sie selbst ausgezogen. Aber ich brauchte jemanden, der mir half, Sie die Treppe hinaufzubringen.«

»Ich habe Sie nicht kritisiert.« (Bist du dann wieder zur Party zurückgegangen? War er auch da? Hast du wieder mit ihm getanzt? »– *die Eifersucht ist grausam wie das Grab; sie brennt wie glühende Kohlen* –« Aber ich habe keinen Anspruch.) »Ich danke Ihnen beiden. Es tut mir leid, daß ich Ihnen solche entsetzlichen Ungelegenheiten bereitet habe.«

»Nun . . . mutige Männer trinken oft zuviel, wenn die Gefahr vorbei ist. Aber es ist nicht gut für Sie.«

»Nein, das ist es nicht.« Ich stand vom Bett auf und ging ins Bad. »Ich werde das Wasser ganz heiß laufen lassen«, sagte ich. »Das ist ein Versprechen.« Ich schloß die Tür und schob den

Riegel vor. Dann zog ich mich ganz aus. (Ich war also so stinkbesoffen gewesen, daß ein Eingeborenenjunge helfen mußte, mich ins Bett zu bringen. Alex, du hast dich widerlich aufgeführt. Und du hast nicht das Recht, im Zusammenhang mit einem netten Mädchen eifersüchtig zu sein. Sie ist nicht dein Eigentum, und nach den hier geltenden Regeln ist ihr Verhalten einwandfrei. Sie hat dich lediglich bemuttert und für dich gesorgt. Daraus kannst du keinen Anspruch auf sie ableiten.

Ich drehte das Wasser so heiß auf, daß es den armen alten Alex fast umgebracht hätte. Aber ich ließ es so heiß, bis meine Nervenenden wie abgetötet waren – dann drehte ich ohne Übergang kalt auf und mußte laut schreien.

Ich ließ es kalt, bis es mir nicht mehr kalt vorkam. Dann stellte ich das Wasser ab, öffnete die Tür, um den Dampf hinauszulassen, und trocknete mich ab. Als ich in die Kabine zurückging, merkte ich plötzlich, daß ich mich ausgezeichnet fühlte. Keine Kopfschmerzen. Nicht mehr das Gefühl, daß die Welt am Mittag endet. Kein unangenehmes Gefühl im Magen. Nur Hunger. Alex, du darfst dich nie wieder besaufen . . . und wenn du es doch tust, mußt du dich genau an Margrethes Vorschriften halten. Sie ist eine gescheite Frau, Junge – das solltest du zu würdigen wissen.

Ich fing an zu pfeifen und öffnete Grahams Kleiderschrank.

Als ich den Schlüssel in der Tür hörte, griff ich mir rasch den Bademantel und konnte mich gerade noch bedecken, bevor sie eintrat. Sie bewegte sich diesmal langsam, denn sie trug ein schweres Tablett. Ich hielt ihr die Tür auf, und sie stellte das Tablett ab. Dann verteilte sie das Geschirr auf dem Tisch.

»Sie hatten recht mit der Dusche nach Sauna-Art«, sagte ich. »Genau was der Arzt verordnet hat. In diesem Fall natürlich die Schwester.«

»Das hat meine Großmutter meinem Großvater auch immer verordnet.«

»Eine kluge Frau. Oh, das riecht aber gut!« (Rührei, Schinken, eine reichliche Menge Brötchen, Milch und Kaffee. Dazu Käse, *Fladbrød*, dünne Schinkenscheiben und einige tropische Früchte, deren Namen ich nicht kannte.) »Was sagte Ihre Großmutter noch immer, wenn Ihr Großvater nicht auf sie hören wollte?«

»Oh, sie konnte sehr ungeduldig werden.«

»Das sind *Sie* nie. Sagen Sie es mir.«

»Nun – sie sagte immer, daß Gott die Männer erschaffen hat, um die Seelen der Frauen zu prüfen.«

»Daran mag etwas sein. Stimmen Sie ihr zu?«

Wieder entstanden bei ihrem Lächeln Grübchen. »Oh, ich denke, daß sie auch zu anderen Dingen zu gebrauchen sind.«

Margrethe räumte meine Kabine auf und reinigte mein Bad (ja, ja, *Grahams* Kabine, *Grahams* Bad – zufrieden?), während ich aß. Dann legte sie mir eine Hose, ein buntbedrucktes Sporthemd und Sandalen zurecht und brachte das Tablett weg, wobei sie den Kaffee und die restlichen Früchte auf dem Tisch ließ. Ich bedankte mich bei ihr, als sie ging, und fragte mich, ob ich ihr eine »Belohnung« anbieten sollte. Ich fragte mich zugleich, ob sie solche Dienste auch anderen Passagieren leistete. Ich hielt es für unwahrscheinlich, aber ich konnte sie nicht direkt fragen.

Ich verriegelte hinter ihr die Tür und fuhr fort, Grahams Kabine zu durchsuchen.

Ich trug seine Kleidung, schlief in seinem Bett, hörte auf seinen Namen – und jetzt mußte ich mich entscheiden, ob ich meine Rolle weiterspielen und »A. L. Graham« bleiben wollte . . . oder sollte ich mich an irgendeine Behörde wenden (den amerikanischen Konsul? Wenn nicht, an wen sonst?), meine Situation erklären und um Hilfe bitten?

Die Zeit drängte. In der Bordzeitung von heute stand, daß die *Konge Knut* um drei Uhr nachmittags in Papeete anlegen und um sechs Uhr nachmittags nach Mazatlán in Mexiko auslaufen sollte. In einem Aushang teilte der Zahlmeister den Passagieren mit, sie könnten nach Anlegen des Schiffes bis fünfzehn Minuten vor Abfahrt vor dem Büro des Zahlmeisters Francs in Dollars umwechseln. Dort werde während der genannten Zeit ein Vertreter der Bank von Papeete zur Verfügung stehen. Weiter teilte er den Passagieren mit, daß Bordschulden, wie Rechnungen der Bar und der Läden, nur in Dollar und dänischen Kronen oder mit gültigen Kreditbriefen beglichen werden könnten.

Alles sehr vernünftig. Und besorgniserregend. Ich hatte erwartet, daß das Schiff mindestens vierundzwanzig Stunden in Papeete liegen würde. Für nur drei Stunden anzulegen kam mir lächerlich vor. Da wäre es ja schon gleich nach dem Festmachen an der Zeit, sich für die Abfahrt vorzubereiten. Und mußten nicht Liegegebühren für volle vierundzwanzig Stunden bezahlt werden, wenn man überhaupt anlegte.

Dann fiel mir ein, daß ich mit der Regelung dieser Dinge nun wirklich nichts zu tun hatte. Vielleicht nutzte der Kapitän nur ein paar Stunden zwischen der Abfahrt des Schiffes und der Ankunft eines anderen. Es mochte ein halbes Dutzend anderer Gründe geben. Ich sollte mir lieber Sorgen darum machen, was ich zwischen drei und sechs Uhr tun konnte und zwischen jetzt und drei Uhr tun *mußte*.

Vierzig Minuten intensiver Suche ergaben folgendes:

Kleidung aller Art – kein Problem außer ein paar Pfund zuviel an meinen Hüften.

Geld – die Francs in seinem Portemonnaie (ich muß sie einwechseln) und die fünfundachtzig Dollar, die ich ebenfalls darin gefunden hatte; dreitausend Dollar in der Schreibtischschublade, in der auch die kleine Schatulle mit Grahams Uhr, Ring, Manschettenknöpfen etc. stand. Da die Uhr und der Schmuck wieder in der Schatulle lagen, nahm ich an, daß es Margrethe gewesen war, die den Betrag sichergestellt hatte, den ich (oder Graham) dank meiner Wette mit Forsyth, Jeeves und Henshaw gewonnen hatte. Es heißt, der Herr schickt Narren und Betrunkenen einen Schutzengel; wenn das stimmt, mußte in meinem Fall Margrethe der Schutzengel gewesen sein.

Verschiedene unnütze Sachen, die für mein gegenwärtiges Problem ohne Bedeutung waren – Bücher, Souvenirs, Zahnpasta etc.

Kein Paß.

Als die anfängliche Suche Grahams Paß nicht zutage förderte, suchte ich noch einmal. Ich prüfte den Inhalt der Taschen aller Kleidungsstücke, die im Kleiderschrank hingen. Dann suchte ich noch einmal gründlich an den üblichen Stellen und an einigen unüblichen, an denen ein Büchlein von der Größe eines Passes versteckt sein könnte.

Kein Paß.

Manche Touristen achten peinlich darauf, ihren Paß bei sich zu tragen, wenn sie das Schiff verlassen. Ich ziehe es vor, meinen Paß nicht mitzunehmen, wenn es sich irgend vermeiden läßt, denn den Paß zu verlieren ist eine unangenehme Sache. Ich hatte meinen am Vortag nicht bei mir gehabt . . . und deshalb war er zusammen mit dem Motorschiff *Konge Knut* verschwunden. Und wo mochte das Schiff sein? Ich hatte noch keine Zeit gehabt, darüber nachzudenken; ich war zu sehr damit beschäftigt gewesen, mich in einer fremden neuen Welt zurechtzufinden.

Wenn Graham seinen Paß gestern bei sich gehabt hätte, wäre der natürlich ebenfalls verschwunden. Durch einen Spalt in der vierten Dimension. Es sah fast so aus.

Während ich immer aufgeregter wurde, schob jemand einen Briefumschlag unter der Tür hindurch in meine Kabine.

Ich hob ihn auf und öffnete ihn. Er enthielt eine Aufstellung »meiner« Bordschulden. Hatte Graham das Schiff in Papeete verlassen wollen? Oh, nein! Wenn das der Fall war, würde ich für immer auf diesen Inseln ausgesetzt bleiben.

Nein. Vielleicht nicht. Dies schien die normale Monatsrechnung zu sein.

Grahams Rechnung war so hoch, daß ich entsetzt war . . . bis ich mir die einzelnen Posten ansah. Dann war ich noch entsetzter, aber aus einem anderen Grunde: Wenn eine Coca-Cola zwei Dollar kostet, bedeutet das nicht, daß eine Cola größer ist; nein, es bedeutet, daß der Dollar kleiner ist.

Jetzt wußte ich, warum eine Dreihundert-Dollar-Wette auf, äh, der *anderen* Seite zu einer Dreitausend-Dollar-Wette auf dieser geworden war.

Ich würde in dieser Welt leben müssen. Ich würde mich im Zusammenhang mit den Preisen neu orientieren müssen. Dollar wie eine fremde Währung behandeln und alle Preise umrechnen, bis ich mich an sie gewöhnt hatte. Wenn zum Beispiel diese Bordpreise repräsentativ waren, würde ein erstklassiges Dinner, Steak oder ähnliches, in einem erstklassigen Restaurant, etwa dem Brown Palace oder dem Mary Hopkins, leicht zehn Dollar kosten.

Mit Cocktails vor dem Essen und einer Flasche Wein könnte die Rechnung sich auf fünfzehn Dollar erhöhen. Das wäre ein ganzer Wochenlohn! Dem Himmel sei Dank, daß ich nicht trinke! »Was tust du nicht?«

Hör zu – gestern abend war ein ganz besonderer Tag.

Wirklich? Ja, du hast recht, denn seine Unschuld verliert man nur einmal. Hat man sie einmal verloren, ist sie für immer weg. Was hattest du eigentlich getrunken, bevor dir der Faden riß?

Einen dänischen Zombie? Könntest du so einen nicht gerade jetzt gebrauchen? Nur, um deine Stabilität wieder herzustrellen?

Ich werde kein Glas davon mehr anfassen!

Wir werden sehen, alter Junge.

Ich hatte nur noch eine Chance, wenn auch eine gute – wie ich hoffte. In der kleinen Schatulle, in der Graham seinen Schmuck und dergleichen aufbewahrte, hatte ich einen kleinen Schlüssel gefunden, auf dem die Nummer zweiundachtzig eingraviert war. Wenn das Glück mir lächelte, paßte er zu einem Schließfach im Büro des Zahlmeisters.

(Und wenn das Glück mich verhöhnte, paßte er zu einem Schließfach einer Bank in einem der sechsundvierzig Staaten, einer Bank, die ich nie zu Gesicht bekommen werde. Aber darüber will ich mir nicht auch noch Sorgen machen; ich habe so schon genug.

Ich ging zum unteren Deck und nach achtern. »Guten Morgen, Zahlmeister.«

»Ah, Mr. Graham! War das nicht eine schöne Party?«

»Gewiß. Noch eine von der Sorte, und ich bin eine Leiche.«

»Aber ich bitte Sie. Das sagt ein Mann, der durch das Feuer geht? Es schien Ihnen doch zu gefallen – ich jedenfalls habe mich sehr amüsiert. Was kann ich für Sie tun, Sir?«

Ich zeigte ihm den Schlüssel, den ich gefunden hatte. »Ist das der richtige Schlüssel? Oder gehört er zu meinem Bankschließfach? Ich verwechsle sie immer.«

Der Zahlmeister nahm den Schlüssel. »Das ist einer von unseren. Poul! Nehmen Sie ihn und holen Sie Mr. Grahams Kasten. Mr. Graham, wollen Sie hereinkommen und sich an einen Tisch setzen?«

»Ja, danke. Äh . . . haben Sie vielleicht einen Beutel, in den der Inhalt des Kastens hineinpaßt? Ich möchte die Sachen gern mit in meine Kabine nehmen. Ich muß ein paar Schreibarbeiten machen.«

»Einen Beutel – Hmm . . . ich könnte einen aus dem Laden holen lassen. Aber – wie lange werden Sie brauchen? Können Sie zu Mittag fertig sein?«

»Ganz sicher.«

»Dann nehmen Sie doch den ganzen Kasten mit in Ihre Kabine. Das ist zwar gegen die Vorschriften, aber die Vorschriften mache ich selbst. Also können wir uns einen kleinen Verstoß leisten. Aber bringen Sie ihn bitte zu Mittag wieder zurück. Wir haben von zwölf bis dreizehn Uhr geschlossen – das verlangt die Gewerkschaft – und wenn ich hier allein herumsitzen muß, während meine Leute zum Essen sind, müssen Sie einen Drink für mich ausgeben.«

»Das werde ich ohnehin tun.«

»Gut. Hier ist der Kasten. Tragen Sie ihn aber nicht durchs Feuer.«

Obenauf lag Grahams Paß. Mir fiel ein Stein vom Herzen. Ich kenne kein unangenehmeres Gefühl, als sich ohne Paß außerhalb der Union zu befinden. Ich schlug den Paß auf und betrachtete das eingestanzte Bild. Sehe ich so aus? Ich ging ins Bad und verglich das Bild im Spiegel mit dem im Paß.

Wahrscheinlich ziemlich ähnlich. Von einem Paßbild kann man nicht viel erwarten. Ich hielt das Foto in den Spiegel, und plötzlich kam es mir sehr ähnlich vor. Du hast ein schiefes Gesicht, alter Junge . . . und Sie haben auch ein schiefes Gesicht, Mr. Graham.

Junge, wenn ich tatsächlich für immer deine Identität annehmen soll – und es sieht fast so aus, als bliebe mir keine andere Wahl –, ist es schon gut zu wissen, daß wir uns so ähnlich sehen. Fingerabdrücke? Damit setzen wir uns auseinander, wenn es nötig werden sollte. Die Vereinigten Staaten von Nordamerika schreiben anscheinend für einen Paß keine Fingerabdrücke vor. Das ist eine kleine Hilfe. Beruf: Leitender Angestellter. Wo? In einem Beerdigungsunternehmen? Oder in einer internationalen Hotelkette? Die Frage zu beantworten dürfte schwierig sein. Sogar unmöglich.

Adresse: c/o O'Hara, Rigsby, Crumpacker und Rigsby, Rechtsanwälte. Suite 7000, Smith Building, Dallas. Wie schön. Nur eine Postadresse. Keine Geschäftsadresse. Keine Heimatadresse. Ich würde dem Kerl am liebsten in die Schnauze schlagen!

Nun, vielleicht war er doch kein so übler Bursche, wenn Margrethe ihn so gut leiden konnte. Ja – aber wenigstens sollte er die Finger von Margrethe lassen; er nutzt sie nur aus. Das ist unfair. *Wer* nutzt sie aus? Paß auf, Junge, du bekommst noch eine gespaltene Persönlichkeit.

Ein Umschlag, der unter dem Paß lag, enthielt den für den

Passagier bestimmten Abschnitt des Fahrscheins – und er hatte tatsächlich auch die Rückreise gebucht, von Portland nach Portland. Zwilling, wenn du nicht vor sechs Uhr nachmittags hier auftauchst, ist mir die Heimreise sicher. Du kannst vielleicht meinen Fahrschein für den *Admiral Moffet* benutzen. Ich wünsche dir Glück.

Es lagen noch einige andere Kleinigkeiten in der Kassette, aber den meisten Raum nahmen zehn dicke versiegelte Umschläge ein. Ich öffnete einen davon.

Er enthielt Tausenddollarnoten. Hundert Stück.

Rasch prüfte ich die anderen neun Umschläge. Der gleiche Inhalt. Eine Million Dollar in bar.

# V

*Der Gottlose flieht, und niemand jagt ihn; der Gerechte aber ist getrost wie ein junger Löwe.*
Sprüche 28:1

Ein wenig außer Atem benutzte ich Klebestreifen, die ich in Grahams Schreibtisch gefunden hatte, um die Umschläge wieder zu versiegeln. Ich legte alles in den Kasten zurück. Nur den Paß legte ich zu den dreitausend Dollar, die ich als »meine« betrachtete, in die kleine Schreibtischschublade. Dann brachte ich den Kasten in das Büro des Zahlmeisters zurück.

Am Schalter stand jemand anders, aber ich sah den Zahlmeister hinten in seinem Büro. Unsere Blicke trafen sich.

»Hallo«, rief er. »So schnell wieder hier?« Er trat an den Schalter.

»Ja«, sagte ich. »Diesmal stimmte alles.« Ich gab ihm die Kassette.

»Ich würde Sie am liebsten für dieses Büro anheuern. Hier stimmt nie etwas. Jedenfalls nicht vor Mitternacht. Wie wär's mit einem Drink? Ich könnte einen gebrauchen.«

»Ich auch. Gehen wir.«

Der Zahlmeister führte mich zu einer Bar an Deck, die ich im Schiffsplan nicht gesehen hatte. Das Deck über uns endete, und wir befanden uns auf dem D-Deck, das hier in ein Sonnendeck überging. Die Planken waren aus hellem Teakholz, auf dem es sich angenehm gehen ließ. Das C-Deck hatte hier einen überhängenden Teil, unter dem eine Markise gespannt war. Im rechten Winkel zur Bar standen lange Tische mit einem reichhaltigen kalten Büfett, an denen Passagiere Schlange standen. Weiter achtern lag der Swimming-pool. Ich hörte Planschen und Schreie und Kreischen.

Er führte mich an einen kleinen Tisch, an dem zwei jüngere Offiziere saßen. Wir blieben stehen. »Los, ihr beiden. Springt über Bord.«

»Sofort, Zahlmeister.« Sie standen auf, nahmen ihre Biergläser und gingen weiter nach achtern. Dabei grinste mich einer von ihnen an und nickte, als ob wir Bekannte seien. Ich nickte zurück und sagte: »Hallo.«

Dieser Tisch stand halb unter dem Sonnenzelt. Der Zahlmeister sagte: »Wollen Sie in der Sonne sitzen und den Mädchen zuschauen, oder lieber im Schatten?«

»Das ist mir gleich. Setzen Sie sich, wo Sie wollen. Ich nehme dann den anderen Stuhl.«

»Hmm. Ich denke, wir schieben den Tisch ein Stück zurück und finden beide im Schatten Platz. So, das genügt.« Er setzte sich mit dem Rücken zum Swimming-pool, so daß ich notgedrungen hinüberschauen mußte – und ich fand etwas bestätigt, das ich schon auf den ersten Blick festgestellt zu haben glaubte: In diesem Swimming-pool trug man nichts so Überflüssiges wie Badeanzüge.

Das hätte ich aus dem schon Erlebten logisch folgern müssen, wenn ich darüber nachgedacht hätte – aber das hatte ich nicht getan. Nacktbaden hatte ich zuletzt erlebt, als ich zwölf Jahre alt war, und damals war dieses Privileg strikt auf Knaben in diesem Alter oder jünger beschränkt.

»Ich sagte ›Was wollen Sie trinken, Mr. Graham?‹«

»Oh! Verzeihung. Ich hatte nicht zugehört.«

»Das hab ich gemerkt. Sie haben geguckt. Was soll es denn sein?«

»Äh . . . ein dänischer Zombie.«

Er zwinkerte mir zu. »Aber doch nicht um diese Tageszeit. Der Drink läßt Ihnen den Schädel platzen. Hmm –« Er winkte jemanden heran, der hinter mir stand. »Komm her, Schatz.«

Ich schaute auf, als die Stewardeß erschien, der er gewinkt hatte. Ich sah sie an. Dann sah ich noch einmal hin. Am Vorabend hatte ich sie zuletzt gesehen, wenn ich auch von Alkohol umnebelt war. Es war eine der beiden Rothaarigen in der Hula-Truppe.

»Sag Hans, wir brauchen zwei Silver-Fizz. Wie heißt du noch, Schatz?«

»Mr. Henderson, wenn Sie noch einmal so tun, als wüßten Sie nicht, wie ich heiße, kippe ich Ihnen den Drink auf die Glatze.«

»Ja, Schatz, und jetzt beweg deine fetten Beine.«

Sie schnaufte und glitt auf schlanken und sehr ansehnlichen Beinen davon. »Nettes Mädchen«, sagte der Zahlmeister. »Ihre Eltern leben in Odense. Mir gegenüber. Ich kannte sie schon als Baby. Außerdem ist sie intelligent. Bodel will Tierärztin werden. Sie muß noch ein Jahr studieren.«

»Tatsächlich? Wie vereinbart sich ein Studium mit solcher Arbeit?«

»Die meisten unserer Mädchen studieren. Einige nehmen sich für den Sommer frei, andere lassen hin und wieder ein Semester aus – damit sie eine Reise mitmachen können. Sie wollen sich ein bißchen amüsieren und Geld für das nächste Semester sparen. Ich stelle am liebsten Mädchen ein, die sich ihr Studium verdienen wollen; sie sind zuverlässiger – und sie verstehen mehr Sprachen. Nehmen Sie zum Beispiel Ihre Kabinen-Stewardeß. Astrid?«

»Nein. Margrethe.«

»Ach, ja. Sie haben ja Kabine eins-null-neun. Astrid betreut auf Ihrem Deck die Kabinen vorn an der Backbordseite. Margrethe hat Ihre Seite. Margrethe Svensdotter Gunderson. Lehrerin. Englisch und Geschichte. Aber sie spricht vier weitere Sprachen – die skandinavischen Sprachen nicht mitgerechnet – und hat in zwei von ihnen ein Examen abgelegt. Sie arbeitet an der H.-C.-Andersen-Mittelschule und hat sich ein Jahr Urlaub genommen. Ich möchte wetten, daß sie nicht wieder zurückgeht.«

»Was? Warum denn nicht?«

»Sie wird einen reichen Amerikaner heiraten. Sind Sie reich?«

»*Ich*? Sehe ich so aus?« (Weiß er vielleicht, was in diesem Kasten ist? Mein Gott, was fängt man mit einer Million Dollar an, die einem nicht gehört? Ich kann sie doch nicht einfach über Bord werfen. Wieso hatte Graham so viel Bargeld bei sich? Ich könnte mir einige Gründe vorstellen, aber nur schlechte. Jeder einzige dieser Gründe könnte mir mehr Ärger eintragen, als ich je erlebt habe.)

»Reiche Amerikaner sehen nie reich aus; sie geben sich alle Mühe, nicht reich zu wirken. Ich meine natürlich Nordamerikaner. Bei Südamerikanern ist das anders. Vielen Dank, Gertrude. Du bist ein gutes Mädchen.«

»Soll ich Ihnen den Drink auf die Glatze kippen?«

»Soll ich dich mitsamt deinen Klamotten in den Swimming-pool schmeißen? Benimm dich, Schatz, oder ich sag's deiner Mutter. Stell die Getränke hin und gib mir den Zettel.«

»Ich habe keinen. Hans wollte für Mr. Graham einen Drink spendieren, und da hat er beschlossen, Sie einzubeziehen.«

»Und auf diese Weise macht die Bar minus. Sag ihm, daß ich es ihm vom Gehalt abziehen werde.«

Und so geschah es, daß ich statt eines Silver-Fizz zwei trank . . . und unterwegs war in eine ähnliche Katastrophe wie die vom Vorabend. Mr. Henderson fand, es sei Zeit, eine Kleinigkeit zu essen. Ich wollte einen dritten Fizz. Die ersten beiden hatten dazu geführt, daß ich mir wegen des verrückten Kastens voll Geld keine Sorgen mehr machte und die Show am Swimming-pool unbefangener genießen konnte. Ich mußte feststellen, daß eine Konditionierung, die ein Leben lang gedauert hat, sich in vierundzwanzig Stunden wegwaschen läßt. Unbekleidete weibliche Schönheit zu bewundern ist keine Sünde. Es ist so unschuldig, als betrachte man Blumen oder kleine Katzen – aber es macht viel mehr Spaß.

Inzwischen brauchte ich noch einen Drink.

Mr. Henderson war dagegen. Er rief Bodel an den Tisch und sagte sehr schnell etwas auf dänisch zu ihr. Sie verschwand und kam nach ein paar Minuten mit einem vollen Tablett zurück – Smörgåsbord, heiße Fleischklopse, süße Pasteten mit Eiscreme, starker Kaffee, alles in großen Mengen.

Fünfundzwanzig Minuten später bewunderte ich noch immer die Teenager am Pool, aber ich steuerte nicht mehr auf eine weitere alkoholische Katastrophe zu. Ich war wieder nüchtern genug, um zu erkennen, daß ich meine Probleme mit Hilfe von Alkohol nicht würde lösen können. Im Gegenteil, ich mußte Alkohol unbedingt meiden, bis ich sie gelöst hatte – denn ich konnte mit starken Getränken nicht umgehen. Onkel Ed hatte recht gehabt: Laster erfordern Training und lange Übung – sonst sollte schon aus praktischen Gründen Tugend walten, wenn die Moral nicht mehr hält.

Meine Moral hielt bestimmt nicht mehr – denn wie hätte ich sonst mit einem Glas von diesem Teufelsgebräu hier sitzen können, um auf nacktes Weiberfleisch zu starren.

Ich stellte fest, daß ich mir über nichts auch nur die geringsten Gewissensbisse machte. Mein einziges Bedauern galt der traurigen Erkenntnis, daß ich nicht so viel Alkohol vertragen konnte, wie ich gern getrunken hätte. *»Leicht ist der Abstieg in den Averno.«*

Mr. Henderson stand auf. »Wir machen in knapp zwei Stunden fest, und ich muß noch ein paar Zahlen fälschen, bevor der Agent an Bord kommt. Vielen Dank für die angenehme Gesellschaft.«

»Ich danke *Ihnen*, Sir. *Tusind tak!* Heißt das bei Ihnen nicht so?«

Er lächelte und ging. Ich blieb noch eine Weile sitzen und überlegte. Noch zwei Stunden bis zum Anlegen und dann drei Stunden im Hafen – wie konnte ich diese Gelegenheit nutzen?

Zum amerikanischen Konsul gehen? Was sollte ich dem erzählen? Lieber Mr. Konsul, ich bin nicht der, für den man mich hält, und ich habe eben diese Million Dollar gefunden –

*Lächerlich!*

Niemandem etwas sagen, die Million einstecken, an Land gehen und das nächste Luftschiff nach Patagonien nehmen?

Unmöglich. Meine Moral war verrutscht – anscheinend war sie nie sehr stark ausgeprägt gewesen. Aber ich hatte immer noch Bedenken gegen Diebstahl. Stehlen ist nicht nur Unrecht; es ist unwürdig.

Schlimm genug, daß ich seine Kleider trage.

Nimm die dreitausend, die dir »zu Recht« gehören, geh an Land und warte, bis das Schiff abgelegt hat. Und dann versuchst du, irgendwie nach Amerika zurückzukommen.

Unsinn! Du würdest in einem Tropengefängnis landen, und deine lächerliche Geste würde Graham nicht im geringsten nützen. Wieder einmal hast du keine Wahl, du Dummkopf; du mußt an Bord bleiben und warten, bis Graham auftaucht. Er wird zwar nicht kommen, aber es könnte eine Nachricht über Funk kommen oder ähnliches. Du mußt sitzenbleiben und Nägel kauen, bis das Schiff abfährt. Und wenn es abfährt, kannst du Gott dafür danken, daß du wieder in Gottes eigenes Land zurückfahren kannst. Und mit seinem Ticket für die *Admiral Moffet* tut Graham inzwischen dasselbe. Ob es ihm wohl gefällt, Hergensheimer genannt zu werden? Ich wette, ihm gefällt der Name besser als mir »Graham«. Hergensheimer ist ein stolzer Name.

Ich stand auf, schlich auf die andere Seite hinüber und ging zwei Decks höher in die Bibliothek. Außer einer Frau, die sich mit einem Kreuzworträtsel beschäftigte, war niemand dort. Da keiner von uns gestört werden wollte, kamen wir bestens miteinander aus. Die meisten Bücherschränke waren abgeschlossen, denn die Bibliothekarin war nicht da, aber ich fand ein zerfleddertes Lexikon – genau das, was ich für den Anfang brauchte.

Zwei Stunden später erschreckte mich das Heulen der Schiffssirene, und ich wußte, daß wir im Begriff waren, anzulegen. Inzwischen hatte ich seltsame historische Erkenntnisse und noch seltsamere Ideen in mich aufgenommen und nichts davon verdaut. In dieser Welt war zum Beispiel William Jennings Bryan nie Präsident gewesen; statt seiner hatte man 1896 McKinley gewählt. Er hatte zwei Amtsperioden absolviert, und dann war ihm ein gewisser Roosevelt im Amt gefolgt.

Ich kannte keinen der Präsidenten des zwanzigsten Jahrhunderts.

Anstatt dank unserer traditionellen Neutralität mehr als ein Jahrhundert lang in Frieden zu leben, hatten die Vereinigten Staaten wiederholt auswärtige Kriege geführt: 1899, 1912–17, 1932 (mit Japan!). 1950–52. 1980–84, und so weiter bis zum laufenden Jahr – oder vielmehr bis zu dem Jahr, in dem dieses Lexikon gedruckt wurde. Die Bordzeitung berichtete nicht, daß zur Zeit irgendwo ein Krieg stattfand.

Hinter dem Glas eines der verschlossenen Schränke sah ich einige Bücher über Geschichte. Wenn ich in drei Stunden noch auf dem Schiff war, mußte ich während der langen Überfahrt nach Amerika unbedingt alle Geschichtsbücher lesen, die es in der Bibliothek gab.

Aber die Namen von Präsidenten und die Daten von Kriegen waren im Augenblick nicht meine größte Sorge. Für mich waren alltägliche Dinge wichtig. Ich mußte unbedingt wissen, welche Unterschiede zwischen meiner Welt und dieser Welt bestanden, wie die Leute lebten, redeten, sich benahmen, aßen, tranken, spielten, beteten, liebten. Sonst könnte meine Ignoranz mir Peinlichkeiten oder gar Katastrophen bescheren. Während ich diese Informationen sammelte, mußte ich darauf achten, möglichst wenig zu reden und möglichst viel zuzuhören.

Ich hatte mal einen Nachbarn, dessen Geschichtskenntnisse sich auf zwei Daten beschränkten, 1492 und 1776, und selbst die mit diesen Daten verbundenen Ereignisse brachte er ständig durcheinander. Seine Ignoranz auf anderen Gebieten war genauso ausgeprägt; aber dennoch hatte er als Straßenbauunternehmer ein hervorragendes Einkommen.

Man brauchte keine fundierte Bildung, um als soziales und ökonomisches Wesen zu funktionieren . . . solange man sich nur den Gebräuchen anpaßt. Aber bei einem Verstoß gegen die örtlichen Sitten kann es einem leicht passieren, daß man gelyncht wird.

Ich fragte mich, wie Graham wohl zurechtkam. Dabei fiel mir ein, daß seine Situation viel gefährlicher war als meine . . . wenn ich annahm (und das mußte ich wohl), daß er und ich ganz einfach die Plätze getauscht hatten. Bei meinen Gewohnheiten mochte ich hier allenfalls als exzentrisch erscheinen – aber Grahams Gewohnheiten konnten ihn in meiner Welt in ernsthafte Schwierigkeiten bringen. Eine beiläufige Bemerkung, eine völlig unschuldige Handlung konnten ihn in den Stock bringen. Wenn ihm nicht sogar Schlimmeres widerfuhr.

Aber den größten Ärger konnte er sich einhandeln, wenn er versuchte, ganz in meine Rolle zu schlüpfen – falls er das überhaupt tat. Ich will es einmal so ausdrücken: Als wir ein Jahr verheiratet waren, schenkte ich Abigail zum Geburtstag eine schöne Ausgabe von *Der Widerspenstigen Zähmung*. Sie hatte zu keiner Sekunde den Verdacht, daß ich damit etwas aussagen wollte. Ihre Selbstgerechtigkeit schloß für sie jede Möglichkeit aus, daß ich sie etwa mit Kate hätte gleichsetzen wollen. Wenn Graham meine Rolle als ihr Mann übernahm, mußte diese Beziehung für beide Teile recht interessant werden.

Ich würde Abigail meinen ärgsten Feinden nicht wünschen, aber ich war nicht um Auskunft gebeten worden, und deshalb weinte ich auch keine Krokodilstränen.

(Wie wäre es wohl, mit einer Frau ins Bett zu gehen, die sexuelle Beziehungen nicht ständig als eheliche Pflichten darstellt?)

Vor mir liegt eine zwanzigbändige Enzyklopädie und darin in Millionen von Worten verpackt alle wichtigen Fakten dieser Welt – Fakten, die für mich wichtig sind. Welches Wissen könnte ich rasch aus den Bänden herausquetschen? Wo soll ich anfangen? Ich brauche keine griechische Kunst und keine ägyptische Geschichte oder Geologie – aber was *brauche* ich denn?

Gut. Was habe ich zuerst über diese Welt erfahren? Natürlich das Schiff selbst. Sein unmodernes Aussehen, verglichen mit dem schnittigen Motorschiff *Konge Knut*. Und als ich erst einmal an Bord war, stellte ich fest, daß es in Grahams Kabine kein Telefon gab. Es gab für die Passagiere auch keine Fahrstühle. Kleine Dinge, aber ihr Fehlen vermittelte das Flair eines Luxus aus Großvaters Tagen.

Wir sehen uns also mal den Artikel über Schiffe an – Band achtzehn.

Yes, Sir! Drei Bilderseiten . . . und alles uralte Dampfer. S.S. *Britannia,* größter und schnellster Nordatlantik-Liner. Zweitausend Passagiere und nur sechzehn Knoten! Und so sieht das Schiff auch aus.

Jetzt nehmen wir uns einmal den allgemeinen Artikel über »Transportmittel« vor – und wir sind gar nicht so sehr überrascht, nicht wahr? Luftschiffe werden nicht erwähnt. Aber wir wollen einmal im Index-Band nachschauen – Luftschiff, nichts; Zeppelin, null; Luftfahrt – siehe »Ballon«.

Oh, ja, ein guter Artikel über Freiballons; Montgolfier und die anderen wagemutigen Pioniere werden erwähnt – sogar Salomon Andrées mutige Attacke auf den Nordpol, die so tragisch endete. Aber entweder hat Graf Zeppelin nie gelebt, oder er hat sich nie mit Luftfahrt befaßt.

Möglicherweise ist er nach seiner Teilnahme am Bürgerkrieg nach Deutschland zurückgegangen und hat dort nicht die richtige Atmosphäre vorgefunden, um seine Luftfahrtprojekte zu verwirklichen, eine Atmosphäre, die er in meiner Welt in Ohio vorgefunden hätte. Diese Welt kennt also wahrscheinlich keine Luftfahrt. Alex, wenn du hier schon leben mußt, hättest du dann nicht Lust, das »Luftschiff« zu erfinden? Pionier und Industrieller zu sein und berühmt und reich zu werden?

Wie kommst du darauf, daß du es schaffen könntest?

Nun, ich bin schon mit zwölf Jahren zum ersten Mal mit dem Luftschiff geflogen! Ich weiß alles über Luftschiffe und könnte sofort einen Konstruktionsplan zeichnen –

Wirklich? Dann entwirf doch einen Plan für den Bau eines leichten Dieselmotors, dessen Gewicht pro Pferdestärke ein halbes Kilogramm nicht übersteigen darf. Spezifiziere die dafür erforderlichen Metallegierungen, nenne die benötigten Hitzegrade, zeige Arbeitsdiagramme für sämtliche Funktionen vor, spezifiziere die Treibstoffe, nenne Lieferquellen und mache Angaben zu den Schmiermitteln –

Alle diese Dinge lassen sich ermitteln!

Ja, aber könntest *du* das? Selbst wenn du weißt, daß es möglich ist? Weißt du noch, warum du dein Ingenieurstudium abgebrochen und beschlossen hast, Theologie zu studieren? Vergleichende Religionswissenschaft, Homiletik, Moralphilosophie, Apologetik, Hebräisch, Latein, Griechisch, das alles erfordert Lernfleiß . . . das andere erfordert Verstand.

Ich bin also dumm, nicht wahr?

Wärest du durch die Feuergrube gegangen, wenn du Verstand genug hättest, dich bei Regen unterzustellen?

Warum hast du mich nicht daran gehindert?

Dich hindern? Wann hättest du denn je auf mich gehört? Und jetzt Schluß mit den Ausflüchten – was war dein letztes Prädikat in Thermodynamik?

Okay! Nehmen wir also an, daß ich es nicht selbst schaffe –

Wie großartig von dir.

Hörst du endlich auf? Wenn man weiß, daß etwas geschafft werden *kann*, hat man die Schlacht schon halb gewonnen. Ich könnte Forschungsleiter werden und die Bemühungen der gescheiten jungen Ingenieure in die richtigen Bahnen lenken. Sie liefern den Verstand. Ich liefere das einzigartige Wissen, wie ein lenkbarer Ballon aussieht und funktioniert. Okay?

Das wäre die richtige Arbeitsteilung: Du lieferst das Wissen, und sie liefern den Verstand. Ja, das könnte funktionieren. Aber nicht schnell und auch nicht billig. Wie willst du das finanzieren?

Äh . . . Aktien verkaufen?

Erinnerst du dich noch an den Sommer, in dem du Staubsauger verkaufen wolltest?

Nun . . . da ist ja noch eine Million Dollar.

Pfui!

»Mr. Graham?«

Ich fuhr aus meinen Tagträumen von einem großem Vorhaben hoch und sah eine Assistentin aus dem Büro des Zahlmeisters vor mir stehen. »Ja?«

Sie reichte mir einen Umschlag. »Von Mr. Henderson, Sir. Er sagt, daß Sie die Mitteilung wahrscheinlich beantworten wollen.«

»Danke.« Auf dem Zettel stand: »Lieber Mr. Graham: Hier unten vor meinem Büro stehen drei Männer, die behaupten, sie seien mit Ihnen verabredet. Mir gefällt ihr Aussehen und ihre Art zu reden nicht – und in diesem Hafen gibt es einige sehr merkwürdige Kunden. Falls Sie die Leute nicht erwarten oder sie nicht sehen wollen, sagen Sie bitte dem Mädchen, daß Sie nicht da sind. Dann werde ich den Leuten sagen, daß Sie an Land gegangen sind. A.P.H.«

Ein paar ungemütliche Minuten lang schwankte ich zwischen Neugier und Vorsicht. Sie wollten nicht mich, sondern Graham sprechen . . . und was immer sie von Graham wollten, ich konnte ihnen da nicht helfen.

Du *weißt*, was sie wollen!

Vermutlich. Aber selbst wenn sie eine von Petrus persönlich unterschriebene Quittung haben, ich kann ihnen diese alberne Million nicht geben – und ich kann sie auch keinem anderen geben. Das weißt du doch.

Gewiß weiß ich es. Ich wollte nur sichergehen, daß auch du es weißt. Okay, da du unter keinen Umständen bereit bist, den Inhalt von Grahams Schließfach drei Fremden zu übergeben, warum willst du dann überhaupt mit ihnen sprechen?

Weil ich *wissen* muß, was sie wollen. Und jetzt halt das Maul. »Bitte richten Sie Mr. Henderson aus, daß ich sofort komme«, sagte ich zu dem Mädchen. »Und vielen Dank für die Mühe.«

»Gern geschehen, Sir. Äh, Mr. Graham . . . ich war dabei, als Sie durchs Feuer gingen. Sie waren wunderbar!«

»Ich war verrückt. Trotzdem vielen Dank.«

Ich blieb noch an der Treppe stehen und sah mir die drei Männer an, die auf mich warteten. Sie sahen aus wie eine einzige Bedrohung: der eine mochte an die zwei Meter groß sein, und seine Hände, Füße, Kinnlade und Ohren wiesen auf drüsenbedingten Riesenwuchs hin; ein schmächtiger Typ, etwa ein Viertel so groß wie der Riese; ein nach nichts aussehender Typ mit toten Augen. Muskel, Gehirn und Kanone – oder war das nur meine ausschweifende Phantasie?

Ein gescheiter Mann wäre sofort wieder nach oben gegangen und hätte sich versteckt.

Ich bin nicht gescheit.

# VI

*Lasset uns essen und trinken, wir sterben doch morgen.* Jesaja 22:13

Ich stieg die Treppe hinunter, ohne die drei zu beachten, und ging sofort zum Büro des Zahlmeisters, wo ich Mr. Henderson stehen sah. Als ich den Schalter erreicht hatte, sagte er leise: »Die drei da drüben. Kennen Sie sie?«

»Nein, ich kenne sie nicht. Ich will mal hören, was sie von mir wollen. Aber würden Sie uns bitte im Auge behalten?«

»Geht in Ordnung!«

Ich wandte mich ab und schlenderte an dem liebenswerten Trio vorbei. »Graham!« rief der Schmächtige. »Bleiben Sie stehen! Wo wollen Sie hin?«

Ich ging weiter und zischte: »Halten Sie das Maul, Sie Idiot! Wollen Sie, daß wir hochgehen?« Der Muskelprotz trat mir in den Weg und hing über mir wie ein großes Gebäude. Hinter mich stellte sich der Revolvermann. Nach Art eines Gesprächs auf dem Gefängnishof quetschte ich hervor: »Machen Sie keine Szene und jagen Sie die beiden Affen vom Schiff! Wir müssen uns allein unterhalten.«

»Natürlich müssen wir uns unterhalten. *Ici!* Jetzt und hier.«

»Sie verdammter Narr«, sagte ich leise und schaute mich nervös um. »Doch nicht hier. Kommen Sie mit. Aber schicken Sie die beiden an Land.«

»*Non!*«

»Herr im Himmel!« flüsterte ich. »Hören Sie gut zu. Sie werden diesen Untieren sagen, daß sie vom Schiff verschwinden und unten an der Gangway warten sollen. Dann gehen wir beide auf das Sonnendeck, wo uns niemand hören kann. Wenn Sie das nicht wollen, geschieht *überhaupt* nichts – und ich melde der

Nummer Eins, daß Sie die Sache haben auffliegen lassen. Haben Sie kapiert? *Los* jetzt! Oder Sie verschwinden und sagen den Leuten, daß die Sache gestorben ist.«

Er zögerte, dann sprach er so rasch französisch, daß ich kein Wort verstand. Mein Französisch beschränkt sich ohnehin auf Kinderreime. Der Gorilla schien unentschlossen, aber der Revolvermann zuckte die Achseln und machte sich auf den Weg zur Gangway. »Kommen Sie!« sagte ich zu der kleinen Warze. »Wir dürfen keine Zeit verlieren; das Schiff legt bald ab!« Ich ging nach achtern, ohne mich zu vergewissern, ob er mir folgte. Ich ging so schnell, daß er gezwungen war, mitzukommen, wenn er mich nicht aus den Augen verlieren wollte. Ich war ebensoviel größer als er, wie der Gorilla größer als ich war; er mußte laufen, um mir auf den Fersen zu bleiben.

An der Bar und den Tischen vorbei ging ich weiter nach achtern und auf das Sonnendeck, direkt zum Swimming-pool.

Wie ich erwartet hatte, war hier niemand, denn das Schiff lag im Hafen. Ich sah das übliche Schild: WÄHREND DER LIEGEZEIT DES SCHIFFS GESCHLOSSEN und eine behelfsmäßige Absperrung, die aus einem einfachen Seil bestand. Aber man hatte das Wasser nicht abgelassen. Ich stieg über das Seil und stellte mich mit dem Rücken zum Becken. Er wollte mir folgen, aber ich hob die Hand. »Bleiben Sie dort stehen.« Er gehorchte.

»Jetzt können wir reden. Jetzt sagen Sie mir, was Sie von mir wollen, aber es muß schon plausibel klingen! Wie kommen Sie überhaupt dazu, diesen Gorilla mitzubringen und dadurch die Aufmerksamkeit der Leute auf sich zu lenken? Und das auf einem dänischen Schiff! Mr. B. wird nicht gerade sehr froh darüber sein. Wie heißen Sie?«

»Mein Name tut nichts zur Sache. Wo ist das Paket?«

»Was für ein Paket?«

Er sprudelte irgend etwas hervor, aber ich unterbrach ihn. »Hören Sie auf mit dem Unsinn. Ich bin nicht sehr beeindruckt. Dies Schiff läuft gleich wieder aus. Ihnen bleiben nur Minuten, um mir genau zu erklären, was Sie von mir haben wollen, und mich davon zu überzeugen, daß es Ihnen auch zusteht. Wenn Sie noch länger den starken Mann mimen, können Sie gleich zu Ihrem Boß zurückgehen und ihm sagen, daß es nicht geklappt hat. Reden Sie also! Was wollen Sie?«

»Das Paket!«

Ich seufzte. »Sie Trottel sagen immer nur dasselbe. Das haben wir doch alles schon gehabt. Was für ein Paket? Und was ist darin?«

Er zögerte. »Geld.«

»Interessant. Wieviel Geld?«

Diesmal zögerte er doppelt so lange, so daß ich ihn erneut anbellte. »Wenn Sie nicht wissen, wieviel Geld, werde ich Ihnen ein paar Francs für ein Bier geben und Sie zum Teufel schicken. Wollen Sie zwei Francs?«

Ein so dünner Kerl sollte keinen so hohen Blutdruck haben. »Amerikanische Dollar«, stieß er hervor. »Eine Million.«

Ich lachte ihm ins Gesicht. »Wie kommen Sie darauf, daß ich so viel Geld habe? Und wenn ich es hätte, warum sollte ich es Ihnen geben? Woher kann ich wissen, daß es Ihnen zusteht?«

»Sie sind verrückt, Mann. Sie wissen, wer ich bin.«

»Beweisen Sie es. Ihre Augen sehen komisch aus, und Ihre Stimme klingt anders. Ich glaube, Sie sind ein Doppelgänger.«

»Doppelgänger?«

»Ein Schwindler und Betrüger, ein Hochstapler!«

Er gab eine wütende Antwort – vermutlich auf Französisch. Ich bin ganz sicher, daß es kein Kompliment war. Ich überlegte kurz und wiederholte dann mit Nachdruck eine Bemerkung, die eine ältere Dame gestern abend ihrem Mann gegenüber gemacht hatte, der sie daraufhin ermahnt hatte, sich nicht aufzuregen. Sie paßte zwar nicht, aber ich wollte ihn verärgern.

Anscheinend gelang mir das. Er hob die Hand. Ich packte sein Handgelenk, stolperte rückwärts und ließ mich in das Becken fallen. Als wir stürzten, rief ich laut um Hilfe.

Beim Eintauchen packte ich ihn mit beiden Händen, und als wir auftauchten, drückte ich ihn wieder unter Wasser. »Hilfe! Er will mich ermorden!«

Wieder tauchten wir unter, und jeder versuchte, wieder nach oben zu kommen. Immer wenn mein Kopf über Wasser war, schrie ich um Hilfe. Als Hilfe kam, ließ ich ihn los und tauchte wieder unter.

Ich blieb schlaff liegen, bis man mich durch Mund-zu-Mund-Beatmung wiederbeleben wollte. Ich schnaufte und öffnete die Augen. »Wo bin ich?«

Jemand sagte: »Er kommt wieder zu sich. Alles in Ordnung.«

Ich schaute mich um. Neben dem Swimming-pool lag ich flach auf dem Rücken. Jemand war ins Wasser gesprungen und hatte mich auf professionelle Art herausgezogen; mein linker Arm fühlte sich an wie ausgekugelt. Davon abgesehen, war alles in Ordnung »Wo ist er? Der Mann, der mich ins Wasser gestoßen hat.«

»Der konnte entkommen.«

Ich erkannte die Stimme und wandte mich um. Mein Freund Mr. Henderson, der Zahlmeister.

»Tatsächlich?«

Damit war die Sache erledigt. Mein rattengesichtiger Besucher hatte sich davongemacht, als ich aus dem Wasser gezogen wurde, und sich vom Schiff geschlichen. Als ich »wiederbelebt« war, hatten dieser Widerling und seine Gorillas schon lange das Weite gesucht.

Mr. Henderson bat mich, ruhig liegenzubleiben und auf den Schiffsarzt zu warten. Dieser behorchte mich mit seinem Stethoskop und befand, daß alles in Ordnung sei. Ich erzählte den Leuten ein paar kleine Lügen und ein paar Halbwahrheiten. Darüber hinaus gab ich ausweichende Antworten. Inzwischen war die Gangway schon weggeschoben worden, und bald darauf zeigte das Geheul der Schiffssirene an, daß wir abgelegt hatten.

Ich hielt es nicht für nötig zu erzählen, daß ich in der Schule als guter Wasserballspieler geglänzt hatte.

Die nächsten Tage verliefen angenehm, in dem Sinne, wie der Wein, der an den Hängen eines Vulkans wächst, am süßesten schmeckt.

Ich schaffte es, meine Tischgenossen kennenzulernen (wieder kennenzulernen?), ohne daß jemand zu merken schien, daß ich ein Fremder war. Ich erfuhr ihre Namen, indem ich einfach darauf wartete, daß jemand sie mit ihrem Namen ansprach. Dann merkte ich mir den Namen und redete sie später selbst so an. Alle waren sehr nett zu mir – niemand schaute auf mich herab, denn wie aus den Unterlagen hervorging, war ich seit Beginn der Reise an Bord gewesen. Außerdem war ich eine Art Berühmtheit, wenn nicht sogar ein Held, weil ich durch das Feuer gegangen war.

Den Swimming-Pool benutzte ich nicht. Ich wußte nicht, wie Graham es mit dem Schwimmen gehalten hatte, wenn er überhaupt geschwommen war. Und da man mich »gerettet« hatte, wollte ich auf dem Gebiet keine Fähigkeiten zeigen, die mit einer solchen »Rettung« nicht zu vereinbaren waren. Noch etwas kam hinzu: Ich hatte mich zwar an den Anblick nackter Haut gewöhnt (und fand sogar Gefallen daran), etwas in meinem früheren Leben Undenkbares. Aber ich glaubte nicht, daß es mir gelingen würde, mich in Gesellschaft anderer nackt zu bewegen, ohne Unsicherheit zu zeigen.

Da ich nichts mehr an der Sache ändern konnte, verdrängte ich jeden Gedanken an das Rattengesicht und seine beiden Gorillas.

Dasselbe galt für das allumfassende Geheimnis meiner Identität und die Frage, wie ich hierher gekommen war – auch daran konnte ich nichts ändern, und deshalb machte ich mir darüber keine Sorgen mehr. Nach einigen Überlegungen war mir klar, daß ich mich in der gleichen Lage befand wie jedes andere menschliche Wesen. Wir wissen nicht, wer wir sind und woher wir kommen und warum wir hier sind. Mein Dilemma war nicht anders, es war nur frischer, aktueller.

Eines hatte ich an der Universität gelernt (vielleicht war es das einzige): das uralte Mysterium des Lebens gelassen hinzunehmen, ohne mich darüber zu grämen, daß ich es nicht lösen kann. Ehrlichen Priestern und Predigern bleibt der Trost der Religion versagt: statt dessen müssen sie mit dem kargen Lohn leben, den ihnen die Philosophie verheißt. Ich bin nie ein großer Metaphysiker geworden, aber ich habe gelernt, mir über Dinge, die ich nicht ändern kann, keine Sorgen zu machen.

Ich verbrachte viel Zeit in der Bibliothek, und oft las ich auch an Deck in einem Liegestuhl. Ich erfuhr immer mehr über diese Welt und fühlte mich in ihr immer mehr zu Hause. Glückliche goldene Tage glitten an mir vorüber wie ein Kindertraum.

Und jeden Tag kam Margrethe.

Ich kam mir vor wie ein Junge, der seine erste Liebe erlebt.

Es war eine seltsame Romanze. Wir konnten nicht von Liebe sprechen. Ich konnte es jedenfalls nicht, und sie tat es nicht. Jeden Tag bediente sie mich (und auch andere Passagiere) . . . und war meine »Mutter« (daß ich sie auch in dieser Eigenschaft mit anderen Passagieren teilen mußte, glaubte ich zwar nicht, aber ich war mir nicht sicher). Unsere Beziehung war eng, aber nicht intim. Dennoch war sie jeden Tag für ein paar kurze Augenblicke meine süße und leidenschaftliche Geliebte: immer dann, wenn ich sie dafür »belohnte«, daß sie mir die Fliege band.

Aber nur dann.

Zu allen anderen Gelegenheiten war ich für sie »Mr. Graham«, und sie nannte mich »Sir« – herzlich und freundlich, aber nicht vertraulich. Sie plauderte gern mit mir, stehend und bei offener Kabinentür; oft hatte sie mir den neuesten Bordklatsch zu erzählen. Aber sie verhielt sich immer wie eine perfekte Stewardeß; wie ein für die persönliche Bedienung der Passagiere abgestelltes Besatzungsmitglied. Und diese Aufgabe beherrschte sie perfekt. Jeden Tag erfuhr ich ein wenig mehr über sie, und ich fand keinen Makel an ihr.

Für mich fing der Tag erst richtig an, wenn ich sie sah, gewöhnlich auf dem Weg zum Frühstück. Dann traf ich sie auf dem Gang oder sah sie durch die offene Tür einer Kabine, die sie gerade herrichtete. Es hieß dann einfach nur »Guten Morgen, Margrethe« und »Guten Morgen, Mr. Graham«, aber erst in diesem Augenblick ging für mich die Sonne auf.

Auch am Tag sah ich sie von Zeit zu Zeit, und der Höhepunkt war immer jenes herrliche Ritual, nachdem sie mir die Fliege gebunden hatte.

Dann sah ich sie wieder nach dem Dinner. Gleich nach dem Essen ging ich gewöhnlich in meine Kabine, um mich ein wenig zu erfrischen, bevor die Aktivitäten des Abends begannen – Shows im Salon, Konzerte, Spiele; was mich betraf, vielleicht auch nur noch ein Gang in die Bibliothek. Um diese Zeit war Margrethe meistens irgendwo an Steuerbord auf dem C-Deck. Entweder schlug sie die Betten auf, oder sie reinigte die Badezimmer – jedenfalls richtete sie die Kabinen für die Nacht her. Wieder grüßte ich sie und wartete dann in meiner Kabine (ob sie dort schon gewesen war oder nicht). Ich wußte, daß sie noch kommen würde, und sei es nur, um sich zu erkundigen: »Brauchen Sie heute noch etwas, Sir?«

Und immer lächelte ich und antwortete: »Ich brauche nichts, Margrethe. Vielen Dank.« Darauf wünschte sie mir eine gute Nacht und einen gesunden Schlaf. Damit endete mein Tag, ganz gleich, was ich vorher getan hatte.

Natürlich war ich jeden Tag versucht, ihr zu antworten: »Sie wissen doch genau, was ich brauche!« Aber das konnte ich nicht. Vor allem, ich war verheiratet. Gewiß, meine Frau war irgendwo in einer anderen Welt (oder ich). Aber vom heiligen Ehestand gibt es diesseits des Grabes keine Erlösung. Ihre Liebesaffäre (wenn es eine solche war) hatte sie jetzt mit Graham, für den ich mich ausgab. Ich konnte Margrethe diesen abendlichen Kuß nicht verweigern (ich bin ja kein ausgesprochener Engel), aber, um diesem geliebten Wesen gegenüber fair zu sein, darüber hinaus konnte ich nicht gehen. Ein ehrenhafter Mann darf seiner Geliebten einfach nichts geringeres anbieten als die Ehe . . . und das anzubieten war ich weder gesetzlich noch moralisch in der Lage.

So waren diese goldenen Tage nicht nur süß, sondern auch bitter. Mit jedem Tag näherte ich mich unerbittlich dem Zeitpunkt, da ich mich von Margrethe würde trennen müssen, und es war fast sicher, daß ich sie nie wiedersehen würde.

Ich durfte ihr noch nicht einmal sagen, wie schwer dieser Verlust mich treffen würde.

Und meine Liebe zu ihr war auch nicht so selbstlos, daß ich etwa gehofft hätte, daß unsere Trennung ihr nichts ausmachen würde. Schäbig und egoistisch wie ein dummer Junge hoffte ich, daß sie mich genauso schrecklich vermissen würde wie ich sie. Eine wahrhaft kindische Liebe – ganz gewiß! Zu meiner Entlastung kann ich nur die Tatsache anführen, daß ich bisher nur die »Liebe« einer Frau gekannt hatte, die Jesus so sehr liebte, daß sie für eine Kreatur aus Fleisch und Blut eigentlich keine Sympathie aufbringen konnte.

Heirate niemals eine Frau, die zuviel betet!

Wir hatten Papeete vor zehn Tagen verlassen, und Mexiko war schon fast in Sicht, als die ohnehin gefährdete Idylle endete. Seit einigen Tagen hatte sich Margrethe, wie mir schien, immer mehr von mir zurückgezogen. Ich konnte ihr keinen Vorwurf machen, denn ich konnte mich über nichts beschweren. Ich wußte wirklich nicht, was in sie gefahren war. Aber eines Abends, als sie mir die Fliege band, kam es zur Krise.

Wie immer lächelte ich, bedankte mich und küßte sie.

Ich hielt sie noch umarmt, als ich plötzlich stutzte. »Was ist denn los?« fragte ich. »Ich weiß doch, daß Sie besser küssen können. Habe ich etwa üblen Mundgeruch?«

»Mr. Graham«, sagte sie, »damit sollten wir lieber aufhören.«

»Jetzt nennen Sie mich wieder ›Mr. Graham‹? Was habe ich denn nur getan, Margrethe?«

»Sie haben nichts getan.«

»Dann – Aber Sie weinen ja!«

»Entschuldigen Sie bitte. Das wollte ich nicht.«

Ich nahm mein Taschentuch und wischte ihr die Tränen ab. »Ich wollte Sie nicht kränken«, sagte ich leise. »Aber Sie müssen mir sagen, was ich falsch gemacht habe, damit ich es ändern kann.«

»Wenn Sie es nicht selbst wissen, Sir, dann weiß ich nicht, wie ich es Ihnen erklären soll.«

»Versuchen Sie es doch. Bitte!« (Könnte es sich um eine der wiederkehrenden emotionalen Störungen handeln, die der Weiber Erbe sind?)

»Ach . . . Mr. Graham, ich wußte schon, daß es nur bis zum Ende dieser Reise dauern würde – und glauben Sie mir, mit mehr hatte ich nicht gerechnet. Wahrscheinlich bedeutet mit dies alles mehr als Ihnen. Aber ich hätte nicht gedacht, daß Sie früher als nötig einfach Schluß machen. Und das ohne jede Erklärung.«

»Margrethe . . . ich verstehe kein Wort.«

»Sie *wissen* es doch!«

»Ich weiß überhaupt nichts.«

»Sie *müssen* es wissen. Es ist schon seit elf Tagen immer dasselbe. Jeden Abend habe ich Sie gefragt, und jeden Abend haben Sie mich abgewiesen. Mr. Graham, werden Sie mich denn nie mehr bitten, später noch einmal wiederzukommen?«

»Ach, *das* meinen Sie! Margrethe –«

»Ja, Sir?«

»Ich bin nicht Mr. Graham.«

»Sir?«

»Ich heiße Hergensheimer. Vor elf Tagen habe ich Sie zum ersten Mal in meinem Leben gesehen. Es tut mir leid. Es tut mir ganz entsetzlich leid. Aber es ist die reine Wahrheit.«

# VII

*Doch weil ihr habt angehoben, sehet auf mich,*
*ob ich vor euch mit Lügen bestehen werde.*
Hiob 6:28

Margrethe ist nicht nur ein süßer Trost, sie ist außerdem ein kultivierter erwachsener Mensch. Sie reagierte weder erschrokken, noch machte sie mir Vorwürfe. Sie sagte auch nicht »Oh, nein!« oder »Das kann ich nicht glauben!« Als ich es ihr sagte blieb sie ganz still, wartete einen Augenblick und sagte dann: »Das verstehe ich nicht.«

»Ich verstehe es auch nicht«, antwortete ich. »Irgend etwas muß geschehen sein, als ich durch die Feuergrube ging. Die Welt hat sich verändert. Dieses Schiff –« ich schlug gegen die Wand, an der wir standen – »ist nicht das Schiff, auf dem ich vorher war. Und die Leute nennen mich ›Graham‹ . . . wo ich doch weiß, daß ich Alexander Hergensheimer heiße. Aber es geht nicht nur um mich und das Schiff: es ist die ganze Welt. Eine andere Geschichte. Andere Länder. Und es gibt hier keine Luftschiffe.«

»Alec, was ist ein Luftschiff?«

»Äh . . . es fliegt hoch in der Luft wie ein Ballon. In gewisser Hinsicht *ist* es ein Ballon. Aber es fliegt sehr schnell, über hundert Knoten.«

Sie dachte in aller Ruhe darüber nach. »Vor so etwas würde ich mich ängstigen.«

»Aber warum denn? Besser kann man gar nicht reisen. Ich bin mit einem Luftschiff hierher gekommen. Es war der *Graf Zeppelin* von den North American Airlines. Genau das ist es, was mich wirklich davon überzeugt hat, daß dies wirklich eine andere Welt ist – und nicht nur ein komplizierter Schabernack. Luftfahrt ist für die Weltwirtschaft so wichtig, daß, wo es sie nicht gibt, auch alles andere anders ist. Nehmen wir einmal an – sagen Sie mal, glauben Sie mir denn nicht?«

Sie antwortete ganz langsam und bedächtig. »Ich glaube, daß Sie die Wahrheit sagen, so wie Sie sie sehen. Aber die Wahrheit, die ich sehe, ist eine völlig andere.«

»Das weiß ich, und das macht die ganze Sache ja so schwierig. Ich – Aber nein, wenn Sie sich nicht beeilen, kommen Sie zu spät zum Dinner.«

»Das macht nichts.«

»Doch. Sie dürfen nicht auf Ihre Mahlzeiten verzichten, bloß weil ich einen dummen Fehler gemacht habe und Sie außerdem noch gekränkt habe. Und wenn ich selbst nicht hingehe, schickt Inga jemanden, der feststellen soll, ob ich krank bin oder schlafe oder sonst was. Das hat sie auch schon bei anderen von meinem Tisch getan. Margrethe – liebe Margrethe! – ich wollte es Ihnen schon immer sagen. Ich habe auf den richtigen Augenblick gewartet. Ich *mußte* es Ihnen sagen. Und jetzt kann ich es endlich. Aber das geht nicht in fünf Minuten und im Stehen. Können Sie sich nicht heute abend die Zeit dazu nehmen? Nachdem Sie die Betten hergerichtet haben?«

»Alec, für Sie nehme ich mir immer so viel Zeit, wie Sie brauchen.«

»Okay. Sie gehen nach unten und essen. Und ich werde mich unten wenigstens kurz sehen lassen, um mir Inga vom Hals zu halten. Und wenn Sie die Betten hergerichtet haben, treffen wir uns hier. Sind Sie einverstanden?«

Sie sah mich nachdenklich an. »In Ordnung, Alec – küssen Sie mich noch einmal?«

Und daran erkannte ich, daß sie mir glaubte. Oder mir wenigstens glauben wollte. Ich machte mir keine Sorgen mehr und nahm sogar eine vernünftige Mahlzeit zu mir. Allerdings beeilte ich mich.

Als ich zurückkam, wartete sie schon auf mich. Sie stand auf, als ich die Kabine betrat, und ich nahm sie in die Arme. Ich küßte sie auf die Nase, hob sie an den Ellenbogen hoch und setzte sie auf mein Bett, während ich auf dem einzigen Stuhl Platz nahm. »Mein Liebes, glauben Sie etwa, ich bin verrückt?«

»Alec, ich weiß nicht, was ich glauben soll.« Wie immer, wenn sie erregt war, kam ihr dänischer Akzent stärker durch. Gewöhnlich sprach sie ein viel schöneres Englisch als ich, denn mein Akzent klang rauh wie eine rostige Säge.

»Das kann ich mir denken«, sagte ich. »Ich hatte das gleiche Problem. Es gibt nur zwei Möglichkeiten. Entweder ist etwas Unglaubliches passiert, als ich durch dieses Feuer ging, etwas, das meine ganze Welt verändert hat. Oder ich bin wirklich verrückt. Ich habe Tage damit verbracht, die Fakten zu überprüfen, und habe festgestellt, daß die Welt sich *tatsächlich* verändert hat. Es sind nicht nur die Luftschiffe. Kaiser Wilhelm IV. fehlt. An seiner Stelle regiert irgendein alberner Präsident namens Schmidt. Und es gibt noch andere Dinge.«

»Ich würde Herrn Schmidt nicht ›albern‹ nennen. Für einen deutschen Präsidenten ist er ein sehr guter Mann.«

»Das ist es ja gerade, Liebes. Für mich ist jeder deutsche Präsident etwas albernes, denn Deutschland ist – in *meiner* Welt – eine der letzten westlichen Monarchien, dazu eine praktisch absolute. Nicht einmal der russische Zar hat so viel Macht wie der deutsche Kaiser.«

»Das ist wirklich seltsam, Alec. Es gibt keinen Kaiser, und es gibt keinen Zaren. Der Großherzog von Moskau ist ein konstitutioneller Monarch und beansprucht nicht mehr die Souveränität über andere slawische Staaten.«

»Margrethe, wir sagen beide dasselbe. Die Welt, in der ich aufwuchs, ist verschwunden. Ich muß mich jetzt in einer anderen Welt zurechtfinden. Es ist keine völlig andere Welt. Die Geographie scheint sich nicht verändert zu haben und auch nicht die gesamte Geschichte. Fast bis zum Beginn des zwanzigsten Jahrhunderts scheinen beide Welten identisch zu sein. Sagen wir einmal bis achtzehnhundertneunzig. Vor ungefähr hundert Jahren geschah dann etwas Seltsames, und die beiden Welten spalteten sich. Vor ungefähr zwölf Tagen passierte mir etwas genauso Seltsames: ich wurde in diese Welt geschleudert.« Ich lächelte sie an. »Aber es tut mir nicht leid. Wissen Sie warum nicht? Weil *Sie* in dieser Welt leben.«

»Danke. Es ist für mich wichtig, daß auch *Sie* in ihr leben.«

»Dann glauben Sie mir also. Ich selbst *mußte* es glauben. Das steht so fest, daß ich mir nicht einmal mehr Gedanken darüber mache. Nur eines macht mir Sorgen – was ist aus Alec Graham geworden? Ist er in meiner Welt an meine Stelle getreten? Oder was ist mit ihm passiert?«

Sie antwortete nicht gleich, und als sie es tat, schien ihre Antwort mit dem, was ich gesagt hatte, nicht im Zusammenhang zu stehen. »Alec, würden Sie bitte die Hose runterlassen?«

»Was haben Sie gesagt, Margrethe?«

»Bitte. Es ist kein Scherz, und ich will Sie auch nicht verführen. Ich muß etwas sehen. Bitte, lassen Sie die Hose runter.«

»Ich verstehe wirklich nicht – aber meinetwegen.« Ich schwieg und tat, was sie wollte – bei meiner Kleidung gar nicht so einfach. Ich mußte meine Messejacke ausziehen und meinen Kummerbund ablegen, bevor ich mir die Hosenträger von den Schultern ziehen konnte.

Widerwillig knöpfte ich mir dann die Hose auf. (Ein weiterer Nachteil in dieser zurückgebliebenen Welt – keine Reißverschlüsse. Ich wußte Reißverschlüsse erst zu würdigen, als ich sie nicht mehr hatte.)

Seufzend schob ich meine Hose ein Stück runter. »Reicht das?«

»Ein bißchen mehr, bitte – und drehen Sie mir bitte ihren Rücken zu?«

Ich tat was sie wollte. Dann spürte ich, wie ihre Hände mich hinten rechts sanft und unaufdringlich berührten. Sie schob mein Hemd hoch und meine Unterhose runter. Rechts.

Wenig später ordnete sie alles wieder. »Das genügt«, sagte sie. »Vielen Dank.«

Ich stopfte das Hemd in die Hose und schloß die Knöpfe. Dann schob ich mir die Hosenträger wieder über die Schultern und griff nach dem Kummerbund. »Moment mal, Alec«, sagte sie.

»Was? Ich dachte, das wäre alles.«

»Das stimmt. Aber Sie brauchen sich doch nicht wieder diese formelle Kleidung anzuziehen. Ich hole Ihnen eine bequeme Hose aus dem Schrank. Und ein anderes Hemd. Oder wollen Sie wieder in den Salon?«

»Nein. Jedenfalls nicht, wenn Sie noch eine Weile bleiben.«

»Ich werde bleiben. Wir müssen miteinander reden.« Sie nahm eine Hose und ein Sporthemd aus dem Schrank und legte die Sachen auf das Bett. »Entschuldigen Sie mich bitte«, sagte sie und ging ins Bad.

Ich weiß nicht, ob sie wirklich zur Toilette mußte. Auf jeden Fall wußte sie, daß ich mich besser in meiner Kabine umziehen konnte als in dem engen Badezimmer.

Ich zog mich um und fühlte mich sofort besser. Ein Kummerbund und ein gestärktes Hemd sind fast so schlimm wie eine Zwangsjacke. Sie kam zurück und hängte meine Sachen auf Bügel. Das Hemd und den Kragen stopfte sie in meinen Wäschesack, nicht ohne vorher die Manschetten- und Kragenknöpfe herausgenommen zu haben. Was wohl Abigail von diesen Aufmerksamkeiten nach Art einer Ehefrau halten würde? Abigail hielt es nicht für erforderlich, mich zu verwöhnen – und sie tat es auch nicht.

»Und was sollte das Ganze, Margrethe?«

»Ich mußte etwas sehen. Alec, du möchtest gern wissen, was aus Alec Graham geworden ist. Jetzt weiß ich die Antwort.«

»Ja?«

»Er ist hier. Du bist es.«

Schließlich sagte ich: »Und das behauptest du, weil du ein paar Quadratzentimeter Haut an meinem Hintern betrachtet hast? Was hast du denn gefunden, Margrethe? Den roten Fleck, an dem man den vermißten Erben erkennt?«

»Nein, Alec. Dein ›Kreuz des Südens‹.«

»Mein was?«

»Bitte, Alec. Ich hatte gehofft, deinem Gedächtnis aufzuhelfen. Zum ersten Mal sah ich es, als« – sie zögerte, aber sie wandte den Blick nicht ab – »als wir uns das erste Mal liebten. Du machtest das Licht an und drehtest dich auf den Bauch, um nach der Uhr zu schauen. Da bemerkte ich die Leberflecken an deiner rechten Hinterbacke. Ich sprach über das Muster, das sie bildeten, und wir scherzten darüber. Du nanntest die Flecken dein Kreuz des Südens und daß man an ihnen erkennen könne, ob du gerade auf dem Kopf stehst.«

Margrethe errötete leicht, aber sie sah mich immer noch fest an. »Und ich zeigte dir ein paar Leberflecken an meinem Körper. Alec, es tut mir leid, daß du es nicht mehr weißt, aber bitte glaub mir: Zu der Zeit kannten wir uns schon gut genug, um über diese Dinge reden zu können, ohne daß ich aufdringlich oder unhöflich wirkte.«

»Margrethe, du könntest nie im Leben aufdringlich oder unhöflich sein, aber du mißt einer zufälligen Anordnung von Leberflekken zuviel Bedeutung bei. Ich habe überall Leberflecken; es überrascht mich nicht, daß sie hinten, wo ich nicht hinschauen kann, kreuzförmig angeordnet sind, ähnlich wie bei Graham.«

»Nicht ›ähnlich‹. Ganz genauso.«

»Nun – es gibt eine viel bessere Methode, das zu prüfen. In diesem Schreibtisch liegt meine Brieftasche, vielmehr Grahams Brieftasche, und in ihr steckt sein Führerschein. Und darauf ist sein Daumenabdruck. Ich habe ihn mit meinem eigenen Abdruck nicht verglichen, denn ich hatte nicht den geringsten Zweifel, daß er Graham ist und ich Hergensheimer bin, daß wir also nicht derselbe Mann sind. Aber wir *können* es prüfen. Nimm den Führerschein aus dem Schreibtisch und schau selbst nach. Ich werde auf dem Spiegel im Bad einen Daumenabdruck machen. Wir vergleichen sie. Dann gibt es keinen Zweifel mehr.«

»Alec, für mich gibt es jetzt schon keinen Zweifel. Du bist derjenige, der es nicht glauben will. Dann mußt du es auch selbst prüfen.«

»Gut –« Margrethes Gegenvorschlag war nicht unvernünftig.

Ich nahm Grahams Führerschein, rieb mir mit dem Daumen die Nase, um ihn einzufetten, und setzte einen Daumenabdruck auf den Spiegel. Ich mußte feststellen, daß das Muster auf dem Glas nicht gut zu erkennen war. Deshalb schüttete ich mir ein wenig Puder auf die Handfläche und blies es gegen den Spiegel.

Das war noch schlechter. Das Pulver, das die Kriminalpolizei benutzt, muß sehr viel feiner sein. Vielleicht weiß ich auch nicht, wie man es verwendet. Ich machte noch einen Abdruck ohne Puder. Dann betrachtete ich beide Abdrücke, meinen rechten Daumen und den Abdruck im Führerschein, um zu sehen, ob der Abdruck in dem Dokument wirklich der Abdruck des rechten Daumens war. Er war es. »Margrethe! Möchtest du es dir bitte anschauen?«

Sie kam zu mir ins Bad. »Sieh dir das an«, sagte ich. »Alle drei Abdrücke und meinen Daumen. Sie haben alle ein Bogenmuster. Aber das trifft für die Hälfte aller Fingerabdrücke der Welt zu. Ich möchte wetten, daß du auch ein Bogenmuster hast. Könntest du wirklich behaupten, daß der Abdruck im Führerschein von diesem Daumen stammt? Oder von meinem linken Daumen? Vielleicht haben sie einen Fehler gemacht.«

»Ich weiß es nicht, Alec. Ich verstehe nichts davon.«

»Nun – bei dieser Beleuchtung könnte wahrscheinlich nicht einmal ein Experte es erkennen. Wir müssen bis zum Morgen warten. Wir brauchen das helle Sonnenlicht draußen an Deck. Außerdem brauchen wir glattes weißes Papier und ein Stempelkissen. Und eine Lupe. Ich wette, daß wir alle diese Dinge von Mr. Henderson bekommen können. Es hat doch Zeit bis morgen?«

»Natürlich. Ich brauche diesen Test nicht, Alec. Mein Herz irrt sich nicht. Und ich habe dein ›Kreuz des Südens‹ gesehen. Irgend etwas stimmt mit deinem Gedächtnis nicht, aber du bist immer noch du . . . und eines Tages wirst du dich wieder erinnern.«

»Ganz so einfach ist es nicht, Liebes. Ich *weiß*, daß ich nicht Graham bin. Margrethe, weißt du vielleicht, was er von Beruf war? Oder warum er diese Reise unternahm?«

»Muß ich ›er‹ sagen? Ich habe dich nie gefragt, was du von Beruf bist, und von dir aus hast du es mir nicht erzählt.«

»Ja, du solltest wirklich ›er‹ sagen. Wenigstens so lange wir den Daumenabdruck noch nicht verglichen haben. War er verheiratet?«

»Auch das hat er mir nicht erzählt, und ich habe ihn nicht gefragt.«

»Aber du hast angedeutet – Nein, du hast direkt gesagt, daß du und dieser Mann, für den du mich hältst . . . daß ihr euch ›geliebt‹ habt. Daß du mit ihm im Bett warst.«

»Alec, soll das etwa ein Vorwurf sein?«

»Oh, nein, nein, nein!« (Aber es war ein Vorwurf, und sie wußte es.) »Mit wem du ins Bett gehst, ist deine Sache. Aber ich muß dir sagen, daß *ich* verheiratet bin.«

Ihr Gesicht bekam einen verschlossenen Ausdruck. »Alec, ich wollte dich nicht dazu verleiten, mich zu heiraten.«

»Du meinst Graham, denn ich war gar nicht hier.«

»Gut, dann Graham. Ich habe Alec Graham nicht umgarnt. Wir haben uns geliebt, weil es uns glücklich machte. Keiner von uns hat jemals von Ehe gesprochen.«

»Es tut mir leid, daß ich die Sache erwähnt habe! Aber es kam mir so vor, als hätte sie irgend etwas mit diesem ganzen Geheimnis zu tun. Glaub mir, Margrethe, ich würde mir lieber einen Arm abhacken oder mir ein Auge ausreißen und wegwerfen, als dich auf irgendeine Weise zu kränken.«

»Danke, Alec. Das glaube ich dir.«

»Auch Jesus hat nur gesagt: ›Gehe hin und sündige nicht mehr.‹ Du glaubst doch wohl nicht, daß ich strenger richten würde als Jesus? Aber ich habe gar nicht über dich gerichtet. Ich wollte nur etwas über Graham erfahren. Insbesondere über seinen Beruf. Äh . . . hattest du je den Verdacht, daß er sich mit illegalen Dingen befaßt haben könnte?«

Sie zeigte den Anflug eines Lächelns. »Selbst wenn ich je einen solchen Verdacht gehabt hätte; meine Loyalität ihm gegenüber würde mich davon abhalten, ihn zu äußern. Da du darauf bestehst, daß du nicht er bist, müssen wir es dabei belassen.«

Ich grinste dumm. Sollte ich ihr von der Kassette mit dem Geld erzählen? Ja, ich mußte es tun. Ich mußte ihr gegenüber aufrichtig sein und sie davon überzeugen, daß sie Graham oder mich nicht verraten würde, wenn sie genauso aufrichtig wäre. »Margrethe, ich habe aus einem bestimmten Grund gefragt. Es handelt sich nicht um irgendeine Schnüffelei, die mir nicht zusteht. Ich habe noch viel größere Sorgen, und ich brauche deinen Rat.«

Sie war ganz erschrocken. »Alec . . . ich erteile nicht oft Ratschläge. Das tue ich nur ungern.«

»Darf ich dir wenigstens von meinen Sorgen erzählen? Du brauchst mir nicht zu raten . . . aber vielleicht könntest du mir sagen, was du von der Sache hältst.« Rasch berichtete ich von der Million Dollar. »Margrethe, kannst du mir einen vernünftigen Grund nennen, warum ein ehrlicher Mann eine Million Dollar in bar bei sich haben sollte? Reiseschecks, Kreditbriefe, Anweisungen, meinetwegen auch Inhaberschuldverschreibungen – Aber Bargeld? Eine Summe in dieser Höhe? Das ist psychologisch genauso unglaublich, wie das, was mir in der Feuergrube passiert ist, physikalisch unglaublich ist. Oder siehst du das anders? Kann es einen ernsthaften Grund dafür geben, daß ein Mann auf einer solchen Reise so viel Geld mit sich führt?«

»Darüber will ich nicht rechten.«

Ich habe dich nicht gebeten, darüber zu rechten. Ich möchte nur, daß du deine Phantasie bemühst und mir erklärst, wieso ein Mann eine Million Dollar in bar bei sich hat. Kannst du dir einen Grund dafür vorstellen? Er mag so weit hergeholt sein, wie du willst . . . aber es muß einen Grund geben.«

»Dafür könnte es viele Gründe geben.«

»Fällt dir einer ein?«

Ich wartete, aber sie schwieg. »Auch mir fällt keiner ein«, sagte ich und seufzte. »Ich kann mir dafür nur kriminelle Gründe vorstellen, denn sogenanntes ›heißes Geld‹ wird gewöhnlich in bar transportiert. Das ist so sehr üblich, daß die meisten Regierungen – wahrscheinlich alle Regierungen –, wenn große Geldbeträge nicht über Banken oder durch die Regierung selbst bewegt werden, von vornherein annehmen, daß es sich um schmutziges Geld handelt, es sei denn, das Gegenteil würde bewiesen. Oder es handelt sich um Falschgeld – eine noch deprimierendere Vorstellung. Ich brauche nur einen Rat, Margrethe. Was soll ich mit dem Geld anfangen? Es gehört mir nicht; deshalb kann ich es nicht vom Schiff nehmen. Aus demselben Grund kann ich es aber auch nicht einfach liegenlassen. Ich kann es nicht einmal über Bord werfen. Was *kann* ich damit anfangen?«

Das war keine rhetorische Frage; ich mußte eine Lösung finden, die ausschloß, daß ich für etwas, was Graham begangen hatte, im Gefängnis landete. Bisher sah ich nur eine Lösung: Ich mußte mich an die einzige Autorität auf dem Schiff wenden, den Kapitän. Ich mußte ihm alles erzählen und ihn bitten, die vertrackte Million Dollar aufzubewahren.

Lächerlich. Das würde nur neue Schwierigkeiten heraufbeschwören. Würde der Kapitän mir überhaupt glauben? Und war er selbst ein ehrlicher Mann? Es gab noch andere Unwägbarkeiten. Wenn ich es dem Kapitän erzählte, mußte ich jedenfalls damit rechnen, eingesperrt zu werden. Entweder käme ich ins Gefängnis oder in eine Irrenanstalt.

Die einfachste Lösung wäre, das verdammte Zeug über Bord zu werfen!

Aber dagegen gab es moralische Einwände. Ich habe schon einige der zehn Gebote gebrochen und ein paar andere nicht ganz beachtet, aber Ehrlichkeit in Geldangelegenheiten war für mich nie ein Problem. Gewiß, in letzter Zeit schien meine Moral nicht mehr so gefestigt zu sein, wie ich gedacht hatte, aber dennoch fühlte ich mich nicht versucht, die Million zu stehlen, und sei es nur, um sie über Bord zu werfen.

Aber es gab einen noch gewichtigeren Einwand. Kennen Sie jemanden, der eine Million Dollar in der Hand hat und es fertigbringt, sie zu vernichten?

Vielleicht kennen Sie jemanden. Ich nicht. Wenn ich unter Druck geriete, würde ich sie vielleicht dem Kapitän aushändigen, aber ich würde sie nicht vernichten.

Das Geld an Land schmuggeln? Alec, wenn du das Geld einmal aus der Kassette nimmst, hast du es schon gestohlen. Willst du für eine Million Dollar deine Selbstachtung verlieren? Für zehn Millionen? Für fünf Dollar?

»Nun, Margrethe?«

»Alec, für mich ist die Lösung völlig klar.«

»Wie bitte?«

»Du versuchst, deine Probleme in der falschen Reihenfolge zu lösen. Zuerst mußt du dein Gedächtnis wiedererlangen. Dann wirst du auch wissen, warum du das viele Geld bei dir hast. Es wird sich herausstellen, daß es dafür einen völlig harmlosen und logischen Grund gibt.« Sie lächelte. »Ich kenne dich besser, als du dich selbst kennst. Du bist ein guter Mensch, Alec. Du bist kein Verbrecher.«

Ich war ärgerlich, aber zugleich war ich stolz, weil sie eine so gute Meinung von mir hatte. Der Ärger allerdings überwog. »Verdammt, Liebling, ich *habe* mein Gedächtnis nicht verloren. Ich bin nicht Alec Graham. Ich bin Alexander Hergensheimer, und so habe ich mein ganzes Leben lang geheißen. Im übrigen habe ich ein sehr gutes Gedächtnis. Willst du den Namen meiner Lehrerin aus dem zweiten Schuljahr wissen? Sie hieß Miss Andrews. Oder wie es kam, daß ich mit zwölf Jahren zum ersten Mal mit einem Luftschiff flog? Denn ich stamme wirklich aus einer Welt, in der Luftschiffe über alle Ozeane und sogar über den Nordpol fliegen. In meiner Welt ist Deutschland eine Monarchie, und in ihr hat die Nordamerikanische Union ein ganzes Jahrhundert des Friedens und des Wohlstands hinter sich. In meiner Welt würde das Schiff, auf dem wir uns befinden, als so veraltet und schlecht ausgerüstet gelten, daß niemand mit ihm fahren würde. Ich habe nur um Hilfe gebeten; den Rat eines Psychiaters brauche ich nicht. Wenn du mich für verrückt hältst, dann sag es . . . und wir reden über das Thema nicht mehr.«

»Ich wollte dich nicht verärgern.«

»Mein Liebes! Du hast mich nicht verärgert; ich habe dich nur mit meinen Sorgen behelligt – und das hätte ich nicht tun sollen. Es tut mir leid. Aber ich habe echte Probleme, und die lassen sich nicht damit lösen, daß man mir erzählt, mit meinem Gedächtnis sei etwas nicht in Ordnung. Wenn es nur um mein Gedächtnis ginge, wäre es keine Hilfe, es mir zu sagen. Die Probleme wären damit nicht aus der Welt. Aber ich hätte dich nicht anfauchen dürfen, Margrethe. Du bist alles, was ich habe . . . in einer fremden und manchmal beängstigenden Welt. Es tut mir leid.«

Sie glitt von meinem Bett. »Es gibt nichts, für das du dich entschuldigen müßtest, lieber Alec. Aber es hat keinen Zweck, daß wir uns heute abend noch länger unterhalten. Morgen – morgen werden wir die Daumenabdrücke bei Sonnenlicht vergleichen. Dann wirst du es selbst sehen, und es wird sofort auf dein Gedächtnis wirken.«

»Oder es wird sofort auf deine Sturheit wirken, liebes Mädchen.«

Sie lächelte. »Wir werden sehen. Morgen. Aber jetzt muß ich ins Bett. Wir haben einen Punkt erreicht, wo wir dauernd die gleichen Argumente wiederholen . . . und uns gegenseitig nervös machen. Das möchte ich nicht, Alec. Das wäre auch nicht gut.«

Sie wandte sich ab und ging zur Tür. Sie bot mir nicht einmal einen Gutenachtkuß an.

»Margrethe?«

»Ja, Alec?«

»Komm zurück und küß mich.«

»Sollte ich das wirklich tun, Alec? Du bist verheiratet.«

»Äh – aber ein Kuß ist doch nicht dasselbe wie Ehebruch.«

Sie schüttelte traurig den Kopf. »Es gibt solche und solche Küsse, Alec. Ich würde dich nicht so küssen wie bisher, wenn ich nicht bereit wäre, noch weiterzugehen und dich zu lieben. Für mich wäre das etwas Schönes und Harmloses . . . aber für dich wäre es Ehebruch. Du hast mir erzählt, was Jesus zu der Frau gesagt hat, die beim Ehebruch ertappt wurde. Ich habe aber nicht gesündigt . . . und ich will auch dich nicht dazu veranlassen.«

Wieder wandte sie sich zum Gehen.

»Margrethe?«

»Ja, Alec?«

»Du hast mich gefragt, ob ich dich je wieder bitten würde, später zurückzukommen. Heute abend bitte ich dich darum. Wirst du später noch einmal kommen?«

»Sünde, Alec. Für dich wäre es Sünde. Und da ich weiß, wie du darüber denkst, wäre es auch für mich Sünde.«

»Sünde. Ich weiß nicht genau, was Sünde ist. Ich weiß nur, daß ich dich brauche, und ich glaube, du brauchst mich auch.«

»Gute Nacht, Alec.« Dann war sie verschwunden.

Es dauerte lange, bis ich mich dazu aufraffte, mir die Zähne zu putzen und das Gesicht zu waschen. Dann beschloß ich zu duschen. Ich stellte das Wasser lauwarm ein, und unter der

Dusche beruhigte ich mich ein wenig. Aber als ich ins Bett ging, konnte ich nicht einschlafen. Ich tat etwas, was ich nachdenken nenne, obwohl es wahrscheinlich kein Nachdenken war.

Ich dachte an die vielen Fehler, die ich in meinem Leben schon gemacht hatte. Einen nach dem anderen holte ich aus der Versenkung und führte ihn mir vor Augen. Ich dachte auch an mein plumpes, unpassendes und selbstgerechtes Verhalten von heute abend; ich hatte mich wie ein Esel benommen und dabei die netteste Frau, die ich je gekannt hatte, gekränkt und gedemütigt.

Mit solcher nutzlosen Selbstkasteiung kann ich mich nach einem schweren Anfall von Niedergeschlagenheit eine ganze Nacht lang beschäftigen. Der gegenwärtige konnte sehr wohl dazu führen, daß ich tagelang die Decke anstarrte.

Viel später, lange nach Mitternacht, weckte mich das Geräusch eines Schlüssels, der sich im Schloß drehte. Ich tastete nach dem Schalter für die Wandlampe und hatte ihn gerade gefunden, als sie ihren Bademantel abwarf und zu mir ins Bett schlüpfte. Ich schaltete das Licht wieder aus.

Sie war warm und weich, und sie zitterte und weinte, und ich hielt sie zärtlich in den Armen und wartete darauf, daß sie sich beruhigte. Sie sagte nichts, und auch ich schwieg. Es hatte schon zu viele Worte gegeben, und die meisten waren von mir gekommen. Jetzt war es an der Zeit, sich einfach nur zu umarmen und ohne Worte miteinander zu sprechen.

Endlich zitterte sie nicht mehr, und ihr Atem ging ruhiger. Dann seufzte sie und sagte ganz leise: »Ich konnte nicht fortbleiben.«

»Margrethe, ich liebe dich.«

»Oh! Ich liebe dich so sehr, daß es mir im Herzen wehtut.«

Ich glaube, wir schliefen beide, als die Kollision sich ereignete. Ich hatte nicht einschlafen wollen, aber zum ersten Mal seit meinem Gang durch das Feuer war ich entspannt und gelöst. Ich schlief also ein.

Zuerst kam dieser unglaubliche Ruck, der uns fast aus dem Bett warf. Dann ein ohrenbetäubendes schleifendes und knirschendes Geräusch. Ich schaltete die Lampe an – und sah, daß die Außenwand sich nach innen bog. Die Alarmsirenen heulten und verstärkten den ohnehin schon unerträglichen Lärm. Die stählerne Wand des Schiffs verbog sich und riß auf, als etwas Schmutzigweißes und Kaltes sich in die Öffnung schob. In diesem Augenblick ging das Licht aus.

Irgendwie kam ich aus dem Bett heraus und zog Margrethe mit mir. Das Schiff neigte sich stark nach Backbord, und wir rutschten in den Winkel zwischen Deck und innerer Schiffswand. Ich schlug gegen einen Türgriff und packte ihn mit der rechten Hand. Im linken Arm hielt ich Margrethe. Jetzt holte das Schiff wieder nach Steuerbord über, und Wind und Wasser strömten durch den Riß – wir hörten und spürten es, konnten es aber nicht sehen. Einen Augenblick lang lag das Schiff ruhig, um sich dann wieder nach Steuerbord zu neigen – und ich mußte den Türgriff loslassen.

Was dann geschah, kann ich nur rekonstruieren – schließlich war pechschwarze Dunkelheit, und es herrschte ein Höllenlärm. Wir stürzten – ich hielt sie dabei fest –, und dann waren wir im Wasser.

Als das Schiff sich wieder nach Steuerbord neigte, wurden wir wahrscheinlich durch das Loch im Rumpf nach draußen geschleudert. Aber das ist nur eine Vermutung. Sicher weiß ich nur, daß wir gemeinsam ins Wasser fielen und ziemlich tief eintauchten. Wir kamen wieder hoch, und ich hielt Margrethe mit einer Art Rettungsgriff im linken Arm. Ich schaute mich um, als ich nach Luft schnappte, und dann gingen wir wieder unter. Das Schiff war direkt neben uns und bewegte sich vorwärts. Ich spürte einen kalten Windhauch und hörte ein polterndes Geräusch; neben dem Schiff sah ich etwas Hohes und Dunkles. Aber hauptsächlich machte mir das Schiff Angst – oder vielmehr die Schiffsschraube. Wenn es uns nicht sofort gelang, vom Schiff wegzukommen, würden Margrethe und ich von der Schiffsschraube zu Hackfleisch verarbeitet werden. Ich hielt Margrethe fest und bewegte mich mit kräftigen Schwimmstößen vom Schiff weg. Die Kabine C109 lag schon weit vorn, aber ich stellte mit Erleichterung fest, daß es uns gelang, der Gefahr auszuweichen, die das Schiff darstellte. Dann schlug ich in der Dunkelheit hart mit dem Kopf auf.

# VIII

*Und sie nahmen Jona und warfen ihn ins Meer;*
*da stand das Meer still von seinem Wüten.*
Jona 1:15

Ich fühlte mich wohl und wollte nicht aufwachen. Aber ein leichtes Pochen im Kopf störte mich, und das ließ mich dann doch die Augen aufschlagen. Ich schüttelte den Kopf, und Wasser lief mir in die Nase. Schnaufend stieß ich es wieder aus.

»Alec?« Ihre Stimme war ganz nahe.

Ich lag auf dem Rücken im Wasser, das so warm war wie Blut. Dem Geschmack nach war es Salzwasser, und um mich herum war Dunkelheit – ich war der Rückkehr in den Mutterleib so nahe gekommen, wie es diesseits des Todes nur möglich ist. Oder war dies schon der Tod? »Margrethe?«

»Oh! Oh, Alec, ich bin ja so froh! Du hast so lange geschlafen. Wie fühlst du dich?«

Ich prüfte die Angelegenheit. Ich zählte dies und das und stellte fest, daß ich auf dem Rücken trieb, wobei ich zwischen Margrethes Beinen lag und sie wie eine Rettungsschwimmerin meinen Kopf hielt. Mit langsamen Schwimmstößen bewegte sie uns nicht unbedingt vorwärts, sondern sie hielt uns über Wasser. »Ich fühle mich gut. Und du?«

»Ausgezeichnet, Liebling – wo du wieder aufgewacht bist.«

»Was ist passiert?«

»Du bist mit dem Kopf gegen den Berg geprallt.«

»Berg?«

»Gegen den Eisberg.«

(Eisberg? Was war passiert? Ich versuchte, mich zu erinnern.) »Was für ein Eisberg?«

»Der, mit dem das Schiff kollidiert ist.«

Einiges fiel mir wieder ein, aber es ergab noch kein zusammenhängendes Bild. Ein gewaltiges Krachen, als sei das Schiff auf ein Riff gelaufen, und dann wurden wir ins Wasser geschleudert. Dann versuchten wir wegzukommen – und ich war tatsächlich mit dem Kopf irgendwo aufgeschlagen. »Margrethe, wir sind in den Tropen, etwa in der Höhe von Hawaii. Wie kann es hier Eisberge geben?«

»Ich weiß es nicht, Alec.«

»Aber –« Ich wollte »das ist unmöglich« sagen, aber dann fand ich, daß sich das Wort aus meinem Mund lächerlich anhören würde. »Das Wasser ist viel zu warm für Eisberge. Übrigens brauchst du nicht so zu strampeln; im Salzwasser treibe ich ohnehin an der Oberfläche.«

»Okay. Aber laß mich dich festhalten. Ich hätte dich in der Dunkelheit einmal fast verloren. Ich habe Angst, daß es nochmal passieren könnte. Als wir ins Wasser fielen, war es kalt. Jetzt ist es warm; wir sind also nicht mehr in der Nähe des Eisbergs.«

»Halt dich nur an mir fest; ich will dich nicht auch noch verlieren.« Ja, als wir hineinstürzten, war das Wasser kalt gewesen. Das wußte ich noch. Jedenfalls kalt verglichen mit dem warmen Bett. Und ich hatte einen kalten Hauch gespürt. »Was ist denn aus dem Eisberg geworden?«

»Ich weiß es nicht, Alec. Wir sind gemeinsam ins Wasser gefallen, und du hast mich vom Schiff weggezogen. Das hat uns bestimmt gerettet. Aber es war dunkel wie in einer Dezembernacht, und es wehte stark, und in der Dunkelheit bist du mit dem Kopf auf das Eis geschlagen.

Dabei hätte ich dich fast verloren. Du wurdest bewußtlos, Schatz, und mußtest mich loslassen. Ich tauchte unter und schluckte Wasser. Als ich wieder hochkam, hustete und spuckte ich und konnte dich nicht finden.

Alec, solche Angst hatte ich in meinem ganzen Leben noch nicht. Du warst nirgends. Ich konnte dich nicht sehen. Ich griff nach allen Seiten, aber ich konnte dich nicht erreichen. Ich rief dich, aber du antwortetest nicht.«

»Das tut mir leid.«

»Ich hätte nicht in Panik geraten sollen. Aber ich dachte, du seist ertrunken. Oder du seist gerade im Begriff zu ertrinken, ohne daß ich etwas unternahm, dich zu retten. Aber als ich umherpaddelte, traf ich mit der Hand auf dich und hielt dich fest, und alles war wieder gut – bis ich merkte, daß du nicht antwortetest. Aber ich fühlte dir den Puls und stellte fest, daß dein Herz normal schlägt. Also war doch alles in Ordnung. Ich hielt dich von hinten, damit dein Gesicht über Wasser blieb. Es dauerte lange, bis du wieder aufwachtest – aber jetzt ist wirklich alles wieder gut.«

»Du bist nicht in Panik geraten. Sonst wäre ich jetzt tot. Was du getan hast, hätte nicht jeder geschafft.«

»So ungewöhnlich war das gar nicht. Ich war zwei Sommer lang Rettungsschwimmerin an einem Strand nördlich von Kopenhagen. Freitags gab ich immer Unterricht. Viele Jungen und Mädchen haben Rettungsschwimmen gelernt.«

»Bei solchen Kollisionen und bei solcher Dunkelheit einen kühlen Kopf zu behalten, kann man nicht lernen; sei nicht so bescheiden. Was ist mit dem Schiff? Und was ist mit dem Eisberg?«

»Alec, ich weiß es wirklich nicht. Als ich dich gefunden hatte und feststellte, daß du lebst, und ich dich dann in den Rettungsgriff nahm – als ich Zeit hatte, mich umzuschauen, war es genau wie jetzt. Nichts. Nur Dunkelheit.«

»Ob das Schiff wohl gesunken ist? Es war ein ganz schöner Aufprall. Hat es eine Explosion gegeben? Hast du etwas gehört?«

»Ich habe keine Explosion gehört. Nur den Wind und die Geräusche bei der Kollision, die du auch gehört haben mußt. Als wir schon im Wasser waren, hörte ich Schreie. Ich weiß nicht, ob das Schiff gesunken ist, ich habe es jedenfalls nicht gesehen. Übrigens, Alec, seit etwa einer halben Stunde liege ich beim Schwimmen mit dem Kopf an einem Kissen oder einer Matratze. Könnte das bedeuten, daß das Schiff gesunken ist? Treibgut im Wasser?«

»Nicht unbedingt, aber sehr ermutigend ist das nicht. Warum hast du denn mit dem Kopf an dem Ding gelegen?«

»Weil wir es vielleicht brauchen können. Wenn es ein Kissen vom Deck ist oder gar eine von den Matratzen, auf denen die Passagiere am Swimming-pool in der Sonne liegen, ist das Ding mit Kapok ausgestopft, so daß es schwimmt und uns das Leben retten kann.«

»Das meine ich ja gerade. Wenn es eine schwimmfähige Matte ist, warum hälst du dann nur deinen Kopf dagegen? Warum legst du dich dann nicht auf das Ding? Dann bist du nicht mehr im Wasser.«

»Das konnte ich nicht, denn dann hätte ich dich loslassen müssen.«

»Oh, Margrethe, wenn wir hier je wieder rauskommen, würdest du mir dann ganz schnell in den Hintern treten? Gut, ich bin wieder bei Besinnung; laß uns feststellen, was wir gefunden haben.«

»Okay. Aber ich möchte dich nicht loslassen, solange ich dich nicht sehen kann.«

»Honey, ich bin mindestens genau so sehr daran interessiert, dich nicht zu verlieren. Wir machen es so: Du hältst mich mit der einen Hand fest und greifst mit der anderen hinter dich. Du achtest darauf, das Kissen oder was es auch sei nicht loszulassen. Ich drehe mich um und suche deine Hand, mit der du das Kissen anfaßt. Dann werden wir weitersehen – wir werden beide fühlen, was wir da haben, und dann wissen, wie wir es verwenden können.

Es war nicht etwa ein gewöhnliches Kissen; es war (so wie es sich anfühlte) eine der großen Matten, auf denen die Passagiere sich in die Sonne zu legen pflegten. Sie war mindestens ein Meter achtzig breit und noch länger – groß genug für zwei Leute oder auch drei, wenn sie sich gut kannten. Es war fast so, als hätten wir ein Rettungsboot gefunden! Besser noch – zusammen mit dieser schwimmenden Matte hatte ich Margrethe bei mir. Ich mußte an ein lästerliches Gedicht denken, das heimlich im Seminar herumgereicht wurde: »Ein Krug mit Wein, ein Laib von Brot und du –«

In einer Nacht, die so schwarz ist wie das Innere eines Kohlehaufens, auf eine Matte zu steigen, die so schlaff ist wie ein Wurm am Angelhaken, ist nicht nur schwierig; es ist unmöglich. Wir schafften das Unmögliche, indem wir uns mit beiden Händen festhielten, während Margrethe über mich hinwegglitt. Dann half sie mir, als ich mich langsam auf die Matte schob.

Ich stützte mich auf die Ellenbogen, glitt ab und wußte nicht mehr, wo ich war. Ich orientierte mich an Margrethes Stimme und ganz langsam und vorsichtig schob ich mich an Bord.

Wir merkten bald, daß es bei den Schwimmeigenschaften der Matte und dem Raum, der uns zur Verfügung stand, am besten war, wenn wir uns nebeneinander auf den Rücken legten und dabei die Arme und Beine spreizten wie der Mann auf dieser Zeichnung von Leonardo da Vinci. So verteilten wir unser Gewicht einigermaßen gleichmäßig über die Matte.

»Alles in Ordnung, Honey?« fragte ich.

»Bestens!«

»Brauchst du irgend etwas?«

»Nichts, was wir hier hätten. Ich liege bequem und kann mich entspannen – und du bist bei mir.«

»Mir geht es genauso. Aber was würdest du dir wünschen, wenn du alles haben könntest, was du wolltest?«

»Nun . . . Eis mit heißer Soße.«

Ich überlegte einen Augenblick. »Nein. Schokoladeneis mit Marshmallow-Sirup und einer Kirsche oben drauf. Und eine Tasse Kaffee.«

»Eine Tasse Schokolade. Aber ich will heiße Soße zu meinem Eis. Auf den Geschmack bin ich in Amerika gekommen. Wir Dänen wissen mit Eiscreme allerlei anzufangen, aber heiße Soße über ein eiskaltes Gericht zu kippen, auf den Gedanken sind wir noch nicht gekommen. Also ein Eis mit heißer Soße. Lieber noch eine doppelte Portion.«

»Okay. Wenn du willst, kaufe ich dir eine doppelte Portion. Da lasse ich mich nicht lumpen – und außerdem hast du mir das Leben gerettet.

Sie legte ihre Hand auf meine. »Alec, du versuchst, mich aufzumuntern – und ich bin glücklich. Glaubst du wirklich, daß wir hier lebend herauskommen?«

»Ich weiß es nicht, Honey. Die große Ironie des Lebens besteht darin, daß kaum jemand lebend aus ihm herauskommt. Aber eines will ich dir versprechen: ich will tun, was ich kann, um dir Eis mit heißer Soße zu besorgen.«

Als es hell wurde, wachten wir beide auf. Ja, ich hatte tatsächlich geschlafen, und ich weiß, daß auch Margrethe geschlafen hat, denn ich wachte vor ihr auf, hörte ihre gleichmäßigen Atemzüge und verhielt mich ruhig, bis ich sah, daß sie die Augen öffnete. Ich hatte nicht gedacht, daß wir einschlafen würden, aber rückblickend bin ich darüber nicht erstaunt – ein perfektes Bett, völlige Stille und eine ideale Temperatur. Außerdem waren wir beide sehr müde . . . und es gab absolut nichts, über das wir uns hätten Sorgen machen müssen, denn vor Tagesanbruch konnten wir nicht das geringste unternehmen, um unsere Probleme zu lösen. Als ich einschlief, habe ich wahrscheinlich gedacht: Ja, Margrethe hat recht; Eiscreme mit heißer Soße ist besser als Schokoladeneis mit Marshmallows. Jedenfalls habe ich von solcher Eiscreme geträumt – es war eigentlich eine Art Alptraum, denn immer wenn ich davon essen wollte, den Löffel zum Mund führte . . . war der Löffel leer. Ich glaube, davon bin ich aufgewacht.

Sie wandte mir das Gesicht zu, lächelte und sah aus wie sechzehn und wunderschön. (»– wie zwei junge Zwillingsrehe. Du bist so schön, mein Lieb; an dir ist kein Makel.«) »Guten Morgen, meine Schöne.«

Sie kicherte. »Guten Morgen, Prince Charming. Hast du gut geschlafen?«

»Ich kann sogar sagen, Margrethe, daß ich seit einem Monat nicht mehr so gut geschlafen habe. Sehr seltsam. Jetzt brauche ich nur noch das Frühstück ans Bett.«

»Sofort, Sir. Ich beeile mich.«

»Nur zu. Aber ich hätte nicht über Essen sprechen sollen. Ich bin auch mit einem Kuß zufrieden. Glaubst du, daß wir uns küssen können, ohne ins Wasser zu fallen?«

»Ja. Aber wir müssen vorsichtig sein. Dreh mir nur das Gesicht zu. Du darfst dich nicht herumwälzen.«

Es war ein eher symbolischer Kuß als eine von Margrethes Spezialausführungen. Wir achteten beide darauf, die höchst unsichere Stabilität unseres behelfsmäßigen Rettungsfloßes nicht zu gefährden. Wir machten uns über etwas Wichtigeres Sorgen, als es ein Sturz ins Wasser gewesen wäre – jedenfalls ich tat es.

Ich beschloß das Thema anzuschneiden, damit wir uns gemeinsam Sorgen machen konnten. »Margrethe, nach der Karte, die neben dem Eingang zum Speisesaal hing, müßten wir die mexikanische Küste etwa auf der Höhe von Mazatlán im Osten direkt vor uns haben. Um welche Zeit ist das Schiff gesunken? Wenn es überhaupt gesunken ist. Ich meine, um welche Zeit ereignete sich die Kollision?«

»Das weiß ich nicht.«

»Ich auch nicht. Aber es muß nach Mitternacht gewesen sein. Die *Konge Knut* sollte um acht Uhr morgens ankommen. Die Küste ist vielleicht noch über hundert Meilen entfernt. Wir könnten ihr aber auch schon ganz nahe sein. Wenn die Bewölkung aufreißt und es nicht mehr so diesig ist, müßten wir dort drüben die Berge von Mexiko sehen können. Es wird sich sicher bald aufklären – genau wie gestern. Liebling, wie gut bist du im Langstreckenschwimmen? Falls wir die Berge sehen, wollen wir es dann versuchen?«

Sie ließ sich mit der Antwort Zeit. »Alec, wenn du es willst, werden wir es versuchen.«

»Damit ist meine Frage eigentlich nicht ganz beantwortet.«

»Das stimmt. In warmem Meerwasser kann ich so lange wie nötig schwimmen. Ich bin einmal durch den großen Belt geschwommen, und das Wasser war viel kälter als dieses. Aber, Alec, im Belt gibt es keine Haie. Ich habe schon welche gesehen.«

Ich stieß einen Seufzer aus. »Ich bin froh, daß du das sagst. Ich wollte es nicht selbst sagen müssen. Honey, ich denke, wir müssen hier bleiben und uns ruhig verhalten. Wir dürfen sie nicht auf uns aufmerksam machen. Ich kann auf das Frühstück verzichten – schon gar nicht will ich selbst zum Frühstück für die Haie werden.«

»Außerdem verhungert man nicht so schnell.«

»Wir werden nicht verhungern. Wenn du die Wahl hättest, was würdest du dir aussuchen? Verhungern? Tod durch Sonnenbrand? Haie? Oder möchtest du lieber verdursten? In den Robinson-Crusoe-Geschichten und anderen Geschichten über abenteuerliche Rettungen habe ich immer nur gelesen, daß die Betroffenen irgend etwas hatten, mit dem sie arbeiten konnten. Ich habe nicht einmal einen Zahnstocher. Berichtigung: Ich habe dich; das gibt mir eine bessere Chance. Margrethe, was, glaubst du, sollten wir tun?«

»Ich denke, man wird uns hier rausholen.«

Das glaubte ich auch, aber aus Gründen, die ich mit Margrethe nicht diskutieren mochte. »Ich bin froh, daß du das sagst. Aber warum denkst du das?«

»Alec, warst du schon mal in Mazatlán?«

»Nein.«

»Es ist ein bedeutender Fischereihafen. Kommerzielle und Sportfischerei. Seit Tagesanbruch müssen Hunderte von Schiffen hinausgefahren sein. Die größten und schnellsten fahren viele Kilometer weit hinaus. Wenn wir warten, werden sie uns finden.«

»Vielleicht finden, meinst du. Hier draußen gibt es eine Menge Ozean. Aber du hast recht; Schwimmen wäre Selbstmord; wir müssen bleiben und abwarten.«

»Sie werden nach uns suchen, Alec.«

»So? Warum?«

»Wenn die *Konge Knut* nicht gesunken ist, weiß der Kapitän, wann und wo wir über Bord gegangen sind; wenn er den Hafen erreicht hat – ungefähr jetzt – wird er um eine Suche bei Tageslicht bitten. Sollte das Schiff gesunken sein, wird man das ganze Gebiet nach Überlebenden absuchen.«

»Das hört sich logisch an.« (Ich hatte einen anderen Gedanken, der überhaupt nicht logisch war.)

»Unser Problem ist, am Leben zu bleiben, bis sie uns finden. Wir müssen alles tun, um den Haien zu entgehen und nicht an Sonnenbrand zu sterben oder zu verdursten. Um das zu erreichen, müssen wir uns völlig ruhig verhalten. Unbedingt und die ganze Zeit. Allerdings sollten wir uns gelegentlich umdrehen, wenn die Sonne scheint, um den Sonnenbrand möglichst zu verteilen.«

»Und wir sollten beten, daß der Himmel sich bewölkt. Das alles müssen wir tun. Und vielleicht sollten wir nicht sprechen, um nicht ganz so durstig zu werden. Was meinst du?«

Sie schwieg so lange, daß ich glaubte, sie übe schon die Disziplin, die ich vorgeschlagen hatte. Dann sagte sie: »Liebling, vielleicht bleiben wir nicht am Leben.«

»Ich weiß.«

»Wenn wir schon sterben müssen«, sagte Margrethe, »dann möchte ich lieber deine Stimme hören. Ich hätte keine Lust, darauf zu verzichten, dir zu sagen, daß ich dich liebe – solange ich es noch kann –, nur um vergeblich zu versuchen, ein paar Minuten länger zu leben.«

»Ja, mein Liebling. Ja.«

Wir sprachen trotzdem wenig. Mir genügte es, ihre Hand zu berühren, und auch sie schien sich damit zufriedenzugeben.

Sehr viel später – vermutlich drei Stunden später – stieß Margrethe einen leisen Schrei aus.

»Schwierigkeiten?«

»Alec! Sieh dir das an!« Sie zeigte mit dem Finger, und ich sah hin.

Jetzt hätte ich aufschreien müssen, aber ich war irgendwie darauf vorbereitet: hoch am Himmel sah ich ein kreuzförmiges Objekt. Es sah aus wie ein Vogel, der durch die Luft schwebt, aber es war sehr viel größer, und es mußte etwas Künstliches sein. Eine Flugmaschine –

Ich wußte, daß es keine Flugmaschinen geben konnte. An der Ingenieurschule hatte ich mich mit Professor Simon Newcombs mathematischem Beweis dafür beschäftigt, daß alle Bemühungen Professor Langleys und anderer, ein Luftfahrzeug zu bauen, das schwerer als die Luft ist und dennoch einen Mann tragen soll, von vornherein zum Scheitern verurteilt sind. Die physikalischen Gesetze lassen es nicht zu, einen Apparat zu konstruieren, der groß genug ist, einen Mann aufzunehmen, gleichzeitig aber ein Antriebsaggregat mitführen muß, das stark genug ist, ihn vom Boden abheben zu lassen – geschweige denn mit einem Passagier.

Das war das letzte Wort der Wissenschaft über diesen Unsinn, und ab sofort wurden keine öffentlichen Gelder mehr an Hirngespinste verschwendet. Forschungs- und Entwicklungsgelder wurden nun für Luftschiffe verwendet. Und zwar mit enormem Erfolg.

Seit ein paar Tagen sah ich den Begriff »unmöglich« allerdings ein wenig anders. Deshalb war ich auch nicht sehr überrascht, als plötzlich eine veritable Flugmaschine über uns auftauchte.

Ich glaube, Margrethe hat den Atem angehalten, bis das Ding über uns hinweggeflogen und schon fast am Horizont verschwunden war. Auch ich erschrak, aber ich zwang mich dazu, ruhig zu bleiben – es war ein wunderschöner Anblick, silbern, schlank und schnell. Die Größe war schwer zu bestimmen, aber wenn die dunklen Stellen an der Seite Fenster waren, mußte das Ding riesig sein.

Ich konnte nicht erkennen, wodurch der Apparat vorwärts bewegt wurde.

»Alec . . . ist das ein Luftschiff?«

»Nein. Als ich dir von Luftschiffen erzählte, meinte ich etwas anderes. Dieses Ding würde ich eine ›Flugmaschine‹ nennen. Mehr kann ich nicht sagen. Ich habe noch nie eine gesehen. Aber eins weiß ich jetzt – etwas sehr Wichtiges.«

»Was?«

»Wir werden nicht sterben . . . und ich weiß jetzt, warum das Schiff versenkt wurde.«

»Warum denn, Alec?«

»Um mich daran zu hindern, die Daumenabdrücke zu vergleichen.«

# IX

*Denn ich bin hungrig gewesen, und ihr habt mich gespeist. Ich bin durstig gewesen, und ihr habt mich getränkt. Ich bin ein Gast gewesen, und ihr habt mich beherbergt.* Matthäus 25:35

»Oder, um es genauer auszudrücken, der Eisberg war da, und die Kollision ereignete sich, um mich davon abzuhalten, meinen Daumenabdruck mit dem in Grahams Führerschein zu vergleichen. Vielleicht ist das Schiff nicht gesunken; das mag im Rahmen dieses Plans nicht erforderlich gewesen sein.«

Margrethe sagte nichts. Deshalb fügte ich leise hinzu: »Sag's schon, Liebes. Rede es dir von der Seele. Mir macht es nichts aus. Ich bin verrückt. Paranoid.«

»Alec, das habe ich nicht gesagt. Ich habe es nicht einmal gedacht. Ich würde es auch nie denken.«

»Nein, du hast es nicht gesagt. Aber diesmal läßt sich meine geistige Verwirrung nicht als ›Gedächtnisverlust‹ wegerklären. Das heißt, wenn wir dasselbe gesehen haben. Was hast du gesehen?«

»Ich habe etwas Seltsames am Himmel gesehen. Ich habe es auch gehört. Du hast mir gesagt, daß es eine Flugmaschine sei.«

»Nun, ich denke, so könnte man das Ding nennen – aber du kannst es nennen, wie du willst. Etwas Neues und Seltsames. Beschreibe es mir bitte.«

»Es war etwas, das sich durch die Luft bewegte. Es kam von da hinten und flog fast genau über uns hinweg. Dann verschwand es dort.« Sie zeigte in eine Richtung, die ich für Norden hielt. »Es sah aus wie ein Kreuz, wie ein Kruzifix. Der Querbalken hatte Ausbeulungen, ich glaube vier. Vorn hatte es Augen wie ein Walfisch, und das hintere Ende hatte Flossen wie ein Walfisch.

Ein Wal mit Flügeln – genauso sah es aus, Alec; ein Wal, der durch die Luft fliegt!«

»Du glaubst, also daß es etwas Lebendiges war?«

»Ich weiß nicht. Ich glaube es nicht. Ich weiß nicht, was ich davon halten soll.«

»Ich glaube nicht, daß es etwas Lebendiges war; ich glaube, es war eine Maschine. Eine Flugmaschine. Ein Schiff mit Flügeln. Aber was es auch sei – eine Maschine oder ein fliegender Wal –, hast du je in deinem Leben so etwas gesehen?«

»Alec, es war so seltsam, daß ich meinen Augen kaum traue.«

»Ich weiß. Aber du hast es zuerst gesehen und mich darauf hingewiesen – ich habe dir also nicht eingeredet, daß du es gesehen hast.«

»So etwas würdest du nie tun.«

»Nein. Das würde ich nicht. Aber ich bin froh, daß du es zuerst gesehen hast, liebes Mädchen; das bedeutet, daß es wirklich ist – daß ich es nicht in irgendwelchen Fieberphantasien erträumt habe. Das Ding stammt nicht aus der Welt, die du kennst . . . und ich kann dir versichern, daß es keins der Luftschiffe ist, von denen ich gesprochen habe. Es stammt nämlich auch nicht aus der Welt, in der ich aufgewachsen bin. Wir sind also wieder in einer anderen, in einer dritten Welt. Beim ersten Mal brauchte ich einen Ozeandampfer von zwanzigtausend Tonnen, um zu wissen, daß ich in eine andere Welt geraten war. Diesmal brauchte ich nur etwas zu sehen, was es in meiner Welt einfach nicht geben konnte, um zu erkennen, daß sie wieder die Welten vertauschen. Sie haben es getan, als ich besinnungslos war – das glaube ich wenigstens. Wie dem auch sei, ich glaube, sie haben es getan, um mich davon abzuhalten, die Daumenabdrücke zu vergleichen. Der Wahn, daß sich die ganze Welt gegen uns verschworen hat, ist paranoid. Nur, es ist kein Wahn.«

Ich sah sie an. »Nun, was meinst du?«

»Alec . . . könnte es nicht sein, daß wir beide es uns nur eingebildet haben? Daß wir phantasieren? Schließlich sind wir ziemlich durcheinandergeschüttelt worden – und du hast dir den Kopf gestoßen. Vielleicht habe auch ich mir den Kopf gestoßen, als wir mit dem Eisberg kollidierten.«

»Margrethe, wir würden doch nicht beide die gleichen Phantasien haben. Wenn du aufwachst und feststellst, daß ich verschwunden bin, könnte das für dich eine Erklärung sein. Aber ich bin nicht verschwunden. Außerdem wüßtest du dann immer noch nicht, wieso es so weit im Süden einen Eisberg gibt. Paranoia wäre eine einfachere Erklärung. Aber die Verschwörung richtet sich gegen mich; du hattest nur das Pech, dabeizusein, und das tut mir leid.« (In Wirklichkeit tat es mir nicht leid. Auf einem Floß mitten im Ozean ist man nicht gern allein. Aber zusammen mit Margrethe war es jetzt das Paradies.)

»Ich glaube trotzdem, daß man gleiche Träume haben kann – *Alec, da kommt es wieder!*« Sie zeigte in die Richtung.

Zuerst sah ich nichts, aber dann bemerkte ich einen kleinen Punkt, der zu einem kreuzförmigen Objekt anwuchs, das ich als »Flugmaschine« erkannte. Sie wurde immer größer.

»Margrethe, sie muß umgekehrt sein. Vielleicht hat sie uns gesehen. Oder *sie* haben uns gesehen. Oder *er* hat uns gesehen. Wie auch immer.«

»Vielleicht.«

Als die Maschine näher kam, sah ich, daß sie nicht über uns hinweg, sondern rechts von uns vorbeifliegen würde. »Es ist nicht dieselbe«, sagte Margrethe plötzlich.

»Und es ist auch kein fliegender Wal – es sei denn, die fliegenden Wale in dieser Gegend hätten breite rote Streifen an den Seiten.«

»Es ist kein fliegender Wal. Ich meine ›es lebt nicht.‹ Du hast recht, Alec; es ist eine Maschine. Liebling, glaubst du wirklich, daß Leute darin sitzen? Das macht mir Angst.«

»Ich glaube, ich hätte noch mehr Angst, wenn *keine* Leute darin säßen.« (Ich mußte an eine aus dem Deutschen übersetzte phantastische Geschichte denken, die von einer nur mit automatischen Maschinen bevölkerten Welt handelte – keine sehr angenehme Geschichte.) »Eigentlich sollten wir uns freuen. Wir wissen jetzt beide, daß die erste Maschine, die wir sahen, kein Traum war, keine Illusion. Das bestätigt unsere Vermutung, daß wir uns in einer anderen Welt befinden. Und wir wissen beide, daß wir gerettet werden.«

»Dem kann ich nicht ganz folgen«, sagte sie zögernd.

»Das liegt daran, daß du dich immer noch weigerst, mich paranoid zu nennen – und das ist sehr nett von dir. Aber mich für paranoid zu halten, wäre eine zu einfache Hypothese. Wenn der Witzbold, der die Fäden zieht, mich hätte umbringen wollen, wäre das hier am Eisberg sehr leicht gewesen. Oder schon in der

Feuergrube. Aber er will mich nicht umbringen, jedenfalls jetzt noch nicht. Er spielt mit mir Katz und Maus. Ich werde also gerettet. Und du auch, denn du bist mit mir zusammen. Du warst mit mir zusammen, als der Eisberg zuschlug – dein Pech. Du bist aber immer noch mit mir zusammen, und deshalb wirst du gerettet – dein Glück. Wehre dich nicht dagegen, Liebes. Ich habe einige Tage Zeit gehabt, mich an alles zu gewöhnen, und es funktioniert. Man muß nur die Ruhe bewahren. Einer Welt der Verschwörung kann man nur mit Paranoia vernünftig begegnen.«

»Aber Alec, so sollte die Welt nicht sein.«

»Hier gibt es kein ›sollte‹, Schatz. Es ist ein essentielles Prinzip der Philosophie, das Universum so zu akzeptieren, wie es ist, und nicht zu versuchen, es in eine vorgefaßte Form zu pressen. Aber roll nur nicht ins Wasser. Du willst doch nicht als Frühstück für die Haie enden, wo wir gerade den Beweis dafür haben, daß wir gerettet werden!«

Ungefähr eine Stunde lang geschah nichts – wenn man davon absieht, daß wir zwei prächtige Seglerfische sahen. Die Bewölkung wurde von der Sonne weggebrannt, und ich fing an, mir eine schnelle Rettung zu wünschen; das schuldeten sie mir, fand ich! Nicht zuzulassen, daß ich einen Sonnenbrand dritten Grades erlitt. Margrethe konnte vielleicht ein wenig mehr Sonne vertragen als ich. Sie war zwar blond, aber sie war nahtlos braun – wunderschön! Aber außer an den Händen und im Gesicht war ich so weiß wie der Bauch eines Frosches – nach einem ganzen Tag in der Tropensonne würde ich im Krankenhaus landen. Es konnte sogar noch schlimmer kommen.

Am östlichen Horizont meinte ich graue Unebenheiten zu erkennen. Es mochte sich um Berge handeln – das vermutete ich wenigstens, obwohl man nicht allzuviel sieht, wenn man die Augen knapp zwanzig Zentimeter über der Wasseroberfläche hat. Wenn das wirklich Berge oder Hügel waren, konnte das Festland nicht weit entfernt sein. Jeden Augenblick mußten Boote aus Mazatlán zu sehen sein . . . wenn es Mazatlán in dieser Welt noch gab.

Wenn –

Dann tauchte noch eine Flugmaschine auf.

Sie ähnelte den beiden anderen nur vage. Diese waren parallel zur Küste geflogen, und die eine war von Norden, die andere von Süden gekommen. Die dritte kam von der Küste her und flog allgemein in westliche Richtung, wenn auch im Zickzack.

Sie flog im Norden an uns vorbei, kam wieder zurück und kreiste über uns. Sie flog so niedrig, daß ich erkennen konnte, daß tatsächlich Leute in ihr saßen; zwei Männer, wie ich meinte.

Ihre Konstruktion ist schwer zu beschreiben. Man muß sich einen riesigen Kastendrachen vorstellen, etwa zwölf Meter lang und fast anderthalb Meter breit, bei dem der Abstand zwischen den beiden Drachenflächen etwa einen Meter beträgt.

Diese Drachenflächen muß man sich in rechtem Winkel zu einer Art Bootskörper vorstellen, der fast wie ein Eskimokajak aussieht, nur viel größer – etwa so groß wie der Kastendrachen.

Unter dieser ganzen Konstruktion sind zwei weitere kajakförmige Körper angebracht. Sie sind wesentlich kleiner und verlaufen parallel zum Hauptrumpf. An einem Ende des Hauptrumpfes hat das Gerät einen Motor (wie ich später sah), der an seinem vorderen Ende einen Luftpropeller hat, der ähnlich aussieht wie der Wasserpropeller eines Schiffs. Auch das erkannte ich erst später. Als ich diese unglaubliche Konstruktion zum ersten Mal sah, drehte sich diese Luftschraube so schnell, daß man sie einfach nicht sehen konnte. Aber man konnte sie hören! Der Lärm, den diese Vorrichtung verursachte, war ohrenbetäubend und wollte nicht aufhören.

Die Maschine nahm Kurs auf uns und kippte dann ab, so daß sie direkt auf uns zuflog – fast wie ein Pelikan, der herabschwebt, um einen Fisch aufzunehmen.

Und wir waren die Fische. Es war beängstigend. Wenigstens für mich. Margrethe war ganz still. Aber sie drückte ganz fest meine Hand. Die bloße Tatsache, daß wir keine Fische waren und daß eine Maschine uns nicht fressen konnte und wohl auch nicht fressen wollte, ließ dieses Herabstoßen auf uns nicht weniger schrecklich erscheinen.

Trotz meiner Angst (oder gerade wegen meiner Angst) erkannte ich, daß diese Konstruktion mindestens doppelt so groß war, wie ich vermutet hatte, als ich sie hoch am Himmel sah. Zwei Männer bedienten das Gerät. Sie saßen nebeneinander hinter einem Fenster am vorderen Ende. Jetzt sah ich, daß die Flugmaschine zwei Motoren hatte, von denen einer rechts, der andere links von den Männern zwischen den Kastendrachenflügeln angebracht war.

Im letzten Augenblick sprang die Maschine hoch wie ein Pferd, das eine Hürde nimmt, und verfehlte uns nur knapp. Die Luftströmung, die sie verursachte, riß uns fast von unserem Floß, und der Lärm ließ mir die Ohren dröhnen.

Sie stieg wieder höher, kurvte zu uns herüber und glitt herab, aber diesmal an uns vorbei. Die unteren beiden kajakförmigen Körper berührten das Wasser und zogen eine breite Gischtspur hinter sich her – die Maschine verlangsamte ihre Fahrt und hielt an, aber sie versank nicht!

Jetzt bewegten sich die Luftschrauben ganz langsam, und ich konnte sie zum ersten Mal erkennen . . . und ich bewunderte die Ingenieurskunst, die in ihnen steckte. Sicherlich waren sie nicht so leistungsfähig wie die durch Röhren geführten Luftschrauben, die wir in unseren lenkbaren Luftschiffen verwendeten, aber an einer Stelle, wo man keine Röhren anbringen kann, erschien mir dies als eine sehr elegante Lösung.

Aber diese entsetzlich lauten Antriebsaggregate! Wie ein Ingenieur so etwas akzeptieren konnte, begriff ich nicht. Wie einer meiner Professoren sagte (das war, bevor meine schlechten Noten in Thermodynamik mich davon überzeugten, daß ich eher zum Priesteramt berufen war), ist Lärm immer ein Nebenprodukt mangelnder Leistung. Ein gut konstruierter Motor ist so stumm wie das Grab.

Die Flugmaschine wendete und glitt jetzt langsam auf uns zu. Die Besatzung manövrierte das Gerät so, daß es dicht neben uns fuhr und fast stoppte. Einer der beiden Männer kroch aus der Kabine hinter dem vorderen Fenster und hielt sich mit der linken Hand an dem Träger fest, der die beiden Kastendrachenflügel miteinander verband. In der anderen Hand hielt er eine aufgerollte Leine.

Als die Flugmaschine langsam an uns vorbeitrieb, warf er sie uns zu. Ich ergriff sie und hielt sie fest. Margrethe hatte dabei darauf geachtet, daß ich nicht ins Wasser fiel.

Ich reichte Margrethe die Leine. »Er soll dich reinziehen. Ich springe ins Wasser und bleibe hinter dir.«

»Nein!«

»Was soll das heißen? Wir können uns doch jetzt nicht auch noch streiten. Los jetzt!«

»Alec, sei ruhig! Er will uns etwas sagen.«

Ich hielt den Mund, aber ich war ein wenig gekränkt. Margrethe hörte dem Mann zu. (Für mich hatte das Zuhören keinen Zweck; mein Spanisch beschränkt sich auf »Gracias« und »Por favor«. Statt dessen las ich die Aufschrift an der Seite der Maschine: EL GUARDACOSTAS REAL DE MEXICO.)

»Alec, er warnt uns vor den Haien. Wir sollen vorsichtig sein.«

»Au.«

»Ja, wir sollen bleiben, wo wir sind. Er will ganz langsam an der Leine ziehen. Ich glaube, er will uns in die Maschine holen, ohne daß wir ins Wasser müssen.«

»Der Mann gefällt mir.«

Wir versuchten es, aber es funktionierte nicht. Ein leichter Wind war aufgekommen; er hatte eine größere Wirkung auf die Flugmaschine als auf uns – die wassergetränkte schwimmende Matte lag völlig flach und bot keine Angriffsfläche. Der Mann am andern Ende schaffte es nicht, uns zur Flugmaschine hinüberzuziehen, sondern mußte Leine geben, um uns nicht ins Wasser zu ziehen.

Er rief etwas herüber, und Margrethe antwortete. Noch einmal rief der Mann etwas, und sie rief zurück. Dann sagte sie zu mir: »Sie fliegen ein Stück weg und kommen dann zurück, diesmal direkt auf uns zu, aber langsam. Wenn sie nahe genug sind, sollen wir versuchen auf den *Aeroplano* zu steigen. Auf die Flugmaschine.«

»Okay.«

Die Maschine ließ uns hinter sich zurück, hob sich aus dem Wasser und zog eine Schleife. Während wir warteten, brauchten wir uns nicht zu langweilen. Die Rückenflosse eines großen Hais sorgte für Abwechslung.Er griff nicht an; anscheinend hatte er sich noch nicht überlegt (womit?), daß wir eine vernünftige Mahlzeit für ihn abgeben könnten. Wahrscheinlich sah er nur die untere Seite unserer Matte.

Die Flugmaschine glitt jetzt auf dem Wasser direkt auf uns zu. Sie sah aus wie eine riesige Libelle, die über das Wasser schwirrt. »Liebling«, sagte ich, »wenn die Maschine nahe genug ist, springst du und hältst dich an einem der Träger fest. Ich schiebe dann nach. Anschließend komme ich hinterher.«

»Nein, Alec.«

»Was soll das heißen, ›nein‹?« Ich war verärgert. Margrethe war sonst immer so vernünftig – und jetzt plötzlich so stur. Im falschen Augenblick.

»Du kannst nicht nachschieben«, sagte sie. »Du hast keinen festen Boden unter den Füßen. Und du kannst nicht aufstehen; du kannst dich nicht einmal aufsetzen. Du springst nach rechts, und ich springe nach links. Wenn einer von uns vorbeispringt, dann rasch wieder auf die Matte. Okay? Dann wird der *Aeroplano* noch einmal kommen.«

»Aber –«

»Er hat gesagt, daß wir es so machen sollen.«

Wir hatten keine Zeit mehr; die Maschine war schon fast über uns. Die »Beine« oder Träger, die die beiden unteren kajakförmigen Körper mit dem Rumpf verbanden, standen jetzt links und rechts von der Matte. Der eine hatte mich knapp verfehlt, der andere Margrethe. »Jetzt!« rief sie. Ich sprang nach rechts und hielt mich an dem Träger fest.

Ich hätte mir fast die Arme ausgerissen, aber ich kletterte wie ein Affe. Ich zog mich hoch und brachte einen Fuß auf den kajakförmigen Körper. Ich schaute zu Margrethe hinüber.

Ich sah, daß eine Hand von oben herabfuhr und Margrethe packte. Sie kletterte hoch, wurde auf den Drachenflügel gehoben und verschwand. Ich wandte mich ab, um an meiner Seite hochzuklettern, und plötzlich war ich wie schwerelos und fand mich auf dem Flügel wieder. Ich bin normalerweise nicht schwerelos, aber ich hatte einen starken Anreiz: eine schmutzigweiße Flosse, zu groß für einen anständigen Fisch, durchschnitt das Wasser und kam direkt auf meinen Fuß zu.

Ich fand mich neben der kleinen Kabine wieder, von der aus die beiden Männer die Flugmaschine lenkten. Der zweite Mann (nicht der, der ausgestiegen war, um uns zu helfen) steckte den Kopf aus dem Fenster, grinste mich an und griff nach hinten. Eine kleine Tür öffnete sich, und ich kroch mit dem Kopf zuerst hinein. Margrethe war schon da.

Die Kabine hatte vier Sitze, zwei vorn, wo die beiden Männer saßen, und zwei dahinter, auf die wir uns gezwängt hatten.

Der Mann auf meiner Seite drehte sich um und sagte etwas und schaute dann – das merkte ich! – Margrethe an. Gewiß, sie war nackt, aber das war nicht ihre Schuld, und ein Gentleman würde sie nicht anstarren.

»Er sagt«, erklärte Margrethe mir, »daß wir uns anschnallen sollen. Ich glaube, er meint diese Dinger.« Sie hielt eine Schnalle hoch, die am Ende eines Riemens befestigt war. Das andere Ende war am Rahmen der Kabine angebracht.

Ich bemerkte, daß ich auf einer ähnlichen Schnalle saß, die ich unangenehm an meinem von der Sonne verbrannten Hintern spürte. Ich hatte sie vorher nicht gesehen, weil ich zu viele andere Dinge beachten mußte. (Warum starrte der Kerl immer noch Margrethe an! Ich hätte ihn fast angeschrien. Daß er ihr und auch mir unter großer Gefahr für ihn selbst gerade das Leben gerettet hatte, daran dachte ich in diesem Augenblick nicht. Ich war einfach wütend darüber, daß er die Hilflosigkeit einer Dame so schamlos ausnutzte.)

Ich versuchte, das Ganze zu ignorieren, und wandte meine Aufmerksamkeit diesen verdammten Gurt zu. Der Mann vor mir sprach jetzt zu seinem Nachbarn, der begeistert antwortete. Margrethe unterbrach die Diskussion. »Was sagen sie?« wollte ich wissen.

»Der arme Kerl will mir sein Hemd geben, und dagegen protestiere ich . . .aber mein Protest hält sich in Grenzen. Es ist wirklich nett von den Leuten, und ich würde mich in der Gegenwart von Fremden wohler fühlen, wenn ich irgendein Kleidungsstück hätte.« Sie hörte den beiden zu und sagte dann: »Sie streiten sich darum, wer die Ehre haben soll.«

Ich sagte nichts. In Gedanken entschuldigte ich mich bei den beiden. Ich wette, daß selbst der Papst in Rom ein oder zweimal in seinem Leben ein Auge riskiert hat.

Der Mann, der rechts saß, hatte offensichtlich gewonnen. Er drehte sich in seinem Sitz – aufstehen konnte er nicht – und zog sich das Hemd aus. Dann reichte er es Margrethe. »*Senorita, por favor.*« Er fügte noch ein paar Bemerkungen hinzu, aber die verstand ich nicht.

Margrethe bedankte sich höflich und plauderte mit den Männern, während sie sich das Hemd anzog. Jetzt war sie wenigstens notdürftig bedeckt. Sie sagte: »Liebling, der Kommandant ist *Teniente* Anibal Sanz Garcia, und sein Assistent ist *Sargento* Roberto Dominguez Jones, beide von der Königlich-Mexikanischen Küstenwache. Der Leutnant und der Sergeant wollten mir beide ihr Hemd geben. Sie haben geknobelt, und der Sergeant hat gewonnen. Deshalb habe ich sein Hemd.«

»Das ist sehr großzügig. Frag bitte die Leute, ob sie auch für mich etwas zum Anziehen haben.«

»Ich will es versuchen.« Sie sprach ein paar spanische Sätze, und ich hörte meinen Namen. Dann sprach sie wieder englisch: »Meine Herren, ich habe die Ehre, Ihnen meinen Gatten vorzustellen. *Senor* Alexandro Graham Hergensheimer.« Dann wechselte sie wieder ins Spanische.

Wenig später bekam sie die Antwort. »Der Leutnant bedauert außerordentlich, aber er kann dir nichts anbieten. Aber er versichert bei der Ehre seiner Mutter, daß sie etwas für dich finden werden, sobald wir in Mazatlán angekommen sind und das Hauptquartier der Küstenwache erreichen. Jetzt verlangt er, daß wir uns anschnallen, denn wir starten gleich. Alec, ich habe Angst!«

»Das brauchst du nicht. Ich werde deine Hand halten.«

Sergeant Dominguez drehte sich noch einmal um und hielt eine Feldflasche hoch *»Agua?«*

»Meine Güte, ja«, sagte Margrethe. *»Si si si!«*

Noch nie hat Wasser so gut geschmeckt.

Der Leutnant drehte sich zu uns um, als wir die Flasche zurückgaben, lächelte breit und hob den Daumen, ein Zeichen so alt wie das Kolosseum. Dann tat er etwas, was seine Antriebsaggregate schneller laufen ließ. Sie hatten sich bisher nur ganz langsam gedreht; jetzt drehten sie sich mit hoher Geschwindigkeit und verursachten wieder einen Höllenlärm. Die Maschine drehte sich, um gegen den Wind zu starten. Der Wind hatte im Laufe des Vormittags aufgefrischt, und auf den Wellen zeigten sich Schaumkronen. Er ließ die Motoren noch schneller laufen, und das Dröhnen war unglaublich laut. Heftig vibrierend hüpften wir über das Wasser dahin.

Bald trafen wir nur noch auf jede zehnte Welle, aber das mit unglaublicher Wucht. Ich kann mir nicht erklären, wieso die Maschine dabei nicht zu Bruch ging.

Plötzlich waren wir sechs Meter über dem Wasser, und die harten Stöße hatten aufgehört. Die Vibrationen und der Lärm aber ließen nicht nach. In steilem Winkel stiegen wir höher. Dann flog die Maschine eine Kurve und stieß wieder nach unten. Mir wäre fast der so willkommene Schluck Wasser wieder hochgekommen. Wie eine massive Wand lag das Meer direkt vor uns. Der Leutnant drehte sich zu uns um und rief etwas.

Ich wollte ihm schon sagen, er solle auf die Straße achten! Aber ich tat es nicht. »Was hat er gesagt?«

»Er sagt, wir sollen gucken, wo er hinzeigt. Er zeigt genau darauf. *El tiburon blanco grande* – auf den großen weißen Hai, der uns fast erwischt hätte.«

(Darauf hätte ich verzichten können.) Aber ich sah es. Direkt vor uns durchschnitt ein grauer Schatten mit seiner Rückenflosse das Wasser. Als ich schon sicher war, daß wir auf ihn stürzen mußten, neigte sich die Wasserwand von uns weg, und ich wurde mit ziemlicher Gewalt in den Sitz gedrückt. Meine Ohren dröhnten, und wieder schaffte ich es nur mit einer eisernen Willensanstrengung, mich nicht zu übergeben.

Die Maschine befand sich jetzt in einer normalen Fluglage, und die Reise war, vom Lärm und den Vibrationen abgesehen, plötzlich fast bequem.

Aber Luftschiffe sind sehr viel angenehmer.

Die zerklüfteten Hügel jenseits der Küstenlinie, die wir von unserem Floß aus kaum hatten erkennen können, waren jetzt deutlich zu sehen, und auch das Ufer selbst war aus der Luft gut zu überblicken – eine Reihe von sehr schönen Stränden und eine Stadt, auf die wir Kurs genommen hatten. Der Sergeant drehte sich um und zeigte nach unten. Dabei sagte er etwas. »Was hat er gesagt?«

»Sergeant Roberto sagt, daß wir gerade rechtzeitig zum Lunch wieder zu Hause sind. Er sagt *almuerzo,* aber er meint, für uns sei es wohl eher Frühstück – *desayuno.*«

Mein Magen meldete plötzlich mit Gewalt seine Ansprüche an. »Mir ist es egal, wie er es nennt. Sag ihm, sie brauchen das Pferd nicht zu braten; ich esse es roh.«

Margrethe übersetzte; unsere beiden Gastgeber lachten. Dann stieß der Leutnant nach unten, um seine Maschine auf dem Wasser aufzusetzen. Dabei schaute er über die Schulter nach hinten und sagte etwas zu Margrethe – die immer noch lächelte, während sie ihre Fingernägel in meine rechte Handfläche grub.

Wir erreichten die Wasseroberfläche. Niemand wurde getötet, aber Luftschiffe sind trotzdem viel angenehmer.

Lunch! Der Himmel hing voller Geigen.

# X

*Im Schweiße deines Angesichts sollst du dein Brot essen, bis daß du wieder zu Erde werdest, davon du genommen bist.* 1.Mose 3:19

Eine halbe Stunde nachdem die Flugmaschine im Hafen von Mazatlán gelandet war, saßen Margrethe und ich mit Sergeant Dominguez in der Mannschaftskantine der Küstenwache. Zur Mittagsmahlzeit waren wir zu spät gekommen, aber wir wurden bedient. Und ich wurde eingekleidet. Wenigstens notdürftig – ich bekam eine Hose aus grobem Kattun. Aber der Unterschied zwischen Nacktheit und einer Hose ist größer als der Unterschied zwischen einer billigen Arbeitshose und dem feinsten Hermelin. Probieren Sie es aus, und Sie werden es selbst erkennen.

Ein kleines Boot war zum Landeplatz der Flugmaschine herausgefahren. Dann mußte ich über die Pier gehen, in deren Nähe wir gelandet waren, und wurde zusammen mit Margrethe in das Hauptquartier der Küstenwache geführt. Dort mußte ich so lange warten, bis man für mich eine geeignete Hose gefunden hatte – die ganze Zeit wurde ich dabei von Fremden angestarrt, darunter auch einige Frauen. Es war entsetzlich! Jetzt wußte ich, was für ein Gefühl es ist, in den Stock geschlossen zu werden. Entsetzlich! Seit einem unglücklichen Vorfall in der Sonntagschule war mir nie im Leben etwas so peinlich gewesen. Damals war ich fünf Jahre alt.

Aber das war jetzt vorbei, und vor uns standen Essen und Trinken. Für den Augenblick war ich restlos glücklich. Es war nicht das Essen, an das ich gewöhnt war. Wer sagte doch noch, daß Hunger der beste Koch sei? Der Mann hatte recht; das Essen war köstlich. Dünne, mit Soße getränkte Fladen aus Maismehl, gebackene Bohnen, ein dampfendes Ragout, eine Schüssel mit kleinen gelben Tomaten und starker und bitterer schwarzer Kaffee – was konnte ein Mann sich sonst noch wünschen? Kein Gourmet hat je ein exquisites Menü so sehr genossen wie ich diese Mahlzeit.

(Zuerst war ich ein wenig beleidigt gewesen, weil wir in der Mannschaftskantine essen mußten, statt mit Leutnant Sanz in die Offiziersmesse zu gehen. Viel später wies jemand mich darauf hin, daß ich an einem sehr verbreiteten Zivilistensyndrom litte: ein Zivilist ohne militärische Erfahrung setzt nämlich seine soziale Position unbewußt der der Offiziere gleich, nie der der Mannschaftsdienstgrade. Bei näherer Prüfung ist eine solche unbewußte Einstufung offensichtlich lächerlich – aber fast jeder nimmt sie vor. Wenigstens in Amerika . . .wo jeder »so gut wie jeder andere ist und besser als die meisten.«)

Sergeant Dominguez hatte inzwischen sein Hemd wieder an sich genommen. Während man versuchte, eine Hose für mich aufzutreben, wurde eine Frau aus dem Hauptquartier fortgeschickt (wahrscheinlich eine Putzfrau, denn die Küstenwache schien kein weibliches Personal zu haben), um etwas für Margrethe zu besorgen. Sie kam mit einer Bluse und einem langen Rock zurück, beides aus Baumwolle und in leuchtenden Farben. Eine einfache und offenbar billige Kostümierung, aber Margrethe sah darin richtig hübsch aus.

Bisher hatte keiner von uns Schuhe. Kein Problem – es war warm und trocken, und Schuhe konnten warten. Wir hatten gegessen, hatten uns notdürftig eingekleidet und waren in Sicherheit. Wir hatten eine so herzliche Gastfreundschaft erlebt, daß ich geneigt war, die Mexikaner für die nettesten Menschen der Welt zu halten.

Nach meiner zweiten Tasse Kaffee sagte ich: »Liebling, wie entschuldigt man sich, wenn man gehen will und nicht unhöflich sein möchte? Ich finde, wir sollten so schnell wie möglich den amerikanischen Konsul aufsuchen.«

»Wir müssen wieder ins Hauptquartier zurück.«

»Wieder diese Bürokratie?«

»So kann man es wahrscheinlich nennen. Ich glaube, sie wollen von uns weitere Einzelheiten darüber erfahren, wie es dazu kam, daß wir an der Stelle waren, an der sie uns gefunden haben. Man muß zugeben, daß unsere Geschichte sehr seltsam klingt.«

»Das kann man wohl sagen.« Unser erstes Gespräch mit dem

Kommandanten war nicht sehr befriedigend verlaufen. Wäre ich allein gewesen, hätte er mich vermutlich einen Lügner genannt . . . aber es ist schwer für einen Mann, der vor männlicher Arroganz geradezu birst, so zu Margrethe zu sprechen.

Die Schwierigkeit war das gute Schiff *Konge Knut*.

Das Schiff war nicht gesunken, aber es war auch nicht in den Hafen eingelaufen – es hatte nie existiert.

Ich war nur mäßig erstaunt. Ich wäre nicht einmal überrascht gewesen, wenn sie sich in eine Viermastbark oder eine Galeere mit fünf Ruderbänken verwandelt hätte. Aber irgendein Schiff dieses Namens hatte ich erwartet – ich glaubte, das entspräche den Regeln. Jetzt stellte sich heraus, daß ich diese Regeln nicht begriff. Wenn es überhaupt welche gab.

Margrethe hatte mich auf eine Tatsache hingewiesen, die das letztere zu bestätigen schien: Dieses Mazatlán war nicht die Stadt, die sie schon besucht hatte. Es war viel kleiner und keine Touristenstadt – selbst das Dock, an dem die *Konge Knut* hätte festmachen sollen, existierte in dieser Welt nicht. Ich glaube, das überzeugte sie zusammen mit den Flugmaschinen endgültig davon, daß meine »Paranoia« eine völlig ungeeignete Hypothese war. Sie war hier gewesen; das Dock war lang und massiv gebaut; es war verschwunden. Sie war erschüttert.

Der Kommandant war nicht beeindruckt. Er verhörte Leutnant Sanz länger als uns. Er war mit Sanz überhaupt nicht zufrieden.

Es gab noch etwas, was ich damals nicht verstand und niemals ganz verstanden habe.Sanz' Chef war »Captain« (oder Capitán); der Kommandant war ebenfalls »Captain«. Aber sie hatten nicht den gleichen Rang.

Bei der Küstenwache gab es Marinedienstgrade. Allerdings gab es bei den wenigen, die Flugmaschinen bedienten, Armeedienstgrade. Dieser banale Unterschied hatte historische Ursprünge. Mit Sicherheit gab es Reibungen zwischen beiden. Der Vierstreifen-Captain, der Schiffe befehligte, wollte nicht als Evangelium hinnehmen, was ihm der Offizier, der die Flugmaschine bediente, berichtete.

Leutnant Sanz hatte zwei nackte Überlebende gerettet, die ihm eine absurde Geschichte erzählten. Der Mann mit den vier Streifen schien dazu zu neigen, für die unglaubwürdigen Aspekte unserer Geschichte Sanz selbst die Schuld zu geben.

Sanz aber ließ sich nicht einschüchtern. Ich vermute, daß er vor einem Offizier, der nie höher über dem Wasser gewesen war als im Ausguck, keinen besonderen Respekt hatte. Da ich selbst in seiner Todesfalle geflogen war, konnte ich verstehen, warum er nicht bereit war, vor einem Mann in die Knie zu gehen, der ständig in der Nähe der Wasseroberfläche herumkrebste. Auch unter den Piloten unserer lenkbaren Ballons habe ich die Tendenz bemerkt, die Menschen in zwei Gruppen einzuteilen: die einen fliegen, die andern nicht.

Als der Kommandant nach einer Weile feststellte, daß er weder Sanz noch Margrethe erschüttern konnte und mit mir ohnehin nur über Margrethe sprechen konnte, gab er Anweisungen, die zur Folge hatten, daß wir alle zum Essen gingen. Ich glaubte, jetzt hätten wir Ruhe. Aber wir waren zu einem weiteren Gespräch gebeten worden.

Unsere zweite Unterhaltung mit dem Kommandanten dauerte nicht lange. Er eröffnete uns, daß wir uns um vier Uhr am Nachmittag dem Einwanderungsrichter vorstellen müßten – es gab keine eigentliche Einwanderungsbehörde; mit solchen Angelegenheiten war ein bestimmtes Gericht befaßt. Der Kommandant händigte uns eine Aufstellung unserer Schulden aus – die Zahlungsmodalitäten sollten mit dem Richter vereinbart werden.

Margrethe erschrak, als sie das Papier von ihm entgegennahm. Ich wollte wissen, was er gesagt hatte.

Sie übersetzte, und ich sah mir die Rechnung an.

Über achttausend Pesos!

Ich brauchte keine besonderen Spanischkenntnisse, um diese Rechnung zu entziffern; ich konnte fast alle Wörter deuten. »*Tres horas*« heißt drei Stunden, und wir mußten dafür bezahlen, daß wir drei Stunden lang den *Aeroplano* benutzt hatten, ein Wort, das ich von Margrethe schon gehört hatte; damit bezeichneten sie ihre Flugmaschine. Man berechnete uns auch die Zeit, die Leutnant Sanz und Sergeant Dominguez mit uns verbracht hatten. Außerdem berechnete man uns auf das Ganze einen Zuschlag.

Auch Treibstoff und Service für den *Aeroplano* waren in der Rechnung aufgeführt.

»Hosen« hießen »Pantalones« – und das Paar, das ich trug, stand auf der Rechnung.

Eine »Falda« war ein Rock und eine »Camisa« eine Bluse – und Margrethes Kleidung war alles andere als billig.

Ein Posten überraschte mich nicht wegen seines Preises, sondern weil er überhaupt in die Rechnung aufgenommen worden war: zwei Essen zu je zwölf Pesos. Ich hatte gedacht, wir seien Gäste gewesen.

Selbst die Zeit, die der Kommandant aufgewendet hatte, war uns in Rechnung gestellt worden.

Ich wollte wissen, wieviel Dollar achttausend Pesos sind – und hielt sofort den Mund. Ich hatte keine Ahnung von der Kaufkraft eines Dollar in dieser neuen Welt, in die man uns geschleudert hatte.

Margrethe diskutierte die Rechnung mit Leutnant Sanz, der verlegen wirkte. Es gab einen Wortwechsel mit viel Gestikulieren. Sie hörte ihm eine Weile zu und sagte dann zu mir: »Alec, es war doch nicht Anibals Idee, und es ist auch nicht die Schuld des Kommandanten. Die Tarife für diese Dienstleistungen – Rettung aus Seenot, Benutzung des *Aeroplano* und so weiter – werden von *el Distrito Real*, der Königlichen Verwaltung – wahrscheinlich in Mexiko City – festgesetzt. Leutnant Sanz sagt mir, daß von oberster Stelle zur Sparsamkeit angehalten wird. Auf den öffentlichen Dienst wird großer Druck ausgeübt; er soll sich selbst erhalten. Falls, so sagt er, der Kommandant uns unsere Rettung nicht in Rechnung gestellt hätte und der königliche Inspektor das erfahren hätte, dann wäre der gesamte Betrag dem Kommandanten vom Sold abgezogen worden. Die königliche Kommission hätte eventuell sogar eine Strafe verhängt. Und Anibal legt Wert darauf, dir mitzuteilen, daß ihm die ganze Sache außerordentlich peinlich ist. Wenn es sein eigener *Aeroplano* gewesen wäre, hätte er uns selbstverständlich als Gäste empfangen. Er wird dich jederzeit als seinen Bruder und mich als seine Schwester betrachten.«

»Sag ihm, daß ich die gleiche Einstellung ihm gegenüber habe, und drück dich genauso blumenreich aus wie er.«

»Das werde ich tun. Roberto schließt sich übrigens Anibals Äußerungen an.«

»Dann gilt, was ich gesagt habe, auch für den Sergeanten. Aber du mußt fragen, wo und wie man den amerikanischen Konsul erreichen kann. Wir haben ernsthafte Schwierigkeiten.«

Leutnant Sanz wurde angewiesen, dafür zu sorgen, daß wir um vier Uhr am Nachmittag vor Gericht erschienen. Damit waren wir entlassen. Sanz beauftragte Sergeant Roberto damit, uns zum amerikanischen Konsul zu führen und wieder zurückzubringen.

Dabei drückte er sein Bedauern darüber aus, daß dienstliche Angelegenheiten ihn daran hinderten, uns persönlich zu begleiten – er schlug die Hacken zusammen und beugte sich über ihre Hand, um sie zu küssen. Aus dieser simplen Geste machte er eine wahre Zeremonie. Ich sah, daß Margrethe sich freute. Aber in Kansas lernt man solche Höflichkeiten nicht. Mein Pech.

Mazatlán liegt auf einer Halbinsel; die Station der Küstenwache liegt am Südufer in der Nähe des Leuchtturms (er ist der größte der Welt und sehr eindrucksvoll); um den amerikanischen Konsul zu erreichen, mußten wir am Nordufer etwa eine Meile durch die Stadt laufen, die ganze *Avenida* Miguel Alemán entlang – eine malerische Straße, an der wir auf halber Höhe einen sehr schönen Brunnen sahen.

Aber Margrethe und ich waren barfuß.

Sergeant Dominguez verzichtete auf den Vorschlag, ein Taxi zu nehmen – und ich konnte es nicht gut vorschlagen.

Zuerst machte es uns nichts aus, barfuß zu laufen. Auch andere taten es auf diesem Boulevard, und durchaus nicht nur Kinder. (Ich war auch nicht der einzige, der mit freiem Oberkörper herumlief.) Als Junge betrachtete ich das Barfußlaufen als Luxus und Privileg zugleich. Ich lief den ganzen Sommer über barfuß und zog nur höchst widerwillig Schuhe an, wenn die Schule wieder anfing.

Als wir einen Block weit gegangen waren, fragte ich mich, warum ich mich als Kind immer so auf das Barfußlaufen gefreut hatte. Wenig später bat ich Margrethe, Sergeant Roberto zu veranlassen, langsamer zu gehen, damit ich meinen Weg möglichst im Schatten suchen konnte; dieses verdammte Pflaster röstete mir die Füße!

(Margrethe hatte nicht geklagt und tat es auch später nicht – ich war ihr deshalb ein bißchen böse. Ständig profitierte ich von Margrethes engelhafter Seelenstärke, aber ich hatte Schwierigkeiten, es ihr darin gleichzutun.)

Von da an widmete ich meine ganze Aufmerksamkeit meinen armen geschundenen zartrosa Füßen. Ich tat mir selbst leid und fragte mich, warum ich Gottes eigenes Land je verlassen hatte.

»Ich weinte, weil ich keine Schuhe hatte, bis ich einen Mann traf, der ohne Füße war.«

Ich weiß nicht, wer das zuerst gesagt hat, aber es ist mit Recht Teil unseres kulturellen Erbes.

Es passierte mir.

Als wir die *Avenida* Miguel Alemán etwa halb zurückgelegt hatten, trafen wir an der Stelle, wo sie die *Calle* Aquiles Serdan kreuzt, am Brunnen einen Bettler. Er schaute grinsend zu uns hoch und hielt uns ein paar Bleistifte hin. Er »schaute hoch«, weil er auf einem kleinen mit Rädern versehenen Gestell hockte; er hatte keine Füße.

Sergeant Roberto redete ihn mit seinem Namen an und warf ihm eine Münze zu, die der Bettler mit den Zähnen auffing. Er ließ sie in die Tasche gleiten und bedankte sich – »Gracias.« Dann wandte er seine Aufmerksamkeit mir zu.

»Margrethe«, sagte ich rasch, »würdest du ihm bitte erklären, daß ich keinen Cent besitze.«

»Ja, Alec.« Sie hockte sich neben den Mann und sprach mit ihm. Dann richtete sie sich wieder auf. »Pepe sagt, ich soll dir sagen, das sei okay. Er wird dich schon noch einmal erwischen, wenn du reich bist.«

»Bitte sag ihm, daß ich eines Tages wieder herkomme. Das ist ein Versprechen.«

Sie tat es, und Pepe grinste mich an. Er warf Margrethe eine Kußhand zu und grüßte den Sergeanten und mich. Wir gingen weiter.

Und ich ging nicht mehr so zimperlich mit meinen Füßen um. Pepe hatte mich dazu gezwungen, meine Situation neu zu bedenken. Seitdem ich erfahren hatte, daß die mexikanische Regierung es sich keineswegs als Ehre anrechnete, mich zu retten, sondern erwartete, daß ich dafür bezahlte, empfand ich Selbstmitleid und fühlte mich ausgenutzt. Ich sagte mir, daß meine Landsleute recht hatten, wenn sie behaupteten, daß alle Mexikaner Blutsauger seien, die von den Gringo-Touristen lebten. Natürlich nicht Roberto und der Leutnant – aber die anderen. Alles faule Parasiten! – Scharf auf jeden Yankee-Dollar.

Wie Pepe.

Ich dachte an alle Mexikaner, die ich an diesem Tag kennengelernt hatte, und bat jeden einzelnen für meine üblen Gedanken um Verzeihung. Die Mexikaner sind ganz einfach Leidensgenossen auf jener langen Reise aus der Dunkelheit in die ewige Dunkelheit. Einige tragen ihre Last gut, andere nicht.

Einige tragen eine sehr schwere Last mit viel Mut und Würde. Wie Pepe.

Gestern hatte ich noch in Luxus gelebt; heute war ich pleite und hatte Schulden. Aber ich bin gesund. Ich habe meinen Verstand und meine Hände – und ich habe Margrethe. Meine Last wog leicht. Ich sollte sie mit Freuden tragen. Danke, Pepe!

Über der Tür zum Konsulat waren eine kleine amerikanische Flagge und das in Bronze gegossene Große Siegel angebracht. Ich betätigte die Klingel.

Nachdem wir längere Zeit gewartet hatten, öffnete sich die Tür einen Spalt, und eine weibliche Stimme forderte uns auf zu verschwinden. (Ich brauchte keine Übersetzung: der Tonfall war unmißverständlich.) Die Tür schloß sich wieder, aber Sergeant Roberto stieß einen lauten Pfiff aus und rief etwas. Der Spalt wurde breiter, und ein kurzer Dialog folgte. Margrethe sagte: »Er sagt ihr, daß sie *Don* Ambrosio sagen soll, hier seien zwei amerikanische Staatsbürger, die ihn sofort sprechen müssen, weil sie heute nachmittag um vier vor Gericht erscheinen sollen.«

Wieder mußten wir warten. Nach etwa zwanzig Minuten ließ das Mädchen uns ein und führte uns in ein dunkles Büro. Der Konsul betrat den Raum, fixierte mich und wollte wissen, wie ich dazu käme, ihn während der Siesta zu stören.

Dann sah er Margrethe und beruhigte sich. Zu ihr sagte er: »Was kann ich für Sie tun? Erweisen Sie mir inzwischen die Ehre, in meinem ärmlichen Haus ein Glas Wein oder eine Tasse Kaffee zu trinken?«

Barfuß und in ihrer grellbunten Kleidung war Margrethe immer noch eine Dame – ich war Gesindel. Fragen Sie mich nicht, warum das so war, aber es war einfach so. Bei Männern war dieser Effekt ausgeprägter, aber es funktionierte auch bei Frauen. Wenn man versucht, es rational zu deuten, stellt man fest, daß man Worte benutzt wie »königlich«, »adlig« oder »von Stand« – alles Begriffe, die im Gegensatz zu den demokratischen Idealen Amerikas stehen. Ob das etwas über Margrethe oder über die demokratischen Ideale aussagt, mögen die Studenten in ihren Seminaren prüfen.

*Don* Ambrosio war eine aufgeblasene Null, aber dennoch waren wir erleichtert, denn er sprach amerikanisch – richtiges Amerikanisch, nicht englisch; er war in Brownsville, Texas, geboren. Ich bin sicher, daß seine Eltern Arbeiter waren. Er hatte aus seinem

Talent für Politik als einer der wenigen Chicanos Kapital geschlagen und sich die Pfründe verschafft. Jetzt konnte er Gringos, die in Montezumas Land reisten, sagen, warum sie hier nicht bekommen konnten, was sie verzweifelt benötigten.

Das sagte er auch uns schließlich.

Ich ließ hauptsächlich Margrethe reden, denn sie hatte damit ganz offensichtlich mehr Erfolg als ich. Sie bezeichnete uns als »Mr. und Mrs. Graham« – auf diesen Namen hatten wir uns unterwegs geeinigt. Als wir gerettet wurden, hatte sie den Namen »Graham Hergensheimer« benutzt und mir erklärt, ich hätte dann die Wahl zwischen beiden Namen. Ich brauchte nur dem jeweiligen Gesprächspartner ein schlechtes Gedächtnis zu unterstellen. Ich hatte doch »Hergensheimer Graham« gesagt. Nein? Dann muß ich mich versprochen haben – tut mir leid.

Ich beließ es bei »Graham Hergensheimer« und benutzte nur den Namen »Graham«, um die Sache einfacher zu machen: für sie war ich immer »Graham« gewesen, und ich hatte fast zwei Wochen lang selbst den Namen geführt. Bevor ich das Konsulat verließ, hatte ich ein halbes Dutzend weitere Lügen erzählt, um unsere Geschichte ein wenig glaubhafter erscheinen zu lassen. Ich wollte keine unnötigen Komplikationen. »Mr. und Mrs. Graham« war die beste Lösung.

(Eine kleine theologische Fußnote: Die meisten Leute scheinen zu glauben, daß die zehn Gebote das Lügen verbieten. Durchaus nicht! Man darf lediglich nicht falsch Zeugnis wider seinen Nächsten reden – das Verbot ist eindeutig auf diese ganz besonders verabscheuungswürdige Art von Lüge beschränkt. Aber es gibt in der Bibel keine Vorschriften, die eine simple Unwahrheit verbieten. Viele Theologen glauben, daß unter dem Druck absoluter Ehrlichkeit keine menschlich soziale Organisation existieren könnte. Wenn Sie diese Ansicht für unbegründet halten, dann sagen Sie doch einmal Ihren Freunden mit unverblümter Ehrlichkeit, was Sie von deren Kindern halten – falls Sie es wagen.)

Nach endlosen Wiederholungen (in deren Verlauf die *Konge Knut* zu unserer Privatjacht zusammenschrumpfte) sagte *Don* Ambrosio zu mir: »Es hat keinen Zweck, Mr. Graham. Ich kann Ihnen anstelle Ihres verlorenen Passes nicht einmal ein vorläufiges Dokument ausstellen, denn Sie haben mir nicht die Spur eines Beweises dafür geliefert, daß Sie amerikanischer Staatsbürger sind.«

»Ich bin erstaunt, *Don* Ambrosio«, antwortete ich. »Ich weiß, daß Mrs. Graham mit einem leichten Akzent spricht; wir hatten Ihnen ja gesagt, daß sie in Dänemark geboren ist. Aber halten Sie es wirklich für möglich, daß jemand, der nicht im Maisgürtel geboren ist, meinen Akzent haben könnte?«

Er zuckte auf höchst lateinamerikanische Weise die Achseln. »Ich bin kein Experte für Dialekte des Mittleren Westens. Für meine Ohren hätten Sie auch in England geboren und mit einem der härteren britischen Dialekte aufgewachsen sein können. Anschließend sind Sie vielleicht Schauspieler geworden, und jeder weiß, daß ein guter Schauspieler den für jede Rolle nötigen Akzent annehmen kann. Die englische Volksrepublik gibt sich jede Mühe, unnütze Leute in die Staaten abzuschieben; deshalb könnten Sie genausogut aus Lincoln in England stammen wie aus der Nähe von Lincoln, Nebraska.«

»Das glauben Sie doch selbst nicht.«

»Was ich glaube, tut nichts zur Sache. Tatsache ist, daß ich kein Papier unterschreiben werde, das Sie als amerikanischen Staatsbürger ausweist, wenn ich nicht ganz sicher sein kann, daß Sie einer sind. Es tut mir leid. Kann ich sonst noch etwas für Sie tun?«

(Wie kannst du sonst noch etwas für mich tun, wenn du für mich noch überhaupt nichts getan hast?) »Vielleicht haben Sie einen Rat für uns.«

»Vielleicht. Aber ich bin kein Anwalt.«

Ich reichte ihm unsere Kopie der Rechnung, die man uns ausgestellt hatte und erklärte sie. »Ist diese Rechnung in Ordnung, und sind die in Rechnung gestellten Beträge angemessen?«

Er prüfte die Rechnung. »Diese Rechnung ist ganz gewiß legal nach den hier und auch woanders geltenden Gesetzen. Angemessen? Sagten Sie mir nicht, daß man Ihnen das Leben gerettet hat?«

»Das ist keine Frage. Oh, vielleicht hätte uns auch ein Fischerboot aus dem Wasser gezogen, wenn die Küstenwache uns nicht gefunden hätte. Aber die Küstenwache hat uns gefunden, und sie hat uns auch gerettet.«

»Ist Ihr Leben – Ihrer beider Leben – weniger wert als achttausend Pesos? Meines ist beträchtlich mehr wert. Das kann ich Ihnen versichern.«

»Darum geht es doch nicht, Sir. Wir haben kein Geld. Keinen Cent. Alles ist mit dem Schiff untergegangen.«

»Dann lassen Sie sich doch Geld schicken. Sie können es an das Konsulat überweisen lassen. So weit will ich gehen.«

»Danke. Aber das wird einige Zeit dauern. Und wie kriege ich inzwischen meine Gläubiger vom Hals? Ich habe gehört, daß dieser Richter sofort Bargeld verlangt.«

»Ganz so schlimm ist es nicht. Gewiß, ein Bankrott wird hier nicht so ohne weiteres hingenommen, wie es bei uns der Fall ist, und hier gibt es ziemlich altmodische Schuldgefängnisse. Aber es wird selten ernst. Das ist mehr als Drohung gedacht. Das Gericht wird vielmehr dafür sorgen, daß Sie einen Job bekommen, mit dem Sie sich von Ihren Schulden befreien können. *Don* Clemente ist ein sehr humaner Richter; er wird sich schon um Sie kümmern.«

Er richtete noch einen blumenreichen Unsinn an Margrethe, und dann waren wir entlassen. Wir holten Roberto ab, der in der Küche von dem Hausmädchen und der Köchin bewirtet worden war, und machten uns auf den Weg zum Gericht.

*Don* Clemente (Richter Ibañez)war genauso angenehm, wie *Don* Ambrosio ihn beschrieben hatte. Nachdem wir den Sekretär informiert hatten, daß wir die Schuld anerkannten, aber nicht das Geld hatten, sie zu bezahlen, gab es keinen Prozeß. Wir wurden nur gebeten, im nicht sehr vollen Gerichtssaal Platz zu nehmen und zu warten, bis der Richter die Fälle abgehandelt hatte, die auf seiner Tagesordnung standen. Meistens handelte es sich um geringere Verstöße, für die Geldbußen verhängt wurden. Ein paar Leute hatten Schulden; andere wurden nur verhört, um dann später vor Gericht zu erscheinen. Die Einzelheiten der Vorgänge verstand ich nicht, und als ich mit Margrethe flüsterte, erntete ich strenge Blicke. Deshalb konnte sie mir wenig sagen. Aber ganz gewiß war der Mann kein erbarmungsloser Richter.

Endlich waren die anstehenden Fälle erledigt. Auf ein Wort des Sekretärs wurden wir dann mit den übrigen »Missetätern« – hauptsächlich Bauern –, die etwas schuldeten oder eine Geldstrafe zu bezahlen hatten, in einen der hinteren Räume geführt. Wir stellten uns auf eine Art niedrige Bühne und sahen uns einer Gruppe von Männern gegenüber. Margrethe fragte, um was es sich hier handle – und sie bekam die Antwort: »*La subasta*.«

»Was ist das?« fragte ich sie.

»Ich weiß es nicht, Alec. Das Wort kenne ich nicht.«

Für die anderen wurden rasch Regelungen getroffen. Ich merkte, daß die meisten von ihnen das Verfahren schon kannten. Zuletzt stand uns beiden nur noch ein einziger Mann gegenüber. Der Mann wirkte auf gepflegte Weise wohlhabend. Er lächelte und redete mich an. Margrethe antwortete an meiner Stelle.

»Was hat er gesagt?« fragte ich.

»Er fragt, ob du Geschirr spülen kannst. Ich habe ihm gesagt, daß du kein Spanisch verstehst.«

»Sag ihm, daß ich natürlich Geschirr spülen kann. Aber einen solchen Job hatte ich mir nicht gerade vorgestellt.«

Fünf Minuten später waren unsere Schulden bezahlt. Der Mann hatte dem Gerichtssekretär das Geld in bar ausgehändigt, und wir hatten einen *patrón*. *Señor* Jaime Valera Guzman. Er zahlte Margrethe sechzig Pesos am Tag und mir dreißig, plus Unterkunft und Verpflegung. Die Gerichtskosten beliefen sich auf zweitausendfünfhundert Pesos. Hinzu kamen die Gebühren für Arbeitsgenehmigungen für Ausländer und eine Kriegssteuer. Der Sekretär rechnete unsere Gesamtschulden aus und beschied uns, daß wir unserem *patrón* gegenüber in nur hundertzwanzig Tagen – also in vier Monaten – keine Verpflichtung mehr haben würden. Es sei denn, wir gäben in dieser Zeit Geld aus.

Er gab uns auch die Geschäftsadresse unseres *patróns*, *Restaurante* Pancho Villa. Unser *patrón* war schon mit seinem Auto davongefahren. *Patrones* fahren, *peones* gehen zu Fuß.

# XI

*Also diente Jakob um Rahel sieben Jahre, und däuchten ihn, als wären es einzelne Tage, so lieb hatte er sie.* Genesis 29:20

Beim Geschirrspülen amüsierte ich mich manchmal damit, auszurechnen, wie hoch der Stapel Geschirr wohl sein mochte, den ich abgewaschen hatte, seit wir für unseren *patrón, Don* Jaime, arbeiteten. Von den normalen Tellern, die im Café Pancho Villa benutzt wurden, war ein Stapel von zwanzig etwa dreißig Zentimeter hoch. Eine Tasse mit Untertasse oder zwei Gläser rechnete ich als einen Teller, da dies Geschirr sich schlecht stapeln ließ. Mit anderem Geschirr verfuhr ich ebenso.

Der große Leuchtturm von Mazatlán ist hundertfünfundsiebzig Meter hoch, nur zwölf Meter niedriger als das Washington Monument. Ich erinnere mich an den Tag, an dem ich meinen ersten »Leuchtturmstapel« geschafft hatte. Ich hatte Margrethe schon gesagt, daß ich mich meinem Ziel näherte und es am Donnerstag oder am Freitagmorgen erreichen würde.

Es gelang mir schon am Donnerstagabend. Ich verließ die Spülküche und stellte mich in die Tür zwischen der Küche und dem Restaurant, bis Margrethe mich sah. Dann hob ich die Hände und verschränkte sie hinter dem Kopf wie ein Boxer, der einen Kampf gewonnen hat.

Margrethe unterbrach ihre Arbeit für einen Augenblick – sie nahm gerade die Bestellung einer Familie entgegen – und applaudierte. Sie mußte natürlich ihren Gästen erklären, was hier vorging, und wenig später kam sie in die Spülküche und reichte mir eine Zehnpesonote, die der Vater jener Familie mir zusammen mit seinen herzlichen Glückwünschen überreichen ließ. Ich bat sie, ihm in meinem Namen zu danken und ihm zu sagen, ich hätte soeben mit meinem zweiten Leuchtturmstapel begonnen, den ich ihm und seiner Familie widmen wolle.

Daraufhin schickte *Señora* Valera ihren Gatten *Don* Jaime herüber, um festzustellen, warum Margrethe eine Szene machte, statt sich um ihre Arbeit zu kümmern. *Don* Jaime erfuhr den Grund und erkundigte sich danach, wieviel die Gäste mir gegeben hätten. Dann legte er die gleiche Summe zu.

Die *Señora* hatte keinen Grund sich zu beklagen. Margrethe war nicht nur ihre beste Serviererin, sie war auch die einzige, die mehr als eine Sprache beherrschte. Als wir anfingen, für Sr. y Sra Valera zu arbeiten, wurde sofort ein Schildermaler bestellt, der ein auffälliges Plakat malen mußte: HIER WIRD ENGLISCH GESPROCHEN. In Zukunft stand Margrethe nicht nur englischsprechenden Gästen zur Verfügung, sie schrieb auch Speisekarten auf englisch (und die Preise auf diesen Speisekarten lagen um vierzig Prozenz höher als die auf den spanischen Speisekarten).

*Don* Jaime war kein schlechter Boß. Er war meist gut gelaunt und im allgemeinen freundlich zu seinen Angestellten. Als wir etwa einen Monat für ihn gearbeitet hatten, erzählte er mir, daß er meine Schulden nicht bezahlt hätte, wenn der Richter nicht verboten hätte, meinen Vertrag von dem Margrethes zu trennen, da wir verheiratet seien (sonst hätte ich mich vielleicht als Landarbeiter wiedergefunden und Margrethe nur selten sehen können – wie *Don* Ambrosio mir gesagt hatte, *Don* Clemente war wirklich ein humaner Richter).

Ich sagte ihm, daß ich sehr froh sei, zusammen mit ihr vermittelt worden zu sein. Daß er aber Margrethe genommen habe, zeige nur sein gutes Urteil.

Er stimmte mir zu. Er war mehrere Wochen lang jeden Mittwoch zu den Arbeitsvermittlungsaktionen ins Gerichtsgebäude gegangen, um eine zweisprachige Frau zu finden, die er als Serviererin ausbilden konnte, und dann hatte er mich nur genommen, um Margrethe zu bekommen. Er betonte allerdings, daß er das nicht bereut habe, denn nie sei die Spülküche so sauber, das Geschirr so makellos und das Silber so glänzend gewesen.

Ich versicherte ihm, daß es mir eine Ehre sei, den Ruhm und das Ansehen des *Restaurante* Pancho Villa und seines ehrenwerten *patrón, el Don* Jaime, hochzuhalten.

Es wäre für mich allerdings schwierig gewesen, die Spülküche *nicht* besser zu führen. Als ich übernahm, dachte ich zuerst, der

Fußboden sei aus gestampftem Lehm. Tatsächlich war es Dreck – man hätte dort Kartoffeln pflanzen können! – aber unter dem über einen Zentimeter dicken Dreck lag glatter Betonfußboden. Ich reinigte ihn gründlich und hielt ihn dann sauber. Ich lief immer noch barfuß. Dann verlangte ich Kakerlakenpuder.

Jeden Morgen schlug ich Kakerlaken tot und reinigte den Fußboden. Jeden Abend vor Dienstschluß streute ich Kakerlakenpuder. Ich glaube, es ist unmöglich, Kakerlaken endgültig zu besiegen, aber man kann ein Remis erreichen. Man kann sie sogar zurückdrängen und sie einigermaßen unter Kontrolle halten.

Was nun mein Geschirrspülen anbetraf, so hätte es gar nicht anders sein können; meine Mutter hatte eine extreme Abneigung gegen Schmutz, und wir waren eine große Familie. Von meinem siebten bis zu meinem dreizehnten Lebensjahr mußte ich täglich unter ihrer Aufsicht Geschirr spülen. Mit dreizehn Jahren übernahm ich eine Zeitungstour und hatte zum Geschirrspülen keine Zeit mehr.

Ich konnte zwar gut Geschirr spülen, aber glauben Sie nur nicht, daß mir diese Arbeit Spaß machte. Ich hatte sie schon als Kind gehaßt, und ich haßte sie auch als Mann.

Warum machte ich diese Arbeit dann? Warum rannte ich nicht einfach weg?

Ist das nicht klar? Nur weil ich Geschirr spülen konnte, konnte ich bei Margrethe bleiben. Weglaufen mochten andere Schuldner – ich glaube nicht, daß man große Anstrengungen machte, einen Mann, der bei Nacht und Nebel verschwunden war, wieder einzufangen – aber für ein Ehepaar wie uns war eine Flucht sinnlos. Margrethe war eine auffällige Blonde in einem Land, wo jedes Blond auffällt, und ich konnte nicht spanisch sprechen.

Wir mußten beide schwer arbeiten – jeden Tag von elf bis elf, außer Dienstag. Nominell stand uns eine Siesta von zwei Stunden zu, und die Pausen zum Lunch und zum Dinner dauerten jeweils eine halbe Stunde. Die restlichen zwölf Stunden hatten wir für uns. Der Dienstag war frei.

Schönere Flitterwochen hätte man nicht einmal an den Niagara-Fällen verleben können. Wir bewohnten eine winzige Bodenkammer an der Rückseite des Restaurants. Es war dort heiß, aber während der Tageshitze hielten wir uns selten in unserem Zimmer auf. Ganz gleich, wie heiß der Tag gewesen war, abends um elf war es dort immer erträglich. Die meisten Einwohner von

Mazatlán, die unserer sozialen Schicht (null!) angehörten, hatten keine sanitären Anlagen in ihren Häusern. Aber wir arbeiteten und wohnten im Gebäude eines Restaurants; es gab ein W.C., das wir während der Arbeitszeit mit anderen Angestellten, während der übrigen Tageszeit mit niemandem teilen mußten. (Draußen hinter dem Haus gab es außerdem ein Plumpsklosett, das ich während der Arbeitszeit gelegentlich benutzte – ich glaube nicht, daß Margrethe es je benutzt hat.)

Wir durften die Dusche benutzen, die im Erdgeschoß hinter der Angestelltentoilette lag, und der Wasserbedarf der Spülküche war so hoch, daß das Gebäude einen sehr großen Heißwasserbereiter hatte. *Señora* Valera schalt uns regelmäßig, weil wir so viel Wasser verbrauchten (»Gas kostet Geld!«); wir hörten uns ihre Vorwürfe schweigend an und verbrauchten auch weiterhin so viel Wasser wie nötig.

Der Vertrag unseres *patrón* mit dem Staat sah vor, daß er uns mit Unterkunft und Verpflegung versah (nach dem Gesetz übrigens auch mit Kleidung, aber das merkte ich erst, als es keine Rolle mehr spielte), und deshalb schliefen und aßen wir im Gebäude – zwar nicht die Spezialitäten des Küchenchefs, aber gutes Essen.

»Besser ein Mahl aus Kräutern, wo die Liebe weilt, als ein gebratener Ochse, wo Haß herrscht.« Wir hatten uns; das war genug.

Weil Margrethe manchmal Trinkgeld bekam, besonders von Gringos, sammelte sich bei uns langsam ein wenig Geld an. Wir gaben so wenig wie möglich davon aus – sie kaufte für jeden von uns Schuhe – und sparten für den Tag, an dem unser Dienst hier enden würde, um anschließend nach Norden zu gehen. Ich hatte nicht die Illusion, daß die Nation nördlich von uns noch das Land meiner Geburt war . . . aber wenigstens war sie etwas Analoges; dort wurde englisch gesprochen, und ich war sicher, daß ihre Kultur dem, was wir gewohnt waren, ähnlicher sein würde.

Durch die Trinkgelder für Margrethe kam es schon in der ersten Woche zu Reibereien mit *Señora* Valera. *Don* Jaime war zwar nach dem Gesetz unser *patrón,* aber ihr gehörte das Restaurant – das erzählte uns wenigstens die Köchin Amanda. Jaime Valera war in dem Restaurant früher Oberkellner gewesen und hatte die Tochter des Eigentümers geheiratet. Dadurch avancierte er zum *maitre d'hôtel.* Als sein Schwiegervater starb, wurde er in den Augen der

Öffentlichkeit zum Eigentümer. Aber seine Frau behielt die Kontrolle über die Finanzen und überwachte die Registrierkasse.

(Vielleicht sollte ich hinzufügen, daß er für uns »*Don* Jaime« hieß, weil er unser *patrón* war; seine Gäste nannten ihn nicht *Don*. Der Ehrentitel »Don« läßt sich nicht ins Englische übersetzen, aber durch den Besitz eines Restaurants wird man nicht zum Don – wohl aber, zum Beispiel, durch den Beruf des Richters.)

Als die *Señora* zum ersten Mal sah, daß Margrethe ein Trinkgeld bekam, verlangte sie, daß Margrethe ihr das Geld aushändigte – sie würde am Ende der Woche ihre Prozente bekommen.

Margrethe kam sofort zu mir in die Spülküche. »Alec, was soll ich tun? Trinkgelder waren auf der *Konge Knut* mein hauptsächliches Einkommen, und niemand hat von mir verlangt, daß ich sie mit ihm teile. Kann sie so etwas überhaupt mit mir machen?«

Ich riet ihr, das Geld nicht der *Señora* zu geben, sondern ihr zu sagen, daß wir die Sache nach Feierabend mit ihr besprechen würden.

Als *peón* hat man einen Vorteil: man wird wegen einer Meinungsverschiedenheit mit dem Boß nicht gefeuert. Natürlich konnten wir gefeuert werden . . . aber das würde lediglich bedeuten, daß die Valeras ungefähr zehntausend Pesos verlieren würden, die sie in uns investiert hatten.

Am Ende des Arbeitstages wußte ich genau, was zu sagen war und wie es gesagt werden mußte – allerdings mußte Margrethe es sagen, denn es sollte noch einen Monat dauern, bis ich genug Spanisch kannte, um wenigstens eine minimale Unterhaltung durchzustehen.

»Sir und Madam, wir verstehen Ihre Regelung im Zusammenhang mit Geschenken an mich nicht. Wir werden uns an den Richter wenden und ihn fragen, was unser Vertrag darüber sagt.«

Wie erwartet waren sie nicht bereit, den Richter in dieser Angelegenheit zu behelligen. Margrethes Dienste standen ihnen zwar zu, aber sie hatten kein Recht auf etwas, was ihr von dritter Seite geschenkt wurde.

Aber damit war die Sache nicht ausgestanden. *Señora* Valera war so wütend darüber, daß eine einfache Serviererin sie hereingelegt hatte, daß sie ein Schild aushängen ließ: NO PROPINAS – KEINE TRINKGELDER, und das gleiche wurde in die Speisekarten eingetragen.

*Peones* können nicht streiken, aber es gab fünf weitere Serviererinnen, zwei davon Amandas Töchter. Am Tag als *Señora* Valera befahl, daß keine Trinkgelder mehr gegeben werden durften, hatte sie noch eine Serviererin (Margrethe), und in der Küche war überhaupt niemand. Sie gab auf, aber ich bin sicher, daß sie uns nie verziehen hat.

*Don* Jaime behandelte uns wie Angestellte; seine Frau behandelte uns wie Sklaven. Trotz des alten Klischees von den »Lohnsklaven« gibt es da einen himmelweiten Unterschied. Da wir beide uns zwar sehr bemühten, loyale Angestellte zu sein, während wir unsere Schulden abarbeiteten, es aber strikt ablehnten, wie Sklaven gehalten zu werden, waren Schwierigkeiten mit *Señora* Valera unausbleiblich.

Kurz nach dem Streit um das Trinkgeld kam Margrethe zu der Überzeugung, daß die *Señora* in unserem Schlafzimmer herumschnüffelte. Wenn das stimmte, konnten wir sie nicht daran hindern, denn die Tür ließ sich nicht abschließen, und während wir arbeiteten, konnte sie jederzeit den Raum betreten, ohne fürchten zu müssen, überrascht zu werden.

Ich überlegte, ob man ihr nicht eine Falle stellen könnte, aber Margrethe widersprach. Sie trug ihr Geld, nachdem sie einmal Verdacht geschöpft hatte, ganz einfach am Körper. Aber die Tatsache, daß Margrethe es für nötig hielt, Maßnahmen dagegen zu treffen, daß unsere Chefin uns bestahl, zeigt wohl deutlich, was wir von ihr hielten.

Wir ließen uns unser Glück von Sra. Valera nicht trüben. Und wir ließen uns durch unseren etwas dubiosen Status als »Ehepaar« auch unsere ein wenig ungewöhnlichen Flitterwochen nicht verderben. Oh, ich hätte sie schon verdorben, weil es mich schon immer gejuckt hat, Dinge zu analysieren, die ich eigentlich nicht analysieren kann. Aber Margrethe ist viel praktischer veranlagt, und sie ließ es einfach nicht zu. Ich versuchte, unsere Beziehung rational zu rechtfertigen, indem ich sie darauf hinwies, daß Polygamie nur nach modernem Recht und nach moderner Sitte untersagt ist, daß die Heilige Schrift sie aber nicht verbietet – und sie unterbrach mich rasch und sagte, es interessiere sie nicht, wie viele Frauen oder Konkubinen Salomo hatte. Keinen der Charaktere aus dem Alten Testament betrachtete sie als Modell für ihr eigenes Verhalten. Wenn ich nicht mit ihr zusammenleben wolle: Dann rede! Sag es!

Ich schwieg. Es gibt Probleme, die man nicht zerreden sollte.

Diese moderne Zwangsvorstellung, daß man alles »ausdiskutieren« müsse, führt mindestens so oft zu Schwierigkeiten wie zu einer Lösung.

Aber ihre Geringschätzung der Autorität der Bibel, wenn es darum ging, ob ein Mann eine oder zwei Frauen haben dürfe, war so ausgeprägt, daß ich sie später darüber befragte – nicht über Polygamie; dieses heikle Thema mied ich. Ich fragte sie nach ihrer allgemeinen Einstellung gegenüber der Bibel als Autorität. Ich erklärte ihr, daß die Kirche, in der ich aufgewachsen war, an eine strenge Auslegung der Bibel glaube – »Eine lückenlose Bibel, keine Bibel voller Lücken« – Die Heilige Schrift sei buchstäblich das Wort Gottes . . . aber daß ich auch wisse, daß andere Kirchen eher den Geist als den Buchstaben gelten lassen wollten . . . einige seien sogar so liberal, daß sie sich kaum um die Bibel kümmerten. Und doch nannten sie sich alle christlich.

»Margrethe, Liebes, als stellvertretender Geschäftsführer der Kirchenvereinigung zur Aufrechterhaltung der Moral hatte ich täglich Kontakt mit Mitgliedern aller protestantischen Sekten des Landes, und in Angelegenheiten, in denen wir eine gemeinsame Front bilden konnten, stand ich mit vielen römisch-katholischen Geistlichen in Verbindung. Ich mußte erfahren, daß meine Kirche auf dem Gebiet der Tugend kein Monopol hat. Ein Mann mochte die wesentlichen Inhalte seiner Religion schrecklich durcheinanderbringen, er konnte dennoch ein guter Staatsbürger und ein frommer Christ sein.«

Mir fiel etwas ein, und ich mußte lachen. Dann fuhr ich fort: »Oder, um es umgekehrt zu sagen, einer meiner katholischen Freunde, Pater Mahaffey, sagte mir einmal, daß selbst ich mich vielleicht in den Himmel einschleichen könne, denn der Herr in seiner unendlichen Weisheit nehme Rücksicht auf die Ignoranz und die Verbohrtheit der Potestanten.«

Dieses Gespräch fand an einem Dienstag, unserem freien Tag, statt. Es war der einzige Tag in der Woche, an dem das Restaurant geschlossen blieb, und wir waren auf den *Cerro de la Neveria* gestiegen – der Name bedeutet Eisschrankhügel, aber auf spanisch hört es sich besser an – und waren gerade mit unserem Picknick fertig. Der Hügel lag hinter dem Geschäftsviertel der Stadt, und das *Restaurante* Pancho Villa war nicht weit, aber er war eine ländliche Oase; die Bürger hatten sich an die spanische Sitte gehalten, einen Hügel in einen Park zu verwandeln anstatt Häuser auf ihm zu bauen. Ein schöner Ort –

»Mein Liebes, ich würde niemals versuchen, dich zu überreden, in meine Kirche einzutreten. Aber ich will über dich so viel wie möglich erfahren. Ich habe wenig Ahnung von den Kirchen in Dänemark. Die meisten werden lutherisch sein – aber hat Dänemark eigentlich eine etablierte Staatskirche wie einige andere europäische Nationen? Wie auch immer, welche ist denn deine Kirche? Und welche Einstellung hast *du* zu ihr? Und denke an das, was Pater Mahaffey gesagt hat – ich bin seiner Meinung. Ich glaube nicht, daß meine Kirche die einzige ist, die den Zugang zum Himmel vermittelt.«

Ich lag ausgestreckt da; Margrethe saß mit angezogenen Knien, um die sie die Hände verschränkt hatte, neben mir. Sie schaute nach Westen aufs Meer hinaus. Deshalb konnte ich ihr Gesicht nicht sehen. Sie beantwortete meine Frage nicht. Nach einiger Zeit sagte ich leise: »Liebling, hast du zugehört?«

»Ich habe zugehört.«

Wieder wartete ich und sagte dann: »Ich wollte nicht neugierig sein, wo es mir nicht zusteht. Es tut mir leid, und ich ziehe meine Frage zurück.«

»Nein. Ich wußte, daß ich diese Frage eines Tages würde beantworten müssen. Alec, ich bin keine Christin.« Sie ließ ihre Knie los, drehte sich um und sah mir in die Augen. »Du kannst dich genauso leicht von mir scheiden, wie wir geheiratet haben. Du mußt es mir nur sagen. Ich würde mich dagegen nicht wehren; ich würde ganz einfach verschwinden. Aber, Alec, als du mir sagtest, daß du mich liebst und daß wir in den Augen Gottes verheiratet seien, hast du mich nicht nach meiner Religion gefragt.«

»Margrethe.«

»Ja, Alec?«

»Erstens, spül dir den Mund. Und dann bitte mich um Verzeihung.«

»Vielleicht ist noch genug Wein in der Flasche, daß ich mir den Mund ausspülen kann. Aber ich kann dich nicht um Verzeihung bitten, weil ich es dir nicht gesagt habe. Ich hätte jederzeit ehrlich geantwortet. Aber du hast nicht gefragt.«

»Du sollst dir den Mund deshalb ausspülen, weil du von Scheidung geredet hast. Du mußt mich dafür um Verzeihung bitten, daß du glaubst, ich könnte mich jemals von dir scheiden lassen, ganz gleich unter welchen Umständen. Solltest du je ungezogen genug werden, würde ich dich vielleicht schlagen, aber ich würde dich niemals fortschicken. Arm oder reich, gesund oder krank, jetzt und für immer. Frau, ich liebe dich! Geht dir das denn nicht in den Kopf?«

Plötzlich lag sie in meinen Armen und weinte – es war das zweite Mal. Und ich tat das einzige, was in diesem Fall zu tun war, ich küßte sie.

Ich hörte lautes Jubeln hinter mir und drehte mich um. Wir hatten den Hügel für uns gehabt, denn die meisten Leute mußten heute arbeiten. Aber jetzt mußte ich feststellen, daß wir Publikum hatten. Zwei Straßengören, so jung, daß man nicht erkennen konnte, ob es Jungen oder Mädchen waren. Als das eine Kind merkte, daß ich es anschaute, jubelte es noch einmal und machte laute Kußgeräusche.

»Haut ab!« rief ich. »Verschwindet! *Vaya con Dios!* Sagt man es so, Marga?«

Sie sprach mit ihnen, und sie gingen fort, nicht ohne vorher noch laut gekichert zu haben. Ich brauchte diese Unterbrechung. Ich hatte Margrethe gesagt, was gesagt werden mußte. Nach ihrem albernen, wenn auch mutigen Spruch brauchte sie sofort meinen Beistand. Dennoch war ich bis in mein tiefstes Inneres erschüttert.

Ich wollte weitersprechen, aber dann fand ich, daß ich für einen Tag genug geredet hatte. Aber auch Margrethe sagte nichts. Das Schweigen wurde peinlich. Ich hatte das Gefühl, daß man es so nicht stehenlassen konnte. »Welchem Glauben hängst du denn an, Liebes? Dem mosaischen? Ich erinnere mich jetzt daran, daß es in Dänemark auch Juden gibt. Nicht alle Dänen sind Lutheraner.«

»Es gibt Juden, ja. Aber kaum einer von tausend Dänen ist Jude. Nein. Alec. Es – es gibt ältere Götter.«

»Älter als Jehova? Unmöglich.«

Margrethe sagte nichts – typisch für sie. Wenn sie nicht meiner Meinung war, sagte sie gewöhnlich nichts. Sie schien nicht daran interessiert zu sein, mit einer Meinung durchzudringen, der neunundneunzig Prozent der Menschheit nicht beipflichten konnten . . . obwohl die meisten Menschen lieber großes Unheil auf sich nehmen, als in einem solchen Streit zu unterliegen.

Ich mußte also beide Seiten vertreten, damit die Streitfrage nicht an Unterernährung starb. »Ich nehme es zurück. Ich hätte nicht ›unmöglich‹ sagen dürfen. Ich sprach von einer allgemein anerkannten Chronologie, die Bischof Ussher formuliert hat. Wenn man seine Daten akzeptiert, dann wird es im nächsten Oktober fünftausendneunhundertachtundneunzig Jahre her sein, daß die Welt erschaffen wurde. Natürlich hat diese Datierung nichts mit der Heiligen Schrift zu tun; Hales hat andere Zahlen ermittelt. Nach ihm liegt die Erschaffung der Welt, äh, siebentausendvierhundertfünf Jahre zurück. Ich weiß nicht, ob ich mich recht erinnere – bei Zahlen bin ich besser, wenn ich sie aufschreiben kann. Die Werte anderer Gelehrter weichen nur wenig ab.

Aber sie alle sind sich darin einig, daß dieses einzigartige Ereignis vier- oder fünftausend Jahre vor Christi Geburt stattfand. Die Schöpfung. Damals erschuf Jehova die Welt, und als er das tat, erschuf er auch die Zeit. Die Zeit kann für sich allein nicht existieren. Logischerweise konnte nichts und niemand existieren, und kein Gott kann älter sein als Jehova, da er doch die Zeit erschaffen hat. Verstehst du das nicht?«

»Ich wünschte, ich hätte nichts gesagt.«

»Mein Liebes! Ich versuche doch nur, mich mit dir intelligent zu unterhalten. Ich habe nie beabsichtigt, dich zu kränken, und das werde ich auch nie tun. Meine Methode ist die der orthodoxen Datierung. Du bedienst dich offensichtlich einer anderen Methode. Würdest du sie mir erklären? Und würdest du über den armen alten Alex bitte nicht immer gleich herfallen, sobald er den Mund aufmacht? Als Theologe wurde ich in einer Kirche ausgebildet, die großen Wert auf das Predigen legt; Diskussionen sind für mich so natürlich wie Schwimmen für einen Fisch. Aber jetzt sollst du predigen, und ich werde zuhören. Erzähl mir von diesen älteren Göttern.«

»Du kennst sie. Den ältesten und größten werden wir morgen feiern; der Tag in der Mitte der Woche gehört ihm.«

»Heute ist Dienstag. Morgen ist – Mittwoch! Der Tag heißt auf englisch Wednesday! Wotans Tag! Ist er dein Gott?«

»Er heißt Odin. Mit ›Wotan‹ haben die Germanen das Altnorwegische verballhornt. Vater Odin und seine zwei Brüder erschufen die Welt. Am Anfang war Leere. Nichts. Der Rest liest sich wie die Genesis, Adam und Eva eingeschlossen – aber wir nennen sie nicht Adam und Eva. Wir nennen sie Askr und Embla.«

»Vielleicht *ist* es die Genesis, Margrethe.«

»Wie meinst du das, Alec?«

»Die Bibel ist das Wort Gottes, besonders die als King-James-Version bekannte englische Übersetzung, denn jedes Wort dieser Übersetzung wurde von Gebeten und den ernsthaften Anstrengungen der besten Gelehrten der Welt getragen. Jede Meinungsverschiedenheit wurde sofort im Gebet dem Herrn vorgetragen. Deshalb *ist* die King-James-Bibel das Wort Gottes.

Aber nirgends steht geschrieben, daß nur sie das Wort Gottes ist. Die Heilige Schrift einer anderen Rasse zu einer anderen Zeit kann ebenfalls inspirierte Geschichtsschreibung sein. Wenn sie sich mit der Bibel vereinbaren läßt. Und darüber hast du doch eben gesprochen, nicht wahr?«

»Nur über die Schöpfung und Adam und Eva, Alec. Die Chronologie paßt überhaupt nicht zusammen. Du sagtest, daß die Welt vor etwa sechstausend Jahren erschaffen wurde?«

»Ungefähr. Hales meint, daß es etwas länger her ist. Die Bibel nennt keine Daten; Datierung ist eine moderne Erfindung.«

»Selbst dieser längere Zeitraum – Hales? – ist viel zu kurz. Hunderttausend Jahre wären schon besser.«

Ich wollte schon protestieren – es gibt Dinge, die man einfach nicht schlucken kann –, aber dann erinnerte ich mich daran, daß ich nichts sagen wollte, was Margrethe dazu veranlassen könnte, ihren Vortrag abzubrechen. »Sprich weiter, Liebes. Sagen eure religiösen Schriften, was in diesen vielen Jahrtausenden geschah?«

»Fast alles geschah, bevor die Schrift erfunden wurde. Einiges wurde in von Skalden gesungenen Epen überliefert. Aber auch das geschah erst, als die Menschen gelernt hatten, in Stämmen zusammenzuleben, und Odin sie das Singen gelehrt hatte. Die längste Periode war die Zeit, als die Welt von den Eisriesen beherrscht wurde und der Mensch nichts anderes als ein wildes Tier war und jagte und sammelte. Aber der eigentliche Unterschied liegt in der Chronologie, Alec. Die Bibel fängt mit der Schöpfung an und endet mit dem Jüngsten Gericht. Dann kommt das tausendjährige Reich Christi – das Königreich auf Erden –, dann die Schlacht im Himmel und das Weltende. Danach die Himmlische Stadt und die Ewigkeit – die Zeit hat aufgehört. Ist das richtig?«

»Nun, ja. Ein Eschatologe würde finden, daß du alles ein wenig zu sehr vereinfacht hast, aber in allgemeinen Umrissen hast du es korrekt wiedergegeben. Die Einzelheiten findest du in den Offenbarungen – der Offenbarung des Heiligen Johannes, sollte ich sagen. Viele Propheten haben die letzten Dinge gesehen, aber der heilige Johannes ist der einzige, der die ganze Geschichte erzählt . . . die Christus selbst ihm offenbart hat, um zu verhindern, daß der Auserwählte von falschen Propheten getäuscht wurde. Die Schöpfung, der Sündenfall, die langen Jahrhunderte des Kampfes und der Prüfung, dann das Jüngste Gericht und das Königreich. Was sagt dein Glaube darüber, Liebling?«

»Die letzte Schlacht nennen wir nicht Armageddon, sondern Ragnarök –«

»Ich sehe nicht, daß die Terminologie von Bedeutung ist.«

»Bitte, Liebling. Der Name tut natürlich nichts zur Sache, aber was geschieht, ist wichtig. An eurem Tag des Jüngsten Gerichts wird die Spreu vom Weizen geschieden. Die Geretteten gehen in die ewige Seligkeit ein. Die Verdammten erleiden ewige Strafe. Stimmt das so?«

»Es stimmt – aus Gründen wissenschaftlicher Genauigkeit muß allerdings festgestellt werden, daß es zwar die ewige Seligkeit gibt. Aber so sehr hat Gott die Welt geliebt, daß auch die Verdammten schließlich gerettet werden können. Keine Seele ist von der Erlösung völlig ausgenommen. Andere Theologen betrachten das als Ketzerei – aber mir gefällt es; der Gedanke an ewige Verdammnis hat mich schon immer abgestoßen. Ich bin eben sentimental, Liebling.«

»Das weiß ich, Alec, und deshalb liebe ich dich auch so. Dann müßte die alte Religion dich doch ansprechen . . . denn sie kennt keine Verdammnis.«

»Nicht?«

»Nein. Beim Ragnarök wird die Welt, wie wir sie kennen, zerstört. Aber das ist nicht das Ende. Nach einer langen, langen Zeit der Heilung wird ein neues Universum erschaffen, ein besseres und reineres, das frei ist von den Übeln dieser Welt. Auch dieses Universum wird ungezählte Jahrtausende bestehen . . . bis wieder die Mächte des Bösen und der Kälte gegen die Macht des Guten und des Lichts antreten . . . und wieder gibt es eine Ruhezeit, der eine neue Schöpfung folgt und eine neue Chance für die Menschheit. Nichts ist je zu Ende, und nichts ist je vollkommen, aber immer wieder bekommt der Mensch die

Chance, es besser zu machen als beim letzten Mal. Immer wieder und ohne Ende.«

Und daran glaubst du, Margrethe?«

»Ich finde, es ist leichter, daran zu glauben als an die Selbstgefälligkeit der Erlösung und die verzweifelte Not der Verdammten im christlichen Glauben. Es heißt, daß Jehova allmächtig ist. Wenn das stimmt, dann sind die armen verdammten Seelen in der Hölle, weil Jehova das in allen Einzelheiten so geplant hat. Ist es nicht so?«

Ich zögerte. Allmacht, Allwissenheit und allumfassende Güte logisch miteinander in Einklang zu bringen, ist das dornenreichste Problem der Theologie. An ihm haben sich selbst Jesuiten die Zähne ausgebissen. »Margrethe, einige der Mysterien des Allmächtigen sind nicht leicht zu erklären. Wir Sterblichen müssen die Güte unseres Vaters uns gegenüber voraussetzen, ob wir seine Werke nun immer begreifen oder nicht.«

»Muß ein Baby Gottes Güte voraussetzen, wenn sein Kopf an einem Stein zerschmettert wird? Wird es dann direkt zur Hölle fahren und die unendliche Weisheit und Güte des Herrn loben?«

»Margrethe! Was in aller Welt redest du da?«

»Ich rede über die Stellen im Alten Testament, in denen Jehova direkte Anweisungen gibt, Babys umzubringen. Manchmal befiehlt er, daß sie getötet werden sollen, indem man ihre Köpfe an Felsen zerschmettert. Das steht in dem Psalm, der anfängt: ›An den Wassern zu Babel –‹ Und dann das Wort deines Herrn Jehova in Hosea: ›und ihre jungen Kinder sollen zerschmettert und ihre schwangeren Weiber zerrissen werden‹. Und dann ist da noch die Geschichte von Elisha und den Bären. Alec, glaubst du wirklich, daß Gott Bären veranlaßt hat, kleine Kinder zu zerreißen, bloß weil sie sich über die Glatze eines alten Mannes lustig gemacht haben?« Sie wartete.

Auch ich schwieg. Nach einer Weile sagte sie: »Ist diese Geschichte von den Bärinnen und den zweiundvierzig Kindern das buchstäbliche Wort Gottes?«

»Gewiß ist es das Wort Gottes! Aber ich gebe nicht vor, es ganz zu verstehen. Margrethe, wenn du detaillierte Informationen über alles haben willst, was Gott getan hat, dann bete zu ihm und bitte um Erleuchtung. Aber bedränge mich deswegen nicht.«

»Ich wollte dich nicht bedrängen, Alec. Es tut mir leid.«

»Es braucht dir nicht leid zu tun. Ich habe die Sache mit den

Bären nie verstanden, aber ich lasse mich dadurch nicht in meinem Glauben erschüttern. Vielleicht ist es eine Parabel. Übrigens, Liebling, hat nicht dein Vater Odin eine recht blutige Geschichte?«

»Nicht im gleichen Ausmaß. Jehova hat eine Stadt nach der anderen zerstört; jeder Mann, jede Frau, jedes Kind, bis zum jüngsten Baby, wurde getötet. Odin tötete nur, wenn er gegen Gegner kämpfte, die genausogroß waren wie er. Vater Odin ist *nicht* allmächtig, und er behauptet auch nicht, er sei allwissend.«

(Eine Theologie, die das dornenreichste Problem ausklammert – Aber wie kann man ihn »Gott« nennen, wenn er nicht allmächtig ist?)

Sie sprach weiter: »Alec, meine einzige Liebe, ich will doch nicht deinen Glauben angreifen. Das würde mir nicht gefallen, und das habe ich auch nie beabsichtigt – und ich hoffe, daß so etwas nie wieder vorkommt. Aber du hast mich direkt gefragt, ob ich die Autorität der Heiligen Schrift akzeptiere – womit du deine Bibel meinst. Ich hätte genauso direkt antworten müssen. Das habe ich nicht getan. Der Jehova oder Jahwe des Alten Testaments ist in meinen Augen ein sadistischer, blutdürstiger, menschenmordender Verbrecher. Ich verstehe nicht, wie man ihn mit dem sanften Christus des Neuen Testaments identifizieren kann, auch nicht mit Hilfe einer mystischen Dreifaltigkeit.«

Ich wollte antworten, aber sie spach rasch weiter: »Mein Herz, bevor wir das Thema abschließen, muß ich dir etwas sagen, über das ich nachgedacht habe. Gibt es in deiner Religion eine Erklärung für die seltsamen Dinge, die uns widerfahren sind? Einmal mir, zweimal dir – diese veränderte Welt?«

(Darüber hatte auch ich endlos nachgedacht!) »Nein. Das muß ich leider gestehen. Ich wünschte, ich hätte eine Bibel, in der ich rasch nach einer Erklärung suchen könnte. Aber ich habe mein Gedächtnis angestrengt. Ich habe nichts gefunden, was mich auf diese Ereignisse hätte vorbereiten können.« Ich seufzte. »Es ist ein trostloses Gefühl. Aber –« Ich lächelte sie an. »Die göttliche Vorsehung hat dich mir zugesellt. Kein Land ist mir fremd, in dem auch Margrethe ist.«

»Lieber Alec. Ich habe deshalb gefragt, weil die alte Religion dafür eine Erklärung hat.«

»Wirklich?«

»Keine sehr heitere. Am Anfang dieses Zyklus wurde Loki überwunden – kennst du Loki?«

»Ich habe von ihm gehört. Er soll allerhand Unfug angestellt haben.«

»›Unfug‹ ist ein zu mildes Wort; er tut Böses. Jahrtausendelang war er gefangen und an einen großen Felsen geschmiedet. Alec, das Ende jedes Zyklus in der Geschichte der Menschheit beginnt auf die gleiche Weise: Es gelingt Loki zu entkommen, und Chaos ist die Folge.«

Sie schaute mich traurig an. »Alec, es ist schrecklich . . . aber ich glaube wirklich, daß Loki sich befreit hat. Jetzt ist *alles* möglich. Die Götterdämmerung beginnt. Ragnarök steht bevor. Unsere Welt endet.«

# XII

*Und zu derselben Stunde ward ein großes Erdbeben, und der zehnte Teil der Stadt fiel; und wurden getötet in diesem Erdbeben siebentausend Namen der Menschen, und die anderen erschraken und gaben Ehre dem Gott des Himmels* Offenbarung 11:13

Ich spülte einen weiteren Leuchtturmstapel von Geschirr, während ich über das nachdachte, was Margrethe mir an jenem schönen Nachmittag auf dem Eisschrankhügel gesagt hatte – aber ich erwähnte das Thema Margrethe gegenüber nie wieder. Und auch sie sprach nicht mehr davon. Margrethe stritt nie über irgend etwas, wenn sie ganz einfach schweigen konnte.

Glaubte ich etwa an ihre Theorie von Loki und Ragnarök? Natürlich nicht! Oh, es machte mir nichts aus, Armageddon als »Ragnarök« zu bezeichnen. Jesus oder Josua; Maria, Miriam oder Mirjam, Jehova oder Jahwe – jedes verbale Symbol reicht aus, wenn Sprecher und Zuhörer sich nur über die Bedeutung einig sind. Aber Loki? Soll ich glauben, daß ein mystischer Halbgott einer unwissenden barbarischen Rasse im ganzen Universum Veränderungen bewirkt hat? Ich bitte Sie!

Ich bin ein moderner und aufgeschlossener Mensch – aber mein Kopf ist nicht so leer, daß der Wind hindurchbläst. Irgendwo in der Heiligen Schrift mußte es eine rationale Erklärung für das Ungemach geben, das uns zugestoßen war. Ich brauchte mir keine Gespenstergeschichten über lange verstorbene Heiden anzuhören, um eine Erklärung zu finden.

Ich bedauerte, keine Bibel zur Hand zu haben. Oh, in der drei Straßen weiter gelegenen Basilika gab es zweifellos katholische Bibeln . . . mit lateinischem oder spanischem Text. Aber ich brauchte die King-James-Version. Auch von ihr dürfte es irgendwo in der Stadt einige Exemplare geben – aber ich wußte nicht, wo. Zum ersten Mal in meinem Leben beneidete ich den Prediger Paul (Reverend Paul Balonius) um sein perfektes Gedächtnis. Dieser Mann zog um die Mitte des vorigen Jahrhunderts durch die Staaten des Mittleren Westens und predigte das Wort, ohne eine Bibel mit sich zu führen. Man rühmte ihm nach, er könne jede Bibelstelle aus dem Gedächtnis zitieren, und zwar nach Buch, Kapitel und Vers. Umgekehrt konnte er für jede Stelle, die ihm vorgelesen wurde, Buch, Kapitel und Vers angeben.

Ich wurde zu spät geboren, um den Prediger Paul noch kennenzulernen. Deshalb wurde ich nie Zeuge seiner Fertigkeiten – aber ein perfektes Gedächtnis ist eine Gabe, die Gott gar nicht so selten verleiht; ich habe keinen Grund anzunehmen, daß Bruder Paul diese Gabe nicht besaß. Paul starb plötzlich, und zwar auf geheimnisvolle Weise, vielleicht sogar in Sünde – wie mein Professor für christliche Missionsstudien einmal sagte, müsse man größte Vorsicht walten lassen, wenn man allein mit einer verheirateten Frau betet.

Ich besitze Pauls Gabe nicht. Ich kann die ersten paar Kapitel der Genesis zitieren, einige Psalmen und die Weihnachtsgeschichte nach Lukas. Außerdem noch ein paar andere Stellen. Aber für unser Problem müßte ich *alle* Propheten bis in die letzten Einzelheiten studieren, besonders die Prophezeiung, die als die Offenbarung des Johannes bekannt ist, des Göttlichen.

Zog Armageddon herauf? Stand die Wiederkunft Christi bevor? Würde ich noch im Fleische leben, wenn die Posaune des Jüngsten Gerichts erscholl?

Ein höchst interessanter Gedanke und einer, den man nicht zu rasch fallenlassen sollte. Viele Millionen Menschen würden an jenem großen Tag noch leben, und zu dieser gewaltigen Schar würde auch Alexander Hergensheimer gehören. Würde ich Seinen Ruf hören und die Toten auferstehen sehen, zuletzt mich selbst? »Schwebt hinauf in die Wolken, um hoch oben den Herrn zu schauen.« Würde ich dann für immer mit dem Herrn vereint sein, wie verheißen? Die spannendste Stelle in diesem Großen Buch.

Aber selbst wenn ich dann noch im Fleische lebte . . . ich hatte keinerlei Gewißheit, daß ich an jenem großen Tag zu den Geretteten gehören würde, Ein geweihter Priester und Verkündiger des Evangeliums zu sein verbessert durchaus nicht die Chancen. Die Geistlichen sind sich dieser ernüchternden Wahrheit bewußt (wenn sie sich selbst gegenüber ehrlich sind), aber Laien denken manchmal, daß der geistliche Stand einen direkten Draht hat.

Das stimmt nicht! Für einen Geistlichen gibt es keine Entschuldigung. Niemals kann er sich damit herausreden, daß er »nicht gewußt« habe, daß das Ding geladen war. Er kann auch nicht wegen seiner Jugend und Unerfahrenheit um Gnade bitten oder seine Unkenntnis des Gesetzes geltend machen. Noch kann er eine der vielen anderen Entschuldigungen anführen, mit denen ein Laie kundtut, daß er keine moralische Perfektion erreicht hat und doch das ewige Heil erlangt.

Da ich das alles wußte, war ich gezwungen zuzugeben, daß mein eigenes Verhalten während der letzten Zeit nicht gerade hoffen ließ, daß ich zu den Geretteten gehören würde. Gewiß, ich war wiedergeboren worden. Einige Leute scheinen zu glauben, daß es sich dabei um einen permanenten Zustand handelt, als hätte man einen Universitätsgrad erworben. Bruder! Darauf darfst du dich nicht verlassen. Ich war mir nur allzusehr bewußt, daß ich mich in letzter Zeit einer ganzen Reihe von Sünden schuldig gemacht hatte. Zu diesen zählten: Hochmut, Unmäßigkeit, Habgier, Wollust, Ehebruch, Glaubenszweifel und andere.

Schlimmer noch. Ich bereute nicht einmal die schlimmste dieser Sünden.

Und wenn sich nicht herausstellte, daß Margrethe gerettet und für den Himmel bestimmt war, wollte auch ich nicht in den Himmel kommen. Gott mochte mir verzeihen, aber das war die reine Wahrheit.

Ich machte mir Sorgen um Margrethes unsterbliche Seele.

Sie hatte keinen Anspruch auf die zweite Chance aller Seelen aus der vorchristlichen Zeit. Sie war in die lutherische Kirche hineingeboren worden. Nicht in meine Kirche, aber in eine Vorgängerin meiner Kirche, die Vorgängerin aller protestantischen Kirchen. Die erste Frucht, die der Reichstag von Worms hervorgebracht hatte.

Es gab für Margrethe nur eine Möglichkeit, das Heil zu erlangen: sie mußte ihre Ketzerei widerrufen und nach der Wiedergeburt streben. Aber das mußte sie selbst tun. Das konnte ich nicht für sie erledigen.

Ich konnte sie allenfalls drängen, das Heil zu suchen. Aber das würde ich sehr behutsam tun müssen. Man kann einen Schmetterling nicht dazu bringen, sich einem auf die Hand zu setzen, indem man ein Schwert schwingt. Margrethe war keine Heidin, die den Erlöser nicht kannte und nur belehrt werden mußte. Nein, sie war in das Christentum hineingeboren worden und hatte es sehenden Auges abgelehnt. Sie konnte die Heilige Schrift so gut zitieren wie ich – irgendwann hatte sie sich gründlich mit der Bibel auseinandergesetzt, viel intensiver als die meisten Laien. Wann und warum, danach habe ich sie nie gefragt, aber ich denke, es muß um die Zeit gewesen sein, als sie schon bereit war, sich vom christlichen Glauben abzukehren. Margrethe war so ernst und so *gut*, daß sie einen so drastischen Schritt nie unternommen hätte, ohne vorher lange darüber nachzudenken und sich genau zu informieren.

Wie dringlich war das Problem Margrethe? Hatte ich dreißig Jahre Zeit, um ihre Gedanken genau zu erforschen und die beste Möglichkeit zu erspüren, sie zu bekehren? Oder stand Armageddon schon so nahe bevor, daß selbst ein Tag des Zögerns zu ihrer ewigen Verdammnis führen würde?

Das heidnische Ragnarök und das christliche Armageddon haben eines gemeinsam: Der letzten Schlacht werden Zeichen und Wunder vorausgehen. Erlebten wir solche jetzt? Margrethe war jedenfalls der Ansicht. Und ich selbst fand den Gedanken, daß diese sich verändernde Welt Armageddon ankündigte, viel attraktiver als die Alternative dazu: daß ich an Paranoia litt. Konnte ein Schiff versenkt und eine Welt verändert werden, nur um mich davon abzuhalten, einen Daumenabdruck zu vergleichen? Das hatte ich eine Zeitlang gedacht, aber – oh, komm, Alex, so wichtig bist du wirklich nicht.

(Oder vielleicht doch?)

Ich bin nie Chiliast gewesen. Ich weiß, wie oft die Zahl tausend in der Bibel erscheint, besonders bei den Propheten – aber ich habe nicht geglaubt, daß der Allmächtige sich darauf beschränken muß, in genauen Zeiträumen von tausend Jahren zu handeln – oder nach irgendeinem anderen Zahlenmuster –, nur um die Numerologen zufriedenzustellen.

Andererseits weiß ich, daß viele Tausende von vernünftigen und gläubigen Menschen dem nahenden Ende des Zweiten Jahrtausends größte Bedeutung beimessen, da man dann den Tag des Jüngsten Gerichts und Armageddon und alles, was folgen muß, erwarten kann. Sie finden ihre Beweise in der Bibel und in gewissen Merkmalen der Großen Pyramide und in einer Anzahl von Apokryphen.

Aber sie sind sich über den Zeitpunkt nicht einig, an dem das Jahrtausend endet. Anno Domini 2000? Oder anno Domini 2001? Oder lautet das korrekte Datum 7. April 2030 nach Christi Geburt, drei Uhr nachmittags, Jerusalemer Ortszeit? Wenn die Wissenschaftler die Uhrzeit und das Datum der Kreuzigung – und des Erdbebens zum Zeitpunkt Seines Todes – nach westlicher Zeitrechnung überhaupt kennen. Oder sollte es der Karfreitag anno Domini 2030 sein, nach dem Mondkalender berechnet? Wenn man bedenkt, *was* wir hier nach dem Datum erfassen wollen, ist das wirklich keine triviale Angelegenheit.

Aber wenn wir nicht das Datum der Kreuzigung, sondern das der Geburt Christi als Ausgangspunkt für die Berechnung nehmen, wird klar, daß weder das naive Datum anno Domini 2000 noch das geringfügig weniger naive Datum anno Domini 2001 das Zweijahrtausenddatum sein kann, *denn Jesus wurde am Weihnachstag des Jahres 5 vor Christi Geburt in Betlehem geboren.*

Jeder gebildete Mensch weiß das, aber fast niemand denkt je darüber nach.

Wie konnte das größte Ereignis der ganzen Geschichte, die Geburt unseres Herrn, um fünf Jahre falsch datiert werden? Unglaublich!

Ganz leicht. Ein Mönch des sechsten Jahrhunderts machte einen Rechenfehler. Unsere heutige Zeitrechnung wurde erst Jahrhunderte nach Christi Geburt eingeführt. Jeder, der schon einmal versucht hat, auf einem Stein ein Datum zu entziffern, das in römischen Ziffern geschrieben wurde, wird Bruder Dionysius Exiguus seinen Irrtum verzeihen. Im sechsten Jahrhundert gab es so wenige, die überhaupt lesen konnten, daß der Fehler viele Jahre lang unentdeckt blieb – und da war es schon zu spät, alle Unterlagen zu ändern. Deshalb haben wir die lächerliche Situation, daß Christus fünf Jahre vor Christi Geburt geboren wurde – eine Ungereimtheit, die sich nur lösen läßt, wenn man bedenkt, daß die eine Version sich auf eine Tatsache stützt, die andere auf einen Kalender, der eben diese Tatsache unberücksichtigt läßt.

Zweitausend Jahre lang war der Fehler des guten Mönches von geringer Bedeutung. Aber jetzt erlangt er allergrößte Bedeutung. Wenn die Chiliasten recht haben, kann man das Ende der Welt am *Weihnachtstag dieses Jahres* erwarten.

Es ist zu beachten, daß ich nicht »am 25. Dezember« gesagt habe. Der Tag und der Monat der Geburt Christi sind unbekannt. Matthäus berichtet, daß Herodes König war; Lukas verzeichnet, daß Augustus Kaiser und Cyrenius Landpfleger in Syrien war, und wir alle wissen, daß Joseph und Maria von Nazareth nach Betlehem gezogen waren, um sich schätzen zu lassen.

Es gibt keine anderen Daten, weder in der Heiligen Schrift noch in uns bekannten römischen Quellen.

Da haben wir es also. Nach der chiliastischen Theorie kann das Jüngste Gericht in ungefähr fünfunddreißig Jahren erwartet werden . . . oder heute am späten Nachmittag.

Wenn Margrethe nicht gewesen wäre, hätte mich diese Ungewißheit nachts nicht wachgehalten. Aber wie kann ich ruhig schlafen, wenn meine Geliebte in unmittelbarer Gefahr schwebt, in die bodenlose Tiefe hinabgestürzt zu werden, um dort bis in alle Ewigkeit schreckliche Qualen zu erleiden?

Was würden Sie tun?

Stellen Sie sich vor, wie ich barfuß auf einem fettigen Fußboden stehe und Geschirr spüle, um meine Schulden abzubezahlen, während ich gleichzeitig über die ersten und letzten Dinge nachdenke. Ein lächerlicher Anblick! Aber Geschirrspülen beansprucht kaum den Verstand. Da war es schon besser, daß mein Verstand eine harte Nuß zu knacken hatte.

Manchmal verglich ich meine traurige Situation mit dem, was ich vor ganz kurzer Zeit noch gewesen war. Ich fragte mich dabei, ob ich wohl je den Weg zurück durch das Labyrinth finden würde, um wieder zu der Position zu gelangen, die ich mir geschaffen hatte.

Würde ich überhaupt zurückgehen wollen? Dort erwartete mich Abigail – und wenn das Alte Testament auch Polygamie akzeptierte, in den sechundvierzig Staaten war sie verboten. Das entschied sich ein für allemal, als die Artillerie der Unionsarmee den Tempel des Antichrist in Salt Lake City zerstört und die

Armee diese unmoralischen »Familien« auseinandergetrieben hatte.

Margrethe zugunsten Abigails aufzugeben wäre ein zu hoher Preis dafür, die einflußreiche und bedeutende Stellung wieder einzunehmen, die ich bis vor kurzem innegehabt hatte. Dennoch, ich hatte Freude an meiner Arbeit gehabt, und die wertvollen Erfolge, die ich hatte erzielen können, hatten mir tiefe Befriedigung verschafft. Es war das beste Jahr seit Gründung der Stiftung gewesen – ich rede hier von der gemeinnützigen Kirchenvereinigung zur Hebung der Moral. »Gemeinnützig« heißt nicht, daß eine solche Organisation nicht angemessene Gehälter und sogar Prämien zahlen kann. Wir hatten das von der Geldbeschaffung her erfolgreichste Jahr in der Geschichte der Organisation hinter uns, und ich hatte einen wohlverdienten Urlaub angetreten. Der finanzielle Erfolg der Stiftung war in erster Linie mein Verdienst, denn als stellvertretender Geschäftsführer war es meine Hauptaufgabe, dafür zu sorgen, daß unsere Kasse stets gut gefüllt war.

Aber am meisten befriedigte mich unsere Arbeit im Weinberg, denn die Beschaffung von Mitteln bringt keinen Nutzen, wenn unsere geistlichen Programme zur Besserung der Moral ihre Ziele nicht erreichen.

Im vergangenen Jahr waren folgende positive Leistungen zu verzeichnen:

a) Ein Bundesgesetz, das Abtreibung in die Reihe der Kapitalverbrechen rückt.

b) Ein Bundesgesetz, das Herstellung, Verkauf, Besitz, Import, Transport und/oder Gebrauch von Verhütungsmitteln oder der Verhütung dienender Medikamente als Verbrechen mit einer Freiheitsstrafe von nicht weniger als einem Jahr und höchstens zwanzig Jahre belegt, und zwar für jedes einzelne Delikt – und die scheinheilige Ausrede, es diene der »Verhinderung von Krankheiten«, nicht mehr gelten läßt.

c) Ein Bundesgesetz, das zwar nicht das Glücksspiel verbot, aber seine Kontrolle und Lizenzierung der Bundesgerichtsbarkeit unterstellte. Ein Schritt nach dem anderen – auf dieser Basis konnte man die Spielhöllen in Nevada und New Jersey Zug um Zug erledigen. Teile und herrsche!

d) Ein echter Fortschritt in unseren Bestrebungen, Tabak als rezeptpflichtiges Medikament definieren zu lassen, indem wir Schnupftabak und Kautabak taktisch geschickt durch die Einführung der Definition »Zum Verbrennen und Inhalieren bestimmte Substanzen« von dem Problem ausnahmen.

e) Fortschritte, die wir auf unserer jährlichen Gebetsversammlung auf verschiedenen Gebieten machten, an denen ich interessiert war. Zum einen ging es darum, die Steuerbefreiung für Privatschulen, die keiner christlichen Sekte angegliedert waren, abzuschaffen. Wegen der römisch-katholischen Schulen war die Sache problematisch. Sollten wir sie unter unseren Schutz nehmen? Oder sollten wir zuschlagen? Für diejenigen unter uns, die an vorderster Front standen, war es schon immer schwierig gewesen, zu entscheiden, ob Katholiken unsere Alliierten oder unsere Feinde sind.

Mindestens ebenso problematisch war die Judenfrage – war eine humane Lösung möglich? Wenn nicht, was dann? Diese Angelegenheit wurde nur in Geheimsitzungen erörtert.

Es gab noch ein weiteres Projekt, das mir persönlich ein besonderes Anliegen war: Die Astronomen mußten in ihre Schranken gewiesen werden. Nur wenige Laien können sich überhaupt vorstellen, wieviel Unheil die Astronomen anrichten. Das stellte ich zum ersten Mal fest, als ich auf der Ingenieurschule eine Vorlesung über beschreibende Astronomie hörte, um meine Ausbildung auf eine breitere Grundlage zu stellen. Man muß einem Astronomen nur ein größeres Teleskop geben, ihn von der Leine lassen und darauf verzichten, ihn streng zu überwachen. Was macht er dann? Er liefert ekelhafte halbgebackene Vermutungen, die die uralten Wahrheiten des 1. Buchs Mose leugnen.

Es gibt nur eine Methode, mit diesem Unsinn fertig zu werden: Man muß sie am Geldbeutel packen! Man muß den Begriff »Förderung der Wissenschaft« neu definieren, damit die Observatorien der Astronomen, diese gigantischen weißen Elefanten, von allen Zuwendungen abgeschnitten werden. Das Observatorium der Navy mag weiterhin Zuschüsse erhalten, aber es soll seine Belegschaft reduzieren und seine Aktivitäten strikt auf Fortschritte in der Navigation konzentrieren. (Einige der lästerlichsten und umstürzlerischsten Theorien haben wir den Beamten mit ihren satten Pfründen zu verdanken, die mit ihrer eigentlichen Arbeit offensichtlich nicht ausgelastet sind.)

Diese selbsternannten »Wissenschaftler« hecken gewöhnlich nur Böses aus, aber die Astronomen sind die schlimmsten.

Auf ein anderes Problem, das bei jeder jährlichen Gebetsversammlung zur Sprache kommt, will ich weder Geld noch Zeit verschwenden: »Frauenstimmrecht.« Diese hyterischen Weiber, die sich Suffragetten nennen, sind keine Bedrohung und sie werden sich nie durchsetzen. Sie kommen sich nur wichtig vor, wenn man ihnen Aufmerksamkeit zollt. Man sollte sie nicht einkerkern und auch nicht in den Stock schließen – man sollte sie nicht zu Märtyrerinnen machen. Man darf sie in aller Ruhe ignorieren.

Es gab noch andere lohnende Vorhaben, die ich jedoch nicht auf die Tagesordnung setzte. In den Versammlungen, die ich selbst leitete, verbat ich mir auch jede Diskussion darüber. Ich setzte sie auf meine Liste: »Vielleicht im nächsten Jahr«:

Getrennte Schulen für Jungen und Mädchen.

Wiedereinführung der Todesstrafe für Hexerei und Teufelskult.

Die Alaska-Lösung des Negerproblems.

Bundeskontrolle der Prostitution.

Homosexuelle – was ist die Antwort? Bestrafung? Kastration? Gibt es noch andere Möglichkeiten?

Es gibt so manche gute Sache, die sich den Hütern der öffentlichen Moral ans Herz legt – die Frage ist immer nur, welcher man die Priorität gibt. Zur höheren Ehre Gottes.

Aber aller diese Probleme, so faszinierend sie sein mochten, würde ich mich vielleicht nie wieder annehmen können. Ein Tellerwäscher, der gerade erst die Landessprache lernt (ganz sicherlich ohne Berücksichtigung der Grammatik!), stellt kaum eine politische Potenz dar. Deshalb machte ich mir um diese Angelegenheiten keine Sorgen mehr, sondern konzentrierte mich auf meine wahren Probleme: Margrethes Ketzerei und, akuter, aber weniger wichtig, unsere Schulden. Wie konnten wir legal unseren Dienst quittieren und nach Norden gehen?

Wir hatten mehr als hundert Tage lang gedient, als ich *Don* Jaime bat, mir dabei behilflich zu sein, das genaue Datum unserer Entlassung auszurechnen. Ich wollte wissen, wann wir unsere Schulden bezahlt haben würden – eine höfliche Art zu sagen: Boß, bald verschwinden wir von hier wie aufgescheuchte Karnickel. Machen Sie sich jetzt schon darauf gefaßt.

Ich hatte eine Gesamtverpflichtung von hunderteinundzwanzig Tagen errechnet . . . und *Don* Jaime riß mich fast aus meinem bißchen Spanisch, als er mir eine Zeit von hundertachtundfünfzig Tagen nannte.

Noch über sechs Wochen, wo ich schon damit gerechnet hatte, in der nächsten Woche frei zu sein.

Ich protestierte und wies ihn darauf hin, daß unsere vom Gericht festgesetzten Gesamtschulden geteilt durch den festgesetzten Lohn für unsere Dienste (täglich sechzig Pesos für Margrethe, die Hälfte dieser Summe für mich) hunderteinundzwanzig Tage ergebe . . . von denen wir schon hundertfünfzehn absolviert hatten.

Nicht hundertfünfzehn, sondern neunundneunzig – er reichte mir einen Kalender und bat mich, selbst nachzurechnen. In diesem Augenblick mußte ich feststellen, daß unsere schönen Dienstage die uns auferlegte Zeit nicht reduzierten. Das sagte jedenfalls unser *patrón*.

»Und außerdem, Alexandro«, fügte er hinzu, »haben Sie es versäumt, die Zinsen für den geschuldeten Betrag hinzuzurechnen. Sie haben auch den Inflationsfaktor nicht berücksichtigt. Auch an die Steuern haben Sie nicht gedacht und nicht einmal an die Beiträge für Unsere Liebe Frau der Leiden. Oder soll *ich* sie etwa unterstützen, falls Sie krank werden?«

(Nun ja. Ich hatte daran zwar nicht gedacht, aber ich fand, daß ein *patrón* eine solche Verpflichtung gegenüber seinen *peones* eigentlich haben müßte.) »*Don* Jaime, als Sie unsere Schulden bezahlten, hat der Gerichtssekretär einen Vertrag aufgesetzt. Er hat mir gesagt, daß wir zu hunderteinundzwanzig Tagen Arbeit verpflichtet seien. Das hat er mir wirklich gesagt!«

»Dann gehen Sie doch noch einmal zum Gericht.« *Don* Jaime drehte mir den Rücken zu und ging davon.

Das nahm mir den Mut. Es schien *Don* Jaime gleichgültig zu sein, ob ich vor Gericht ging, um dort eine Entscheidung zu suchen. Auch in Margrethes Trinkgeldangelegenheiten hatte er im Gegensatz zu seiner Frau keine sonderlichen Einwände dagegen erhoben, daß ich vor Gericht ging. Das war für mich ein klarer Beweis dafür, daß er schon so viele solcher Verträge abgewickelt hatte, daß er alle Klauseln kannte und nicht fürchtete, daß das Gericht gegen ihn entscheiden würde.

Erst am Abend konnte ich mit Margrethe darüber unter vier Augen sprechen. »Marga, wie habe ich mich in dieser Sache so irren können? Ich dachte, der Sekretär hätte es für uns ausgerechnet, bevor wir die Schuldanerkenntnis unterschreiben mußten. Hunderteinundzwanzig Tage. Stimmt das etwa nicht?«

Sie antwortete nicht sofort. Aber ich ließ nicht ab. »Du hast es mir doch selbst gesagt, oder etwa nicht?«

»Alec, ich denke zwar normalerweise in englisch – und seit einiger Zeit auch in spanisch –, aber wenn ich rechne, rechne ich immer in dänisch. Auf dänisch heißt sechzig ›tres‹ – und das ist gleichzeitig das spanische Wort für drei. Siehst du, wie leicht man da etwas durcheinanderbringt? Ich weiß jetzt nicht mehr, ob ich ›*Ciento y veintiuno*‹ oder *Ciento y sessent'iuno* zu dir gesagt habe – denn Zahlen behalte ich nur auf dänisch, nicht auf englisch oder spanisch. Ich dachte, du hättest alles selbst ausgerechnet.«

»Oh, ja. Natürlich hat der Sekretär nicht ›hunderteinundzwanzig Tage‹ gesagt. Soweit ich mich erinnere, hat er überhaupt nicht englisch gesprochen. Und zu der Zeit verstand ich noch kein Wort spanisch. *Señor* Muñoz hat es dir erklärt, und du hast es für mich übersetzt. Später habe ich dann noch einmal nachgerechnet, und das Resultat schien das, was er gesagt hatte, zu bestätigen. Oder das, was du gesagt hattest. Mein Himmel, ich weiß es einfach nicht mehr.«

»Warum vergessen wir das Ganze dann nicht, bis wir *Señor* Muñoz fragen können?«

»Marga, regt es dich denn nicht auf, daß wir die Sklavenarbeit in diesem Schuppen noch fünf Wochen länger machen müssen?«

»Ja, aber so sehr nun auch wieder nicht, Alec. Ich mußte immer arbeiten. Die Arbeit auf dem Schiff war schwerer als die an der Schule, aber ich konnte reisen und ein wenig von der Welt kennenlernen. Hier an den Tischen zu bedienen ist nicht viel schwerer, als auf der *Konge Knut* die Kabinen zu reinigen, aber du bist bei mir, und das ist für mich reichlich Entschädigung. Ich will gern mit dir in deine Heimat gehen . . . aber es ist nicht meine Heimat. Darum ist mir nicht so viel daran gelegen wie dir, von hier wegzugehen. Heute ist für mich überall dort Heimat, wo du bist.«

»Liebling, du bist so logisch und vernünftig und zivilisiert, daß ich manchmal die Wände hochgehen möchte.«

»Alec, das solltest du wirklich nicht. Ich will nur, daß wir uns über diese Sache keine Sorgen machen, bis wir mit *Señor* Muñoz sprechen können. Aber erst einmal werde ich dir den Rücken massieren, damit du dich ein wenig entspannst.«

»Madame, Sie haben mich überzeugt. Aber nur, wenn ich dir deine armen müden Füße massieren darf, bevor du mir den Rücken massierst.«

Wir taten beides. »Und die Wildnis war nun ein Paradies.«

Am nächsten Morgen stand ich sehr früh auf und ging zum Gericht. Ich sprach mit dem Assistenten des Sekretärs, der mir sagte, daß ich seinen Chef erst nach Dienstschluß aufsuchen könne. Ich traf also eine »halbe« Verabredung für den Dienstag – »halb« in dem Sinne, daß *wir* verpflichtet waren zu erscheinen, *Señor* Muñoz jedoch nicht. (Aber er würde da sein. So Gott will.)

Am Dienstag machten wir also wie gewöhnlich unseren Ausflug, denn wir konnten *Señor* Muñoz frühestens um vier Uhr nachmittags aufsuchen. Aber wir waren eher für den Sonntag gekleidet als für ein Picknick – das heißt, wir trugen unsere Schuhe, wir hatten morgens geduscht, und ich hatte mich rasiert. Ich trug meine beste Kleidung. Es waren Sachen, die *Don* Jaime abgelegt und mir geschenkt hatte, aber sie waren frisch und sauber und wirklich besser als die alte Arbeitshose von der Küstenwache, die ich in der Spülküche trug. Margrethe trug die bunten Sachen, die sie an unserem ersten Tag in Mazatlán bekommen hatte.

Dann bemühten wir uns, nicht allzu staubig zu werden und nicht allzu sehr zu schwitzen. Warum wir das für wichtig hielten, kann ich nicht mehr sagen. Aber irgendwie hatten wir beide das Gefühl, daß der Anstand es erforderte, adrett vor Gericht zu erscheinen.

Wie immer gingen wir zum Brunnen, um unseren Freund Pepe zu besuchen, bevor wir abbogen und auf den Hügel stiegen. Er begrüßte uns wie alte Freunde, und wir tauschten die Höflichkeiten aus, die einem im Spanischen so glatt von der Zunge gehen und die es im Englischen kaum gibt. Unser wöchentlicher Besuch bei Pepe war zu einem wichtigen Bestandteil unseres geselligen Lebens geworden. Wir wußten jetzt mehr über ihn – von Amanda, nicht von ihm selbst –, und ich achtete ihn mehr als je zuvor.

Pepe war nicht ohne Beine geboren worden (wie ich zuerst gedacht hatte). Er war Lastwagenfahrer gewesen und hatte seine Wagen über die Berge nach Durango und weiter gefahren. Dann hatte es einen Unfall gegeben, und Pepe war zwei Tage lang in seinem Wagen eingeklemmt gewesen, bevor man ihn befreite. In fast hoffnungslosem Zustand wurde er dann in das Hospital Unsere Lieben Frau der Leiden gebracht.

Aber Pepe war zäh. Vier Monate später wurde er aus dem Hospital entlassen; irgend jemand startete eine Kollekte, um ihm seinen kleinen Wagen zu beschaffen; er bekam eine Bettlerlizenz und nahm seinen Platz am Brunnen ein – Freund der Straßenmädchen, Freund der *Dons*, lachte er jeder Widrigkeit des Schicksals ins Gesicht.

Höflich blieben wir eine Weile stehen und erkundigten uns nach Gesundheit und Wohlergehen und nach gemeinsamen Bekannten. Bevor wir weitergingen, reichte ich ihm eine Einpesonote.

Er reichte sie mir zurück. »Fünfundzwanzig Centavos, mein Freund. Haben Sie kein Kleingeld? Oder soll ich wechseln?«

»Pepe, lieber Freund, es war unsere Absicht und unser Wunsch, daß Sie dieses kleine Geschenk behalten.«

»Nein, nein, nein. Von Touristen nehme ich, was ich bekommen kann, und bitte um mehr. Von Ihnen, mein Freund, fünfundzwanzig Centavos.«

Ich widersprach nicht weiter. In Mexiko hat ein Mann seinen Stolz, oder er ist tot.

*El Cerro de la Neveria* ist hundert Meter hoch. Wir stiegen sehr langsam hinauf. Ich ging hinter Margrethe, damit sie das Tempo selbst bestimmen konnte. Aus gewissen Anzeichen hatte ich erkannt, daß sie schwanger war. Ich war fast sicher. Aber sie hatte es nicht für nötig gehalten, mit mir darüber zu sprechen, und da sie das Thema nicht anschnitt, tat ich es natürlich auch nicht.

Wir erreichten unseren Lieblingsplatz, wo wir im Schatten eines Baumes sitzen konnten und dennoch nach allen Seiten freie Sicht hatten – nach Nordwesten zum Golf von Kalifornien, nach Westen zum Pazifik und zu einem von Wolken verhangenen Berggipfel an der zweihundert Meilen entfernten Baja California. Im Südwesten konnten wir bis zum *Cerro Vigia* (Hügel der schönen Aussicht) unsere Halbinsel überblicken. Wir sahen die herrliche *Playa de las Olas Altas* und den *Cerro Creston,* auf dem der »*Faro*« stand, der riesige Leuchtturm, der die Spitze der Halbinsel beherrschte. Im Süden, am anderen Ende der Stadt, lagen die Gebäude der Küstenwache und der Landeplatz. Hinter den Bergen im Osten und Nordosten lag Durango. Die Berge waren hundertfünfzig Meilen entfernt, aber die Luft war so klar, daß man glaubte, die Gipfel mit den Händen greifen zu können.

Mazatlán breitete sich wie ein Spielzeugdorf unter uns aus. Selbst die Basilika sah wie ein Architektenmodell aus und nicht wie eine höchst imposante Kirche – zum x-ten Mal fragte ich mich, wieso die Katholiken mit ihren (gewöhnlich) armen Gemeinden so schöne Kirchen bauen konnten, während ihre protestantischen Gegenspieler alle Mühe hatten, die Hypotheken für wesentlich bescheidenere Gebäude aufzubringen.

»Schau mal, Alec!« sagte Margrethe. »Anibal und Roberto haben ihren neuen *Aeroplano* bekommen!« Sie zeigte nach unten.

Es stimmte. Am Landeplatz der Küstenwache waren jetzt zwei *Aeroplanos* zu sehen. Der eine war die riesige groteske Libelle, mit der sie uns gerettet hatten; der andere sah ganz anders aus. Zuerst dachte ich, er sei zum Teil im Wasser versunken; die Schwimmkörper fehlten, auf denen die andere Maschine im Wasser landete.

Dann erkannte ich, daß diese neue Maschine buchstäblich ein fliegendes Schiff war. Der Rumpf des *Aeroplano* war selbst ein Schwimmkörper oder ein Schiff – eine wasserdichte Struktur. Die Propellermotoren waren über den Flügeln angebracht.

Ich war nicht sicher, ob diesen radikalen Veränderungen zu trauen war. Die Maschine, in der wir geflogen und mit der wir sicher gelandet waren, entsprach meinem Geschmack schon eher.

»Alec, laß uns sie doch am nächsten Dienstag besuchen.«

«Okay.«

»Glaubst du, daß Anibal uns einmal in seinem neuen *Aeroplano* mitfliegen läßt?«

»Nicht, wenn der Kommandant es weiß.« Ich sagte ihr nicht, daß mir dieser neue Apparat nicht sicher vorkam. Margrethe hatte nie Angst. »Aber wir können sie besuchen und fragen, ob wir uns die Flugmaschine einmal anschauen dürfen. Darüber würde sich Leutnant Anibal freuen. Roberto auch. Aber wollen wir jetzt nicht essen?«

»Keine schlechte Idee«, sagte sie und breitete eine *Servilleta* aus. Dann nahm sie das Essen aus dem Korb, den ich getragen hatte. Die Dienstage gaben Margrethe Gelegenheit, Amandas ausgezeichnete mexikanische Küche mit ihrer eigenen dänischen und mit internationaler Küche zu variieren. Heute hatte sie dänische Schnitten gemacht, die die Dänen so lieben – und jeder andere auch, der je Gelegenheit hatte, sie zu genießen. Amanda erlaubte Margrethe, in der Küche zu tun, was sie wollte, und *Señora* Valera mischte sich nicht ein – sie betrat niemals die Küche; dabei handelte es sich um eine Art Waffenstillstand, der schon abgeschlossen wurde, bevor wir beide unter das Personal aufgenommen wurden. Amanda war eine Frau von Charakter.

Die Schnitten waren reichlich mit den zarten und schmackhaften Garnelen belegt, für die Mazatlán berühmt ist. Aber das war erst der Anfang. Ich erinnere mich an Schinken, Putenfleisch, knusprige Speckwürfel, Mayonnaise, drei Sorten Käse, mehrere Sorten eingelegten Gemüses, kleine Paprikaschoten, Fisch, den ich nicht kannte, dünne Scheiben Roastbeef, frische Tomaten, drei Sorten Salat und etwas, was ich für gebratene Auberginen hielt. Aber Gott sei Dank muß man Speisen nicht kennen, um sie sich schmecken zu lassen. Margrethe stellte alles vor mich hin, und ich griff zu. Ich kaute fröhlich, ohne immer genau zu wissen, was ich aß. Eine Stunde später rülpste ich und tat so, als wäre das gar nicht der Fall gewesen. »Margrethe, habe ich dir heute schon gesagt, daß ich dich liebe?«

»Ja, aber es ist schon einige Zeit her.«

»Ich liebe dich. Du bist nicht nur schön und hast nicht nur eine gute Figur, du bist außerdem eine hervorragende Köchin.«

»Vielen Dank, Sir.«

»Möchtest du auch noch wegen deiner intellektuellen Fähigkeiten bewundert werden?«

»Das ist nicht nötig. Nein.«

»Wie du willst. Wenn du es dir anders überlegst, laß es mich wissen. Laß doch die Reste liegen; ich schaffe sie nachher weg. Leg dich neben mich und erkläre mir, warum du immer noch mit mir zusammenlebst. Wegen meiner Kochkunst kann es nicht sein. Ist es, weil ich der beste Geschirrspüler der mexikanischen Westküste bin?«

»Ja.« Sie räumte weiter auf, bis unser Picknickplatz wieder so war, wie wir ihn vorgefunden hatten. Was übrig war, wanderte in den Korb, damit wir es Amanda zurückbringen konnten.

Dann legte sie sich neben mich, schob ihren Arm unter meinen Nacken – und hob den Kopf. »Was ist das?«

»Was –« Dann hörte ich es auch. Ein entferntes Grollen, das

immer lauter wurde, wie ein Güterzug, der um die Kurve kommt. Aber die nächste Eisenbahnstrecke, die nach Chihuahua im Norden und Guadalajara im Süden führte, lag weit jenseits der Halbinsel von Mazatlán.

Das Grollen wurde lauter; der Boden fing an zu schwanken. Margrethe richtete sich auf. »Alec, ich habe Angst.«

»Du brauchst keine Angst zu haben, Liebes; ich bin doch bei dir.« Ich zog sie wieder zu mir herunter und hielt sie in den Armen, während der Boden unter uns immer heftiger schwankte und das Grollen zu einem brüllenden Donner anschwoll. Der Lärm war unglaublich.

Wenn Sie jemals ein Erdbeben miterlebt haben, selbst ein schwaches, dann kennen Sie unsere Empfindungen besser, als ich sie mit Worten beschreiben kann. Wenn Sie aber nie eins miterlebt haben, dann werden Sie mir nicht glauben – Sie werden mir um so weniger glauben, je genauer ich es beschreibe.

Das schlimmste an einem Erdbeben ist, daß man nirgends etwas hat, an dem man sich festhalten könnte . . . aber das erschreckendste sind die Geräusche aller Art, ein wahrer Höllenlärm – das Krachen der Felsen, die unter einem zerbersten, das knirschende Geräusch der Gebäude, die zusammenstürzen, die Schreie der Verletzten, das Geheul und Gewinsel der Tiere, die das Unheil nicht begreifen können, das sie getroffen hat.

Und es will nicht aufhören.

Es schien endlos zu dauern – und dann traf uns die Erdbebenwelle direkt, und die Stadt sank in Trümmer.

Ich hörte es. Der ohnehin schon grauenhafte Lärm verdoppelte sich plötzlich. Es gelang mir, mich auf einen Ellenbogen zu stützen und hinunterzuschauen. Der Turm der Basilika zerplatzte wie eine Seifenblase. »Oh, Marga, schau dir das an! Nein, lieber nicht – es ist zu entsetzlich.«

Auch sie richtete sich halb auf. Aber sie sagte nichts, und ihr Gesicht war ausdruckslos. Ich legte ihr den Arm um die Schultern und schaute über die Halbinsel und den Cerro Vigia hinweg zum Leuchtturm hinüber.

Er stand schief.

Während ich hinschaute, brach er in der Mitte ab und stürzte ganz langsam und mit Würde in sich zusammen.

Jenseits der Stadt sah ich die *Aeroplanos* der Küstenwache an ihrem Liegeplatz. Sie tanzten wie wild auf den Wellen; der neue neigte den einen Flügel, bis er ins Wasser tauchte. Dann stieg eine Staubwolke von der Stadt auf und versperrte mir den Blick, eine Staubwolke von Tausenden von Tonnen zerborstenen Mauerwerks.

Ich suchte das Restaurant und fand es: EL RESTAURANTE PANCHO VILLA. Während ich hinschaute, zerbröckelte die Wand, an der das Schild angebracht war, und fiel auf die Straße. Staub stieg auf und hüllte die Stelle ein, an der sie gestanden hatte.

»Margrethe! Es ist weg. Das Restaurant. El Pancho Villa.« Ich zeigte nach unten.

»Ich sehe nichts.«

»Es ist weg. Das hab' ich dir doch gesagt. Zerstört. Dem Herrn sei Dank, daß Amanda und die Mädchen heute nicht da waren!«

»Ja. Alec, hört das denn überhaupt nicht auf?«

Plötzlich hörte es auf – viel plötzlicher, als es angefangen hatte. Wunderbarerweise war der Staub verschwunden; es gab keinen Lärm mehr, keine Schreie von Verletzten und Sterbenden und kein Geheul von Tieren.

Der Leuchtturm stand wieder da, wo er hingehörte.

Ich schaute nach links zu den *Aeroplanos* hinüber – nichts. Dort standen nicht einmal mehr die eingerammten Pfähle, an denen sie sonst vertäut waren. Dann sah ich mir die Stadt an – alles friedlich. Die Basilika war unbeschädigt und sah sehr schön aus. Ich suchte das Schild Pancho Villa.

Ich konnte es nicht finden. An der Stelle, wo es hätte sein müssen, stand ein Gebäude, aber es kam mir irgendwie verkehrt vor. Es hatte auch andere Fenster. »Marg – wo ist das Restaurant?«

»Ich weiß es nicht. Alec, was geht hier vor?«

»Sie sind wieder dabei«, sagte ich bitter. »Die Weltenveränderer. Das Erdbeben ist vorbei, aber dies ist nicht die Stadt, in der wir gelebt haben. Sie sieht ihr sehr ähnlich, aber es ist nicht dieselbe.«

Ich hatte nur halb recht. Bevor wir uns dazu entschließen konnten, den Hügel wieder zu verlassen, fing das Grollen wieder an, und der Boden schwankte wieder . . . und dann wieder dieser entsetzliche Lärm und heftige Bodenbewegungen, und jetzt wurde *diese* Stadt zerstört. Wieder sah ich den riesigen

Leuchtturm abbrechen und in sich zusammenstürzen. Wieder brach die Kirche in sich zusammen. Wieder stiegen Staubwolken auf, und wieder hörten wir die Schreie und das Geheul.

Ich reckte die Faust zum Himmel auf und schüttelte sie. »Gott verdammt! *Aufhören!* Zweimal ist zu viel.«

Ich wurde nicht vom Erdboden verschlungen.

# XIII

*Ich sah an alles Tun, das unter der Sonne geschieht; und siehe, es war alles eitel und Haschen nach Wind.* Prediger 1:14

Ich werde die nächsten drei Tage nur kurz streifen, denn an ihnen war nichts Gutes. »Die Straßen waren voll Blut und Staub.« Die Überlebenden, die nicht verletzt, verzweifelt vor Kummer, bewußtlos oder so hysterisch waren, daß sie nicht arbeiten konnten – also nur wenige von uns –, wühlten hier und da in den Trümmern, um unter den Ziegeln und Steinbrocken vielleicht noch Lebende zu finden. Aber was kann man mit bloßen Händen gegen Tonnen von Gestein ausrichten?

Und was kann man tun, wenn man unter dem Schutt einen Menschen findet und feststellen muß, daß es zu spät ist, daß es schon zu spät war, als man anfing? Wir hörten irgend etwas wie eine kleine Katze schreien. Vorsichtig räumten wir die Trümmer weg, um keinen zusätzlichen Druck zu verursachen, und wenn wir Steine bewegten, achteten wir darauf, daß keine anderen sich verschoben, um nicht noch mehr Unheil anzurichten. Und wir fanden die Quelle. Ein kleines Kind, das eben gestorben war. Sein Becken war gebrochen und eine Kopfseite zerschmettert. »Wohl dem, der deine jungen Kinder nimmt und zerschmettert sie an dem Stein.« Ich wandte mich ab und übergab mich. Nie wieder werde ich Psalm 137 lesen.

Die Nacht verbrachten wir an den unteren Hängen des Eisschrankhügels. Als die Sonne unterging, mußten wir notgedrungen unsere Bemühungen einstellen. Nicht nur konnten wir in der Dunkelheit nicht weiterarbeiten, es wurde auch geplündert. Ich war zutiefst davon überzeugt, daß Plünderer gleichzeitig potentielle Vergewaltiger und Mörder sind. Ich wäre bereit gewesen, für Margrethe zu sterben, wenn es nötig gewesen wäre – aber ich hatte wirklich nicht die Absicht, mutig und unnütz in einer Konfrontation zu sterben, die man hätte vermeiden können.

Am frühen Nachmittag des nächsten Tages rückte die mexikanische Armee an. Wir hatten in der Zwischenzeit nichts Nützliches zustande gebracht – wir hatten nur Trümmer bewegt, was immer wir dabei auch fanden. Die Soldaten hinderten uns an weiteren Rettungsversuchen; alle Zivilisten wurden von der zerstörten Stadt weg die Halbinsel entlanggeführt. Der Weg führte zur Bahnstation jenseits des Flusses. Dort warteten wir – junge Witwen, Männer, die ihre Frauen verloren hatten, Kinder ohne Eltern, Verletzte auf behelfsmäßigen Tragen, Verletzte, die noch gehen konnten, und andere, die keine äußeren Verletzungen aufwiesen, aber leere Augen hatten und nicht sprechen konnten. Margrethe und ich hatten Glück gehabt. Wir waren nur hungrig und durstig und dreckig und hatten überall blaue Flecken, weil wir während des Erdbebens auf dem Boden gelegen hatten. Korrektur: Während zweier Erdbeben.

Ob wohl irgendeiner von den anderen zwei Erdbeben erlebt hatte?

Ich mochte nicht fragen. Ich schien als einziger diese Veränderung der Welt bemerkt zu haben – außer Margrethe, die es zweimal mit mir gemeinsam erlebt hatte; ich hatte sie ja im Arm gehalten, als es passierte.. Gab es noch andere Opfer hier? Hatte es auf der *Konge Knut* welche gegeben, die es genauso verschwiegen hatten wie ich selbst? Wie erkundigt man sich nach so etwas? Entschuldigen Sie, Amigo, aber ist dies noch die Stadt, in der wir gestern lebten?

Als wir am Bahnhof etwa zwei Stunden gewartet hatten, kam ein Wasserwagen der Armee – jeder Flüchtling bekam einen Zinnbecher voll Wasser, und ein Soldat mit aufgepflanztem Bajonett sorgte für Ordnung in der Schlange.

Kurz vor Sonnenuntergang brachte der Wagen noch mehr Wasser, außerdem Brot. Margrethe und ich bekamen zusammen einen viertel Laib. Ein Zug fuhr rückwärts in den Bahnhof ein, und während verschiedenes Material ausgeladen wurde, fingen die Soldaten schon an, die Leute in die Waggons zu jagen. Marga und ich hatten Glück; man stieß uns in einen Personenwagen – die meisten mußten in Güterwagen fahren.

Der Zug fuhr nach Norden. Wir wurden nicht gefragt, ob wir überhaupt nach Norden wollten; man verlangte auch kein Fahrgeld von uns; die gesamte Bevölkerung Mazatláns wurde evakuiert. Bis die Wasserversorgung dort wiederhergestellt werden konnte, gehörte Mazatlán den Ratten und den Toten.

Es ist witzlos, die Reise zu beschreiben. Der Zug fuhr, und wir mußten es ertragen. Bei Guaymas entfernte sich die Strecke von der Küste und führte direkt nach Norden über Sonora nach Arizona – eine wunderschöne Landschaft, aber wir waren nicht in der Verfassung, den Anblick zu genießen. Wir schliefen, solange wir nur konnten, und in der übrigen Zeit taten wir so, als schliefen wir. Immer wenn der Zug hielt, stiegen einige Leute aus – aber die Polizei trieb sie zurück. Dennoch war der Zug halb leer, als wir Nogales, Sonora, erreichten; die übrigen schienen nach Nogales, Arizona, fahren zu wollen; wir natürlich auch.

Drei Tage nach dem Erdbeben erreichten wir am frühen Nachmittag die Grenze.

Gleich hinter der Grenze wurden wir in einer Art Haftanstalt zusammengepfercht, und ein Mann in Uniform hielt eine kurze Ansprache auf spanisch: »Willkommen, Amigos! Die Vereinigten Staaten freuen sich, in Zeiten der Not ihren Nachbarn helfen zu können, und die U.S.-Einwanderungsbehörden werden das Verfahren so abkürzen, daß Sie keine langen Wartezeiten haben. Zuerst müssen wir Sie alle bitten, zur Entlausung zu gehen. Dann wird Ihnen eine grüne Karte ausgestellt, die Sie über die zugelassene Einwanderungsquote hinaus dazu berechtigt, an jedem Ort innerhalb der Staaten jede beliebige Arbeit aufzunehmen. Die zuständigen Behörden werden Ihnen jede Unterstützung zukommen lassen, sobald Sie dieses Lager verlassen. Die Arbeitsvermittler stehen schon bereit. Und wir haben eine Suppenküche! Wenn Sie Hunger haben, können Sie als Gäste Uncle Sams gleich hier Ihre erste Mahlzeit einnehmen. Willkommen in *los Estados Unidos!*«

Einige Leute stellten Fragen, aber Margrethe und ich gingen sofort zum Eingang der Entlausungsstation. Mir mißfiel die Bezeichnung für diese sanitäre Maßnahme – der Zwang, sich entlausen zu lassen, bedeutete doch, daß einem gesagt wird, man sei verlaust. Gut, wir waren verdreckt und zerknittert, und ich hatte einen drei Tage alten Bart. Aber verlaust?

Nun, vielleicht waren wir es tatsächlich. Nachdem wir einen

ganzen Tag lang in den Trümmern gewühlt und zwei Tage lang dichtgedrängt mit anderen Ungewaschenen in einem nicht sehr sauberen Eisenbahnwagen gehockt hatten, konnte ich nicht mehr mit Sicherheit sagen, daß wir kein Ungeziefer hatten.

Die Entlausung war nicht so schlimm. Wir mußten unter Überwachung duschen und wurden dabei auf spanisch aufgefordert, uns mit einer Spezialseife die behaarten Stellen gründlich zu waschen. Inzwischen wurde unsere Kleidung sterilisiert – ich glaube durch eine Art Dampfbehandlung. Dann mußte ich zwanzig Minuten nackt warten, bis ich sie wieder in Empfang nehmen konnte, und mit jeder Minute verstärkte sich meine Wut.

Aber als ich mich wieder angezogen hatte, verflog diese Wut sehr schnell. Ich war mir klar darüber, daß man uns ja nicht böswillig schikanierte. Hier wurde improvisiert, um in einer Katastrophe sehr viele Menschen möglichst schnell abzufertigen und ihnen zu helfen. In einer solchen Situation konnte man nicht allzu viel Rücksicht auf die Menschenwürde nehmen. (Die mexikanischen Flüchtlinge aber empfanden es als beleidigend; ich hörte unwilliges Gemurmel.)

Dann mußte ich auf Margrethe warten.

Sie kam aus einem Ausgang an der Frauenseite, sah mich und lächelte, und plötzlich war alles wieder gut. Wie konnte sie nur aus einer Entlausungsstation herauskommen und wie aus dem Ei gepellt aussehen?

Sie kam auf mich zu und sagte: »Habe ich dich warten lassen, Darling? Das tut mir leid. Drinnen steht ein Bügeltisch, und da habe ich die Gelegenheit benutzt, meine Kleidung ein bißchen aufzufrischen. Sie sah traurig aus, als sie aus der Waschmaschine kam.«

»Ich habe gern gewartet«, log ich. »Du siehst wunderbar aus.« (Keine Lüge!) »Wollen wir jetzt unser Dinner einnehmen? Leider nur ein Armen-Dinner.«

»Gibt es denn nicht noch irgendwelchen Papierkrieg?«

»Oh, ich denke, wir können zuerst noch die Suppenküche aufsuchen. Wir brauchen keine grünen Karten; die sind für mexikanische Staatsangehörige. Ich muß nur den Verlust unserer Pässe erklären.« Ich hatte mir darüber schon Gedanken gemacht und es Margrethe im Zug erklärt. Ich würde sagen, daß uns folgendes passiert sei: Wir seien Touristen und hätten im *Hotel de las Olas Altas* gewohnt. Zur Zeit des Erdbebens seien wir am

Strand gewesen und hätten dadurch unsere Kleidung, unser Geld, unsere Pässe und alles andere verloren, denn unser Hotel sei zerstört worden. Wir könnten von Glück sagen, überhaupt noch zu leben, und die Kleider, die wir trügen, seien uns vom mexikanischen Roten Kreuz gegeben worden.

Diese Geschichte hatte zwei Vorteile: Das *Hotel de las Olas Altas* war tatsächlich zerstört worden, und der Rest der Geschichte war nicht leicht nachzuprüfen.

Ich stellte fest, daß wir uns den Leuten anschließen mußten, die um ihre grüne Karte anstanden, bevor wir die Suppenküche erreichten. Endlich waren wir am Tisch. Ein Mann schob mir eine Karteikarte hin und sagte auf spanisch: »Name, bitte. Familienname zuerst. In Blockbuchstaben. Adresse angeben. Falls das Haus zerstört wurde, bitte ebenfalls angeben. In diesem Falle geben Sie bitte eine Adresse an – Vetter, Vater, Priester, irgend jemand, dessen Haus nicht zerstört wurde.«

Ich fing mit meiner Geschichte an. Der Beamte schaute zu mir hoch und sagte: »Amigo, Sie halten den Betrieb auf.«

»Aber«, sagte ich, »ich brauche keine grüne Karte. Ich bin amerikanischer Staatsangehöriger, der aus dem Ausland zurückkommt, und ich versuche, Ihnen zu erklären, wie es kommt, daß ich keinen Paß habe. Das gilt auch für meine Frau.«

Er trommelte mit den Fingern auf den Tisch. »Hören Sie zu«, sagte er, »Ihr Akzent läßt vermuten, daß Sie gebürtiger Amerikaner sind. Aber in Ihrer Paßangelegenheit kann ich Ihnen nicht helfen. Ich muß noch dreihundertfünfzig Flüchtlinge durchschleusen, und ein weiterer Zug läuft gerade ein. Ich werde nicht vor zwei Uhr ins Bett kommen. Warum tun Sie nicht sich selbst und mir einen Gefallen und nehmen die grüne Karte. Sie ist ja nicht giftig, und mit ihr können Sie wenigstens einreisen. Wegen Ihres Passes können Sie sich mit dem Auswärtigen Amt anlegen – aber nicht mit mir. Okay?«

Ich bin dumm, aber nicht starrsinnig. »Okay.« Als meine mexikanische Notadresse nannte ich *Don* Jaime; ich fand, daß er mir das schuldete. Seine Adresse hatte außerdem den Vorteil, daß sie sich in einem anderen Universum befand.

Die Suppenküche war genau das, was man von einer Fürsorgeeinrichtung erwarten kann. aber es war amerikanisch zubereitetes Essen – das erste seit Monaten –, und wir hatten Hunger. Der

Apfel von der Sorte Stark's Delicious, den wir zum Nachtisch bekamen, war wirklich delikat. Die Sonne war noch nicht untergegangen, als wir in Nogales auf der Straße standen – frei, frisch gewaschen, satt und in den Vereinigten Staaten; auf fast legale Weise. Uns ging es tausendmal besser als den beiden nackten Überlebenden, die vor siebzehn Wochen aus dem Meer gefischt wurden.

Aber wir waren immer noch Stiefkinder des Schicksals; wir hatten kein Geld, keine Unterkunft und nur die Kleider, die wir am Leib trugen. Mit meinem drei Tage alten Bart und meiner durch die Dampfwäsche völlig aus der Form geratenen Kleidung sah ich aus wie ein Parkbankpenner.

Die Geldsituation war besonders fatal, denn wir hatten Geld. Die Trinkgelder, die Margrethe gespart hatte. Aber auf dem Papiergeld stand »*Reino*« wo »*República*« hätte stehen müssen, und die Münzen zeigten nicht das richtige Bild. Einige der Münzen mochten soviel Silber enthalten, daß sie an sich einen gewissen Wert hatten, aber dieser Wert war nicht so rasch in Bargeld umzutauschen. Und jeder Versuch, das Geld irgendwie an den Mann zu bringen, würde uns in größte Schwierigkeiten stürzen.

Wieviel hatten wir verloren? Es gibt keine Wechselkurse zwischen den Universen. Man könnte höchstens die Kaufkraft vergleichen – so und so viele Eier oder so und so viele Kilo Zucker. Aber warum sich die Mühe machen. Was immer das Geld wert sein mochte, wir hatten es verloren.

Dies war die Parallele zu einem sinnlosen Versuch, den ich in Mazatlán unternommen hatte. Ich hatte, als ich noch Herr der Spülküche war, an folgende Leute geschrieben: a) an Alexander Hergensheimers Boß, Reverend Dr. Dandy Danny Dover, D.D, Direktor der Kirchenvereinigung zur Hebung der Moral und b) an Alec Grahams Anwälte in Dallas.

Keiner der beiden Briefe wurde beantwortet; keiner kam zurück. Das war genau, was ich erwartet hatte, denn weder Alec noch Alexander stammten aus einer Welt, in der es Flugmaschinen gab.

*Aeroplanos*.

Ich würde den beiden noch einmal schreiben, aber ich hatte wenig Hoffnung. Ich wußte schon, daß diese Welt nicht nur Hergensheimer, sondern auch Graham seltsam vorkommen würde. Wieso? Nun, bis wir Nogales erreichten, hatte ich keine

Veränderungen bemerkt. Aber hier in diesem Sammellager gab es (halten Sie sich an Ihrem Stuhl fest) *television*. Ein hübscher großer Kasten mit einem Fenster an der einen Seite, und in diesem Fenster erschienen lebende Bilder von Menschen . . . und man hörte diese Leute sogar sprechen.

Entweder haben Sie diese Erfindung und sind daran gewöhnt und betrachten sie als selbstverständlich, oder Sie leben in einer Welt, in der es so etwas nicht gibt – und dann werden Sie mir nicht glauben. Aber Sie könnten von mir lernen, denn ich war in der letzten Zeit gezwungen, die unglaublichsten Dinge zu glauben. Es gibt eine solche Erfindung; es gibt eine Welt, in der sie etwas so Alltägliches ist wie ein Fahrrad, und sie heißt Television oder TV oder Video oder sogar »Idiotenkasten« – und wenn Sie wüßten, welchen Zwecken dieses große Wunder unter anderem dient, würden Sie die letztere Bezeichnung verstehen.

Wenn Sie jemals völlig mittellos in einer fremden Stadt sind und niemanden kennen, an den Sie sich wenden könnten, aber auch nicht zur Polizei gehen oder jemanden überfallen wollen, dann gibt es nur eine Möglichkeit, in Ihrer Not Hilfe zu bekommen. Und diese Möglichkeit finden Sie gewöhnlich im Vergnügungsviertel in der Innenstadt:

Die Heilsarmee.

Als ich erst einmal ein Telefonbuch in der Hand hatte, war es mir ein leichtes, die Adresse der örtlichen Mission der Heilsarmee zu finden, obwohl es mir schon schwererfiel, ein Telefon zu erkennen, als ich eines sah – eine Warnung an Reisende zwischen den Welten: geringfügige Veränderungen können manchmal mehr verwirren als große Unterschiede).

Zwanzig Minuten später, nachdem wir einmal falsch abgebogen waren, standen Margrethe und ich vor der Mission. Vier der Leute – Waldhorn, große Trommel und zwei Tambourins – hatten auf dem Bürgersteig eine Anzahl von Menschen um sich versammelt. Sie sangen »Fels der Zeiten« und machten ihre Sache gut, aber sie hätten einen Bariton gebraucht, und ich fühlte mich versucht, mitzusingen.

Uns trennten nur noch ein paar Schaufensterlängen von der Gruppe, als Margrethe stehenblieb und mich am Ärmel zog. »Alec, ist das wirklich nötig?«

»Was ist denn nur los, Liebes? Ich dachte, darüber hatten wir uns geeinigt.«

»No, Sir. Du hast es mir einfach gesagt.«

»Hmm – Vielleicht hast du recht. Du willst also nicht zur Heilsarmee?«

Sie seufzte schwer. »Alec . . . ich bin in keiner Kirche gewesen, seit – seit ich aus der lutherischen Kirche ausgetreten bin. Jetzt in eine zu gehen – ich glaube, das wäre Sünde.«

(Oh, Herr, was soll ich mit diesem Kind machen? Sie ist keine Glaubensabtrünnige, weil sie Heidin ist . . . sondern weil ihre Regeln strenger sind als selbst Deine. Ich bitte um Rat – und es wäre mir lieb, wenn Du Dich beeiltest!) »Liebling, wenn du es für eine Sünde hältst, werden wir es nicht tun. Aber sag mir, *was* wir denn jetzt tun sollen; mir fällt nichts mehr ein.«

»Ach – Alec, gibt es denn keine anderen Einrichtungen, an die man sich wenden kann, wenn man in Not ist?«

»Aber sicher. In einer Stadt dieser Größe bietet die römisch-katholische Kirche bestimmt mehr als einen Zufluchtsort. Außerdem gibt es andere protestantische Kirchen. Wahrscheinlich auch eine jüdische Gemeinde. Und –«

»Ich meine etwas, das nichts mit der Kirche zu tun hat.«

»Ach so. Margrethe, wir wissen beide, daß dies eigentlich nicht mein Heimatland ist; was hier jetzt vor sich geht, weiß ich wahrscheinlich nicht besser als du. Es mag Institutionen geben, die Obdachlosen helfen und nicht das geringste mit irgendeiner Kirche zu tun haben. Ich weiß es nicht genau, denn normalerweise sind karitative Einrichtungen das Monopol der Kirchen – niemand sonst will etwas damit zu tun haben. Wenn es noch früh am Tage und nicht kurz vor Einbruch der Dunkelheit wäre, würde ich versuchen, irgendeine Wohlfahrtseinrichtung zu finden und mir die Speisekarte anschauen. Vielleicht würden wir etwas finden. Aber wie die Dinge nun einmal stehen, könnten wir uns höchstens an einen Polizisten wenden. Und wenn wir in diesem Viertel und um diese Tageszeit einem Polizisten erzählen, daß wir obdachlos sind, würde er uns ohnehin an die Heilsarmee verweisen.«

»In Kopenhagen – oder Stockholm oder Oslo – würde ich direkt zur Polizei gehen. Ich würde ganz einfach um einen Schlafplatz bitten, und ich würde ihn bekommen.«

»Wir sind aber nicht in Dänemark oder Schweden oder Norwegen. Vielleicht würde man uns hier unterbringen – mich würden sie in eine Ausnüchterungszelle stecken und dich als Prostituierte einsperren. Und morgen würde man uns wegen Stadtstreicherei vor Gericht stellen; oder auch nicht. Ich bin mir da nicht ganz sicher.«

»Ist Amerika wirklich so entsetzlich?«

»Ich weiß es nicht, Liebling – dies ist nicht mein Amerika. Und das möchte ich nicht gern auf unangenehme Weise bestätigt sehen. Ich könnte ja für das, was man uns gibt, *arbeiten*. Könnten wir dann nicht eine Nacht bei der Heilsarmee verbringen, ohne daß du es für eine Sünde hälst?«

Sie dachte mit todernstem Gesicht darüber nach. Margrethes größter Fehler war ein völlig fehlender Sinn für Humor. Sie war gutmütig – jede Menge. Verspielt wie ein Kind, ja. Aber Sinn für Humor? Dafür ist das Leben zu ernst –

»Alec, wenn das sich machen läßt, hätte ich nichts dagegen. Ich werde selbst arbeiten.«

»Das ist nicht nötig, Liebes. Hier geht es um meinen Beruf. Wenn sie heute abend die Obdachlosen abgefüttert haben, wird es einen Riesenhaufen schmutziges Geschirr geben – und du wirst den Schwergewichtsgeschirrspülmeister von Mexiko und *los Estados Unidos* in Aktion sehen.

Ich spülte also Geschirr. Ich half auch Gesangbücher verteilen und den Abendgottesdienst vorbereiten. Und ich lieh mir von Bruder Eddie McCaw, dem Adjutanten, einen Rasierapparat und eine Klinge. Ich erzählte ihm, wie wir hergekommen waren – daß wir an der mexikanischen Riviera Urlaub gemacht und am Strand in der Sonne gelegen hätten, als das Erdbeben zuschlug –, die ganze Lügenserie, die ich mir für die Einwanderungsbehörden zurechtgelegt hatte, ohne sie vorbringen zu können. »Alles verloren. Bargeld, Reiseschecks, Pässe, Kleidung, Rückreiseticket, alles. Dennoch haben wir Glück gehabt. Wir leben.«

»Der Herr hat Sie behütet. Sie sagten, Sie seien wiedergeboren worden?«

»Vor Jahren.«

»Es wird den verlorenen Schafen guttun, sich um Sie zu versammeln. Würden Sie den Leuten Ihre Erlebnisse schildern? Sie sind der erste Augenzeuge. Oh, wir haben es auch hier gespürt, aber nur das Geschirr hat geklappert.«

»Ich werde gern darüber berichten.«

»Gut. Ich hole Ihnen rasch den Rasierapparat.«

Und ich legte Zeugnis ab und gab ihnen eine wahre und schreckliche Beschreibung des Bebens, wenn ich ihnen auch das ganze Entsetzen nicht vermitteln konnte. Ich will nie wieder eine Ratte sehen – nie wieder ein totes Baby –, und öffentlich dankte ich dem Herrn, daß Margrethe und ich unverletzt geblieben waren, und es war das aufrichtigste Gebet, das ich seit Jahren gesprochen hatte.

Der Reverend Eddie forderte den Saal voller übelriechender Gestalten auf, mit ihm zusammen ein Dankgebet dafür zu sprechen, daß Bruder und Schwester Graham gerettet worden waren, und es wurde ein schönes aufrüttelndes Gebet, in dem von Jonas bis zum hundertsten Schaf alles enthalten war und auf das hin die Leute von allen Seiten »Amen!« riefen. Ein alter Säufer trat vor und sagte, endlich habe er Gottes Gnade und Gottes Güte erkannt und er sei jetzt bereit, sein Leben Christus zu widmen.

Bruder Eddie betete mit ihm und lud auch andere ein vorzutreten. Zwei taten es, einer von ihnen ein Wanderprediger. Bruder Eddie sah in unserer Geschichte ein Thema für die Abendpredigt und benutzte sie auch, wobei er sie an Lukas fünfzehn, zehn und Matthäus sechs, neunzehn aufhängte. Ich weiß nicht, ob er sich aus diesen beiden Versen vorbereitet hatte – wahrscheinlich nicht, denn jeder Prediger, der etwas taugt, kann über beide endlos predigen. Wie dem auch sei, er machte seine Sache gut und schlachtete unsere unvorhergesehene Anwesenheit weidlich aus.

Er war mit uns zufrieden, und das war gewiß der Grund dafür, daß er mir sagte, daß sie natürlich keine Separatzimmer für Verheiratete hätten – ein Ehepaar käme selten in die Mission –, aber da Schwester Graham im Schlafzimmer der Schwestern allein sei, könne ich dort übernachten statt im Schlafsaal der Männer. Keine Doppelbetten, sondern nur übereinanderliegende Pritschen – leider! Aber so könnten wir doch wenigstens im selben Raum schlafen. Diese Eröffnung machte er mir, als ich nach dem Essen, das sich an den Gottesdienst angeschlossen hatte, aufräumte.

Ich bedankte mich bei ihm und wir gingen fröhlich ins Bett. Zwei Menschen können sich ein sehr enges Bett teilen, wenn sie wirklich zusammen schlafen wollen.

Am nächsten Morgen bereitete Margrethe für die Obdachlosen das Frühstück. Sie ging in die Küche und stellte sich freiwillig zur Verfügung, und bald tat sie es regelmäßig, denn die eigentliche Köchin kümmerte sich nicht um das Frühstück; das war Sache der Leute, die jeweils dazu eingeteilt waren. Um das Frühstück zu bereiten, brauchte man kein qualifizierter Koch zu sein – Hafergrütze, Brot, Margarine, kleine Orangen (als minderwertig ausgesondert?) und Kaffee. Ich überließ ihr das Geschirrspülen und ging, um mir einen Job zu suchen.

Ich fand einen.

Ich hatte im Rundfunk gehört (hier »Radio« genannt), als ich am Vorabend das Geschirr spülte, daß in den Vereinigten Staaten so viel Arbeitslosigkeit herrschte, daß sie ein politisches und soziales Problem darstellte.

Für Landarbeiter gab es im Südwesten immer Arbeit, aber vor dieser Arbeit hatte ich mich schon gestern gedrückt. Seit ich alt genug war, mit einer Heugabel umzugehen, hatte ich einige Jahre lang bei der Ernte mitgeholfen. Aber ich konnte Margrethe nicht mit aufs Feld nehmen.

Ich konnte nicht erwarten, einen Job als Geistlicher zu finden; ich hatte nicht einmal Bruder Eddie erzählt, daß ich geweihter Priester bin. Für Priester stellt sich immer das Problem der Arbeitslosigkeit. Oh, es gibt immer leere Kanzeln, das ist wahr – aber solche, auf denen selbst eine Kirchenmaus verhungern muß.

Aber ich hatte einen zweiten Beruf.

Tellerwäscher.

Ganz gleich, wie viele Leute keine Arbeit haben, als Tellerwäscher findet man immer einen Job. Als wir gestern vom Grenzübergang zur Mission der Heilsarmee gingen, hatte ich drei Restaurants gesehen, die einen Tellerwäscher suchten – sie hatten entsprechende Schilder ausgehängen. Ich bemerkte sie deshalb, weil ich auf solche Schilder besonders achtete, denn auf der langen Reise von Mazatlán nach hier hatte ich genügend Zeit gehabt, mir zu überlegen, daß ich keine andere Fähigkeit besaß, mit der ich Geld hätte verdienen können.

Keine andere Fähigkeit. In dieser Welt hatte ich keine Priesterweihen empfangen, und ich würde sie auch in dieser Welt nicht empfangen, denn ich konnte kein Abschlußdiplom der theologischen Fakultät vorweisen – ich hatte nicht einmal den Rückhalt irgendeiner primitiven Sekte, der Gelehrsamkeit weniger wichtig ist als die Inspiration durch den Heiligen Geist.

Und ganz bestimmt war ich kein Ingenieur.

Ich konnte auch nicht auf den Gebieten unterrichten, die ich gut kannte, denn ich konnte meine formale Qualifikation nicht beweisen. Ich konnte nicht einmal beweisen, daß ich die Mittelschule absolviert hatte!

Zu einer Verkaufstätigkeit hatte ich kein Talent. Gewiß, ganz unerwartet hatte ich die komplexen Fähigkeiten bewiesen, die ein professioneller Geldsammler braucht . . . aber hier war ich für diese Fähigkeiten nicht bekannt und konnte sie auch nicht nachweisen. Eines Tages würde ich vielleicht wieder Kollekten durchführen, aber wir brauchten *heute* Geld.

Was blieb dann übrig? Ich hatte mir in einer Ausgabe der Nogales *TIME,* die jemand in der Mission liegengelassen hatte, die Stellenangebote angesehen. Aber ich war kein Steuerprüfer. Ich war kein Mechaniker. Ich wußte nicht, was ein Software-Designer ist, und ich konnte auch nichts, was mit einem »Computer« zusammenhing. Ich war kein Krankenpfleger noch sonst etwas, was mit medizinischer Betreuung zu tun hatte.

Ich könnte endlos alles mögliche aufführen, was ich nicht war und auch nicht über Nacht lernen konnte. Aber das wäre sinnlos. Ich hatte nur eine Möglichkeit, Margrethe und mich zu ernähren, während wir versuchten, uns in dieser neuen Welt zurechtzufinden und alle Schliche zu lernen: ich mußte wieder das tun, was ich als *péon* getan hatte.

Ein tüchtiger und zuverlässiger Tellerwäscher verhungert nie. (Viel eher wird er an Langeweile sterben.)

Das erste Restaurant stank, und die Küche war verdreckt; ich hielt mich nicht lange auf. Der zweite Laden gehörte zu einer Hotelkette und beschäftigte mehrere Leute in der Spülküche. Der Boß sah mich von oben bis unten an und sagte: »Dies ist ein Job für einen Chicano. Sie würden sich hier nicht wohlfühlen.« Ich wollte widersprechen, er ließ mich einfach stehen.

Aber das dritte Restaurant war in Ordnung, ein Restaurant nur wenig größer als das Pancho Villa. Es hatte eine saubere Küche, und sein Manager war von ganz normaler Voreingenommenheit.

Er warnte mich. »Sie kriegen für diesen Job nur den Mindestlohn, und eine Aufbesserung kommt nicht in Frage. Falls Sie irgend etwas klauen, und sei es ein Zahnstocher, fliegen Sie auf der Stelle – eine zweite Chance kriegen Sie nicht. Sie arbeiten zu den von mir festgesetzten Zeiten, die ich nach Belieben ändern kann. Im Augenblick brauche ich Sie von zwölf Uhr mittags bis vier und von sechs bis zehn Uhr abends. Fünf Tage die Woche, Sie können auch sechs arbeiten, aber ich zahle keine Überstundenzuschläge. Die kriegen Sie nur, wenn Sie mal mehr als acht Stunden am Tag arbeiten müssen. Oder mehr als achtundvierzig Stunden in der Woche.«

»Okay.«

»Gut. Geben Sie mir Ihre Sozialversicherungskarte.«

Ich reichte ihm meine grüne Karte.

Er gab sie mir zurück. »Sie erwarten, daß ich Ihnen zwölfeinhalb Dollar bezahle und kommen hier mit einer grünen Karte an? Sie sind kein Chicano. Sie wollen wohl, daß ich Ärger mit den Behörden kriege. Woher haben Sie die grüne Karte?«

Ich erzählte ihm also die schöne Geschichte, die ich mir für die Einwanderungsbehörden zurechtgelegt hatte. »Alles verloren. Ich kann nicht einmal telefonieren und jemanden bitten, mir Geld zu schicken; ich werde erst wieder Geld haben, wenn ich zu Hause bin.«

»Sie könnten öffentliche Unterstützung beanspruchen.«

»Mister, ich habe schließlich meinen Stolz, verdammt noch mal.«

(Ich weiß zwar nicht wieso, und ich kann nicht beweisen, daß ich ich bin. Hören Sie auf mich auszuquetschen und lassen Sie mich Geschirr spülen.)

»Freut mich zu hören. Daß Sie auch Ihren Stolz haben, meine ich. Dies Land braucht mehr Leute von Ihrer Sorte. Gehen Sie zum Büro der Sozialversicherung und lassen Sie sich eine neue Karte ausstellen. Das werden sie tun, auch wenn Sie die Nummer Ihrer alten nicht mehr wissen. Dann kommen Sie wieder zurück und fangen an zu arbeiten. Ich setze Sie ab sofort auf die Lohnliste. Aber Sie müssen einen vollen Tag arbeiten, um zu kassieren.«

»Das ist mir mehr als recht. Wo ist das Büro der Sozialversicherung?«

Ich ging also zum Federal Building und wiederholte dort meine Lügen, die ich nur ausschmückte, wenn es sich nicht vermeiden ließ. Die ernsthafte junge Dame bei der Kartenausgabe bestand darauf, mir einen Vortrag über Sozialversicherung und wie sie funktionierte zu halten, einen Vortrag, den sie wahrscheinlich auswendig gelernt hatte. Ich wette, sie hatte noch nie einen »Kunden« gehabt (so nannte sie mich), der ihr so aufmerksam zuhörte.

Ich gab den Namen »Alec L. Graham« an. Das war kein bewußter Entschluß. Es war ein Reflex, denn ich hatte den Namen seit Wochen benutzt – danach hätte ich wohl schlecht sagen können: »Tut mir leid, Miss, aber eigentlich heiße ich Hergensheimer.«

Ich fing an zu arbeiten. Während meiner Pause von vier bis sechs ging ich in die Mission zurück – und erfuhr, daß auch Margrethe einen Job hatte.

Er war auf drei Wochen begrenzt – aber dieser Job für drei Wochen kam genau zur rechten Zeit. Die Missionsköchin hatte seit über einem Jahr keinen Urlaub mehr gehabt und wollte nach Flagstaff fahren, um ihre Tochter zu besuchen, die gerade ein Kind gekriegt hatte. So hatte Margrethe fürs erste einen Job – und das Schlafzimmer der Köchin. Ebenfalls fürs erste.

So ging es Bruder und Schwester Graham ganz ausgezeichnet. Fürs erste.

# XIV

*Ich wandte mich und sah, wie es unter der Sonne zugeht, daß zum Laufen nicht hilft schnell sein, zum Streit hilft nicht stark sein, zur Nahrung hilft nicht geschickt sein, zum Reichtum hilft nicht klug sein; daß einer angenehm sei, dazu hilft nicht, daß er ein Ding wohl kann; sondern alles liegt an Zeit und Glück.*

Prediger 9:11

Ich möchte wissen, warum es in der Philosophie keine Schule der Geschirrspüler gibt. Die Bedingungen wären ideal, sich dem köstlichen Vergnügen hinzugeben, das Unerforschliche zu ergründen oder es wenigstens zu versuchen. Diese Arbeit hält den Körper beschäftigt, während sie dem Verstand nicht das geringste abverlangt. Jeden Tag hatte ich acht Stunden Zeit, mich um Antworten auf meine Fragen zu bemühen.

Welche Fragen? *Alle* Fragen. Fünf Monate früher war ich in einer Welt, die ich vollkommen zu verstehen glaubte, als angesehener Angehöriger des angesehensten Berufsstandes tätig gewesen. Heute besaß ich nichts mehr, und es gab auch nichts, dessen ich mir noch sicher war.

Korrektur – ich hatte etwas: Margrethe. Damit war ich ein reicher Mann. Für alle Reichtümer Cathays würde ich sie nicht hergeben. Aber meine Gemeinsamkeit mit Margrethe bedeutete einen feierlichen Bund, den ich noch nicht erfüllen konnte. In den Augen des Herrn hatte ich sie zur Frau genommen . . . aber ich konnte sie nicht ernähren.

Gewiß, ich hatte einen Job – aber in Wirklichkeit brachte sie sich selbst durch. Als Mr. Cowgirl mich einstellte, hatte ich mich vom Mindestlohn nicht abschrecken lassen und einem Verzicht auf jede Lohnerhöhung zugestimmt. Zwölf Dollar und fünfzig Cents in der Stunde fand ich einen phantastischen Stundenlohn – in Wichita (in *meinem* Wichita in einem anderen Universum) konnte ein Mann von zwölf und einem halben Dollar seine Familie eine ganze Woche lang ernähren.

Was ich nicht bedachte, war, daß man hier in diesem Restaurant für $ 12.50 nicht einmal ein Thunfischsandwich kaufen konnte. Und es war kein besonders vornehmes Restaurant, sondern eher eines von der billigen Sorte. Ich hätte mich den wirtschaftlichen Bedingungen in dieser fremden, wenn auch vertrauten Welt eher anpassen können, wenn ihr Geld anders bezeichnet worden wäre – Schillinge, Schekel, Soldo, alles, nur nicht Dollar. Ich war in dem Bewußtsein aufgewachsen, daß ein Dollar ein beachtliches Vermögen darstellte. Die Tatsache, daß hundert Dollar pro Tag einen Mindestlohn darstellten, der mich an der Armutsgrenze beließ, war für mich schwer zu fassen.

Zwölf Dollar fünfzig in der Stunde, hundert am Tag, fünfhundert in der Woche, sechsundzwanzigtausend Dollar im Jahr – *Armuts*grenze? Hören Sie gut zu: In der Welt, in der ich aufwuchs, waren das Reichtümer, von denen auch der Habgierigste nur träumen konnte.

Sich an das Preis- und Lohngefüge in Dollar zu gewöhnen, die eigentlich keine Dollar waren, war ein allgegenwärtiger Aspekt dieser fremden Ökonomie; das Hauptproblem war, wie wir mit diesen Dingen fertig werden und uns über Wasser halten konnten, wie ich den Lebensunterhalt für meine Frau (und unsere Kinder, denn wenn mich nicht alles täuschte, erwarteten wir demnächst eins) in einer Welt verdienen sollte, in der ich kein Diplom, keine Ausbildung, keine Freunde und keine Referenzen oder sonstige Unterlagen hatte. Alec, wozu in Gottes Namen *bist* du überhaupt zu gebrauchen . . . außer zum Geschirrspülen!

Bei dem Gedanken an dieses Problem allein könnte ich schon einen Leuchtturmstapel Geschirr spülen. Es *mußte* gelöst werden. Heute spülte ich zwar fröhlich Geschirr, aber bald würde ich eine lohnendere Beschäftigung finden müssen. Der Mindestlohn reichte nicht für mich und meine Geliebte.

Und nun kommen wir endlich zur wichtigsten Frage: Lieber Herrgott Jehova, was bedeuten diese unheilkündenden Zeichen, die Du mir, Deinem Diener auferlegt hast?

Irgendwann kommt die Zeit, da ein Betender sich von den Knien erheben und mit seinem Gott in offener und direkter Sprache reden muß. Herr, *sag* mir, was ich glauben soll! Sind dies die trügerischen großen Zeichen und Wunder, vor denen Du gewarnt hast und die der Antichrist schickt, um selbst die Auserwählten zu verführen?

Oder sind dies die wahren Künder des Jüngsten Tages? Werden wir Deinen Ruf hören?

Oder bin ich so verrückt wie Nebukadnezar, und diese Zeichen sind nur Ausgeburten meines verwirrten Geistes?

Wenn eines stimmt, sind die beiden anderen falsch. Wie soll ich mich entscheiden? Oh, Herr der Heerscharen, wie habe ich Dich beleidigt?

Als ich eines Abends zur Mission zurückging, sah ich ein Schild, das man als direkte Antwort auf meine Gebete deuten konnte: MILLIONEN DER JETZT LEBENDEN WERDEN NIE STERBEN. Ein Mann trug dieses Schild, und er hatte ein kleines Kind bei sich, das Flugblätter verteilte.

Ich konnte verhindern, daß mir eines dieser Flugblätter in die Hand gedrückt wurde. Diesen Spruch hatte ich schon oft in meinem Leben gesehen, aber ich hatte lange Zeit dazu geneigt, die Zeugen Jehovas zu meiden. Sie sind so starrsinnig und borniert, daß es unmöglich ist, mit ihnen zusammenzuarbeiten, während die Kirchenvereinigung zur Hebung der Moral notwendigerweise ein ökumenischer Zusammenschluß ist. Beim Sammeln von Geldern und bei politischen Aktionen darf man (natürlich bei Vermeidung jeder Ketzerei) nicht allzu kleinlich über die Doktrin streiten. Theologen, die Haare spalten, sind der Tod jeder leistungsfähigen Organisation. Wie kann man bei der praktischen Arbeit im Weinberg Gottes eine Sekte gebrauchen, die für sich in Anspruch nimmt, sie allein sei der Wahrheit teilhaftig, der ganzen Wahrheit und nichts als der Wahrheit? Die überdies behauptet, alle Andersdenkenden seien Ketzer, den Flammen der Hölle bestimmt?

Unmöglich. Sie wurden nicht in die Kirchenvereinigung aufgenommen.

Dennoch – vielleicht hatten sie diesmal recht.

Und das bringt mich zur wichtigsten aller Fragen: Wie kann ich

Margrethe zum Herrn zurückführen, bevor die Posaune ertönt und der Ruf erschallt?

Aber das »Wie« hängt vom »Wann« ab. Die prä-chiliastischen Theologen sind sich hinsichtlich des Zeitpunkts des Jüngsten Gerichts selbst untereinander nicht einig.

Ich verlasse mich auf die wissenschaftliche Methode. Auf jede strittige Frage gibt es eine richtige Antwort: Man muß in der Schrift nachschlagen. Und das tat ich, während ich bei der Heilsarmee lebte und mir ein Exemplar der Heiligen Bibel ausleihen konnte. Ich schaute immer wieder hinein . . . und erfuhr, warum unter den Prä-Chiliasten die Daten so sehr voneinander abweichen.

Die Bibel ist buchstäblich das Wort Gottes, da gibt es keine Meinungsverschiedenheiten. Aber nirgends hat uns der Herr versprochen, daß sie leicht zu lesen sein würde.

Immer wieder verspricht der Herr durch seinen Fleisch gewordenen Sohn Jesus von Nazareth, den Messias, seinen Jüngern, daß ihre Generation (das heißt das erste Jahrhundert nach Christi Geburt) Seine Wiederkunft erleben wird. An anderen Stellen und wiederum viele Male verspricht er, daß er wiederkehren wird, wenn tausend Jahre vergangen sind . . . oder sind es zweitausend Jahre . . . oder ist es zu irgendeiner anderen Zeit, nachdem das Evangelium der ganzen Menschheit in jedem Land verkündet wurde?

Was stimmt?

Alles stimmt, wenn man es richtig liest. Jesus ist in der Tat in der Generation Seiner zwölf Jünger wiedergekehrt; das war am ersten Ostern, dem Tag seiner Auferstehung. Das war die erste Ankunft, diese so nötige, die bewies, daß er wirklich der Sohn Gottes und Gott selbst ist. Er kehrte nach tausend Jahren wieder, und in seiner unendlichen Gnade bestimmte Er, daß seinen Kindern ein weiterer Aufschub gewährt werde, eine Zeit der Prüfung, anstatt die Sünder sogleich den feurigen Tiefen der Hölle zu überantworten. Seine Gnade ist unendlich.

Verständlicherweise sind die Daten schwer zu ermitteln, denn es war nie seine Absicht, die Sünder zu weiterem Sündigen zu ermutigen, indem Er sie darauf hinwies, daß der Tag des Jüngsten Gerichts verschoben sei. Was präzise, genau und unmißverständlich zum Ausdruck kommt, ist, daß Er von Seinen Kindern erwartet, daß sie jeden Tag so leben, als sei er der letzte, ja, jede

Minute. Wann kommt das Ende des Zeitalters? Wann hören wir den Ruf, und wann ertönt die Posaune? Wann ist der Tag des Jüngsten Gerichts? *Jetzt*! Es wird keine Warnung geben. Ihr werdet keine Zeit mehr haben, noch auf dem Totenbett zu bereuen. Ihr müßt im Zustand der Gnade leben ... oder ihr werdet, wenn der Augenblick gekommen ist, in die Flammenhölle hinabgestoßen, um dort ewige Qualen zu erleiden.

So sagt es das Wort Gottes.

Und für mich klingt es wie Unheil. Ich hatte keine Gnadenfrist mehr, Margrethe zur Herde zurückzuführen ... denn der Ruf konnte schon heute erschallen.

Was war zu tun? Was?

Wenn ein Sterblicher ein Problem hat, das für ihn zu groß ist, kann er nur eines tun: Er muß es im Gebet zum Herrn tragen.

Und das tat ich wieder und immer wieder. Gebete werden immer beantwortet. Aber man muß die Antwort erkennen ... und es mag nicht die Antwort sein, die man sich wünscht.

Inzwischen muß man dem Kaiser geben, was des Kaisers ist. Natürlich hatte ich mich entschieden, nicht fünf, sondern sechs Tage in der Woche zu arbeiten ($ 31 200,– im Jahr!) – denn ich brauchte jeden Schekel, den ich kriegen konnte. Margrethe fehlte noch fast alles! – und mir auch. Besonders brauchten wir Schuhe. Die Schuhe, die wir getragen hatten, als in Mazatlán das Unheil über uns hereinbrach, waren ganz gut gewesen – für Bauern in Mazatlán. Aber wir hatten sie zwei Tage lang beim Aufräumen in den Trümmern getragen und auch seitdem die ganze Zeit; sie waren reif für die Abfalltonne. Wir brauchten also Schuhe, jeder mindestens zwei Paar, ein Paar für die Arbeit, eins für den Sonntag.

Und viele andere Dinge. Ich weiß nicht, was eine Frau so alles braucht, aber ihre Bedürfnisse sind komplizierter als die eines Mannes. Ich mußte Margrethe Geld geben und sie bitten, sich zu kaufen, was sie brauchte. Ich kam vorläufig mit einer Arbeitshose und einem Paar Schuhen aus (um meine bessere Kleidung zu schonen) – allerdings kaufte ich einen Rasierapparat und ließ mir bei einem Frisör in der Nähe der Mission die Haare schneiden. Der Haarschnitt kostete nur zwei Dollar, weil ich bereit war, mich vom jüngsten Lehrling bedienen zu lassen. Margrethe sah sich die Sache an und sagte leise, daß sie das ebenso gut könne, das würde uns zwei Dollar ersparen. Später nahm sie eine Schere und korrigierte, was der ungeschickte Lehrling mir angetan hatte . . . und seitdem habe ich nie wieder Geld für einen Frisör ausgegeben.

Aber zwei Dollar zu sparen konnte einen weit größeren Schaden nicht wettmachen. Als Mr. Cowgirl mich einstellte, dachte ich doch tatsächlich, daß er mir jeden Tag, an dem ich arbeitete, hundert Dollar auszahlen würde.

Aber so viel bezahlte er nicht, und dabei betrog er mich nicht einmal. Lassen Sie mich erklären.

Müde, aber zufrieden beendete ich meinen ersten Arbeitstag. Seit dem Erdbeben war ich noch nicht so glücklich gewesen, wenn Glück natürlich auch relativ ist. Ich blieb an der Kasse stehen, wo Mr. Cowgirl sich mit seinen Büchern beschäftigte. Ron's Grill hatte für den Tag dichtgemacht. Er schaute auf. »Alles geklappt, Alec?«

»Sehr gut, Sir.«

»Lukas hat mir gesagt, daß Sie Ihre Sache gut machen.« Lukas war ein riesiger Schwarzer, der als Chefkoch arbeitete und mein nomineller Boß war. Er hatte mich nicht weiter überwacht, sondern mir nur gezeigt, wo alles stand, und sich vergewissert, daß ich wußte, was ich zu tun hatte.

»Es freut mich, das zu hören. Lukas ist ein guter Koch.« Die mir zusätzlich zu meinem Mindestlohn zugestandene eine Mahlzeit, die ich um vier Uhr gegessen hatte, war schon Geschichte. Lukas hatte mir erklärt, daß ich außer Steak und Schnitzel alles bestellen könne, was auf der Karte stand. Wenn ich Eintopf oder Hackbraten wählte, könnte ich jeden gewünschten Nachschlag bekommen.

Ich wählte Hackbraten, denn seine Küche roch gut und sah sauber aus. Man kann einen Koch viel besser nach seinem Hackbraten beurteilen als nach der Art, wie er ein Steak brät. Von dem Hackbraten nahm ich einen Nachschlag – aber ohne Ketchup.

Bei dem Stück Kirschtorte, das er mir abschnitt, zeigt sich Lukas großzügig. Dann fügte er eine Kelle voll Vanilleeis hinzu . . . was mir nicht gefiel, denn es geht nur entweder/oder, nicht beides.

»Lukas sagt selten ein gutes Wort über einen weißen Gehilfen«, fuhr mein Arbeitgeber fort. »Über Chicanos überhaupt nie. Sie müssen also gute Arbeit leisten.«

»Das hoffe ich.« Ich wurde ein wenig ungeduldig. Wir sind alle

Gottes Kinder, aber es war das erste Mal in meinem Leben, daß die Ansicht eines Schwarzen über meine Arbeit eine Rolle spielte. Ich wollte weiter nichts als meinen Lohn kassieren, um zu Margrethe nach Hause eilen zu können – das heißt zur Heilsarmee.

Mr. Cowgirl faltete die Hände zusammen und drehte die Daumen. »Sie wollen also Ihr Geld haben, nicht wahr?«

Ich bezwang meinen Ärger. »Ja, Sir.«

»Alec, ich bezahle meine Geschirrspüler lieber wöchentlich.«

Ich erschrak, und ich bin sicher, daß er mir das ansah.

»Verstehen Sie mich nicht falsch«, fuhr er fort. »Sie sind Stundenlöhner. Wenn Sie wollen, können Sie also jeden Tag Ihr Geld bekommen.«

»Das wäre mir sehr lieb. Ich brauche das Geld.«

»Lassen Sie mich ausreden. Der Grund, warum ich Geschirrspülern den Lohn lieber wöchentlich als täglich auszahle, ist dieser: Wenn ich einen einstelle und am Ende des Tages auszahle, kauft er sich nur allzuoft eine Flasche Wein und erscheint dann ein paar Tage lang nicht. Und wenn er dann kommt, will er seinen Job wiederhaben. Dazu ist er wütend auf mich. Will sich beim Arbeitsamt beschweren. Das komische daran ist, daß ich ihm seinen Job vielleicht tatsächlich wiedergeben kann – wenigstens für einen Tag –, denn der Penner, den ich an seiner Stelle beschäftigt hatte, ist verschwunden und hat dasselbe getan.

Bei den Chicanos passiert das selten, denn sie wollen gewöhnlich ihr Geld sparen, um es nach Mexiko zu schicken. Aber ich habe noch keinen Chicano gesehen, der mit der Spülküche so gut fertig wird, wie Lukas es sich wünscht . . . und ich brauche Lukas dringender als jeden beliebigen Geschirrspüler. Negras – Lukas kann mir normalerweise auf Anhieb sagen, ob ein Schwarzer gut ist, und die guten unter ihnen sind allemal besser als jeder Weiße . . . Aber die guten wollen weiterkommen . . . und wenn ich sie nicht zum Küchenjungen oder was auch immer befördere, dann gehen sie über die Straße zu einem anderen, der dazu bereit ist. Es ist also immer ein Problem. Wenn ein Geschirrspüler es eine Woche aushält, habe ich schon gewonnen. Bei zwei Wochen bin ich begeistert. Einmal blieb einer einen ganzen Monat. Aber das war ein einmaliger Glücksfall.«

»Ich werde volle drei Wochen arbeiten. Kann ich nun mein Geld haben?«

»Treiben Sie mich nicht zur Eile an. Wenn Sie damit einverstanden sind, daß ich Sie wöchentlich bezahle, erhöhe ich Ihren Stundenlohn um einen Dollar. Das wären vierzig Dollar mehr in der Woche. Was halten Sie davon?«

(Nein, das wären achtundvierzig Dollar mehr in der Woche, sagte ich mir. Fast $ 34000,– im Jahr nur für Geschirrspülen! Phantastisch!) »Das wären achtundvierzig Dollar mehr in der Woche«, antwortete ich. »Denn ich möchte sechs Tage in der Woche arbeiten. Ich brauche Geld.«

»Okay. Dann zahle ich einmal die Woche.«

»Einen Augenblick. Könnten wir damit nicht morgen anfangen? Ich brauche schon heute abend etwas Bargeld. Meine Frau und ich haben nichts, überhaupt nichts. Ich besitze nur die Kleidung, in der ich vor Ihnen stehe, sonst nichts. Das gleiche gilt für meine Frau. Ich selbst hielte es noch ein paar Tage ohne Geld aus. Aber es gibt Dinge, die eine Frau einfach braucht.«

Er zuckte die Achseln. »Wie Sie wollen. Aber für heute bekommen Sie den Extradollar nicht. Und wenn Sie morgen auch nur eine einzige Minute zu spät kommen, werde ich annehmen, daß Sie Ihren Rausch ausschlafen, und das Schild wieder ins Fenster hängen.«

»Ich bin kein Säufer, Mr. Cowgirl.«

»Das werden wir sehen.« Er wandte sich seiner Buchungsmaschine zu und stellte irgend etwas an der Tastatur ein. Ich weiß nicht, was, denn ich hatte keine Ahnung, wie das Ding funktionierte. Es war eine Art Rechenmaschine, aber keine von der Sorte, wie ich sie kannte. Sie hatte Tasten wie eine Schreibmaschine. Aber über der Tastatur war eine Scheibe angebracht, auf der wie durch ein Wunder Zahlen und Buchstaben erschienen.

Die Maschine surrte und klingelte, und er griff hinein und holte eine Karte heraus, die er mir reichte.

Ich nahm sie und schaute sie mir an, und wieder war ich erschrocken.

Es war ein Stück Pappe, etwa sieben Zentimeter breit und sechzehn Zentimeter lang. In diese Karte waren zahlreiche Löcher eingestanzt, und der Aufdruck besagte, daß Ron's Grill hiermit die Nogales Commercial and Savings Bank anwies, an Alec L. Graham eine Zahlung zu leisten – nein, nicht hundert Dollar.

Einundfünfzig Dollar und siebenundzwanzig Cents.

»Stimmt etwas nicht?« fragte er.

»Äh, ich hatte zwölf Dollar fünfzig pro Stunde erwartet.«

»Das habe ich Ihnen auch ausgezahlt. Acht Stunden zum Mindestlohn. Sie können die Abzüge selbst überprüfen. Ich habe sie nicht ausgerechnet. Dies ist eine IBM 1990, und in ihr steckt IBM-Software, *Paymaster Plus* . . . und IBM zahlt jedem Angestellten zehntausend Dollar, der nachweisen kann, daß dieses IBM-Modell mit dieser Software einen Scheck falsch ausgestellt hat. Schauen Sie sich das an. Bruttolohn einhundert Dollar. Die Abzüge sind alle aufgeführt. Addieren Sie sie und ziehen Sie sie vom Bruttolohn ab. Vergleichen Sie Ihr Ergebnis mit dem von IBM. Aber machen Sie mir keine Vorwürfe. Ich habe die Gesetze nicht gemacht – und mir gefallen sie genausowenig wie Ihnen. Wissen Sie, daß fast jeder Geschirrspüler, der hier anfängt, sei es ein Ausländer oder ein Einheimischer, von mir verlangt, daß ich ihm seinen Lohn in bar auszahle und die Abzüge vergesse? Wissen Sie, wie hoch die Strafe ist, wenn ich dabei auch nur ein einziges Mal erwischt werde? Wissen Sie, was passiert, wenn sie mich ein zweites Mal erwischen? Schauen Sie mich nicht so wütend an – reden Sie mit der Regierung.«

»Ich verstehe es einfach nicht. Das Ganze ist mir völlig neu. Können Sie mir sagen, was es mit den Abzügen auf sich hat? Hier steht zum Beispiel ›Verw.-Geb.‹«.

»Das heißt Verwaltungsgebühren, aber fragen Sie mich nicht, warum Sie sie zahlen müssen, denn ich bin es doch selbst, der die Buchhaltung machen muß, und dafür bekomme ich wirklich kein Geld.«

Ich versuchte, die übrigen Abzüge anhand der kleingedruckten Erklärungen in den Griff zu bekommen. »Soz.-Vers.« hieß Sozialversicherung. Das hatte die junge Dame mir schon heute morgen gesagt . . . aber ich hatte ihr gesagt, daß ich es zwar für eine gute Idee hielt, aber mir im Augenblick eine solche Versicherung nicht leisten könne. »Krank.-Vers.«, »Hosp.-Vers.« und »Zahnbehandl.-Vers.« war noch einfach, wenn ich mir auch diese Dinge nicht erlauben konnte. Aber was bedeutete PL217? Das Kleingedruckte bezog sich auf ein Datum und eine Seite im »Öffentl.-Reg.« Und was hieß »Erz.-Min.«? Was »UNESCO«?

Und was in aller Welt war »Einkommenssteuer«?

»Ich verstehe es wirklich nicht. Mir ist das alles neu.«

»Alec, Sie sind nicht der einzige, der es nicht versteht. Aber warum sagen Sie, daß es Ihnen neu ist? Es war doch Ihr ganzes

Leben lang so . . . es war schon so zu Zeiten Ihres Vaters und Ihres Großvaters.«

»Es tut mir leid, aber was heißt ›Einkommenssteuer‹?«

Er blinzelte mich an. »Sind Sie sicher, daß Sie keinen Seelenklempner brauchen?«

»Was ist ein Seelenklempner?«

Er seufzte. »Jetzt werde ich einen brauchen. Hören Sie zu, Alec. Nehmen Sie das Ding ganz einfach. Diskutieren Sie die Abzüge mit der Regierung, nicht mit mir. Es hört sich so an, als meinten Sie alles, was Sie gesagt haben, ernst. Vielleicht haben Sie sich bei dem Erdbeben in Mazatlán den Kopf gestoßen. Ich muß dringend nach Hause. Nehmen Sie das Ding, bitte.«

»Es wird schon in Ordnung sein. Aber ich kenne keinen, der den Scheck für mich einlösen könnte.«

»Kein Problem. Unterschreiben Sie auf der Rückseite, und ich zahle Ihnen das Geld in bar aus. Aber bewahren Sie die Abschnitte auf, denn das Finanzamt wird die Abschnitte sehen wollen, bevor es Ihnen die zuviel gezahlten Steuern zurücküberweist.«

Auch das verstand ich nicht, aber ich behielt den Abschnitt.

Trotz des Schocks, den mir die Tatsache verursachte, daß die Hälfte meines Geldes schon weg war, bevor ich auch nur einen Cent ausgegeben hatte, ging es uns von Tag zu Tag besser. Zusammen verdienten Magrethe und ich über vierhundert Dollar in der Woche, und das Geld brauchten wir nicht für unseren Lebensunterhalt auszugeben, sondern konnten dafür Kleidung und andere unentbehrliche Dinge kaufen. Theoretisch erhielt Magrethe den gleichen Lohn wie die Köchin, deren Stelle sie eingenommen hatte, nämlich zweiundzwanzig Dollar die Stunde für vierundzwanzig Wochenstunden oder $ 528,– die Woche.

Sie hatte ähnliche Abzüge wie ich, so daß ihr Wochenlohn etwas unter $ 290,– die Woche lag. Auch das nur theoretisch, denn ihr wurden wöchentlich $ 54,– für Unterkunft abgezogen – ein fairer Preis, wie ich fand, nachdem ich erfahren hatte, was die Hotels für ein Zimmer verlangten. Sogar ein außerordentlich fairer Preis. Für die Mahlzeiten mußten wir $ 105,– pro Woche zahlen. Bruder McCaw hatte ursprünglich $ 140,– wöchentlich für die Mahlzeiten veranschlagt und angeboten, uns anhand seiner Unterlagen aufzuzeigen, daß Mrs. Owens, die reguläre

Köchin, immer $ 10,– pro Tag für die Mahlzeiten gezahlt habe . . . so müßten wir also $ 140,– in der Woche zahlen.

Ich fand seinen Vorschlag fair (ich kannte die Preise, die auf der Speisekarte im Ron's Grill standen) – fair allerdings nur in der Theorie. Denn an den Tagen, an denen ich arbeitete, würde ich meine Hauptmahlzeit im Restaurant einnehmen. Wir schlossen einen Kompromiß: zehn Dollar täglich für Magrethe, die Hälfte davon für mich.

So behielt Magrethe von einem wöchentlichen Bruttoeinkommen von fünfhundertachtundzwanzig Dollar noch hunderteinunddreißig übrig.

Wenn sie ihr Geld überhaupt bekam. Wie die meisten Kirchen, lebt auch die Heilsarmee von der Hand in den Mund . . . und manchmal reicht die Hand nicht ganz bis zum Mund.

Dennoch ging es uns gut, und jede Woche ging es uns besser. Am Ende der ersten Woche kauften wir für Magrethe neue Schuhe. Sie waren von erster Qualität und sehr hübsch. Ursprünglich hatten Sie bei J.C. Penney $ 350,– gekostet, aber sie waren auf $ 279,90 herabgesetzt worden.

Natürlich weigerte sie sich, neue Schuhe für sich zu kaufen, bevor ich welche hatte, aber ich wies sie darauf hin, daß wir noch 100 Dollar übrig hätten, die wir für meine Schuhe mitverwenden könnten – nächste Woche –, und sie möge das Geld bitte aufbewahren, damit ich es nicht ausgeben konnte. Feierlich erklärte sie sich einverstanden.

Am nächsten Montag kauften wir für mich ein Paar Schuhe, die sogar noch billiger waren – gute, derbe und bequeme Schuhe aus Armeebeständen, die länger halten würden als alles, was man sonst in einem normalen Schuhladen kaufen kann. (Um Ausgehschuhe würde ich mich kümmern, wenn ich gewisse andere Dinge erst unter Kontrolle hatte. Man muß erst völlig pleite sein, um seine weltliche Werteskala zurechtzurücken.) Dann gingen wir zu Goodwill's und kauften ein Kleid und ein paar Sommersachen für sie und eine Arbeitshose für mich.

Margrethe wollte noch mehr Kleidung für mich kaufen – wir hatten noch fast sechzig Dollar. Aber ich war dagegen.

»Warum nicht, Alec? Du brauchst Kleidung genauso dringend wie ich . . . aber wir haben fast deine ganzen Ersparnisse für *mich* ausgegeben. Das ist nicht fair.«

»Diese Ausgaben waren nötig«, sagte ich. »Wenn Mrs. Owens

nächste Woche wieder zurückkommt, hast du keinen Job mehr, und dann werden wir weiterziehen müssen. Das sollten wir ohnehin tun. Wir müssen für die Busreise sparen.«

»Wohin gehen wir denn, Liebling?«

»Nach Kansas. Dies ist für uns beide eine fremde Welt. Und dennoch ist sie irgendwie vertraut – dieselbe Sprache, dieselbe Geographie und zum Teil dieselbe Geschichte. Hier bin ich nur ein Tellerwäscher und verdiene nicht genug, um dich zu ernähren. Aber ich habe das bestimmte Gefühl, daß Kansas – Kansas in dieser Welt – dem Kansas, in dem ich geboren wurde, so ähnlich ist, daß ich dort besser zurechtkomme.«

»Wo du hingehst, da will auch ich hingehen, Liebling.«

Die Mission lag ungefähr eine Meile von Ron's Grill entfernt. Anstatt in der Pause zwischen vier und sechs »nach Hause« zu gehen, verbrachte ich meine Freizeit, nachdem ich gegessen hatte, gewöhnlich in der öffentlichen Bücherei in der Innenstadt. Ich wollte mich orientieren. Diese Lesestunden und Zeitungen, die Gäste gelegentlich im Restaurant liegenließen, stellten die wichtigsten Mittel meiner »Umerziehung« dar.

In dieser Welt war Mr. William Jennings Bryan tatsächlich Präsident gewesen, und sein segensreicher Einfluß hat uns aus dem Großen Europäischen Krieg herausgehalten. Er bot seine Vermittlungen für Friedensverhandlungen an, und der Friede von Philadelphia hat dann in Europa mehr oder weniger die Verhältnisse von 1914 wiederhergestellt.

Die Präsidenten nach Bryan kannte ich alle nicht, weder aus meiner eigenen Welt noch aus der Margrethes. Völlig verwirrt war ich, als ich den Namen des gegenwärtigen Präsidenten las: Seine Allerchristlichste Majestät John Edward der Zweite, Erblicher Präsident der Vereinigten Staaten und Kanadas, Graf von Hyannisport, Compte de Quebec, Verteidiger des Glaubens, Beschützer der Armen, Oberbefehslhaber der Friedensstreitmacht.

Ich schaute mir ein Bild von ihm an, wie er gerade in Alberta einen Grundstein legte. Er war groß und breitschultrig und sah auf sanfte Weise gut aus. Er trug eine Phantasieuniform und so viele Orden, daß sie ihn vor einer Lungenentzündung bewahren konnten. Ich studierte sein Gesicht und fragte mich: »Würdest du von diesem Mann einen Gebrauchtwagen kaufen?«

Aber je länger ich darüber nachdachte, um so logischer kam mir alles vor. Während ihrer zwei und ein Viertel Jahrhunderte langen Geschichte als selbständige Nation hatten die Amerikaner das Königtum vermißt, das sie abgeschüttelt hatten. Wo es nur immer ging, begeisterten sie sich auf geradezu kindische Weise für das europäische Königtum. Ihre reichsten Bürger verheirateten ihre Töchter, wenn es möglich war, mit Männern aus dem Hochadel, sogar mit Georgianischen Prinzen – einen »Prinzen« nennt man in Georgia den Farmer mit dem größten Misthaufen in der ganzen Gegend.

Ich wußte nicht, woher sie sich diese Königsattrappe geholt hatten. Vielleicht hatten sie ihn sich aus Estoril kommen lassen, vielleicht sogar aus dem Balkan importiert. Wie einer meiner Geschichtsprofessoren sagte, gibt es immer arbeitslose Könige, die einen Job suchen. Wenn ein Mann keine Arbeit hat, darf er nicht wählerisch sein, wie ich nur allzugut wußte. Grundsteine legen ist wahrscheinlich nicht wesentlich langweiliger als Geschirrspülen. Aber ich glaube, die Stunden sind länger. Ich bin noch nie König gewesen, und ich weiß auch nicht genau, ob ich einen Königsjob annehmen würde, wenn man ihn mir anböte. So ein Job hat offensichtlich außer den langen Stunden noch andere Nachteile.

Andererseits –

Es ist leicht, eine Krone zurückzuweisen, von der man weiß, daß sie einem nie angetragen wird. Es ist wie mit den Trauben, die sauer sind, weil sie zu hoch hängen. Ich prüfte mich und kam zu dem Schluß, daß ich mich, wenn nötig, wahrscheinlich bereitfinden würde, ein solches Opfer für meine Mitmenschen auf mich zu nehmen. Ich würde so lange beten, bis ich überzeugt sein könnte, daß der Herr *will*, daß ich diese Bürde auf meine Schultern nehme.

Das ist kein Zynismus. Ich weiß, wie leicht die Menschen glauben, der Herr wolle, daß sie etwas tun, was sie selbst schon immer tun wollten – und darin bin ich nicht besser als meine Brüder.

Aber was mich geradezu überwältigte, war der Gedanke, daß Kanada sich mit uns vereinigt hatte. Die meisten Amerikaner wissen nicht, warum die Kanadier uns nicht mögen (ich weiß es auch nicht), aber es ist der Fall. Die Vorstellung, daß die Kanadier jemals beschließen könnten, sich mit uns zu vereinigen, ist absurd.

Ich ließ mir eine neuere allgemeine Geschichte der Vereinigten Staaten geben, und als ich gerade angefangen hatte, in ihr zu blättern, sah ich an der Wanduhr, daß es schon fast vier war ... ich mußte also das Buch zurückgeben und mich beeilen, um rechtzeitig wieder in der Spülküche zu sein. Ich durfte mir keine Bücher ausleihen, denn ich hatte die Summe nicht, die ich als Ortsfremder hätte hinterlegen müssen.

Wichtiger noch als die politischen waren die technischen und kulturellen Veränderungen. Ich hatte schon gleich zu Anfang gemerkt, daß diese Welt in Physik und Technologie viel weiter fortgeschritten war als meine eigene. Das hatte ich schon erkannt, als ich das Televisionsgerät sah. Ich versuchte, in der öffentlichen Bibliothek darüber nachzulesen, und stieß sofort auf ein Gebiet, das sich »Elektronik« nannte. (Nicht »Elektrotechnik«, sondern »Elektronik.«) Ich versuchte, mich in das Thema hineinzulesen und fand ein ganz erstaunliches mathematisches Kauderwelsch vor. Seit das Fach Thermodynamik mich dazu veranlaßte, den Priesterberuf anzustreben, waren mir solche verwirrenden und umfangreichen Formeln nicht mehr begegnet. Ich glaube nicht, daß man an meiner Ingenieurschule mit einem solchen Unfug etwas anzufangen gewußt hätte – wenigstens nicht zu der Zeit, als ich noch dort studierte.

Aber die überlegene Technologie dieser Welt zeigte sich nicht nur in der Television, sondern auch in anderen Dingen. Stellen Sie sich doch einmal »Verkehrsampeln« vor. Zweifellos kennen Sie Städte, in denen ein so starker Verkehr herrscht, daß es fast unmöglich ist, ohne die Hilfe von Polizisten eine Hauptstraße zu überqueren. Außerdem haben Sie sich zweifellos schon geärgert, wenn ein Polizeibeamter plötzlich den Verkehrsfluß in Ihrer Richtung stoppt, um irgendein hohes Tier durchzulassen.

Können Sie sich eine Situation vorstellen, in der selbst starker Verkehr *ohne Polizeibeamte* geregelt werden kann – nur durch unpersönliches buntes Licht?

Glauben Sie mir, genau das hatten sie in Nogales.

Es funktioniert so:

An jeder vielbefahrenen Kreuzung bringt man mindestens zwölf Lichter an, vier Gruppen von je drei, wobei jede Gruppe in eine der Hauptrichtungen weist. Sie sind so abgeschirmt, daß sie nur aus ihrer Richtung zu sehen sind. Jede Gruppe hat ein rotes, ein grünes und ein gelbes Licht. Diese Lichter funktionieren elektrisch, und sie leuchten so hell, daß man sie selbst bei Sonnenschein auf eine Meile Entfernung sehen kann. Es sind keine

Bogenlampen; es sind sehr starke Edison-Lampen – das ist wichtig, denn sie müssen alle paar Augenblicke ein- und ausgeschaltet werden, und müssen ohne zu versagen ständig in Betrieb sein; vierundzwanzig Stunden am Tag.

Diese Lichter sind hoch angebracht, entweder an Masten, oder sie hängen über der Kreuzung, denn die Lastwagen- und Personenwagen- und Radfahrer müssen sie auf größte Entfernung sehen können. Wenn die grünen Lichter, sagen wir mal, nach Norden und Süden aufleuchten, und die roten nach Osten und Westen – darf der Verkehr in nördliche und südliche Richtung fließen, während der Verkehr nach Osten und Westen anhalten muß, *ganz als hätte ein Polizeibeamter auf seiner Pfeife gepfiffen und die Hand gehoben, um den Verkehr nach Norden und Süden durchzulassen, während er den Verkehr nach Osten und Westen anhalten läßt.*

Ist das soweit klar? Das gelbe Licht ersetzt die Pfeife des Polizisten; es weist auf eine unmittelbar bevorstehende Veränderung der Situation hin.

Aber wo liegt der Vorteil? – irgend jemand, vermutlich ein Polizist, muß schließlich die Lichter nach Bedarf ein- und ausschalten. Ganz einfach: Die Schaltung erfolgt *automatisch*, und zwar von einer Zentrale aus, die viele Meilen entfernt liegen kann!

In diesem System stecken noch mehr Wunder, zum Beispiel eine elektrische Zählvorrichtung, die bestimmt, wie lange jedes Licht brennen muß, um eine möglichst reibungslose Verkehrsregelung zu gewährleisten, besondere Lichter, die das Linksabbiegen regeln . . . aber das größte Wunder ist dies: die Leute *gehorchen* diesen Lichtern.

Denken Sie einmal darüber nach. Kein Polizeibeamter ist in der Nähe, aber die Leute gehorchen diesen blinden und dummen Apparaten, *als seien es Polizisten.*

Sind die Leute hier so friedlich und sind sie solche Schafe, daß man sie so leicht lenken kann? Nein. Ich hatte mir selbst Gedanken darüber gemacht und in der Bibliothek einige Statistiken gefunden. Diese Welt hat eine höhere Rate an Gewaltverbrechen als die Welt, in der ich geboren wurde. Ob das auf diese seltsamen Lichter zurückzuführen ist? Ich glaube es nicht. Ich glaube, daß die Leute zwar gewalttätig gegeneinander sind, den Verkehrslichtern jedoch gehorchen, weil sie es für logisch halten. Vielleicht.

Wie dem auch sei, seltsam ist es schon.

Ein weiterer auffälliger Unterschied in der Technologie liegt auf dem Gebiet des Luftverkehrs. Hier gibt es nicht die anständigen, sauberen, sicheren und leisen lenkbaren Luftschiffe meiner Heimatwelt – Nein, nein! Diese hier ähneln eher den *Aeroplanos* der mexikanischen Welt, in der Margrethe und ich unsere Schulden abschwitzen mußten, bevor das große Erdbeben Mazatlán zerstörte. Aber sie sind sehr viel größer und schneller, und sie machen viel mehr Lärm. Außerdem fliegen sie so viel höher als die *Aeroplanos,* die wir kannten, daß sie einem fast wie eine andere Rasse erscheinen – vielleicht gehören sie tatsächlich zu einer anderen Rasse, denn sie werden »Düsenflugzeuge« genannt. Können Sie sich ein Fahrzeug vorstellen, das acht Meilen über der Erde fliegt? Können Sie sich einen riesigen Apparat vorstellen, der sich schneller als der Schall vorwärts bewegt? Können Sie sich ein heulendes Kreischen vorstellen, das so laut ist, das man Zahnschmerzen bekommt?

Sie nennen es »Fortschritt«. Ich sehne mich nach dem Komfort und der Anmut des Luftschiffs *Graf Zeppelin.* Denn man kann diesen riesigen Ungeheuern nicht entgehen. Mehrere Male am Tag kreischt eines dieser Dinger über die Mission hinweg, dazu noch sehr niedrig, denn es nähert sich einem Flugfeld im Norden der Stadt. Der Lärm stört mich erheblich, und er macht Margrethe sehr nervös.

Dennoch, die meisten Verbesserungen der Technologie sind tatsächlich ein Fortschritt – bessere sanitäre Einrichtungen, bessere Beleuchtung in den Häusern und im Freien, bessere Straßen, viele verschiedene Maschinen, die dem Menschen die Arbeit erleichtern und die produktiver sind. Ich gehöre nicht zu den Narren, die »zurück zur Natur« wollen, und ich rümpfe über die Technik nicht die Nase. Ich habe mehr Gründe als die meisten anderen Leute, die Technik zu respektieren. Die meisten Leute, die sich gegen die Technologie stellen, würden verhungern, wenn es die technische Infrastruktur nicht mehr gäbe.

Wir waren noch keine drei Wochen in Nogales, als ich in der Lage war, einen Plan zu verwirklichen, von dem ich seit fast fünf Monaten geträumt hatte . . . und ich hatte seine Verwirklichung schon aktiv vorbereitet (aber ich mußte warten, bis ich es mir leisten konnte). Ich wählte den Montag, um den Plan auszuführen, denn der Montag war mein freier Tag. Ich bat Margrethe, ihre neuen Kleider anzuziehen, da ich meine beste Freundin ausführen wolle, und auch ich zog mich gut an – meinen einzigen Anzug, meine neuen Schuhe und ein sauberes Hemd . . . und ich badete, rasierte mich und schnitt und reinigte die Nägel.

Es war ein sehr schöner Tag. Die Sonne schien, aber es war nicht zu heiß. Wir waren beide in guter Stimmung, denn erstens hatte Mrs. Owens an Bruder McCaw geschrieben, daß sie noch eine Woche fortbleiben wolle, wenn man sie entbehren könne, und zweitens hatten wir jetzt genug Geld für die Busfahrt nach Wichita, Kansas, wenn auch keinen Cent darüber hinaus – aber der Brief, den Mrs. Owens geschrieben hatte, bedeutete immerhin, daß wir noch weitere vierhundert Dollar würden wegstecken können. Unser Lebensunterhalt während der Reise war also gesichert, und wir würden bei unserer Ankunft sogar noch eine Kleinigkeit übrighaben.

Ich führte Margrethe zu einem Lokal, das etwas außerhalb der Innenstadt lag und das ich gesehen hatte, als ich einen Job als Tellerwäscher suchte – zu einer altmodischen kleinen Eisdiele.

Wir blieben vor der Tür stehen. »Liebes Mädchen, siehst du dieses Lokal? Erinnerst du dich noch an eine Unterhaltung, die wir hatten, als wir auf dem großen Pazifik auf einer Matte trieben und nicht glaubten, daß wir noch lange leben würden? – ich glaubte es jedenfalls nicht.«

»Liebling, wie könnte ich das vergessen?«

»Ich fragte dich, was du dir wünschen würdest, wenn du alles haben könntest, was du wolltest. Weißt du noch, was du geantwortet hast?«

»Natürlich weiß ich das. Ich wollte Eis mit heißer Soße.«

»Richtig! Heute soll es geschehen, Liebes. Heute bekommst du Eis mit heißer Soße.«

»Oh, Alec!«

»Heul nicht. Ich mag keine Frauen, die weinen. Du kannst auch einen Schokoladenmalz haben. Oder irgendein anderes Eis. Was du willst. Ich habe mich vorher erkundigt, ob es hier Eis mit heißer Soße gibt. Sonst hätte ich dich nicht hergelockt.«

»Das können wir uns nicht leisten. Wir müssen für unsere Reise sparen.«

»Wir können es uns leisten. Ein Eis mit heißer Soße kostet

fünf Dollar. Zwei kosten zehn Dollar. Und natürlich bekommt die Serviererin einen Dollar. Der Mensch lebt nicht vom Brot allein. Vor allem keine Frau. Los, Frau. Komm!«

Eine hübsche Serviererin (wenn auch bei weitem nicht so hübsch wie meine Braut) führte uns zu einem Tisch. Margrethe setzte sich mit dem Rücken zur Straße, wobei ich ihr den Stuhl zurechtrückte. Dann setzte ich mich ihr gegenüber. »Ich heiße Tammy«, sagte die Serviererin, als sie uns die Karte brachte. »Was möchten Sie denn gern an diesem wunderschönen Tag?«

»Wir brauchen keine Karte«, sagte ich. »Zwei Eis mit heißer Soße, bitte.«

Tammy schien zu überlegen. »Okay, wenn Sie sich ein paar Minuten gedulden wollen. Vielleicht müssen wir die Soße erst heiß machen.«

»Was machen ein paar Minuten aus? Wir haben schon länger warten müssen.«

Sie lächelte und verschwand. Ich schaute Marga an. »Wir haben viel länger gewartet. Stimmt's?«

»Alec, du bist sentimental, und das ist einer der Gründe, warum ich dich liebe.«

»Ich bin ein sentimentaler Kerl, und im Augenblick lechze ich nach Eis mit heißer Soße. Aber es gibt noch einen Grund dafür, daß ich dich in dieses Lokal geschleppt habe. Hättest du Lust, mit mir zusammen einen ähnlichen Laden aufzumachen, Marga? Du wärst der Boß und ich der Tellerwäscher, und der Hausmeister und das Faktotum und zur Not auch der Rausschmeißer.«

Sie wurde nachdenklich. »Meinst du das ernst?«

»Ganz und gar. Natürlich könnten wir nicht sofort anfangen. Wir müßten erst ein wenig Geld sparen. Aber wenn es nach meinem Plan geht, brauchen wir gar nicht sehr viel. Ein netter kleiner Laden, hell und freundlich – nachdem ich ihn gestrichen habe. Mineralwasserausschank und eine sehr begrenzte Auswahl von Speisen. Hot Dogs. Hamburger. Sonst nichts. Vielleicht eine Suppe. Aber Dosensuppen sind kein Problem. Sie erfordern keinen großen Aufwand.«

Margrethe sah mich ganz entsetzt an. »Dosensuppen? Nein. Ich kann richtige Suppen anbieten . . . billiger und besser als alles, was aus der Dose kommt.«

»Ich beuge mich deinem professionellen Urteil, Madame. In Kansas gibt es ein halbes Dutzend kleine College-Städte. Da läuft ein solcher Laden immer. Wir könnten uns einen aussuchen, der schon existiert. Vielleicht einen, der einem alten Ehepaar gehört – wir arbeiten ein Jahr für die Leute und kaufen uns dann ein. Wir taufen den Laden um und nennen ihn ›Eis mit heißer Soße‹. Oder ›Marga's Sandwiches‹.«

»Eis mit heißer Soße. Alec, glaubst du wirklich, daß wir das schaffen würden?«

Ich beugte mich zu ihr hinüber und nahm ihre Hand. »Davon bin ich überzeugt, Darling. Und ohne daß wir uns zu Tode schuften müssen.« Ich wandte den Kopf ab. »Dies Verkehrslicht scheint mir direkt in die Augen.«

»Ich weiß. Immer wenn das Licht wechselt, sehe ich den Reflex in deinen Augen. Wollen wir die Plätze tauschen? Mir würde es nichts ausmachen.«

»Es macht mir auch nichts aus. Es hat nur eine so hypnotische Wirkung.« Ich schaute auf den Tisch, dann wieder zum Licht hinüber. »He, das Licht ist ausgegangen.«

Margrethe drehte sich zum Fenster um. »Ich sehe es nicht. Wo denn?«

»Hmm . . . das verdammte Ding ist verschwunden. Sieht jedenfalls so aus.«

Ich hörte eine männliche Stimme neben mir: »Was darf es sein? Bier oder Wein; für die harten Sachen haben wir keine Konzession.«

Ich drehte mich um und sah einen Kellner. »Wo ist Tammy?«

»Wer ist Tammy?«

Ich atmete tief durch und hoffte, daß sich mein Puls beruhigen würde. Dann sagte ich: »Tut mir leid, alter Junge. Wir hätten nicht reinkommen sollen. Ich stelle gerade fest, daß ich meine Brieftasche vergessen habe.« Ich stand auf. »Komm, Liebling.«

Stumm und mit großen Augen kam Margrethe mit. Als wir das Lokal verließen, schaute ich mich um und bemerkte Veränderungen. Für eine Kneipe mochte der Laden ganz in Ordnung sein, aber es war nicht unsere freundliche kleine Eisdiele.

Und nicht unsere Welt.

# XV

*Rühme nicht des morgenden Tages; denn du weißt nicht, was heute sich begeben mag.*

Sprüche 27:1

Als wir draußen waren, ging ich, ohne es eigentlich zu wollen, in die Richtung, in der die Mission der Heilsarmee lag. Margrethe blieb ruhig. Sie hielt nur ganz fest meinen Arm. Ich hätte Angst haben müssen; statt dessen kochte ich vor Wut. »Zur Hölle mit ihnen!« murmelte ich. »Zur Hölle!«

»Zur Hölle mit wem, Alec?«

»Ich weiß es nicht. Das ist ja gerade das Schlimme. Zur Hölle, mit dem, der uns das antut, wer immer es sei. Vielleicht dein Freund Loki.«

»Er ist genausowenig mein Freund, wie der Satan deiner ist. Ich habe schreckliche Angst vor dem, was Loki unserer Welt antut.«

»Ich habe keine Angst, ich bin nur wütend. Loki oder der Satan oder wer auch sonst. Dies letzte war zuviel. Es liegt kein Sinn darin. Warum konnten sie nicht dreißig Minuten warten? Dieses Eis mit heißer Soße stand praktisch vor unserer Nase – und sie haben es uns weggerissen! Marga, das ist nicht recht, das ist nicht fair! Das ist die reinste Grausamkeit. Sinnlos. Als ob man Fliegen die Flügel ausrisse. Ich verachte sie. Wer immer sie sein mögen.«

Statt die nutzlose Unterhaltung über Dinge, die nicht in unserer Macht standen, fortzusetzen, sagte Margrethe: »Liebling, wohin gehen wir?«

»Was?« Ich blieb stehen. »Wieso? Natürlich zur Mission.«

«Ist das auch der richtige Weg?«

»Aber sicher. Oder . . .« Ich schaute mich um. »Ich weiß es nicht.« Ich war automatisch in die Richtung gegangen und hatte mich auf meine Wut konzentriert. Jetzt stellte ich fest, daß es nichts gab, an dem ich mich hätte orientieren können. »Ich glaube, wir haben uns verirrt.«

»Ich *weiß* es.«

Wir brauchten eine halbe Stunde, um uns einigermaßen zurechtzufinden. Die Gegend war uns vage vertraut, aber nichts war ganz richtig. Ich fand den Block, wo Ron's Grill liegen mußte, aber ich konnte Ron's Grill nicht finden. Endlich zeigte uns ein Polizist den Weg zur Mission . . . die jetzt in einem anderen Gebäude war. Zu meiner Überraschung war Bruder McCaw da. Aber er erkannte uns nicht und hieß jetzt McNabb. Wir zogen uns so taktvoll zurück wie möglich. Das heißt, nicht sehr.

Wir gingen denselben Weg wieder zurück – langsam, denn wir hatten kein Ziel. »Marga, jetzt sind wir wieder in der gleichen Lage wie vor drei Wochen. Wir haben nur bessere Schuhe. Wir haben die Tasche voll Geld – aber Geld, das wir nicht ausgeben können, denn hier wäre es Falschgeld . . . und wenn wir versuchen, es auszugeben, landen wir hinter Gittern.«

»Du hast wahrscheinlich recht, Liebling.«

»Da vorn an der Ecke ist eine Bank. Statt zu versuchen, das Geld auszugeben, könnte ich einfach hineingehen und fragen, ob es etwas wert ist.«

»Das könnte eigentlich nicht schaden, oder?«

»Wahrscheinlich nicht. Aber unser Freund Loki könnte noch weitere Tricks auf Lager haben. Aber wir müssen es wissen. Hier – du nimmst alles Geld außer diesem einen Schein. Wenn sie mich verhaften, tust du so, als ob du mich nicht kennst.«

»Nein!«

»Was soll das heißen, nein? Es ist doch Unfug, daß wir beide ins Gefängnis gehen.«

Sie wirkte entschlossen, aber sie sagte nichts. Wie kann man mit einer Frau streiten, die nichts sagt? Ich seufzte. »Hör zu, Liebling, sonst bleibt mir nur noch eins übrig. Ich muß mir wieder einen Job als Tellerwäscher suchen. Vielleicht läßt uns Bruder McNabb heute nacht in der Mission schlafen.«

»Ich werde mir ebenfalls einen Job suchen. Ich kann auch Geschirr spülen. Oder kochen. Oder sonst was.«

»Wir werden sehen. Komm mit rein, Marga; wir gehen gemeinsam ins Gefängnis. Aber ich weiß schon, wie ich es anstellen kann, ohne verhaftet zu werden.« Ich nahm eine Banknote, zerknüllte sie und riß sie an einer Ecke ein. Dann gingen wir in die Bank und ich hielt den Geldschein so, als hätten wir ihn eben gefunden. Ich ging nicht an den Kassenschalter, sondern an die Absperrung, hinter der die Bankangestellten an ihren Tischen saßen.

Ich sprach mit dem Mann, der vorn saß. Ein Schild auf seinem Schreibtisch wies ihn als stellvertretenden Filialleiter aus. »Entschuldigen Sie bitte, Sir. Könnten Sie mir eine Frage beantworten?«

Er wirkte verärgert, aber er antwortete höflich. »Ich will es versuchen. Was möchten Sie denn wissen?«

»Ist dies richtiges Geld? Oder ist es Spielgeld? Oder was sonst?«

Er sah sich den Schein genau an. »Interessant. Woher haben Sie das Geld?«

»Meine Frau hat es auf der Straße gefunden. Ist es Geld?«

»Natürlich ist es kein Geld. Wo hat man denn je von einer Zwanzigdollarnote gehört? Wahrscheinlich Spielgeld. Vielleicht irgendeine Werbeaktion.«

»Dann ist es also nichts wert?«

»Es ist das Papier wert, auf dem es gedruckt ist. Ich bezweifle, ob man den Schein eine Fälschung nennen kann, denn hier wurde nicht der geringste Versuch unternommen, das Ding echt aussehen zu lassen. Dennoch, die Beamten des Schatzamtes werden den Schein sehen wollen.«

»Okay. Kümmern Sie sich darum?«

»Ja. Aber ich bin sicher, daß die Leute mit Ihnen reden wollen. Geben Sie mir bitte Ihren Namen und Ihre Adresse. Und auch die Ihrer Frau. Sie hat das Geld schließlich gefunden.«

»Okay. Aber ich hätte gern eine Quittung.« Ich gab unsere Namen als Mr. und Mrs. Hergensheimer an, und die Adresse von Ron's Grill – natürlich nicht den Namen des Restaurants. Dann nahm ich feierlich die Quittung entgegen.

Draußen sagte ich zu Margrethe: »Wir sind nicht schlechter dran als vorher. Ich muß nur nach schmutzigem Geschirr Ausschau halten.«

»Alec –«

»Ja, Liebling?«

»Wir wollten doch nach Kansas.«

»Das wollten wir. Aber unser Geld ist nur das Papier wert, auf dem es gedruckt ist. Wir können die Busfahrt nicht bezahlen.

Zuerst muß ich Geld verdienen. Das habe ich vorher geschafft. Das werde ich auch jetzt wieder schaffen.«

»Alec, laß uns gleich nach Kansas gehen.«

Eine halbe Stunde später gingen wir auf dem Highway nach Tucson in Richtung Norden. Immer wenn ein Wagen vorbeifuhr, signalisierte ich unsere Hoffnung, mitgenommen zu werden.

Um Tucson zu erreichen, mußten wir in drei verschiedenen Wagen mitfahren. Von Tucson aus hätten wir entweder nach Osten in Richtung El Paso, Texas, fahren oder auf der Route 89 bleiben können, die zuerst nach Westen, dann aber in nördliche Richtung nach Phoenix führt. Die Entscheidung wurde uns abgenommen, denn der erste Fahrer, der bereit war, uns mitzunehmen, sollte mit seinem Lastwagen eine Ladung nach Norden bringen.

Diese Mitfahrgelegenheit fanden wir an einer Raststätte, wo die Route 89 die Route 80 kreuzt, und ich muß zugeben, daß der Fahrer unserer Bittte nur entsprach, weil Margrethe eine solche Schönheit ist – wäre ich allein gewesen, stände ich vielleicht immer noch dort. Ganz allgemein kann ich sagen, daß das Gelingen unserer Reise genauso sehr Margrethes gutem Aussehen und ihrem weiblichen Charme zuzuschreiben war wie meiner Bereitschaft, jede ehrliche Arbeit anzunehmen, und sei sie noch so niedrig, dreckig oder schwer.

Angenehm war das alles natürlich nicht. Finster dachte ich an Potiphars Frau und an die Geschichte von Susanna und den Ältesten. Ich mußte feststellen, daß ich auf Margrethe wütend war, obwohl ihr Vergehen nur darin bestand, sich so freundlich und nett zu geben, wie sie nun mal war. Ich war nahe daran, ihr zu verbieten, Fremde anzulächeln.

Diese Versuchung war schon am ersten Tag bei Sonnenuntergang am stärksten, als der erwähnte Lastwagenfahrer an einer um eine Raststätte und eine Tankstelle herum gelegenen Oase am Straßenrand anhielt. »Ich werde ein paar Bier trinken und ein Steak essen«, verkündete er. »Wie ist es mit dir, Maggie Baby? Könntest du nicht auch ein halbrohes vertragen? In diesem Laden jagen sie die Kuh nur so durch die Küche.«

Sie lächelte ihn an. »Danke, Steve. Aber ich habe keinen Hunger.«

Mein Liebling sagte die Unwahrheit. Sie wußte es, ich wußte es

– und ich hatte das bestimmte Gefühl, daß auch Steve es wußte. Unsere letzte Mahlzeit war das Frühstück in der Mission gewesen, und das lag elf Stunden und ein Universum zurück. Ich hatte in der Raststätte außerhalb Tucsons für eine Mahlzeit Geschirr spülen wollen, war aber ziemlich abrupt abgewiesen worden. Wir hatten also den ganzen Tag nichts zu uns genommen als einen Schluck Wasser aus einem öffentlichen Trinkbrunnen.

»Das kannst du deiner Großmutter erzählen, Maggie. Wir sind schon vier Stunden unterwegs. Du mußt Hunger haben.«

Rasch schaltete ich mich ein, um zu verhindern, daß Margrethe auf einer schon ausgesprochenen Unwahrheit beharrte. »Sie meint damit, Steve, daß sie sich von anderen Männern nicht zum Essen einladen läßt. Sie erwartet, daß ich für ihr Essen sorge. Aber ich danke dir in ihrem Namen, und wir beide danken dir dafür, daß du uns mitgenommen hast. Es war sehr nett.«

Wir saßen immer noch im Fahrerhaus des Lastwagens, Margrethe in der Mitte. Er beugte sich vor und sah mich an. »Alec, du glaubst, ich will Maggie an die Wäsche, nicht wahr?«

Steif erklärte ich ihm, daß ich nichts dergleichen glaubte, während ich in Wirklichkeit glaubte, daß er genau das schon die ganze Zeit im Sinn gehabt hatte . . . und ich nahm ihm nicht nur seine ungalanten Avancen übel, sondern auch die rüde Sprache, die er eben gebraucht hatte. Aber man hatte mir ziemlich brutal beigebracht, daß die Regeln für kultivierte Ausdrucksweise, die ich aus der Welt kannte, in der ich geboren wurde, nicht unbedingt in einem anderen Universum galten.

»O ja, das glaubst du doch. Ich bin ja nicht von gestern, und ich bin lange genug auf der Straße, um keine Illusionen mehr zu haben. Du glaubst, ich will deine Frau umlegen, weil das jeder Kerl versucht, der gerade vorbeikommt. Ich will dir mal was sagen, mein Sohn. Ich klopfe nicht, wenn keiner zu Hause ist. Und das merke ich immer vorher. Maggie läßt keinen ran. Das weiß ich schon seit Stunden. Meinen Glückwunsch übrigens. Es ist gut, eine Frau zu haben, die nicht fremdgeht. Stimmt's?«

»Ja, gewiß«, stimmte ich mürrisch zu.

»Du kannst dich also wieder abregen. Du bist im Begriff, mit deiner Frau essen zu gehen. Du hast dich bei mir schon für das Mitfahren bedankt. Warum bedankst du dich nicht richtig, indem du mich zum Essen einlädst? Dann brauche ich nicht allein zu essen.«

Ich hoffe, daß er nicht sah, wie erschrocken ich war, und daß er mein kurzes Zögern nicht bemerkte. »Natürlich, Steve. Das schulden wir dir für deine Freundlichkeit. Äh, würdest du mich für einen Augenblick entschuldigen? Ich muß eine Kleinigkeit regeln.« Ich wollte aussteigen.

»Alec, du lügst auch nicht besser als Maggie.«

»Wie bitte?«

»Glaubst du, ich bin blind? Du bist pleite. Oder, wenn du nicht gerade ein absoluter Geizkragen bist, du hast so wenig Geld, daß du es dir nicht leisten kannst, für mich ein Steak auszugeben. Wahrscheinlich nicht einmal ein Stammgericht.«

»Das stimmt«, antwortete ich mit Würde – wie ich hoffe. »Ich wollte mit dem Manager des Restaurants ein Arrangement treffen. Ich hoffe, daß ich für den Gegenwert von drei Mahlzeiten bei ihm Geschirr spülen kann.«

»Das dachte ich mir. Wenn ihr ganz einfach nur wenig Geld hättet, wäret ihr mit Greyhound gefahren und hättet irgendein Gepäckstück. Wenn ihr wenig Geld, aber noch keinen Hunger hättet, würdet ihr versuchen, per Anhalter zu fahren, um das Geld für ein Essen ausgeben zu können, aber auf jeden Fall hättet ihr Gepäck. Jeder eine Tasche oder wenigstens ein Bündel. Aber ihr habt kein Gepäck . . . und ihr tragt beide normale Kleidung – mein Gott, und das in der Wüste! Das sind schlechte Zeichen.«

Ich blieb stumm.

»Jetzt hör mal zu«, fuhr er fort. »Möglicherweise würde der Besitzer dieses Ladens dich Geschirr spülen lassen. Aber viel wahrscheinlicher ist, daß schon drei Mexikaner in seiner Küche nach Perlen tauchen. Wahrscheinlich hat er im Laufe des Tages mindestens drei weitere Bewerber abgewiesen; für die *turistas,* die durch die Löcher im Zaun steigen, ist dies die Hauptroute nach Norden. Ich könnte ohnehin nicht warten, bis du mit dem Geschirrspülen fertig bist; ich habe mit diesem Ding heute abend noch 'ne Menge Meilen vor mir. Ich mache dir also einen Vorschlag. Du lädst mich zum Essen ein, und ich leihe dir das Geld.«

»Das wäre für dich ein ziemliches Risiko.«

»Nein, überhaupt keins. Die Banken nennen das einen Vertrauenskredit; nicht das geringste Risiko. Irgendwann in diesem Jahr oder auch erst in zwanzig Jahren werdet ihr ein junges Paar treffen, das Hunger hat, aber kein Geld. Ihr werdet es zu den gleichen Bedingungen zum Essen einladen. Damit betrachte ich das Geld als zurückgezahlt. Eines Tages werden die beiden an anderen genau so handeln, und damit hast auch du dein Geld wieder. Kapiert?«

»Ich werde siebenfach zurückzahlen.«

»Einmal genügt. Danach tust du es auf deine eigene Rechnung. Kommt, laßt uns essen.«

Das Restaurant Rimrock Restop war eher rustikal als elegant – etwa mit Ron's Grill zu vergleichen, das wir aus einer anderen Welt kannten. Hier gab es einen Tresen und eine Anzahl von Tischen. Steve führte uns an einen der Tische, und bald darauf kam eine ziemlich junge und ziemlich hübsche Serviererin zu uns herüber.

»Hallo, Steve! Lange nicht gesehen.«

»Hi, Baby! Wie ist der Kaninchen-Test verlaufen?«

»Das Kaninchen ist tot. Und wie war's mit deiner Blutuntersuchung?« Sie lächelte Margrethe und mich an. »Hi, Leute! Was kann ich für euch tun?«

Ich hatte Gelegenheit gehabt, kurz auf die Speisekarte zu schauen, natürlich prüfte ich die rechte Seite – und ich war schockiert über die Preise. Ich war schockiert darüber, daß sie den Preisen in der Welt, die ich am besten kannte, entsprachen. Ein Hamburger kostete zehn Cents, ein normales Dinner fünfundsiebzig bis neunzig Cent – diese Preise verstand ich.

Ich schaute noch einmal hin und sagte: »Einen Super-Cheeseburger, bitte. Ziemlich durchgebraten.«

Margrethe bestellte dasselbe, nur weniger durchgebraten.

»Und du, Steve?« erkundigte sich die Serviererin.

»Wir bekommen drei Bier – Coors – und drei Steaks, eins halbroh, eins mittel und eins etwas mehr durchgebraten. Mit dem üblichen Mist. Eine Folienkartoffel. Den üblichen welken Salat. Toastbrot. Alles wie sonst. Anschließend Nachtisch und Kaffee.

»Geht in Ordnung.«

»Ich möchte dich mit meinen Freunden bekanntmachen. Hazel, das ist Maggie. Das ist Alec, ihr Mann.«

»So ein Glückspilz! Hallo, Maggie; freut mich, dich kennenzulernen. Schade nur, daß ich euch in so schlechter Gesellschaft sehe. Hat Steve versucht, euch etwas zu verkaufen?«

»Nein.«

»Gut. Kauft nichts, unterschreibt nichts und wettet nicht mit ihm. Und seid froh, daß ihr glücklich verheiratet seid; er hat Ehefrauen in drei Staaten.«

»In vier«, korrigierte Steve.

»Inzwischen vier? Herzlichen Glückwunsch. Zur Damentoilette geht's durch die Küche, Maggie; die Männer gehen hinten rum.« Sie verschwand und bewegte sich so schnell, daß ihre Röcke flogen.

»Feines Mädchen«, sagte Steve. »Ihr wißt ja, wie man über Serviererinnen redet, besonders über die in Raststätten. Nun, Hazel ist wahrscheinlich die einzige Tellerschlepperin an diesem Highway, die es nicht für Geld tut. Komm, Alec.« Er stand auf und führte mich nach draußen um das Haus herum zu den Toiletten für Männer. Ich folgte ihm. Bis ich begriff, was er gesagt hatte, war es zu spät, ihm übelzunehmen, daß er so in Gegenwart einer Dame gesprochen hatte. Ich mußte auch zugeben, daß es Margrethe nicht gestört hatte. Sie hatte es lediglich als Information aufgefaßt. Sogar als Lob, was Hazel anbetraf. Ich glaube, meine größten Schwierigkeiten bei diesen lästigen Weltenwechseln hatten nichts mit Ökonomie, nichts mit sozialem Verhalten und nichts mit Technologie zu tun, sondern ganz einfach mit der Sprache und mit den Sitten und Tabus, die in ihr Ausdruck fanden.

Als wir zurückkamen, wartete das Bier schon auf uns, und auch Margrethe saß wieder am Tisch und wirkte kühl und erfrischt.

Steve prostete uns zu. »Skål!«

Wir antworteten »Skål!« und ich trank einen kleinen Schluck, dann einen sehr viel größeren – genau das, was ich nach einem langen Tag auf einer Wüstenstraße brauchte. Im Zuge meines moralischen Niedergangs auf der *Konge Knut* hatte ich auch meine Bekanntschaft mit dem Bier erneuert, etwas, das ich seit meiner Studentenzeit nicht mehr angefaßt hatte, und schon damals hatte ich sehr wenig getrunken – kein Geld für derartige Laster. Ich fand das Bier ausgezeichnet, wenn auch nicht so gut wie das dänische Tuborg, das auf dem Schiff ausgeschenkt wurde. Wußten Sie, daß in der Bibel kein Wort gegen Bier gesagt wird? Das Wort »Bier« bedeutet in der Bibel sogar »Quelle« oder »Brunnen«.

Die Steaks waren köstlich.

Das Bier und das gute Essen hatten mich ein wenig aufgelokkert, und ich versuchte Steve zu erklären, wie wir in die mißliche

Lage geraten waren, von einem Fremden Almosen annehmen zu müssen . . . ohne mit der Wahrheit herauszukommen. Plötzlich sagte Margrethe zu mir: »Erzähl's ihm doch, Alec.«

»Meinst du wirklich?«

»Ich meine, Steve hat ein Recht darauf, es zu erfahren. Und ich traue ihm.«

»Nun gut, Steve, wir sind Fremde aus einer anderen Welt.«

Er lachte nicht. Er lächelte nicht einmal. Er sah mich nur interessiert an. Dann sagte er: »Fliegende Untertasse?«

»Nein. Ich meine ein anderes Universum, nicht nur einen anderen Planeten. Obwohl es derselbe Planet zu sein scheint. Heute morgen waren Margrethe und ich noch in einer anderen Stadt, die Nogales heißt und in einem Staat namens Arizona liegt. Dann änderte sich das. Nogales schrumpfte zusammen, und nichts war mehr wie vorher. Arizona sieht immer noch so aus wie sonst. Allerdings kenne ich den Staat nicht sehr gut.«

»Das Territorium.«

»Wie bitte?«

»Arizona ist ein Territorium und kein Staat. Seine Eigenstaatlichkeit wurde durch Wahl abgeschafft.«

»So war es in meiner Welt auch. Ich glaube, es hatte was mit Steuern zu tun. Aber wir kamen nicht aus meiner Welt. Auch nicht aus Margas Welt. Wir kamen aus –« Ich schwieg. »Ich glaube, ich trage das nicht besonders gut vor«, sagte ich dann. Ich sah Margrethe an. »Kannst du es ihm nicht erklären?«

»Ich kann es nicht erklären«, sagte sie, »denn ich begreife es nicht. Aber, Steve, es stimmt. Ich stamme aus einer Welt, Alec aus einer anderen. Dann haben wir in einer noch anderen Welt gelebt, und heute morgen waren wir schon wieder in einer anderen. Und jetzt sind wir hier. Deshalb haben wir auch kein Geld. Nein, wir haben Geld, aber es ist nicht das Geld dieser Welt.«

»Können wir nicht eine Welt nach der anderen abhandeln?« sagte Steve. »Mir wird schon ganz schwindlig.«

»Sie hat zwei Welten ausgelassen«, sagte ich.

»Nein, Liebling – drei. Du hast wahrscheinlich die Eisbergwelt vergessen.«

»Nein«, sagte ich, »die habe ich mitgezählt. Ich – entschuldige, Steve. Ich werde versuchen, dir die Welten im einzelnen zu erklären. Aber das ist nicht so leicht. Heute morgen – wir gingen in Nogales in eine Eisdiele, denn ich wollte Margrethe ein Eis mit heißer Soße bestellen. Wir saßen einander gegenüber an einem Tisch, wie jetzt, und ich sah draußen die Verkehrsampeln –«

»Die was?«

»Verkehrsampeln. Drei Signallichter, rot, grün und gelb. Daran erkannte ich, daß wir wieder in einer anderen Welt waren. Diese Welt hat keine Verkehrsampeln; jedenfalls habe ich keine gesehen. Nur Verkehrspolizisten. Aber in der Welt, in der wir noch heute morgen aufgewacht sind, regeln nicht Polizisten den Verkehr, sondern Signallichter.«

»Das hört sich so an, als täten sie es mit Spiegeln. Und was hat das mit dem Eis mit heißer Soße zu tun, das du für Maggie bestellen wolltest?«

»Das kam so: Als wir schiffbrüchig waren, und auf einer Luftmatratze im Ozean trieben, wünschte sich Margrethe ein Eis mit heißer Soße, und heute morgen war die erste Gelegenheit, ihr eins zu kaufen. Als die Verkehrsampeln verschwanden, wußte ich, daß wir uns wieder in einer anderen Welt befanden – und das bedeutete, daß mein Geld nichts mehr wert war. Ich konnte ihr also das Eis mit heißer Soße nicht mehr kaufen. Und ich konnte heute abend für sie kein Essen bestellen. Kein Geld. Jedenfalls keins, das wir ausgeben könnten. Verstehst du?«

»Ich weiß nicht mehr, wo mir der Kopf steht. Was ist denn mit eurem Geld passiert?«

»Oh.« Ich griff in die Tasche und holte unser sorgfältig aufbewahrtes Reisegeld hervor. Ich nahm einen Zwanzigdollarschein und reichte ihn Steve. »Mit dem ist nichts passiert. Schau dir das an.«

Er betrachtete den Schein eingehend. »›Gültige Währung für alle öffentlichen und privaten Verbindlichkeiten‹. Das hört sich gut an. Aber wer ist der Kerl, dessen Bild auf dem Schein ist? Und wann haben sie angefangen, Zwanzigdollarnoten zu drucken?«

»Sicherlich nicht in deiner Welt. Das Bild zeigt William Jennings Bryan, Präsident der Vereinigten Staaten von 1913 bis 1921.«

»Als ich die Horace-Mann-Schule in Akron besuchte, war er das nicht. Ich habe noch nie von dem Mann gehört.«

»In meiner Schule habe ich gelernt, daß er 1896 gewählt wurde und nicht sechzehn Jahre später. Und in Margrethes Welt war Mr. Bryan überhaupt nie Präsident. Sag mal, Margrethe! Dies könnte deine Welt sein!«

»Wie kommst du denn darauf, Liebling?«

»Ich bin mir da nicht ganz sicher. Aber als wir Nogales nach Norden verließen, habe ich nichts gesehen, was wie ein Flugfeld aussah. Und ich habe den ganzen Tag schon kein Düsenflugzeug mehr gesehen. Auch keinen anderen Flugapparat. Du etwa?«

»Nein, ich auch nicht. Aber ich habe auch nicht darauf geachtet. Ich bin fast sicher, daß wir keine gesehen haben.«

»Da hast du es! Oder vielleicht ist es meine Welt. Steve, wie sieht es hier mit Luftfahrt aus?«

»Mit was?«

»Flugmaschinen. Düsenflugzeuge. Irgendwelche Flugapparate. Und lenkbare Luftschiffe – gibt es lenkbare Luftschiffe?«

»Das sagt mir alles nichts. Meinst du Maschinen, die in der Luft fliegen wie ein Vogel?«

»Ja, ja!«

»Nein, natürlich nicht. Oder meinst du Ballons? Einen Ballon habe ich schon mal gesehen.«

»Ich meine nicht Ballons. Natürlich ist ein lenkbares Luftschiff eine Art Ballon. Aber es ist nicht rund, sondern lang – es sieht fast wie eine Zigarre aus. Und es wird von ähnlichen Motoren angetrieben wie dein Lastwagen. Und es fliegt schneller als hundert Meilen die Stunde – und meistens ziemlich hoch, über dreihundert Meter hoch, über Gebirgen höher.«

Zum ersten Mal war Steve nicht nur interessiert, sondern erstaunt. »Mein Gott, habt ihr so etwas wirklich gesehen?«

»Ich bin schon oft mit ihnen mitgeflogen. Zum ersten Mal als ich zwölf Jahre alt war. Du bist in Akron zur Schule gegangen? In meiner Welt war Akron dafür berühmt, daß dort die größten und schnellsten und besten lenkbaren Luftschiffe der Welt gebaut wurden.«

Steve schüttelte den Kopf. »Wenn diese Geschichte zu Ende ist, brauche ich dringend noch ein Bier. Das ist die Geschichte meines Lebens. Maggie, hast du schon mal Luftschiffe gesehen, und bist du schon mal mit einem geflogen?«

»Nein. In meiner Welt gibt es sie nicht. Aber ich bin in einer Flugmaschine geflogen. In einem *Aeroplano.* Einmal. Das war entsetzlich aufregend. Auch beängstigend. Aber ich würde es wieder tun.«

»Darauf möchte ich wetten. Ich hätte wahrscheinlich auch Angst. Aber ich würde mitfliegen, und wenn ich dabei umkommen sollte. Leute, ich fange an, euch zu glauben. Ihr erzählt es so echt. Das und dieses Geld. Wenn es Geld *ist.*«

»Es *ist* Geld«, sagte ich. »Aus einer anderen Welt. Schau es dir genau an, Steve. Offensichtlich ist es nicht das in deiner Welt gültige Geld. Aber es ist auch kein Spielgeld. Wer würde für Spielgeld so perfekte Stahlplatten herstellen? Der Graveur, der diese Platten gemacht hat, muß sie für den Druck von Geld vorgesehen haben . . . und dennoch, es ist nicht der richtige Nennwert. Du hast es ja sofort bemerkt. Warte einen Augenblick.« Ich griff in die Tasche »Hier!« Ich reichte ihm eine Zehnpesonote – aus dem Königreich Mexiko. Das meiste von dem wertlosen Geld, das wir vor dem Erdbeben gespart hatten, hatte ich verbrannt – Margrethes Trinkgelder aus dem Pancho Villa –, aber ein paar Scheine hatte ich mir als Andenken aufgehoben. »Schau dir das an. Verstehst du Spanisch?«

»Eigentlich nicht. Nur Texanisch-mexikanisch. Küchenspanisch.« Er sah sich das mexikanische Geld an. »Das sieht echt aus.«

»Schau es dir genau an«, bat Margrethe ihn. »Auf dem Schein steht ›*Reino*‹. Müßte es nicht ›Republica‹ heißen? Oder ist Mexiko in dieser Welt ein Königreich?«

»Es ist eine Republik . . . teils weil ich dazu beigetragen habe. Ich war bei den Marines und habe mitgeholfen, die Wahlen zu beaufsichtigen. Es ist erstaunlich, was ein paar bis an die Zähne bewaffnete Marines dazu beitragen können, vernünftige Wahlen zu gewährleisten. Okay, Freunde, ihr habt mich überzeugt. Mexiko ist kein Königreich, und Anhalter, die ihr Essen nicht bezahlen können, sollten kein mexikanisches Geld mit sich herumschleppen, auf dem steht, daß Mexiko ein Königreich ist. Ich mag verrückt sein, aber ich neige dazu, euch zu glauben. Was für eine Erklärung habt ihr für das Ganze?«

»Steve«, sagte ich nüchtern, »ich wünschte, ich wüßte eine. Die einfachste Erklärung wäre, daß ich verrückt geworden bin und daß alles nur Einbildung ist – du, ich, Marga, dies Restaurant, diese Welt –, alles nur Produkte meiner Fieberphantasien.«

»Du kannst dir einbilden, was du willst, aber laß Maggie und mich aus dem Spiel. Hast du sonst noch eine Erklärung?«

»Äh . . . das kommt darauf an. Liest du die Bibel, Steve?«

»Nun, ja und nein. Ich bin oft auf der Straße, und wenn ich

irgendwo übernachte, gibt es außer der Gideon-Bibel meistens nichts zu lesen. Dann schaue ich schon mal hinein.«

»Erinnerst du dich an Matthäus vierundzwanzig/vierundzwanzig?«

»Was? Müßte ich das?«

Ich zitierte die Stelle. »Das ist eine Möglichkeit, Steve. Diese Weltveränderungen könnten Zeichen sein, die der Teufel schickt, um uns zu täuschen. Andererseits mögen es Anzeichen des bevorstehenden Weltendes und der Wiederkunft Christi in Sein Königreich sein. Höre das Wort der Schrift:

›Bald aber nach der Trübsal derselbigen Zeit werden Sonne und Mond den Schein verlieren, und die Sterne werden vom Himmel fallen, und die Kräfte der Himmel werden sich bewegen:

Und alsdann wird erscheinen das Zeichen des Menschensohnes im Himmel. Und alsdann werden heulen alle Geschlechter auf Erden und werden kommen sehen den Menschensohn in den Wolken des Himmels mit großer Kraft und Herrlichkeit:

Und er wird senden seine Engel mit hellen Posaunen; und sie werden sammeln seine Auserwählten von den vier Winden, von einem Ende des Himmels zu dem andern.‹

Darauf läuft es hinaus, Steve. Vielleicht sind dies die falschen Zeichen der Trübsal vor dem Ende. Vielleicht künden diese Wunder die Wiederkunft Christi. Aber wie dem auch sei, wir nähern uns dem Ende der Welt. Bist du wiedergeboren?«

»Hmm, das kann ich eigentlich nicht sagen. Es ist schon sehr lange her, daß ich getauft wurde, und damals war ich noch zu jung, um zu wissen, worum es ging. Ich bin kein Kirchgänger. Ich bin höchstens in die Kirche gegangen, wenn Freunde heirateten oder irgendein Bekannter starb. Wenn ich einmal reingewaschen wurde, dann bin ich inzwischen ziemlich angestaubt. Ich glaube nicht, daß ich mich qualifizieren kann.«

»Nein, das glaube ich auch nicht. Steve, das Ende der Welt steht bevor, und dein wichtigstes Anliegen – das wichtigste Anliegen jedes Menschen – ist es, deine Sorgen zu Jesus zu tragen, dich in seinem Blut reinzuwaschen und in ihm wiedergeboren zu werden. Denn es gibt keine Vorwarnung. Die Posaune wird ertönen, und entweder nimmt Jesus dich zu sich, und du wirst für immer glücklich und in Sicherheit sein, oder du wirst ins Höllenfeuer hinabgestürzt, um dort bis in alle Ewigkeit die schlimmsten Qualen zu erleiden. Du mußt bereit sein.«

»Verdammt! Alec, hast du schon mal daran gedacht, Priester zu werden?«

»Ich habe daran gedacht.«

»Du solltest nicht nur daran denken, du solltest einer werden. Du hast das alles so vorgetragen, als glaubtest du jedes Wort davon.«

»Das tue ich auch.«

»Das hatte ich mir gedacht. Und ich will gründlich darüber nachdenken. Inzwischen hoffe ich, daß das Jüngste Gericht nicht ausgerechnet heute abend kommt, denn ich muß vorher noch diese Ladung abliefern. Hazel! Gib mir die Rechnung, Liebling. Ich muß das Ding wieder auf die Straße bringen.«

Drei Steaks kosteten $ 3,90, sechs Bier sechzig Cents. Das machte insgesamt $ 4,50. Steve bezahlte mit einem Fünfdollarstück in Gold, einer Münze, die ich bisher nur aus Münzsammlungen kannte. Ich hätte sie mir gern angesehen, aber wie sollte ich das begründen?

Hazel nahm das Geldstück und betrachtete es. »Hier bekommen wir nicht oft Gold«, bemerkte sie. »Meistens Silberdollar. Und gelegentlich Papiergeld, wenn der Boß auch nicht viel von Papiergeld hält. Bist du sicher, daß du ihn entbehren kannst, Steve?«

»Ich habe den Fliegenden Holländer gehoben.«

»Verschwinde. Ich habe keine Lust, deine fünfte Frau zu werden.«

»Ich hatte an eine zeitlich befristete Regelung gedacht.«

»Auch das nicht – auch nicht für ein Fünfdollarstück.«

Sie griff in ihre Schürzentasche und holte einen halben Silberdollar heraus. »Dein Wechselgeld, Schatz.«

Er schob es ihr hin. »Und zu was bist du für fünfzig Cents bereit?«

Sie nahm das Geldstück und steckte es ein. »Dir ins Auge zu spucken. Vielen Dank. Gute Nacht, Leute. Freut mich, euch kennengelernt zu haben.«

Während der nächsten etwa fünfunddreißig Meilen nach Flagstaff fragte Steve uns über die Welten aus, die wir gesehen hatten, aber er verzichtete auf einen Kommentar. Er redete gerade soviel, daß die Unterhaltung nicht abbrach. Besonders interessierte er sich für meine Beschreibungen der Luftschiffe, der Düsenflugzeuge und der Aeroplanos. Television fand er noch unglaublicher als die Flugmaschinen – so war es schließlich auch mir ergangen. Aber Margrethe versicherte ihm, daß sie das Gerät selbst gesehen habe, und es ist schwer, Margrethe etwas nicht zu glauben. Mich könnte man vielleicht für einen Schwindler halten. Aber nicht Margrethe. Ihre Stimme und ihr Auftreten überzeugen.

In Flagstaff, kurz bevor wir die Route 66 erreichten, hielt Steve an. »Alle aussteigen«, sagte er, »wenn ihr nach Osten wollt. Wenn ihr nach Norden wollt, bitte sehr.«

»Wir müssen nach Kansas, Steve«, sagte ich.

»Ja, ich weiß. Natürlich fahrt ihr dann am besten über die sechsundsechzig . . . obwohl ich nicht begreife, wieso jemand unbedingt nach Kansas will. Es ist die Kreuzung da vorn. Haltet euch rechts und marschiert weiter; ihr könnt es kaum verfehlen. Wo wollt ihr denn heute nacht schlafen?«

»Wir haben noch keinen festen Plan. Wir gehen zu Fuß, bis jemand uns mitnimmt. Wenn er uns nicht sehr weit mitnehmen kann, schlafen wir eben neben der Straße. Es ist ja warm.«

»Alec, hör auf den guten alten Onkel. Ihr werdet heute nacht nicht in der Wüste schlafen. Es ist jetzt zwar warm, aber gegen Morgen herrscht schneidende Kälte. Vielleicht habt ihr es nicht gemerkt, aber seit Phoenix sind wir die ganze Zeit bergauf gefahren. Und wenn euch die giftigen Krustenechsen nicht erwischen, die Sandflöhe tun es bestimmt. Ihr müßt euch eine Kabine mieten.«

»Steve, ich kann uns keine Kabine mieten.«

»Der Herr wird schon sorgen. Das glaubst du doch, oder etwa nicht?«

»Ja«, antwortete ich steif. »Das glaube ich.« (Aber er hilft auch denen, die sich selbst helfen.)

»Dann laß also den Herrn sorgen. Maggie, bist du dir mit Alec über das bevorstehende Ende der Welt eigentlich einig?«

»Ganz gewiß bin ich mit ihm darüber nicht uneins.«

»Hmmm. Alec, auf jeden Fall werde ich reichlich darüber nachdenken, und das geht schon heute abend los. Ich werde in der Gideon-Bibel lesen. Diesmal soll mir nichts entgehen. Ihr geht weiter die Sechsundsechzig entlang und haltet Ausschau nach einem Laden, der ›Kabinen‹ anbietet. Kein ›Motel‹ und kein ›Rasthaus‹ und kein Wort von Simmons-Matratzen oder privater Dusche – ganz einfach nur eine ›Kabine‹. Wenn sie mehr als zwei

Dollar dafür verlangen, geht ihr weiter. Wenn ihr handelt, kriegt ihr die Kabine vielleicht für einen Dollar.«

Ich hörte nicht einmal mehr genau hin, denn ich wurde langsam wütend. Auf welcher Basis sollten wir handeln? Er wußte doch, daß ich keinen Cent hatte – glaubte er mir etwa nicht?

»Dann will ich mich verabschieden«, sagte Steve. »Kriegst du die Tür auf, Alec? Ich will nicht erst aussteigen.«

»Das schaffe ich schon.« Ich öffnete die Tür, stieg aus und entsann mich im letzten Augenblick noch meiner guten Manieren. »Steve, ich möchte dir für alles danken. Für das Dinner und das Bier und dafür, daß du uns mitgenommen hast. Möge der Herr dich beschützen und bewahren.«

»Danke, gern geschehen. Hier.« Er griff in die Tasche und zog eine Karte hervor. »Meine Visitenkarte. Eigentlich ist es die Adresse meiner Tochter. Wenn ihr in Kansas seid, solltet ihr mir eine Karte schicken und mir schreiben, wie es euch ergangen ist.«

»Das werden wir tun.« Ich nahm die Karte und wollte Margrethe aus dem Fahrerhaus helfen.

Steve hielt sie fest. »Maggie, möchtest du dich von dem alten Steve nicht mit einem Kuß verabschieden?«

»Aber natürlich, Steve.« Sie wandte sich ihm zu.

»Das ist schon besser. Alec, du solltest dich lieber umdrehen.«

Ich drehte mich nicht um, aber ich versuchte, die Szene zu ignorieren, während ich sie aus dem Augenwinkel beobachtete.

Wenn es auch nur eine halbe Sekunde länger gedauert hätte, wäre ich gewalttätig geworden. Ich hätte Margrethe aus dem Fahrerhaus gerissen. Aber ich muß zugeben, daß Steve nicht aufdringlich war. Sie kam ihm sehr entgegen und küßte ihn, wie keine verheiratete Frau je einen andern Mann küssen dürfte.

Ich ertrug es.

Endlich war es zu Ende. Ich half ihr aussteigen und schloß die Tür. »Bye, Kinder!« rief Steve, und sein Wagen setzte sich in Bewegung. Er hupte zweimal.

»Alec, du bist böse mit mir«, sagte Margrethe.

»Nein. Überrascht, ja. Sogar schockiert. Enttäuscht. Traurig.«

»Du hast es gerade nötig, die Nase über mich zu rümpfen.«

»Was?«

»Steve hat uns zweihundertfünfzig Meilen gefahren, uns zum Essen eingeladen und nicht einmal gelacht, als wir ihm eine absurde Geschichte erzählten. Und jetzt regst du dich auf und bist päpstlicher als der Papst, bloß weil ich ihn so intensiv geküßt habe, daß er merkt, wie dankbar ich ihm für das bin, was er für mich *und* meinen Mann getan hat. Das lasse ich mir nicht gefallen, hörst du?«

»Ich meinte doch nur, daß –«

»Hör auf! Ich brauche keine weiteren Erklärungen, denn du bist im Unrecht! Und jetzt bin *ich* wütend, und ich werde solange wütend bleiben, bist du einsiehst, daß du im Unrecht bist. Denk einmal darüber nach!« Sie wandte sich ab und ging rasch auf die Kreuzung der 66 mit der 89 zu.

Ich beeilte mich, um gleichauf zu bleiben. »Margrethe!«

Sie antwortete nicht und beschleunigte ihre Schritte.

»Margrethe!« Sie schaute geradeaus –

»Margrethe, Darling! Ich habe dir unrecht getan. Es tut mir leid. Ich will mich dafür entschuldigen.«

Sie blieb abrupt stehen, drehte sich um, schlang mir die Arme um den Hals und fing an zu weinen. »Oh, Alec, ich liebe dich so sehr, und du bist ein solcher Spießer!«

Ich antwortete nicht gleich, denn mein Mund war beschäftigt. Endlich sagte ich: »Ich liebe dich auch, und was ist ein Spießer?«

»Du bist einer.«

»Gut – dann bin ich eben einer, und du mußt dich mit mir abfinden. Aber lauf nicht wieder weg.«

»Das werde ich nicht tun. Nie wieder.« Wir nahmen unsere Tätigkeit von vorhin wieder auf.

Nach einer Weile nahm ich mein Gesicht gerade weit genug zurück, daß ich flüstern konnte: »Wir haben kein Bett, und ich habe noch nie dringender eines gebraucht.«

»Alec, schau mal in deinen Taschen nach.«

»Was?«

»Als er mich küßte, flüsterte Steve mir zu, ich sollte dich bitten, in deinen Taschen nachzuschauen und dabei zu sagen ›Der Herr wird schon sorgen‹.«

In meiner linken Jackentasche fand ich ein goldenes Zehndollarstück. Ich hatte noch nie eins in der Hand gehabt. Es fühlte sich warm und schwer an.

# XVI

*Wie mag ein Mensch gerecht sein vor Gott? oder ein Mann rein sein vor dem, der ihn gemacht hat?* Hiob 4:17

*Lehret mich, so will ich schweigen; und was ich nicht weiß, darin unterweiset mich.* Hiob 6:24

In einem Drugstore in Flagstaff tauschte ich den Golddollar in neun Silberdollar, fünfundneunzig Cents Wechselgeld und ein Stück *Ivory*-Seife ein. Seife zu kaufen, war Margrethes Idee gewesen. »Alec, der Inhaber eines Drug-Store ist kein Bankier. Vielleicht mag er kein Geld wechseln, wenn nicht gleichzeitig etwas gekauft wird. Wir brauchen Seife. Ich will unsere Unterwäsche waschen, und wir brauchen dringend ein Bad . . . und ich vermute, daß in der Sorte von billigen Absteigen, die Steve uns empfohlen hat, Seife nicht im Preis eingeschlossen ist.«

Sie hatte in beiden Punkten recht. Der Mann hob die Brauen, als er den Golddollar sah, aber er sagte nichts. Er nahm die Münze und ließ sie auf die Glasplatte seines Ladentisches fallen. Dann griff er hinter seine Registrierkasse, holte eine kleine Flasche hervor und unterzog das Geldstück einem Säure-Test.

Ich äußerte mich dazu nicht. Wortlos zählte er neun Silberdollar, einen halben Dollar, einen Vierteldollar und zwei Zehncentstücke auf den Tisch. Statt die Münzen gleich einzustecken, blieb ich stehen und machte den Klang-Test, den er mir mit dem Golddollar vorgeführt hatte. Ich warf die Münzen nacheinander auf die Glasplatte. Als ich damit fertig war, schob ich ihm einen Silberdollar wieder zurück.

Er gab keinen Kommentar ab – er hatte den dumpfen Klang der vermeintlichen Silbermünze selbst gehört. Im Fenster seiner

Registrierkasse erschienen ein paar Nullen und klingelnd sprang die Schublade auf. Er reichte mir einen anderen Silberdollar (der hell wie eine Glocke klang) und legte das falsche Geldstück in die Kasse zurück. Dann drehte er mir den Rücken zu.

Vor der Stadt, auf halbem Weg nach Winona, fanden wir ein Hotel, das schäbig genug war, unseren Anforderungen zu entsprechen. Margrethe führte die Verhandlungen auf spanisch. Unser Wirt verlangte fünf Dollar. Marga rief die Mutter Maria und drei weitere Heilige als Zeugen für das an, was man uns zufügte. Dann bot sie ihm fünf Pesos.

Ich verstand das Manöver nicht; ich wußte, daß sie keine Pesos hatte. Sie wollte doch hoffentlich nicht mit den wertlosen »königlichen« Pesos bezahlen, die ich noch in der Tasche hatte?

Das konnte ich nicht mehr feststellen, denn der Wirt antwortete ihr mit einem Angebot von drei Dollar, und das sei endgültig. Señora, Gott ist mein Zeuge.

Sie einigten sich auf anderthalb Dollar, und für weitere fünfzig Cents gab er Margrethe saubere Laken und eine Wolldecke – Margrethe bezahlte mit zwei Silberdollar, aber dafür verlangte sie noch zwei Kissen und saubere Kissenbezüge. Die erhielt sie, aber der *patrón* bat um eine kleine Anerkennung. Margrethe gab ihm noch zehn Cents und er verbeugte sich tief und versicherte uns, sein Haus sei das unsrige.

Am nächsten Morgen um sieben Uhr waren wir wieder unterwegs, ausgeruht, sauber, glücklich und hungrig. Eine halbe Stunde später hatten wir Winona erreicht und waren noch hungriger. Dem letzteren halfen wir in einem kleinen Restaurant ab: ein Haufen Weizenfladen, zehn Cents; Kaffee, fünf Cents – die zweite Tasse umsonst und so viel Sirup und Butter, wie wir wollten.

Margrethe schaffte ihre heißen Fladen nicht – deshalb tauschten wir die Teller, und ich verzehrte, was Margrethe übriggelassen hatte.

Auf einem Schild an der Wand stand: ES WIRD SOFORT KASSIERT – KEINE TRINKGELDER – SEID IHR BEREIT FÜR DEN TAG DES JÜNGSTEN GERICHTS? Der Koch, der gleichzeitig Servierer war (und vermutlich auch Eigentümer) hatte eine Ausgabe des WACHTTURM neben seinem Herd liegen. »Bruder«, fragte ich, »haben Sie neuere Informationen über das voraussichtliche Datum des Jüngsten Gerichts?«

»Darüber sollten Sie lieber nicht scherzen. Die Ewigkeit dauert sehr lange, wenn man sie in der Hölle verbringt.«

»Ich habe nicht gescherzt«, antwortete ich. »Nach den Zeichen befinden wir uns wahrscheinlich in der Periode von sieben Jahren, die in den Versen zwei und drei der Offenbarung angekündigt wurde. Aber ich weiß nicht, wie weit diese Periode schon fortgeschritten ist.«

»Wir sind schon weit in der zweiten Hälfte«, sagte er. »Die beiden Zeugen weissagen jetzt, und der Antichrist ist über das Land gekommen. Seid ihr im Zustand der Gnade? Wenn nicht, dann tummelt euch.«

Ich antwortete: »Deshalb seid bereit für die Stunde, die ihr nicht glaubt an die Wiedergeburt des Menschensohnes.«

»Daran solltet ihr aber lieber glauben.«

»Ich glaube daran. Vielen Dank für das gute Frühstück.«

»Keine Ursache. Möge der Herr euch behüten.«

»Danke. Möge Er Sie segnen und bewahren.« Marga und ich verließen das Restaurant.

Wir wandten uns wieder nach Osten. »Wie geht es meinem Schatz?«

»Ich bin satt und glücklich.«

»Ich auch. Etwas, was du gestern getan hast, hat mich besonders glücklich gemacht.«

»Du hast mich auch glücklich gemacht. Aber das tust du immer, Darling. Jedes Mal.«

»Äh, nun ja. Du machst mich auch immer glücklich. Aber ich meinte, was du vorher gesagt hattest. Als Steve dich fragte, ob du mit mir über den Tag des Jüngsten Gerichts einig seist, sagtest du, daß das der Fall sei. Marga, ich kann dir gar nicht sagen, wie sehr ich mir darüber Sorgen gemacht habe, daß du nicht wieder in die Arme Jesu zurückgekehrt bist. Dabei eilen wir dem Tag des Jüngsten Gerichts entgegen und kennen die Stunde nicht – ich habe mir schreckliche Sorgen gemacht, und das tue ich noch immer. Aber anscheinend findest du jetzt den Weg zurück in das Licht. Du hast darüber nur noch nicht mit mir gesprochen.«

Wir gingen vielleicht zwanzig Schritte, ohne daß Margrethe ein Wort sagte.

Endlich sagte sie ruhig: »Geliebter, ich würde dich so gern beruhigen, wenn ich es könnte. Aber ich kann es nicht.«

»Was? Das verstehe ich nicht. Würdest du es mir bitte erklären?«

»Ich habe Steve nicht gesagt, daß ich mit dir darüber einig sei. Ich habe nur gesagt, daß ich mit dir darüber nicht uneins bin.«

»Aber das ist doch dasselbe.«

»Nein, Darling. Was ich Steve nicht sagte, was ich ihm aber in aller Aufrichtigkeit hätte sagen können, ist, daß es nichts gibt, in dem ich meinem Mann in der Öffentlichkeit widersprechen würde. Wenn ich in irgendeiner Sache nicht deiner Meinung bin, werde ich es mit dir unter vier Augen diskutieren. Nicht in Steves Gegenwart und auch nicht in Gegenwart anderer.«

Ich dachte eine Weile darüber nach und ließ mehrere mögliche Kommentare unausgesprochen – endlich sagte ich: »Ich danke dir, Margrethe.«

»Liebling, ich tue es nicht nur für dich, sondern auch für mich selbst. Ich habe es immer gehaßt, wenn Mann und Frau sich in aller Öffentlichkeit streiten. Selbst wenn du behauptest, die Sonne sei mit grünen jungen Hunden bedeckt, würde ich dir in der Öffentlichkeit nicht widersprechen.«

»Aber das ist sie doch!«

»Sir?« Sie blieb stehen und sah ganz erschrocken aus.

»Meine gute Marga. Ganz gleich, um was für ein Problem es sich handelt, du findest immer eine so vernünftige Antwort. Sollte ich auf der Oberfläche der Sonne jemals helle grüne Hunde sehen, werde ich es mit dir nur diskutieren, wenn wir allein sind. Ich werde mich hüten, dir in der Öffentlichkeit eine harte Diskussion aufzuzwingen. Ich liebe dich. Ich habe aus dem, was du Steve gesagt hast, zu viel herausgehört, weil ich mir wirklich Sorgen mache.«

Sie nahm meine Hand, und schweigend gingen wir weiter.

»Alec«, sagte sie nach einiger Zeit.

»Ja, mein Liebling?«

»Es ist mir nicht lieb, daß du dir Sorgen machst. Wenn ich unrecht habe und du in den Christenhimmel eingehst, möchte ich mit dir gehen. Wenn das bedeutet, zum Glauben an Jesus zurückzukehren – und das scheint der Fall zu sein –, dann will ich es versuchen. Ich kann es nicht versprechen, denn der Glaube ist nicht einfach eine Frage des Willens. Aber ich will es versuchen.«

Ich blieb stehen, um sie zu küssen, worüber sich einige Männer, die in einem Wagen vorbeifuhren, sehr amüsierten. »Darling, mehr kann ich nicht verlangen. Sollen wir zusammen beten?«

»Alec, das möchte ich lieber nicht. Laß mich allein beten. Wenn die Zeit gekommen ist, gemeinsam zu beten, werde ich es dir sagen.«

Nicht lange danach ließ uns ein Farmerehepaar zu sich in den Wagen steigen und nahm uns bis Winslow mit. Sie setzten uns dort ab, ohne vorher Fragen gestellt zu haben, und auch wir hatten ihnen von uns aus keine Informationen gegeben. Unter den Umständen verdient das besondere Erwähnung.

Winslow ist sehr viel größer als Winona; für eine Wüstengemeinde ist es eine beachtliche Stadt – ich schätzte sie auf ungefähr siebentausend Einwohner. Wir fanden dort die Gelegenheit, etwas zu regeln, das Steve uns nahegelegt hatte und das wir am Vorabend diskutiert hatten.

Steve hatte recht: Für die Wüste hatten wir nicht die geeignete Kleidung. Gewiß, wir hatten keine Wahl gehabt, denn wir waren von einem Weltenwechsel überrascht worden. Aber ich sah keinen einzigen Mann, der in der Wüste einen Straßenanzug trug. Wir sahen auch keine einheimische Frau, die Frauenkleidung trug. Indianerfrauen und Mexikanerinnen trugen Röcke, aber die einheimischen Frauen hatten entweder Shorts oder Hosen an – bequeme Leinenhosen, Jeans, abgeschnittene Hosen, Reithosen; irgend etwas. Selten einen Rock und nie ein Kostüm.

Aber selbst für die Stadt war unsere Kleidung nicht geeignet. Sie war so fehl am Platze, als stammte sie aus einer anderen Stilepoche. Fragen Sie mich nicht nach Einzelheiten, denn in Stilepochen bin ich kein Experte, besonders nicht, wenn es um Frauenkleidung geht. Der Anzug, den ich trug, hatte bei meinem *patrón Don* Jaime in Mazatlán – in einer anderen Welt – gut und teuer ausgesehen, wenn er ihn trug. In der Wüste von Arizona – in dieser Welt – sah ich mit dem Anzug aus wie ein Penner.

In Winslow fanden wir genau den Laden, den wir suchten: SECOND WIND – eine Million günstige Gelgenheiten – Verkauf nur gegen bar. Keine Garantie. Kein Umtausch – Sämtliche Gebrauchtkleider vorher sterilisiert. Darüber stand dasselbe auf spanisch.

Eine Stunde später, nachdem wir lange in den Beständen gewühlt hatten und nachdem Margrethe hart verhandelt hatte, trugen wir für die Wüste geeignete Kleidung. Ich trug Khakihosen, ein dazu passendes Hemd und einen Strohhut, fast Western Style. Margrethe hatte wesentlich weniger an: enge und kurze Shorts – unanständig eng und kurz – und oben trug sie etwas, das weniger war als ein Mieder und ein bißchen mehr als ein Büstenhalter. Es hieß »Oberteil«.

Als ich Margrethe in diesem Aufzug sah, flüsterte ich ihr zu: »Auf keinen Fall werde ich dir gestatten, dich in dieser schamlosen Kostümierung in der Öffentlichkeit zu zeigen.«

»Liebling«, sagte sie, »sei doch nicht so früh am Morgen schon so spießig.«

»Ich scherze nicht. Ich verbiete dir, diese Sachen zu kaufen.«

»Alec, ich erinnere mich nicht, dich um Erlaubnis gebeten zu haben.«

»Du willst dich mir widersetzen?«

Sie seufzte. »Vielleicht will ich das. Aber eigentlich nicht. Hast du deinen Rasierapparat?«

»Das hast du doch gesehen!«

»Ich habe Unterwäsche und Socken für dich. Brauchst du sonst noch etwas?«

»Nein, Margrethe. Hör auf, mir auszuweichen!«

»Darling, ich sagte dir doch, daß ich mich mit dir in der Öffentlichkeit nicht streiten will. Zu dieser Kleidung gehört ein Wickelrock; ich wollte ihn gerade anziehen. Laß es mich tun und dann die Rechnung bezahlen. Dann gehen wir nach draußen und unterhalten uns ohne Zuhörer.«

Ich schäumte vor Wut, aber ich widersprach nicht. Ich muß allerdings sagen, daß wir dank ihrem Verhandlungstalent, als wir den Laden verließen, mehr Geld hatten als vorher. Wieso? Der Anzug meines *patrón Don* Jaime, der an mir so lächerlich aussah, stand dem Inhaber des Ladens ausgezeichnet – er sah in ihm sogar *Don* Jaime ähnlich. Er war bereit gewesen, ihn gegen das, was ich brauchte, einzutauschen – Khakihemd, Khakihosen und Strohhut.

Aber Margrethe wollte noch etwas extra. Sie verlangte fünf Dollar und bekam zwei.

Als sie die Rechnung erledigte, sah ich, daß ihr mit ihrer eigenen Kleidung ein ähnlicher Trick gelungen war. Sie brauchte sie ja nicht mehr. Wir hatten den Laden mit $ 7,55 betreten und verließen ihn mit $ 8,80 . . . und Wüstenkleidung für uns beide. Außerdem hatten wir einen Kamm (für zwei), eine Zahnbürste (ebenfalls für zwei), einen Rucksack, einen Rasierapparat und ein Minimum an Unterwäsche und Socken, alle getragen und gebraucht, aber sterilisiert.

Ich bin kein guter Taktiker, jedenfalls nicht bei Frauen. Wir waren schon ein ganzes Stück bis zu einem freien Platz gegangen, bevor Margrethe bereit war zu reden – und ich wußte noch nicht, daß ich schon verloren hatte.

Ohne stehenzubleiben, sagte sie: »Nun, Liebling? Wolltest du nicht etwas mit mir diskutieren?«

»Äh . . . wenn du den Rock trägst, könnte man deine Kleidung ja akzeptieren. Zur Not. Aber in der Öffentlichkeit darfst du dich in diesen Shorts nicht zeigen. Ist das klar?«

»Ich habe die Absicht, nur die Shorts zu tragen. Wenn warmes Wetter ist. Wie jetzt.«

»Aber Margrethe, ich habe dir doch verboten –« Sie zog den Rock aus. »Du willst dich mir widersetzen?«

Sie faltete den Rock säuberlich zusammen. »Darf ich ihn in den Rucksack tun, bitte?«

»Mit voller Absicht verweigerst du mir den Gehorsam!«

»Aber Alec, ich brauche dir nicht zu gehorchen. Und du brauchst mir nicht zu gehorchen.«

»Aber – Hör zu, Liebling, und sei vernünftig. Normalerweise kommandiere ich dich nicht herum. Aber eine Frau muß ihrem Mann gehorchen. Bist du meine Frau?«

»Du hast es mir gesagt. Und ich bleibe deine Frau. Bis du mir das Gegenteil erzählst.«

»Dann ist es deine Pflicht, mir zu gehorchen.«

»Nein, Alec.«

»Aber das ist doch die wichtigste Pflicht einer Ehefrau!«

»Damit bin ich nicht einverstanden.«

»Aber – das ist doch Wahnsinn! Willst du mich verlassen?«

»Nein. Nur wenn du dich von mir scheiden läßt.«

»Ich halte nichts von einer Scheidung. Scheidung ist Unrecht. Die Heilige Schrift verbietet sie.«

Sie antwortete nicht.

»Margrethe . . . *bitte,* zieh den Rock wieder an.«

»Du hast mich fast überzeugt, Liebling«, sagte sie leise. »Würdest du mir bitte erklären, warum ich das tun soll?«

»Was? Weil diese Shorts unanständig sind, wenn du nichts darüber trägst.«

»Ich sehe nicht ein, wieso ein Kleidungsstück unanständig sein kann, Alec. Ein Mensch, ja. Du behauptest also, daß *ich* unanständig bin?«

»Äh – du drehst mir die Worte im Mund um. Wenn du diese Shorts – ohne Rock – in der Öffentlichkeit trägst, zeigst du zu viel von dir, und das ist unanständig. Wie du jetzt die Straße entlangläufst, sieht man deine Beine . . . zum Beispiel die Männer in dem Wagen, der eben vorbeifuhr. Sie haben dich gesehen. Ich habe gemerkt, wie sie dich angestarrt haben!«

»Gut. Hoffentlich hat es ihnen gefallen.«

*»Was?«*

»Du sagst, ich sei schön. Aber du könntest voreingenommen sein. Ich hoffe, daß meine Erscheinung auch anderen Leuten gefällt.«

»Sei doch ernst, Margrethe; wir sprachen von deinen nackten Beinen. Nackt.«

»Du sagst, meine Beine seien nackt. Das stimmt. Das ist mir sehr angenehm, wenn es so heiß ist. Worüber regst du dich eigentlich auf? Sind meine Beine etwa häßlich?«

*(»Du bist so schön, mein Lieb; an dir ist kein Makel!«)* »Du hast sehr schöne Beine, Liebling. Das habe ich dir schon oft gesagt. Aber ich möchte deine Schönheit nicht mit andern teilen.«

»Schönheit schwindet nicht, wenn man sie mit andern teilt. Aber zurück zum Thema, Alec. Du wolltest mir erklären, wieso meine Beine unanständig sind. Wenn du es überhaupt erklären kannst. Aber das glaube ich nicht.«

»Margrethe, Nacktheit an sich ist unanständig. Sie läßt wollüstige Gedanken aufkommen.«

»Wirklich? Kriegst du eine Erektion, wenn du meine Beine siehst?«

*»Margrethe!«*

»Alec, sei kein Spießer! Ich habe dir einfach eine Frage gestellt.«

»Eine ungehörige Frage.«

Sie seufzte. »Ich sehe nicht ein, wieso eine Frage zwischen Eheleuten ungehörig sein kann. Und ich werde nie zugeben, daß meine Beine unanständig sind. Oder daß Nacktheit unanständig ist. Ich war schon vor Hunderten von Leuten nackt –«

»Margrethe!«

»Wußtest du das denn nicht?« fragte sie erstaunt.

»Ich wußte es nicht, und ich bin schockiert.«

»Tatsächlich, Alec? Aber du weißt doch, wie gut ich schwimmen kann.«

»Was hat das denn damit zu tun? Ich kann auch gut schwimmen, aber ich schwimme nicht nackt. Ich trage dabei einen Badeanzug.« (Aber ich erinnerte mich sehr deutlich an den Swimming-pool auf der *Konge Knut* – natürlich war mein Liebling es gewohnt, nackt zu schwimmen.)

»Oh. Ja, ich habe solche Badeanzüge gesehen. In Mazatlán. Und in Spanien. Aber, Liebling, wir reden schon wieder aneinander vorbei. Das Problem ist doch nicht, ob nackte Beine unanständig sind oder ob ich Steve zum Abschied hätte küssen dürfen oder ob ich dir gehorchen muß. Du verlangst, daß ich etwas sein soll, was ich nicht bin. Ich will viele Jahre lang deine Frau bleiben, mein Leben lang – und ich hoffe, gemeinsam mit dir in den Himmel zu kommen, wenn du für den Himmel bestimmt bist. Aber, Liebling, ich bin kein Kind, und ich bin keine Sklavin. Weil ich dich liebe, möchte ich dich glücklich machen. Aber ich denke nicht daran, deinen Befehlen zu gehorchen, nur weil ich deine Frau bin.«

Ich könnte sagen, daß mich die Brillanz, mit der sie mich widerlegte, überwältigte. Ja, das könnte ich sagen, aber es wäre nicht die Wahrheit. Ich überlegte mir immer noch eine Antwort, als ein Wagen, der vorbeifuhr, seine Fahrt verlangsamte. Ich hörte ein lautes Pfeifen von der Art, wie man Frauen hinterherpfeift, und der Wagen hielt an. Er fuhr ein Stück zurück, und eine Stimme rief: »Wollen Sie mitfahren?«

»Ja!« antwortete Margrethe und lief los. Notgedrungen rannte ich hinterher.

Es war ein Kombiwagen mit einer Frau am Steuer. Ein Mann saß neben ihr. Beide waren etwa in meinem Alter oder ein wenig älter. Der Mann griff nach unten und öffnete die hintere Tür. »Steigen Sie ein!«

Ich schob Margrethe hinein, stieg selbst ein und schloß die Tür. »Haben Sie genug Platz?« fragte der Mann. »Wenn nicht, schmeißen Sie das Zeug auf den Boden. Wir sitzen nie auf dem Rücksitz. Deshalb sammeln sich dort immer so viele Sachen an. Wir sind Clyde und Bessie Bulkey.«

Er gehörte zu der Sorte von grobknochigen Männern, die in ihrer College-Zeit viel Sport treiben und dann später Fett ansetzen. Auch seine Frau schleppte einige überflüssige Pfunde mit sich herum.

»Freut mich, Sie kennenzulernen, Mrs. Bulkey und Mr. Bulkey. Wir sind Alec und Margrethe Graham. Vielen Dank, daß Sie uns mitnehmen.«

»Seien Sie doch nicht so förmlich, Alec«, sagte die Frau. »Wie weit wollen Sie?«

»Bessie, *bitte,* achte auf die Straße.«

»Clyde, wenn es dir nicht gefällt, wie ich diesen Schrotthaufen fahre, halte ich an und lasse dich ans Steuer.«

»O nein, du fährst ganz ausgezeichnet.«

»Dann halte den Mund, oder ich bringe Regel K zur Anwendung. Nun, Alec?«

»Wir wollen nach Kansas.«

»O je! So weit fahren wir nicht; wir biegen in Chambers nach Norden ab. Das ist nur etwa neunzig Meilen weiter. Aber so weit nehmen wir Sie gern mit. Was wollen Sie in Kansas?«

(Was wollte ich in Kansas? Eine Eisdiele aufmachen . . . meine liebe Frau in die christliche Gemeinde zurückführen . . . uns auf den Tag des Jüngsten Gerichts vorbereiten –) »Ich werde Geschirr spülen.«

»Mein Mann ist zu bescheiden«, sagte Margrethe. »Wir werden in einer College-Stadt ein kleines Restaurant mit Mineralwasserschank aufmachen. Aber auf dem Weg zu diesem Ziel werden wir wahrscheinlich Geschirr spülen müssen. Wir würden auch fast jede andere Arbeit annehmen.«

Ich erklärte also, was wir erlebt hatten. Ich variierte einiges und ließ anderes aus, um zu vermeiden, daß sie uns nicht glaubten. »Das Restaurant wurde zerstört, unsere mexikanischen Partner wurden dabei getötet, und wir verloren unseren gesamten Besitz. Ich sprach deshalb von ›Geschirrspülen‹ weil das die einzige Arbeit ist, die man immer findet. Aber ich würde auch alles andere machen.«

»Alec«, sagte Clyde, »mit dieser Einstellung kommen Sie schneller wieder auf die Füße, als Sie ahnen.«

»Wir haben ein wenig Geld verloren, weiter nichts. Wir sind noch nicht zu alt, wieder von vorn anzufangen.« (Lieber Gott, würdest Du bitte den Tag des Jüngsten Gerichts so lange aufschieben, bis ich es geschafft habe? Dein Wille geschehe. Amen.)

Margrethe griff nach meiner Hand und drückte sie. Clyde bemerkte es. Er hatte sich halb im Sitz umgedreht, so daß er gleichzeitig seine Frau und uns ansah. »Sie werden es schaffen«, sagte er. »Zusammen mit Ihrer Frau müssen Sie es einfach schaffen.«

»Das glaube ich auch. Ich danke Ihnen.« Ich wußte, warum er sich umgedreht hatte: um Margrethe anzustarren. Ich hätte ihm gern gesagt, er solle nicht so aufdringlich gaffen, aber unter den Umständen ging das nicht. Im übrigen hatten Mr. und Mrs. Bulkey offenbar an Margrethes Kleidung nicht das geringste auszusetzen. Mrs. Bulkey war genauso gekleidet, eher noch schamloser. Weniger Kleidung und mehr nackte Haut. Ich muß zugeben, daß sie einen erfreulichen Anblick bot, wenn sie auch an Margrethes unsterbliche Schönheit nicht heranreichte.

In Painted Desert hielten wir an und stiegen aus. Wir bewunderten die unglaubliche Schönheit der Landschaft. Ich war hier schon gewesen, aber Margrethe noch nicht, und der Anblick nahm ihr fast den Atem. Clyde erzählte, daß sie hier immer anhielten und ausstiegen, obwohl sie es schon hundertmal gesehen hätten.

Korrektur: Ich war hier schon gewesen . . . aber in einer anderen Welt. Painted Desert schien zu beweisen, was ich schon immer vermutet hatte: Nicht Mutter Erde veränderte sich zusammen mit diesen wilden Veränderungen; nur der Mensch und seine Werke – und selbst diese nur zum Teil. War ich tatsächlich paranoid? Es gab kaum eine andere Erklärung. Aber ich durfte mich nicht gehen lassen. Ich mußte für Margrethe sorgen.

Clyde kaufte uns Hot Dogs und kalte Getränke und lehnte mein Angebot ab, dafür zu bezahlen. Als wir zum Wagen zurückkamen, setzte Clyde sich ans Steuer und lud Margrethe ein, sich neben ihn zu setzen. Es gefiel mir nicht sehr, aber das durfte ich nicht zeigen, denn Bessie sagte sofort: »Armer Alec! Er muß sich mit mir alter Kuh zufriedengeben. Aber trösten Sie sich, mein Lieber. Bis wir in Chambers abbiegen, sind es nur noch dreiundzwanzig Meilen . . . oder weniger als dreiundzwanzig Meilen, wenn man Clydes Fahrweise bedenkt.«

Diesmal brauchte Clyde dreißig Minuten. Aber er wartete, bis ein Fahrer sich bereiterklärte, uns bis Gallup mitzunehmen.

Wir erreichten Gallup noch vor Einbruch der Dunkelheit. Trotz unser $ 8,80, die wir noch in der Tasche hatten, wurde es langsam Zeit, sich nach schmutzigem Geschirr umzusehen. Gallup hat fast so viele Motels und Absteigen wie Indianer, und etwa die Hälfte dieser Etablissements sind Restaurants angeschlossen. Beim dreizehnten Versuch fand ich ein Lokal, das einen Tellerwäscher brauchte.

Vierzehn Tage später waren wir in Oklahoma City. Wenn Sie das für eine langsame Reise halten, haben Sie recht: wir schafften weniger als fünfzig Meilen an einem Tag. Aber es war sehr viel geschehen, und ich kam mir wirklich paranoid vor – ein Weltenwechsel nach dem anderen und immer dann, wenn es mir die größten Schwierigkeiten verursachte.

Haben Sie schon mal eine Katze mit einer Maus spielen sehen? Die Maus hat keine Chance. Sie weiß es, selbst wenn sie nur das bißchen Verstand hat, das der Herr ihr mitgegeben hat. Dennoch versucht die Maus es immer wieder . . . und immer wieder wird sie eingefangen.

Ich war die Maus.

Oder wir waren die Mäuse, denn Margrethe war bei mir . . . und sie war das einzige, was mich aufrechterhielt. Sie beklagte sich nicht, und sie verließ mich nicht. Also konnte auch ich nicht aufgeben.

Ein Beispiel: Ich hatte gemerkt, daß man nach einem Weltenwechsel mit Papiergeld nichts anfangen konnte. Hartgeld dagegen, Gold oder Silber, konnte man irgendwie eintauschen, wenn nicht als gängige Münze, so doch nach dem Metallwert. Deshalb geizte ich mit Hartgeld und weigerte mich, Papiergeld dafür anzunehmen.

Kluger Junge. Alec, du hast wirklich Verstand.

An unserem dritten Tag in Gallup schliefen Marga und ich in unserem Zimmer, das wir mit Geschirrspülen (ich) und mit Raumpflege (Margrethe) finanziert hatten. Wir wollten eigentlich gar nicht schlafen; wir wollten uns nur vor dem Essen ein wenig ausruhen; es war ein harter Tag gewesen. Wir legten uns angezogen auf das Bett.

Ich war gerade ein wenig zur Ruhe gekommen, als ich etwas Hartes unter meinem Kreuz fühlte. Ich wurde wieder wach und merkte, daß mir die gehorteten Silberdollar aus der Tasche geglitten waren, als ich mich umdrehte. Ich zog meinem Arm unter Margrethes Kopf weg, zählte die Dollar, nahm das übrige Wechselgeld und legte die Münzen auf den Nachttisch, der dreißig Zentimeter von meinem Kopf entfernt war. Dann legte ich mich zurück, schob meinen Arm unter Margas Kopf und schlief wieder ein.

Als ich aufwachte, war stockdunkle Nacht.

Ich schrak hoch. Margrethe schnarchte leise auf meinem Arm. Ich schüttelte sie ein wenig. »Aufwachen, Honey.«

»Hmmm?«

»Es ist schon spät. Vielleicht haben wir das Dinner verpaßt.«

Auch sie wurde rasch wach. »Kannst du nicht die Nachttischlampe einschalten?«

Ich fummelte nach dem Schalter und fiel fast aus dem Bett.

»Ich kann das verdammte Ding nicht finden. Es ist dunkel wie in einem Kohlebergwerk. Sekunde, ich schalte das Deckenlicht ein.«

Vorsichtig stieg ich aus dem Bett, ging zur Tür, stolperte über einen Stuhl und konnte die Tür nicht finden – ich suchte und fand sie. Nach einigem Fummeln fand ich auch den Lichtschalter. Das Deckenlicht leuchtete auf.

Einen langen entsetzlichen Augenblick schwiegen wir. Dann sagte ich genau so albern wie unnötigerweise: »Sie haben es schon wieder getan.«

Der Raum hatte die charakteristische Anonymität irgendeines beliebigen Zimmers in einem Motel. Dennoch unterschied er sich in Einzelheiten von dem Raum, in dem wir uns schlafen gelegt hatten.

Und unsere gesparten Silberdollars waren verschwunden.

Außer den Kleidern, die wir trugen, war alles verschwunden – der Rucksack, die sauberen Socken, die zusätzliche Garnitur Unterwäsche, der Kamm, der Rasierapparat, alles. Davon mußte ich mich bei einer genauen Prüfung vergewissern.

»Was nun, Marga?«

»Was immer Sie sagen, Sir.«

»Hmm. Ich glaube nicht, daß die Leute in der Küche mich kennen. Aber vielleicht lassen sie mich trotzdem Geschirr spülen.«

»Vielleicht brauchen sie sogar eine Serviererin.«

Die Tür hatte ein Schnappschloß, und ich hatte keinen Schlüssel. Ich ließ sie deshalb einen Zoll weit auf. Die Tür führte direkt nach draußen, und jenseits des Parkplatzes lag das Büro – ein Eckraum mit einem beleuchteten Schild über der Tür: Büro – alles nicht ungewöhnlich, nur daß es anders aussah als das Motel, in dem wir gearbeitet hatten. In dem hatte sich das Büro des Managers vorn in einem zentralen Gebäude befunden, und dahinter hatte das Restaurant gelegen.

Ja, wir hatten das Dinner verpaßt.

Und das Frühstück. Dieses Motel hatte kein Restaurant.

»Nun, Marga?«
»In welcher Richtung liegt Kansas?«
»Dort drüben . . . glaube ich. Aber wir haben zwei Möglichkeiten. Wir können in unser Zimmer zurückgehen und bis Tagesanbruch schlafen. Oder wir können auf den Highway hinausgehen und versuchen, mitgenommen zu werden. In der Dunkelheit.«
»Alec, ich sehe nur eine Möglichkeit. Wenn wir in unser Zimmer zurückgehen und uns schlafenlegen, werden wir bei Tagesanbruch um einige Stunden hungriger aufwachen, und es wird uns nicht besser gehen als jetzt. Vielleicht sogar schlechter, wenn sie merken, daß wir in einem Zimmer geschlafen haben, das wir nicht bezahlt haben –«
»Wir haben eine Riesenmenge Geschirr gespült!«
»Aber nicht hier. Vielleicht würden die Leute sogar die Polizei holen.«
Wir marschierten los.

Das war typisch für die Verfolgung, der wir bei unserem Versuch, nach Kansas zu gelangen, ausgesetzt waren. Ja, ich sagte »Verfolgung«. Wenn Paranoia darin besteht, daß man glaubt, die Umwelt habe sich gegen einen verschworen, dann war ich paranoid geworden. Aber es war entweder eine »normale« Paranoia (wenn Sie mir diese merkwürdige Formulierung verzeihen), oder ich litt an so monumentalen Wahnvorstellungen, daß man mich einsperren und behandeln müßte.

Vielleicht. Und wenn es so war, dann gehörte auch Margrethe zu meinen Wahnvorstellungen – aber das konnte ich nicht akezptieren. Um eine *folie á deux* konnte es sich nicht handeln. Margrethe war in jeder Welt geistig normal.

Erst gegen Mitte des Tages bekamen wir etwas zu essen, und inzwischen sah ich schon Gespenster, wo ein normaler Mann allenfalls eine Windhose gesehen hätte. Mein Verstand war, wo die Heckenlilien ranken, und die Sonne von New Mexico, die mir auf den Schädel brannte, besserte meinen Zustand auch nicht gerade.

Eine Gruppe von Bauarbeitern nahm uns mit und fuhr uns nach Grants. Die Männer kauften uns etwas zum Lunch, bevor sie weiterfuhren. Man mag mir jede erdenkliche Geisteskrankheit bescheinigen können, aber dumm bin ich nicht; die Fahrt und die Mahlzeit hatten wir allein der Tatsache zu verdanken, daß Margrethe in ihren unanständig engen Shorts die Aufmerksamkeit der Männer erregt hatte. Darüber mußte ich während des Essens nachdenken (das mir übrigens gut schmeckte). Aber ich behielt meine Gedanken für mich.

Als sie weggefahren waren, sagte ich: »Nach Osten?«

»Yes, Sir. Natürlich.« Da es in dieser Welt unseres Freundes Steve keine Luftfahrt gab, hatte ich vermutet, daß Steves Welt die Welt sein könnte, in der Margrethe geboren wurde (und deshalb auch die Welt des »Alec Graham«). In Gallup hatten wir in der öffentlichen Bibliothek nachgelesen – während Margrethe sich mit dänischer Geschichte beschäftigte, hatte ich in einer Enzyklopädie amerikanische Geschichte nachgeschlagen. Wir brauchten nur fünf Minuten, um festzustellen, daß Steves Welt nicht Margrethes Welt war. Ich fand heraus, daß Bryan 1896 zum Präsidenten gewählt worden und im Amt gestorben war. Sein Nachfolger wurde sein Vizepräsident Arthur Sewall – und mehr brauchte ich nicht zu wissen. Der Rest waren Präsidenten und Kriege, von denen ich noch nie gehört hatte.

Nachdem Margrethe ihre Nachforschungen beendet hatte, rümpfte sie empört die Nase. Als wir draußen waren, wo wir nicht mehr flüstern mußten, fragte ich sie, warum sie denn so ärgerlich sei. »Dies ist nicht deine Welt, Liebes«, sagte ich. »Da bin ich ganz sicher.«

»Nein, das ist bestimmt nicht meine Welt!«

»Aber wir konnten nur von dem negativen Befund ausgehen. Vielleicht gibt es Welten, in denen man keine Luftfahrt kennt.«

»Ich bin froh, daß dies nicht meine Welt ist! Alec, in dieser Welt gehört Dänemark zu Schweden. Ist das nicht schrecklich?«

Ich wußte wirklich nicht, warum sie sich so aufregte. Es sind beides skandinavische Länder und einander ziemlich ähnlich – so schien es mir wenigstens »Es tut mir leid, Liebes, aber davon verstehe ich nicht viel.« (Ich war einmal in Stockholm gewesen, und die Stadt hatte mir sehr gut gefallen, aber dies schien nicht der rechte Zeitpunkt, es ihr zu sagen.)

»Und in diesem albernen Buch steht, daß Stockholm die Hauptstadt ist und Karl XVI. König. Alec, er ist nicht einmal von königlicher Abstammung! Und jetzt muß ich lesen, daß er mein König ist!«

»Aber Liebling, er ist nicht dein König. Dies ist doch überhaupt nicht deine Welt.«

»Ich weiß. Alec? Wenn wir uns hier niederlassen – wenn die Welt sich nicht wieder verändert – könnte ich dann naturalisiert werden?«

»Das denke ich doch.«

Sie seufzte. »Ich will nämlich keine Schwedin sein.«

Ich schwieg. Es gab Dinge, bei denen ich ihr nicht helfen konnte.

Wir suchten also auch in Grants die öffentliche Bücherei auf, um festzustellen, was die letzten Veränderungen der Welt angetan hatten. Da wir keine *aeroplanos* und auch keine lenkbaren Luftschiffe gesehen hatten, war es möglich, daß wir uns jetzt in Margrethes Welt befanden. Diesmal schaute ich zuerst unter »Luftfahrt« nach – ich fand keine lenkbaren Ballons, wohl aber Flugmaschinen . . . Anfang des Jahrhunderts von Dr. Alberto Santos-Dumont, einem Brasilianer, erfunden – und der Name des Erfinders verblüffte mich, denn in meiner Welt war der Mann einer der Pioniere des Luftschiffbaus gewesen, allenfalls vom Grafen Zeppelin übertroffen. Offensichtlich waren die Flugmaschinen des Doktors, verglichen mit Düsenflugzeugen und selbst *aeroplanos*, ziemlich primitiv. Sie schienen eher Kuriositäten als kommerzielle Fahrzeuge zu sein. Anschließend wandte ich mich der amerikanischen Geschichte zu und suchte zuerst William Jennings Bryan.

Ich fand ihn nicht, aber ich hatte ja gewußt, daß dies nicht meine Welt war.

Aber Marga war sehr zufrieden. Sie konnte es kaum erwarten, nach draußen zu kommen, um es mir zu erzählen. »In dieser Welt ist ganz Skandinavien ein einziges großes Land . . . und Kopenhagen ist seine Hauptstadt.«

»Das ist ja ausgezeichnet.«

»Königin Margrethes Sohn Prinz Frederick wurde als Eric Gustav zum König gekrönt – zweifellos ein Zugeständnis an die Fremden. Aber er ist von königlichem Geblüt und ein Däne bis auf die Knochen. Und so muß es auch sein.«

Ich versuchte, ihr zu zeigen, daß auch ich mich freute. Obwohl wir keinen Cent hatten und nicht wußten, wo wir in dieser Nacht schlafen sollten, war sie selig wie ein Kind zu Weihnachten . . . und das wegen einer Sache, der ich wirklich keine Bedeutung beimaß.

Mit zwei verschiedenen Fahrzeugen erreichten wir Albuquerque, und ich hielt es für klug, dort eine Weile zu bleiben – es ist ein großer Ort –, selbst wenn wir wieder auf die Heilsarmee angewiesen sein sollten. Aber ich fand rasch einen Job als Tellerwäscher im Restaurant des örtlichen Holiday Inn, und Margrethe fing in dem Laden als Serviererin an.

Wir hatten gerade zwei Stunden gearbeitet, als sie zu mir in die Spülküche kam und etwas in meine Tasche gleiten ließ, während ich mich über die Spüle beugte. »Ein Geschenk für dich, Liebling.«

Ich drehte mich um. »Hallo, Schatz.« Ich schaute in meiner Tasche nach – es war ein Rasierapparat mit einem abschraubbaren Griff, der zusammen mit ein paar Klingen in einem wasserdichten Etui steckte, das kleiner war als ein Taschentestament und das man auch bequem in der Tasche mitführen konnte. »Gestohlen?«

»Nicht ganz. Trinkgeld. Ich bekam ihn beim Verkaufsstand im Foyer. Sobald wir unsere erste Pause haben, mußt du dich rasieren, Liebling.«

»Ich will dir mal was sagen, Puppe. Dich stellen sie wegen deines guten Aussehens ein, mich nehmen sie wegen meines starken Rückens, meines schwachen Verstands und meiner Folgsamkeit. Es ist ihnen gleichgültig, wie ich aussehe.«

»Aber mir nicht.«

»Dein Wunsch ist mir Befehl. Und jetzt raus hier. Du hältst den Betrieb auf.«

Am Abend erklärte Margrethe mir, warum sie mir als erstes einen Rasierapparat gekauft hatte. »Liebling, es ist nicht nur, weil ich will, daß du kurzes Haar und ein glattes Gesicht hast – obwohl – obwohl es der Fall ist! Immer wieder sind wir Lokis Tricks ausgesetzt, und jedes Mal müssen wir Arbeit finden, nur um essen zu können. Du sagst, daß es niemanden interessiert, wie ein Tellerwäscher aussieht . . . aber *ich* sage dir, daß man eher eingestellt wird, wenn man sauber und adrett aussieht. Schaden kann es auf keinen Fall.

Aber es gibt noch einen anderen Grund. Als Ergebnis dieser Veränderungen hast du dir mehr als einmal den Bart nicht abnehmen können – ich glaube fünfmal und einmal sogar drei Tage lang. Liebling, wenn du frisch rasiert bist, fühlst du dich wohler und wirkst gleich viel glücklicher. Und das macht mich auch glücklich.«

Margrethe machte mir eine Art Geldkatze – eigentlich einen

Tuchbeutel mit einer Art Gürtel aus Tuch – den ich im Bett tragen sollte. »Liebling, immer wenn diese Veränderungen eintraten, haben wir alles verloren, was wir nicht an uns trugen. Ich möchte, daß du deinen Rasierapparat und unser Hartgeld in diese Tasche tust und sie umbindest, wenn du dich zum Schlafen ausziehst.«

»Ich glaube nicht, daß wir den Satan so leicht überlisten können.«

»Vielleicht können wir das nicht, aber wir sollten es wenigstens versuchen. Wir haben jede Veränderung mit der Kleidung überstanden, die wir gerade trugen, und mit dem, was wir in der Tasche hatten. Das scheint eine Regel zu sein.«

»Das Chaos kennt keine Regeln.«

»Vielleicht ist es gar kein Chaos. Alec, wenn du es dir im Bett nicht umbinden willst, hast du dann etwas dagegen, daß ich es tue?«

»Oh, ich werde es mir schon umbinden. Ich werde den Satan nicht aufhalten, wenn er es uns wirklich nehmen will. Darüber mache ich mir eigentlich keine Sorgen. Einmal warf er uns nackt in den Pazifik, und wir sind gerettet worden – erinnerst du dich? Was mir wirklich Sorgen macht, ist dies: Marga, hast du gemerkt, daß wir uns bei jeder Veränderung aneinander festgehalten haben? Wenigstens haben wir uns bei den Händen gehalten.«

»Das habe ich gemerkt.«

»Eine Veränderung geschieht in Sekundenschnelle. Was passiert, wenn wir einmal nicht zusammen sind und uns nicht aneinander festhalten? Oder uns wenigstens berühren? Kannst du mir das sagen?«

Sie schwieg so lange, daß ich wußte, daß sie meine Frage nicht beantworten wollte.

»Hmm«, sagte ich. »Ich weiß es auch nicht. Aber wir *können* nicht immer wie siamesische Zwillinge herumlaufen und uns die ganze Zeit anfassen. Wir müssen arbeiten. Meine Geliebte, mein Leben, der Satan oder Loki oder welcher böse Geist uns das auch immer antut, kann uns für immer trennen, wenn er einen Zeitpunkt wählt, wo wir uns nicht berühren.«

»Alec.«

»Ja, mein Liebling?«

»Das hätte Loki seit langem jeden Augenblick tun können. Aber es ist nicht geschehen.«

»Dann könnte es schon in der nächsten Sekunde geschehen.«
»Ja. Aber es geschieht vielleicht überhaupt nicht.«

Wir zogen weiter und erlitten noch eine Reihe von Veränderungen. Margrethes Vorsichtsmaßnahmen schienen zu funktionieren – bei einer dieser Veränderungen fast ein wenig *zu* gut: ich entging nur knapp einer Gefängnisstrafe wegen illegalen Besitzes von Silbermünzen. Aber eine rasche Veränderung (die schnellste, die wir bis dahin erlebt hatten) entzog uns der Anklage, der Beweisführung und den Belastungszeugen. Wir fanden uns in einem fremden Gerichtssaal wieder und wurden rasch hinausgeworfen, weil wir keine Karten hatten, die uns zur Teilnahme an der Sitzung berechtigten.

Aber ich behielt den Rasierapparat; kein Polizist, kein Sheriff und kein Richter schien ihn beschlagnahmen zu wollen.

Wir reisten nach unserer gewohnten Methode (mein erhobener Daumen und Margrethes hübsche Beine; ich hatte inzwischen beschlossen, mich über das Unvermeidliche lieber zu freuen statt zu ärgern). Ein Lastwagenfahrer hatte uns in einer schönen Landschaft abgesetzt – es muß in Texas gewesen sein – und war von der 66 nach Norden auf eine Nebenstraße abgebogen.

Wir hatten die Wüste hinter uns gelassen und grünbewachsenes leicht hügeliges Land erreicht. Es war ein wunderschöner Tag, aber wir waren müde, hungrig, verschwitzt und schmutzig, denn unsere Verfolger – der Satan oder wer immer – hatten sich selbst übertroffen: drei Veränderungen in sechsunddreißig Stunden.

An einem Tage hatte ich zwei Tellerwäscherjobs in derselben Stadt und an derselben Adresse . . . und hatte kein Geld bekommen. Es ist schwierig, im Lonesome Cowboy Steak House Lohn zu kassieren, wenn es sich in Vivian's Grill verwandelt, während man zuschaut. Dasselbe galt drei Stunden später, als Vivian's Grill zu einer Gebrauchtwagenhandlung zusammenschmolz. Das einzige Gute an diesen Schockerlebnissen war, daß Margrethe durch glücklichen Zufall (oder geplant?) jedes Mal bei mir war – in einem Fall war sie gekommen, um mich abzuholen, und sie wartete mit mir zusammen, während der Boß meine Stunden ausrechnete; das andere Mal hatte sie mit mir zusammen gearbeitet.

Die dritte Veränderung brachte uns um unser Nachtquartier, das Margrethe schon mit ihrer Arbeit bezahlt hatte.

Wir waren also müde, hungrig und schmutzig, als der Lastwagenfahrer uns absetzte, und meine Paranoia hatte einen neuen Höhepunkt erreicht.

Wir waren ein paar hundert Meter gegangen, als wir einen kleinen Bach erreichten, etwas, über das man sich in Texas besonders freut.

Wir blieben auf dem Steg stehen, der über den Bach hinwegführte.

»Margrethe, hättest du nicht Lust, durch den Bach zu waten?«

»Darling, ich werde nicht nur waten, ich werde darin baden.«

»Hmm – Ja, wir kriechen unter dem Zaun hindurch und gehen sechzig oder siebzig Meter den Bach entlang. Dann kann uns von der Straße aus wahrscheinlich niemand sehen.«

»Liebling, von mir aus können sich alle dort hinstellen und klatschen, wenn sie wollen; ich werde jedenfalls baden. Und – das Wasser sieht klar aus. Ob man es trinken kann?«

»Stromaufwärts? Sicherlich. Wir haben seit diesem Eisberg schon schlimmere Dinge riskiert. Wenn wir jetzt auch noch etwas zu essen hätten. Vielleicht dein Eis mit heißer Soße. Oder möchtest du lieber Rührei?« Ich hielt den unteren Draht hoch, damit sie hindurchkriechen konnte.

»Wärest du mit einem Schokoladenriegel zufrieden?«

»Lieber eine Milky Way«, antwortete ich. »Jedenfalls wenn ich die Wahl hätte.«

»Du hast leider nicht die Wahl, Schatz. Wir haben nur einen Schokoladenriegel.« Sie hielt den Draht für mich hoch.

»Vielleicht sollten wir nicht mehr über Essen reden, wenn wir doch keins haben«, sagte ich und kroch hindurch. Als ich mich wieder aufrichtete, sagte ich: »Ich würde sogar ein Stinktier roh essen.«

»Wir haben etwas zu essen, lieber Mann. Ich habe einen Schokoladenriegel in meiner Tasche.«

Ich blieb ruckartig stehen. »Wenn du Witze machst, Frau, werde ich dich verprügeln.«

»Ich mache keine Witze.«

»In Texas kann ein Mann völlig legal seine Frau züchtigen,

wenn der Stock nicht dicker ist als sein eigener Daumen.« Ich hielt einen Daumen hoch. »Siehst du irgendwo einen Stock von dieser Stärke?«

»Ich werde einen suchen.«

»Woher hast du diesen Schokoladenriegel?«

»Aus dem Gasthaus, in dem Mr. Facelli uns zu Kaffee und Gebäck einlud.«

Mr. Facelli hatte uns nachts gefahren, bevor der Lastwagenfahrer uns mitnahm, der uns eben abgesetzt hatte. Zwei kleine Stücke Gebäck und der Zucker und die Sahne für den Kaffee waren die einzigen Kalorien gewesen, die wir in vierundzwanzig Stunden zu uns genommen hatten.

»Die Prügel können warten. Wenn du den Riegel aber gestohlen hast, Frau, werden wir darüber noch reden müssen. Hast du wirklich einen echten Schokoladenriegel – oder fange ich an zu phantasieren?«

»Alec, du glaubst doch nicht etwa, ich würde einen Riegel Schokolade stehlen? Ich habe ihn aus einem Automaten gezogen, als du mit Mr. Facelli nach dem Essen im Waschraum warst.«

»Wie denn? Du hattest doch kein Geld. Jedenfalls keins aus dieser Welt.«

»Nein, aber ich hatte noch ein Zehncentstück in der Tasche. Aus der Zeit vor der zweitletzten Veränderung. Natürlich war es kein gültiges Geld. Aber ich sah nichts Böses darin, zu prüfen, ob der Apparat es annimmt. Und er hat es angenommen. Aber ich steckte den Riegel rasch weg, bevor ihr beiden zurückkamt . . . denn ich hatte keine drei Geldstücke, und ich konnte Mr. Facelli nicht gut einen Schokoladenriegel anbieten.« Sie sah mich besorgt an. »Glaubst du, daß es Betrug war, die Münze in den Automaten zu stecken?«

»Die Frage will ich nicht weiterverfolgen . . . wenn du mich an der Beute aus diesem Verbrechen beteiligst. Und das macht mich gleichermaßen schuldig. Äh . . . essen wir erst oder baden wir erst?«

Wir aßen zuerst und spülten das Picknickbankett mit klarem Bachwasser herunter. Dann badeten wir mit viel Gespritze und Gelächter. Ich erinnere mich an diesen Augenblick als einen der glücklichsten meines Lebens. Margrethe hatte noch Seife in ihrer Tasche, und ich stellte das Handtuch zur Verfügung, mein

Hemd. Zuerst rieb ich Margrethe damit ab, dann mich. Die trockene warme Luft erledigte den Rest.

Was unmittelbar darauf geschah, war unvermeidlich. Ich hatte noch nie in meinem Leben im Freien geliebt, schon gar nicht am hellichten Tag. Wenn jemand mit einem solchen Vorschlag an mich herangetreten wäre, hätte ich gesagt, daß es für mich eine psychologische Unmöglichkeit sei; ich wäre zu gehemmt und mir der Unanständigkeit eines solchen Tuns zu sehr bewußt gewesen.

Ich bin erstaunt und glücklich darüber, daß mir die Umstände zwar völlig klar waren, ich aber völlig sorglos und sehr wohl zu so etwas imstande war . . . vielleicht lag das an Margrethes überschäumendem und ansteckendem Enthusiasmus.

Ich hatte vorher auch noch nie nackt im Gras geschlafen. Ich glaube, wir schliefen ungefähr eine Stunde.

Als wir aufwachten, bestand Margrethe darauf, mich zu rasieren. Ich konnte mich selbst nicht sehr gut rasieren, weil ich keinen Spiegel hatte, aber sie konnte es und tat es mit gewohntem Geschick. Wir standen bis an die Knie im Wasser ; ich bereitete mit den Händen Seifenschaum und seifte mir das Gesicht ein. Sie rasierte mich, und ich erneuerte den Schaum, wenn es nötig war.

»So«, sagte sie zuletzt und gab mir zum Abschluß einen Kuß. »Fertig. Spül dir das Gesicht ab und vergiß nicht die Ohren. Ich suche das Handtuch. Dein Hemd.« Sie stieg aus dem Wasser, während ich mich tief bückte und mir Wasser ins Gesicht spritzte.

»Alec –«

»Ich kann dich nicht verstehen; das Wasser rauscht so.«

»Bitte, Liebling!«

Ich richtete mich auf, wischte mir das Wasser aus den Augen und schaute mich um.

Alles, was wir besaßen, war verschwunden, alles außer meinem Rasierapparat.

# XVII

*Aber gehe ich nun stracks vor mich, so ist er nicht da; gehe ich zurück, so spüre ich ihn nicht; ist er zur Linken, so schaue ich ihn nicht; verbirgt er sich zur Rechten, so sehe ich ihn nicht.* Hiob 23:8–9

»Was hast du mit der Seife gemacht?« fragte Margrethe.

Ich atmete tief durch und seufzte: »Habe ich dich richtig verstanden? Hast du gefragt, was ich mit der Seife gemacht habe?«

»Was hätte ich denn sonst sagen sollen?«

»Äh – Das weiß ich nicht. Aber das nicht. Ein Wunder geschieht . . . und du kümmerst dich um ein Stück Seife.«

»Alec, Wunder, die immer wieder geschehen, sind keine Wunder mehr; sie sind nur eine Belästigung. Zu viele Wunder sind einfach zuviel. Ich würde am liebsten schreien oder in Tränen ausbrechen. Deshalb habe ich nach der Seife gefragt.«

Ich war selbst schon fast hysterisch, aber was Margrethe jetzt sagte, traf mich wie ein kalter Wasserguß. Margrethe? Sie, die Eisberge und Erdbeben gelassen überstanden hatte, die selbst unter den widrigsten Umständen niemals klagte . . . ausgerechnet *sie* wollte schreien?

»Es tut mir leid, Schatz. Ich hatte die Seife in der Hand, als du mich rasiertest, aber ich hatte sie nicht in der Hand, als ich mir das Gesicht abspülte. Ich nehme an, ich habe sie ins Gras gelegt, aber ich weiß es nicht mehr genau. Ist das denn so wichtig?«

»Wahrscheinlich nicht. Allerdings wäre dieses nur einmal benutzte Stück *Camay* die Hälfte unseres weltlichen Besitzes, wenn ich ihn finden könnte. Der Rasierapparat wäre die andere Hälfte. Vielleicht hast du die Seife ins Gras gelegt, aber ich sehe sie nicht.«

»Dann ist sie weg, Marga. Aber es gibt wichtigere Dinge, über die wir uns Sorgen machen müssen, bevor wir wieder so schmutzig sind, daß wir Seife brauchen. Essen, Kleidung, Unterkunft.« Ich kletterte ans Ufer. »Schuhe. Wir haben nicht einmal Schuhe. Was sollen wir jetzt tun? Ich bin fassungslos. Wenn ich eine Klagemauer hätte, würde ich klagen.«

»Beruhige dich, Liebling, beruhige dich.«

»Darf ich denn wenigstens ein bißchen jammern?«

Sie kam zu mir, legte die Arme um mich und küßte mich. Jammere soviel du willst. Du kannst für uns beide jammern. Und dann überlegen wir uns, was wir unternehmen können.«

Wenn Margrethe ihre Arme um mich legt, kann ich nicht deprimiert sein. »Hast du irgendeine Idee? Mir fällt nichts ein außer zum Highway zurückzugehen und zu versuchen mitgenommen zu werden . . . in meinem Zustand keine sehr verlokkende Aussicht. Ich habe nicht einmal ein Feigenblatt. Siehst du irgendwo einen Feigenbaum?«

»Gibt es in Texas denn Feigenbäume?«

»In Texas gibt es alles. Was sollen wir tun?«

»Wir gehen zum Highway zurück und laufen los.«

»Barfuß? Warum nicht stehenbleiben und den Daumen heben? Barfuß kommen wir ohnehin nicht weit. Meine Füße sind empfindlich.«

»Sie werden sich schon abhärten. Alec, wir müssen in Bewegung bleiben. Das ist wichtig für unsere Moral, Liebling. Wenn wir aufgeben, werden wir sterben. Das weiß ich.«

Zehn Minuten später gingen wir auf dem Highway langsam nach Osten. Aber es war nicht der Highway, den wir verlassen hatten. Dieser hatte nicht zwei, sondern vier Fahrspuren und ein weiß gepflastertes Bankett. Der Zaun, der die Straße begrenzte, bestand nicht aus dreifach gezogenem Stacheldraht, sondern aus einem etwa mannshohen Drahtgitter. Wir hätten Schwierigkeiten gehabt, den Highway zu erreichen, wenn der Bach nicht gewesen wäre. Wir stiegen ins Wasser, hielten die Luft an und tauchten unter dem Zaun hindurch. Jetzt waren wir wieder naß, und wir hatten weder ein Handtuch noch ein Hemd. Aber die Luft war so warm, daß wir bald wieder trocken waren.

Auf diesem Higway herrschte viel stärkerer Verkehr als auf dem, den wir verlassen hatten, und zwar Fracht- und Personenverkehr. Und die Fahrzeuge fuhren *schnell*. Wie schnell, konnte ich nicht beurteilen, aber die Geschwindigkeit schien mir doppelt so hoch wie die jedes anderen Landverkehrs, den ich je gesehen hatte. Vielleicht fuhren sie sogar so schnell, wie die Luftschiffe im Verkehr über die Ozeane flogen.

Es gab große Fahrzeuge, die offensichtlich Fracht beförderten, aber nicht so sehr wie Lastwagen, sondern eher wie Eisenbahnwaggons aussahen. Sie waren sogar noch länger. Ich rechnete mir aus, daß jedes ungefähr so lang war wie drei Lastwagen. Ich zählte die Räder. Sechzehn pro Wagen? Sechs weitere vorn an einer Art Lokomotive, insgesamt also vierundfünfzig Räder. War das überhaupt möglich?

Diese Ungetüme fuhren fast geräuschlos. Man hörte nur die Luft an ihnen vorbeistreichen und das Schnurren der Reifen auf dem Pflaster. Mein Professor für Dynamik wäre begeistert gewesen.

Auf der Spur an unserer Seite fuhren Fahrzeuge, die ich für Personenwagen halten mußte, wenn ich auch nicht ins Innere hineinschauen konnte. Wo man Fenster erwartet hätte, hatten diese Wagen Spiegel oder getöntes Metall. Sie waren lang und flach und stromlinienförmig wie ein Luftschiff.

Und jetzt sah ich, daß es sich nicht um *einen* Highway, sondern um *zwei* handelte. Der gesamte Verkehr auf der Straße an unserer Seite fuhr in östliche Richtung; mindestens hundert Meter dahinter bewegte sich der Verkehr ausschließlich nach Westen. Noch etwas weiter entfernt sah ich zwischen den vorbeirauschenden Fahrzeugen einen zweiten Begrenzungszaun. Es war das breiteste Straßengelände, das ich je gesehen hatte.

Wir schleppten uns den Rand des Banketts entlang. Ich glaubte allmählich nicht mehr an die Chance, daß uns jemand mitnehmen würde. Selbst wenn uns jemand sah (und das schien ungewiß), wie könnten sie schnell genug anhalten, um uns einsteigen zu lassen? Dennoch hob ich bei jedem Fahrzeug den Daumen.

Ich behielt meine Befürchtungen für mich. Nachdem wir endlos lange marschiert waren, scherte mindestens eine Meile vor uns ein Wagen aus der Fahrspur aus und hielt auf dem Bankett. Dann setzte er mit einer Geschwindigkeit zurück, die ich, selbst wenn er vorwärtsgefahren wäre, für zu hoch gehalten hätte. Rasch sprangen wir zur Seite.

Der Wagen hielt neben uns. Eine der etwa einen Meter breiten Spiegelsektionen hob sich, und ich konnte in die Passagierskabine hineinsehen. Der Fahrer schaute uns an und grinste. »Das ist ja nicht zu fassen!«

Ich versuchte zurückzugrinsen. »Ich kann es selbst nicht fassen. Aber so ist es nun einmal. Würden Sie uns mitnehmen?«

»Könnte sein.« Er starrte Margrethe von oben bis unten an. »Mein Gott, sind Sie hübsch. Was ist denn passiert?«

Margrethe antwortete an meiner Stelle. »Sir, wir sind völlig verloren.«

»Das sieht so aus. Aber wie haben Sie es geschafft, auch noch Ihre Kleidung zu verlieren? Wurden Sie entführt? Oder was? Aber das hat Zeit. Ich bin Jerry Farnsworth.«

Diesmal antwortete ich. »Wir sind Alec und Margrethe Graham.«

»Freut mich, Sie kennenzulernen. Wenigstens sieht es nicht so aus, als seien Sie bewaffnet – abgesehen von dem Ding, das Sie da in der Hand haben, Miss Graham. Was ist es?«

»Ein Rasierapparat.« Sie hielt ihm das Etui hin.

Er nahm es, betrachtete es und gab es ihr zurück. »Tatsächlich. So ein Ding hab ich zuletzt gesehen, als ich noch zu jung war, um mich zu rasieren. Damit können Sie mich bestimmt nicht kidnappen. Steigen Sie ein. Alec, Sie können den Rücksitz haben, und Ihre Schwester kann vorn bei mir sitzen.« Eine zweite Spiegelfläche hob sich.

»Danke«, sagte ich und dachte mißmutig darüber nach, daß uns keine andere Wahl blieb. »Marga ist nicht meine Schwester, sie ist meine Frau.«

»Sie sind zu beneiden. Haben Sie etwas dagegen, daß Ihre Frau vorn sitzt?«

»Oh, natürlich nicht.«

»Ich glaube, bei dieser Antwort hätte ein Spannungsmesser angefangen zu klingeln. Meine Liebe, Sie setzen sich besser zu Ihrem Mann nach hinten.«

»Sir, Sie haben mich aufgefordert, mich zu Ihnen zu setzen, und mein Mann hat dieser Regelung zugestimmt.« Margrethe glitt auf den Vordersitz. Ich öffnete den Mund und schloß ihn sofort wieder. Ich erkannte, daß ich nichts zu sagen hatte. Ich kletterte auf den Rücksitz und sah, daß der Wagen geräumiger war, als er von außen wirkte. Der Sitz war sehr bequem. Die Türen senkten sich wieder herab, und die »Spiegel« waren jetzt Fenster.

»Ich werde mich jetzt wieder in den Verkehr einfädeln«, sagte unser Gastgeber. »Bleiben Sie nur ganz ruhig sitzen. Manchmal bockt das Ding wie ein Brahmanenbulle, sechs G oder mehr. Nein, warten Sie noch eine Sekunde. Wohin wollen Sie beide eigentlich?« Er sah Margrethe an.

»Wir wollen nach Kansas, Mr. Farnsworth.«

»Nennen Sie mich Jerry, meine Liebe. Nur mit Ihrer Haut bekleidet?«

»Wir haben keine Kleidung, Sir. Wir haben sie verloren.«

»Wir haben alles verloren«, fügte ich hinzu. »Mr. Farnsworth – Jerry – unser Zustand ist beklagenswert. Ja, wir wollen nach Kansas, aber zuerst müssen wir irgendwo Kleidung auftreiben – vielleicht beim Roten Kreuz, ich weiß es nicht. Und wir müssen Arbeit finden, damit wir ein wenig Geld verdienen können. Dann gehen wir nach Kansas.«

»Ich verstehe zwar noch immer nicht alles, aber einiges leuchtet mir ein. Wie wollen Sie denn nach Kansas kommen?«

»Ich wollte eigentlich direkt nach Oklahoma City und von dort aus weiter nach Norden. Wir werden auf den Highways bleiben, da wir ja per Anhalter fahren wollen.«

»Alec, Sie sind tatsächlich ein wenig durcheinander. Sehen Sie diesen Zaun dort? Kennen Sie die Strafe, die Fußgänger zu erwarten haben, wenn sie innerhalb dieses Zauns angetroffen werden?«

»Nein, die kenne ich nicht.«

»Heilige Einfalt! Sie sollten sich lieber an die Nebenstraßen halten, auf denen das Reisen per Anhalter noch legal ist oder wenigstens geduldet wird. Wenn Sie nach Oklahoma City wollen, kann ich Ihnen helfen. Warten Sie.« Er hantierte vorn an den Kontrollhebeln. Er betätigte nicht das Lenkrad, denn es gab keins. Statt dessen sah ich nur zwei Handgriffe.

Der Wagen vibrierte schwach und sprang seitwärts. Ich hatte das Gefühl, in einen weichen Brei gefallen zu sein, und meine Haut juckte wie von statischer Elektrizität. Der Wagen schlingerte wie ein kleines Schiff bei hohem Seegang, aber dieser »weiche Brei« verhinderte, daß wir durchgeschüttelt wurden. Plötzlich war alles wieder ruhig; nur die leichten Vibrationen blieben. Die Landschaft sauste an uns vorbei.

»Nun«, sagte Mr. Farnsworth, »erzählen Sie.«

»Margrethe?«

»Natürlich, Liebling. Du mußt es erzählen.«

»Jerry . . . wir stammen aus einer anderen Welt.«

»Oh, nein!« stöhnte er. »Nicht schon wieder eine fliegende Untertasse! Das wäre in dieser Woche schon die vierte. Ist das Ihre Geschichte?«

»Nein, nein. Ich habe noch nie eine fliegende Untertasse gesehen. Wir stammen von der Erde . . . aber aus einer anderen Zeit. Wir wollten auf dem Highway sechsundsechzig per Anhalter nach Kansas fahren –«

»Moment mal. Sagten Sie sechsundsechzig?«

»Ja, natürlich.«

»So hieß die Straße, bevor sie umgebaut wurde. Aber seit vierzig oder fünfzig Jahren nennt man sie die Interstate vierzig. Heh! Sie sind *Zeitreisende,* nicht wahr?«

»Welches Jahr haben wir?« fragte ich.

»Neunzehnhundertvierundneunzig.«

»Das ist auch unser Jahr. Wir haben Mittwoch, den achtzehnten Mai. Jedenfalls noch heute morgen.«

»Das Datum stimmt immer noch. Aber – Hören Sie, lassen Sie uns nicht hin- und herspringen. Fangen Sie von vorne an, was immer geschehen sein mag, und erzählen Sie mir, wie Sie nackt auf diese Straße gekommen sind.«

Ich erzählte es ihm.

»Diese Feuergrube«, sagte er dann. »Haben Sie sich dabei verbrannt?«

»Ich hatte nur eine kleine Blase.«

»Nur eine Blase? Da wären Sie ja selbst in der Hölle nicht in Gefahr.«

»Hören Sie zu, Jerry, die Leute gehen tatsächlich über glühende Kohlen.«

»Ich weiß. Ich habe es selbst gesehen. In Neuguinea. Aber ich war nicht scharf darauf, es selbst auszuprobieren. Dieser Eisberg – irgend etwas stört mich daran. Wie kann ein Eisberg ein Schiff von der Seite rammen? Ein Eisberg bleibt doch ganz ruhig im Wasser. Gewiß, ein Schiff könnte ihn rammen, aber dann müßte der Schaden doch am Bug entstehen. Stimmt's?«

»Margrethe?«

»Ich weiß es nicht, Alec. Was Jerry sagt, hört sich ganz vernünftig an. Aber so ist es nun mal passiert.«

»Jerry, ich weiß es auch nicht. Wir hatten eine Kabine im Vorderschiff; vielleicht wurde der ganze Bug eingedrückt. Aber wenn Marga es nicht weiß, weiß ich es schon gar nicht, denn ich stieß mir den Kopf, und dann gingen für mich die Lampen aus. Marga hat mich über Wasser gehalten – aber das habe ich ja schon erzählt.«

Farnsworth schaute mich nachdenklich an. Er hatte seinen Sitz gedreht, so daß er uns beide im Blick hatte, während er sprach. Er hatte auch Margrethe gezeigt, wie sie ihren Sitz entriegeln konnte, damit er sich drehen ließ, so daß wir jetzt eine intime Gesprächsrunde bildeten, bei der sich unsere Knie fast berührten – und Jerry drehte dabei dem Verkehr den Rücken zu. »Alec, was wurde aus diesem Hergensheimer?«

»Vielleicht habe ich mich nicht deutlich genug ausgedrückt – mir ist das Ganze ja selbst nicht völlig klar. Es ist *Graham,* der verschwunden ist. *Ich* bin Hergensheimer. Als ich durch die Feuergrube ging und mich in einer anderen Welt wiederfand, trat ich, wie gesagt, an Grahams Stelle. Alle nannten mich Graham und schienen zu glauben, ich *sei* Graham – und Graham war weg. Sie könnten vielleicht meinen, ich hätte den leichtesten Ausweg gewählt . . . aber ich war tausend Meilen von zu Hause entfernt, hatte kein Geld und keine Fahrkarte, und niemand hatte jemals von Alexander Hergensheimer gehört.« Ich zuckte die Achseln und spreizte hilflos die Hände. »Ich habe gesündigt. Ich habe seine Kleidung getragen, ich habe an seinem Tisch gesessen, ich habe auf seinen Namen gehört.«

»Ich verstehe das immer noch nicht. Vielleicht sehen Sie Graham so ähnlich, daß fast jeder darauf hereinfallen würde . . . aber Ihre Frau würde den Unterschied doch merken. Margie?«

Margrethe sah mir traurig und liebevoll in die Augen und sagte ernst: »Jerry, mein Mann ist ein wenig durcheinander. Ein seltsamer Gedächtnisverlust. Er ist Alec Graham. Es gibt keinen Alexander Hergensheimer. Es hat nie einen gegeben.«

Ich war sprachlos. Gewiß, Margrethe und ich hatten die Sache seit vielen Wochen nicht mehr diskutiert, und sie hatte auch nie Zweifel daran gehabt, daß ich Alec Graham sei. Ich mußte noch einmal erfahren (wie schon so oft), daß man einen Streit mit Margrethe nicht gewinnen kann. Immer wenn ich schon glaubte, gewonnen zu haben, stellte sich heraus, daß sie ganz einfach das Gespräch abgebrochen hatte.

»Alec«, sagte Farnsworth. »Vielleicht war es der Schlag gegen den Kopf?«

»Hören Sie, der Schlag auf den Kopf war gar nichts – ich war ein paar Minuten bewußtlos, weiter nichts. Und ich habe keine Erinnerungslücken. Im übrigen passierte es zwei Wochen *nach* dem Gang durch die Feuergrube. Jerry, Margrethe ist eine wunderbare Frau . . . aber hier *muß* ich ihr widersprechen. Sie *will* glauben, daß ich Alec Graham bin, denn sie hatte sich in Graham verliebt, bevor sie mich überhaupt kennenlernte. Sie glaubt es, weil sie es glauben muß. Aber ich weiß natürlich, wer ich bin: Hergensheimer. Ich gebe zu, daß ein Gedächtnisverlust komische Auswirkungen haben kann . . . aber es gibt einen untrüglichen Beweis dafür, daß ich Alexander Hergensheimer, nicht Alec Graham bin.«

Ich schlug mir auf den Bauch, wo ich früher einen Rettungsring gehabt hatte. »Hier ist der Beweis: Ich trug zwar Grahams Kleidung, wie ich Ihnen schon sagte. Aber seine Kleidung paßte mir nicht recht. Zu der Zeit, als ich durch die Feuergrube ging, war ich nicht ganz schlank. Ich hatte Übergewicht und besonders hier einige überflüssige Pfunde.« Ich schlug mir noch einmal auf den Bauch. »Grahams Sachen waren mir zu eng in der Taille, und ich mußte immer den Bauch einziehen und die Luft anhalten, wenn ich die Hose schließen wollte. Und so etwas stellt sich nicht in wenigen Sekunden ein, während man durch eine Feuergrube geht. Das war auch nicht der Fall. Nein, es lag daran, daß ich zwei Wochen lang auf einem Kreuzfahrtschiff zu gut gegessen hatte . . . und es beweist, daß ich nicht Alec Graham bin.«

Margrethe schwieg nicht nur, auch ihr Gesicht zeigte keine Reaktion. Aber Farnsworth war beharrlich: »Margie?«

»Alec, diese Schwierigkeiten mit deiner Kleidung hattest du auch schon *vor* deinem Gang durch die Feuergrube. Aus dem gleichen Grund. Zu viel gutes Essen.« Sie lächelte. »Es tut mir leid, dir widersprechen zu müssen, Liebling . . . aber ich bin sehr froh, daß du du bist.«

»Alec«, sagte Jerry, »mancher Mann würde gern durchs Feuer gehen, damit eine Frau ihn auch nur ein einziges Mal so ansieht. Wenn Sie in Kansas sind, müssen Sie einen Spezialisten aufsuchen. Sie müssen diesen Gedächtnisverlust beheben lassen. Was ihren Mann angeht, kann niemand einer Frau etwas vormachen. Sie hat mit ihm zusammengelebt, mit ihm geschlafen, ihm Klistiere gegeben, sich seine Witze angehört. Niemand kann sich ihr gegenüber für ihn ausgeben, ganz gleich, wie ähnlich der Doppelgänger ihm sieht. Nicht einmal ein eineiiger Zwilling schafft das. Da sind all diese kleinen Dinge, die eine Ehefrau kennt und die nie in die Öffentlichkeit dringen.«

»Marga«, sagte ich, »jetzt bist du an der Reihe.«

»Jerry«, sagte sie, »mein Mann findet, daß ich das selbst zurückweisen muß – wenigstens zum Teil. Damals kannte ich Alec noch nicht so gut, wie eine Frau ihren Mann kennt. Ich war noch nicht seine Frau; ich war seine Geliebte – und auch das erst seit ein paar Tagen.« Wieder lächelte sie. »Aber im Grunde haben Sie recht. Ich habe ihn wiedererkannt.«

Farnsworth runzelte die Stirn. »Ich komme schon wieder durcheinander. Entweder reden wir von einem oder von zwei Männern. Dieser Alexander Hergensheimer – Alec, erzählen Sie mir von ihm.«

»Ich bin protestantischer Priester, Jerry, und erhielt meine Weihe bei den Brüdern der Apokalypse der Christlichen Kirche der Einen Wahrheit – bei den Brüdern der Apokalypse, wie man uns nennt. Ich wurde in der Nähe von Wichita auf der Farm meines Großvaters geboren, und zwar am zweiundzwanzigsten Mai –«

»Heh, dann haben Sie ja in dieser Woche Geburtstag!« rief Jerry. Marga horchte auf.

»Das stimmt. Ich war zu beschäftigt, um daran zu denken. – Im Jahre neunzehnhundertsechzig. Meine Eltern und meine Großeltern sind tot; mein ältester Bruder bewirtschaftet immer noch die Familienfarm –«

»Deshalb gehen Sie also nach Kansas? Sie wollen Ihren Bruder aufsuchen?«

»Nein. Die Farm liegt in einer anderen Welt, der Welt, in der ich aufwuchs.«

»Und warum gehen Sie dann nach Kansas?«

Ich ließ mir mit der Antwort Zeit. »Darauf habe ich keine logische Antwort. Vielleicht ist es der Instinkt, die Heimat zu suchen. Vielleicht ist es auch wie bei den Pferden, die in die brennende Scheune zurückrennen. Ich weiß es nicht, Jerry. Aber ich muß hingehen und versuchen, meine Wurzeln zu finden.«

»Der Grund leuchtet mir ein. Erzählen Sie weiter.«

Ich berichtete über meine Ausbildung und verschwieg auch die

Tatsache nicht, daß ich in meinem Ingenieurstudium versagt hatte. Ich erzählte, daß ich anschließend ein Theologiestudium aufgenommen und nach dem Examen die Priesterweihen erhalten hatte. Ich berichtete auch von meiner Arbeit für die Kirchenvereinigung zur Hebung der Moral. Abigail erwähnte ich nicht, und ich verschwieg auch, daß ich als Priester (nach meiner eigenen Meinung) nicht allzu erfolgreich gewesen war. Abigail mochte keine anderen Menschen, und meine Pfarrkinder mochten sie nicht. Es ist unmöglich, in einer kurzen Biographie alle Einzelheiten unterzubringen. Abigail konnte ich schon deshalb nicht erwähnen, weil dann Margrethes Familienstand in Zweifel gezogen worden wäre . . . und das wollte ich auf keinen Fall.

»Das wäre so ungefähr alles. Wenn wir in meiner Heimatwelt wären, könnten Sie das nationale Hauptquartier der Kirchenvereinigung zur Hebung der Moral in Kansas City, Kansas, anrufen und sich über mich erkundigen. Wir hatten ein erfolgreiches Jahr abgeschlossen, und ich hatte Urlaub. Ich nahm ein lenkbares Luftschiff, die *Admiral Moffett* der North American Airlines vom Flughafen Kansas City über San Francisco und Hilo nach Tahiti. Dort stieg ich auf das Motorschiff *Konge Knut* um, und damit ist mein Bericht komplett, denn den Rest habe ich Ihnen ja schon erzählt.«

»Das hörst sich echt an. Sie reden sehr vernünftig – sind Sie wiedergeboren?«

»Gewiß! Ich befinde mich im Augenblick zwar nicht im Zustand der Gnade . . . aber ich bemühe mich darum. Die Letzten Tage brechen an, Bruder; die Zeit drängt. Sind Sie wiedergeboren?«

»Das diskutieren wir später. Wie heißt das zweite Gesetz der Thermodynamik?«

Ich verzog das Gesicht. »Die Zustandsgröße der Stoffe, die den Irreversibilitätsgrad physikalischer Prozesse angibt, wächst ständig.«

»Und jetzt erzählen Sie mir noch etwas über Alec Graham.«

»Über ihn kann ich nicht viel sagen. Aus seinem Paß geht hervor, daß er in Texas geboren wurde, und als Adresse war eine Anwaltsfirma in Dallas angegeben. Alles andere müssen Sie schon Margrethe fragen. Sie hat ihn gekannt, ich nicht.« (Die vertrackte Million Dollar erwähnte ich nicht. Ich konnte sie nicht erklären, und deshalb verschwieg ich sie . . . und Marga hatte nur mein Wort; selbst hatte sie das Geld nie gesehen.)

»Margie? Können Sie uns über Alec Graham aufklären?«

Sie antwortete nicht gleich. »Ich fürchte, ich kann dem, was mein Mann Ihnen erzählt hat, nichts hinzufügen.«

»Heh! Sie lassen mich aber im Stich. Ihr Mann hat mir eine detaillierte Beschreibung des Dr. Jekyll gegeben; können Sie nicht Mr. Hyde beschreiben? Bisher ist er eine Null. Nichts als eine Postadresse in Dallas.«

»Mr. Farnsworth, Sie haben bestimmt nie als Schiffsstewardeß gearbeitet –«

»Nein, habe ich nicht. Aber ich habe als Kabinensteward auf einem Handelsschiff gearbeitet – als junger Mann machte ich zwei Reisen mit.«

»Dann werden Sie es verstehen. Eine Stewardeß weiß vieles über ihre Passagiere. Sie weiß, wie oft sie baden. Sie weiß, wie oft sie ihre Kleider wechseln. Sie weiß, wie sie riechen – und jeder riecht, einige gut, die andern schlecht. Sie weiß, welche Bücher sie lesen – oder nicht lesen. Aber ganz besonders gut weiß sie, ob sie wirkliche Gentlemen sind, ehrlich, großzügig, rücksichtsvoll und warmherzig. Sie weiß alles, was man wissen muß, um einen Menschen zu beurteilen. Und doch kann es sein, daß sie nicht weiß, welchen Beruf er ausübt, wo er zu Hause ist und welche Schule er besucht hat, alles Dinge, die ein Freund wissen würde.

Vor seinem Gang durch das Feuer war ich vier Wochen lang Alec Grahams Stewardeß gewesen. Während der letzten zwei Wochen war ich seine Geliebte und glühend in ihn verliebt. Nach dem Gang durch das Feuer ließ uns sein Gedächtnisverlust tagelang nicht zu einer glücklichen Beziehung zurückfinden – aber dann gelang es uns doch, und ich war wieder glücklich. Und jetzt bin ich seit vier Monaten seine Frau – es waren Monate voller Widrigkeiten, aber es war die glücklichste Zeit meines Lebens. Und es ist immer noch die glücklichste Zeit meines Lebens und wird es immer bleiben. Und das ist alles über meinen Mann Alec Graham.« Sie lächelte mich an, und ihre Augen waren voller Tränen. Ich stellte fest, daß es bei mir nicht anders war.

Jerry seufzte und schüttelte den Kopf. »In diesem Fall braucht man einen Salomo. Und der bin ich nicht. Ich glaube beide Geschichten – aber eine von ihnen kann nicht stimmen. Doch das macht nichts. Meine Frau und ich praktizieren eine geradezu islamische Gastfreundschaft, etwas, das ich im letzten Krieg gelernt habe. Wollen Sie unsere Gastfreundschaft für eine oder zwei Nächte akzeptieren? Sie sollten lieber ja sagen.«

Marga sah mich an. »Ja«, sagte ich.

»Gut. Jetzt wollen wir sehen, ob der Boß zu Hause ist.« Er drehte sich auf seinem Stuhl wieder nach vorn und berührte etwas. Ein paar Sekunden später leuchtete ein Licht auf, und wir hörten ein Piepen. Sein Gesicht hellte sich auf, und er fing an zu sprechen: »Herzogin, hier spricht dein Lieblingsmann.«

»Oh, Ronny, du warst so lange weg. Oder spreche ich mit Albert? Tony? George, Andy, Jim –«

»Noch einmal und kapier endlich; ich bin in Gesellschaft.«

»Ja, Jerry?«

»Gesellschaft, die zum Dinner und über Nacht bleibt. Vielleicht länger.«

»Ja, mein Schatz. Wie viele und welchen Geschlechts, und wann wirst du zu Hause sein?«

»Ich muß Hubert fragen.« Wieder berührte er etwas. »Hubert sagt, in siebenundzwanzig Minuten. Zwei Gäste. Der eine, der neben mir sitzt, ist ungefähr dreiundzwanzig, hat blondes, langes, welliges Haar und dunkelblaue Augen; Größe etwa ein Meter siebzig, Gewicht etwa hundertzwanzig. Andere wichtige Merkmale habe ich noch nicht geprüft, aber sie ähneln denen deiner Tochter. Weiblich. Ich bin ganz sicher, daß sie weiblich ist, denn sie hat keinen Faden am Leib.«

»Ja, Schatz. Ich werde ihr die Augen auskratzen. Nachdem ich ihr zu essen gegeben habe, natürlich.«

»Gut. Aber sie ist keine echte Bedrohung, denn ihr Mann ist bei ihr und paßt höllisch auf sie auf. Hatte ich dir schon gesagt, daß auch er nackt ist?«

»Nein. Wie interessant.«

»Brauchst du auch über ihn statistisches Material? Wenn ja, im Ruhezustand oder erigiert?«

»Mein Schatz, du bist ein altes Schwein, und es freut mich, dir das zu sagen. Und jetzt hör endlich auf, deine Gäste in Verlegenheit zu bringen.«

»In meiner Methode liegt Wahnsinn, Herzogin. Sie sind nackt, weil sie keine Kleidung mehr besitzen. Ich vermute allerdings, daß sie leicht in Verlegenheit zu bringen sind. Empfange uns also schon gleich an der Pforte mit geeigneter Kleidung. Du hast ja die

Maße der Dame, außer – Margie, reichen Sie mir Ihren Fuß.« Marga hob sofort ohne Kommentar einen Fuß hoch. Er nahm ihn in die Hand. »Ich denke, ein Paar von deinen Sandalen werden ihr passen. Für ihn ein Paar von meinen Zapatos.«

»Und seine anderen Maße? Diesmal aber keine dummen Witze.«

»Er ist ungefähr so groß und breit wie ich, aber ich bin mindestens zwanzig Pfund schwerer. Also meine Klamotten von früher. Wenn Sybil ihre jungen Barbaren bei sich hat, achte bitte besonders darauf, daß sie vom Tor ferngehalten werden. Dies sind sehr nette Leute; wir werden sie mit den andern bekanntmachen, nachdem sie sich angezogen haben.«

»Roger Wilco. Sergeant Bilco. Aber es wird langsam Zeit, daß du sie mit *mir* bekanntmachst.«

»*Mea culpa.* Meine Liebe, dies ist Margrethe Graham. Mrs. Alec Graham.«

»Hallo, Margrethe, willkommen bei uns zu Hause.«

»Danke, Mrs. Farnsworth –«

»Katherine, Liebes. Oder Kate.«

»Katherine, ich kann Ihnen gar nicht sagen, wie sehr Sie uns helfen . . . wir waren so verzweifelt!« Mein Liebling fing an zu weinen.

Aber sie hörte sofort wieder auf. »Und dies ist mein Mann, Alec Graham.«

»Hallo, Mrs. Farnsworth. Und recht vielen Dank.«

»Alec, bringen Sie das Mädchen sofort her. Ich will sie begrüßen. Sie alle beide.«

Jerry mischte sich ein. »Hubert sagt, in zweiundzwanzig Minuten, Herzogin.«

»*Hasta la vista.* Dann schalte aus und laß mich mit der Arbeit anfangen.«

»Ende.« Jerry drehte sich auf seinem Sitz herum. »Kate wird etwas Hübsches zum Anziehen für Sie aussuchen, Margie . . . obwohl es in Ihrem Fall ein Gesetz dagegen geben sollte. Sagen Sie mal, ist Ihnen auch nicht kalt? Ich habe so viel geredet, daß ich gar nicht daran gedacht habe. Ich halte diese Karre gewöhnlich ziemlich kühl, ich bin schließlich angezogen. Aber Hubert könnte das ändern.«

»Ich bin Wikingerin, Jerry; mir ist es nie zu kalt. Die meisten Räume sind für mich zu warm.«

»Und Sie, Alec?«

»Ich fühle mich warm genug«, antwortete ich und log dabei nur ein bißchen.

»Ich glaube –« fing Jerry an –

– als sich die Himmel öffneten, mit einem so unvorstellbar glänzenden Licht, daß es heller schien als der Tag, und mich packte plötzlich großes Leid, denn ich wußte, daß es mir nicht gelungen war, mein Liebstes in die Gnade zurückzuführen.

# XVIII

*Der Satan antwortete dem Herrn und sprach: Meinst du, daß Hiob umsonst Gott fürchtet?*
Hiob 1:9

*Meinst du, daß du wissest, was Gott weiß, und wollest es so vollkommen treffen wie der Allmächtige?* Hiob 11:7

Ich wartete auf den Ruf.

Ich hatte gemischte Gefühle. Wollte ich die Entrückung? War ich bereit, in Christi liebende Arme aufgenommen zu werden? Ja, o lieber Herr. Ja! Ohne Margrethe? Nein, nein! Würdest du dann zur Hölle fahren wollen? Ja – nein, aber – Du mußt dich endlich entschließen!

Farnsworth schaute nach oben. »Haben Sie das Ding abgehen sehen?«

Ich schaute durch das Dach des Wagens nach oben. Direkt über uns war eine zweite Sonne. Während ich sie beobachtete, schien sie zu schrumpfen und an Glanz zu verlieren.

»Genau rechtzeitig!« fuhr unser Gastgeber fort. »Gestern gab es eine Verzögerung, und sie mußten von vorn anfangen. Wenn der Wasserstoff wegkocht, kann einem eine Verzögerung um einen Umlauf schon den ganzen Profit versauen. Und gestern wäre eine Verzögerung nicht einmal nötig gewesen; irgendein Fettsack von der NASA hatte eine völlig sinnlose Überprüfung angeordnet.«

Ich verstand jedes Wort, aber ich wußte nicht, was er meinte.

Margrethe war ganz atemlos. »Mr. Farnsworth – Jerry – was war das?«

»Was? Sie haben noch keinen Raketenstart gesehen?«

»Ich weiß nicht recht, was ich mir darunter vorstellen soll.«

»Hmm . . . ja, Margie, die Tatsache, daß Sie und Alec aus einer anderen Welt – oder anderen Welten – stammen, ist bei mir noch nicht richtig eingesickert. Gibt es in Ihrer Welt keine Raumfahrt?«

»Ich weiß nicht genau, was Sie meinen, aber ich glaube nicht.«

Ich wußte ziemlich sicher, was er meinte, und deshalb mischte ich mich ein: »Sie reden von einem Flug zum Mond, nicht wahr? Wie bei Jules Verne.«

»So ungefähr.«

»Das war ein Ätherschiff? Das zum Mond fliegt? Heiliger Moses!« Der profane Ausspruch fuhr mir einfach so heraus.

»Langsam. Das war kein Ätherschiff, das war eine bemannte Frachtrakete. Sie fliegt nicht nach Luna; sie fliegt nur nach Leo – das liegt auf einer niedrigeren Erdumlaufbahn. Dann kommt sie wieder zurück, landet bei Galveston und wird nach North Texas Port gefahren, wo sie irgendwann in der nächsten Woche wieder startet. Aber ein Teil ihrer Ladung geht nach Luna City oder nach Tycho. Ein Teil vielleicht sogar zu den Asteroiden. Alles klar?«

»Äh . . . nicht ganz.«

»Nun, während Kennedys zweiter Amtsperiode –«

»Wer?«

»John F. Kennedy. Präsident. Einundsechzig bis neunundsechzig.«

»Tut mir leid. Ich werde die ganze Geschichte neu lernen müssen. Jerry, wenn man zwischen den Welten hin und hergeschleudert wird, ist nicht die neue Technologie, wie Television oder Düsenflugzeuge, das verwirrendste – nicht einmal Raumschiffe. Das verwirrendste ist die völlig andere Geschichte.«

»Nun, wenn wir zu Hause sind, suche ich Ihnen eine amerikanische Geschichte und eine Geschichte der Raumfahrt heraus. Darüber habe ich sehr viel Literatur im Haus; Raumfahrt ist mein Hobby – schon als Kind habe ich mit Modellraketen angefangen. Heute gehören mir neben den Diana Freight Lines Anteile an Himmelsleiter und Bohnenstange – obwohl diese beiden vorläufig noch keine Gewinne bringen, aber –«

Er muß mein Gesicht gesehen haben. »Tut mir leid. Lesen Sie nur erst in den Büchern nach, die ich Ihnen geben werde, dann können wir uns darüber unterhalten.«

Farnsworth schaute wieder auf seine Kontrollinstrumente, schlug auf etwas, schaute hin und schlug noch einmal. Dann sagte er: »Hubert sagt, daß wir in drei Minuten und einundzwanzig Sekunden das Geräusch hören werden.«

Als das Geräusch dann kam, war ich enttäuscht. Zu dem unglaublich hellen Licht hätte eher ein Donnerschlag gepaßt. Statt dessen hörten wir nur ein Grollen, das sich eine Zeitlang fortsetzte und dann verklang.

Ein paar Minuten später verließ der Wagen den Highway, beschrieb einen weiten Bogen nach links und fuhr unter dem Highway durch einen Tunnel, um dann eine schmalere Straße zu erreichen (es war der Highway 83, wie ich sah). Auf dieser Straße blieben wir etwa fünf Minuten. Dann gab es wiederholte Piepgeräusche, zu denen helle Lichter aufleuchteten. »Ich höre«, sagte Farnsworth. »Nur die Ruhe.« Er schwang sich auf seinem Sitz herum und schaute wieder nach vorn. Dann packte er die beiden Handgriffe.

Die nächsten paar Minuten waren interessant. Sie erinnerten mich an das, was der Weise zu Hannibal sagte: »Wenn es nicht um die Ehre ginge, wäre ich lieber zu Fuß gegangen.« Mr. Farnsworth schien es für unsportlich zu halten, eine Kollision um einen meßbaren Abstand zu verfehlen. Immer wieder rettete uns jener »weiche Brei« vor Quetschungen, wenn nicht gar Knochenbrüchen. Einmal piepte das Signal vor ihm wie wild. Er knurrte: »Ruhe! Kümmere dich um deine Angelegenheiten; ich habe mit meinen genug zu tun.« Und wieder entgingen wir knapp einem Zusammenstoß.

Wir bogen in eine schmale Straße ein. Es mußte ein Privatweg sein, denn auf einem Torbogen vor uns las ich FARNSWORTH's WAHN. Es ging eine kurze Steigung hoch. Oben erreichten wir zwischen Bäumen ein hohes Tor, das sich automatisch für uns öffnete.

Dort lernten wir Katie Farnsworth kennen.

Wenn Sie meine Memoiren bis hier gelesen haben, wissen Sie, daß ich meine Frau liebe. Das ist ein so feststehender Wert wie die Lichtgeschwindigkeit und wie die Liebe Gottes, unseres Herrn. Wisset jetzt, daß ich erfuhr, daß ich einen anderen Menschen, eine Frau, lieben konnte, ohne jede Beeinträchtigung meiner Liebe zu Margrethe und ohne sie ihrem rechtmäßigen Mann nehmen zu wollen, ja, ohne sie zu begehren. Jedenfalls nicht sehr.

Als ich sie kennenlernte, wußte ich, daß für eine Frau ein Meter sechzig die perfekte Größe ist, vierzig Jahre das perfekte Alter und hundertzehn Pfund das ideale Gewicht; daß der Alt die für eine Frau genau richtige Stimmlage ist. Daß nichts von alledem auf meinem geliebten Schatz zutrifft, ist ohne jede Bedeutung; Katie Farnsworth ist schon deshalb perfekt, weil sie mit dem, was sie *selbst* hat, so zufrieden ist.

Gleich zu Anfang überraschte sie mich mit der liebenswürdigsten Geste der Gastfreundschaft, die ich je erlebt habe.

Sie hatte von ihrem Mann erfahren, daß wir völlig unbekleidet waren; sie wußte auch, daß unser Zustand uns außerordentlich peinlich war. Deshalb hatte sie für jeden von uns Kleidung mitgebracht.

Und sie war selbst nackt.

Nein, so stimmt das nicht; *ich* war nackt, sie war unbekleidet. Aber auch so stimmt es nicht ganz. Nackt? Bloß? Ausgezogen? Unbekleidet? Nein, sie war in ihre eigene Schönheit gekleidet wie Urmutter Eva vor dem Sündenfall. Sie ließ Nacktheit so angemessen erscheinen, daß ich mich fragte, wie ich je der Täuschung hatte erliegen können, Nacktheit sei obszön.

Diese muschelschalenartigen Türen hoben sich; ich stieg aus und half Margrethe beim Aussteigen. Mrs. Farnsworth ließ alles fallen, was sie in den Händen hielt, schlang ihre Arme um Margrethe und küßte sie. »Margrethe! Willkommen, Liebes.«

Mein Liebling umarmte sie und fing wieder an zu schluchzen.

Dann bot sie mir die Hand. »Auch Sie heiße ich willkommen, Mr. Graham. Alec.« Ich nahm ihre Hand, aber schüttelte sie nicht. Ich behandelte sie wie kostbares Porzellan und beugte mich darüber. Ich hatte das Bedürfnis, ihr die Hand zu küssen, aber das hatte ich nie gelernt.

Für Margrethe hatte sie ein Sommerkleid in der Farbe von Margas Augen mitgebracht. Sein Schnitt ließ an das mythische Arkadien denken; man könnte sich vorstellen, daß eine Waldnymphe es trüge. Es hing von der linken Schulter, war nach rechts hin offen und schlang sich dann weit und elegant um den Körper. An beiden Seiten endete dieses einfache Kleid in einem Schärpenband, das Marga sich um die Taille schlingen und an der rechten Seite befestigen konnte.

Dabei fiel mir ein, daß eigentlich jeder dieses Kleid tragen könnte. Man konnte es weit oder eng tragen, je nachdem wie man es band.

Katie hatte für Marga außerdem blaue, zu dem Kleid passende Sandalen mitgebracht. Mir gab sie Zapatos, mexikanische aus Lederriemen geflochtene Sandalen, die genau wie das Kleid verschieden zu schnüren waren. Sie reichte mir eine Hose und ein Hemd. Die Sachen entsprachen etwa dem, was ich in Winslow im SECOND WIND gekauft hatte, nur daß diese Kleidungsstücke aus feiner Wolle maßgeschneidert und keine Massenproduktion aus billiger Baumwolle waren. Außerdem gab sie mir Socken, die sich dem Fuß anpaßten, und Shorts, die meiner Größe zu entsprechen schienen.

Als sie uns angekleidet hatte, lag noch weitere Kleidung im Gras – ihre eigene. Ich begriff, daß sie bekleidet zum Tor gegangen war. Dort hatte sie sich ausgezogen – um genauso »angezogen« zu sein wie wir – und auf uns gewartet.

Das nennt man Höflichkeit.

Angezogen stiegen wir wieder in den Wagen. Mr. Farnsworth wartete einen Augenblick, bevor er die Einfahrt hochfuhr. »Katie, unsere Gäste sind Christen.«

Mrs. Farnsworth schien begeistert zu sein. »Oh, wie interessant!«

»Ich dachte mir schon, daß du das interessant finden würdest. Alec? *Verbum satis sapienti.* Es gibt hier nicht viele Christen. Vor Katie und mir können Sie frei sprechen . . . aber wenn andere in der Nähe sind, wäre es vielleicht besser, keine Glaubensfragen zu diskutieren. Sie verstehen mich doch?«

»Äh . . . ich fürchte nein.« Mir war ganz wirr im Kopf, und mir klangen die Ohren.

»Nun . . . Christ zu sein, verstößt hier ja nicht gegen das Gesetz; in Texas herrscht Religionsfreiheit. Dennoch sind Christen alles andere als beliebt, und christliche Gottesdienste werden hauptsächlich im Untergrund abgehalten. Äh, wenn Sie sich mit Ihren eigenen Leuten in Verbindung setzen wollen, wird es uns wahrscheinlich gelingen, eine Katakombe zu finden. Was meinst du, Katie?«

»Oh, ich bin sicher, daß wir jemanden finden, der sich da auskennt. Ich werde meine Fühler ausstrecken.«

»Wenn Alec es wünscht, Liebes. Alec, es besteht nicht die geringste Gefahr, daß Sie gesteinigt werden; die Bevölkerung dieses Landes besteht ja nicht aus unwissenden Hinterwäldlern. Jedenfalls ist die Gefahr nicht sehr groß. Aber ich will nicht, daß Sie diskriminiert oder beleidigt werden.«

»Sybil«, sagte Katie Farnsworth.

»Oh, oh! Ja, Alec, unsere Tochter ist ein gutes Mädchen und so kultiviert, wie man es von einem Teenager erwarten kann. Aber sie absolviert gerade eine Hexenlehre, weil sie kürzlich zu der Alten Religion übergetreten ist; und als Konvertitin, noch dazu im Teenageralter, nimmt sie die Sache natürlich todernst. Sybil würde zu einem Gast nie unhöflich sein – schließlich hat Katie sie gut erzogen. Außerdem weiß sie, daß ich ihr dann bei lebendigem Leibe die Haut abziehen würde. Aber Sie würden mir einen großen Gefallen tun, wenn Sie sie nicht allzusehr behelligen würden. Sie wissen sicherlich, daß jeder Teenager eine Zeitbombe ist, die nur darauf wartet hochzugehen.«

Margrethe antwortete an meiner Stelle: »Wir werden sehr vorsichtig sein. Diese ›Alte Religion‹ – ist das die Anbetung Odins?«

Mich fröstelte . . . ich war ohnehin schon über das erträgliche Maß hinaus verwirrt. Aber unser Gastgeber sagte: »Nein. Wenigstens glauben wir das nicht. Sie könnten Sybil selbst fragen. Dann riskieren Sie allerdings, daß sie Ihnen die Ohren volldröhnt und versucht, Sie zu bekehren. Sie wird sich dabei große Mühe geben.«

»Ich habe Sybil noch nie Odin erwähnen hören. Meistens spricht sie von der ›Göttin‹. Verehren die Druiden nicht Odin? Wirklich, ich weiß es nicht. Ich fürchte, Sybil hält uns für hoffnungslos altmodisch. Deshalb hat sie keine Lust, sich mit uns auch noch über Theologie zu unterhalten.«

»Und darüber wollen wir uns jetzt auch nicht unterhalten«, sagte Jerry und fuhr uns die Einfahrt hoch.

Die Villa der Farnsworth war langgestreckt, flach und weiträumig und strömte eine Atmosphäre behaglicher Wohlhabenheit aus. Jerry bog in die Toreinfahrt ein, und wir stiegen aus. Er schlug auf das Dach des Wagens, wie man einem Pferd einen Klaps auf den Hals gibt. Der Wagen setzte sich in Bewegung, und als wir eintraten, bog er um die Ecke des Hauses.

Über das Haus selbst werde ich nicht viel sagen. Es war zwar schön und reich ausgestattet, wie in Texas üblich, aber keineswegs so bedeutend, als daß eine nähere Beschreibung zu rechtfertigen wäre. Das meiste von dem, was wir sahen, nannte Jerry

»hohle Gramme!« Wie soll ich sie beschreiben? Gefrorene Träume? Dreidimensionale Bilder? Ich will es so ausdrücken: Die Stühle waren solide. Auch die Tischflächen. Alles andere im Haus mußte man vorsichtig anfassen, um sich zu vergewissern. Die Sachen mochten so schön *vorhanden* sein wie ein Regenbogen, aber ebenso wenig greifbar.

Ich weiß nicht, wie diese gespenstischen Dinge produziert wurden. Möglicherweise waren die physikalischen Gesetze dieser Welt ein wenig verschieden von denen im Kansas meiner Jugend.

Katie führte uns in einen Raum, den Jerry das »Familienzimmer« nannte. Dann blieb sie abrupt stehen. »Verdammtes hinduistisches Hurenhaus!«

Der Raum war sehr groß und die Decke viel zu hoch für ein einstöckiges Landhaus. Jede Wand, jeder Bogengang, jeder Erker und jede Gewölbefläche war mit Skulpturen ausgestattet. Aber was für Skulpturen! Ich wurde rot. Diese Skulpturen waren wahrscheinlich Repliken jener berüchtigten Tempelskulpturen im südlichen Indien, die jede erdenkliche Perversion des Geschlechtsverkehrs darstellen, und das im obszönsten schreienden Detail.

»Tut mir leid, mein Lieber«, sagte Katie. »Aber die jungen Leute haben hier getanzt.« Sie eilte nach links, verschmolz mit einer der Skulpturengruppen und verschwand. »Was willst du haben, Gerald?«

»Äh . . . Remington Nummer zwei.«

»Sofort.«

Plötzlich verschwanden die obszönen Skulpturen, die Decke senkte sich herab und verwandelte sich in eine getünchte Balkenkonstruktion. Die eine Wand war jetzt ein Panoramafenster, durch das man Berge sah, die nach Utah gehörten (nicht nach Texas), und an der gegenüberliegenden Wand erschien ein massiver gemauerter Kamin, in dem ein heimeliges Feuer knisterte. Die Möbel veränderten ihren Stil, und der Boden bestand jetzt aus mit Indianermatten bedeckten Fliesen.

»So ist es schon besser. Danke Katherine. Setzt euch, Freunde – sucht euch einen Platz und hockt euch hin.«

Ich setzte mich und mied dabei einen Sessel, der offenbar für den Hausherrn reserviert war – massiv und ledergepolstert. Katie und Marga setzten sich auf die Couch. Jerry nahm im Ledersessel Platz. »Und was möchtest du trinken, Liebling?«

»Campari Soda, bitte.«

»Waschweib. Und Sie, Margie?«
»Ich hätte auch gern einen Campari Soda.«
»Zwei Waschweiber. Alec?«
»Ich schließe mich den Damen an.«
»Mein Sohn, beim schwachen Geschlecht nehme ich das hin. Aber nicht bei einem erwachsenen Mann. Versuchen Sie es noch einmal.«
»Äh, Scotch und Soda.«
»Ich würde Sie auspeitschen, wenn ich eine Peitsche hätte. Sie haben noch eine einzige Chance.«
»Äh . . . Bourbon?«
»Sie sind gerettet. *Jack Daniels* mit ein wenig Wasser. In Dallas versuchte neulich ein Mann, irischen Whisky zu bestellen. Sie haben ihn aus der Stadt gejagt. Später mußten sie sich bei ihm entschuldigen. Es hatte sich herausgestellt, daß er Yankee war und es nicht besser wußte.« Unser Gastgeber trommelte unablässig mit den Fingern auf einen kleinen Tisch, der neben ihm stand. Dann hörte er mit diesem fürchterlichen Trommeln auf, und plötzlich standen auf dem kleinen Tisch neben meinem Stuhl ein Glas mit einer braunen Flüssigkeit und eine Karaffe voll Wasser. Ich sah, daß auch die andern schon ihre Getränke hatten. Jerry hob sein Glas. »Salud!«
Wir tranken, und er fuhr fort: »Kathrine, weißt du, wo unser Taugenichts sich versteckt?«
»Sie werden alle im Swimming-pool sein, Schatz.«
»So, so.« Jerry nahm sein nervöses Trommeln wieder auf. Plötzlich erschien aus dem Nichts ein Sprungbrett, auf dem ein junges Mädchen saß. Sie war in helles Sonnenlicht getaucht, obwohl der Raum, in dem wir saßen, im Schatten lag. Auf ihrer Haut sah ich Wassertropfen. Sie saß Jerry zugewandt, so daß sie mir ihren Rücken zudrehte. »Hi, du kleines Miststück«, sagte Jerry.
»Hi, Daddy. Küßchen.«
»Du kannst eine Sau ins Auge küssen. Wann habe ich dich zuletzt verprügelt?«
»An meinem neunten Geburtstag. Als ich Tante Minnie in Brand gesteckt hatte. Was habe ich denn jetzt getan?«
»Bei den goldenen dicken schmierigen Keimdrüsen Gottes, was fällt dir ein, dieses vulgäre unflätige pornographische Programm im Familienzimmer nicht auszuschalten?«

»Langweile mich doch nicht, Daddy-Maus; ich kenne doch auch all deine Bücher.«

»Ganz gleich, was in meiner Privatbibliothek steht; du sollst meine Frage beantworten.«

»Ich habe vergessen, es auszuschalten, Daddy. Es tut mir leid.«

»Das sagte die Kuh zu Mrs. Murphy. Aber das Feuer brannte weiter. Hör zu, mein Schatz, du darfst die Anlage nach Belieben benutzen, aber wenn du fertig bist, stellst du das Ding wieder so ein, wie du es vorgefunden hast. Und wenn du nicht weißt, wie das geht, stellst du es eben nach dem Fehlerprogramm auf Null zurück.«

»Ja, Daddy. Ich hab's doch nur *vergessen*.«

»Versuch nicht, dich herauszuwinden; ich bin noch nicht fertig mit dir. Bei Koscheis großen Messingeiern, woher hast du *das* Programm?«

»Vom Campus. Es war ein Lehrprogramm aus unserer Klasse für tantristisches Yoga.«

»Tantristisches Yoga? Du Springinsfeld brauchst keinen solchen Kursus. Weiß deine Mutter davon?«

Leise mischte Katherine sich ein: »Ich habe sie zu diesem Kursus gedrängt. Sybil hat Talent. Aber Talent allein genügt nicht; es muß gefördert werden.«

»So? Ich würde mich über dieses Thema niemals mit deiner Mutter streiten. Ich ziehe mich deshalb auf meine vorherige Position zurück. Dieses Band. Wie hast du es dir beschafft? Du kennst doch die Urheberrechtsgesetze. Denk an den Aufstand um das Band mit *Jefferson Starship* –«

»Daddy, du bist schlimmer als ein Elefant! Kannst du denn nie etwas vergessen?«

»Nein. Schlimmer noch: Alles, was du sagst, kann schriftlich festgehalten und zu jeder Zeit und an jedem Ort gegen dich verwendet werden. Was sagst du dazu?«

»Ich möchte sofort meinen Anwalt sprechen.«

»Oh, es ist also *doch* eine Raubkopie!«

»Das könnte dir wohl so passen! Damit du dich freuen kannst. Aber ich muß dich enttäuschen, Daddy; ich habe die volle Gebühr bezahlt. In bar. Der Bibliotheksdienst auf dem Campus hat es für mich kopiert. Bitte sehr, du Schlaukopf.«

»Selbst ein Schlaukopf. Denn das hättest du billiger haben können.«

»Das glaube ich nicht. Außerdem gefällt es mir.«

»Mir auch. Aber du hast trotzdem zuviel dafür bezahlt. Du hättest mich fragen sollen.«

»Auch das noch.«

»Jedenfalls hast du in meinem Arbeitszimmer keine Schlösser geknackt oder verhext. Es freut mich zu hören, daß du lediglich dein Geld verschwendet hast. Wieviel hast du denn bezahlt?«

»Äh . . . neunundvierzig fünfzig. Sondertarif für Studenten.«

»Hört sich nicht schlecht an. Ich habe fünfundsechzig bezahlt. Okay. Aber wenn der Betrag auf der Semesterrechnung auftaucht, ziehe ich ihn dir vom Taschengeld ab. Eins noch, Honey – ich habe zwei nette Leute mit nach Hause gebracht, eine Dame und einen Herrn. Wir gehen in den Salon, besser in das, was früher mal der Salon war. Und was sehen die Herrschaften vor sich? Das gesamte Kama Sutra in grellen Farben. Wie findest du das?«

»Das *wollte* ich doch nicht.«

»Dann wollen wir es vergessen. Aber es ist unhöflich, andere Leute zu schockieren, besonders wenn es sich um Gäste handelt. Sei also nächstes Mal ein wenig vorsichtiger. Bleibst du zum Essen?«

»Ja. Aber dann muß ich gleich rennen. Verabredung, Daddy.«

»Wann bist du wieder zu Hause?«

»Heute nicht. Es dauert die ganze Nacht. Generalprobe für Mittsommernacht.«

Er seufzte. »Den Drei Alten Weibern sei Dank, daß du die Pille nimmst.«

»Du mit deiner Pille. Sei doch nicht so ein Trottel, Daddy. Am Sabbat wird niemand schwanger; das weiß doch jeder.«

»Außer mir. Aber gut. Wir wollen dankbar sein, daß du wenigstens mit uns essen willst.« Sie fiel plötzlich nach vorn vom Sprungbrett und schrie laut auf. Das Bild folgte ihr.

Spritzend tauchte sie wieder auf und spuckte Wasser. »Daddy! Du hast mich geschubst!«

»Wie kannst du so etwas sagen?« antwortete er in aller Unschuld. Das lebende Bild war plötzlich verschwunden.

»Gerald versucht immer wieder, seine Tochter zu erziehen«, sagte Katie Farnsworth gelassen. »Es ist natürlich völlig aussichtslos. Er sollte mit ihr ins Bett gehen und seine inzestuösen Lüste abreagieren. Aber dazu sind sie beide zu zimperlich.«

»Frau, erinnere mich daran, daß ich dich nachher verprügeln muß.«

»Ja, mein Lieber. Du würdest sie nicht einmal zwingen müssen. Mach ihr deine Absichten klar, und sie wird in Tränen ausbrechen und sich dir hingeben. Ihr würdet den Spaß eures Lebens haben. Meinen Sie nicht auch, Margrethe?«

»Ja, das meine ich auch.«

Inzwischen war ich schon so abgestumpft, daß Margrethes Worte mich nicht mehr schockierten.

Das Dinner wäre für jeden Feinschmecker ein Genuß gewesen, aber es gab auch einige gesellschaftliche Verwirrung. Es wurde im Eßzimmer serviert, das heißt im Familienzimmer, wobei aber ein anderes Programm die hohlen Gramme steuerte. Die Decke war höher, und auch die Fenster hatten sich entsprechend verändert. Sie lagen in gleichem Abstand voneinander und waren mit Vorhängen drapiert, die bis zum Boden reichten. Durch die Fenster hatte man Ausblick auf schöne Gärten.

Ein Möbelstück rollte selbsttätig in den Raum, und es war kein hohles Gramm – kein ausgesprochenes. Es war ein Eßtisch, der (soviel ich weiß) gleichzeitig eine gut ausgestattete Küche war – Vorratsschrank, Herd, Kühlschrank und was sonst noch dazugehört. Diesen Schluß könnte man vielleicht widerlegen. Ich kann nur sagen, daß kein Personal im Haus war und daß ich auch unsere Gastgeberin nicht arbeiten sah. Dennoch gratulierte ihr Mann ihr zu ihrer Kochkunst – was sehr berechtigt war. Auch wir sprachen ihr unser Lob aus.

Jerry allerdings arbeitete ein wenig. Er tranchierte einen Braten (ein schönes Rippenstück, das für eine Horde hungriger Pfadfinder gereicht hätte) und verteilte das Fleisch auf die Teller, die vor ihm standen. Sobald ein Teller gefüllt war, glitt er lautlos zu der Person, für die er bestimmt war, wie ein Spielzeugzug auf einer Schiene – aber es gab keinen Spielzeugzug und keine Schiene. Vielleicht irgendeine unter den hohlen Grammen verborgene Maschinerie? Ich vermute es. Aber damit tritt nur ein Mysterium an die Stelle eines anderen.

(Später erfuhr ich, daß in dieser Welt ein besserer texanischer Haushalt Bedienstete hat, die sich auffällig im Haus bewegen müssen. Aber Jerry und Kate hatten einen einfacheren Geschmack.)

Wir waren sechs am Tisch. Jerry saß an einem Ende, Katie am anderen. Margrethe saß rechts von Jerry, seine Tochter Sybil zu seiner Linken; ich saß rechts von der Gastgeberin, und zu ihrer Linken saß ein junger Mann, Sybils Freund. Er saß mir also gegenüber, und ich hatte Sybil rechts neben mir.

Der junge Mann hieß Roderick Lyman Culverson III; meinen Namen verstand er nicht. Ich hatte schon immer gemeint, daß man die männlichen Exemplare unserer Spezies in den meisten Fällen in Fässern großziehen und durch das Spundloch füttern sollte. Wenn sie achtzehn Jahre alt sind, trifft man eine feierliche Entscheidung: entweder holt man sie aus dem Faß heraus oder man treibt den Spund in das Loch.

Der junge Culverson gab mir keinen Anlaß, meine Meinung zu revidieren – und bei ihm hätte ich dafür plädiert, den Zapfen hineinzutreiben.

Gleich zu Anfang erzählte Sybil, daß sie dieselbe Schule besuchten. Aber die Farnsworths schienen ihn genauso wenig zu kennen wie wir. »Roderick«, fragte Katie, »bist du auch ein Hexenlehrling?«

Er machte ein Gesicht, als hätte er einen üblen Geruch in der Nase, aber Sybil rettete ihn davor, eine so ungehobelte Frage zu beantworten: »Aber Mama! Rod hat schon vor Ewigkeiten seine Feuerweihe erhalten.«

»Tut mir leid, daß ich so albern gefragt habe«, sagte Katie ruhig. »Bekommt ihr ein Diplom, wenn ihr eure Lehre abgeschlossen habt?«

»Ein geweihtes Messer, Mama, das für rituale Zwecke gebraucht wird. Man kann es auch dazu benutzen, die –«

»*Sybil!* Es sind Christen anwesend.« Culverson runzelte die Stirn und schaute zu Sybil hinüber. Dann sah er mich durchdringend an. Ich überlegte mir, wie gut er wohl mit einem blauen Auge aussehen würde, aber ich versuchte, mir meine Empfindungen nicht anmerken zu lassen.

»Sie sind also ein graduierter Hexenmeister, Rod?«

Wieder unterbrach Sybil. »Daddy, die korrekte Bezeichnung lautet –«

»Halt's Maul, Mäuschen. Er soll selbst antworten. Rod?«

»Diesen Ausdruck benutzen nur Ignoranten –«

»Halt! Ich bin über gewisse Dinge nicht informiert. Dann verschaffe ich mir die betreffende Information. Wie jetzt. Aber Sie werden nicht an meinem Tisch sitzen und mich einen Ignoranten nennen! Und jetzt reden Sie kein dummes Zeug, sondern beantworten meine Frage!«

Culverson blähte die Nüstern, aber er beherrschte sich. »›Hexe‹ oder ›Hexer‹ ist die gebräuchliche Bezeichnung für in die Kunst Eingeweihte. ›Zauberer‹ wäre ein akzeptabler Begriff, aber er stimmt technisch nicht; er bedeutet ›Schwarzkünstler‹ oder ›Magier‹ . . . aber nicht alle Magier sind Hexen, und nicht alle Hexen zaubern. Aber ›Hexenmeister‹ gilt als anrüchig und unkorrekt, weil man ihn mit Teufelsanbetung in Verbindung bringt – und unsere Kunst hat mit Teufelsanbetung *nichts* zu tun –, und das Wort selbst bedeutet aus seiner Ableitung ›Eidbrecher‹ – Hexen aber brechen keine Eide. Korrektur: Unser Gewerbe verbietet Eidbruch. Eine Hexe, die einen Eid bricht, selbst einem Christen gegenüber, wird diszipliniert. Sie wird vielleicht gar ausgestoßen, wenn es sich um einen bedeutenden Eid handelt. Ich bin also kein ›graduierter Hexenmeister‹. Die korrekte Bezeichnung für meinen gegenwärtigen Status ist ›Eingeweihter Meister‹, daß heißt ›Hexer‹«.

»Sehr gut erklärt. Ich danke Ihnen. Ich bitte um Vergebung dafür, daß ich Sie im Zusammenhang mit Ihrer Kunst einen ›Hexenmeister‹ genannt habe –« Jerry wartete.

Culverson schwieg eine Weile. Dann sagte er hastig: »Oh, gewiß. Ich wollte Sie nicht kränken, und ich fühle mich auch selbst nicht gekränkt.«

»Danke. Ich möchte nur noch Ihre Ableitung kommentieren. Das Wort ›Hexe‹ läßt sich aus dem Wort ›Hicca‹ ableiten, das ›weise‹ bedeutet, und aus dem Wort ›Hicce‹, womit man eine Frau bezeichnet . . . das mag der Grund dafür sein, daß die meisten Hexen weiblich sind, und es läßt vermuten, daß unsere Vorfahren manches wußten, von dem wir keine Ahnung haben. Wie dem auch sei, der Ausdruck ›Kunst‹ ist lediglich eine Kurzformel für ›die Kunst der Weisheit‹. Stimmt's?«

»Was? O ja, natürlich. Weisheit. Nur darum geht es in der Alten Religion.«

»Schön. Hören Sie gut zu, mein Sohn. Zur Weisheit gehört auch, daß man nicht unnötig wütend wird. Das Gesetz ignoriert Kleinigkeiten, und ein Weiser ignoriert sie auch. Solche Kleinigkeiten wie die Tatsache, daß ein junges Mädchen die Feuerweihe in Anwesenheit von Christen ins Gespräch bringt – ein Wissen, das ja so exklusiv nicht ist – und daß ein alter Narr ein Wort falsch anwendet. Verstehen Sie mich?«

Wieder wartete Jerry. Dann sagte er sehr leise: »Ich habe Sie gefragt, ob Sie mich verstehen.«

Culverson atmete tief durch. »Ich habe Sie verstanden. Ein Weiser ignoriert Kleinigkeiten.«

»Gut. Darf ich Ihnen noch eine Scheibe Braten anbieten?«

Nach diesem Intermezzo schwieg Culverson eine ganze Weile. Ich auch. Und auch Sybill. Katie und Margrethe führten eine leichte Konversation, die völlig ignorierte, daß ein Gast hier soeben öffentlich ausgepeitscht worden war. Plötzlich sagte Sybil: »Daddy, erwartet ihr, Mama und du, daß ich am Freitag an der Feueranbetung teilnehme?«

»›Erwarten ist wohl nicht das richtige Wort«, antwortete Jerry. »Schließlich hast du dir eine andere Kirche ausgesucht. ›Hoffen‹ wäre passender.«

»Sybil«, beeilte sich Katie hinzuzufügen, »heute abend glaubst du vielleicht, deine Kirche sei der einzige Unterschlupf, den du je brauchen wirst. Aber das kann sich ändern . . . und ich habe gehört, daß die Alte Religion ihren Anhängern nicht verbietet, anderen religiösen Zeremonien beizuwohnen.«

Culverson mischte sich ein. »Das ist das Ergebnis einer Verfolgung, die Jahrhunderte, gar Jahrtausende gedauert hat, Mrs. Farnsworth. In unserem Gesetz ist immer noch festgelegt, daß jedes Mitglied unserer Gemeinde außerdem offiziell einer in der Gesellschaft anerkannten Kirche angehören muß. Aber heute versuchen wir nicht mehr, das um jeden Preis durchzusetzen.«

»Ich verstehe«, sagte Katie. »Danke, Roderick. Sybil, da deine neue Kirche euch die Mitgliedschaft in einer anderen Kirche nahelegt, wäre es vielleicht klug, so oft wie möglich teilzunehmen, damit du eine gute Beurteilung bekommst. Die wirst du wahrscheinlich brauchen.«

»Genau«, stimmte ihr Vater zu. »Eine gute Beurteilung. Hast du schon mal daran gedacht, daß die Tatsache, daß dein Vater eine starke Stütze der Gemeinde und schnell mit dem Scheckbuch zur Hand ist, etwas damit zu tun hat, daß er mehr Cadillacs verkauft als jeder andere Händler in Texas?«

»Daddy, das hört sich schamlos an.«

»Das ist es auch. Aber damit verkauft man Cadillacs. Und

nenne es bitte nicht Feueranbetung; du weißt, daß es keine ist. Wir beten nicht die Flamme an, sondern das, was sie bedeutet.«

Sybil drehte nervös an ihrer Serviette und sah eher wie eine verstörte Dreizehnjährige aus und nicht wie eine reife Frau, als die ihr Körper sie auswies. »Papa, das ist es ja gerade. Mein ganzes Leben lang war die Flamme für mich etwas Heilendes und Reinigendes, und sie bedeutete für mich das ewige Leben – bis ich die Kunst studierte. Und ihre Geschichte. Daddy, für uns Hexen . . . ist Feuer das, womit sie uns töten!«

Ich war so schockiert, daß ich kaum noch atmen konnte. Ich glaubte, ich hatte es gefühlsmäßig noch gar nicht verdaut, daß diese beiden, der widerliche, aber ziemlich gewöhnliche junge Mann und die hübsche und wirklich nette Tochter Katies und Jerrys, unserer beiden Guten Samariter – daß diese beiden *Hexen* waren.

Ja, ja, ich weiß: Exodus zweiundzwanzig, Vers achtzehn, »Die Zauberinnen sollst du nicht leben lassen«. Ein genauso feierlicher Befehl wie die Zehn Gebote, die Moses von Gott selbst empfangen hatte. In Anwesenheit aller Kinder Israels –

*Wie konnte Ich zusammen mit Hexen Brot brechen?*

Sie dürfen mich einen Feigling nennen. Ich stand nicht auf, um sie öffentlich anzuklagen. Ich blieb sitzen.

»Aber Darling«, sagte Katie. »Das war doch im Mittelalter! Nicht heute, nicht jetzt und nicht hier.«

»Mrs. Farnsworth«, sagte Culverson, »jede Hexe weiß, daß der Terror jeden Augenblick wieder losgehen kann. Schon eine Mißernte könnte ihn auslösen. Und Salem liegt nicht weit zurück. Es ist jüngste Vergangenheit. Und es gibt noch sehr viele Christen«, fügte er hinzu. »Sie würden die Feuer wieder brennen lassen, wenn sie könnten. Genau wie in Salem.«

Dies war meine große Chance, den Mund zu halten. »In Salem wurde keine Hexe verbrannt«, platzte ich heraus.

Er sah mich an. »Was wissen Sie denn davon?«

»Die Verbrennungen fanden in Europa statt, nicht hier. In Salem wurden die Hexen aufgehängt, außer einer, und die wurde zu Tode gequetscht.« (Niemals hätte man Feuer verwenden dürfen. Der Herr hat uns befohlen, sie nicht leben zu lassen. Er hat uns *nicht* aufgetragen, sie zu Tode zu foltern.«

Wieder sah er mich an. »So? Sie scheinen das Hängen auch noch zu befürworten.«

»Ich habe nichts dergleichen gesagt.« (O Herr, vergib mir!).

Jerry mischte sich ein. »Schluß mit dem Thema! An diesem Tisch verbitte ich mir jede weitere Diskussion darüber. Sybill, wir bestehen nicht darauf, daß du dem Ritual beiwohnst, wenn es dich beunruhigt oder an tragische Vorfälle erinnert. Da wir gerade vom Hängen reden: was machen wir mit der Hintermannschaft der Dallas Cowboys?«

Zwei Stunden später saßen Jerry Farnsworth und ich wieder in dem Zimmer, aber diesmal war es Remington Nummer drei; ein Sturm peitschte den Schnee gegen die Scheiben; hin und wieder fuhr ein kalter Luftzug durch den Raum, und einmal heulte ein Wolf. Im Kamin prasselte ein wärmendes Feuer. Er schenkte uns Kaffee ein und goß Brandy in riesige Schwenker, die für einen Goldfisch groß genug gewesen wären. »Man hört von edlem Brandy«, sagte er. »Napoleon oder Carlos Primero. Aber dies ist königlicher Brandy – er ist so königlich, daß er die Bluterkrankheit hat.«

Ich schluckte. Der Witz gefiel mir überhaupt nicht. Mir war noch ganz schlecht von dem Gedanken an Hexen, sterbende Hexen. Deren Füße zuckten oder in den Flammen tanzten. Und die alle Sybills hübsches Gesicht hatten.

Definierte die Bibel irgendwo den Begriff »Hexe«? Könnte es sein, daß diese modernen Mitglieder der Zunft überhaupt nicht das waren, was Jehova unter »Hexen« verstand?

Du sollst nicht ausweichen, Alex! Nimm einmal an, daß »Hexe« in Exodus genau dasselbe bedeutet wie heute in Texas. Du bist der Richter, und sie hat gestanden. *Könntest du Katies Teenager zum Tode durch den Strick verurteilen? Würdest du den Hebel für die Falltür betätigen?* Nicht ausweichen, Junge; du bist dein ganzes Leben lang nur ausgewichen.

Pontius Pilatus wusch seine Hände in Unschuld.

Ich würde keine Hexe zum Tode verurteilen! Gott helfe mir, ich kann nicht anders.

»Ich trinke auf den Erfolg Ihres Vorhabens«, sagte Jerry. »Ihres und Margies. Trinken Sie ihn langsam, dann werden Sie nicht betrunken. Er wird Ihre Nerven beruhigen und gleichzeitig Ihren Verstand schärfen. Alex, und jetzt erzählen Sie mir, warum Sie das Ende der Welt erwarten.«

Während der nächsten Stunde trug ich die Beweise vor. Ich wies ihn darauf hin, daß nicht nur eine, sondern viele Prophezeiungen die Zeichen beschrieben: Die Offenbarung, Daniel, Hesekiel, Jesaja, Paulus in seinen Briefen an die Theassalonicher und an die Korinther. Jesus selbst in allen vier Evangelien. Immer wieder.

Zu meiner Überraschung besaß Jerry eine Kopie der Heiligen Schrift. Ich suchte Passagen aus, die für Laien verständlich sind, und schrieb Kapitel und Vers auf, damit er sie später studieren konnte. Natürlich den ersten Brief an die Thessalonicher, 4:15–17, und das vierundzwanzigste Kapitel des Evangeliums nach Matthäus, alle einundfünfzig Verse. Dieselben Prophezeiungen bei Lukas Kapitel einundzwanzig – und Lukas 23:32 mit dem Hinweis an »diese Generation«, der schon so viele verwirrt hat. Was Christus tatsächlich meinte, daß die Generation, die diese Zeichen sieht, Seine Wiederkunft erleben, den Ruf hören und den Tag des Jüngsten Gerichts erfahren wird. Die Botschaft wird klar, wenn man *alles* liest; Irrtümer entstehen, wenn man hier und da etwas heraussucht und den Rest ignoriert. Die Parabel vom Feigenbaum erklärt dies.

Ich suchte für ihn auch die Prophezeiungen in Jesaja und Daniel heraus, außerdem weitere Prophezeiungen im Alten Testament, die Parallelen zu denen des Neuen Testaments darstellen.

Ich gab ihm die Liste und ermahnte ihn, die Stellen aufmerksam zu lesen und wenn er auf Schwierigkeiten stieße, an anderer Stelle nachzulesen. Und es im Gebet zu Gott zu bringen. »›Bittet, so wird euch gegeben; suchet, so werdet ihr finden.‹«

»Alec«, sagte er, »in einem stimme ich Ihnen zu. Die Nachrichten der letzten paar Monate weisen auf Armageddon hin. Sagen wir mal morgen nachmittag. Warum nicht gleich das Weltende und das Jüngste Gericht, denn danach wird es wenig zu retten geben.« Er sah traurig aus. »Ich habe mir immer Sorgen darüber gemacht, in was für einer Welt Sybil wohl aufwachsen würde. Jetzt frage ich mich, ob sie überhaupt aufwachsen wird.«

»Jerry. Arbeiten Sie daran. Finden Sie den Weg zur Gnade. Und dann führen Sie Ihre Frau und Ihre Tochter dorthin. Sie brauchen mich nicht. Sie brauchen nur Jesus. Er hat gesagt: ›Siehe, ich stehe vor der Tür und klopfe an. So jemand meine Stimme hören wird und die Tür auftut, zu dem werde ich eingehen.‹ Offenbarung 3:20.«

»Sie glauben also.«

»Ich glaube.«

»Alec, ich wünschte, ich könnte Ihnen folgen. Bei dem Zustand, im dem die Welt sich heute befindet, wäre das sehr tröstlich. Aber in den Träumen schon lange verstorbener Propheten kann ich keinen Beweis erkennen: man kann alles in sie hineinlesen. Die Theologie ist dabei nie eine Hilfe. Es ist, als suchte man um Mitternacht in einem dunklen Keller eine schwarze Katze, die nicht da ist. Die Theologen können sich alles einreden. Oh, das ist auch bei meiner Kirche so – aber meine ist wenigstens wirklich pantheistisch. Wer die Dreifaltigkeit anbetet und dabei behauptet, seine Religion sei monotheistisch, wird alles glauben – man muß ihm nur Zeit geben, darüber nachzudenken. Verzeihen Sie, daß ich so offen rede.«

»Jerry, in religiösen Dingen ist Offenheit notwendig. ›Aber ich weiß, daß mein Erlöser lebet; und er wird mich hernach aus der Erde auferwecken.‹ Das ist wieder Hiob. Kapitel neunzehn. Er ist auch Ihr Erlöser, Jerry – ich bete darum, daß Sie ihn finden.«

»Ich fürchte, da besteht kaum eine Chance.« Jerry stand auf.

»Sie haben ihn *noch* nicht gefunden. Geben Sie nicht auf. Ich werde für Sie beten.«

»Ich danke Ihnen für Ihre Mühe. Wie passen die Schuhe?«

»Sie sind ganz bequem.«

»Wenn Sie morgen aufbrechen wollen, brauchen Sie Schuhe, in denen Sie sich zwischen hier und Kansas keine Blasen laufen. Sind Sie sicher, daß die Schuhe bequem genug sind?«

»Ganz sicher. Und wir müssen auf jeden Fall morgen aufbrechen. Wenn wir noch länger blieben, würden Sie uns so verwöhnen, daß wir überhaupt nicht mehr weggehen wollen.« (Die Wahrheit konnte ich ihm nicht erzählen: ich war so aufgebracht über das Gerede von Hexerei und Feueranbetung, daß ich hier einfach nicht mehr bleiben konnte. Aber ich konnte ihn nicht für meine Schwäche entgelten lassen.)

»Lassen Sie mich Ihnen Ihr Schlafzimmer zeigen. Leise, denn vielleicht schläft Margie schon. Es sei denn, unsere Damen seien noch länger aufgeblieben als wir.«

Vor der Schlafzimmertür streckte er die Hand aus. »Wenn Sie recht haben und ich mich irre, geben Sie dann nicht zu, daß selbst Sie Fehler machen können?«

»Gewiß. Ich befinde mich nicht im Zustand der Gnade, noch nicht. Ich muß daran arbeiten.«

»Nun, viel Glück. Aber wenn Sie einen Fehler machen, sollten Sie mich in der Hölle besuchen. Werden Sie das tun?«

Jerry schien das völlig ernst zu meinen. »Ich weiß nicht, ob es erlaubt ist«, sagte ich.

»Beschäftigen Sie sich mit dem Problem. Das werde ich auch tun. Ich verspreche Ihnen« – er grinste – »eine wahrhaft höllische Gastfreundschaft. Wirklich heiß!«

Auch ich grinste. »Abgemacht.«

Wieder war mein Liebling eingeschlafen, ohne sich auszuziehen. Lächelnd legte ich mich neben sie und bettete ihren Kopf an meine Schulter. Ganz behutsam wollte ich sie wecken, ausziehen und dann ins Bett bringen. Inzwischen hatte ich tausend – nun ja, ein Dutzend – Gedanken zu verarbeiten.

Plötzlich merkte ich, daß es hell wurde. Dann, wie kratzig und zerlumpt das Bett war. Dann wurde es noch heller, und ich sah, daß wir auf Heuballen lagen; in einer Scheune.

# XIX

*Und Ahab sprach zu Elia: Hast du mich gefunden, mein Feind? Er aber sprach: Ja, ich habe dich gefunden darum, daß du dich verkauft hast, nur Übles zu tun vor dem Herrn.*

1 Könige 21:20

Die letzten neunzig Meilen auf der 66 nach Clinton versuchten wir so rasch wie möglich hinter uns zu bringen. Dabei verdrängten wir die Tatsache, daß wir wieder einmal völlig abgebrannt waren und nichts zu essen hatten, von einem Schlafplatz ganz zu schweigen.

Aber wir hatten ein lenkbares Luftschiff gesehen.

Das änderte natürlich alles. Seit Monaten war ich ein Niemand aus dem Nichts gewesen, ohne Geld, Tellerwaschen mein einziges Gewerbe, eigentlich ein Landstreicher. Aber jetzt – in meiner eigenen Welt – erwarteten mich ein hochdotierter Job, eine angesehene Stellung in der Gemeinde, ein fettes Bankkonto. Und wenn wir dann nicht mehr auf diese wahrhaft infernalische Weise zwischen den Welten hin und her geschleudert würden –

Als Fahrgäste eines Farmers, der Gemüse in die Stadt transportierte, erreichten wir Clinton am späten Vormittag. Margrethe stieß einen leisen Schrei aus. Ich schaute in die Richtung, in die sie starrte, und da sah ich es – silbrig, schlank und wunderschön. Ich konnte den Namen nicht erkennen, aber am Kennzeichen erkannte ich, daß es ein Luftschiff der Eastern Airlines war.

»Dallas-Denver-Express«, bemerkte der Fahrer und zog eine Uhr aus seinem Overall. »Fünf Minuten Verspätung. Ungewöhnlich.«

Ich versuchte, mir meine Aufregung nicht anmerken zu lassen. »Hat Clinton einen Flughafen?«

»Oh, nein. Oklahoma City ist der nächste. Wollt ihr die Anhalterei aufgeben und in die Luft gehen?«

»Schön wär's.«

»Auf jeden Fall. Besser als Farmarbeit.«

Wir unterhielten uns noch eine Weile über Banalitäten, und wenige Minuten später setzte er uns am Gemüsemarkt ab. Als Margrethe und ich endlich allein waren, konnte ich mich kaum beherrschen. Ich wollte sie küssen, aber ich bremste mich. In Oklahoma herrscht eine genauso strenge Moral wie in Kansas; in den meisten Gemeinden gibt es rigorose Vorschriften, die öffentliche Knutschereien verbieten.

Ich fragte mich, wie schwer mir die Umstellung wohl fallen würde, nachdem ich mich viele Wochen in vielen Welten aufgehalten hatte, von denen keine den hohen moralischen Standard meiner Heimatwelt aufweisen konnte. Es konnte schwierig werden, Ärger zu vermeiden (das mußte ich zugeben), denn ich hatte mich daran gewöhnt, meine Frau in der Öffentlichkeit zu küssen. Und ich hatte mich auch an andere Zurschaustellungen gewöhnt, die an sich harmlos waren, aber in sittenstrengen Gemeinden in der Öffentlichkeit nicht geduldet wurden. Schlimmer noch, wie konnte ich meinen Liebling aus Schwierigkeiten heraushalten? Ich war hier geboren worden und konnte mich den herrschenden Sitten wieder anpassen . . . aber Marga war so zärtlich wie ein junger Collie und schämte sich nicht im geringsten, es auch zu zeigen.

»Es tut mir leid, Schatz«, sagte ich zu ihr. »Ich wollte dich gerade küssen, aber das darf ich nicht.«

»Warum nicht?«

»Äh, ich kann dich nicht in der Öffentlichkeit küssen. Jedenfalls nicht hier. Nur privat. Es ist – man muß ganz einfach mit den Wölfen heulen. Aber das ist im Augenblick egal. Liebling, wir sind zu Hause! Es ist mein Zuhause, und jetzt ist es auch dein Zuhause. Du hast das lenkbare Luftschiff gesehen.«

»War das wirklich ein lenkbares Luftschiff?«

»Ganz und gar . . . und es war der schönste Anblick seit Monaten. Allerdings – schraub deine Hoffnungen nicht zu hoch. Jedenfalls vorläufig nicht. Wir wissen, daß einige dieser veränderten Welten sich in vieler Hinsicht sehr ähneln. Ich sehe eine entlegene Möglichkeit, daß dies *meine* Welt ist, die Luftschiffe kennt . . . die aber dennoch nicht meine Welt ist.

Oh, ich glaube es zwar nicht, aber wir dürfen uns nicht zu früh freuen.«

(Ich hatte gar nicht gemerkt, daß Margrethe noch keine Freude geäußert hatte.)

»Und woran willst du erkennen, daß dies deine Welt ist?«

»Wir könnten es so halten wie vorher: wir suchen eine öffentliche Bibliothek auf. Aber in diesem Fall weiß ich eine schnellere und bessere Möglichkeit. Ich gehe zu einem Büro der Bell Telephone – die Adresse erfrage ich in dem Lebensmittelladen da drüben.«

Ich wollte zum Büro der Bell Telephone statt in eine öffentliche Telefonzelle, weil ich in Telefonbüchern nachschlagen wollte, bevor ich irgendwelche Anrufe tätigte – war dies wirklich meine Welt?

Ja, es war meine Welt! Im Büro lagen alle Telefonbücher Oklahomas und auch die der größten Städte anderer Staaten – unter anderen ein mir sehr vertrautes, das von Kansas City, Kansas. »Siehst du, Margrethe?« Ich zeigte auf eine Eintragung: Kirchenvereinigung zur Hebung der Moral, Nationales Büro.

»Ich sehe.«

»Ist das nicht aufregend? Hättest du nicht Lust zu tanzen und zu singen?«

»Es freut mich sehr für dich, Alec.«

(Das klang wie: »Wie friedlich er daliegt. Und all die schönen Blumen.«)

Wir hatten die Nische, in der die Bücher lagen, für uns allein. Deshalb flüsterte ich aufgeregt: »Was ist denn los, Liebling? Dies ist doch ein glücklicher Tag. Begreifst du das denn nicht? Sobald ich telefoniert habe, werden wir nicht mehr ohne Geld sein. Keine dreckige Arbeit mehr. Keine Sorgen um Essen oder Schlafplatz. Wir werden sofort mit dem Pullman nach Hause fahren – nein, mit dem Luftschiff! Etwas Luxuriöseres gibt es nicht. Unsere Flitterwochen, Darling – die Flitterwochen, die wir uns nicht leisten konnten.«

»Du wirst mich nicht nach Kansas City mitnehmen.«

»Was soll das heißen?«

»Alec . . . da wohnt doch deine Frau.«

Sie können mir glauben, daß ich seit vielen Wochen nicht mehr an Abigail gedacht hatte. Ich war überzeugt gewesen, daß ich sie nie wiedersehen würde (die Rückkehr in meine eigene Welt kam völlig unerwartet), und jetzt hatte ich eine Frau, eine Frau, wie ein Mann sie sich nur wünschen konnte: Margrethe.

Ich frage mich, ob die erste Schaufel Erde eine Leiche mit der gleichen Wucht trifft wie mich der Gedanke an Abigail.

Ich versuchte, diese Gedanken zu verscheuchen. Wenigstens so gut es ging. »Marga, wir werden folgendes tun. Gewiß, ich habe ein Problem, aber wir können es lösen. Natürlich gehst du mit mir nach Kansas City! Das muß du. Aber wegen Abigail müssen wir dort für dich eine Wohnung suchen, in der du dich aufhalten kannst, während ich alles regele.« (Was konnte ich regeln? Abigail würde durchdrehen.) »Zuerst muß ich an mein Geld kommen. Dann muß ich mit einem Anwalt sprechen.« (Ehescheidung? In einem Staat, in dem es nur einen einzigen legalen Scheidungsgrund gab, den nur der betrogene Partner für sich in Anspruch nehmen durfte? Margrethe als Zweitfrau? Unmöglich. Sollte Margrethe etwa in den Stock geschlossen werden? Mit Schimpf und Schande aus der Stadt gejagt, wenn Abigail es verlangte? Ganz gleich, was man mir antat, ganz gleich auch, ob Abigail mich um jeden Cent bringen würde – Margrethe durfte auf keinen Fall den Strafen ausgesetzt werden, die in meiner Heimatwelt für Ehebruch verhängt wurden. Niemals!)

»Dann gehen wir nach Dänemark.« (Nein, eine Scheidung war nicht möglich.)

»Wollen wir das wirklich?« fragte sie.

»Ja, das wollen wir. Liebling, du bist meine Frau, jetzt und für immer. Ich kann dich nicht hierlassen, während ich in Kansas City alles regele; die Welt könnte sich wieder verändern, und ich würde dich verlieren. Aber wir können nicht nach Dänemark gehen, bevor ich wieder über mein Geld verfügen kann. Alles klar?« (Und wenn Abigail mein Konto schon geplündert hat?)

»Ja, Alec. Wir gehen nach Kansas City.«

(Damit war ein Teil der Angelegenheit erledigt. Aber damit war Abigail nicht erledigt. Ganz gleich, diese Brücke würde ich hinter mir verbrennen, wenn ich sie erreichte.)

Dreißig Sekunden später ergaben sich weitere Probleme. Gewiß würde das Mädchen vom Amt für mich ein R-Gespräch durchstellen. Kansas City. Für Kansas City, Kansas oder Missouri betrug die Gebühr fünfundzwanzig Cents, um überhaupt einen Anschluß für eine Anfrage zu bekommen. Bitte Münze einwerfen, wenn ich es Ihnen sage. Zelle zwei.

Ich ging in eine Zelle, holte meine Münzen aus der Tasche und breitete sie vor mir aus.

Ein Zwanzigcentstück.

Zwei Kupfermünzen.

Ein kanadischer Vierteldollar mit dem Bild der Königin (Königin?)

Ein halber Dollar.

Drei Fünfcentstücke, die aber kleiner waren als die mir bekannten Münzen.

Und auf keiner dieser Münzen las ich das vertraute »God Is Our Fortress«, das Motto der Nordamerikanischen Union.

Ich betrachtete das bunte Durcheinander und überlegte, wann die letzte Veränderung stattgefunden hatte. Es mußte nach meiner letzten Lohnauszahlung gewesen sein, also nach gestern nachmittag und bevor wir nach hier mitgenommen wurden. In der letzten Nacht, als wir schliefen? Aber wir hatten weder unsere Kleidung noch unser Geld verloren. Ich hatte sogar noch den Rasierapparat, der in meiner Brusttasche steckte.

Wie dem auch sei – jeder Versuch, die Einzelheiten dieser Veränderungen zu begreifen, konnte einen nur in den Wahnsinn treiben. Aber die Veränderung hatte stattgefunden; ich war wieder in meiner Welt . . . und ich hatte zwar Geld, aber kein gültiges. Wenn ich überhaupt eine Wahl hatte, dann sah der kanadische Vierteldollar sehr gut aus. Ich versuchte nicht, mir einzureden, daß das Achte Gebot für profitorientierte Gesellschaften keine Gültigkeit habe. Statt dessen nahm ich mir fest vor, das Geld später zu zahlen. Ich nahm die Münze auf und den Hörer vom Haken.

»Nummer bitte.«

»Bitte, ich möchte ein R-Gespräch nach Kansas City, Kansas. Kirchenvereinigung zur Hebung der Moral. Die Nummer ist State Line 1224J. Ich werde mit jedem sprechen, der sich meldet.«

»Bitte werfen Sie fünfundwanzig Cents ein.« Ich steckte den kanadischen Vierteldollar in den Schlitz und hielt den Atem an – ich hörte das Rufzeichen. Dann sagte die Zentrale: »Danke. Legen Sie bitte nicht auf. Bitte warten Sie.«

Ich wartete. Und wartete. Und wartete.

»Ihr Gespräch nach Kansas City – die Kirchenvereinigung zur Hebung der Moral sagt, daß sie keine R-Gespräche annimmt.«

»Warten Sie! Sagen Sie, daß Reverend Alexander Hergensheimer anruft.«

»Danke. Bitte werfen Sie fünfundzwanzig Cens ein.«

»Heh! Ich habe ja nicht einmal die erste Münze nutzen können. Sie haben zu früh aufgelegt.«

»Wir haben die Verbindung nicht unterbrochen; der Teilnehmer in Kansas City hat aufgelegt.«

»Gut. Dann rufen Sie zurück, und diesmal sagen Sie den Leuten, sie sollen nicht auflegen.«

»Yes, Sir. Bitte werfen Sie fünfundzwanzig Cents ein.«

»Zentrale, würde ich ein R-Gespräch anmelden, wenn ich Kleingeld bei mir hätte? Rufen Sie an und sagen Sie den Leuten, wer ich bin. Reverend Alexander Hergensheimer, stellvertretender Geschäftsführer.«

»Bitte bleiben Sie am Apparat.«

Ich wartete wieder. Und wartete.

»Reverend? Der Teilnehmer in Kansas City bittet mich, Ihnen mitzuteilen, daß sie R-Gespräche nicht einmal von – ich zitiere wörtlich – von Jesus Christus persönlich annehmen.«

»So darf man am Telefon nicht reden. Und auch sonst nicht.«

»Da bin ich Ihrer Meinung. Noch etwas. Die Person behauptet, sie hätte von Ihnen noch nie gehört.«

»Aber das –« Ich schwieg, denn ich wußte nicht, wie ich mich ausdrücken sollte, ohne die Würde des Talars zu verletzen.

»In der Tat. Ich bat ihn um seinen Namen, aber er legte auf.«

»War es ein junger Mann?« fragte ich. »Ein alter? Baß, Tenor, Bariton?«

»Knabensopran. Ich hatte den Eindruck, daß es der Bürobote war, der während der Mittagspause die Gespräche entgegennimmt.«

»Ich verstehe. Ich danke Ihnen für Ihre Bemühungen. Nach meinem Dafürhalten haben Sie mehr als Ihre Pflicht getan.«

»Es war mir ein Vergnügen, Reverend.«

Ich verließ die Zelle und hätte mir in den Hintern treten mögen. Das sagte ich Margrethe erst, als wir das Gebäude verlassen hatten. »Meine eigene Bombe hat mich zerrissen, Liebes. Ich selbst habe die Anweisung geschrieben, keine R-Gespräche mehr anzunehmen. Eine Analyse der eingegangenen Gespräche hatte eindeutig ergeben, daß R-Gespräche in keinem Fall unserer Vereinigung nützten. Neun von zehn Anrufern waren Bittsteller . . . und die Kirchenvereinigung zur Hebung der Moral ist keine Wohlfahrtsorganisation. Sie sammelt selbst Geld; sie verschenkt es nicht. Der zehnte Anruf kommt entweder von einem Randalierer oder von einem Spinner. Deshalb führte ich die neue Regelung ein und setzte sie durch . . . und es machte sich sofort bezahlt. Allein an Telefongebühren sparten wir jährlich mehrere hundert Dollar.« Ich schaffte gerade noch ein Lächeln. »Ich hätte nie gedacht, daß ich mich einmal in meinen eigenen Netzen fangen würde.«

»Und welche Pläne hast du jetzt, Alec?«

»Jetzt? Wir gehen zum Highway sechsundsechzig und halten die Daumen hoch. Ich will noch vor fünf Uhr in Oklahoma City sein. Das dürfte kaum Schwierigkeiten machen; es ist nicht sehr weit.«

»Ja, Sir. Und warum vor fünf Uhr, wenn ich fragen darf?«

»Du darfst mich immer alles fragen, und das weißt du auch. Aber jetzt laß endlich deine Leidensmiene verschwinden, Liebling. Seit wir das Luftschiff gesehen haben, machst du schon so ein Gesicht. In Oklahoma City ist ein Bezirksbüro der Kirchenvereinigung, und ich will da sein, bevor sie dichtmachen. Du wirst schon sehen, Honey, wie sie für mich einen roten Teppich ausrollen! Sobald wir in Oklahoma City sind, haben wir keine Sorgen mehr.«

An diesem Nachmittag hatte ich das Gefühl, durch Sirup zu waten. Die Zeit lief ab. Wir wurden zwar mitgenommen, aber es waren immer nur ein paar Meilen. Wir schafften ein Tempo von zwanzig Meilen pro Stunde, und das auf einer Straße, auf der man leicht sechzig fahren konnte. Aus einem guten Grund verloren wir fünfundfünfzig Minuten: Wir bekamen ein Essen umsonst. Zum soundsovielten Mal lud uns ein Lastwagenfahrer zu einer Mahlzeit ein, als er für sich selbst etwas bestellte . . . denn es gibt kaum einen Mann, der es fertigbringt zu essen, ohne Margrethe einzuladen, wenn sie gerade in der Nähe ist. (Dann bekomme ich schon deshalb etwas, weil ich ihr Eigentum bin. Ich will mich nicht beklagen.)

Das Essen dauerte zwanzig Minuten, und dann verbrachte er dreißig Minuten an einem Flipperautomaten . . . und ich stand da und kochte innerlich, und Margrethe stand neben ihm und klatschte in die Hände und jauchzte, wenn er ein Freispiel gewann. Sie hat nun einmal gesunde soziale Instinkte. Dann fuhr er uns ganz bis Oklahoma City. Er hätte die Umgehungsstraße benutzen können, aber unseretwegen fuhr er durch die Stadt und setzte uns Ecke 36th Avenue und Lincoln Street ab, ganz in der Nähe des Bezirksbüros der Kirchenvereinigung.

Ich pfiff fröhlich, während wir die zwei Straßen weitergingen. »Du kannst lachen, Honey. Heute in einem Monat – vielleicht früher – werden wir im Tivoli essen.«

»Wirklich?«

»Wirklich. Du hast mir soviel davon erzählt, daß ich es kaum erwarten kann. Da vorn ist das Gebäude!«

Unsere Räume befinden sich im ersten Stock. Es war herzerwärmend, die Aufschrift auf der Glastür zu lesen: KIRCHENVEREINIGUNG ZUR HEBUNG DER MORAL – BITTE EINTRETEN.

»Nach dir, Schatz.« Ich wollte die Tür öffnen.

Die Tür war verschlossen.

Ich klopfte, sah dann den Klingelknopf und klingelte. Dann klopfte und klingelte ich abwechselnd.

Ein Schwarzer mit einem Eimer und einem Scheuerlappen kam den Korridor entlang und wollte an uns vorbeigehen. »Heh, Onkel!« rief ich. »Haben Sie einen Schlüssel für dieses Büro?«

»Leider nein, Captain. Jetzt ist da auch keiner. Meistens gehen sie um vier und schließen dann ab.«

»Ach so. Vielen Dank.«

»War mir ein Vergnügen, Captain.«

Wieder auf der Straße angekommen, sah ich Margrethe an und grinste verlegen. »Kein roter Teppich und um vier Uhr geschlossen. Wenn die Katze aus dem Haus ist, tanzen die Mäuse auf dem Tisch. Hier werden Köpfe rollen, das verspreche ich dir. Mir fällt kein anderes Klischee ein, das zur Situation paßt. Aber was können wir schon tun? Madame, hätten Sie Lust, heute nacht im Park zu schlafen? Die Nacht ist warm und Regen nicht zu erwarten. Ameisen und Moskitos gratis.«

Wir schliefen im Lincoln Park auf dem Golfkurs. Der Rasen war wie lebender Samt – er wimmelte von allem möglichen Kleingetier.

Trotz der Tierchen schliefen wir recht gut. Als die ersten Golfer erschienen, standen wir auf und ernteten nichts Schlimmeres als ein paar verwunderte Blicke. Wir benutzten die öffentlichen Waschräume im Park und trafen uns nachher um einiges erfrischt draußen wieder. Ich hatte mich rasiert, und an Stelle eines Frühstücks hatten wir reichlich Wasser getrunken. Ich war wieder einigermaßen zuversichtlich. Es war noch zu früh, um einen der selbsternannten Playboys von der Kirchenvereinigung im Büro anzutreffen. Deshalb erkundigte ich mich bei dem nächsten Polizisten nach der öffentlichen Bibliothek. Anschließend fragte ich: »Wo liegt übrigens der Flughafen?«

»Der was?«

»Das Flugfeld für die Luftschiffe.«

Der Beamte wandte sich an Margrethe. »Lady, ist der Mann krank?«

Eine halbe Stunde später, als wir wieder in dem Bürogebäude standen, daß wir schon am vergangenen Nachmittag aufgesucht hatten, fühlte ich mich in der Tat krank . . . überrascht war ich allerdings nicht, unter den Firmenschildern das der Kirchenvereinigung nicht mehr vorzufinden. Um ganz sicher zu sein, gingen wir in den ersten Stock. In diesem Büro residierte jetzt eine Versicherungsgesellschaft.

»Nun, Schatz, dann gehen wir eben erst einmal in die öffentliche Bibliothek. Wir müssen feststellen, in welcher Welt wir jetzt sind.«

»Ja, Alec.« Sie wirkte heiter. »Liebling, es tut mir so leid, daß du enttäuscht bist . . . aber ich bin so erleichtert. Ich – ich war ganz verrückt vor Angst bei dem Gedanken, deine Frau zu treffen.«

»Das wirst du nicht. Niemals. Das verspreche ich dir. Auch ich bin irgendwie erleichtert. Und ich habe Hunger.«

Wir gingen ein paar Schritte. »Alec, sei bitte nicht böse.«

»Ich werde höchstens ein bißchen meckern. Worum geht es?«

»Ich habe fünf Fünfundzwanzigcentstücke. Gültige.«

»An dieser Stelle müßte ich sagen ›Tochter, warst du auch brav?‹ Heraus damit. Wen hast du umgebracht. Gab es viel Blut?«

»Gestern. An diesem Flipper-Automaten. Immer wenn er ein Freispiel hatte, gab Harry mir ein Fünfundzwanzigcentstück. ›Das bringt Glück‹ sagte er.«

Ich beschloß, sie nicht zu verprügeln. Natürlich waren es keine »gültigen Münzen«, aber sie waren gültig genug. Das heißt, sie paßten in die Automaten. Wie kamen an einer Automatenpassage vorbei, und da gibt es meistens Lebensmittelautomaten. Auch hier. Die Preise waren erschreckend hoch – fünfzig Cents für ein mickeriges trockenes Sandwich und fünfundzwanzig Cents für einen Mundvoll Schokolade. Aber es war besser als so manches Frühstück, das wir unterwegs gegessen hatten. Und wir hatten ganz gewiß nicht gestohlen, denn die Fünfundzwanzigcentstücke aus meiner Welt waren richtiges Silber.

Dann gingen wir in die öffentliche Bibliothek, um festzutellen, mit welcher Welt wir es jetzt zu tun hatten.

Wir stellten es sehr schnell fest:

Es war Margrethes Welt.

# XX

*Der Gottlose flieht, und niemand jagt ihn; der Gerechte aber ist getrost wie ein junger Löwe.*
Sprüche 28:1

Margrethe war so fröhlich wie ich am Tag zuvor. Sie strömte über vor Heiterkeit, sie lächelte, sie sah aus wie sechzehn. Ich schaute nach einem stillen Winkel aus – vielleicht irgendwo zwischen den Bücherregalen –, wo ich sie küssen konnte, ohne daß einer der Aufsichtführenden etwas merkte. Dann fiel mir ein, daß wir in Margrethes Welt waren, in der niemand an diesen Dingen Anstoß nahm . . . und packte sie, wo sie stand. Ich küßte sie, daß es eine Art hatte.

Und wurde von einer Bibliotheksangestellten gescholten.

Nein, nicht für das, was ich getan hatte, sondern nur, weil wir dabei zu laut gewesen waren. Durch das Küssen an sich sah niemand den Anstand verletzt. Wir versprachen, uns ruhig zu verhalten, und entschuldigten uns für den Verstoß. Dabei sah ich neben dem Schreibtisch der Bibliothekarin einen Anschlag:

Neue Titel PORNOGRAPHIE ZU LEHRZWECKEN – für Kinder im Alter von 6 bis 12 Jahren.

Fünfzehn Minuten später hob ich wieder den Daumen. Auf dem Highway 77 nach Dallas.

Warum Dallas? In Dallas gab es eine Anwaltskanzlei: O' Hara, Rigsby, Crumpacker und Rigsby.

Als wir die Bibliothek verlassen hatten, erzählte Margrethe mir ganz aufgeregt, daß wir uns jetzt keine Sorgen mehr zu machen brauchten: jetzt stünde uns ihr Bankkonto zur Verfügung.

»Moment mal, Darling«, sagte ich. »Wo ist dein Scheckheft, und wie willst du dich ausweisen?«

Wenn man die Sache optimistisch betrachtete, hatte Margrethe allenfalls nach einigen Tagen Zugang zu Ihrem Konto, wahrscheinlich aber erst nach einigen Wochen . . . und selbst dann müßten wir vorher ziemlich viel Geld für eine Kabeldepesche aufbringen. Ein Telefongespräch über den Atlantik? Marga glaubte nicht, daß es so etwas gab. (Und selbst wenn, eine Kabeldepesche wäre gewiß billiger und verläßlicher.)

Selbst wenn wir das alles arrangieren konnten, würde eine Überweisung auf dem Postwege stattfinden – und das in einer Welt, in der es keine Luftpost gab.

Wir machten uns also auf den Weg nach Dallas. Ich hatte Marga versichert, daß im schlimmsten Falle Alec Grahams Anwälte Alec Graham genug Geld vorstrecken würden, um ihn (uns) von der Straße zu bringen und mit Glück würden wir sofort in den Besitz größerer Mittel gelangen.

(Oder sie erkannten mich gar nicht als Alec Graham und bewiesen mir – durch Fingerabdrücke, Unterschrift oder irgend etwas anderes –, daß ich es nicht sein könne, so daß in Margrethes schönem, aber wirren Kopf »Alec Graham« nur noch als Geist leben würde. Aber das erwähnte ich Margrethe gegenüber nicht.)

Von Oklahoma City bis Dallas sind es zweihundert Meilen. An der Kreuzung 66 und 77 nahm uns ein Wagen mit und fuhr uns direkt in die texanische Metropole. Er setzte uns am Trinity River ab, wo die 77 die 80 kreuzt, und wir gingen zum Smith Building. Wir brauchten etwa eine halbe Stunde. Die Empfangsdame in Suite 7000 sah aus wie etwas aus einer jener Bühnen-Shows, die zu unterdrücken die Kirchenvereinigung sich viel Zeit und Geld hatte kosten lassen. Sie wirkte eher aus- als angezogen, und ihr Make-up bezeichnete Marga später als »High Style«. Sie war jung und hübsch, und mit meiner neu erworbenen Toleranz erfreute ich mich an diesem sündigen Anblick. Sie lächelte und fragte: »Was kann ich für Sie tun?«

»Ein schöner Tag zum Golfspielen. Welcher der Partner ist noch im Büro?«

»Leider nur Mr. Crumpacker.«

»Gerade den möchte ich sprechen.«

»Und wen darf ich melden?«

(Die erste Hürde – Ich verfehlte sie. Oder etwa sie?) »Erkennen Sie mich denn nicht?«

»Tut mir leid. Müßte ich das?«

»Wie lange arbeiten Sie schon hier?«

»Etwas über drei Monate.«

»Das erklärt alles. Sagen Sie Crumpacker, daß Alec Graham hier ist.«

Ich verstand nicht, was Crumpacker zu ihr sagte, aber ich beobachtete ihre Augen und hatte den Eindruck, daß sie sich weiteten. Sie sagte nur: »Mr. Crumpacker erwartet Sie.« Dann wandte sie sich an Margrethe: »Möchten Sie eine Illustrierte lesen, während Sie warten? Und darf ich Ihnen einen Joint anbieten?«

»Sie kommt mit«, sagte ich.

»Aber –«

»Komm, Marga.« Rasch ging ich in die inneren Büroräume.

Crumpackers Zimmer war leicht zu finden: es war das, aus dem lautes Gezeter zu hören war. Es hörte sofort auf, als ich die Tür öffnete und Margrethe den Vortritt ließ. Als ich selbst eintrat, sagte er: »Miss, Sie werden draußen warten müssen.«

»Nein«, wiedersprach ich, als ich die Tür hinter mir schloß. »Mrs. Graham bleibt.«

Er schien erschrocken. »Mrs. Graham?«

»Eine Überraschung, was? Ich habe inzwischen geheiratet. Darling, das ist Sam Crumpacker, einer meiner Anwälte.« (Seinen Vornamen hatte ich auf dem Türschild gelesen.)

»Äh, freut mich, Sie kennenzulernen, Mrs. Graham. Meinen herzlichen Glückwunsch. Alec – Sie hatten schon immer einen guten Geschmack.«

»Danke«, sagte ich. »Nimm Platz, Marga.«

»Einen Augenblick, Leute! Mrs. Graham kann nicht bleiben – wirklich nicht! Das wissen Sie doch.«

»Ich weiß nichts dergleichen. Diesmal werden wir einen Zeugen haben.« Nein, ich wußte nicht, daß er ein Verbrecher war. Aber ich wußte schon lange, daß man einem Anwalt, der bei einem Gespräch keine Zeugen duldet, mit äußerster Vorsicht begegnen muß. Die Kirchenvereinigung legte immer Wert darauf, daß bei einem Gespräch Zeugen zugegen waren, und sie hielt sich streng an die Gesetze; das war billiger.

Marga hatte Platz genommen, und ich setzte mich neben sie. Crumpacker war aufgesprungen, als wir sein Büro betraten, und er blieb stehen. Sein Mund zuckte nervös. »Ich sollte den Generalbundesanwalt anrufen.«

»Tun Sie das«, stimmte ich zu. »Nehmen Sie den Hörer auf und rufen Sie ihn an. Wir könnten ihn auch gemeinsam aufsuchen. Ihm *alles* erzählen. Unter Zeugen. Lassen Sie uns die Presse hinzuziehen. Die gesamte Presse, nicht nur die zahmen Katzen.«

(Was wußte ich? Nichts. Aber wenn man schon bluffen muß, dann muß man klotzen. Ich hatte Angst. Diese Ratte könnte sich umdrehen und kämpfen wie eine in die Enge getriebene Maus – eine tollwütige.)

»Ich sollte es wirklich tun«, sagte Crumpacker.

»Tun Sie es, tun Sie es! Lassen Sie uns Namen nennen und sagen, wer was tat und wer bezahlt wurde. Ich will, daß *alles* herauskommt . . . bevor mir jemand Zyankali in die Suppe tut.«

»Reden Sie nicht so.«

»Wer hätte dazu ein besseres Recht als ich. Wer hat mich über Bord gestoßen? *Wer?*«

»Sehen Sie mich doch nicht an!«

»Nein, Sammie, ich glaube nicht, daß Sie es waren; Sie waren ja nicht da. Aber es könnte Ihr Patenkind gewesen sein, was?« Ich lächelte mein breitestes Lächeln. »Nur ein Scherz, Sam. Mein alter Freund würde mich nicht tot sehen wollen. Aber Sie können mir ein paar Dinge erzählen und mir aushelfen. Sam, es ist nicht angenehm, am anderen Ende der Welt über Bord gekippt zu werden – deshalb sind Sie mir einiges schuldig.« (Nein, ich wußte immer noch nichts. Aber es war offensichtlich, daß ich einen Mann mit einem schlechten Gewissen vor mir hatte, und ich mußte nachsetzen.)

»Alec, nur nichts übereilen.«

»Ich habe keine Eile. Aber ich brauche Erklärungen. Und Geld.«

»Alec, mein Ehrenwort. Über das, was Ihnen passiert ist, weiß ich nur eins: daß dieses dänische Schiff in Portland einlief und Sie nicht an Bord waren. Und ich mußte dann nach Oregon fahren, um dabeizusein, als Ihre Stahlkassette aufgebrochen wurde. Und da lagen nur hunderttausend. Der Rest fehlt. Wer hat das Geld, Alec? Wer ist an Sie herangekommen?«

Er schaute mich an; ich hoffte nur, daß meinem Gesicht nichts anzumerken war. Er hatte mir etwas erzählt, was eigentlich nicht stimmen konnte. Dieser Winkeladvokat log wahrscheinlich, sobald er den Mund aufmachte. Hatte mein Freund, der

Zahlmeister, die Kassette aufgebrochen? Oder hatten der Kapitän und der Zahlmeister gar gemeinsame Sache gemacht?

Als Arbeitshypothese sollte man immer die einfachere Erklärung nehmen. Die Wahrscheinlichkeit, daß dieser Mann log, war größer als die, daß der Zahlmeister gestohlen hatte. Und wahrscheinlich – nein, bestimmt, – würde der Kapitän zugegen sein, wenn der Zahlmeister sich daran machte, die Kassette eines vermißten Passagiers aufzubrechen. Wenn diese beiden verantwortlichen Offiziere, die eine Karriere und ihren guten Ruf zu verlieren hatten, sich tatsächlich zusammengetan hatten, um zu stehlen, warum sollten sie dann hunderttausend liegenlassen? Warum nicht alles nehmen und so tun, als wüßten sie nichts über den Inhalt meiner Kassette? – was in der Tat der Fall sein müßte. Irgend etwas stank hier.

»Was, sagten Sie, hätte gefehlt?«

»Heh?« Er schaute zu Margrethe hinüber. »Verdammt noch mal, es hätten neunhundert Riesen mehr sein müssen. Das Geld, das Sie in Tahiti nicht übergeben haben.«

»Wer sagt, daß ich es nicht getan habe?«

»Was? Alec, machen Sie doch nicht alles noch schlimmer. Das hat Mr. Z. gesagt. Sie haben versucht, seinen Beauftragten zu ersäufen.«

Ich sah ihn an und lachte. »Sie meinen diese Tropengangster? Die wollten den ganzen Zaster kassieren, ohne sich auszuweisen und ohne eine Quittung auszustellen. Ich habe mich energisch geweigert – und der schlaue Junge ließ mich von einem Gorilla in den Swimming-Pool werfen. Hmm – Sam, ich fange an zu begreifen. Sie müssen herausfinden, wer in Papeete an Bord der *Konge Knut* gekommen ist.«

»Warum?«

»Weil das Ihr Mann ist. Er hat nicht nur den Zaster; er hat mich auch über Bord gestoßen. Wenn Sie erst wissen, wer es war, brauchen Sie nicht seine Auslieferung beantragen zu lassen. Nennen Sie mir nur seinen Namen. Den Rest erledige ich selbst. Persönlich.«

»Verdammt, wir wollen die Million Dollar.«

»Glauben Sie, daß Sie sie kriegen? Mr. Z. hat das Geld . . . aber Sie haben keine Quittung. Und als ich um eine Quittung bat, hatte ich jede Menge Schwierigkeiten. Seien Sie nicht albern, Sam; die Neunhunderttausend sind verschwunden. Aber nicht mein Anteil. Also geben Sie mir die hundert Riesen. Und zwar sofort.«

»*Was?* Die hat der Generalbundesanwalt in Portland einbehalten. Das Geld befindet sich in gerichtlicher Verwahrung. Beweismaterial.«

»Sam. Sam, mein lieber Junge. Versuchen Sie doch nicht, Ihrer Großmutter zu erzählen, wie man Schafe stiehlt. Beweismaterial für was? Wer ist angeklagt? Um was für ein Verbrechen geht es hier? Beschuldigt man mich, etwas aus meiner eigenen Kassette gestohlen zu haben? Welches Verbrechen?«

»Welches Verbrechen? Jemand hat diese neunhundert Riesen gestohlen; darum geht es.«

»Tatsächlich? Wer ist der Kläger? Wer behauptet, daß in der Kassette jemals neunhunderttausend waren? Ich jedenfalls habe es niemandem erzählt – *wer behauptet es also?* Nehmen Sie den Hörer auf, Sam, und rufen Sie den Generalbundesanwalt in Portland an. Fragen Sie ihn, warum er das Geld einbehalten hat – und auf wessen Klage hin. Wir müssen den Dingen auf den Grund gehen. Nehmen Sie den Hörer auf, Sam. Wenn dieser Bundes-Clown mein Geld hat, werde ich ihn so lange schütteln, bis er es mir herausgibt.«

»Sie sind ja mächtig scharf darauf, mit den Bundesanwälten zu reden. Ausgerechnet *Sie!*«

»Vielleicht hatte ich einen akuten Anfall von Ehrlichkeit. Sam, die Tatsache, daß Sie um keinen Preis Portland anrufen wollen, sagt mir alles. Sie wurden hinzitiert, um als mein Anwalt meine Interessen wahrzunehmen. Ein amerikanischer Passagier ging über Bord. Auf einem Schiff, das unter fremder Flagge fuhr. Da gibt es nur eine Möglichkeit: Man holt seinen Anwalt, um den Nachlaß zu inventarisieren. Dann wird alles seinem Anwalt übergeben, und er stellt dafür eine Quittung aus. Sam, was haben Sie eigentlich mit meinen Klamotten gemacht?«

»Was? Die habe ich natürlich dem Roten Kreuz gegeben.«

»Tatsächlich?«

»Nachdem der Generalbundesanwalt sie freigegeben hatte, meine ich natürlich.«

»Interessant. Der Generalbundesanwalt behält das Geld, obwohl niemand sich darüber beschwert hat, daß ihm Geld fehlt . . . aber er gibt die Kleidung frei, *wo es sich doch mit großer Wahrscheinlichkeit um Mord handelt.*«

»*Was?*«

»Um den Mord an mir. Wer hat mich über Bord gestoßen, und wer hat ihn dafür bezahlt? Sam, wir beide wissen, wo das Geld ist.«

Ich stand auf und zeigte auf den Safe. »Dort. Da muß es logischerweise sein. Sie haben es nicht zur Bank gebracht; das hätte verräterische Belege gegeben. Sie haben es nicht zu Hause versteckt; dann hätte Ihre Frau es finden können. Und ganz bestimmt haben Sie es nicht mit Ihren Partnern geteilt. Sam, öffnen Sie den Safe. Ich will sehen, ob da hunderttausend liegen . . . oder eine Million.«

»Sie sind verrückt geworden!«

»Rufen Sie den Generalbundesanwalt an. Er soll Zeuge sein.«

Er war jetzt so wütend, daß er nicht mehr sprechen konnte. Seine Hände zitterten. Es ist gefährlich, einen kleinen Mann so in Wut zu versetzen – und ich war fünfzehn Zentimeter größer, von anderen Maßen ganz zu schweigen. Er würde mich nicht selbst angreifen – schließlich war er Anwalt –, aber ich würde sehr vorsichtig sein müssen, wenn ich durch eine Tür gehen wollte.

Es war an der Zeit, ihn ein wenig zu beruhigen – »Sam. Sam, nehmen Sie das Ganze doch nicht so fürchterlich ernst. Sie haben mir ganz schön eingeheizt . . . und ich habe zurückgeschlagen. Gott allein weiß, warum Bundesanwälte irgend etwas tun – wahrscheinlich hat der Ganove das Geld inzwischen gestohlen . . . weil er glaubt, daß ich tot bin und mich nicht mehr beschweren kann. Ich fahre also nach Portland und werde *ihm* einheizen, und zwar ganz gewaltig.«

»Dort liegt ein Haftbefehl gegen Sie vor.«

»Wirklich? Was wirft man mir vor?«

»Verführung unter dem Deckmantel eines Eheversprechens. Es handelt sich um eine weibliche Besatzungsangehörige des Schiffs.« Er hatte genug Benehmen, Margrethe einen Verzeihung heischenden Blick zuzuwerfen. »Tut mir leid, Mrs. Graham, aber Ihr Mann hat mich ausdrücklich gefragt.«

»Völlig in Ordnung«, antwortete sie kurz.

»Ich komme ganz schön herum, nicht wahr?« sagte ich. »Wie sieht sie aus? Ist sie hübsch? Wie heißt sie?«

»Ich habe sie nie gesehen; sie war nicht dabei. Wie sie heißt? Irgendein schwedischer Name. Lassen sie mich überlegen. Gunderson. Ja, so hieß sie, Margaret S. Gunderson.«

Margrethe, die Gute, sagte nicht einmal pieps – obwohl sie eben zur Schwedin gemacht worden war. Erstaunt sagte ich: »Man beschuldigt mich, diese Frau verführt zu haben . . . an Bord eines Schiffs, das unter fremder Flagge fährt, dazu noch irgendwo in der Südsee. Und jetzt wurde also in Portland, Oregon, ein Haftbefehl gegen mich erlassen. Sam, was für ein Anwalt sind Sie nur? Zuzulassen, daß einem Mandanten in einer solchen Sache ein Haftbefehl um die Ohren geschlagen wird.«

»Ich bin ein sehr guter Anwalt, genau das bin ich. Es ist, wie Sie sagen: man weiß nie, was ein Bundesanwalt als nächstes tun wird; bevor sie bestallt werden, nimmt man ihnen offenbar das Gehirn heraus. Es war ganz einfach nicht nötig, noch darüber zu reden. Sie waren schließlich tot, oder wenigstens glaubten wir das. Ich kümmere mich nur um Ihre Interessen. Deshalb sage ich es Ihnen ja. Ich will verhindern, daß Sie Schwierigkeiten bekommen. Geben Sie mir ein wenig Zeit, dann lasse ich den Haftbefehl aufheben – *anschließend* gehen Sie dann nach Portland.«

»Hört sich vernünftig an. Wird mir auch hier irgend etwas zur Last gelegt?«

»Nein. Nun, ja und nein; wir haben ihnen versichert, daß Sie nicht zurückkommen würden. Deshalb haben sie ein Auge zugedrückt, als Sie verschwanden. Aber jetzt sind Sie wieder hier, Alec. Sie dürfen sich hier nicht sehen lassen. Auch sonst nirgendwo in Texas. Eigentlich in den ganzen Staaten nicht. Diese Dinge sprechen sich herum. Dann werden die alten Anklagen wieder ausgegraben.«

»Ich war unschuldig.«

Er zuckte die Achseln. »Alle meine Mandanten sind unschuldig. Ich rede mit Ihnen wie ein Vater, in Ihrem eigenen Interesse. Verschwinden Sie aus Dallas. Am besten gehen Sie ganz bis nach Paraguay. Das wäre besser für Sie.«

»Wie denn? Ich bin pleite, Sam. Ich *brauche* einfach ein bißchen Geld.«

»Habe ich Sie schon jemals im Stich gelassen?« Er zog seine Brieftasche, zählte fünf Hundertdollarnoten ab und legte sie vor mich hin.

Ich sah mir das Geld an. »Was ist das? Ein Trinkgeld?« Ich nahm die Scheine auf und steckte sie ein. »Damit kommen wir nicht einmal bis Brownsville. Und jetzt will ich richtiges Geld sehen.«

»Kommen Sie morgen wieder.«

»Aber jetzt im Ernst, Sam. Öffnen Sie den Safe und beschaffen Sie mir richtiges Geld, sonst komme ich morgen nicht hierher, sondern gehe zum Bundesanwalt und singe wie ein Vogel. Wenn ich mich mit ihm geeinigt habe – und das werde ich; die Bundesanwälte lieben Kronzeugen, denn sonst können sie nie etwas beweisen –, fahre ich morgen nach Oregon und hole mir die hundert Riesen ab.«

»Wollen Sie mir drohen, Alec?«

»Sie spielen Ihr Spiel, ich spiele meins, Sam. Ich brauche einen Wagen, aber keinen schrottreifen Ford. Einen Cadillac. Er muß nicht neu sein, aber er muß einen intakten Motor haben. Einen Cadillac und ein paar Riesen, und wir werden um Mitternacht in Laredo und morgen früh in Monterey sein. Ich werde Sie von Mexico City aus anrufen und Ihnen eine Adresse geben. Wenn Sie wirklich wollen, daß ich nach Paraguay gehe und dort bleibe, dann schicken Sie mir das Geld in den Distrito Federal, damit mir das auch möglich ist.«

Es funktionierte nicht ganz, wie ich es mir vorgestellt hatte, aber wir einigten uns auf einen gebrauchten Pontiac, und als ich sein Büro verließ, hatte ich sechstausend Dollar in bar in der Tasche. Ich sollte zu einem bestimmten Gebrauchtwagenhändler gehen und den Wagen nehmen, den der mir anbieten würde – Sam wollte später die Rechnung begleichen. Er versprach außerdem, die Hochzeitssuite in Hyatt für uns reservieren zu lassen. Um zehn Uhr am nächsten Morgen sollte ich ihn dann aufsuchen.

Ich weigerte mich, so früh aufzustehen. »Sagen wir elf Uhr. Schließlich sind wir noch in den Flitterwochen.«

Sam grinste, schlug mir auf die Schulter und war einverstanden.

Auf dem Korridor steuerten wir die Aufzüge an, aber dann gingen wir an ihnen vorbei, und ich öffnete die Tür zur Feuerleitung. Margrethe folgte mir kommentarlos, aber draußen, wo uns niemand hören konnte, sagte sie: »Alec, der Mann ist nicht dein Freund.«

»Das ist er bestimmt nicht.«

»Ich habe Angst um dich.«

»Ich habe auch Angst um mich.«

»Schreckliche Angst. Ich habe Angst um dein Leben.«

»Mein Liebling, ich habe auch Angst um mein Leben. Und um deines. Du bist in Gefahr, solange du bei mir bist.«

»Ich werde dich *nicht* verlassen.«

»Ich weiß. Aber was es auch sei, wir stecken gemeinsam in dieser Sache.«

»Ja. Und was für Pläne hast du jetzt?«

»Jetzt gehen wir nach Kansas.«

»Gut. Wir fahren also nicht nach Mexiko?«

»Honey, ich weiß nicht einmal, wie man einen Wagen fährt.«

Wir verließen die Feuerleiter in einer Kellergarage und erreichten über eine Rampe eine Seitenstraße. Von dort gingen wir einige Blocks weiter und hielten ein Taxi an. Wir fuhren zur Texas & Pacific Station, nahmen am Taxistand ein zweites Taxi und fuhren nach Fort Worth, das zwanzig Meilen weiter westlich liegt. Margrethe war während der Fahrt sehr schweigsam. Ich fragte sie nicht, an was sie gerade dachte, denn ich wußte: Keine Frau ist glücklich, wenn sie feststellen muß, daß der Mann, den sie liebt, etwas mit Dingen zu tun hat, die nach Schwindel und Gaunerei riechen. Ich schwor mir feierlich, das Thema ihr gegenüber nie zu erwähnen.

In Fort Worth ließ ich den Fahrer in einer eleganten Einkaufsstraße halten, die er selbst ausgesucht hatte, und wir stiegen aus. Dann sagte ich zu Marga: »Darling, ich werde dir jetzt eine massive Goldkette kaufen.«

»Mein Gott, Liebling! Ich brauche keine Goldkette.«

»Wir brauchen eine. Marga, als ich zum ersten Mal in dieser Welt war, mit dir auf der *Konge Knut* – da habe ich erfahren, daß der Dollar nichts wert war, denn er hatte keine Golddeckung. Und die Preise, die ich hier gesehen habe, bestätigen das. Wenn also eine neue Veränderung kommt – was wir leider befürchten müssen –, wird selbst das Hartgeld dieser Welt nichts wert sein, denn es ist kein Silber. Und das Papiergeld, das Crumpacker mir gegeben hat, ist Makulatur!

Wenn ich es nicht gegen etwas anderes eintausche. Wir fangen mit dieser Goldkette an, und ab sofort trägst du sie auch wenn du schläfst, sogar beim Baden – außer ich hänge sie mir selbst um den Hals.«

»Ja. Das sehe ich ein.«

»Wir werden für uns beide Gold und Juwelen kaufen. Ich

werde versuchen, einen Münzenhändler zu finden – um ein paar Silberdollar, vielleicht auch einige Goldmünzen zu kaufen. Auf jeden Fall will ich im Laufe der nächsten Stunde das meiste Papiergeld loswerden – außer den Kosten für zwei Busfahrscheine nach Wichita, Kansas. Es liegt dreihundertfünfzig Meilen weiter nördlich. Würdest du es aushalten, eine ganze Nacht im Bus zu sitzen? Ich will raus aus Texas.«

»Natürlich. Oh, Liebling, ich will selbst nicht in Texas bleiben. Ich habe immer noch fürchterliche Angst.«

»Die hast du wirklich nicht allein.«

»Aber –«

»Was ›aber‹, Liebling?«

»Alec, ich habe schon vier Tage lang nicht gebadet.«

Wir fanden einen Juwelier, und wir fanden einen Münzhändler. Ich gab ungefähr die Hälfte des Papiergelds aus und behielt den Rest für die Busfahrt und andere Zwecke, wie ein Dinner, das wir einnahmen, als die Läden geschlossen hatten. Ein Hamburger, den wir in Gainsville gegessen hatten, schien nach Raum und Zeit sehr weit zurückzuliegen. Dann stellte ich fest, daß um zehn Uhr abends ein Bus fahren sollte – Oklahoma City, Wichita, Salina. Ich kaufte die Fahrkarten und bezahlte für jede einen Dollar extra, damit man uns Plätze reservierte. Dann gab ich das Geld aus wie ein besoffener Seemann. Wir nahmen ein Zimmer in einem Hotel gegenüber der Bus-Station, obwohl wir wußten, daß wir nur zwei Stunden bleiben würden.

Es lohnte sich. Wir nahmen jeder ein heißes Bad, wobei wir uns abwechselten. Einer blieb jeweils angezogen und hielt die Kleider des anderen fest, einschließlich Juwelen und Gold, während dieser nackt und naß war. Und meinen Rasierapparat hielten wir besonders gut fest, denn er war inzwischen zu einer Art Talisman geworden, mit dessen Hilfe man Lokis Scherzen begegnen konnte.

Und bei unseren Bemühungen, Papiergeld in Valuta umzutauschen, hatten wir nebenbei auch neue Unterwäsche gekauft.

Ich hatte gehofft, daß wir genug Zeit haben würden, uns zu lieben – aber nein; als wir sauber und trocken waren, mußten wir uns anziehen und das Hotel verlassen, um den Bus nicht zu verpassen. Wir stiegen in den Bus, stellen die Sitze zurück, und Marga legte ihren Kopf an meine Schulter. Während der Bus nach Norden fuhr, schliefen wir ein.

Wenig später wachte ich auf, weil die Straße so holprig war. Wir saßen direkt hinter dem Fahrer, so daß ich mich nach vorn beugte und fragte: »Ist dies ein Umweg?« Denn mir waren keine Unebenheiten aufgefallen, als wir vor zwölf Stunden auf dieser Straße nach Süden fuhren.

»Nein«, sagte er. »Wir sind inzwischen in Oklahoma, weiter nichts. Hier ist die Straße kaum gepflastert. Nur in der Nähe von Oklahoma City und ein kleines Stück zwischen hier und Guthrie.«

Von unserer Unterhaltung war Margrethe wach geworden. »Was ist, Liebling?«

»Nichts. Nur Loki treibt wieder seine Scherze mit uns. Schlaf wieder ein.«

# XXI

*Und es antwortete der Ältesten einer und sprach zu mir: Wer sind diese, mit den weißen Kleidern angetan, und woher sind sie gekommen?*
*Und ich sprach zu ihm: Herr, du weißt es. Und er sprach zu mir: Diese sind's, die gekommen sind aus großer Trübsal und haben ihre Kleider gewaschen und haben ihre Kleider hell gemacht im Blut des Lammes.*
*Darum sind sie vor dem Stuhl Gottes und dienen ihm Tag und Nacht in seinem Tempel; und der auf dem Stuhl sitzt, wird über ihnen wohnen.* Offenbarung 7:13–15

Ich fuhr einen mit einem Pferd bespannten vierrädrigen Wagen und hatte wenig Freude daran. Der Tag war heiß, und der Staub, den die Hufe des Tieres aufwirbelten, klebte an meiner schweißbedeckten Haut. Fliegen schwirrten um mich herum, und es war völlig windstill. Wir waren irgendwo an der Grenze zwischen Missouri, Kansas und Oklahoma, aber ich wußte nicht genau, wo. Ich hatte seit Tagen keine Landkarte mehr gesehen, und die Straßen waren nicht mehr mit Verkehrszeichen für Autofahrer beschildert – es gab keine Autos.

Die letzten zwei Wochen (mehr oder weniger – ich hatte die Tage nicht mehr gezählt) hatten uns endlose Sisyphusqualen beschert, eine lächerliche Enttäuschung nach der anderen. Silberdollar bei einem örtlichen Händler gegen das Papiergeld dieser Welt einzutauschen? – kein Problem; ich tat es mehrere Male. Einmal verkaufte ich Silberdollar für das örtliche Papiergeld, und wir hatten gerade unser Dinner bestellt – als sich urplötzlich die

Welt wieder veränderte und wir hungrig bleiben mußten. Ein anderes Mal wurde ich fürchterlich betrogen, und als ich mich beschwerte, mußte ich hören: »Nachbar, der Besitz dieser Münze ist illegal, und Sie wissen es. Ich habe Ihnen trotzdem etwas dafür geboten, denn Sie gefallen mir. Nehmen Sie mein Angebot an, oder soll ich meiner Bürgerpflicht nachkommen?«

Ich nahm an. Das Papiergeld, das er uns für fünf Unzen Silber gab, reichte nicht aus, in einem hinterwäldlerischen Feinschmekkerlokal names »Mom's Diner« für Marga und mich ein Essen zu bezahlen.

Das geschah in einer bezaubernden Gemeinde, deren Namen wir auf einem Schild am Ortseingang lasen:

DIE ZEHN GEBOTE
Eine saubere Gemeinde
Schwarze, Juden und Papisten sollen weiterfahren

Wir fuhren weiter. Wir hatten zwei ganze Wochen gebraucht, um von Oklahoma City nach Joplin, Missouri, zu gelangen. Deshalb hatte ich den Gedanken aufgeben müssen, Kansas City zu meiden. Ich hatte immer noch nicht die Absicht, in oder in der Nähe von Kansas City zu bleiben. Eine plötzliche Weltenveränderung könnte uns direkt in Abigails Schoß landen lassen. Aber ich hatte in Oklahoma City erfahren, daß Wichita am schnellsten und einfachsten über einen langen Umweg durch Kansas City zu erreichen war. Wir waren in die Postkutschenzeit zurückgefallen.

Wenn man das Gesamtalter der Erde bedenkt, von der Schöpfung im Jahre 4004 vor Christi Geburt bis zum Jahre unseres Herrn 1994, also 5998 Jahre – sagen wir 6000 –, dann sind 80 oder 90 Jahre keine lange Zeit. Und so lange lag in meiner Welt die Postkutschenzeit zurück. Mein Vater wurde in jener Zeit geboren (1909), und mein Großvater väterlicherseits hat nicht nur nie ein Automobil besessen, er weigerte sich auch, in einem zu fahren. Er behauptete, Automobile seien Teufelswerk, und er zitierte Passagen aus Hesekiel, um das zu belegen. Vielleicht hatte er recht.

Aber die Postkutschenzeit hat auch Nachteile. Einmal die offensichtlichen wie fehlende sanitäre Einrichtungen, keine Klimaanlagen und keine moderne Medizin. Und für uns gab es einen unauffälligen, aber beträchtlichen Nachteil: wo keine Lastwagen und Autos fahren, kann man nicht per Anhalter reisen. Gewiß, man wird manchmal von einem Bauernwagen mitgenomen – aber der Gang eines Pferdes ist nicht wesentlich schneller als der eines Menschen. Wir fuhren also, wann immer wir konnten, aber, so oder so, fünfzehn Meilen waren eine gute Tagesleistung – eine zu gute; wir hatten keine Zeit mehr, für ein Essen oder eine Schlafstelle irgendwo zu arbeiten.

Es gibt ein altes Paradoxon, Achilles und die Schildkröte, bei dem die verbleibende Entfernung zum Ziel sich mit jedem Schritt halbiert. Die Frage ist: wie lange braucht man, das Ziel zu erreichen? Die Antwort: Man kommt nie an, und Achilles kann die Schildkröte nicht überholen.

Genauso war es bei uns auf unserem Weg von Oklahoma City nach Joplin.

Noch etwas trug zu meiner Frustration bei: ich war zunehmend davon überzeugt, daß tatsächlich die letzten Tage angebrochen waren und daß wir die Wiederkunft Christi und das Jüngste Gericht jeden Augenblick erwarten konnten – und mein Liebling, die Frau, ohne die ich nicht leben konnte, war noch nicht in die Arme des Herrn zurückgekehrt. Ich sah davon ab, sie darauf anzusprechen, wenn es auch meiner ganzen Willenskraft bedurfte, ihren Wunsch zu respektieren, mit diesem Problem allein fertig zu werden. Aus Sorge um sie konnte ich nicht mehr ruhig schlafen.

Außerdem wurde ich ein wenig verrückt (zusätzlich zu meinem paranoiden Glauben, daß sich diese Weltenveränderungen gegen mich persönlich richteten), verrückt in dem Sinn, daß ich die unbegründete, aber zwingende Überzeugung gewann, daß es zur Rettung der unsterblichen Seele meiner Geliebten erforderlich sei, diese Reise zu Ende zu bringen. Laß uns nur noch bis Kansas kommen, o Herr, und ich werde ohne Unterlaß beten, bis ich sie bekehrt und in die Gnade zurückgeführt habe. Oh, Gott Israels, gewähre mir diese Güte!

Nach wie vor hielt ich nach einem Job als Tellerwäscher Ausschau (oder nach irgendeiner anderen Arbeit), obwohl wir noch Silber und Gold hatten, das wir gegen gültige Währung eintauschen konnten. Aber es gab keine Motels mehr, und auch die Hotels und Restaurants nahmen an Zahl ab, dem ökonomischen Gefüge eines Landes entsprechend, in dem wenig gereist wurde und in dem die Leute fast alle Mahlzeiten zu Hause einnahmen.

Leichter war es schon, einen Reinigungsjob in einem Mietstall zu finden. Geschirrspülen war mir allerdings lieber, als Pferdedung zu schaufeln – zumal ich nur ein Paar Schuhe hatte. Aber ich folgte der alten Regel: jede ehrliche Arbeit annehmen und dann möglichst schnell weiterziehen!

Sie mögen sich fragen, warum wir nicht dazu übergingen, mit Güterwagen zu fahren. Erstens wußte ich nicht, wie ich es anstellen sollte, denn so etwas hatte ich noch nie getan. Wichtiger noch, ich könnte nicht für Margas Sicherheit garantieren. Mit einem Güterwagen zu fahren, war schon an sich ein Risiko. Aber schlimmer waren die Gefahren, die uns von Menschen drohten: von Eisenbahnräubern und streunenden Jugendlichen – von Landstreichern, Pennern, Tippelbrüdern und Trunkenbolden. Es erübrigte sich, diese schauerlichen Gefahren zu diskutieren, denn ich hielt Margrethe fern von diesem Dschungel der Unterwelt. Wir verzichteten auf die Eisenbahn.

Und ich machte mir Sorgen. Während ich mich streng an ihren Wunsch hielt, sie nicht zu drängen, ging ich dazu über, mich jeden Abend in ihrer Gegenwart hinzuknien und laut zu beten. Und endlich sank Margrethe eines Tages zu meiner großen Freude neben mir auf die Knie. Sie betete nicht laut, und auch ich tat es stumm. Nur das abschließende ›In Jesu Namen. Amen.‹ sprach ich laut. Wir redeten immer noch nicht darüber.

Und inzwischen hatten wir Pferd und Wagen (meine Güte, was für ein heißer Tag! – »Tornadowetter« hätte Großmutter Hergensheimer dazu gesagt). Ich hatte einen Reinigungsjob in einem Mietstall gefunden. Wie gewöhnlich war ich nach einem Tag aufgebrochen. Ich hatte meinem Boß gesagt, daß meine Frau und ich nach Joplin müßten, da ihre Mutter krank sei.

Er bot mir an, mit einer Kutsche zu fahren und sie in der nächsten Stadt abzuliefern. Das bedeutete, daß er zu viele Kutschen und Pferde bei sich stehen hatte, eigene und fremde, denn sonst häte er gewartet, bis er sie einem Handlungsreisenden hätte vermieten können.

Ich bot ihm an, die Kutsche gegen den gleichen kargen Tagelohn in die nächste Stadt zu fahren, den er mir für das Mistschaufeln gezahlt hatte.

Er aber wies mich darauf hin, daß er mir nur einen Gefallen tue, da meine Frau und ich ja nach Joplin müßten.

Er hatte nicht nur die Logik auf seiner Seite, er war auch in der stärkeren Position. Ich tat es also umsonst. Aber seine Frau lud uns zum Frühstück ein, nachdem wir in ihrem Schuppen übernachtet hatten, und sie gab uns sogar ein Lunch-Paket mit.

Trotz des Wetters und trotz meiner Frustrationen war ich deshalb eigentlich nicht unglücklich, als wir mit unserer Kutsche weiterfuhren und uns Joplin jeden Tag um ein paar Meilen näherten – und jetzt betete mein Liebling. Es sah allmählich wirklich so aus, als sei sie wieder »zu Hause!«

Wir hatten gerade die Randgebiete jener Stadt erreicht (Lowell? Racine? Ich wünschte, ich wüßte es noch), als wir etwas sahen, was direkt aus meiner Kindheit zu stammen schien: einen Zeltgottesdienst im Freien. Links von der Straße lag ein einigermaßen gepflegter Friedhof; nur das Gras war vertrocknet. Gegenüber, zur Rechten, stand das Zelt für die Erweckungsversammlung, das man auf einer Wiese errichtet hatte. Ich fragte mich, ob das dichte Nebeneinander von Friedhof und Bibelversammlung zufällig oder geplant war – wenn Reverend Danny seine Hand im Spiel gehabt hätte, wäre mir klar gewesen, daß es so geplant war; fast niemand kann einen Grabstein betrachten, ohne an die lange Zeit im Jenseits zu denken.

Dicht an dicht standen Kutschen und Bauernwagen in der Nähe des Zelts, und weiter hinten war ein behelfsmäßiger Korral errichtet worden. Hinter dem Zelt standern Picknicktische; es waren auf Sägeböcke gelegte Bretter. Ich sah die Überreste der Mahlzeit. Hier handelte es sich um eine ernsthafte Bibelversammlung, die am Morgen angefangen hatte und nach der Lunch-Pause am Nachmittag fortgesetzt wurde. Zweifellos würde es auch zum Abendbrot eine Pause geben, und sie würden die Versammlung erst auflösen, wenn der Erweckungsprediger befand, daß heute keine Seelen mehr zu retten seien.

(Ich verachte diese modernen Stadtprediger mit ihren »inspirierten Botschaften«, die fünf Minuten dauern. Es heißt, Billy Sunday konnte sieben Stunden lang predigen und brauchte dazu nur ein Glas Wasser – abends predigte er dann noch einmal und auch am nächsten Tag. Kein Wunder, daß die Heidenkulte wie Unkraut emporschießen!)

In der Nähe des Zelts stand ein zweispänniger Reisewagen, auf dessen Seite ein Motto gemalt war: Bruder »Bibel« Barnaby. Vorn war am Wagen an Stangen und Drähten ein Plakat befestigt:

Die Endzeit naht!
Bruder »Bibel« Barnaby
führt euch zu Gott
10 Uhr – 2 Uhr – 7 Uhr
Jeden Tag ab Sonntag, d. 5. Juni bis zum
!!!TAG DES JÜNGSTEN GERICHTS!!!

Ich sprach zu dem Pferd und zog die Zügel an, damit es merkte, daß es stehenbleiben sollte. »Darling, schau dir das an.«

Margrethe las das Plakat, aber sie sagte nichts.

»Ich bewundere seinen Mut«, sagte ich. »Bruder Barnaby verwettet seinen Ruf darauf, daß der Tag des Jüngsten Gerichts noch vor der Weizenernte kommt . . . und bei der Hitze könnte das sehr früh in diesem Jahr sein.«

»Aber du glaubst doch auch, daß der Tag des Jüngsten Gerichts bald kommt.«

»Ja, aber ich verwette darauf nicht meinen guten Ruf als Geistlicher . . . nur meine unsterbliche Seele und meine Hoffnung auf den Himmel. Marga, jeder Theologiestudent liest die Prophezeiungen ein wenig anders. Oder sehr anders. Die meisten, die heute an die Wiederkunft Christi vor dem Millennium glauben, erwarten den Jüngsten Tag erst nach dem Jahre 2000. Ich hätte gern Bruder Barnabys Argumente gehört. Vielleicht ist an ihnen etwas dran. Würde es dir etwas ausmachen, wenn wir uns hier noch eine Stunde aufhielten?«

»Wir können hier so lange bleiben, wie du willst, aber – Alec, muß ich wirklich mit in das Zelt?«

»Äh –« (Ja, Darling, natürlich wünsche ich, daß du mit mir in das Zelt gehst.) »Möchtest du lieber in der Kutsche warten?«

Ihr Schweigen war Antwort genug. »Ich verstehe schon, Marga, ich werde dir doch nicht den Arm umdrehen. Nur eins – Außer wenn es unbedingt nötig war, haben wir uns schon seit Wochen nicht mehr getrennt. Du weißt, warum. Diese Veränderungen geschehen fast jeden Tag, und es wäre schrecklich, wenn Loki zuschlägt, während du hier draußen sitzt und ich im Zelt bin. Du könntest ja vor dem Zelt stehenbleiben. Ich sehe gerade, daß sie die Seiten hochgerollt haben.«

Sie gab sich einen Ruck. »Ich habe mich albern benommen. Nein, wir gehen hinein. Alec, ich muß doch deine Hand halten. Du hast recht: Die Welt kann sich sehr schnell verändern. Ich denke nicht daran, dich von einem Treffen deiner Glaubensbrüder fernzuhalten.«

»Danke, Marga.«

»Und, Alec – ich will es *versuchen!*«

»Ich bin dir so dankbar, Liebling! Amen!«

»Du brauchst mir nicht zu danken. Wenn du in deinen Himmel gehst, will ich mit dir gehen.«

»Gehen wir hinein, Liebes.«

Ich fuhr die Kutsche zu den anderen Wagen und führte den Gaul in den Korral. Marga kam mit. Als wir zum Zelt zurückgingen, hörte ich Gesang:

»– den Ort, wo du stehst!
Erhelle den Ort, wo du stehst!
Und ist jemand fern noch vom Hafen,
Dann führe ihn über die Schwelle!
Drum –«

Ich fiel ein: »– erhelle den Ort, wo du stehst!«

Es war ein gutes Gefühl.

Ihre Instrumente waren eine Orgel mit einem fußbetriebenen Blasebald und eine Zugposaune. Über die letztere freute ich mich besonders; kein anderes Instrument eignet sich so gut wie die Posaune für das Lied *Die Heilige Stadt*, und bei *Gottes Sohn zieht in den Krieg* kann man kaum auf sie verzichten.

Der Gesang der Gemeinde wurde von einem Chor in weißen Engelsgewändern getragen – es mußten Amateure sein, denn ihre weißen Gewänder waren aus Laken zusammengenäht. Aber was den Sängern an Kunst fehlte, glichen sie durch Eifer aus. Kirchengesang muß nicht gut sein, wenn er nur von Herzen kommt – und laut genug ist.

Durch die Mitte des Zelts führte ein etwa zwei Meter breiter, mit Sägemehl bestreuter Gang. Er endete am Altar. Ein Ordner führte uns nach vorn, denn ich hatte ihn gefragt, ob wir in einer der vorderen Reihen sitzen könnten. Dort war besetzt, aber die Leute rückten zusammen, und wir setzten uns in die zweite Reihe, ich auf den Platz am Gang. Hinten waren zwar noch Plätze frei, aber jeder Prediger verachtet die Leute – und es sind sehr viele –, die sich gern nach hinten setzen, obwohl vorn noch Plätze frei sind.

Als der Gesang verstummte, stand Bruder Barnaby auf, ging zur Kanzel und legte seine Hand auf die Bibel. »Es steht alles in der Schrift«, sagte er leise, fast flüsternd. In der Menge wurde es totenstill.

Er trat vor und sah sich um. »Wer liebt euch?«

»Jesus liebt mich!«

»Laßt es ihn hören.«

»JESUS LIEBT MICH!«

»Woher wißt ihr das?«

»ES STEHT IN DER SCHRIFT!«

Ich bemerkte einen Geruch, den ich schon lange nicht mehr wahrgenommen hatte. Mein Homiletikprofessor wies uns einmal in einem Seminar darauf hin, daß eine von religiösem Eifer erfüllte Gemeinde einen starken und unverkennbaren Geruch ausströmt (er gebrauchte das Wort »Gestank«), der sich aus Schweiß und männlichen und weiblichen Hormonen zusammensetzt. »Meine Söhne«, sagte er zu uns, »wenn eine Versammlung von Gläubigen zu angenehm riecht, habt ihr die Herzen der Leute nicht erreicht. Wenn ihr sie nicht zum Schwitzen bringt, daß sie nach Moschus riechen wie eine läufige Katze, dann könnt ihr genauso gut aufhören und eine Straße weiter zu den Papisten laufen. Religiöse Ekstase ist die stärkste menschliche Emotion, und wenn sie eintritt, kann man sie riechen!«

Bruder Barnaby erreichte ihre Herzen.

(Und ich muß zugeben, daß mir das nie gelungen ist. Deshalb endete ich auch als Organisator und Geldbeschaffer.)»Ja, es steht in der Schrift. Die Bibel ist das Wort Gottes, nicht hier oder da, sondern jedes Wort. Nicht als Allegorie, sondern als buchstäbliche Wahrheit. Ihr sollt die Wahrheit erfahren, und die Wahrheit wird euch frei machen. Ich werde euch jetzt aus der Schrift vorlesen: ›Denn der Herr selbst wird vom Himmel herabkommen, mit einem Ruf und der Stimme des Erzengels und mit der Posaune Gottes; und die Toten in Christo werden zuerst auferstehen.‹

Diese letzte Zeile ist gute Kunde, meine Brüder und meine Schwestern ›– die Toten in Christo werden zuerst auferstehen.‹ Was bedeutet das? Es bedeutet nicht, daß die Toten zuerst auferstehen werden; es bedeutet, daß *die Toten in Christo* zuerst auferstehen werden. Diejenigen, die im Blut des Lammes gewaschen und in Jesu wiedergeboren wurden und dann *vor* Seiner zweiten

Wiederkunft gestorben sind. Sie werden nicht vergessen werden, sie werden die *ersten* sein. Ihre Gräber werden sich öffnen, und auf wunderbare Weise werden sie dem Leben wiedergegeben werden und Gesundheit und körperliche Perfektion erlangen, und sie werden als erste zum Himmel auffahren, um dort in Seligkeit unter dem großen weißen Thron zu wohnen bis in alle Ewigkeit!«

Jemand rief »Halleluja!«

»Gott segne dich, meine Schwester. Ah, die gute Kunde. Alle Toten in Christo, jeder einzelne! Schwester Ellen, die der grausame Krebs aus dem Schoß ihrer Familie riß, die aber mit dem Namen Jesu auf den Lippen starb, *sie* wird helfen, die Prozession anzuführen. Asas geliebte Frau, die im Kindbett, aber im Zustand der Gnade starb, sie wird dabeisein! Alle eure Lieben, die in Christo gestorben sind, werden auffahren, und ihr werdet ihnen im Himmel begegnen. Bruder Ben, der ein Leben in Sünde geführt hat, der aber in einem Schützenloch Gott fand, bevor die Feindeskugel ihn fällte, *er* wird dabeisein . . . und sein Fall bedeutet besonders gute Kunde, denn er zeigt, daß man Gott überall finden kann. Jesus ist nicht nur in den Kirchen gegenwärtig – ja, es gibt sogar Kirchen, in denen man Seinen Namen kaum hört –«

»Das mögen Sie wohl sagen!«

»Und ich sage euch: Gott ist überall; er hört euch, wenn ihr sprecht. Er hört euch noch besser, wenn ihr einen Acker pflügt oder neben eurem Bett kniet, als wenn ihr, umgeben von Geschminkten und Parfümierten, in einer prächtigen Kathedrale sitzt. Er ist *jetzt* hier, und Er verspricht euch, daß Er euch nie verlassen wird. ›Siehe, ich stehe vor der Tür und klopfe an. So jemand Meine Stimme hören wird und die Tür auftun, zu dem werde Ich eingehen und das Abendmahl mit ihm halten, und er mit Mir.‹ So lautet Sein Versprechen, meine Lieben, und das sind Seine Worte. Da gibt es keine Unklarheiten und keine hochtrabende ›Interpretation‹, keine sogenannte ›allegorische Bedeutung‹. Christus selbst wartet auf euch, wenn ihr nur bittet.

Und wenn ihr bittet und wenn ihr in Jesu wiedergeboren werdet und wenn Er eure Sünden abwäscht und ihr den Zustand der Gnade erreicht . . . was dann? Ich lese euch die erste Hälfte des Versprechens vor, das Gott den Gläubigen gegeben hat. Ihr werdet den Ruf hören, und ihr werdet hören die große Posaune, die Seine Wiederkunft kündet, wie Er es versprochen, und die Toten in Christo werden auferstehen. Und ihrem bleichen Gebein wird lebendes gesundes Fleisch wachsen.

Was *dann?*

Höret die Worte des Herr: ›Denn wir, die wir leben – Das seid ihr und ich, meine Brüder und Schwestern; Gott redet von *uns.* ›Denn wir, die wir leben und bleiben, werden in die Wolken auffahren, um dem Herrn in der Luft zu begegnen, und wir werden eingehen zu Gott in alle Ewigkeit!‹

In alle Ewigkeit! In alle *Ewigkeit!* Wir werden beim Herrn im Himmel sein!«

»Halleluja!«

»Sein Name sei gesegnet!«

»Amen! Amen!«

(Ich gehörte zu denen, die »Amen!« riefen.)

»Aber das hat seinen Preis. Es gibt keine Freifahrtscheine in den Himmel. Was geschieht, wenn ihr Jesu *nicht* bittet, euch zu helfen? Wenn ihr sein Angebot, von euren Sünden reingewaschen und durch das Blut des Lammes wiedergeboren zu werden, nicht annehmt? Was dann? Nun? Antwortet mir!«

Die Gemeinde blieb stumm. Einige atmeten schwer, andere stöhnten. Dann hörte man von hinten eine leise Stimme: »Das Höllenfeuer.«

»Hölle und Verdammnis! Nicht nur kurzfristig, sondern bis in alle Ewigkeit! Nicht etwa ein mystisches allegorisches Feuer, das nur euren Seelenfrieden versehrt und nicht heißer brennt als eine Wunderkerze am Unabhängigkeitstag. Nein! Rasendes Feuer!« Bruder Barnaby schlug mit der Faust auf die Kanzel, daß das Krachen bis in den letzten Winkel des Zelts zu hören war. »Ein Feuer, das einen Ofen erst kirschrot, dann weiß glühen läßt. Und ihr steckt *in* diesem Feuer, ihr Sünder, und die Qual hört nie auf. Nie! Dann gibt es für euch keine Hoffnung mehr. Es hat keinen Zweck, um eine zweite Chance zu bitten. Ihr habt eure zweite Chance schon *gehabt* . . . und eure millionste Chance. Und mehr. Zweitausend Jahre lang hat unser lieber Herr Jesus euch gebeten, ja, *angefleht,* von Ihm etwas anzunehmen, für das er am Kreuz qualvoll für euch gestorben ist. Und wenn ihr im Höllenfeuer bratet und versucht, den Schwefel auszuhusten – denn es ist Schwefel, ganz gewöhnlicher Schwefel, der brennt und stinkt –, dann wird es euch nichts nützen, denn er wird euch die Lungen verbrennen, und eure sündige Haut wird Blasen haben! Wenn ihr in der Hölle für eure Sünden büßen müßt, dann jammert nicht über die Schmerzen und sagt nicht, daß ihr es nicht gewußt hättet. Jesus kennt alle Schmerzen. Er starb am Kreuz, und er ist für *euch* gestorben. Aber ihr wolltet nicht hören, und jetzt sitzt ihr in der Hölle und heult.

Und dort werdet ihr bleiben und Feuerqualen erleiden bis in alle Ewigkeit! Euer Winseln wird nicht gehört werden, denn es ertrinkt in den Schreien unzähliger anderer Sünder!«

Bruder Barnaby senkte die Stimme, als unterhielte er sich ganz normal. »Wollt ihr in der Hölle braten?«

»Nein!« – »Niemals!« – »Der Herr errette uns!«

»Der Herr wird euch erretten, wenn ihr ihn bittet. Die in Christo gestorben sind, werden errettet, das wissen wir. Wer bei Seiner Wiederkunft lebt, wird gerettet werden, wenn er wiedergeboren ist und im Zustand der Gnade verbleibt. Er hat uns versprochen, daß er wiederkehren wird und daß Satan tausend Jahre lang angekettet bleibt, während er in Frieden und Gerechtigkeit regiert auf Erden. Das ist das Tausendjährige Reich Christi, Leute, das ist der große Tag, der jetzt anbricht. Nach diesen tausend Jahren wird Satan seine Fesseln sprengen, und die letzte Schlacht wird ausgefochten werden. Im Himmel wird Krieg sein. Der Erzengel Michael wird unser General sein, wird die Engel Gottes gegen den Drachen anführen – das ist Satan – und gegen seine Scharen gefallener Engel. Und Satan wird verlieren – das wird heute in tausend Jahren sein – und nie wieder wird man ihn im Himmel sehen.

Aber das wird erst in tausend Jahren geschehen, liebe Freunde. Ihr werdet es erleben . . . *wenn* ihr Jesus annehmt und wiedergeboren werdet, bevor die Posaune Seine Wiederkunft kündet. Wann wird das sein? Bald, sehr bald! Was sagt die Heilige Schrift? In der Bibel sagt euch Gott nicht einmal, sondern viele Male, bei Jesaja, bei Daniel, bei Hesekiel und in allen vier Evangelien, daß ihr die genaue Stunde seiner Wiederkunft *nicht* erfahren werdet. Warum nicht? Damit ihr den Dreck nicht unter den Teppich kehren könnt, deshalb! Wenn er euch sagte, daß er am Neujahrstag des Jahres zweitausend wiederkehren wird, dann würden einige die nächsten fünfeinhalb Jahre mit geilen Weibern verbringen, sie würden fremde Götter anbeten und jedes einzelne der Zehn Gebote brechen . . . und dann, irgendwann in der Weihnachtswoche neunzehnhundertneunundneunzig werdet ihr sie in der Kirche finden, und sie werden Buße tun und versuchen, einen billigen Handel abzuschließen.

No, Sir! Es wird keinen billigen Handel geben. Jeder zahlt den gleichen Preis. Der Ruf und die Posaune mögen nach Monaten ertönen . . . oder bevor ich den nächsten Satz zu Ende bringe. Es ist an euch, bereit zu sein, wenn der Tag kommt.

Aber wir wissen, daß der Tag kommt. Wieso? Auch das steht in der Schrift. Es gibt Vorzeichen. Das erste, ohne das das andere nicht geschehen kann, ist die Heimkehr der Kinder Israel ins Gelobte Land – siehe Hesekiel, siehe Matthäus, siehe die Zeitungen von heute. Sie bauen den Tempel wieder auf . . . sie haben ihn schon wieder aufgebaut; es steht im *Kansas City Star*. Es gibt auch andere Zeichen und Wunder aller Art – aber die meisten sind Leiden, mit denen die Seelen der Menschen geprüft werden, genau wie Hiob geprüft wurde. Gibt es einen besseren Ausdruck als ›Leiden‹, um das zwanzigste Jahrhundert zu beschreiben?

Kriege und Terroristen und Mord und Brand und Seuchen. Und immer mehr Kriege. Noch nie in ihrer Geschichte ist die Menschheit so hart geprüft worden. Aber ihr müßt es erdulden, wie Hiob es erduldet hat, und das Ende wird Glückseligkeit und ewiger Friede sein – der Friede Gottes, der unbegreiflich ist. Er bietet euch Seine Hand. Er liebt euch. Er wird euch erretten.«

Bruder Barnaby schwieg und wischte sich die Stirn mit einem großen Taschentuch, das schon von früherem Gebrauch durchweicht war. Der Chor (vielleicht auf ein Zeichen von ihm) sang leise: »Bei den Wassern, den schönen Wassern unter Gottes Thron –«, dann:

»So wie ich bin steh' ich vor dir . . .«

Bruder Barnaby beugte das Knie und streckte die Arme zu uns aus. »Bitte! Wollt ihr ihm nicht antworten? Kommt. Nehmt Jesus an, gebt euch in seine Arme –«

Und leise sang der Chor:

»Dein Blut für mich vergossen ward.
Du nimmst mich zu dir auf.
Lamm Gottes, oh, ich komme.«

Und der heilige Geist fuhr herab.

Ich spürte, wie er Macht über mich gewann, und die Liebe Jesu erfüllte mein Herz. Ich stand auf und trat in den Gang. Erst in diesem Augenblick merkte ich, daß Margrethe bei mir war. Ich drehte mich zu ihr um, und sie warf mir einen freundlichen Blick zu. Ihr Gesicht wirkte sehr ernst. »Komm, Liebling«, flüsterte ich ihr zu und führte sie in den Gang. Gemeinsam gingen wir über das Sägemehl unserem Gott entgegen.

Andere waren uns zum Altarraum vorausgegangen. Ich fand einen Platz, schob ein paar Krücken und ein Bündel zur Seite und kniete nieder. Ich legte meine rechte Hand an die Einfassung und ließ die Stirn darauf sinken, während ich mit der Linken Margas Hand festhielt. Ich flehte zu Jesus, unsere Sünden wegzuwaschen und uns in seine Arme aufzunehmen.

Einer von Bruder Barnabys Gehilfen flüsterte mir ins Ohr: »Wie steht es mit dir, Bruder?«

»Ich fühle mich gut«, sagte ich glücklich, »und auch meine Frau. Helfen Sie jemandem, der Hilfe nötig hat.«

»Gott segne dich, Bruder«, sagte er und ging weg. Weiter unten wand sich eine Schwester in Krämpfen und phantasierte; er blieb stehen, um sie zu trösten.

Ich senkte wieder den Kopf und hörte plötzlich lautes Wiehern und das Geschrei erschreckter Pferde. Das Leinen des Zeltdachs fing an zu flattern. Ich schaute hoch und sah, daß ein Riß sich auftat, der sich rasch erweiterte. Dann flog die Leinwand davon. Der Boden zitterte, und der Himmel war dunkel.

Der Klang der Posaune ging mir durch Mark und Bein, und der Schrei war der lauteste, der je gehört wurde, ein Schrei der Freude und des Triumphes. Ich half Margrethe aufstehen und lächelte sie an. »*Jetzt* geschieht es, Darling!«

Wir wurden hochgerissen.

Hals über Kopf wurden wir in einer Trichterwolke hin und her geschleudert wie in einer Windhose in Kansas. Ich wurde von Margrethe getrennt und versuchte, mich ihr wieder zu nähern, aber es gelang mir nicht. Man kann in einer Windhose nicht schwimmen; man ist ihr ausgeliefert. Aber ich wußte, daß Margrethe in Sicherheit war.

Der Sturm wirbelte mich herum, und ich schwebte einen Augenblick in einer Höhe von etwa sechzig Metern. Die Pferde waren aus dem Korral ausgebrochen, und einige Leute, die nicht mit uns hochgetragen worden waren, liefen wild durcheinander.

Noch einmal riß mich der Sturm herum, und ich schaute zum Friedhof hinunter.

Die Gräber öffneten sich.

# XXII

*Da mich die Morgensterne miteinander lobten,*
*und jauchzten alle Kinder Gottes* Hiob 38:7

Der Sturm riß mich hoch, und ich sah die Gräber nicht mehr. Als ich wieder nach unten schauen konnte, war der Erdboden nicht mehr zu sehen – nur eine kochende Wolke, in der es hell leuchtete, bernsteinfarben und safrangelb, kobaltblau und grüngolden. Ich suchte immer noch Margrethe, aber nur wenige Leute schwebten an mir vorbei, und sie war nicht darunter. Aber das war nicht schlimm, der Herr würde sie beschützen. Ihre zeitweilige Abwesenheit konnte mich nicht schrecken; wir hatten die einzige wichtige Hürde gemeinsam überwunden.

Ich dachte über diese Hürde nach. Wir hatten Glück gehabt! Wenn der Gaul nun ein Hufeisen verloren hätte und wir eine Stunde später an diesen Ort gekommen wären? Wir hätten ihn nie erreicht. Die letzte Posaune wäre ertönt, während wir noch unterwegs waren und keiner von uns sich im Zustand der Gnade befand. Statt in die Entrückung zu kommen, hätten wir unerlöst das Jüngste Gericht erlebt und wären direkt in die Hölle gefahren.

Glaube ich an Vorbestimmung, an Prädestination?

Das ist eine gute Frage. Gehen wir zu Fragen über, die ich beantworten kann. Ich schwebte über diesen Wolken, aber ich wußte nicht, wie lange. Ich sah einige andere Leute, aber niemand kam mir so nahe, daß ich mit ihm hätte sprechen können. Ich war gespannt, wann ich wohl unseren Herrn Jesus sehen würde – Er hatte ja ausdrücklich angekündigt, daß Er uns »in der Luft« begegnen würde.

Ich mußte mich zur Ordnung rufen, denn ich benahm mich wie ein kleines Kind, das von seiner Mama auf der Stelle etwas haben will und dem die Mama antwortet: »Hab Geduld, mein Liebling.

Noch nicht.« Gott hat einen anderen Zeitbegriff als ich; das steht in der Bibel. Am Tag des Jüngsten Gerichts gibt es viel zu tun, und ich wußte nicht, welche Pflichten Jesus dabei wahrzunehmen hatte. Oh, doch. Eine kannte ich; sie war mir eingefallen, als sich die Gräber öffneten. Diejenigen, die in Christo gestorben waren (Millionen? Milliarden? Oder noch mehr?), waren die *ersten*, die unserem Vater begegnen sollten, der da ist im Himmel, und bei diesem wunderbaren Anlaß würde natürlich auch unser Herr Jesus zugegen sein; Er hatte es ihnen versprochen.

Nachdem mir der Grund für die Verzögerung eingefallen war, beruhigte ich mich wieder. Gern wollte ich warten, bis ich an der Reihe war, Jesus zu erblicken, und wenn ich Ihn erst sah, würde ich Ihn bitten, mich mit Margrethe zusammenzubringen.

Ich machte mir keine Sorgen mehr, und ich hatte es nicht mehr eilig; ich fühlte mich wohl, weder heiß noch kalt, weder hungrig noch durstig. Ich schwebte so leicht wie eine Wolke, und ich empfand die Seligkeit, die uns versprochen war. Ich schlief ein.

Ich weiß nicht, wie lange ich schlief. Es muß lange gewesen sein, denn ich war völlig erschöpft gewesen. Die letzten drei Wochen waren aufreibend gewesen. Ich fuhr mir mit der Hand übers Gesicht und merkte, daß ich eine Kleine Ewigkeit geschlafen haben mußte, denn ich hatte mich mindestens zwei Tage lang nicht rasiert, wie ich an der Länge meiner Bartstoppeln erkannte. Ich griff an die Brusttasche – ja, mein zuverlässiger Gillette, Margas Geschenk, steckte noch dort. Aber ich hatte kein Wasser, keine Seife und keinen Spiegel.

Das irritierte mich ein wenig, nachdem ich von einem Hornsignal geweckt worden war (nicht von der Posaune – wahrscheinlich hatte ein diensthabender Engel das Signal geblasen), ein Signal, von dem ich, auch ohne daß man es mir sagte, wußte, daß es »Aufwachen! Du bist an der Reihe!« bedeutete.

Und das war auch der Fall – und ich erschien zum Namensaufruf mit einem zwei Tage alten Bart. Peinlich.

Die Engel dirigierten uns wie Verkehrspolizisten in die gewünschten Formationen. Ich wußte, daß es Engel waren; sie trugen Flügel und weiße Gewänder und waren von erhabener Größe – einer, der in meiner Nähe flog, mußte fast drei Meter groß sein. Sie schlugen nicht mit den Flügeln (später erfuhr ich, daß die Flügel nur zeremoniellen Zwecken und als Rangabzeichen dienten). Ich stellte fest, daß ich in der Lage war, mich nach den Anweisungen dieser Verkehrspolizisten zu bewegen. Vorher hatte ich meine Bewegungen nicht kontrollieren können; jetzt konnte ich mich allein durch die Kraft meines Willens in jede beliebige Richtung bewegen.

Zuerst teilten sie uns in Kolonnen ein, Einzelreihen, die sich meilenweit erstreckten (Hunderte oder gar Tausende von Meilen?). Dann mußten diese Reihen sich untereinander und übereinander zusammenschließen, so daß zwölf Schichten entstanden, innerhalb derer sich jeweils zwölf Personen in einer Reihe nebeneinander befanden. Wenn ich mich nicht verzählt hatte, war ich in meiner Reihe der vierte, und wir waren die dritte Schicht von oben. Von vorn gerechnet, nahm ich in meiner Reihe etwa den zweihundertsten Platz ein – das hatte ich geschätzt, als wir uns formierten –, aber ich hatte keine Ahnung, wie lang die gesamte Kolonne war.

Und dann flogen wir an Gottes Thron vorbei.

Aber vorher erschien etwa fünfzig Meter links von uns ein Engel in der Luft. Seine Stimme war gut zu verstehen. »Jetzt hört zu! In dieser Formation werdet ihr vorbeidefilieren. Aber ihr müßt zu jeder Zeit eure Position beibehalten. Orientiert euch an dem Wesen links von euch, an dem unter euch und an dem vor euch. Laßt zehn Ellen Raum zwischen den Reihen und zwischen den Schichten, und haltet innerhalb der Reihe einen Abstand von fünf Ellen. Drängelt nicht und verlaßt nicht eure Reihe. Werdet auch nicht langsamer, wenn ihr am Thron vorbeifliegt. Wer gegen die Flugdiziplin verstößt, wird an das Ende der Kolonne geschickt, und ich warne euch jetzt schon: es könnte sein, daß der Sohn dann nicht mehr da ist, so daß nur noch Petrus oder Paulus oder ein anderer Heiliger die Parade abnehmen kann. Irgendwelche Fragen?«

»Wieviel ist eine Elle?«

»Zwei Ellen sind etwa ein Meter. Gibt es Wesen in dieser Kohorte, die nicht wissen, wie lang ein Meter ist?«

Niemand meldete sich. »Noch weitere Fragen?« sagte der Engel.

»Ja!« rief eine Frau links über mir. »Meine Tochter hat ihre Hustenmedizin vergessen. Deshalb habe ich sie ihr mitgebracht. Können Sie ihr das Fläschchen bringen?«

»Wesen, sei versichert, daß ein Husten, den deine Tochter in den Himmel mitbringt, nur psychosomatisch bedingt sein kann.«

»Aber ihr Arzt hat gesagt –«

»Und jetzt halte den Mund. Die Parade geht weiter. Sonderwünsche können nach der Ankunft im Himmel vorgetragen werden.«

Es gab noch einige weitere Fragen, die meisten ziemlich albern, was eine Ansicht bestätigte, die ich schon jahrelang gehegt hatte: Von der Frömmigkeit kann man nicht auf gesunden Menschenverstand schließen.

Wieder ertönte ein Hornsignal; der Befehlshaber unserer Kohorte rief: *»Vorwärts!«* Sekunden später noch ein Signal. *»Fliegt!«* rief er. Wir bewegten uns vorwärts.

(Beachten Sie, daß ich diesen Engel »er« nenne, denn er kam mir männlich vor. Andere, die mir weiblich erscheinen, nenne ich »sie«. Was das Geschlecht der Engel anbetrifft, war ich nie ganz sicher, wenn sie überhaupt eins haben. Ich halte sie eher für Zwitter, aber ich hatte niemals Gelegenheit, das genau festzustellen. Oder den Mut, mich danach zu erkundigen.)

(Mich quält noch eine andere Frage. Jesus hatte Geschwister. Ist die Jungfrau Maria immer noch Jungfrau? Auch das zu fragen hatte ich nicht den Mut.)

Wir sahen den Thron schon auf eine Entfernung von vielen Meilen. Es war nicht der große weiße Thron Gottes des Vaters im Himmel; es war nur eine Nachbildung, die Jesus bei Gelegenheiten wie diesen verwendete. Aber es war ein prächtiges, aus einem einzigen Diamanten geschnittenes Stück, dessen Myriaden von Facetten das innere Licht Jesu aufnahmen und in einem Strahlenglanz von Feuer und Eis in alle Richtungen reflektierten. Viel mehr war nicht zu sehen, denn das Gesicht Jesu leuchtet mit so blendender Helle, daß man Seine Züge ohne Sonnenbrille nicht erkennen kann.

Wie dem auch sei, man wußte, Wer Er war. Es gab keinen Zweifel. Ein übermächtiges Gefühl ehrfürchtiger Scheu erfaßte mich. Ungeachtet meiner Theologieprofessoren begriff (fühlte) ich zum ersten Mal in meinem Leben jene Emotion, die in der Bibel mit zwei Worten bezeichnet wird: Liebe und Furcht. Ich liebte/fürchtete die Wesenheit auf jenem Thron, und jetzt verstand ich, warum Petrus und Jakobus ihre Netze verlassen hatten, um Ihm zu folgen.

Und natürlich richtete ich keinen Bitte an Ihn, als wir Ihm am nächsten waren (etwa hundert Meter von Ihm entfernt). Tausende von Malen hatte ich Jesus angerufen (zu Ihm gebetet); und als ich Ihn jetzt im Fleische sah, dachte ich einfach nur daran, daß der Engel, der uns führte, uns darauf hingewiesen hatte, daß wir im Himmel selbst Sonderwünsche vortragen könnten. Und das würde schon sehr bald sein. Inzwischen dachte ich voll Freude daran, daß auch Margrethe irgendwo in unserem Zug sein mußte und unseren Herrn Jesus auf Seinem Thron erblicken würde . . . wenn ich nicht eingeschritten wäre, hätte sie Ihn vielleicht nie gesehen. Nach der ekstatischen Ehrfurcht, die ich beim Anblick seines blendenden Lichts empfunden hatte, war das ein angenehmes und herzerwärmendes Gefühl.

Einige Meilen hinter dem Thron schwenkte die Kolonne nach rechts oben, und wir verließen die Nähe der Erde, und dann ließen wir das ganze Sonnensystem hinter uns zurück. Wir beschleunigten und nahmen direkten Kurs auf den Himmel.

Wissen Sie, daß die Erde wie ein Halbmond aussieht, wenn man auf sie herabschaut? Ich fragte mich, ob die Leute, die die Erde für eine Scheibe hielten, wohl auch die Entrückung erreicht hatten. Es war nicht sehr wahrscheinlich, obwohl ein so ignoranter Aberglaube den Glauben an Christus nicht völlig ausschließt. Der eine oder andere Aberglaube allerdings ist absolut verboten – zum Beispiel Astrologie und Darwinismus. Aber der Unsinn, die Erde für einen flachen Teller zu halten, ist, soviel ich weiß, nirgends verboten. Wenn es unter uns Leute gab, die die Erde für eine Scheibe hielten, was mochten sie jetzt empfinden, wenn sie nach unten schauten und feststellten, daß die Erde rund ist wie ein Tennisball?

(Oder ließ der Herr in seiner Güte sie die Erde als Scheibe sehen? Wird ein Sterblicher je die Werke Gottes begreifen?)

Es schien etwa zwei Stunden zu dauern, in die Nähe des Himmels zu kommen. Ich sage »schien«, denn es hätte jede beliebige Zeitspanne sein können; es gab keinen menschlichen Maßstab, nach dem man das beurteilen konnte; entsprechend war mir die Zeit der Entrückung wie zwei Tage vorgekommen . . . aber ich hatte später Grund zu glauben, daß es auch sieben Jahre gewesen sein konnten – das Gefühl für Zeit und Raum entgleitet einem, wenn man keine Uhr und keinen Zollstock hat.

Als wir uns der Heiligen Stadt näherten, wurden wir von den Engeln angewiesen, unsere Geschwindigkeit zu verringern, und wir machten einen Besichtigungsflug um die Stadt herum, bevor wir sie durch die Tore betraten.

Das war beileibe kein kurzer Spaziergang. Neu-Jerusalem (der Himmel, die Heilige Stadt, Jehovas Hauptstadt) ist, genau wie der District of Columbia, quadratisch angelegt, aber es ist sehr viel größer; jede Seite mißt eintausendreihundertzwanzig Meilen, was einen Gesamtumfang von fünftausendzweihundertachtzig Meilen und eine Fläche von einer Million siebenhundertvierzigtausendvierhundert Quadratmeilen ergibt.

Dagegen nehmen sich Städte wie Los Angeles oder New York geradezu winzig aus.

Die Heilige Stadt bedeckt eine Fläche, die über sechsmal so groß ist wie ganz Texas! Dazu ist sie übervölkert. Aber nach uns werden nur noch wenige erwartet.

Die Stadt ist natürlich von Mauern umgeben, und die Mauern sind fünfundsechzig Meter hoch und genauso breit. Oben auf der Mauer gibt es eine Straße mit zwölf Fahrspuren – und das ohne Leitplanken. Furchterregend. Es gibt zwölf Tore, drei in jeder Mauer, die berühmten Himmeltüren; sie stehen normalerweise offen – wie man uns sagte, werden sie erst geschlossen, wenn die letzte Schlacht beginnt.

Die Mauer selbst ist aus schillerndem Jaspis, aber sie hat ein Dutzend Sockel aus verschiedenen waagerechten Schichten von Saphir, Chalcedon, Smaragd, Sardonyx, Chrysolit, Beryll, Topas und Amethyst – vielleicht habe ich einige ausgelassen. Neu-Jerusalem erstrahlt überall in einem solchen Glanz, daß ein menschliches Wesen es kaum fassen kann – jedenfalls nicht sofort.

Als wir den Flug um die Heilige Stadt beendet hatten, brachte der Befehlshaber unserer Kohorte uns in Warteposition, ähnlich wie es mit den Luftschiffen über dem Flugfeld von O'Hare geschieht. Wir mußten warten, bis ein Signal anzeigte, daß eins der Tore frei war – und ich hoffte, Sankt Petrus wenigstens kurz zu sehen, aber nein – sein Büro liegt am Haupttor, dem Tor Juda, während wir das gegenüberliegende, nach Ascher benannte Tor benutzten, wo wir von Engeln registriert wurden, die in seinem Namen handelten.

Obwohl alle Tore geöffnet und jedes von Petrus mit Dutzenden von Angestellten besetzt worden war, obwohl auf eine nähere Prüfung verzichtet wurde (da wir alle die Entrückung erlebt hatten, waren wir garantiert gerettet), mußten wir längere Zeit Schlange stehen, um vorläufige Ausweispapiere, vorläufige Schlafstellenzuweisungen und vorläufige Essenszuweisungen zu bekommen –

(»Essen«?)

Ja, darüber wunderte auch ich mich, und ich erkundigte mich bei dem Engel, der mich registrierte. Er/sie schaute zu mir herab. »Mahlzeiten sind dem einzelnen freigestellt. Es wird dir nicht schaden, wenn du nichts ißt oder trinkst. Aber viele Kreaturen und auch einige Engel essen gern, besonders in Gesellschaft. Das kannst du halten, wie du willst.«

»Danke. Und nun zur Schlafstellenzuweisung. Es ist eine Einzelkoje. Ich brauche aber eine Doppelkoje für mich und meine Frau. Ich brauche –«

»Du meinst deine frühere Frau. Im Himmel gibt es weder Ehen noch Hochzeiten.«

»Was? Heißt das, daß wir nicht zusammenleben können?«

»Keineswegs. Aber das müßt ihr gemeinsam im zentralen Buchungsbüro beantragen. Zu diesem Zweck müßt ihr auch das Ausgleichsamt aufsuchen. Vergeßt nicht, euch Buchungsbelege geben zu lassen.«

»Das ist ja gerade das Problem. Ich wurde von meiner Frau getrennt. Wie kann ich sie finden?«

»Dafür bin ich nicht zuständig. Erkundige dich am Informationsstand. Vorläufig wohnst du in deinem Einzelzimmer in der Gideon-Kaserne.«

»Aber –«

Er (sie?) seufzte. »Weißt du überhaupt, wie viele Tausende von Stunden ich hier schon sitze? Du hast keine Ahnung, wie kompliziert es ist, Millionen von Kreaturen zur gleichen Zeit abzufertigen, von denen einige leben und nie gestorben, andere wieder Fleisch geworden sind. Schon zum fünften Mal haben wir sanitäre Anlagen für fleischliche Kreaturen einbauen müssen – weißt du, wie lästig *das* ist? Wenn man sanitäre Anlagen installieren muß, dann weiß man, daß man Kreaturen bekommt, die sie auch *benötigen* – und das versaut die ganze Gegend. Aber wer hört schon auf mich. Jetzt nimm deine Papiere, geh durch die Tür dort und laß dir ein Gewand und einen Heiligenschein geben – Harfen nur auf besonderen Wunsch. Dann immer dem grünen Strich nach zur Gideon-Kaserne.«

»*Nein!*«

Ich sah, daß seine (ihre) Lippen sich bewegten; sie (er) mag gebetet haben. »Findest du es anständig, so wie du aussiehst im Himmel herumzulaufen? du bist ja völlig verdreckt. Wir sind Kreaturen aus Fleisch und Blut nicht gewohnt. Äh . . . Elias war der letzte, an den ich mich erinnere, und ich muß sagen, du siehst fast so ungepflegt aus wie er. An deiner Stelle würde ich nicht nur diese Lumpen wegschmeißen und ein anständiges weißes Gewand anziehen, ich würde auch etwas gegen meine Schuppen tun.«

»Hören Sie zu«, sagte ich gereizt. »Niemand weiß, was ich durchgemacht habe, niemand außer Jesus. Während Sie in einem sauberen weißen Gewand und mit einem Heiligenschein in einer makellosen Stadt mit Straßen aus Gold herumgesessen haben, habe ich mit dem Satan selbst gekämpft. Ich weiß, daß ich nicht besonders sauber bin, aber es ist nicht meine Schuld, daß ich so aussehe. Äh – wo kann ich ein paar Rasierklingen bekommen?«

»Ein paar was?«

»Rasierklingen. Gillette-Klingen mit doppelter Schneide. Hierfür.« Ich nahm meinen Rasierapparat aus der Tasche und zeigte ihn ihr/ihm. »Möglichst aus rostfreiem Stahl.«

»Hier ist alles rostfrei. Aber was in aller Welt ist das?«

»Ein Rasierapparat. Damit ich mir diesen häßlichen Bart abrasieren kann.«

»So? Wenn der Herr in Seiner Weisheit nicht gewollt hätte, daß Seine männlichen Kreaturen Haare im Gesicht haben, hätte Er sie mit glatten Gesichtern erschaffen. Gib her, ich werf' das Ding weg.« Er/sie griff nach meinem Rasierapparat.

Ich riß ihn zurück. »Oh, nein, das werden Sie nicht tun! Wo ist dieser Informationsstand?«

»Links von Ihnen. Sechshundertsechzig Meilen.« Sie/er rümpfte die Nase.

Wütend wandte ich mich ab. Bürokraten. Selbst im Himmel. Ich stellte keine weiteren Fragen mehr, denn mir war die verschleierte Bedeutung seiner (ihrer) Worte aufgegangen. Sechshundertsechzig Meilen war eine Zahl, an die ich mich von unserem Besichtigungflug her erinnerte: die genaue Entfernung von einem mittleren Tor (wie dem Tor Ascher, an dem ich mich befand) bis zum Zentrum des Himmels, das heißt dem Großen Weißen Thron unseres Herrn, Gottes des Vaters. Er (sie) hatte mir auf nicht gerade höfliche Weise anheimgestellt, mich beim

Boß zu beschweren, wenn mir die Behandlung hier nicht passe – mit anderen Worten »Verschwinde!«

Ich nahm meine Papiere und schaute mich nach einer anderen Autoritätsperson um.

Der Organisator dieser Veranstaltung, Gabriel oder Michael oder wer auch immer, hatte vorausgesehen, daß hier Millionen von Kreaturen herumlaufen würden, die alle irgendein Problem hatten, das nicht recht ins System paßte. Deshalb hatten sich Cherubim unter die Menge gemischt. Denken Sie dabei nicht an Michelangelo oder Luca della Robbia; dies waren keine Bambinos mit Grübchen an den Knien; es waren Leute, die einen halben Meter größer waren als wir Neuankömmlinge – sie sahen aus wie Engel, aber sie hatten keine Cherubimsflügel und trugen eine Marke mit der Aufschrift »PERSONAL«.

Vielleicht waren es tatsächlich Engel; der Unterschied zwischen Engeln und Cherubim und Seraphim und dergleichen war mir nie ganz klar; die Schrift scheint vorauszusetzen, daß man diese Dinge auch ohne Erklärung weiß. Die Papisten führen *neun* verschiedene Klassen von Engeln auf! Kraft welcher Autorität? In der Schrift steht es nicht!

Ich fand im Himmel nur zwei deutlich voneinander verschiedene Klassen: Engel und Menschen. Die Engel halten sich für überlegen, und sie zögern nicht, es einen fühlen zu lassen. Was ihre Position, ihre Macht und ihre Privilegien anbetrifft, sind sie auch in der Tat überlegen. Gerettete Seelen sind Bürger zweiter Klasse. Die Vorstellung, die von Anbeginn in der protestantischen Christenheit und vielleicht auch bei den Papisten geherrscht hat, nämlich, daß eine gerettete Seele praktisch auf Gottes Schoß sitzen wird – nun, diese Vorstellung ist falsch! Man wird gerettet, und man geht in den Himmel ein – aber dann stellt man fest, daß man der neu zugezogene Junge ist und allen anderen unterlegen.

Eine gerettete Seele nimmt im Himmel etwa die gleiche Stellung ein wie ein Schwarzer in Arkansas. Und die Engel weisen einen mit aller Deutlichkeit darauf hin.

Ich habe noch nie einen Engel getroffen, den ich mochte.

Und das liegt an ihrer Einstellung uns gegenüber. Lassen Sie uns die Sache einmal vom Standpunkt der Engel betrachten. Nach Daniel gibt es im Himmel hundert Millionen Engel. Vor der Auferstehung und der Entrückung muß der Himmel gering bevölkert gewesen sein, ein Ort an dem es sich angenehm leben ließ und an dem man gute Berufsaussichten hatte – Botendienste, Arbeit in einem Chor, die gelegentliche Teilnahme an einem Ritual. Ich bin sicher, daß ein solches Leben den Engeln gefallen hat.

Und dann kommt plötzlich ein Riesenschwarm von Immigranten, viele Millionen (Milliarden?), und einige von ihnen sind noch nicht einmal stubenrein. Alle brauchen eine Art Kindermädchen. Nach ungezählten Äonen eines Lebens in Glückseligkeit müssen die Engel plötzlich Überstunden machen. Sie müssen eine Institution leiten, die einem riesigen Waisenhaus gleichkommt. Es kann nicht überraschen, daß sie uns nicht mögen.

Dennoch . . . ich mag sie auch nicht. Diese Snobs!

Ich fand einen Cherub (Engel?) mit einer PERSONAL-Marke und erkundigte mich nach dem nächsten Informationsstand. Er zeigte mit dem Daumen über die Schulter. »Direkt diesen Boulevard entlang, sechstausend Achtelmeilen. Er liegt an dem Fluß, der vom Thron herabfließt.«

Ich schaute den Boulevard hinunter. Aus dieser Entfernung sah Gottvater auf seinem Thron wie die aufgehende Sonne aus. »Sechstausend Achtelmeilen sind über sechshundert Meilen«, sagte ich. »Gibt es denn keinen in der Nähe?«

»Kreatur, das wurde absichtlich so eingerichtet. Wenn wir an jeder Ecke einen Stand errichtet hätten, wären sie alle belagert und müßten dumme Fragen beantworten. So aber wird eine Kreatur sich nur hinbemühen, wenn sie etwas Wichtiges fragen will.«

Logisch. Und sehr ärgerlich. Wieder ertappte ich mich bei sehr unhimmlischen Gedanken. Ich hatte mir den Himmel immer als einen Ort uneingeschränkter Glückseligkeit vorgestellt – ohne die albernen Frustrationen, die auf der Erde so verbreitet sind. Ich zählte bis zehn, zuerst auf Englisch und dann auf Latein. »Äh, wie lange fliegt man? Gibt es eine Geschwindigkeitsbegrenzung?«

»Du glaubst doch nicht etwa, daß du dorthin *fliegen* darfst?«

»Warum nicht? Ich bin heute morgen hierher geflogen und dann um die ganze Stadt herum.«

»Das glaubst du nur. In Wirklichkeit hat der Befehlshaber deiner Kohorte das allein gemacht. Kreatur, ich gebe dir einen Tip, der dir viel Ärger ersparen kann. Wenn du deine Flügel bekommst – wenn du *überhaupt* je welche bekommst –, versuche nie, über die Heilige Stadt zu fliegen. Man wird dich so rasch auf den Boden zurückholen, daß dir die Zähne weh tun. Und man wird dir die Flügel ausreißen.«

»Warum?«

»Weil es dir nicht zusteht, deshalb. Ihr kommt hier rauf und denkt, euch gehört der Laden. Ihr würdet eure Initialen in den Thron schnitzen, wenn ihr ihm nahe genug kämet. Ich will dir mal etwas sagen. Im Himmel gilt nur eine Regel: R.H.S.P. Weißt du, was das bedeutet?«

»Nein«, antwortete ich nicht ganz wahrheitsgetreu.

»Hör zu und merke es dir. Du kannst die Zehn Gebote vergessen. Hier gelten nur zwei oder drei von ihnen, und selbst wenn du wolltest, könntest du sie nicht brechen. Die goldene Himmelsregel lautet: Jeder Rang hat seine Privilegien. In diesem Äon bist du ein kleiner Rekrut in den Heerscharen des Herrn und hast den denkbar niedrigsten Rang. Und die wenigsten Privilegien. Mir fällt sogar nur ein einziges Privileg ein, das dir zusteht: du hast das Recht, dich hier aufzuhalten. Der Herr in seiner unendlichen Weisheit hat bestimmt, daß du qualifiziert bist, in den Himmel einzugehen. Aber das ist auch schon alles. Benimm dich anständig, und du wirst bleiben dürfen. Was die Verkehrsregeln betrifft, nach denen du dich erkundigt hast: Nur Engel dürfen über der Heiligen Stadt fliegen und sonst niemand. Wenn sie im Dienst sind oder irgendwelche Zeremonien wahrnehmen. Und das gilt nicht für dich. Auch nicht, wenn du Flügel bekommst. *Falls* du welche bekommst. Das möchte ich betonen, denn eine überraschende Anzahl unter euch Kreaturen scheint zu glauben, daß sich eine Kreatur im Himmel automatisch in einen Engel verwandelt. Das ist nicht der Fall. Das geht nicht. Kresaturen werden nie Engel. Allenfalls Heilige, aber auch das nur selten. Engel nie.«

Ich zählte auf Hebräisch von zehn bis eins. »Wenn es Ihnen nichts ausmacht, werde ich dennoch versuchen, den Informationsstand zu erreichen. Aber da ich nicht fliegen darf, wie *komme* ich denn nun hin?«

»Warum hast du das nicht gleich gefragt? Nimm den Bus.«

Etwas später saß ich in einem Bus der Transit-Linie der Heiligen Stadt, und wir rumpelten auf den fernen Thron zu. Der Wagen war offen und wie ein Boot geformt, und der Eingang lag hinten.

Ich sah kein Antriebsaggregat, und der Wagen hatte auch keinen Fahrer oder Schaffner. Er hielt an markierten Haltestellen, und an einer solchen war ich auch eingestiegen. Ich konnte mir nicht vorstellen, auf welche Weise der Bus zum Halten gebracht wurde.

Offensichtlich benutzten alle in der Stadt diesen Bus (außer V.I.P.s, die Anspruch auf Privatwagen hatten). Selbst Engel fuhren mit. Die meisten Passagiere waren in konventionelles Weiß gekleidete Menschen, die einen Heiligenschein trugen. Aber einige waren Menschen in der Kleidung verschiedener Epochen, und diese trugen Luxusausgaben eines Heiligenscheins. Ich bemerkte, daß die Engel die Menschen mit den größeren Heiligenscheinen einigermaßen höflich behandelten. Aber sie saßen nicht bei ihnen. Die Engel saßen ganz vorn im Wagen, die privilegierten menschlichen Wesen in der Mitte, und das gemeine Volk (meine Wenigkeit eingeschlossen) saß hinten.

Ich fragte einen von meiner Art, wie lange die Fahrt bis zum Thron wohl dauern würde.

»Ich weiß es nicht«, war die Antwort. »Ich fahre nicht annähernd so weit.«

Diese Seele schien weiblich, in den mittleren Jahren und freundlich zu sein. Ich setzte das Gespräch mit einer Platitüde fort: »Sie sprechen Kansas-Dialekt, nicht wahr?«

Sie lächelte. »Das glaube ich nicht.Ich wurde in Flandern geboren.«

»Tatsächlich? Sie sprechen aber fließend englisch.«

Sie schüttelte den Kopf. »Ich habe nie englisch gelernt.«

»Aber –«

»Ich weiß. Sie sind erst kürzlich angekommen. Der Himmel ist vom babylonischen Fluch nicht betroffen. Hier hat die Sprachenverwirrung nie stattgefunden . . . das war gut für mich, denn ich bin nicht sprachbegabt – das war vor meinem Tod ein Handicap für mich. Hier glücklicherweise nicht.« Sie sah mich interessiert an. »Darf ich fragen, wo Sie gestorben sind? Und wann?«

»Ich bin nicht gestorben«, erklärte ich ihr. »Ich geriet lebend in die Entrückung.«

Ihre Augen wurden ganz groß. »Oh, wie aufregend! Sie müssen sehr fromm sein.«

»Das glaube ich nicht. Wie kommen Sie darauf?«

»Die Entrückung kommt – kam? doch ohne Vorwarnung. So habe ich es wenigstens gelernt.«

»Das stimmt auch.«

»Sie wurden nicht vorgewarnt, Sie hatten keine Zeit zur Beichte und auch nicht den Bestand eines Priesters . . . aber Sie waren bereit! So frei von Sünde wie die Mutter Maria. Sie sind direkt zum Himmel aufgefahren. Sie *müssen* fromm sein.« Dann fügte sie hinzu: »Das habe ich mir gleich gedacht, als ich Ihr Kostüm sah, denn Heilige – besonders Märtyrer – kleiden sich oft so, wie sie es von der Erde her gewohnt sind. Aber ich habe auch gesehen, daß Sie Ihren Heiligenschein nicht tragen. Aber das gehört natürlich zu Ihren Privilegien.« Sie wirkte plötzlich ein wenig ängstlich »Würden Sie mich segnen? Oder ist die Bitte zu dreist?«

»Schwester, ich bin kein Heiliger.«

»Sie wollen mir den Segen verweigern?«

(Lieber Herr Jesus, wie konnte mir das nur passieren?) »Obwohl ich Ihnen nach bestem Wissen und Gewissen gesagt habe, daß ich kein Heiliger bin, wollen Sie von mir gesegnet werden?«

»Wenn Sie dazu bereit sind . . . heiliger Vater.«

»Nun gut. Drehen Sie sich um und neigen Sie den Kopf ein wenig –« Statt dessen drehte sie sich ganz zu mir um und sank auf die Knie. Ich legte ihr eine Hand auf den Kopf. »Aufgrund der mir als geweihtem Priester der einen wahren katholischen Kirche Jesu Christi, des Sohnes Gottes unseres Vaters übertragenen Vollmacht und durch die Kraft des Heiligen Geistes segne ich diese unsere Schwester in Christo. So sei es.«

Ich hörte einige Leute »Amen!« rufen; wir hatten eine Gemeinde, und die Szene war mir peinlich. Ich wußte nicht und weiß immer noch nicht, ob ich berechtigt war, im Himmel selbst den Segen zu erteilen. Aber die gute Frau hatte mich darum gebeten, und ich konnte es nicht gut ablehnen.

Sie schaute mit Tränen in den Augen zu mir auf. »Ich wußte es! Ich wußte es!«

»Sie wußten was?«

»Daß Sie ein Heiliger sind. Jetzt tragen Sie ihn.«

Ich wollte gerade fragen: »Was trage ich?« als ein kleines Wunder geschah. Ich konnte mich plötzlich von außen betrachten: zerknitterte und verschmutzte Khakihose, ein Hemd aus Armeebeständen mit dunklen Schwitzflecken unter den Achseln, die Ausbuchtung an der Tasche, in der mein Rasierapparat steckte, ein drei Tage alter Bart und Haare, die dringend geschnitten werden mußten . . . und über meinem Kopf schwebte ein Heiligenschein von der Größe einer Badewanne, der glänzte und funkelte.

»Stehen Sie wieder auf«, sagte ich statt dessen. »Wir wollen aufhören, uns so auffällig zu benehmen.«

»Ja, Vater«, sagte sie. »Aber Sie sollten nicht hier hinten sitzen.«

»Das lassen Sie meine Sorge sein, meine Tochter. Und nun erzählen Sie mir etwas über sich.« Ich schaute mich im Wagen um, als sie ihren Platz wieder einnahm, und mein Blick traf sich mit dem eines Engels, der vorn ganz allein saß. Sie (er) bedeutete mir, nach vorn zu kommen.

Ich hatte die Nase voll von der Arroganz der Engel, und zuerst ignorierte ich das Zeichen. Aber alle hatten es bemerkt, wenn sie auch so taten, als sei nichts gewesen. Und meine vor Ehrfurcht zerfließende Nachbarin flüsterte mahnend: »Heiliger Vater, der Engel möchte Sie sprechen.«

Ich gab nach – teils, weil es die einfachste Lösung war, teils, weil ich den Engel etwas fragen wollte. Ich stand auf und ging nach vorn.

»Sie wollten mich sprechen?«

»Ja. Du kennst die Vorschriften. Engel vorn, Kreaturen hinten, Heilige in der Mitte. Wenn du hinten bei den Kreaturen sitzt, gibst du ihnen kein gutes Beispiel. Wie kannst du erwarten, die Privilegien eines Heiligen zu behalten, wenn du das Protokoll ignorierst? Das passiert nicht noch einmal.«

Ich dachte an mehrere mögliche Entgegnungen, alle unhimmlisch. Statt dessen sagte ich: »Darf ich Sie etwas fragen?«

»Wenn es sein muß.«

»Wie lange braucht der Bus noch bis zu dem Fluß, der vom Thron herabfließt?«

»Warum fragst du? Du hast noch die ganze Ewigkeit vor dir.«

»Heißt das, daß Sie es nicht wissen, oder heißt das, daß Sie es mir nicht sagen wollen?«

»Geh und setz dich an den für dich vorgesehenen Platz. Auf der Stelle!«

Ich ging zurück und wollte mich wieder in den hinteren Teil des Wagens setzen. Aber meine Mitkreaturen versperrten mir den Weg. Niemand sagte etwas, und sie vermieden es, mich anzusehen, aber es war ganz offenbar, daß sie nicht bereit waren, mich dabei zu unterstützen, der Autorität eines Engels zu trotzen. Ich seufzte und setzte mich in die mittlere Sektion. Ich saß da in einsamer Pracht, denn ich war der einzige Heilige im Wagen. Wenn ich tatsächlich ein Heiliger war . . .

Ich weiß nicht, wie lange es dauerte, bis wir den Thron erreichten. Im Himmel ändern sich weder die Beleuchtungsverhältnisse noch das Wetter, und ich hatte keine Uhr. Aber es war eine endlos lange und langweilige Fahrt. Langweilig? Ja. Ein prächtiger, aus edlen Steinen errichteter Palast ist zwar ein wunderschöner Anblick. Ein Dutzend Paläste aus Juwelen mag ein dutzendfach schöner Anblick sein, zumal die Paläste sich voneinander unterscheiden. Aber ein Palast nach dem andern auf einer Strecke von hundert Meilen läßt einen einschlafen, und sechshundert Meilen solcher Paläste sind von tödlicher Langeweile. Ich fing an, mich nach einer Gebrauchtausstellung oder einem Schrottplatz oder (besser noch) nach etwas Grün und ländlicher Gegend zu sehnen.

Neu-Jerusalem ist eine Stadt von perfekter Schönheit. Das kann ich bezeugen. Aber jene lange Fahrt lehrte mich den Nutzen der Häßlichkeit.

Ich habe nie herausgefunden, wer die Heilige Stadt entworfen hat. Daß Gott den Entwurf und die Konstruktion genehmigt hat, das steht von vornherein fest. Aber die Bibel nennt nicht den oder die Architekten oder den oder die Baumeister. Die Freimaurer sprechen vom »Großen Architekten« und meinen Jehova – aber das werden Sie in der Bibel nicht finden. Ein einziges Mal fragte ich einen Engel: »Wer hat diese Stadt entworfen?« Er lächelte nicht über meine Ignoranz, er schalt mich nicht – er schien außerstande zu sein, den Satz als Frage zu begreifen. Aber für mich bleibt es eine Frage: Hat Gott die Heilige Stadt bis hinab zum kleinsten Edelstein selbst erschaffen (entworfen und gebaut), oder hat er Sub-Unternehmer beschäftigt?

Wer immer sie entworfen hat, die Heilige Stadt hat nach meiner Meinung einen erheblichen Nachteil – und Sie brauchen mir nicht zu erzählen, die Dreistigkeit, mit der ich Gottes Entwurf kritisiere, sei Gotteslästerung. Es *ist* ein Mangel. Sogar ein sehr ernster.

Die Stadt hat keine öffentliche Bibliothek.

Eine einzige Angestellte in einer Handbibliothek, die ihr Leben der Beantwortung aller erdenklicher Fragen, trivialer oder wichtiger, gewidmet hätte, wäre im Himmel nützlicher gewesen als eine weitere Kohorte arroganter Engel. Im Himmel muß es eine Menge solcher Damen geben, denn es erfordert das Gemüt eines Heiligen und die Geduld Hiobs, in einer Handbibliothek zu arbeiten und das vierzig Jahre lang durchzuhalten. Aber um ihrem Beruf nachgehen zu können, würden sie Bücher und Karteien und anderes Handwerkszeug ihres Berufs brauchen. Ich bin überzeugt, daß es ihnen gelingen würde, die Karteien anzulegen und die Bücher zu katalogisieren – aber woher sollten sie die Bücher nehmen? Im Himmel scheint es keine Verlage zu geben.

Der Himmel hat keine Industrie. Der Himmel hat keine Ökonomie. Als Jehova nach der Vertreibung aus dem Paradies bestimmte, daß wir Nachfahren Adams im Schweiße unseres Angesichts unser Brot essen sollen, erschuf er die Ökonomie, und die hat es seither etwa 6000 Jahre lang gegeben.

Aber nicht im Himmel.

Im Himmel essen wir unser Brot *ohne* den Schweiß unseres Angesichts. Man braucht nicht einmal Brot; man kann nicht verhungern, man wird nicht einmal so hungrig, daß es einem etwas ausmacht – nur gerade hungrig genug, daß man Freude am Essen hat, wenn man eines der vielen Restaurants und Speiselokale aufsucht. Den besten Hamburger, den ich je gegessen habe, bekam ich in einer in der Nähe des Thronplatzes am Flußufer gelegenen Imbißbude. Aber ich eile schon wieder meiner Geschichte voraus.

Ein weiterer schwerwiegender Mangel, wenn auch nicht ganz so schlimm, sind die Gärten. Ich meine das Fehlen von Gärten. Es gibt nur den Hain mit dem Baum des Lebens in der Nähe des Thrones und hier und da einige wenige Privatgärten. Ich glaube, ich kenne den Grund dafür, und wenn ich recht habe, wird sich dieser Zustand selbst korrigieren. Bevor wir den Himmel erreichten (die Entrückten und die in Christo Auferstandenen), waren fast alle Bürger der Heiligen Stadt Engel. Die vielleicht eine Million Ausnahmen waren Glaubensmärtyrer oder Kinder Israels, die so fromm waren, daß sie es schafften, ohne Jesus persönlich erfahren zu haben (das heißt, fast alle früher als dreißig Jahre vor Christi Geburt). Dann gab es noch eine Gruppe aus einem unaufgeklärten Land – Seelen, die tugendhaft waren, ohne je von Jesus erfahren zu haben. Also waren neunundneunzig Prozent der Bürger der Heiligen Stadt Engel.

Engel scheinen nicht an Gartenbau interessiert zu sein. Ich finde das verständlich – ich kann mir keinen Engel vorstellen, der sich hinkniet und um eine Pflanze herum die Erde andrückt. Sie sind einfach nicht die Typen, die sich die Fingernägel schmutzig machen, um eine besonders schöne Rose zu züchten.

Jetzt, da es zehnmal so viele Menschen wie Engel gibt, erwarte ich, daß man bald Gärten sehen wird – Gärten, Gartenvereine, Vorträge über Bodenbehandlung und so weiter. Das ganze endlose Ritual des passionierten Gärtners. Jetzt werden sie Zeit dazu haben.

Im Himmel tun die meisten Menschen was immer sie tun wollen ohne den Zwang der Notwendigkeit. Die nette Dame (Suzanne), die sich von mir den Segen erbat, war in Flandern Klöpplerin gewesen. Jetzt unterrichtet sie an einer Schule, die jedem zur Verfügung steht, der interessiert ist. Ich habe sehr stark den Eindruck, daß das eigentliche Problem ewiger Seligkeit für die meisten Menschen in der Frage besteht, wie sie die Zeit verbringen sollen. (Frage: Wie steht es mit der Reinkarnationsidee, die in anderen Religionen vorherrscht, die aber von der Christenheit konsequent abgelehnt wird? Könnte es sein, daß eine gerettete Seele irgendwann dadurch belohnt wird, daß sie in den Konflikt zurückgestoßen wird? Wenn nicht auf der Erde, dann anderswo? Ich muß eine Bibel in die Hände bekommen, um darüber vielleicht Aufschluß zu bekommen. Zu meinem größten Erstaunen ist es sehr schwer, hier im Himmel eine Bibel zu finden.)

Der Informationsstand war genau da, wo ich ihn vermutete: am Ufer des Flusses der Wasser des Lebens, der von Gottes Thron herabfließt und sich durch den Hain des Baumes des Lebens windet. Der Thron steht mitten im Hain und ragt hoch empor. Wenn man so nahe an seinem Sockel steht, kann man ihn allerdings nicht sehr gut sehen. Es ist, als schaute man zu New Yorks höchstem Wolkenkratzer hinauf, wenn man direkt vor ihm steht. Der Thron ist allerdings viel höher. Und natürlich sieht man das Gesicht Gottes nicht. Man schaut zu einer Höhe von tausendvierhundertvierzig Ellen hinauf. Man sieht nur den Glanz . . . aber man spürt Seine Gegenwart.

Der Informationsstand war genau so belagert, wie der Cherub vermutet hatte. Die Ratsuchenden standen nicht Schlange; sie drängten sich zu Hunderten um den Stand. Ich überlegte mir, wie lange es wohl dauern würde, bis ich mich zum Stand durchgekämpft hatte. Nachdenklich betrachtete ich die Menge. Gab es hier ein Durchkommen? Oder mußte ich mich all der häßlichen Tricks bedienen, die man beim Schlußverkauf anwendet? Auf Hühneraugen treten, die Ellenbogen gebrauchen, all die Dinge, die einem Mann den Aufenthalt in einem Kaufhaus so verleiden?

Ich blieb noch eine Weile stehen, schaute zur Menge hinüber und überlegte, wie ich es anstellen sollte. Gab es eine Möglichkeit, Margrethe zu finden, ohne auf Hühneraugen treten zu müssen?

Ich stand immer noch da, als ein PERSONAL-Cherub auf mich zutrat. »Heiliger, willst du zum Informationsstand?«

»Oh, ja!«

»Dann komm mit. Bleib direkt hinter mir.« Er trug einen Knüppel, wie ihn die Bereitschaftspolizei verwendet. »Aus dem Weg! Macht Platz für den Heiligen? Aber schnell!« Es dauerte nicht lange, und ich hatte den Informationsstand erreicht. Ich glaube nicht, daß jemand verletzt wurde, aber einige fühlten sich bestimmt gekränkt. Ich billige eine solche Verhaltensweise nicht; ich finde, daß alle gleich behandelt werden sollten. Aber wo die Regel R.H.S.P. lautet, ist es besser, Korporal zu sein als einfacher Gefreiter.

Ich wollte mich bei dem Cherub bedanken und drehte mich um; er war verschwunden. Eine Stimme sagte: »Heiliger, was willst du?« Ein Engel hinter dem Schalter schaute auf mich herab.

Ich sagte ihm, daß ich versuchte, meine Frau zu finden. Er trommelte auf den Tisch. »Solche Dienstleistungen bieten wir normalerweise nicht an. Die Kreaturen haben eine Kooperative gegründet. Sie heißt Finde deine Freunde und Verwandten und wäre für dich die richtige Adresse.«

»Wo ist die?«

»In der Nähe des Tores Ascher.«

»*Was?* Daher komme ich gerade. Da bin ich registriert worden.«

»Dann hättest du den diensthabenden Engel fragen müssen. Bist du erst kürzlich registriert worden?«

»Ja. Ich geriet in die Entrückung. Aber ich habe den diensthabenden Engel gefragt . . . er hat mich rausgeschmissen.«

»Hmmm. Zeig mir deine Papiere.«

Ich reichte sie ihm. Der Engel prüfte sie lange und sorgfältig und rief dann einen andern Engel herbei, der aufgehört hate, die Leute abzufertigen, um besser zuhören zu können. »Tirl! Sieh dir das an.«

Der zweite Engel sah sich meine Papiere an, nickte wissend, gab sie zurück – und schaute mich an, wobei er traurig den Kopf schüttelte. »Stimmt etwas nicht?« fragte ich.

»Es ist alles in Ordnung, Heiliger. Du hattest nur das Mißgeschick, von einem Engel bedient zu werden, wenn das der richtige Ausdruck ist, der nicht einmal seinem besten Freund helfen würde, wenn er einen hätte. Aber er hat keinen. Ich bin dennoch ein wenig erstaunt, daß er sich einem Heiligen gegenüber so unfreundlich verhalten hat.«

»Ich trug in dem Moment noch keinen Heiligenschein.«

»Das erklärt die Sache. Du hast ihn erst später abgeholt?«

»Ich habe ihn überhaupt nicht abgeholt. Ich habe ihn auf wunderbare Weise auf dem Weg vom Tor Ascher nach hier erworben.«

»Ich verstehe. Heiliger, du hast das Privileg, Khromitycinel auf den Bericht zu schreiben. Andererseits könnte ich den Weitsprecher benutzen, um deine Anfrage weiterzugeben.«

»Ich denke, das wäre besser.«

»Das denke ich auch. Auf lange Sicht. In deinem Interesse. Wenn du verstehst, was ich meine.«

»Ich habe verstanden.«

»Aber bevor ich die Kooperative anrufe, wollen wir uns mit Sankt Petrus in seinem Büro in Verbindung setzen, um festzustellen, ob deine Frau angekommen ist. Wann ist sie gestorben?«

»Sie ist nicht gestorben. Sie wurde zusammen mit mir entrückt.«

»Ach so. Dann geht die Sache schnell. Sie brauchen nicht in alten Akten zu suchen. Name, Alter, Geschlecht, wenn zutreffend, und Datum der – nein, das brauchen wir nicht. Den Namen, bitte.«

»Margrethe Svensdatter Gunderson.«

»Das mußt du buchstabieren.«

Ich buchstabierte.

»Das reicht fürs erste. Falls Petrus' Assistent überhaupt lesen kann. Du kannst aber hier nicht warten; wir haben keinen Warteraum. Gegenüber liegt ein kleines Restaurant – siehst du das Schild?«

Ich drehte mich um und schaute hinüber. »Die Heilige Kuh?«

»Das ist es. Sehr gute Küche. Falls du überhaupt etwas ißt. Warte dort. Ich werde dich benachrichtigen.«

»Vielen Dank!«

»Keine Ursache –« Er (sie) schaute sich noch einmal meine Papiere an und gab sie mir zurück. »– Sankt Alexander Hergensheimer.«

Die Heilige Kuh war das schönste, was ich seit meiner Entrükkung gesehen hatte: ein kleines sauberes Restaurant, das auch in St. Louis oder Denver hätte stehen können. Ich ging hinein. Ein hochgewachsener Schwarzer, dessen Kochmütze über seinen Heiligenschein hinausragte, stand, den Rücken mir zugewandt, vor dem Grill. Ich setzte mich an den Tresen und räusperte mich.

»Immer mit der Ruhe«, sagte der Schwarze. Er beendete seine Arbeit am Grill und drehte sich um. »Was kann ich für Sie – Oh! Heiliger, was darf ich Ihnen bringen? Nennen Sie mir Ihre Wünsche!«

»Lukas! Es freut mich, Sie wiederzusehen!«

Er starrte mich an. »Sie kennen mich?«

»Erinnern Sie sich nicht? Ich habe bei Ihnen gearbeitet. In Ron's Grill in Nogales. Ich bin Alec. Ihr Tellerwäscher.«

Wieder starrte er mich an. Dann seufzte er. »Das ist aber eine Überraschung . . . Sankt Alec.«

»Für meine Freunde heiße ich immer noch ›Alec‹. Ein Fehler der Verwaltung, Lukas. Sobald die das merken, muß ich dieses Luxusding gegen einen gewöhnlichen Heiligenschein eintauschen.«

»Daran zweifle ich – Sankt Alec. Im Himmel gibt es keine Fehler. He! Albert! Übernimm den Tresen. Mein Freund Alec und ich werden uns nach hinten setzen. Albert ist mein Hilfskoch.«

Ich schüttelte einem fetten kleinen Mann die Hand, der aussah wie die Karikatur eines französischen Kochs. Er trug einen *Cordon-Bleu*-Hut und einen Heiligenschein. Lukas und ich gingen durch eine Seitentür in ein kleines Zimmer und setzten uns an den Tisch. Eine Serviererin kam, und schon wieder bekam ich einen Schock.

»Hazel«, sagte Lukas, »ich möchte dich mit einem alten Freund bekanntmachen. Sankt Alec – wir hatten früher geschäftlich miteinander zu tun. Hazel ist die Wirtin der Heiligen Kuh.«

»Ich war Lukas' Tellerwäscher«, sagte ich zu ihr. »Wie schön, dich wiederzusehen, Hazel.« Ich stand auf und wollte ihr die Hand geben, aber dann überlegte ich es mir anders und nahm sie in die Arme.

Sie lächelte mich an, aber sie schien nicht überrascht zu sein. »Willkommen, Alec! Jetzt Sankt Alec, wie ich sehe. Das überrascht mich nicht.«

»Mich aber. Es muß ein Irrtum sein.«

»Im Himmel gibt es keine Irrtümer. Wo ist Margie? Lebt sie noch auf der Erde?«

»Nein.« Ich erklärte ihr, wie wir getrennt worden waren. »Und jetzt warte ich hier auf Auskunft.«

»Du wirst sie finden.« Sie küßte mich zärtlich – und dabei mußte ich an meinen vier Tage alten Bart denken. Ich schob ihr einen Stuhl hin und setzte mich zu meinen Freunden. »Du wirst sie sehr schnell finden, denn das ist uns versprochen worden, und dieses Versprechen wird auch gehalten. Die Wiedervereinigung mit Freunden und Verwandten. ›Wir werden uns an den Wassern versammeln –‹ und draußen vor der Tür ist ja das Wasser. Steve – Sankt Alec, erinnerst du dich noch an Steve? Er war mit euch zusammen, als wir uns kennenlernten.«

»Wie hätte ich ihn vergessen können? Er hat uns zum Essen eingeladen und mir eine goldene Zehndollarmünze gegeben, als wir völlig abgebrannt waren. Und ob ich mich an Steve erinnere!«

»Ich bin froh, daß du das sagst . . . denn Steve sagt, er habe es dir zu verdanken, daß er bekehrt wurde – bekehrt und wiedergeboren – und in den Himmel gekommen ist. Du mußt wissen, daß Steve in der Ebene von Meggido getötet wurde, und auch ich bin im Krieg umgekommen. Das war fünf Jahre nachdem wir uns kennengelernt hatten –«

*»Fünf Jahre?«*

»Ja. Ich wurde schon zu Beginn des Krieges getötet. Steve hat noch bis Armageddon gelebt –«

»Hazel . . . es ist wenig länger als einen Monat her, daß Steve uns in Rimrock zum Essen eingeladen hat.«

»Das ist logisch. Du kamst in die Entrückung, und das hat den Krieg ausgelöst. Du hast also die Kriegsjahre in der Luft verbracht, und das erklärt die Tatsache, daß Steve und ich zuerst hier angekommen sind, obwohl du vor uns gegangen bist. Das kannst du mit Steve diskutieren; er wird bald kommen. Übrigens bin ich jetzt seine Konkubine – seine Frau, wenn es auch im Himmel keine Ehen gibt. Jedenfalls trat Steve in das Korps ein und wurde zum Hauptmann befördert, bevor er getötet wurde. Seine Einheit landete in Haifa, und Steve starb im Kampf für den Herrn, als Armageddon den Höhepunkt erreichte. Ich bin stolz auf ihn.«

»Das kannst du auch sein. Lukas, bist du auch im Krieg gestorben?«

Lukas grinste breit. »Nein. Sie haben mich aufgehängt.«

»Das soll wohl ein Witz sein.«

»Das ist kein Witz. Weißt du noch, als du bei uns aufhörtest?«

»Ich habe nicht aufgehört. Ein Wunder geschah. Und so lernte ich Hazel kennen. Und Steve.«

»Nun . . . von Wundern verstehst du mehr als ich. Jedenfalls brauchten wir ganz schnell wieder einen Tellerwäscher, und wir mußten einen Chicano nehmen. Mann, war das ein übler Kerl. Er bedrohte mich mit einem Messer. Das war sein Fehler. Einen Koch in seiner eigenen Küche mit einem Messer bedrohen? Er ritzte mich ein bißchen, aber ich stach richtig zu. Ich glaube, in der Jury saßen hauptsächlich seine Vettern. Jedenfalls sagte der Staatsanwalt, es sei an der Zeit, ein Exempel zu statuieren. Aber das war in Ordnung. Ich war ja schon lange vorher getauft worden. Der Gefängnispfarrer half mir, wiedergeboren zu werden. Ich sprach ein Gebet, als ich mit der Schlinge um den Hals auf der Falltür stand. Dann sagte ich: ›Jetzt könnte ihr es tun! Schickt mich zu Jesus! Halleluja!‹ Und sie taten es. Es war der glücklichste Tag meines Lebens.«

Albert steckte den Kopf zur Tür herein. »Sankt Alec, ein Engel will Sie sprechen.«

»Ich komme schon.«

Der Engel wartete draußen, denn er war größer als die Tür und hatte keine Lust, sich zu bücken. »Bist du Sankt Alexander Hergensheimer?«

»Der bin ich.«

»Deine Anfrage wegen einer Kreatur namens Margrethe Svensdatter Gunderson: Der Bericht lautet: Dieses Subjekt geriet nicht in die Entrückung und kam auch nicht mit einem späteren Transport. Die Kreatur Margrethe Svensdatter Gunderson befindet sich nicht im Himmel und wird hier auch nicht erwartet. Das ist alles.«

# XXIII

*Schreie ich zu dir, so antwortest du mir nicht;*
*trete ich hervor, so achtest du nicht auf mich.*
Hiob 30:20

So landete ich schließlich bei Sankt Petrus am Tor Juda; aber vorher mußte ich quer durch den ganzen Himmel zum Tor Ascher, wo ich, wie Hazel mir geraten hatte, die Kooperative »Finde deine Freunde und Verwandten« aufsuchte.

»Sankt Alec«, hatte Hazel zu mir gesagt, »ich glaube nicht, daß Engel falsche Informationen geben, und die Unterlagen, mit denen sie arbeiten, sind korrekt, aber es könnte sein, daß sie in den falschen Unterlagen gesucht haben, und sicher suchen sie nicht so gründlich, wie du es selbst getan hättest – Engel sind schließlich nur Engel. Vielleicht ist Margie unter ihrem Mädchennamen aufgeführt.«

»Genau den habe ich ihnen ja genannt!«

»Oh, ich dachte, sie hätten nach Margie Graham gesucht.«

»Nein, soll ich zurückgehen und es damit versuchen?«

»Nein. Nicht jetzt. Und wenn du es später doch noch tun mußt – geh nicht wieder an diesen Informationsstand, geh direkt zu Sankt Petrus. In seinem Büro werden sich Menschen um dich kümmern, keine Engel.«

»Das höre ich gern!«

»Ja. Aber zuerst mußt du es bei Finde deine Freunde und Verwandten versuchen. Die sind unbürokratisch. Das ist eine Kooperative aus Freiwilligen. Die geben sich wirklich Mühe. Dort hat Steve mich gefunden, als er gestorben war. Er kannte meinen Familiennamen nicht, denn ich hatte mich jahrelang nur mit meinem Vornamen anreden lassen. Er wußte nicht, wann und wo ich gestorben war. Aber eine kleine alte Dame von Finde deine

Freunde und Verwandten suchte so lange nach Frauen mit dem Vornamen Hazel, bis Steve sagte: ›Das ist sie!‹ Wäre er mit seiner Frage ins Büro von Petrus gegangen, hätte man ihm dort gesagt: ungenügende Daten – keine Auskunft.«

Sie lächelte und fuhr fort: »Aber in der Kooperative haben sie Phantasie. Sie haben Lukas und mich zusammengebracht, obwohl wir uns auf der Erde gar nicht kannten. Als ich das Herumlungern satt hatte, beschloß ich, ein kleines Restaurant aufzumachen – das ist die beste Art, Leute kennenzulernen und Freunde zu finden. Ich fragte also bei der Kooperative an, und sie setzten ihre Computer auf ›Köche‹ an. Nach ein paar mißglückten Versuchen und Fehlschlägen fanden wir Lukas, und wir wurden Partner und machten die ›Heilige Kuh‹ auf. Albert haben wir auf demselben Weg gefunden.«

Hazel gehört, genau wie Katie Farnsworth, zu den Frauen, deren Gegenwart allein schon bewirkt, daß man sich besser fühlt. Und sie ist praktisch veranlagt – wie meine eigene Liebste. Sie wusch meine schmutzigen Kleider und gab mir einen Morgenrock von Steve, den ich trug, bis meine Sachen wieder trocken waren. Sie trieb einen Spiegel und ein Stück Seife für mich auf, damit ich meinen fünf Tage alten Bart (oder hatte ich ihn schon sieben Jahre?) in Angriff nehmen konnte. Meine einzige Rasierklinge glich inzwischen eher einer Säge als einem Messer, aber eine halbe Stunde geduldigen Schleifens auf der Innenseite eines Wasserglases, (ein Trick, den ich im Seminar gelernt hatte) gab dem Ding vorübergehend eine gewisse Brauchbarkeit zurück.

Ich hatte mich also vor ein paar Stunden rasiert – oder doch wenigstens den Versuch gemacht – aber jetzt brauchte ich eine richtige Rasur. Ich wußte nicht, wie lange diese Jagd schon andauerte, aber ich wußte, daß ich mich viermal rasiert hatte . . . mit kaltem Wasser, zweimal ohne Seife, einmal nach Gefühl – ohne Spiegel. Es gab zwar sanitäre Anlagen für uns fleischige Wesen . . . aber die waren von amerikanischem Standard weit entfernt. Kein Wunder, denn die Engel brauchen sie nicht, und die überwiegende Mehrheit der Fleischlichen hatte wenig oder keine Gelegenheit gehabt, sanitäre Einrichtungen kennenzulernen.

Die Leute von der Kooperative waren so hilfsbereit, wie Hazel sie mir beschrieben hatte (und ich glaube nicht, daß es an meinem Super-Heiligenschein lag), aber es fand sich kein Hinweis auf

Margrethe, obwohl sie unermüdlich jeden Vorschlag, den ich machte, in ihre Computer eingaben.

Ich dankte ihnen, segnete sie und macht mich auf den Weg zum Tor Juda – tausenddreihundertzwanzig Meilen quer durch den Himmel. Ich legte nur eine Pause ein, und zwar am Platz des Throns, um einen von Lukas' Himmelsburgern zu essen, eine Tasse Kaffee zu trinken – vom besten, den es in ganz Neu-Jerusalem gab – und mir ein paar ermutigende Worte von Hazel mit auf den Weg zu nehmen. Gestärkt nahm ich die Suche wieder auf.

Das Himmlische Einwohnermeldeamt ist in zwei kolossalen Palästen rechts vom Tor untergebracht. Das erste und kleinere ist für Zugänge vor Christi Geburt zuständig. In dem zweiten, für die Zugänge danach, liegt der Bürotrakt von Sankt Petrus. Ich ging direkt darauf zu.

Auf einer großen Doppeltür stand »SANKT PETRUS – Treten Sie ein«. Das tat ich. Es war aber nicht sein Büro, sondern ein Wartesaal, der für den New Yorker Hauptbahnhof ausgereicht hätte. Ich ging durch ein Drehkreuz, das bei dieser Gelegenheit ein Ticket ausspuckte. Eine mechanische Stimme sagte: »Vielen Dank. Bitte setzen Sie sich und warten Sie, bis Sie aufgerufen werden.«

Auf meinem Tisch stand die Nummer 2013, und der Wartesaal war voll. Als ich mich nach einem Sitzplatz umsah, wurde mir klar, daß ich eine weitere Rasur nötig haben würde, bevor ich an die Reihe kam.

Ich stand noch unschlüssig herum, als ich eine Nonne geschäftig auf mich zukam und mich mich mit einem kleinen Knicks begrüßte. »Kann ich etwas für Sie tun, Heiliger Vater?« Ich wußte nicht genug über die Kleidung römisch-katholischer Orden, um zu erkennen, welchem sie angehörte, aber ihre Tracht war für meine Begriffe »typisch«: ein langes, schwarzes Gewand bis zu den Fußknöcheln und zu den Handgelenken, etwas Weißes, Steifes auf der Brust und um den Hals bis über die Ohren, dazu eine Kopfbedeckung, die ihr die Silhouette einer Sphinx gab. Um den Hals trug sie einen langen Rosenkranz. Ihr Gesicht war zeitlos und heiter, auf der Nase saß schief ein Kneifer, und über allem, natürlich, ihr Heiligenschein.

Was mich an ihr am meisten beeindruckte, war der Umstand, daß sie überhaupt hier war. Sie war für mich der erste Beweis dafür, daß Papisten in den Himmel kommen können. Wir hatten dieses Thema im Seminar in endlosen Nachtsitzungen diskutiert, obwohl die offizielle Meinung meiner Kirche war, daß sie sehr wohl erlöst werden können, wenn sie glauben, was wir glauben, und in Jesus wiedergeboren sind. Ich nahm mir vor, sie später zu fragen, wann und wie ihre Wiedergeburt geschehen war – sicher würde es eine bewegende Geschichte sein.

Ich sagte: »Vielen Dank, Schwester! Das ist sehr freundlich von Ihnen. Ja, Sie können mir helfen – das heißt, ich hoffe es. Ich bin Alexander Hergensheimer, und ich suche meine Frau. Dies ist doch die richtige Stelle für solche Fragen? Ich bin neu hier.«

»Ja, Sankt Alexander, dafür sind wir zuständig. Aber sicher möchten Sie auch mit Sankt Petrus sprechen, oder nicht?«

»Ich würde ihm gern meine Aufwartung machen, wenn er nicht zu beschäftigt ist.«

»Ich bin sicher, daß er Sie sehen möchte, Heiliger Vater. Ich werde es der Schwester Oberin sagen.« Sie hob das Kreuz von ihrem Rosenkranz an den Mund und schien etwas hineinzuflüstern, dann sah sie auf. »Schreibt sich Ihr Name H-E-R-G-E-N-S-H-E-I-M-E-R, Sank Alexander?«

»Korrekt, Schwester.«

Wieder sprach sie in ihren Rosenkranz. Dann sagte sie zu mir: »Schwester Marie Charles ist Sankt Petrus' Sekretärin. Ich bin ihre Assistentin und Mädchen für alles.« Sie lächelte. »Schwester Mary Rose.«

»Freut mich, Sie kennenzulernen, Schwester Mary Rose. Bitte erzählen Sie mir von sich. Welchem Orden gehören Sie an?«

»Ich bin Dominikanerin, Heiliger Vater. Auf der Erde habe ich in einem Krankenhaus gearbeitet. In Frankfurt, Deutschland. Hier, wo keine Krankenschwestern mehr gebraucht werden, mache ich diese Arbeit, weil ich gern unter Menschen bin. Wollen Sie mir bitte folgen, Sir?«

Die Menge teilte sich vor uns wie die Wasser des Roten Meeres; ob aus Respekt vor der Nonne oder vor meinem protzigen Heiligenschein, kann ich nicht sagen. Vielleicht wirkte beides zusammen. Sie ging mit mir zu einer Tür ohne Aufschrift, und wir traten ein. Es war das Büro ihrer Vorgesetzten, Schwester Marie Charles. Sie war eine große Nonne. So groß wie ich und gutaussehend – vielleicht ist »schön« in diesem Fall das passendere Wort. Sie schien jünger zu sein als ihre Assistentin . . . aber das ist bei Nonnen schwer zu sagen. Sie saß an einem großen mit Akten beladenen Schreibtisch, an dem seitlich eine uralte Schreibmaschine ausgeschwenkt war. Sie stand schnell auf, trat auf mich zu und machte auch diesen eigenartigen Knicks.

»Willkommen, Sankt Alexander! Wir freuen uns, Sie bei uns begrüßen zu dürfen. Sankt Peter bittet Sie, hier einen Augenblick Platz zu nehmen. Können wir Ihnen etwas anbieten? Ein Glas Wein? Eine Coca-Cola?«

»Oh, eine Coca-Cola wäre wunderbar. Ich habe schon lange keine mehr getrunken.«

»Sie bekommen Ihre Coca-Cola.« Schwester Marie Charles lächelte. »Ich will Ihnen ein Geheimnis verraten: Coca-Cola ist Sankt Peters einziges Laster, deshalb haben wir hier immer einen gutgekühlten Vorrat davon.«

Von irgendwo über ihrem Schreibtisch kam eine Stimme – ein kräftiger, volltönender Bariton von der Art, wie ein Prediger ihn haben sollte – er erinnerte mich an »Bibel« Barnaby, gesegnet sei sein Name. »Ich habe das gehört, Charlie. Er kann seine Coca-Cola bei mir trinken; ich bin jetzt frei.«

»Haben Sie wieder gelauscht, Chef?«

»Werd nicht frech, Mädchen. Und bring mir auch eine mit.«

Als ich sein Büro betrat, kam er mir mit ausgestreckter Hand entgegen. Ich hatte gelernt, daß er ungefähr neunzig gewesen sein soll, als er starb – oder als er von den Römern exekutiert (gekreuzigt?) wurde. Predigen ist immer eine riskante Sache gewesen, aber zu seiner Zeit lebte ein Prediger ungefähr so gefährlich wie ein Sergeant bei der Marineinfanterie.

Dieser Mann sah aus wie ein kerngesunder Sechziger – vielleicht war er auch siebzig. Breitschultrig, muskulös und sonnengebräunt. Sein Haupt- und Barthaar sah aus, als wäre es nie geschnitten worden, so voll und lang war es. Es war graumeliert, aber nicht weiß, und zu meinem Erstaunen stellte ich fest, daß er früher rothaarig gewesen sein mußte. Als er mich begrüßte, merkte ich, daß seine Hände schwielig waren. Er trug Sandalen, ein braunes Gewand aus grober Wolle, einen Heiligenschein wie ich, und mitten auf seinem prächtigen Haarschopf saß ein kleines, flaches Käppchen.

Er war mir sofort sympathisch.

Petrus führte mich zu einem bequemen Sessel in der Nähe seines Schreibtisches und setzte sich erst wieder, nachdem ich Platz genommen hatte. Schwester Marie Charles servierte zweimal Cola in den bekannten taillierten Flaschen mit zwei Gläsern, die mir nicht mehr so vertraut waren, weil ich sie jahrelang nicht gesehen hatte. Es waren Original-Cola-Gläser mit dem etwas bauchigen Oberteil und der eingetragenen Schutzmarke. Wer mochte wohl im Himmel die Konzession haben? Und wie wurde so etwas hier überhaupt gehandhabt?

Petrus sagte: »Vielen Dank, Charlie. Und kein Gespräche.«

»Auch nicht von . . .?«

»Sei nicht albern. Hau ab!« Er wandte sich mir zu. »Alexander, ich versuche jeden neu ankommenden Heiligen am Tor persönlich zu begrüßen. Wie kommt es, daß ich dich übersehen habe?«

»Ich kam mitten in einem großen Haufen hier an. In der Menge der Entrückten. Und nicht hier, sondern am Tor Ascher.«

»Ich verstehe. Es gab viel zu tun an dem Tag. Wir sind mit der Arbeit noch nicht ganz fertig. Aber ein Heiliger sollte zum Haupttor hereingeführt werden . . . eskortiert von vierundzwanzig Engeln und zwei Trompeten. Ich werde dafür sorgen, daß solche Schlamperei nicht wieder vorkommt.«

»Um ehrlich zu sein, Sankt Petrus«, platzte ich heraus. »Ich glaube nicht, daß ich ein Heiliger bin, aber es gelingt mir nicht, diesen Heiligenschein loszuwerden.«

Er schüttelte den Kopf. »Du bist einer, da kannst du ganz sicher sein. Kein Heiliger hat je gewußt, daß er einer war, bevor man es ihm sagte. Es ist ein heiliges Paradoxon, daß jeder, der ein Heiliger zu sein glaubt, niemals einer ist. Mir ging es genauso: als ich hier oben ankam und man mir die Schlüssel gab und mich in mein Amt einführte, da glaubte ich, der Boß erlaubte sich einen Scherz mit mir, sozusagen als Gegengabe für ein paar Streiche, die ich ihm gespielt hatte, als wir noch in Galiläa als Wanderprediger unterwegs waren. Aber nein! Er meinte es ernst. Den alten Fischer Rabbi Simon bar Jona gab es nicht mehr, und ich bin seitdem und bis jetzt der heilige Petrus, so wie du der heilige Alexander bist, ob es dir nun gefällt oder nicht. Aber es wird dir schon gefallen, wart's nur ab.«

Er schlug mit der flachen Hand auf einen dicken Ordner, der vor ihm auf dem Schreibtisch lag. »Ich habe deine Geschichte gelesen. Es gibt keinen Zweifel an deiner Heiligkeit. Ich erinnere mich auch an den Prozeß deiner Heiligsprechung. Als Advocatus Diaboli fungierte Thomas von Aquin. Er begrüßte mich, als alles vorbei war, und erzählte mir, er hätte seinen Einwand nur *pro forma* vorgetragen, denn er hätte von Anfang an keinen Zweifel gehabt. Wie war das bei deiner ersten Prüfung – der Feuerprobe – ist dein Glaube dabei nie ins Wanken geraten?«

»Ich glaube schon, denn ich trug eine Brandblase davon.«

Petrus schnaubte verächtlich. »Eine einzige Brandblase! Und du glaubst, du bist kein Heiliger. Mein Sohn, wenn die heilige Johanna deinen unerschütterlichen Glauben gehabt hätte, wäre das Feuer, das sie verbrennen sollte, unter ihren Füßen erstickt. Ich kenne –«

Die Stimme von Schwester Marie Charles erklang: »Sankt Alexanders Frau ist hier.«

»Laß sie hereinkommen!« Zu mir sagte er: »Ich erzähle später weiter.«

Ich war so aufgeregt, daß ich kaum hörte, was er sagte.

Die Tür ging auf, und Abigail marschierte herein.

Ich weiß nicht, wie ich beschreiben soll, was ich bei ihrem Anblick fühlte: die Enttäuschung brach mir fast das Herz, und vor Scham über diese peinliche Situation wäre ich am liebsten in den Boden versunken.

Abigail sah mich an und sagte streng: »Alexander, wie um alles in der Welt, kommst du dazu, diesen lächerlichen Heiligenschein zu tragen? Nimm ihn sofort ab!«

Petrus polterte: »Tochter, du bist hier nicht ›in der Welt‹, du bist in meinem Büro, und ich dulde nicht, daß du so zu Sankt Alexander sprichst.«

Abigail sah Petrus an und schluckte. »Sie nennen *ihn* einen Heiligen? Und hat Ihre Mutter Ihnen nicht beigebracht, wie man sich Damen gegenüber benimmt? Oder haben Heilige das nicht nötig?«

»Ich weiß, wie man sich *Damen* gegenüber benimmt, Tochter. Und *du* wirst mich mit dem nötigen Respekt anreden. Und du wirst auch deinem Gatten gegenüber mit dem Respekt reden, den eine Ehefrau ihrem Mann schuldet.«

»Er ist nicht mein Mann!«

»Wie bitte?« Er sah mich fragend an, dann wieder sie. »Was soll das heißen?«

»Jesus sagte: ›Denn im Himmel heiratet ihr nicht, noch werdet verheiratet, sondern werdet sein wie die Engel.‹ Stimmt das etwa nicht? Und in Markus, Kap. 12, Vers 23 sagt Er es noch einmal.«

»Ja«, nickte Petrus. »Ich hörte, wie er es sagte. Zu den Sadduzäern. Dann bist du also nicht mehr seine Frau.«

»*Ja!* Halleluja! Endlich bin ich diesen Klotz losgeworden. Wie viele Jahre habe ich darauf gewartet, ihn loszuwerden – ohne zu sündigen.«

»Das Letztere bezweifle ich. Aber daß du nicht mehr seine Frau bist, entbindet dich nicht von der Pflicht der Höflichkeit diesem Heiligen gegenüber, der einmal dein Ehemann war.« Petrus wandte sich wieder an mich. »Möchtest du, daß sie bleibt?«

»Ich? Nein, nein! Es war ein Versehen.«

»Das Gefühl habe ich auch. Tochter, du kannst gehen.«

»So schnell geht das nicht! Jetzt, wo ich einmal hier bin, muß ich Ihnen ein paar Sachen erzählen, die mich schon lange ärgern. Einige Leute hier benehmen sich absolut skandalös. Wirklich! Ohne den geringsten Sinn für Moral . . .«

»Tochter, ich habe dich verabschiedet. Möchtest du auf deinen eigenen Füßen hinausgehen, oder soll ich zwei stramme Engel kommen lassen, die dich hinauswerfen?«

»Das wäre ja noch schöner! Aber was ich gerade sagen wollte . . .«

»Du wirst jetzt *gar* nichts mehr sagen!«

»Wie soll ich das verstehen? Habe ich nicht so gut wie jeder andere das Recht, meine Meinung zu sagen?«

»Nicht in diesem Büro. Schwester Marie Charles!«

»Ja, Sir!«

»Beherrschen Sie noch die Judogriffe, die Sie für Ihren Dienst bei der Polizei in Detroit gelernt haben?«

»Aber sicher!«

»Dann schaffen Sie diese Dame hier hinaus.«

Die große Nonne grinste und rieb kurz ihre Handflächen aneinander. Was dann passierte, ging so schnell, daß ich es nicht beschreiben kann. Jedenfalls verließ Abigail das Zimmer sehr plötzlich.

Petrus ließ sich in seinen Sessel zurückfallen, seufzte und griff nach seiner Cola. »Diese Frau würde selbst Hiobs Geduld auf eine harte Probe stellen. Wie lange warst du mit ihr verheiratet?«

»Ach – etwas länger als tausend Jahre.«

»Ich verstehe. Warum hast du sie suchen lassen?«

»Ich habe nicht nach ihr gesucht. Es war ein Mißverständnis.« Ich versuchte, ihm die Sache zu erklären.

Er unterbrach mich. »Aber natürlich! Warum hast du nicht gesagt, daß du deine Geliebte suchst? Du hast Mary Rose auf die falsche Fährte gesetzt. Ja, jetzt weiß ich, wen du meinst: die Hauptperson im letzten Teil deines Dossiers, diese flotte Schickse. Scheint mir ein sehr nettes Mädchen zu sein. Sie suchst du also?

»Aber ja. Als die Posaune ertönte und wir den Ruf hörten, sind wir gemeinsam aufgefahren. Aber dieser Wirbelwind, wie ein Tornado in Kansas, war so gewaltig, daß wir getrennt wurden.«

»Du hast dich schon vorher nach ihr erkundigt. Eine Anfrage wurde uns vom Informationsstand am Fluß übermittelt.«

»Das stimmt.«

»Alexander, diese Anfrage ist die letzte Eintragung in deiner Akte. Ich könnte natürlich eine weitere Suche veranlassen . . . aber ich sage dir gleich, daß es keinen Zweck hat. Die Antwort wird die gleiche sein: Sie ist nicht hier.«

Er stand auf und legte mir eine Hand auf die Schulter. »Ich habe schon viele solche Tragödien erlebt. Ein liebendes Paar, das darauf vertraut hat, die Ewigkeit gemeinsam zu verbringen. Einer kommt her, der andere nicht. Was kann ich tun? Ich wünschte, ich könnte etwas tun. Ich kann es aber nicht.«

»Sankt Petrus, es muß ein Irrtum vorliegen.«

Er antwortete nicht.

»Hören Sie zu! Ich weiß es! Sie kniete neben mir im Altarraum, und wir beteten . . . und kurz bevor die Posaune erklang und der Ruf ertönte, kam der Heilige Geist über uns, und wir waren im Zustand der Gnade und sind gemeinsam aufgefahren. Fragen Sie Ihn! Fragen Sie *Ihn!* Er wird Ihnen zuhören.«

Wieder seufzte Petrus. »Er hört jedem zu. In jeder Seiner Erscheinungsformen. Aber ich werde mich erkundigen.« Er ging an ein Telefon, das so altmodisch aussah, daß Alexander Graham Bell es gebaut haben könnte. »Charlie, verbinde mich mit dem Gespenst. Okay, ich warte. *Hallo!* Hier ist Pete, unten am Haupttor. Weißt Du einen neuen Witz? Nein? Ich auch nicht. Hör zu, ich habe ein Problem. Bitte denk mal zurück an die Posaune und den Ruf, als Du in Deiner Erscheinungsform als Junior die lebendigen fleischgewordenen Seelen aufnahmst, die sich im Zustand der Gnade befanden. Denke Dich an einen Ort zurück in der Nähe von Lowell in Kansas – das liegt in Nordamerika. In einem Zelt fand dort eine Erweckungspredigt statt. Bist Du noch am Apparat? Ein gewisser Alexander Hergensheimer, inzwischen heiliggesprochen, behauptet, daß Du ein paar Femtosekunden vor dem Ertönen der Posaune auf ihn und seine geliebte Konkubine herabgefahren seist. Sie ist etwa dreieinhalb Ellen groß, blond, hat Sommersprossen und wiegt achtzig Mina – Oh, Du erinnerst Dich? Zu spät, was? Das hatte ich befürchtet. Ich werde es ihm sagen.«

Aufgeregt flüsternd unterbrach ich ihn:« »Fragen Sie Ihn, wo sie ist!«

»Boß, Sankt Alexander leidet. Er will wissen, wo sie ist. Ja. Ich werde es ihm sagen.« Sankt Peter legte auf. »Nicht im Himmel und nicht auf der Erde. Den Rest kannst du dir denken. Es tut mir wirklich sehr leid.«

Ich muß sagen, daß Sankt Petrus mir gegenüber eine endlose Geduld aufbrachte. Er versicherte mir, ich könne mit jedem Angehörigen der Dreifaltigkeit reden . . . aber er gab mir zu bedenken, daß den Heiligen Geist zu konsultieren schon bedeute, alle Drei zu konsultieren. Petrus ließ noch einmal die Entrükkungsliste und die Liste der geöffneten Gräber durchgehen und ließ auch die Liste der Neuzugänge überprüfen – wobei er mir versicherte, daß es undenkbar sei, daß ein Computer Gottes unfehlbarer Antwort widersprechen würde, wenn Er sich durch den Heiligen Geist äußerte. Das leuchtete mir ein, wenn ich auch froh war, daß Petrus sich weiter bemühte.

»Und was ist mit der Erde? Könnte sie dort nicht noch irgendwo leben? Vielleicht in Kopenhagen?«

»Alexander«, antwortete Petrus. »Er ist auf Erden genauso allwissend wie hier im Himmel. Begreifst du das denn nicht?«

Ich seufzte tief auf. »Ja, das begreife ich. Ich habe mich an der offensichtlichen Wahrheit vorbeigedrückt. Nun gut, wie komme ich von hier zur Hölle?«

»Alec! So darfst du nicht reden!«

»Zur Hölle! Natürlich rede ich so! Petrus, eine Ewigkeit ohne sie ist keine Ewigkeit der Glückseligkeit. Sie glauben, daß dieser verdammte Heiligenschein mir etwas bedeutet, wo ich doch *weiß* – ja, Sie haben mich überzeugt –, daß meine Geliebte in der

Hölle schmort? Ich habe nicht zuviel verlangt. Ich will nur mit ihr zusammenleben dürfen. Ich hätte bis in alle Ewigkeit Geschirr gespült, wenn ich nur ihr Lächeln sehen, ihre Stimme hören und ihre Hand berühren könnte. Sie ist nur wegen einer technischen Panne in die Hölle gefahren, und Sie wissen es! Snobistische und übelgelaunte Engel dürfen hier leben, ohne es auch nur im geringsten zu verdienen. Aber meine Marga, die wirklich ein Engel ist, wenn es je einen gab, wird abgewiesen und wegen irgendeiner schwachsinnigen Regel in die Hölle geschickt, um dort immerwährender Qual ausgesetzt zu sein. Sie können dem Vater und Seinem geschwätzigen Sohn und diesem heimtückischen Heiligen Geist sagen, daß sie Ihre protzige Heilige Stadt nehmen und sich in den Arsch stecken sollen. Wenn Margrethe in der Hölle sein muß, dann will auch *ich* dort sein!«

»Vater, vergib ihm«, sagte Petrus. »Er ist von Sinnen vor Kummer – er weiß nicht, was er sagt.«

Ich beruhigte mich ein wenig. »Sankt Petrus, ich weiß genau, was ich sage. Ich will hier nicht bleiben. Meine Geliebte ist in der Hölle, und da will auch ich sein. Ich *muß.*«

»Alec, du wirst es verwinden.«

»Was Sie nicht begreifen, ist, daß ich es nicht verwinden *will.* Ich will bei meiner Geliebten sein und ihr Schicksal teilen. Sie haben mir gesagt, daß sie in der Hölle ist –«

»Nein, ich habe dir gesagt, daß sie weder im Himmel noch auf der Erde ist.«

»Gibt es einen vierten Ort? Vielleicht eine Vorhölle?«

»Die Vorhölle ist ein Mythos. Ich kenne keinen vierten Ort.«

»Dann will ich sofort von hier fort und in der ganzen Hölle nach ihr suchen. Wie?«

Petrus zuckte die Achseln.

»Verdammt noch mal! Halten Sie mich nicht zum Narren. Seit meinem Gang durch das Feuer bin ich zum Narren gehalten worden – immer wieder. Bin ich etwa ein Gefangener?«

»Nein.«

»Dann sagen Sie mir, wie ich zur Hölle komme.«

»Nun gut. Aber den Heiligenschein kannst du nicht mitnehmen, wenn du zur Hölle fährst. Dann lassen sie dich gar nicht erst herein.«

»Den wollte ich ohnehin nicht haben. Gehen wir!«

Wenig später stand ich in Begleitung zweier Engel am Tor Juda. Petrus verabschiedete sich nicht von mir; wahrscheinlich war er von mir zu sehr angewidert. Das tat mir leid; ich mochte ihn sehr gern. Aber ich konnte ihm nicht begreiflich machen, daß ohne Margrethe der Himmel für mich kein Himmel war.

Ich blieb am Rand stehen. »Ich möchte Sie bitten, Sankt Petrus etwas von mir auszurichten –«

Sie ignorierten meine Worte, packten mich von links und rechts und warfen mich hinaus.

Ich fiel.

Und fiel.

# XXIV

*Ach daß ich wüßte, wie ich ihn finden und zu seinem Stuhl kommen möchte und das Recht vor ihm sollte vorlegen und den Mund voll Verantwortung fassen und erfahren die Reden, die er mir antworten, und vernehmen, was er mir sagen würde!* Hiob 23:3–5

Und ich fiel immer noch.

Für den modernen Menschen hat die Ewigkeit einen besonders beunruhigenden Aspekt: man verliert jedes Zeitgefühl. Es gibt keine Uhren und keine Kalender, keinen Wechsel zwischen Tag und Nacht, keine Mondphasen und nicht den Reigen der Jahreszeiten. »Wie spät ist es?« gerät zur Ansichtssache und hat mit Tatsachen nichts mehr zu tun.

Ich glaube, ich bin länger als zwanzig Minuten gefallen; ich glaube nicht, daß ich zwanzig Jahre lang gefallen bin.

Aber auf keine der beiden Möglichkeiten hätte ich Geld gewettet.

Ich sah nichts als das Innere meiner Augen. Ich sah nicht einmal die Heilige Stadt in der Ferne verschwinden.

Anfangs versuchte ich, mich dadurch abzulenken, daß ich mir die glücklichsten Stunden meines Lebens ins Gedächtnis zurückrief – und mußte feststellen, daß angenehme Erinnerungen mich traurig stimmten. Deshalb dachte ich an traurige Anlässe, und das war noch schlimmer. Irgendwann schlief ich ein. Ich glaube es jedenfalls. Wie kann man das wissen, wenn man von jeder Empfindung abgeschnitten ist? Ich erinnere mich, von einem dieser wichtigtuerischen Wissenschaftler gelesen zu haben, der eine Kammer baute, die dem »Entzug jeder sinnlichen Wahrnehmung« dienen sollte, wie er es nannte. Verglichen mit dem dürftigen Vergnügen, vom Himmel in die Hölle zu stürzen, muß es in der Kammer so spannend gewesen sein wie in einem Zirkus mit drei Arenen.

Das erste Anzeichen dafür, daß ich mich der Hölle näherte, war der Gestank. Faule Eier. $H_2S$. Schwefelwasserstoff. Der Gestank von brennendem Schwefel.

Man stirbt nicht daran, aber das ist ein schwacher Trost, denn wer diesem Gestank begegnet, ist tot, wenn er ihn riecht. Jedenfalls normalerweise. Ich bin nicht tot. In der Literatur ist von anderen lebenden Menschen zu lesen – Dante, Aeneas, Odysseus, Orpheus. Aber gehörten diese Fälle nicht alle in den Bereich der Dichtung? Bin ich wirklich der erste lebende Mensch, der in die Hölle fährt?

Wenn das der Fall ist, wie lange werde ich gesund und am Leben bleiben? Nur bis ich auf der brennenden Oberfläche des Sees aufschlage? – um mich zischend in einen rasch verschwindenden Fettfleck zu verwandeln. War meine Donquichotterie nicht vielleicht ein wenig voreilig gewesen? Als rasch verschwindender Fettfleck würde ich für Margrethe kaum von Nutzen sein. Vielleicht hätte ich im Himmel bleiben und einen Handel versuchen sollen. Ein Heiliger, komplett mit Heiligenschein, der Gott vor Seinem Thron bestreikt, hätte ihn vielleicht dazu veranlaßt, seine Entscheidung zu revidieren . . . denn Seine Entscheidung mußte es sein, da unser Herr Jehova allmächtig ist.

Daran denkst du ein wenig zu spät, Junge! Du siehst jetzt den roten Schimmer auf den Wolken. Das da unten muß kochende Lava sein. Wie weit unten? Nicht weit genug! Wie schnell falle ich? Viel zu schnell!

Ich sehe jetzt, um was es sich bei dieser berühmten Grube handelt: um den Krater eines unglaublich großen Vulkans. Seine Wände sind auf allen Seiten um mich herum, viele Meilen hoch, aber die Flammen und die geschmolzene Lava liegen noch tief unter mir. Doch sie nähern sich rasch! Wie steht es heute mit deinen Wunder wirkenden Kräften, Sankt Alec! Die andere Feuergrube hast du geschafft und dabei nur eine einzige Blase davongetragen. Glaubst du, daß du auch mit dieser fertig wirst? Der Unterschied ist nur graduell.

»Mit Geduld und Spucke deflorierte der Elefant die Mucke.« Auch dabei war der Unterschied nur graduell; ob es dir genauso glückt wie dem Elefanten? Sankt Alec, das war kein sehr heiliger

Gedanke; wo ist deine Frömmigkeit geblieben? Vielleicht ist es der Einfluß dieser gottlosen Gegend. Du brauchst dir über sündige Gedanken keine Sorgen mehr zu machen. Es ist zu spät, überhaupt noch an Sünde zu denken. Du läufst nicht mehr Gefahr, für deine Sünden in die Hölle zu kommen; du betrittst sie gerade – du bist schon in der Hölle. In ungefähr drei Sekunden wirst du ein Fettfleck sein. ›Bye, Marga, mein Liebling. Es tut mir leid, daß ich dir kein Eis mit Schokoladensoße besorgen konnte. Satan, empfange meine Seele. Jesus ist ein Angeber –

Sie fingen mich mit dem Netz wie einen Schmetterling. Aber ein Schmetterling muß Asbestflügel haben, um so gerettet zu werden wie ich; meine Hosen qualmten. Sie kippten einen Eimer Wasser über mich, als sie mich an Land gezogen hatten.

»Unterschreib diesen Zettel.«

»Welchen Zettel?« Ich richtete mich auf und schaute zu den Flammen hinüber.

»Diesen Zettel.« Jemand hielt mir einen Zettel unter die Nase und reichte mir einen Schreiber.

»Und warum soll ich ihn unterschreiben?«

»Du mußt unterschreiben. Damit bestätigst du, daß wir dich aus der Feuergrube gerettet haben.«

»Ich will einen Anwalt sprechen. Vorher unterschreibe ich überhaupt nichts.« Als ich das letzte Mal unterschrieb, mußte ich vier Monate lang Teller waschen. Diesmal hatte ich keine vier Monate Zeit. Ich mußte sofort anfangen, Margrethe zu suchen.

»Sei nicht dumm. Willst du wieder in *das* Zeug geworfen werden?«

Eine zweite Stimme sagte: »Hör auf, Bert. Warum sagst du ihm nicht die Wahrheit?«

(›Bert?‹ Die erste Stimme war mir gleich bekannt vorgekommen!) »Bert! Was machst *du* denn hier.« Mein Jugendfreund, der mit dem gleichen literarischen Geschmack wie ich. Verne und Wells und Tom Swift – »Unrat« hatte Bruder Draper diese Literatur genannt.

Der Mann, der zuerst gesprochen hatte, betrachtete mich genauer. »Verdammt, ich werd' verrückt. Stinky Hergensheimer!«

»Höchstpersönlich.«

»Ich will verdammt sein bis in alle Ewigkeit. Du hast dich nicht sehr verändert. Rod, wirf das Netz wieder aus. Dies ist der falsche Fisch. Stinky, du hast uns eine schöne Gebühr gekostet. Wir wollten Sankt Alexander fangen.«

»Sankt wen?«

»Alexander. Ein heiliger Mann, der beschloß, zur Hölle zu fahren. Warum er nicht mit einer Sieben-siebenundvierziger gekommen ist, weiß Gott allein. Wahrscheinlich hast du uns um einen bedeutenden Kunden gebracht. Du bist ausgerechnet in dem Augenblick gekommen, als wir den Heiligen erwarteten . . . und dafür müßtest du uns bezahlen.«

»Und was ist mit den fünf Dollar, die du mir schuldest?«

»Junge, hast du ein Gedächtnis! Das ist nach dem Verjährungsstatut verboten.«

»Das mußt du mir erst in den Gesetzestexten der Hölle zeigen. Außerdem kann von einer Verjährung nicht die Rede sein; du hast nie reagiert, wenn ich dir eine Mahnung schickte. Es sind also fünf Dollar zu sechs Prozent Zinsen . . . für wie viele Jahre?«

»Darüber reden wir später, Stinky. Ich muß nach diesem Heiligen Ausschau halten.«

»Bert.«

»Später, Stinky.«

»Erinnerst du dich noch an meinen richtigen Namen? Den, mit dem meine Eltern mich getauft haben?«

»Ich glaube schon – Alexander! Oh, nein, Stinky, das kann nicht stimmen! Schließlich wärest du fast aus dieser hinterwälderischen Bibelschule geflogen, nachdem du schon dein erstes Studium aufgegeben hattest.« Sein Gesicht drückte Schmerz und Unglauben aus. »So unfair kann das Leben nicht sein.«

»Die Wege des Herrn sind unerforschlich, wenn Er Wunder tut. Du lernst gerade Sankt Alexander kennen, Bert. Soll ich dich segnen? Ich meine natürlich an Stelle einer Gebühr.«

»Wir bestehen auf Barzahlung. Außerdem glaube ich dir nicht.«

»Ich glaube ihm aber«, sagte der Mann, den Bert »Rod« genannt hatte. »Und ich bitte um Ihren Segen, Vater. Ich bin noch nie von einem Heiligen gesegnet worden. Bert, auf dem Schirm des Frühwarnsystems ist nichts zu sehen, und wie du weißt, erwarten wir in dieser Wache nur eine ballistische Ankunft – er *muß* also Sankt Alexander sein.«

»Kann er nicht, Rod. Ich kenne diesen Typ. Wenn er ein Heiliger ist, bin ich ein kleines rosa Äffchen –« Ein Blitz fuhr aus dem wolkenlosen Himmel. Als Bert sich wieder aufrappelte, hing ihm die Kleidung lose am Leib. Aber er brauchte sie nicht mehr, denn er war jetzt mit einem rosa Fell bedeckt.

Der Affe schaute empört zu mir auf. »Behandelt man so einen alten Freund?«

»Bert, das war ich nicht. Oder jedenfalls war es nicht beabsichtigt. In meiner Nähe passieren nun mal öfter Wunder. Das mache ich nicht absichtlich.«

»Verzeihung. Aber wenn ich die Tollwut hätte, würde ich dich beißen.«

Zwanzig Minuten später saßen wie in einer Bar an einem Seeufer und tranken Bier. Wir warteten auf eine Thaumaturgin, die als Experte für Gestalten und Erscheinungen galt. Ich hatte ihnen erzählt, warum ich in die Hölle gekommen war. »Ich muß sie also finden. Zuerst schaue ich in der Grube nach. Wenn sie dort ist, eilt es wirklich.«

»Da ist sie nicht«, sagte Rod.

»Was? Können Sie das beweisen? Woher wissen Sie das überhaupt?«

»In der Grube ist nie jemand. Das ist nur der Unfug, den die Priester den Bauern erzählen, um sie bei der Stange zu halten. Gewiß, manchmal kommt das Pack hier ballistisch an, und einige von ihnen fielen in die Grube, bis der Manager diese Sicherheitswache einrichtete, die Bert und ich wahrnehmen. Aber in die Grube zu fallen, hat noch keiner Seele geschadet . . . außer daß die Leute entsetzliche Angst haben. Es brennt natürlich, und sie kommen schneller wieder raus, als sie reingefallen sind. Aber sie sind unverletzt. Ein Feuerbad beseitigt nur ihre Allergien, falls sie überhaupt welche haben.«

(Niemand in der Grube! Keine »ewigen Qualen im Höllenfeuer« – Was für eine Schock würde das für Bruder »Bibel« Barnaby sein . . . und für viele andere, zu deren Betriebsmitteln das Höllenfeuer gehört. Aber ich war nicht hier, um mit zwei verlorenen Seelen die letzten Dinge zu diskutieren; ich war hier, um Marga zu suchen.) »Dieser ›Manager‹, von dem Sie sprechen. Ist das ein Euphemismus für den Alten?«

Der Affe – ich meine natürlich Bert – quietschte: »Wenn du Satan meinst, dann mußt du es auch sagen.«

»Den meine ich.«

»Nein, Mr. Ashmedai ist City-Manager; Satan selbst arbeitet nie. Warum sollte er auch? Ihm gehört der Planet.«

»Ist dies ein Planet?«

»Denkst du vielleicht, es ist ein Komet? Schau doch aus dem Fenster. Der schönste Planet in der ganzen Galaxis. Und der gepflegteste. Keine Schlangen. Keine Kakerlaken. Keine Ameisen. Kein Giftsumach. Keine Steuereintreiber. Kein Krebs. Keine Priester. Nur zwei Anwälte.«

»Das ist ja fast so, als wäre dies der Himmel.«

»Da war ich noch nie. Aber du kommst ja gerade von dort. Erzähl doch mal.«

»Nun . . . der Himmel ist okay, wenn man Engel ist. Es ist kein Planet; es ist ein künstlicher Ort, wie Manhattan. Ich bin nicht hier, um für den Himmel Reklame zu machen; ich bin hier, um Margrethe zu suchen. Ob ich mich mit diesem Mr. Ashmedai in Verbindung setze? Oder sollte ich direkt zu Satan gehen?«

Der Affe versuchte zu pfeifen, aber er schaffte nur ein Quietschen wie das einer Maus. Rod schüttelte den Kopf. »Sankt Alec, Sie überraschen mich immer wieder. Ich bin schon seit 1588 hier, wann immer das gewesen sein mag, und ich habe noch nie den Besitzer gesehen. Ich habe noch nie versucht, ihn zu finden. Ich wüßte gar nicht, wie ich das anfangen sollte. Was meinst du, Bert?«

»Ich meine, daß ich noch ein Bier brauche.«

»Wo willst du das lassen? Seit der Blitz dich getroffen hat, bist du nicht in der Lage, eine einzige Dose Bier unterzubringen, geschweige denn drei.«

»Sei nicht unverschämt, sondern ruf den Ober.«

Die Qualität der Unterhaltung besserte sich nicht, denn jede Frage, die ich stellte, warf weitere Fragen auf, und ich bekam keine Antworten. Die Thaumaturgin kam und trug Bert auf der Schulter davon, wobei Bert sich wütend über die Höhe des Honorars beschwerte – sie verlangte die Hälfte seines Vermögens und bestand auf einem mit Blut geschriebenen Vertrag, bevor sie sich an die Arbeit machen wollte. Bert verlangte, daß sie sich mit zehn Prozent begnügte und daß ich davon die Hälfte bezahlte.

Als sie gegangen waren, meinte Rod, es sei Zeit, mir einen

Schlafplatz zu besorgen. Er würde mich in ein in der Nähe gelegenes gutes Hotel bringen.

Ich wies ihn darauf hin, daß ich kein Geld hätte. »Kein Problem, Sankt Alec, alle unsere Immigranten sind pleite, wenn sie ankommen. Aber American Express und Diners Club und Chase Manhattan wetteifern miteinander, sie mit Krediten auszustatten. Denn sie wissen, wer einem Immigranten den ersten Kredit andient, hat eine gute Chance, ewig und drei Tage im Geschäft zu bleiben.«

»Verlieren sie auf diese Weise nicht zu viel Geld wegen der fehlenden Sicherheiten?«

»Nein. Hier in der Hölle zahlt jeder früher oder später. Bedenken Sie, daß ein Nassauer hier nicht einmal sterben kann, um seine Schulden loszuwerden. Nehmen Sie sich also ein Zimmer und lassen Sie alles auf die Rechnung setzen, bis Sie die Sache mit einem der großen Drei klären können.«

Das Sans Souci Sheraton liegt auf der Plaza direkt gegenüber dem Palast. Rod brachte mich zum Empfang. Ich unterschrieb ein Formular und bat um ein Einzelzimmer mit Bad. Das Mädchen am Schreibtisch, eine zierliche Teufelin mit hübschen kleinen Hörnern, betrachtete die Karte, die ich unterschrieben hatte, und bekam große Augen. »Ah, Sankt Alexander?«

»Ich bin Alexander Hergensheimer, genau wie es dort steht. Manchmal nennt man mich ›Sankt Alexander‹, aber ich glaube nicht, daß der Titel hier gilt.«

Sie gab sich Mühe, nicht zuzuhören, während sie ihre Reservierungen durchging. »Hier ist sie, Eure Heiligkeit – die Reservierung für Ihre Suite.«

»Was? Ich brauche keine Suite. Ich könnte sie wahrscheinlich auch nicht bezahlen.«

»Mit den besten Empfehlungen des Managements, Sir.«

# XXV

*Und er hatte siebenhundert Weiber zu Frauen und dreihundert Kebsweiber, und seine Weiber neigten sein Herz* 1 Könige 11:3

*Wie kann ein Mensch gerecht sein vor Gott? Oder ein Mann rein sein vor dem, der ihn gemacht hat.* Hiob 4:17

»Mit den besten Empfehlungen des Managements!!« *Wieso?* Bevor ich aus dem Tor Juda geworfen wurde, wußte niemand, daß ich herkommen würde. Hatte Petrus einen heißen Draht zur Hölle? Machte man heimlich mit dem Widersacher gemeinsame Sache? Bruder, würde das die Bischofskommission zu Hause schockieren!

Und vor allem, *warum?* Aber ich hatte keine Zeit, darüber nachzudenken; der kleine Teufel – Kobold? –, der Dienst hatte, läutete die Tischglocke und rief: »Nach vorn!«

Der Hotelpage, der auf das Signal hin erschien, war ein Mensch. Ein gutaussehender junger Mann. Ich fragte mich, warum er so früh gestorben und nicht in den Himmel gekommen war. Aber es ging mich nichts an, und deshalb fragte ich nicht. Sein Aussehen erinnerte mich an eine Philip-Morris-Anzeige, und als er mir vorausging, um mich zu meiner Suite zu führen, erinnerte er mich an eine weitere Zigarettenreklame – »so rund, so fest, so gut gestopft«. Der Junge hatte die Art von Hintern, über die hinduistische Lüstlinge Gedichte schreiben – war es vielleicht diese Sünde, die ihm den Himmel verschlossen hatte?

Als ich meine Suite betrat, vergaß ich die Sache.

Der Salon war zu klein für Fußball, aber groß genug für Tennis. Die Möbel hätte auch ein reicher orientalischer Potentat als »ausreichend« bezeichnet. In einem Nebenraum, der »die Speisekammer« hieß, stand ein kaltes Büffett, das für vierzig Personen gereicht hätte, und am Ende des Tisches sah ich auch einige warme Speisen – ein Spanferkel mit einem Apfel im Maul, ein gebratener Pfau, dem die Federn wieder eingesetzt worden waren, und andere Leckerbissen. Gegenüber stand eine gut sortierte Bar – der Zahlmeister von der *Konge Knut* wäre beeindruckt gewesen.

Mein Page (»Nennen Sie mich ›Pat‹.«) bewegte sich hin und her, zog die Vorhänge zurück, schloß Fenster, prüfte die Handtücher – all die Dinge, die Pagen tun, um ein großzügiges Trinkgeld zu bekommen –, während ich mir darüber Gedanken machte, wie ich ihm überhaupt ein Trinkgeld geben konnte. Ob man das Trinkgeld für einen Pagen auf die Rechnung setzen lassen konnte? Ich würde Pat fragen müssen. Ich ging durch das Schlafzimmer (die Reise eines ganzen Sabbattages!) und fand Pat im Bad.

Er zog sich gerade aus. Die Hose hing auf Halbmast, und er war im Begriff, sie abzustreifen. Sein nackter Hintern starrte mich an. »Halt, mein Junge!« rief ich. *»Nein!* Es ist vielleicht gut gemeint . . . aber Jungen sind nicht gerade meine Schwäche.«

»Aber meine«, antwortete Pat. »Im übrigen bin ich kein Junge« –.

Sie drehte sich zu mir um.

Pat hatte recht; sie war höchst offensichtlich kein Junge.

Ich stand mit hängendem Kinn da, während sie den Rest ihrer Kleider ablegte und in einen Korb warf. »So«, sagte sie lächelnd. »Ich bin froh, daß ich diese Narrentracht ausziehen kann! Ich trage sie schon, seit man Sie auf dem Radarschirm entdeckt hat. Was ist passiert, Sankt Alec? Haben Sie unterwegs ein Bier getrunken?«

»Nun . . . ja. Zwei oder drei Bier.«

»Das dachte ich mir. Bert Kinsey hatte Wache, nicht wahr? Sollte der See jemals überfließen und diesen Teil der Stadt mit Lava bedecken, würde Bert erst ein Bier trinken gehen, bevor er wegläuft. Sagen Sie mal, warum machen Sie denn ein so besorgtes Gesicht? Habe ich etwas Falsches gesagt?«

»Äh, Miss. Sie sind sehr hübsch – aber ich hatte auch nicht um ein Mädchen gebeten.«

Sie trat näher an mich heran und tätschelte mir die Wange. Ich spürte ihren angenehm riechenden Atem am Kinn. »Sankt Alec«, sagte sie leise. »Ich versuche nicht, Sie zu verführen. Oh, gewiß würde ich zur Verfügung stehen. Zwei oder drei Partygirls werden immer für diese Luxus-Suiten abgestellt. Aber ich kann noch viel mehr, als mit Ihnen ins Bett zu gehen. *Ichiban* Bademädchen.« Sie nahm ein Badetuch und schlang es sich um die Hüften. »Soll ich Ihnen mal den Lücken klaulen?« Sie lachte, daß man ihre Grübchen sah, und warf das Badetuch zur Seite. »Ich bin auch eine erstklassige Bardame. Darf ich Ihnen einen dänischen Zombie servieren?«

»Wer hat Ihnen gesagt, daß ich dänische Zombies mag?«

Sie hatte sich abgewandt, um einen Schrank zu öffnen. »Jeder Heilige, den ich kennengelernt habe, mochte sie. Gefällt Ihnen dies?« Sie hielt ein Gewand hoch, das aus leichtem blauen Nebel gewebt schien.

»Es ist sehr hübsch. Wie viele Heilige haben Sie denn schon kennengelernt?«

»Einen. Sie. Nein, zwei, aber der andere trank keine Zombies. Ich war nur ein bißchen keck. Verzeihung.«

»Das macht nichts; vielleicht ist es sogar ein Hinweis. Kam die Information von einem dänischen Mädchen? Blond, ungefähr Ihre Größe und Ihr Gewicht. Margrethe oder Marga. Manchmal ›Margie‹.«

»Nein. Die Informationen über Sie standen auf einer Kopie, die ich bekam, als ich Ihnen zugeteilt wurde. Diese Margie – ist das die Freundin von Ihnen?«

»Eher mehr als eine Freundin. Sie ist der Grund, warum ich in der Hölle bin. Auf der Hölle. In?«

»Das kann man beides sagen. Ich bin ziemlich sicher, daß ich Ihre Margie nie gesehen habe.«

»Wie findet man in der Hölle eigentlich jemanden? Adreßbücher? Wählerlisten? Was?«

»Ich habe beides noch nicht gesehen. Die Hölle ist nicht sehr gut organisiert. Hier herrscht Anarchie. Nur an einigen Stellen scheint die absolute Monarchie ein wenig durch.«

»Meinen Sie, ich könnte Satan fragen?«

Sie schien ihre Zweifel zu haben. »Ich kenne keine Regel, die besagt, daß man Seiner Höllischen Majestät keinen Brief schreiben darf. Aber es gibt auch keine Regel, die besagt, daß Er ihn lesen muß. Ich denke, irgendein Sekretär würde den Brief öffnen und lesen; sie würden ihn nicht einfach in den See werfen. Nein, das glaube ich nicht. »Gehen wir in die Höhle?« fragte sie dann. »Oder sind Sie schon reif fürs Bett?«

»Ich glaube, ich brauche ein Bad. Bestimmt sogar.«

»Gut! Ich habe noch nie einen Heiligen gebadet. Das wird ein Spaß!«

»Oh, ich brauche keine Hilfe. Ich kann mich selbst baden.«

Sie badete mich.

Sie manikürte mich. Sie pedikürte mich und bemängelte meine Fußnägel – »entsetzlich« war der mildeste Ausdruck, den sie benutzte. Sie schnitt mir die Haare. Als ich mich nach Rasierklingen erkundigte, zeigte sie mir einen Schrank im Bad, in dem acht oder neun verschiedene Geräte lagen, mit denen man einem Bart zu Leibe rücken konnte. »Ich empfehle diesen Elektrorasierer mit drei Scherköpfen, aber wenn Sie mir trauen, werden Sie feststellen, daß ich auch mit dem altmodischen geraden Gerät gut umgehen kann.«

»Ich suche nur ein paar Gillette-Klingen.«

»Ich kenne die Sorte nicht, aber da liegen neue Rasierapparate für alle möglichen Klingen.«

»Nein, ich will meine eigene Sorte. Mit doppelter Schneide. Rostfrei.«

»*Wilkinson Sword,* doppelte Schneide, rostfrei.«

»Vielleicht. Oh, da liegen ja welche! – *Gillette* Rostfrei – Kaufen Sie zwei Packungen, dann gibt es die dritte gratis.«

»Gut. Ich werde Sie rasieren.«

»Nein, das kann ich selbst.«

Eine halbe Stunde später lehnte ich mich auf einem Prachtbett, in dem ein König seine Flitterwochen hätte verbringen können, in die Kissen zurück. Ich hatte gut gegessen, hielt einen dänischen Zombie in der Hand und trug einen neuen Seidenpyjama in kastanienbraun und rotgelb. Pat zog das durchscheinende Gewand aus blauem Rauch aus, das sie getragen hatte, außer als sie mich badete, holte sich einen Drink, Glenlivet on the Rocks, stellte ihn so hin, daß sie ihn erreichen konnte, und kam zu mir ins Bett.

(Ich sagte mir: »Hör zu, Marga, das habe ich mir nicht ausgesucht. Hier steht nur dieses eine Bett. Aber es ist ein sehr großes Bett, und sie wird sich nicht an mich kuscheln. Du würdest doch nicht wollen, daß ich sie rausschmeiße? Sie ist ein nettes Mädchen, und ich will ihre Gefühle nicht verletzen. Ich bin müde; ich werde mein Glas austrinken und gleich einschlafen.«)

Ich schlief nicht gleich ein. Pat war kein bißchen aggressiv. Aber sie war *sehr* kooperativ. Mit einem Teil meiner Gedanken widmete ich mich intensiv dem, was Pat zu bieten hatte (sehr viel!), mit dem andern Teil erklärte ich Marga, daß dies nichts Ernstes sei. Ich liebe sie nicht; ich liebe nur dich, und das wird immer so bleiben . . . aber ich konnte nicht schlafen, und –

Dann schliefen wir doch eine Weile. Anschließend sahen wir ein lebendes hohles Gramm, das Pat als »nicht jugendfrei« bezeichnete, und ich sah Dinge, von denen ich noch nie gehört hatte. Aber es stellte sich heraus, daß Pat von diesen Dingen gehört hatte und sie beherrschte und mir beibringen konnte, und diesmal machte ich nur eine kurze Pause, um Marga zu sagen, daß ich diese Dinge für uns beide lernte. Dann wandte ich meine ganze Aufmerksamkeit wieder dem Lernen selbst zu.

Dann schliefen wir noch ein wenig.

Etwas später streckte Pat die Hand aus und berührte meine Schulter. »Dreh dich zu mir um, Liebling. Ich dachte es mir, Alec. Ich weiß, daß du dir Sorgen um deine Freundin machst. Deshalb bin ich hier: um es dir leichter zu machen. Aber das kann ich nicht, wenn du mir dabei nicht hilfst. Was hat sie für dich getan, das ich nicht getan habe oder tun könnte? Hat sie dieses berühmte Linksgewinde? Oder was? Nenn es, beschreibe es. Ich werde es entweder tun oder vortäuschen oder besorgen lassen. Bitte, Liebling. Allmählich fühle ich mich in meiner Berufsehre gekränkt.«

»Du machst es doch wunderbar.« Ich streichelte ihre Hand.

»Ich weiß nicht recht. Willst du mehr Mädchen wie mich, vielleicht in verschiedenen Geschmacksrichtungen? Sollen wir dich in Titten ertrinken lassen? – Schokolade, Vanille, Erdbeer, tutti-frutti. ›Tutti-frutti‹ – hmm . . . Vielleicht möchtest du gern ein San-Francisco-Sandwich? Oder irgendeine andere Phantasie aus Sodom und Gomorra? Ich habe einen Freund, den ich aus Berkeley kenne. So sehr männlich ist der Junge gar nicht. Er hat aber wunderbare spielerische Einfälle, und ich war schon oft mit ihm zusammen. Er kennt auch andere seiner Sorte, und er ist Mitglied bei den Aleister Crowley Associates und bei Nero's

Heroes and Zeroes. Wenn du an Gruppensex interessiert bist: Danny und ich setzen so etwas in Szene, wie es dir paßt, und das Sans Souci wird alles ganz nach deinem Geschmack ausstatten. Persische Gärten. Studentinnenwohnheim. Türkischer Harem. Buschtrommeln und obzöne Riten. Nonnenkloster – ›Nonnenkloster‹ – hab' ich dir gesagt, was ich gewesen bin, bevor ich starb?«

»Ich wußte nicht genau, ob du gestorben bist.«

»Aber ja. Ich bin kein Kobold, der so tut, als sei er ein Mensch. Ich bin ein Mensch. Du glaubst doch nicht im Ernst, daß jemand diesen Job bekommen würde, der keine Erfahrung mit Menschen hat. Man muß menschlich bis in die Zehenspitzen sein, wenn man einen Mitmenschen besonders erfreuen will; dieser Unfug von den überlegenen erotischen Fähigkeiten der weiblichen Dämonen ist nur Reklame. Ich war Nonne, Alec, von meiner Mädchenzeit bis zu meinem Tode. Die meiste Zeit verbrachte ich damit, Kindern, die nicht lernen wollten, Grammatik und Mathematik beizubringen.

Ich merkte bald, daß das kein richtiger Beruf war. Aber ich wußte nicht, wie ich aus diesem Beruf herauskommen sollte. Mit ungefähr dreißig Jahren wußte ich, was für einen entsetzlichen Fehler ich gemacht hatte; meine Sexualität erreichte ihre Reife. Das heißt, ich wurde geil, Sankt Alec, und ich blieb geil und wurde jedes Jahr geiler.

Das schlimmste an meiner üblen Lage war nicht, daß ich Versuchungen ausgesetzt war, sondern daß ich *keinen* Versuchungen ausgesetzt war – denn ich hätte jede Gelegenheit ausgenutzt. Keine Chance! Mein Beichtvater hätte mich vielleicht lüstern angeschaut, wenn ich ein Chorknabe gewesen wäre – so aber schnarchte er manchmal sogar, während ich beichtete. Kein Wunder: meine Sünden fand sogar ich selbst langweilig.«

»Was waren denn deine Sünden, Pat?«

»Sinnliche Gedanken, die ich meistens nicht beichtete. Da sie also auch nicht vergeben werden konnten, wanderten sie sofort in den Computer von Sankt Petrus. Lästerliche ehebrecherische Hurerei.«

»Was? Pat, du hast aber wirklich eine blühende Phantasie.«

»Nicht besonders, ich bin nur geil. Du weißt wahrscheinlich nicht, wie eingeengt eine Nonne lebt. Sie ist eine Braut Christi. So lautet der Vertrag. Wenn sie an die Freuden der Liebe auch nur denkt, ist sie ein ehebrecherisches Weib von der schlimmsten Sorte.«

»Verdammt, Pat. Mir sind neulich im Himmel zwei Nonnen begegnet, und die machten einen außerordentlich lebenslustigen Eindruck, besonders die eine. Und doch waren sie im Himmel.«

»Das läßt sich durchaus vereinbaren. Die meisten Nonnen beichten regelmäßig ihre Sünden, und ihnen wird vergeben. Dann sterben sie gewöhnlich im Schoße ihrer Ordensfamilie, und der Kaplan oder der Beichtvater ist zur Stelle. So sind ihre Sünden vergeben, sie bekommen die Letzte Ölung, und dann werden sie direkt in den Himmel verschifft, rein wie Palmolive-Seife.

Aber ich nicht!« Sie grinste. »Ich werde für meine Sünden bestraft, und ich genieße jede sündhafte Minute. Ich bin 1918 während der großen Grippeepidemie als Jungfrau gestorben. Und so viele starben so schnell, daß kein Priester zu mir kommen konnte, um mich in den Himmel zu salben. So landete ich hier. Am Ende meiner tausendjährigen Lehrzeit –«

»Moment mal! Du bist 1918 gestorben?«

»Ja, in der großen Epidemie. Es war die Spanische Grippe. Ich wurde 1878 geboren und starb 1918 an meinem vierzigsten Geburtstag. Möchtest du lieber, daß ich wie vierzig aussehe? Das ließe sich einrichten.«

»Nein. Bleib lieber so. Du siehst wunderbar aus.«

»Ich konnte es ja nicht genau wissen. Einige Männer – und davon gibt es hier eine Menge – haben es nie getan, als sie noch lebten. Das ist eine meiner leichtesten Übungen. Ich veranlasse dich zur Selbsthypnose, und du lieferst die Daten. Dann sehe ich genau wie deine Mutter aus und höre mich auch so an. Ich rieche sogar wie sie. Alles. Außer daß ich dir für Dinge zur Verfügung stehe, die deine Mutter wahrscheinlich ablehnen würde. Ich –«

»Patty, ich mag meine Mutter nicht einmal!«

»Oh. Hattest du damit denn am Tag des Jüngsten Gerichts keine Schwierigkeiten?«

»Nein. Das steht nicht in den Regeln. In der Schrift steht, daß man Vater und Mutter ehren soll. Von Liebe zu ihnen ist dort keine Rede. Ich habe meine Mutter geehrt. Ich habe das ganze Protokoll eingehalten. Ihr Bild auf meinem Schreibtisch. Jede Woche ein Brief. An ihrem Geburtstag habe ich sie angerufen. Wenn meine Pflichten es zuließen, habe ich sie persönlich besucht. Habe mir ihr ewiges Nörgeln angehört und ihren boshaften Klatsch über ihre Freundinnen. Niemals habe ich ihr widersprochen. Ich habe ihre Krankenhausrechnungen bezahlt und war bei ihrer Beerdigung anwesend. Aber geweint habe ich nicht. Sie mochte mich nicht, und ich mochte sie nicht. Meine Mutter können wir vergessen. Pat, ich habe dich etwas gefragt, und du hast das Thema gewechselt.«

»Tut mir leid, Liebling. He, schau mal, was ich gefunden habe!«

»Wechsle nicht schon wieder das Thema. Du sollst meine Frage beantworten. Du hast etwas von deiner tausendjährigen Lehrzeit gesagt.«

»Ja?«

»Aber du hast auch gesagt, daß du 1918 gestorben seist. Die Letzte Posaune ertönte 1994 – ich weiß es, denn ich war dabei. Das war nur sechsundsiebzig Jahre nach deinem Tod. Mir kommt es so vor, als sei es erst ein paar Tage her, höchstens einen Monat. Dann erlebte ich etwas, was mir wie sieben Jahre vorkam. Aber das wären noch immer nicht über neunhundert oder fast tausend Jahre. Ich bin kein Geist. Ich habe einen lebendigen Körper. Und ich bin nicht Methusalem.« (Verdammt, ist Margrethe um tausend Jahre von mir getrennt? Das ist nicht fair!)

»Oh, Alec, in der Ewigkeit sind tausend Jahre nichts Besonderes; nur eine lange Zeit. In meinem Fall war es lange genug, um festzustellen, ob ich Talent und Neigung zu meinem Beruf habe. Das dauerte eine ganze Weile, denn wenn ich geil genug war und so blieb, ging ich bei jedem Gast fast durch die Decke – wie du bemerkt hast. Als ich hier ankam, hatte ich von Sex keine Ahnung. Aber ich lernte, und zuletzt gab Maria Magdalena mir gute Noten und empfahl mich zur Einstellung.«

»Ist *sie* hier unten?«

»Oh. Sie arbeitet hier als Gastprofessorin; sie gehört zur ständigen Himmelsfakultät.«

»Was unterrichtet sie im Himmel?«

»Ich habe keine Ahnung, aber es kann nicht das sein, was sie hier unterrichtet. Jedenfalls *glaube* ich das nicht. Hmm, Alec, sie ist eine von den Großen und wird es bis in alle Ewigkeit bleiben. Aber diesmal hast du das Thema gewechselt. Ich habe versucht, dir zu erklären, daß ich nicht weiß, wie lange meine Lehrzeit gedauert hat, denn die Zeit ist so lang, wie wir sie haben wollen. Wie lange haben wir beide zusammen im Bett gelegen?«

»Ach, eine ganze Weile, aber nicht lange genug. Es muß ungefähr Mitternacht sein.«

»Es ist Mitternacht, wenn du willst, daß es Mitternacht ist. Soll ich mich auf dich legen?«

Am nächsten Morgen, wann immer das war, frühstückten Pat und ich auf dem Balkon, von dem aus man den See überblicken konnte. Sie trug Margas Lieblingskostüm, kurze und enge Shorts und ein Oberteil, aus dem ihre Brüste hervorquollen. Ich weiß nicht, woher sie die Kleidung hatte, aber meine Hose und mein Hemd waren während der Nacht gereinigt und repariert und meine Unterwäsche und Socken gewaschen worden – in der Hölle scheint es überall fleißige kleine Kobolde zu geben. Im übrigen hätten sie spät in der Nacht eine Schar Gänse durch das Schlafzimmer treiben können, ohne daß es mich gestört hätte.

Ich schaute über den Tisch hinweg Pat an und erfreute mich an ihrer gesunden Pfadfinderinnenschönheit und den Sommersprossen auf ihrer Nase, und ich dachte darüber nach, wie seltsam es doch war, daß ich Sex jemals mit Sünde in Zusammenhang gebracht hatte. Gewiß, Sex kann mit Sünde zu tun haben – alles menschliche Tun kann Grausamkeit oder Ungerechtigkeit einschließen. Aber an Sex allein ist keine Spur von Sünde. Müde, verwirrt und unglücklich war ich hier angekommen – und Pat hatte mich glücklich gemacht und dann ruhig schlafen lassen. Auch heute morgen war ich glücklich.

Ich war zwar nicht weniger darauf bedacht, Marga, meine Geliebte zu finden – aber jetzt war ich in viel besserer Verfassung, die Suche voranzutreiben.

Würde Margrethe das auch so sehen?

Nun, für eifersüchtig hatte ich sie noch nie gehalten.

Was würde ich empfinden, wenn Margrethe Urlaub machte, Sex-Urlaub, wie ich ihn gerade genoß? Das ist eine gute Frage. Darüber solltest du mal nachdenken, Junge – denn eins unterscheidet sich nicht vom andern.

Ich schaute auf den See hinaus und sah den Rauch aufsteigen und den Flammenschein, der die Rauchwolken rot färbte . . . während links und rechts das frühe Licht der Sonne über den schneebedeckten fernen Bergen lag. »Pat –«

»Ja, Liebling?«

»Das Ufer des Sees kann nicht mehr als eine Achtelmeile von hier entfernt sein, aber ich rieche keinen Schwefel.«

»Siehst du nicht, wie der Wind von allen Seiten zur Grube hin weht. Dort steigt er nach oben und kann gleichzeitig den Sturz der Seelen verlangsamen, die mit der ballistischen Methode ankommen. Und auf der anderen Seite fährt entsprechend der Wind in eine kalte Grube hinein, wo der Schwefelwasserstoff mit Sauerstoff reagiert, so daß Wasser entsteht. Der Schwefel setzt sich ab, und das Wasser kommt als Wasserdampf wieder heraus. Die beiden Gruben und dieser Kreislauf regulieren hier das Wetter ähnlich wie der Mond auf der Erde die Gezeiten beeinflußt. Nur sanfter.«

»Ich war zwar in den naturwissenschaftlichen Fächern nie besonders gut, aber dies hört sich nicht an wie die Naturgesetze, die ich in der Schule gelernt habe.«

»Natürlich nicht. Wir haben hier einen anderen Boß. Er organisiert den Planeten, wie er will.«

Was immer ich antworten wollte, ging unter, denn in diesem Augenblick ertönte im Salon ein leiser Gong. »Soll ich antworten, Sir?«

»Natürlich, aber wie kommst du dazu, mich ›Sir‹ zu nennen? Wahrscheinlich ist es das Zimmermädchen.«

»Nein, lieber Alec. Das Mädchen kommt einfach herein, wenn sie sieht, daß wir fertig sind.« Sie stand auf und kam mit einem Briefumschlag zurück. »Ein Brief durch Kaiserlichen Kurier. Für dich, Schatz.«

»Für *mich?* Vorsichtig nahm ich ihn entgegen und öffnete ihn. Oben ein erhaben ausgearbeitetes Siegel mit dem konventionellen Teufel in Rot, mit Hörnern, Hufen, Schwanz, Mistgabel und in Flammen stehend. Darunter:

*Sankt Alexander Hergensheimer*
*Sans Souci Sheraton*
*Hauptstadt*

*Unseren Gruß zuvor:*

*In Erwiderung auf Ihre Bitte um eine Audienz bei Seiner Höllischen Majestät, Satan Mekratrig, Souverain der Hölle und seiner Kolonien,*

*Erster der Gefallenen Throne, Fürst der Lügen, habe ich die Ehre, Ihnen mitzuteilen, daß Seine Majestät es für erforderlich halten, diesem Büro zur Stützung Ihres Antrags einen lückenlosen Lebensablauf vorzulegen. Sobald das geschehen ist, wird über Ihren Antrag entschieden werden.*

*Ich darf dieser Botschaft Seiner Majestät einen Rat hinzufügen: Jeder Versuch, durch Auslassungen, Unklarheiten oder Schönfärbung Seiner Majestät gefallen zu wollen, wird Dieser nicht gefallen.*

*Ich habe die Ehre zu verbleiben*
*Sein aufrichtiger Diener*
*(s) Beelzebub*
*Sekretär Seiner Majestät*

Ich las Pat den Brief laut vor. Sie zwinkerte mir zu und pfiff. »Dann mach dich nur an die Arbeit, Liebling.«

»Ich –« Das Papier fing an zu brennen, und ich warf es auf das schmutzige Geschirr. »Passiert so etwas immer?«

»Das weiß ich nicht; ich sehe zum ersten Mal eine Botschaft von der Nummer Eins. Und ich höre zum ersten Mal davon, daß jemandem unter gewissen Bedingungen eine Audienz gewährt wird.«

»Pat. Ich habe nicht um eine Audienz gebeten. Ich wollte erst heute feststellen, wie man das bewerkstelligen kann. Aber ich habe nie den Antrag gestellt, der mit diesem Brief beantwortet wird.«

»Dann mußt du ihn jetzt stellen, damit die Sache ihre Ordnung hat. Ich helfe dir – ich werde ihn für dich tippen.«

Die Kobolde waren wieder dagewesen. In einer Ecke des riesigen Salons hatten sie zwei Tische installiert. Der eine war ein Schreibtisch mit Stößen von Papier und einem Glas mit Kugelschreibern. Der andere sah komplizierter aus. Pat ging sofort hin. »Liebling, es hat den Anschein, daß ich dir immer noch zugeteilt bin. Ich bin jetzt deine Sekretärin. Die neueste und beste *Hewland-Packard*-Maschine – das wird Spaß machen! Oder kannst du tippen?«

»Leider nicht.«

»Okay. Dann schreibst du es in Langschrift, und ich bringe alles in eine vernünftige Form . . . Und korrigiere deine Rechtschreibung und Grammatik – du legst einfach los. Jetzt weiß ich auch, warum sie mich für diesen Job ausgesucht haben. Nicht wegen meines mädchenhaften Lächelns – wegen meiner Schreibmaschinenkenntnisse. In meiner Zunft kann fast niemand Schreibmaschine schreiben. Viele von ihnen verlegten sich auf die Prostitution, weil Stenographie und Schreibmaschine ihnen zu schwer war. Mir nicht. Aber jetzt laß uns anfangen; dieser Job wird Tage dauern, vielleicht Wochen; ich weiß es nicht. Soll ich weiter hier schlafen?«

»Willst du denn weg?«

»Liebling, das hat der Gast zu entscheiden. Das muß so sein.«

»Ich will nicht, daß du gehst.« (Marga, hab doch bitte Verständnis!)

»Gut, daß du das sagst, sonst wäre ich in Tränen ausgebrochen. Außerdem sollte eine gute Sekretärin immer in der Nähe sein, für den Fall, daß es nachts etwas zu tun gibt.«

»Pat, den Witz kenne ich noch vom Seminar her.«

»Er war schon alt, als ich geboren wurde, Schatz. Und jetzt laß uns arbeiten.«

Stellen Sie sich einen Kalender vor (den ich nicht habe), dessen Seiten der Wind abreißt. Das Manuskript wird länger und länger, aber Patsy besteht darauf, daß Fürst Beelzebubs Rat wörtlich genommen wird. Von allem, was ich schreibe, macht Pat eine Kopie; die kommt auf meinen Tisch, das Original verschwindet jeden Abend. Wieder die Kobolde. Pat meint, daß die Originale in den Palast gehen und auf dem Tisch des Sekretärs landen . . . was ich also bisher geschrieben habe, muß den Ansprüchen genügt haben.

Was ich an einem ganzen Tag schreibe, bringt Pat in zwei Stunden säuberlich zu Papier, aber ich beeilte mich nicht mehr so sehr. Dann erhielt ich eine handschriftliche Notiz:

*Du arbeitest zu viel. Du solltest dich auch ein wenig amüsieren. Geh mit ihr ins Theater. Macht einen Picknickausflug. Sei nicht so verkrampft. (s) B.*

Die Notiz ging in Flammen auf, und daran erkannte ich, daß sie authentisch war. Also gehorchte ich. Mit Vergnügen! Aber ich erspare es mir, die Fleischtöpfe in der Hauptstadt des Satans zu beschreiben.

An diesem Morgen habe ich endlich den Punkt erreicht, wo ich über das schreibe, was *jetzt* geschieht – und ich reiche Pat meine letzte Seite.

Knapp eine Stunde nachdem ich die letzte Zeile geschrieben hatte, ertönte wieder der Gong. Pat ging in das Foyer und kam rasch wieder zurück. Sie legte die Arme um mich. »Jetzt heißt es Abschied nehmen, Liebling. Ich werde dich nicht wiedersehen.«

»Was?«

»Genau das, Liebling. Mir wurde heute morgen gesagt, daß meine Tätigkeit hier endet. Und ich muß dir noch etwas erzählen. Du wirst feststellen – mit Sicherheit wirst du es erfahren, daß ich jeden Tag über dich berichtet habe. Bitte, sei deswegen nicht böse. Ich bin Profi und gehöre den Kaiserlichen Sicherheitskräften an.«

»Verdammtes Biest? Dann war also jeder Kuß nur geheuchelt. Jeder Seufzer eine Lüge!«

»Nichts war geheuchelt! Absolut nichts! Und wenn du deine Marga findest, dann sag ihr bitte von mir, daß sie sich glücklich schätzen kann.«

»Schwester Mary Patricia, ist das schon wieder eine Lüge?«

»Sankt Alexander, ich habe dich nie belogen. Ich habe einige Dinge für mich behalten müssen, bis ich frei sprechen konnte, weiter nichts.« Sie löste sich von mir.

»He! Bekomme ich denn keinen Abschiedskuß?«

»Alec, wenn du mich wirklich küssen wolltest, würdest du nicht fragen.«

Ich fragte nicht. Ich tat es. Wenn Pat heuchelte, dann war sie eine bessere Schauspielerin, als ich gedacht hätte.

Zwei riesige gefallene Engel warteten draußen, um mich zum Palast zu bringen. Sie waren schwer bewaffnet und gepanzert. Pat hatte mein Manuskript eingepackt und mir gesagt, daß ich es mitnehmen müsse. Ich wollte gehen – dann blieb ich abrupt stehen. »Mein Rasierapparat!«

»Schau in deiner Tasche nach, Liebling.«

»Was? Wie kommt er in meine Tasche?«

»Ich wußte, daß du nicht zurückkommen würdest, Schatz.«

Wieder erfuhr ich, daß ich in der Gesellschaft von Engeln fliegen konnte. Wir flogen auf meinen Balkon hinaus, um das Sans Souci Sheraton herum und über die Plaza hinweg. Dann landeten wir auf einem Balkon im zweiten Stock des Palastes Satans. Weiter ging es durch verschiedene Korridore eine Treppenflucht hinauf, deren Stufen zu hoch waren, um für einen Menschen noch angenehm zu sein. Wenn ich stolperte, fing mich einer meiner Begleiter auf und hielt mich fest, bis wir oben ankamen, aber er sagte nichts – keiner von beiden sagte auch nur ein einziges Wort.

Große Messingtüren, so reich verziert wie die Türen von Ghiberti, öffneten sich, und ich wurde in einen Raum gestoßen.

Und sah Ihn.

Eine dunkle rauchige Halle, an beiden Seiten bewaffnete Wachen, ein hoher Thron, darauf ein Wesen doppelt so groß wie ein Mann . . . und dieses Wesen war der konventionelle Teufel, wie man ihn auf *Pluto*-Flaschen sieht – Schwanz und Hörner und wilde Augen und statt des Szepters eine Mistgabel. Glühende Kohlepfannen warfen ihren Schein auf seine dunkelrote Haut, unter der glatte Muskeln spielten. Ich dachte daran, daß der Lügenfürst jede Gestalt annehmen kann, die er annehmen will. Mit seiner gegenwärtigen Gestalt wollte er mich wahrscheinlich einschüchtern.

Seine Stimme dröhnte wie ein Nebelhorn: »Sankt Alec, du darfst dich Mir jetzt nähern.«

# XXVI

*Ich bin ein Bruder der Schakale und ein Geselle der Strauße.* Hiob 30:29

Ich ging die Stufen hinauf, die zum Thron führten. Wieder waren die Stufen zu hoch und zu breit, und jetzt hatte ich niemanden, der mich stützen konnte. Ich mußte diese verfluchten Stufen hinaufkriechen, während Satan mit höhnischem Lächeln auf mich herabschaute. Aus unsichtbaren Quellen erklang von überall her Musik, Totenmusik, ein wenig an Wagner erinnernd, aber ich konnte sie nicht identifizieren. Ich glaube, sie war unterlegt mit jenen für Menschen nicht vernehmbaren Frequenzen, die Hunde heulen, Pferde weglaufen und Menschen an Flucht oder Selbstmord denken lassen.

Die Treppe fing an, sich zu drehen.

Ich hatte beim Aufstieg die Stufen nicht gezählt, aber die Treppe hatte ausgesehen, als sei sie etwa dreißig Stufen hoch, eher weniger. Als ich schon einige Minuten lang hinaufgekrochen war, merkte ich, daß sie noch immer genauso hoch war. Der Lügenfürst!

Deshalb hielt ich an und wartete.

Sofort sagte die dröhnende Stimme: »Stimmt etwas nicht, Sankt Alexander?«

»Es stimmt alles«, antwortete ich, »denn Sie haben es so geplant. Wenn Sie wirklich wollen, daß ich mich Ihnen nähere, würden Sie diesen Scherz beenden. Solange Sie das nicht tun, sehe ich keine Veranlassung, eine Tretmühle zu betätigen.«

»Und du glaubst wirklich, daß ich so etwas mit dir mache?«

»Ich weiß es. Ein Spiel. Katz' und Maus.«

»Willst du vor Meinen Leuten einen Narren aus mir machen?«

»Nein, Majestät. Ich kann keinen Narren aus Ihnen machen. Das können Sie nur selbst.«

»Aha. Weißt du, daß ich dich auf der Stelle vernichten kann?«

»Majestät. Seit ich Ihr Reich betrat, bin ich völlig in Ihrer Gewalt. Was wollen Sie von mir? Soll ich weiter Ihre Tretmühle hochklettern?«

»Ja.«

Also tat ich es, und die Treppe hörte auf, sich zu dehnen, und die Stufen waren auf die bequeme Höhe von sieben Zoll reduziert. In Sekunden war ich mit Satan auf einer Höhe, das heißt auf einer Höhe mit seinen gespaltenen Hufen. Und nun war ich Ihm zu nahe. Seine Gegenwart war nicht nur furchterregend – ich mußte mit aller Gewalt meine Angst unterdrükken – Er *stank* auch! Nach schmierigen Abfalleimern, nach faulem Fleisch, nach Zibet und Stinktier, nach Schwefel, nach ungelüfteten Räumen und Gas aus kranken Därmen – nach all dem und Schlimmerem. Alec Hergensheimer, wenn du dich jetzt übergibst, zerstörst du jede Chance, Marga wiederzufinden – also tu es nicht! Reiß dich zusammen!

»Der Schemel ist für dich«, sagte Satan. »Setz dich.«

In der Nähe des Thrones stand ein Schemel ohne Lehne, der so niedrig war, daß, wer auf ihm saß, jede Würde verlor. Ich setzte mich.

Satans Hände waren so groß, daß das Manuskriptbündel aus DIN-A 4-Bogen, das er jetzt aufnahm, in ihnen wie ein Kartenspiel wirkte. »Ich habe es gelesen. Nicht schlecht. Ein bißchen wortreich, aber meine Redakteure werden es kürzen – besser so als zu kurz. Wir werden für die Geschichte einen vernüftigen Schluß brauchen . . . von dir oder von einem Ghost-Writer. Wahrscheinlich vom letzteren. Die Geschichte braucht mehr Schwung, als du in sie hineingelegt hast. Sag mal, hast du je daran gedacht, dein Geld mit Schreiben zu verdienen statt als Prediger?«

»Ich glaube nicht, daß mein Talent dafür ausreicht.«

»Talent«, sagte Satan verächtlich. »Du solltest das Zeug *sehen,* das veröffentlicht wird. Aber die Sex-Szenen mußt du ein bißchen aufpolieren; die Barzahler verlangen heutzutage heiße Sachen. Doch das ist im Augenblick nicht wichtig. Ich habe dich nicht gerufen, um deinen Schreibstil und seine Mängel mit dir zu diskutieren. Ich habe dich gerufen, um dir ein Angebot zu machen.«

Ich wartete. Er auch. Nach einer Weile sagte Er: »Bist du denn gar nicht neugierig auf das Angebot?«

»Majestät. Gewiß bin ich neugierig. Aber wenn meine Rasse eine Lektion über Sie gelernt hat, dann die: Ein Mensch muß äußerst vorsichtig sein, wenn er mit Ihnen einen Handel eingeht.«

Er kicherte, und der Boden erzitterte. »Armer kleiner Mensch, glaubst du wirklich, ich wollte mit dir um deine armselige Seele feilschen?«

»Ich weiß nicht, was Sie wollen. Aber ich bin nicht so gescheit wie Dr. Faust und schon gar nicht wie Daniel Webster. Deshalb muß ich vorsichtig sein.«

»Hör zu. Ich will deine Seele nicht. Heutzutage gibt es keinen Markt mehr für Seelen; es gibt zu viele, und die Qualität ist auch nicht mehr besonders. Ich kriege Seelen zu Schleuderpreisen. Aber ich nehme keine mehr; die Lager sind voll. Nein, Sankt Alec, ich will mich deiner Dienste versichern. In deiner professionellen Eigenschaft.«

(Ich war plötzlich erschrocken. Die Sache mußte einen Haken haben. Alec, das Ding ist geladen. Paß auf! Was will er vor dir?) »Sie brauchen einen Tellerwäscher?«

Wieder kicherte er. Etwa 4,2 auf der Richterskala. »Nein, nein, Sankt Alexander! Ich meine deinen richtigen Beruf – nicht die Notlage, in der du dich eine Zeitlang befandest. Ich will dich als Evangelium-Ausrufer anstellen, als Bibelausleger. Du sollst diese ganzen Jesusgeschäfte erledigen, wozu du ja auch ausgebildet bist. Du brauchst kein Geld zu sammeln und nicht den Klingelbeutel herumgehen zu lassen; das Gehalt wird reichlich bemessen sein, und die Arbeit ist nicht schwer. Was sagst du dazu?«

»Ich sage, es ist ein Trick.«

»Das ist aber nicht sehr freundlich. Nein, es ist kein Trick, Sankt Alexander. Du darfst predigen, wie du willst, und unterliegst keinen Beschränkungen. Dein Titel ist Mein persönlicher Kaplan und Erzbischof der Hölle. Den Rest deiner Zeit – so viel oder so wenig Zeit, wie du willst – kannst du darauf verwenden, verlorene Seelen zu retten . . . und davon gibt es hier sehr viele. Über das Gehalt können wir verhandeln . . . aber es wird nicht weniger sein als die Pfründe Papst Pauls des Sechsten, dessen

Habgier berüchtigt war. Du wirst nicht zu kurz kommen. Das verspreche ich dir. Nun? Was sagst du jetzt?«

(Wer ist verrückt? Der Teufel oder ich? Oder ist es wieder einer dieser Alpträume, die mich seit einiger Zeit verfolgen?) »Majestät, Sie haben noch nicht erwähnt, was ich von Ihnen will.«

»Ach so. Jeder braucht Geld. Du bist pleite; du kannst nicht länger in diesem Anzug herumlaufen, und du brauchst einen Job.« Er schlug leicht auf das Manuskript. »Dies könnte eines Tages auch etwas einbringen, aber nicht sehr bald. Ich werde dir keinen Vorschuß darauf geben, denn vielleicht verkauft es sich schlecht. Es gibt heute zu viele Ich-war-Kriegsgefangener-des-Bösen-Königs-Phantasien auf dem Markt.«

»Majestät, Sie haben meinen Lebenslauf gelesen; Sie *wissen*, was ich will.«

»Nenn es.«

»Sie wissen es. Meine geliebte Margrethe Svensdatter Gunderson.«

Er schien überrascht. »Habe ich dir darüber nicht eine Aktennotiz geschickt? Sie ist nicht in der Hölle.«

Ich kam mir vor wie ein Patient, der die Hoffnung nicht aufgibt, bis die Gewebeprobe zurückkommt . . . und der dann die schlimme Nachricht nicht ertragen kann. »Sind Sie *sicher?*«

»Natürlich bin ich sicher. Wer, denkst du, ist der Boß in diesem Laden?«

(Fürst der Lügner, Lügenfürst!) »Wie können Sie sicher sein? Ich habe gehört, daß niemand das überprüft. Jemand könnte jahrelang in der Hölle leben, ohne daß Sie es wissen.«

»Wenn du das gehört hast, dann hast du falsch gehört. Hör zu. Wenn du Mein Angebot annimmst, wirst du dir die besten Agenten der Geschichte leisten können, von Sherlock Holmes bis Edgar Hoover, um die ganze Hölle nach ihr abzusuchen. Aber du würdest dein Geld wegwerfen; sie befindet sich *nicht* unter Meiner Jurisdiktion. Das sage Ich dir offiziell.«

Ich zögerte. Die Hölle ist groß. Allein könnte ich bis in alle Ewigkeit suchen, ohne Marga zu finden. Aber viel Geld (wie gut ich das wußte) macht schwierige Dinge leicht, und Unmögliches ist dann nur noch schwierig.

Allerdings – einiges, was ich als stellvertretender Geschäftsführer der Kirchenvereinigung getan hatte, war auch nicht ganz einwandfrei gewesen (mit dem Budget auszukommen, ist oft schwierig), aber beim Bösen Feind, unserem alten Widersacher, hätte ich als geweihter Priester mich nie verdingt. Wie kann ein christlicher Geistlicher Satans Kaplan werden? Marga, Liebling, ich *kann* es nicht.

»Nein.«

»Ich kann dich nicht hören. Laß Mich dir den Handel versüßen. Wenn du akzeptierst, werde Ich dir Meine beste Agentin, Schwester Mary Patricia, auf Dauer zuteilen. Sie wird deine Sklavin sein – mit dem kleinen Vorbehalt, daß du sie nicht verkaufen darfst. Wenn du willst, kannst du sie allerdings verpachten. Was sagst du nun?«

»Nein.«

»Komm zu dir. Du hast um eine Frau gebeten; ich biete dir eine bessere an. Du kannst nicht behaupten, daß du mit Pat nicht zufrieden bist, du hast wochenlang mit ihr gebumst. Soll Ich dir das Geseufze und Gestöne einmal vorspielen?«

»Sie sind unaussprechlich vulgär.«

»Pfui! Du kannst mich doch nicht in Meinem eigenen Haus anmisten. Du weißt, und Ich weiß, und wir alle wissen, daß eine Frau sich von einer andern kaum unterscheidet – vielleicht außer im Kochen. Anstelle der Frau, die du verlegt hast, biete Ich dir eine etwas bessere an. In einem Jahr wirst du Mir dankbar sein. In zwei Jahren wirst du gar nicht mehr wissen, warum du hier einen solchen Aufstand gemacht hast. Du solltest Mein Angebot lieber annehmen, Sankt Alexander; es ist das beste Angebot, das Ich dir machen kann, denn Ich erkläre hiermit feierlich, daß der dänische Zombie nicht in der Hölle ist. Nun?«

*»Nein!«*

Satan trommelte mit den Fingern auf die Thronlehne und sah verärgert aus. »Ist das dein letztes Wort?«

»Ja.«

»Und wenn Ich dir nun zu deinem Job als Kaplan dein Eismädchen *zusätzlich* gebe?«

»Sie haben doch gesagt, sie sei nicht in der Hölle.«

»Aber ich habe nicht gesagt, daß ich nicht weiß, wo sie ist.«

»Sie können Sie also herschaffen?«

»Beantworte meine Frage. Willst du als mein Kaplan Dienst tun, wenn im Vertrag steht, daß du sie zurückbekommst?«

(Marga, Marga!) »Nein.«

»General-Sergeant!« sagte Satan schnell. »Laß die Wache wegtreten! Du kommst mit.«

»Linksum! Rechtsum! . . . Vorwärts *marsch!* . . . *Wegtreten!*«

Satan stieg von Seinem Thron und ging um ihn herum, ohne noch ein Wort mit mir zu sprechen. Ich mußte mich beeilen, um mit Seinen Riesenschritten mithalten zu können. Hinter dem Thron lag ein langer dunkler Tunnel. Ich fing an zu laufen, als es schien, daß Er sich von mir entfernte. Gegen das trübe Licht am anderen Ende des Tunnels konnte ich erkennen, daß Seine Silhouette rasch zusammenschrumpfte.

Dann trat ich Ihm fast in die Hacken. Er war nicht so schnell gegangen, wie ich gedacht hatte: Seine Größe hatte sich verändert. Oder meine. Wir waren jetzt beide ungefähr gleich groß. Ich rutschte über den Boden und blieb dicht hinter Ihm stehen, als er eine Tür am Ende des Tunnels erreichte. Sie war von einem roten Schein nur schwach erhellt.

Satan berührte etwas an der Tür. Über der Tür sprang ein weißes Licht an. Er öffnete und wandte sich mir zu. »Treten Sie ein, Alec.«

Mein Herz tat einen Satz, und ich rang nach Luft. *»Jerry!* Jerry Farnsworth!«

# XXVII

*Denn wo viel Weisheit ist, da ist viel Grämens; und wer viel lernt, der muß viel leiden.*
Prediger 1:18

*Und Hiob sprach: Der Tag müsse verloren sein, darin ich geboren bin, und die Nacht, welche sprach: Es ist ein Männlein empfangen.*
Hiob 3:2–3

Mir wurde schwarz vor Augen, in meinem Kopf drehte sich alles, und meine Knie waren plötzlich wie Gummi. »He!« sagte Jerry scharf. »Lassen Sie den Unsinn!« Er packte mich an den Hüften, schob mich durch die Tür und schlug sie zu.

Er hielt mich fest, damit ich nicht fiel. Dann schüttelte er mich und schlug mir ins Gesicht. Ich schüttelte den Kopf und hielt den Atem an. Ich hörte Katies Stimme: »Schaff ihn rein, damit er sich hinlegen kann.«

Ich konnte nicht sehen. »Es ist alles in Ordnung«, sagte ich. »Mir ist nur eben etwas schlecht geworden.« Ich schaute mich um. Wir standen im Foyer des Hauses der Farnsworths.

»Sie hatten eine Kontraktion, genau das war es. Kein Wunder, daß Sie einen Schock bekamen. Kommen Sie ins Familienzimmer.«

»Gut. Hallo, Katie. Es ist wunderbar, Sie wiederzusehen.«

»Ich freue mich auch, mein Lieber.« Sie kam zu mir herüber, legte die Arme um mich und küßte mich. Wieder stellte ich fest, daß Katie genau wie Pat mein Typ war, wenn auch Marga mein ein und alles blieb. Marga, ich wünschte, du hättest Pat kennenlernen können. (Marga!)

Das Familienzimmer wirkte kahl – unfertige Möbel, keine

Fenster, kein Kamin. »Katie«, sagte Jerry, »gib uns Remington Nummer zwei, bitte. Ich werde die Drinks beschaffen.«

»Gern, Liebling.«

Während sie beschäftigt waren, kam Sybil hereingestürmt und schlang mir die Arme um den Hals (wobei sie mich fast von den Füßen riß; das Mädchen ist ziemlich stämmig.) Sie gab mir einen raschen Kuß, der anders war als Katies liebevolles Geschenk. »Mr. Graham! Sie waren wunderbar! Ich habe alles gesehen! Mit Schwester Pat. Auch sie findet Sie großartig.«

Die linke Wand verwandelte sich in ein Panoramafenster, durch das man Berge sehen konnte; die gegenüberliegende Wand hatte einen Kamin aus Naturstein mit einem prasselnden Feuer, das genauso aussah wie damals, als ich es zum ersten Mal sah. Die Decke war niedrig, und auch die Möbel, der Fußboden und die übrige Ausstattung waren identisch. Ich erinnerte mich genau: »Remington Nummer zwei.« Katie wandte sich von der Schalttafel ab und uns zu. »Sybil, laß ihn los, Liebling. Alec, setzen Sie sich doch und ruhen Sie sich ein wenig aus.«

»Okay.« Ich setzte mich. »Äh . . . ist dies eigentlich Texas? Oder ist es die Hölle?«

»Ansichtssache«, sagte Jerry.

»Gibt es da überhaupt einen Unterschied?« fragte Sybil.

»Schwer zu sagen«, meinte Katie. »Aber darüber machen Sie sich nur keine Sorgen, Alec. Ich habe Sie auch gesehen, und ich stimme Sybil zu. Ich war stolz auf Sie.«

»Er ist ein sehr schwieriger Fall«, warf Jerry ein. »Ich hatte bei ihm nicht für einen Cent Erfolg. Alec, Sie halsstarriger Trottel. Ich habe drei Wetten auf Sie verloren.« An allen Plätzen tauchten Getränke auf. Jerry hob sein Glas. »Dann also auf Ihr Wohl.«

»Auf Alec.«

»Ja, auf Alec.«

»Auf mein Wohl«, schloß ich mich dem Trinkspruch an und nahm einen großen Schluck Jack Daniels. »Jerry, Sie sind doch nicht wirklich der –«

Er grinste mich an. Sein maßgeschneiderter Freizeitanzug verschwand, die Western-Stiefel verwandelten sich in gespaltene Hufe, und aus seinen Haaren ragten Hörner empor. Seine Haut glänzte rot und ölig über kräftigen Muskeln; aus Seinem Schoß erhob sich drohend ein lächerlich großer Phallus.

»Ich glaube, Du hast ihn überzeugt«, sagte Katie leise. »Dies ist nicht gerade eine Deiner schönsten Kostümierungen, Liebling.«

Rasch verschwand der konventionelle Teufel wieder, und der ebenso konventionelle texanische Millionär saß wieder vor uns. »Das ist schon besser«, sagte Sybil, »aber warum machst Du immer diese alberne Maskerade?«

»Es ist ein bedeutsames Symbol«, sagte Jerry. »Aber was Ich jetzt trage, paßt besser hierher. Und auch du solltest dir texanische Kleidung anziehen.«

»Sollte ich das wirklich? Ich dachte, Patty hätte Mr. Graham inzwischen an nacktes Weiberfleisch gewöhnt.«

»Ihr Fleisch, nicht deines. Tu, was Ich dir sage, bevor Ich dich zum Lunch röste.«

»Daddy, Du bist gemein.« Ohne daß sie vom Stuhl aufgestanden war, hatte sie plötzlich blaue Jeans und ein Oberteil an. »Und ich bin es leid, als Teenager behandelt zu werden. Ich sehe nicht ein, warum ich dies Theater noch länger mitmachen soll. Sankt Alec weiß ganz genau, daß man ihm einen Streich gespielt hat.«

»Sybil, du redest zu viel.«

»Liebling, sie könnte recht haben«, sagte Katie ruhig.

Jerry schüttelte den Kopf, und ich sagte, was ich sagen mußte: »Ja, Jerry, ich weiß, daß man mir einen Streich gespielt hat. Das haben die getan, die ich für meine Freunde hielt. Und auch für Margas Freunde. *Sie* haben also dahintergesteckt. Wer bin ich denn nun? Hiob?«

»Ja und nein.«

»Was soll das heißen . . Majestät?«

»Alec, so brauchen Sie Mich nicht anzureden. Wir sind uns als Freunde begegnet. Ich hoffe, daß wir Freunde bleiben.«

»Wie können wir Freunde sein? Wenn ich Hiob bin. Eure Majestät . . . *wo ist meine Frau?«*

»Alec, ich wünschte, ich wüßte es. Ihr Bericht hat mir einige Hinweise gegeben, und ich bin ihnen nachgegangen. Aber ich weiß es noch nicht. Sie müssen Geduld haben.«

»Verdammt! Ich *bin* aber nicht geduldig! *Welche* Hinweise? Setzen Sie mich doch auf die Fährte! *Sehen Sie denn nicht, daß ich langsam wahnsinnig werde?«*

»Nein, das sehe ich nicht, denn das ist nicht der Fall. Ich habe Sie nur ein wenig gegrillt. Ich habe Sie bis an den Bruchpunkt getrieben, aber Sie kann man nicht brechen. Allerdings können

Sie Mir bei der Suche nach ihr nicht helfen, jedenfalls jetzt noch nicht. Alec, Sie dürfen nicht vergessen, daß Sie ein Mensch sind . . . Ich bin es nicht. Ich verfüge über Kräfte, die Sie sich nicht vorstellen können . . . Ich unterliege aber auch Beschränkungen, die Sie sich nicht vorstellen können. Bleiben Sie also friedlich und hören Sie zu.

Ich bin Ihr Freund. Wenn Sie das nicht glauben, steht es Ihnen frei, Mein Haus zu verlassen und sich selbst durchzuboxen. Sie könnten unten am See einen Job bekommen – wenn Sie den Schwefelgestank vertragen. Sie können Marga mit Ihren eigenen Methoden suchen. Ich schulde Ihnen beiden nichts, denn *Ich stecke nicht hinter Ihren Schwierigkeiten.* Das dürfen Sie mir glauben.«

»Ich *will* Ihnen ja gern glauben.«

»Alec«, sagte Katie, »der Alte möchte Sie so gern beruhigen. Er hat nichts mit Ihrer schwierigen Lage zu tun. Haben Sie schon jemals einen verletzten Hund verbunden . . . um dann festzustellen, daß das arme kleine Vieh den Verband abreißt und sich dabei noch mehr verletzt?«

»Oh ja, das habe ich.« (Mein Hund Brownie. Ich war zwölf. Brownie starb.)

»Seien Sie nicht wie dieser arme kleine Hund. Vertrauen Sie Jerry. Wenn Er Ihnen helfen soll, muß Er Dinge tun, die Sie nicht begreifen. Würden Sie einem Gehirnchirurgen Anweisungen geben? Oder versuchen, ihn zur Eile anzutreiben?«

Ich lächelte kläglich und griff nach ihrer Hand. »Ich werde ganz brav sein, Katie. Ich will es wenigstens versuchen.«

»Das müssen Sie auch. Schon wegen Marga.«

»Ich verspreche es. Äh . . . Jerry – angenommen ich bin nur ein Mensch und kann nicht alles verstehen, können Sie mir dann *irgend etwas* sagen?«

»Ich will tun, was Ich kann. Wo soll Ich anfangen?«

»Nun, als ich Sie fragte, ob ich Hiob sei, sagten Sie ›ja und nein‹. Was hatte das zu bedeuten?«

»Sie sind in der Tat ein zweiter Hiob. Beim ursprünglichen Hiob war Ich einer der Schurken, das muß ich zugeben, aber diesmal nicht.

Ich bin nicht stolz auf die Art, wie Ich Hiob gequält habe. Ich bin nicht stolz darauf, daß Ich mich von Meinem Bruder Jahwe so oft für Seine Dreckarbeit habe mißbrauchen lassen – das fing schon bei Urmutter Eva an. Und Ich bin immer für eine Wette zu haben gewesen, für eine Wette . . . und auch auf diese Schwäche bin Ich nicht stolz.«

Jerry starrte nachdenklich ins Feuer. »Eva war sehr hübsch. Als Ich sie sah, wußte Ich, daß Jahwe endlich einmal eine eines Künstlers würdige Schöpfung gelungen war. Aber dann mußte Ich feststellen, daß Er fast den ganze Entwurf kopiert hatte.«

»*Was?* Aber –«

»Unterbrechen Sie nicht, Mann. Die meisten eurer Irrtümer – und das fördert Mein Bruder auch noch – beruhen auf eurem Glauben, daß euer Gott einzig und allmächtig ist. In Wirklichkeit ist Mein Bruder – und Ich natürlich auch –, er ist weiter nichts als ein Korporal in der technischen Truppe des Oberbefehlshabers. Und, das muß Ich hinzufügen, der Große, den Ich für den Oberbefehlshaber halte, für den Vorsitzenden, für die Höchste Macht, ist vielleicht für eine noch höhere Macht ein simpler Gefreiter.

Hinter jedem Geheimnis liegt noch ein Geheimnis. Eine unendliche Kette. Aber man braucht nicht die letzten Antworten zu kennen – wenn es die überhaupt gibt –, auch Ich kenne sie nicht. Sie wollen wissen, was mit Ihnen passiert ist . . . und mit Margrethe. Jahwe kam zu Mir und bot Mir dieselbe Wette an, die Wir schon über Hiob abgeschlossen hatten. Er behauptete, Er habe einen Anhänger, der sogar noch hartnäckiger sei als Hiob. Ich schlug Seine Wette aus. Diese Wette über Hiob hatte nicht viel Spaß gemacht; lange bevor das Ergebnis feststand, hatte Ich keine Lust mehr, den armen Jidden zu prügeln. Diesmal sagte Ich Meinem Bruder also, Er solle Seine Falschspielertricks woanders versuchen.

Erst als Ich Sie und Marga sah, als ihr euch nackt wie neugeborene Katzen die Interstate vierzig entlangschlepptet, wußte Ich, daß Jahwe jemand anders gefunden hatte, mit dem er Seine üblen Scherze treiben konnte. Deshalb brachte Ich euch in Mein Haus und behielt euch ungefähr eine Woche lang hier –«

»*Was?* Nur eine Nacht!«

»Seien Sie nicht spitzfindig. Ich behielt euch lange genug, um euch trockenzuwringen, und dann schickte Ich euch weiter. Ich gab euch noch ein paar gute Tips für unterwegs, aber ihr saht so aus, als würdet ihr allein klarkommen. Sie sind ein zäher Hund, Alec, so zäh, daß Ich das Weib aufsuchte, dessen Sohn Sie sind.

Die Frau ist tatsächlich eine alte Füchsin, und auch sie war zäh, und im Verein mit Ihrem freundlichen und sanften Vater produzierte dieser Zankteufel eine Kreatur, die imstande ist zu überleben. Also überließ Ich euch eurem Schicksal.

Ich wurde benachrichtigt, daß ihr kommen würdet. Ich habe meine Spione überall. Vom Personal Meines Bruders sind die Hälfte Doppelagenten.«

»Auch Sankt Petrus?«

»Was? Nein, Pete nicht. Pete ist ein guter Junge, der perfekteste Christ im Himmel und auf Erden. Dreimal hat er seinen Boß verleugnet, und seitdem betreibt er Wiedergutmachung. Er darf seinen Meister in allen drei konventionellen Erscheinungsformen mit dem Spitznamen anreden, und darauf ist er ungeheuer stolz. Ich mag Pete. Sollte er sich jemals mit Meinem Bruder überwerfen, bei Mir hat er sofort einen Job.

Dann erschienen Sie in der Hölle. Erinnern Sie sich noch, daß ich Sie in die Hölle eingeladen hatte?«

(»– Besuchen Sie mich. Ich verspreche Ihnen eine höllische Gastfreundschaft.«) »Ja.«

»Und habe ich nicht Wort gehalten? Überlegen Sie sich Ihre Antwort gut; Schwester Pat hört mit.«

»Sie hört nicht mit«, protestierte Katie. »Pat ist eine Dame. Im Gegensatz zu manchen anderen. Liebling, ich kann die Geschichte ein wenig abkürzen. Alec will doch nur wissen, warum er verfolgt wurde, wie er verfolgt wurde und was er jetzt tun soll. Damit ist Margrethe gemeint. Alec, die Antwort auf das Warum ist einfach: Sie wurden aus dem gleichen Grund ausgewählt, aus dem ein Kampfstier in die Arena geschickt wird, um dort gemetzelt zu werden: weil Jahwe glaubte, Sie könnten gewinnen. Sie haben richtig geraten, wenn Sie geglaubt haben, Sie seien paranoid. Paranoid, aber nicht verrückt. Sie hatten sich tatsächlich gegen Sie verschworen. Immer wenn Sie glaubten, der Lösung nahe zu sein, fing der ganze Rummel wieder von vorn an. Diese Million Dollar. Eine Nebensächlichkeit. Das Geld existiert gerade lange genug, um Sie zu verwirren. Ich denke, das wäre alles. Was sollen Sie tun? Es gibt nur eins, was Sie tun können: Ihr Vertrauen in Jerry setzen. Es mag Ihm mißlingen – es ist sehr gefährlich –, aber Er wird es versuchen.«

Ich betrachtete Katie mit mehr Respekt als vorher, aber auch mit Angst. Sie hatte auf Dinge hingewiesen, die ich Jerry nie gesagt hatte. »Kate, sind Sie ein Mensch? Oder sind Sie, äh, ein gefallener Thron oder so etwas Ähnliches?«

Sie kicherte. »Das erste Mal, daß jemand das vermutet. Ich bin menschlich, nur allzu menschlich, lieber Alec. Im übrigen bin ich für Sie keine Fremde; Sie wissen eine ganze Menge über mich.«

»Tatsächlich?«

»Denken Sie zurück. April des Jahres eintausendvierhundertundsechsundvierzig vor der Geburt des Jesus von Nazareth.«

»So müßte ich es eigentlich identifizieren können? Aber ich kann es nicht. Es tut mir leid.«

»Dann versuchen Sie es anders: genau vierzig Jahre nach dem Auszug der Kinder Israel aus Ägypten.«

»Die Eroberung von Kanaan.«

»Ach was! Versuchen Sie es mit Josua, Kapitel zwei. Wie heiße ich? Was ist mein Gewerbe?; war ich Mutter, Ehefrau oder Tochter und Schwester?«

(Eine der bekanntesten Geschichten der Bibel. *Sie?* Mit ihr rede ich jetzt?) »Äh . . . Rahab?«

»Die Hure von Jericho. Das war ich. Ich versteckte General Josuas Kundschafter in meinem Haus und rettete dadurch meine Eltern und Geschwister vor dem Massaker. Nun sagen Sie nur noch, ich hätte mich nicht gut gehalten.«

Sybil kicherte. »Aber ehrlich, wenn Sie den Mut haben.«

»Mein Gott, Katie, Sie haben sich sehr gut gehalten. Das ist über dreitausend Jahre her, ungefähr dreitausendvierhundert. Und Sie haben kaum eine Falte. Nun, jedenfalls nicht viele.«

»Nicht viele! Sie bekommen kein Frühstück, junger Mann.«

»Katie, Sie sind sehr schön, und Sie wissen es. Sie und Margrethe könnten um den ersten Platz wetteifern.«

»Haben Sie mich schon mal betrachtet?« fragte Sybil. »Ich habe schließlich auch meine Fans. Jedenfalls ist Mom viertausend Jahre alt. Ein altes Weib.«

»Nein, Sybil, das Rote Meer teilte sich vierzehnhunderteinundneunzig vor Christi Geburt. Addiere das Datum der Entrückung, neunzehnhundertvierundneunzig nach Christi Geburt. Dann addiere noch einmal sieben Jahre –«

»Alec.«

»Ja, Jerry?«

»Sybil hat recht. Die tausend Jahre des Friedens zwischen Armageddon und dem Krieg im Himmel sind schon halb vorbei.

Mein Bruder trägt jetzt Seinen Jesushut und regiert auf Erden, und Ich bleibe die ganzen dreitausend Jahre lang in der Grube angekettet.«

»Von hier aus wirken Sie nicht angekettet. Könnte ich noch einen Schluck Jack Daniels haben? Ich bin ganz durcheinander.«

»Für diesen Zweck bin Ich genügend angekettet: ich habe aufgehört, auf der Erde zu wandeln. Für die kurze Zeit, bis Er sie zerstört, hat Jahwe sie ganz für Sich allein. Ich werde Sein Spielchen nicht stören.« Jerry zuckte die Achseln. »Ich habe es abgelehnt, an Armageddon teilzunehmen – Ich habe Ihn darauf hingewiesen, daß Er für diese Zwecke genügend eigene Schurken hat. Da mein Bruder die Bibel schreiben mußte, verlangte Er immer von Mir, daß Ich Mich so wild bemühte, wie man es in Harvard tun muß, um dann doch zu verlieren. Das wurde allmählich langweilig. Diesen ›Krieg im Himmel‹ sagte Er im sogenannten Buch der Offenbarung voraus. Am Ende dieses Jahrtausends soll Ich noch einen Versuch machen, damit Seine Prophezeiung sich erfüllt. Aber Ich gehe nicht hin. Ich habe Meinen Engeln gesagt, daß sie eine Fremdenlegion aufstellen können, wenn sie wollen. Aber Ich sitze dieses Ding aus. Was für einen Sinn hat eine Schlacht, deren Ausgang tausend Jahre bevor sie beginnt schon feststeht?«

Er sah mich an, während Er sprach. Dann schwieg Er plötzlich. »Was ist denn nun schon wieder mit Ihnen los?«

»Jerry . . . wenn es schon fünfhundert Jahre her ist, daß ich Margrethe verlor, ist es doch aussichtslos, nicht wahr?«

»He! Verdammt noch mal, Junge, habe Ich Ihnen nicht gesagt, daß Sie nicht versuchen sollen, Dinge zu begreifen, die Sie nicht begreifen *können?* Würde Ich an der Sache arbeiten, wenn Ich es für aussichtslos hielte?«

»Jerry«, sagte Katie, »Alec hatte sich schon beruhigt, und jetzt regst du ihn wieder auf.«

»Das tut mir leid.«

»Es war ja auch nicht Deine Absicht. Alec, Jerry ist immer sehr direkt, aber er hat recht. Als Sie auf sich selbst gestellt waren, war die Suche aussichtslos. Aber mit Jerrys Hilfe können Sie sie vielleicht finden. Es steht nicht fest, aber der Versuch lohnt sich. Die Zeit ist ohne Bedeutung, ganz gleich, ob es sich um fünfhundert Jahre oder um fünf Sekunden handelt. Sie müssen nicht alles verstehen, aber Sie müssen glauben.«

»Gut. Ich will es glauben. Denn sonst hätte ich keine Hoffnung, überhaupt keine.«

»Aber es *gibt* Hoffnung. Sie müssen nur Geduld haben.«

»Ich will es versuchen. Aber ich fürchte, Marga und ich werden unseren Imbiß mit Mineralwasserausschank in Kansas nie bekommen.«

»Warum denn nicht?« fragte Jerry.

»Fünfhundert Jahre? Sie werden nicht einmal mehr dieselbe Sprache sprechen. Niemand wird Eiscreme mit heißer Schokolade von einem Ziegenbraten mit Curry unterscheiden können. Die Sitten ändern sich.«

»Dann erfinden Sie die Eiscreme mit heißer Schokolade neu, und es wird ein Riesenerfolg. Seien Sie nicht so pessimistisch, mein Sohn.«

»Möchten Sie sofort eine?« fragte Sybil.

»Die sollte er aber lieber nicht mit Jack Daniels mischen«, riet Jerry.

»Vielen Dank, Sybil . . . aber ich würde wahrscheinlich in den Becher weinen. Ich bringe sie mit Marga in Verbindung.«

»Dann nehmen Sie eben keine. Mein Sohn, in ein Getränk zu weinen, ist schlimm genug; in eine Eiscreme mit heißer Schokolade zu weinen, ist ekelhaft.«

»Darf ich nun die Geschichte meiner skandalösen Jugend zu Ende bringen, oder hört niemand mehr zu?«

Ich sagte: »Katie, ich höre zu. Sie haben mit Josua einen Handel abgeschlossen.«

»Mit seinen Kundschaftern. Alec, mein Lieber, wenn mir an der Liebe und dem Respekt eines Menschen gelegen ist – wie bei Ihnen –, dann muß ich ihm einiges erklären. Einige Leute, die wissen, wer ich bin, und andere, die es nicht wissen, halten die Hure Rahab für eine Verräterin. Verrat im Krieg, Verrat an den Mitbürgern und dergleichen. Ich –«

»Das habe ich nie geglaubt, Katie. Jehova hatte bestimmt, daß Jericho fallen sollte. Da es bestimmt war, konnte man es nicht ändern. Sie haben lediglich Vater, Mutter und Geschwister gerettet.«

»Ich muß aber noch etwas erwähnen, Alec. Patriotismus ist ein ziemlich neuer Begriff. Damals im Land Kanaan gab es außer der Loyalität der Familie gegenüber nur die persönliche Loyalität gegenüber irgendeinem Häuptling – meistens war es ein erfolgreicher Krieger, der sich ›König‹ nannte. Alec, eine Hure kennt – und kannte – nicht diese Art von Loyalität.«

»Mag sein. Katie, obwohl ich am Priesterseminar studiert habe, habe ich keinen rechten Begriff vom Leben zu jener Zeit. Ich versuche immer wieder, es vom Standpunkt eines Mannes zu sehen, der in Kansas lebt.«

»Es war gar nicht sehr viel anders. Zu jener Zeit und an jenem Ort war eine Prostituierte entweder Tempelhure, Sklavin oder freie Unternehmerin. Ich gehörte zu den letzteren. Ich war frei. Wirklich? Huren können sich nicht im Rathaus beschweren. Ein Offizier des Königs erwartet eine Gratisnummer und dazu noch freie Getränke, und das gleiche gilt für die Zivilstreifen – die Polizisten. Und natürlich für jeden Politiker. Ehrlich, Alec; ich habe mehr Gratisnummern als bezahlte gemacht – und als Dank schlugen sie mir oft genug ein Auge blau. Nein, ich empfand Jericho gegenüber nicht die geringste Loyalität; die Juden waren nicht grausamer, und sie waren sehr viel sauberer!«

»Katie, ich kenne keinen protestantischen Christen, der schlecht von Rahab denkt. Aber an dieser Geschichte – Ihrer Geschichte – hat mich immer eines gewundert. Ihr Haus lag auf der Stadtmauer?«

»Ja. Das war für die Haushaltsführung sehr ungünstig – man mußte das Wasser die vielen Stufen hinauftragen –, aber es war gut für das Geschäft, und ich zahlte eine niedrige Miete. Die Tatsache, daß ich auf der Mauer wohnte, machte es mir überhaupt erst möglich, Josuas Agenten zu retten. Sie benutzten eine Wäscheleine und stiegen aus dem Fenster. Die Wäscheleine habe ich nie wiedergesehen.«

»Wie hoch war die Mauer?«

»Was? Mein Gott, das weiß ich nicht. Sie war *hoch.*«

»Zwanzig Ellen«, warf Jerry ein.

»Stimmt das, Jerry?«

»Ich war selbst da. Aus Berufsinteresse. Es ging um die Anwendung von Nervengas in Verbindung mit Sonarwaffen.«

»Katie«, sagte ich, »ich erkundige mich deshalb nach der Höhe, weil ich in der Bibel gelesen habe, daß du mit allen deinen Familienangehörigen in deinem Haus gewohnt und während der ganzen Belagerung dort gewohnt hast.«

»Das stimmt, sieben entsetzliche Tage lang. Mein Vertrag mit den Kundschaftern der Israeliten machte das erforderlich. Mein

Haus hatte nur zwei kleine Zimmer, nicht groß genug für drei Erwachsene und sieben Kinder. Uns ging die Nahrung aus, wir hatten kein Wasser mehr, und die Kinder schrien. Mein Vater beschwerte sich. Zwar nahm er gern mein Geld, und für die sieben Kinder brauchte er es auch. Aber er haßte es, in dem Haus wohnen zu müssen, in dem ich meine Freier empfing. Besonders wütend war er darüber, daß er auf meinem Bett schlafen mußte. Auf meiner Werkbank. Aber er tat es, und ich schlief auf dem Fußboden.«

»Dann war Ihre ganze Familie in Ihrem Haus, als die Wände einstürzten?«

»Aber gewiß doch. Wir wagten nicht zu gehen, bevor die beiden Kundschafter uns abholten. Mein Haus war am Fenster durch ein rotes Band gekennzeichnet.«

»Katie, Ihr Haus stand auf der Mauer. Fast zehn Meter hoch. In der Bibel steht, daß die Mauer zusammenstürzte. Wurde denn jemand verletzt?«

Sie war ganz erschrocken. »Aber nein.«

»Brach das Haus denn nicht zusammen?«

»Nein, Alec. Es ist zwar schon lange her. Aber ich erinnere mich noch an die Trompeten und an den Schrei und an das Donnern des Erdbebens, als die Mauern einstürzten. Aber mein Haus blieb unbeschädigt.«

»Sankt Alec!«

»Ja, Jerry?«

»Sie sollten es wissen, denn Sie sind ein Heiliger. Es war ein Wunder. Wenn Jahwe nicht nach allen Seiten Wunder ausgestreut hätte, wäre es den Israeliten nie gelungen, die Kanaaniter zu besiegen. Eine zerlumpte Bande kommt in ein reiches Land voll befestigter Städte und verliert keine einzige Schlacht. Das sind Wunder. Fragen Sie die Kanaaniter. Wenn Sie einen finden. Mein Bruder hat sie alle ziemlich regelmäßig dem Schwert überantwortet. Nur gelegentlich wurden einige Junge und Hübsche verschont und in die Sklaverei verkauft.«

»Aber es war doch das Gelobte Land, Jerry, und sie waren das Auserwählte Volk«

»Sie sind in der Tat das Auserwählte Volk. Von Jahwe auserwählt zu sein, ist natürlich nicht die Welt. Kennen Sie Ihr Buch gut genug, um zu wissen, wie oft Er sie betrogen hat? Mein Bruder ist ein ziemlich übler Kerl.«

Ich hatte zu viel Jack Daniels getrunken und war zu oft geschockt worden. Aber Jerrys so leicht dahergesagte Lästerungen macht mich wütend. »Jehova ist ein gerechter Gott!« rief ich.

»Sie haben mit Ihm ja auch noch nie Murmeln gespielt. Alec, Gerechtigkeit ist kein göttliches Konzept, sondern eine menschliche Illusion. Ungerechtigkeit ist die Basis des jüdisch-christlichen Kodex. Das Sündenbock-System. Dieses Sündenbock-System zieht durch das ganze Alte Testament. Seinen Höhepunkt erreicht es dann im Neuen Testament mit dem Märtyrertod des Erlösers. Wie ist es nur vorstellbar, der Gerechtigkeit zu dienen, indem man seine Sünden auf einen andern lädt? Ob es ein Lamm ist, dem im Ritual die Kehle durchschnitten wird, oder ob ein Messias ans Kreuz geschlagen wird und für unsere Sünden stirbt. Jemand müßte allen Anhängern Jahwes, Juden und Christen, einmal sagen, daß es so etwas wie eine Gratismahlzeit nicht gibt.

Oder vielleicht gibt es das doch. Wenn man genau im Augenblick des Todes in jenem katatonischen Zustand ist, den man den ›Zustand der Gnade‹ nennt – oder auch zum Zeitpunkt des Jüngsten Gerichts –, kommt man in den Himmel, nicht wahr?«

»Das ist korrekt. Ich hatte Glück, denn ich hatte schon ein ganz schönes Sündenregister.«

»Nach einem langen gottlosen Leben kommt man nach fünf Minuten eines perfekten Zustands der Gnade in den Himmel. Wenn aber jemand anständig lebt und gute Werke tut und bei einem Wutausbruch auch nur ein einziges Mal den Namen des Herr unnütz führt und zufällig in diesem Augenblick einem Herzanfall erliegt, wird er zu ewigen Höllenqualen verdammt. Ist das das System?«

»Wenn man die Worte der Schrift buchstäblich nimmt«, erwiderte ich steif, »dann ist das das System. Aber die Wege des Herrn sind unerforschlich –«

»Für mich sind sie nicht unerforschlich. Dafür kenne Ich ihn zu lange. Es ist Seine Welt. Es sind Seine Gesetze. Seine Taten. Seine Gesetze sind exakt formuliert, und jeder kann sich nach ihnen richten und die Belohnung ernten. Aber ›gerecht‹ sind sie nicht. Was halten Sie denn von dem, was Er Ihnen und Margrethe angetan hat? Ist das Gerechtigkeit?«

Ich atmete tief durch. »Das überlege ich mir schon seit dem Tag des Jüngsten Gerichts . . . und Jack Daniels hilft dabei nicht sehr. Nein, ich glaube nicht, daß ich einen solchen Vertrag eingegangen bin.«

»Aber Sie sind ihn eingegangen.«

»Wieso?«

»Wenn er sein Jesusgesicht trägt, sagt mein Bruder Jahwe: ›Und nach dieser Weise sollt ihr zu Mir beten:‹ Los, sagen Sie es schon.«

»Vater unser, der Du bist im Himmel. Geheiligt sei Dein Name. Dein Reich komme. Dein Wille geschehe –«

»Halt! Gerade diese Stelle! ›Dein Wille geschehe –‹ Kein Moslem, der behauptet, ein ›Sklave Gottes‹ zu sein, gibt seinem Gott eine so weitreichende Vollmacht. Mit diesem Gebet laden Sie ihn ein, das Schlimmste zu tun. Der perfekte Masochismus. Das ist die Prüfung des Hiob, mein Junge. Jahrelang wurde Hiob Tag für Tag auf jede erdenkliche Weise ungerecht behandelt – Ich weiß es, Ich weiß es. Ich war dabei. Ich habe es Selbst getan – und Mein lieber Bruder stand dabei und ließ es Mich tun. Ließ Mich? Er drängte Mich dazu. Er leistete Vorschub. Er war der Anstifter.

Und jetzt sind Sie an der Reihe. So hat Ihr Gott es auch mit Ihnen getrieben. Werden Sie Ihn verfluchen? Oder werden Sie wie ein geprügelter Hund zu Ihm zurückkriechen?«

# XXVIII

*Bittet, so wird euch gegeben; suchet, so werdet ihr finden. Klopfet an, so wird euch aufgetan.*
Matthäus 7:7

Diese unmögliche Frage zu beantworten, blieb mir zu meiner großen Erleichterung dank einer Unterbrechung erspart. Ich glaube, daß jeden Menschen zuweilen Zweifel an Gottes Gerechtigkeit überkommen, und ich muß zugeben, daß mir das in letzter Zeit ziemlich oft passiert war, so daß ich mich immer wieder ermahnen mußte, daran zu denken, daß Gottes Wege nicht der Menschen Wege sind und daß ich nicht erwarten konnte, seine Absichten immer zu verstehen.

Aber ich durfte meine Zweifel nicht äußern, schon gar nicht gegenüber dem Alten Widersacher des Herrn. Es brachte mich ziemlich aus der Fassung, daß Satan mir in der Gestalt meines einzigen Freundes gegenübersaß und mit seiner Stimme zu mir sprach.

Mit dem Teufel zu diskutieren, ist ein hartes Gewerbe.

Die Unterbrechung war weltlicher Natur: das Klingeln eines Telefons. Zufall? Ich glaube nicht, daß Satan Zufälle duldet. Wie dem auch sei, es blieb mir erspart, die Frage zu beantworten, die ich nicht hätte beantworten können.

Katie sagte: »Soll ich es annehmen, Liebling?«

»Bitte.«

In Katies Hand erschien ein Telefonhörer. Sie sprach hinein: »Sekretariat Luzifer, Rahab am Apparat. Bitte wiederholen Sie. Ich werde mich erkundigen.« Sie sah Jerry an.

»Ich übernehme.« Jerry sprach ohne sichtbares Telefon: »Am Apparat. Nein. Ich sagte nein. Nein, verdammt noch mal. Wenden Sie sich an Mr. Ashmedai, und geben Sie mir das andere

Gespräch.« Er brummte etwas über die Unfähigkeit des Personals, dann sagte er: »Am Apparat. Ja, Sir.« Er schwieg sehr lange, um schließlich zu sagen: »Sofort, Sir. Danke.«

Jerry stand auf. »Bitte entschuldigen Sie Mich, Alec; Ich habe zu tun. Ich weiß nicht, wann Ich zurückkomme. Betrachten Sie die Zeit bis zu Meiner Rückkehr als Urlaub . . . Mein Haus ist Ihr Haus. Katie, paß auf, daß es ihm an nichts fehlt, und du, Sybil, sorg dafür, daß er sich nicht langweilt.« Jerry verschwand.

»Und ob ich dafür sorgen werden!« Sybil stand auf und stellte sich vor mich hin. Sie rieb die Hände aneinander. Ihre Kleider verschwanden. Was übrigblieb, war Sybil. Sie grinste.

Nachsichtig sagte Katie: »Hör auf damit, Sybil. Zieh dir sofort etwas an, oder ich schicke dich nach Haus.«

»Spielverderber.« Sie trug jetzt einen winzigen Bikini. »Ich werde Sankt Alec dieses dänische Mädchen vergessen machen.«

»Stell dir das nicht zu einfach vor, Kleines. Ich habe mit Pat gesprochen.«

»So? Was hat sie gesagt?«

»Margrethe kann kochen.«

Sybil blickte angewidert. »Ein Mädchen übt fünfzig Jahre jede Stellung – und dann kommt eine daher, die kann Hühnchen braten und Klöße kochen. Das ist nicht fair.«

Ich beschloß, das Thema zu wechseln. »Die Tricks, die du mit deinen Kleidern machst, sind faszinierend, Sybil. Bist du inzwischen eine diplomierte Hexe?«

Sie antwortete nicht gleich, sondern sah ihre Mutter fragend an. »Das ist alles vorüber«, sagte Katie, »du kannst die Wahrheit sagen.«

»Okay. Ich bin keine Hexe, Sankt Alec, Hexerei ist Quatsch. Sie kennen doch den Bibelvers, der sagt, daß man keine Hexe leben lassen soll?«

»Exodus zweiundzwanzig, achtzehn.«

»Genau das ist er. Das alte hebräische Wort, das da mit ›Hexe‹ übersetzt worden ist, bedeutet eigentlich ›Giftmischerin‹. Daß man jemand, der einen anderen Menschen vergiftet hat, nicht mehr leben lassen soll, finde ich vollkommen richtig. Aber ich möchte nicht wissen, wie viele einsame alte Frauen aufgrund dieser schlampigen Übersetzung verbrannt oder gehängt worden sind.«

(Konnte das wirklich wahr sein? Was war denn dann das

Konzept des ›reinen Gotteswortes‹, nach dem ich erzogen worden war, noch wert? Natürlich ist das Wort ›Hexe‹ nicht das Wort, das in der ursprünglichen Fassung der Bibel steht . . . aber die Übersetzer der King-James-Version hatten ihre Arbeit mit Gottes Hilfe getan – weshalb ja auch diese Übersetzung (und nur diese) wirklich Gottes Wort genannt werden kann. Aber – *Nein!* Sybil mußte sich irren. Unser gütiger Vater im Himmel würde es nicht zulassen, daß Hunderte, Tausende von unschuldigen Menschen zu Tode gequält werden wegen eines Übersetzungsfehlers, den er leicht hätte korrigieren können.)

»Dann wolltest du also an dem Abend damals gar nicht zu einem Sabbat. Was hattet ihr denn vor?«

»Nicht was Sie denken. So intim bin ich mit Israfel nicht. Befreundet ja, aber nicht intim.«

»Israfel? Ich denke, der ist im Himmel?«

»Das ist sein Patenonkel. Der Trompeter. Dieser Israfel kann keine Note spielen. Aber er hat mich gebeten, Ihnen zu sagen – falls sich jemals die Gelegenheit dazu ergeben würde –, daß er in Wirklichkeit ganz anders ist als dieser ›Roderick Lyman Culverson III‹, den er an dem Abend spielte.

»Da bin ich aber sehr froh, denn er hat diesen unerträglich schnodderigen Jüngling sehr überzeugend dargestellt, und ich konnte gar nicht verstehen, daß eine Tochter von Katie und Jerry – oder nur von Katie? – sich einen solchen Rüpel als Freund ausgesucht haben sollte. Ich meine natürlich nicht Israfel, sondern den Typ, den er darstellte.«

»Oh. Mach das doch bitte auch gleich klar, Katie. Wie sind wir verwandt?«

»Ich glaube, selbst Dr. Darwin würde zwischen uns keine genetische Verwandtschaft feststellen können, Liebes. Aber trotzdem bin ich so stolz auf dich, als wäre ich deine leibliche Mutter.«

»Danke, Mom!«

»Aber wir sind alle verwandt«, widersprach ich, »durch unsere Mutter Eva, und da Katie – mit oder ohne Falten – geboren wurde, als die Kinder Israel in der Wüste wanderten, liegen nur ungefähr achtzig Generationen zwischen Eva und Katie. Wenn wir jetzt dein Geburtsdatum nehmen, müßte sich doch leicht ausrechnen lassen, wie nah ihr verwandt seid.«

»Oh, oh, Sie sind ja ein ganz Schlauer! Sankt Alec: Mama Kate stammt von Eva ab. Ich nicht. Andere Spezies. Ich bin ein Teufel.

Ein böser Dämon, wenn Sie den wissenschaftlichen Fachausdruck hören wollen.«

Wieder ließ sie ihre Kleidung verschwinden und wechselte diesmal auch den Körper. »Sehen Sie es jetzt?«

»Hallo!« sagte ich. »Warst du nicht das Empfangsteufelchen im Hotel Sans Souci Sheraton an dem Abend, als ich in der Hölle ankam?«

»Und ob ich das war. Und es freut mich, daß Sie mich wiedererkennen.« Sie nahm wieder ihre menschliche Gestalt an, mitsamt dem winzigen Bikini. »Man hatte mich dort hingesetzt, weil ich wußte, wie Sie aussehen. Dad wollte nicht, daß irgend etwas schiefläuft.«

Katie stand auf. »Laßt uns nach draußen gehen. Ich möchte vor dem Essen ein bißchen schwimmen.«

»Ich muß doch noch Sankt Alec verführen.«

»Träumerin. Du kannst deine Versuche draußen fortsetzen.«

Was uns draußen empfing, war ein wunderschöner Spätnachmittag in Texas mit schon länger werdenden Schatten. »Katie, sagen Sie mit die Wahrheit, bitte. Ist dies die Hölle? Oder Texas?«

»Beides.«

»Ich ziehe die Frage zurück.«

Sie mußte die Verärgerung in meiner Stimme gehört haben, denn sie legte mir eine Hand auf die Schulter. »Ich treibe keinen Scherz mit Ihnen, Alec. Viele Jahrhunderte lang hatte Luzifer die Füße hier auf der Erde. Hier wie dort hatte Er Seine vorgeschriebene Persönlichkeit. Sein Erscheinungsbild. Nach Armageddon, als Sein Bruder Sich für das Jahrtausend als König auf Erden installierte, hörte Er auf, die Erde zu besuchen. Aber einige Gegenden der Erde waren Ihm Heimat geworden. So pflückte Er sie sich ab und nahm sie mit. Verstehen Sie?«

»Natürlich verstehe ich das – so gut wie eine Kuh die Differentialrechnung.«

»Ich weiß auch nicht, wie es funktioniert. Es stammt aus der Trickkiste Gottes. Denken Sie zum Beispiel an die vielen Veränderungen, die Sie und Marga während Ihrer Prüfung erlebt haben. Wie tief mögen diese Veränderungen gegangen sein? Glauben Sie, daß jedesmal der ganze Planet davon betroffen war?«

In meinem Kopf ging alles durcheinander, fast so wie bei den ›Veränderungen‹. »Ich weiß es nicht, Katie. Ich war immer zu sehr mit Überleben beschäftigt. Moment mal. Jede Veränderung erstreckte sich über den ganzen Planeten Erde und ungefähr ein Jahrhundert seiner Geschichte. Ich habe mich immer über die gschichtlichen Veränderungen informiert und so viel wie möglich davon auswendig gelernt. Auch die kulturellen Veränderungen. Alles.«

»Die Veränderungen reichten nicht viel weiter als Ihre Nasenspitze, Alec, und außer Ihnen – Ihnen beiden – hat niemand *irgendeine* Veränderung bemerkt. Nicht die Geschichte hatte sich verändert, sondern nur das Buch, aus dem Sie sich Ihre Informationen holten. So jedenfalls hätte Luzifer es gemacht, wenn die Irreführung Seine Aufgabe gewesen wäre.«

»Oh, Katie – können Sie sich vorstellen, wie lange es dauern würde, eine ganze Enzyklopädie umzuschreiben und neu zu drucken?«

»Aber Alec. Sie wissen doch inzwischen, daß *Zeit* für Gott niemals ein Problem darstellt. Ebensowenig wie Raum. Was nötig war, um Sie zu täuschen, wurde getan. Nicht mehr. Das ist das konservative Prinzip der Kunst auf dem Niveau Gottes. Ich kann diese Dinge nicht tun, weil ich mich auf einem anderen Niveau befinde. Aber ich habe viele von diesen Kunststückchen gesehen. Ein Illusionist, der sein Handwerk versteht, tut nicht mehr als nötig ist, um seinen Effekt zu erzielen.«

Rahab setzte sich auf den Rand des Schwimmbeckens und planschte mit den Füßen im Wasser. »Kommen Sie. Setzen Sie sich zu mir. Denken Sie doch mal an die Kraft des ›Urknalls‹. Und ganz weit draußen, wo die Rotverschiebung so gewaltig ist, daß das Universum sich mit Lichtgeschwindigkeit ausdehnt – was gibt es dort draußen? Und dahinter?«

Ich antwortete ziemlich steif: »Katie, diese hypothetische Frage ergibt keinen Sinn. Ich habe mich mehr oder weniger mit solchen lächerlichen Begriffen wie ›Urknall‹ oder ›sich ausdehnendes Universum‹ auseinandergesetzt, weil ein Prediger des Evangeliums solche Theorien kennen muß, um sie widerlegen zu können. Die beiden, die Sie eben genannt haben, implizieren eine unmögliche Zeitspanne – unmöglich deshalb, weil die Welt vor ungefähr sechstausend Jahren geschaffen wurde. ›Ungefähr‹, weil das genaue Datum schwer zu errechnen ist, und auch, weil ich nicht genau weiß, in welcher Zeit ich jetzt lebe. Aber es handelt sich um ungefähr sechstausend Jahre – nicht die Milliarden von Jahren, von denen die Anhänger der Urknall-Theorie reden.«

»Alec . . . Ihr Universum ist ungefähr dreiundzwanzig Milliarden Jahre alt.«

Ich wollte etwas erwidern, machte den Mund aber wieder zu. Sollte ich meiner Gastgeberin widersprechen?

Sie fuhr fort: »Und Ihr Universum ist im Jahre viertausendundvier vor Christi Geburt erschaffen worden.«

Ich sah so lange ins Wasser, bis Sybil auftauchte und uns bespritzte.

»Nun, Alec?«

»Ich bin sprachlos.«

»Haben Sie auch genau zugehört? Ich habe nicht gesagt, daß die Welt vor dreiundzwanzig Milliarden Jahren erschaffen wurde. Ich habe gesagt, daß das ihr Alter ist. Sie ist alt erschaffen worden. Mit Fossilien im Boden und Kratern auf dem Mond. Alles Zeichen von hohem Alter. Jahwe hat sie so erschaffen, weil er Spaß daran hatte. Einer von Ihren Wissenschaftlern hat gesagt, das Universum sei für Gott kein Würfelspiel. Leider stimmt das nicht. Jahwe spielt sogar mit gezinkten Würfeln . . . um Seine Kreaturen zu täuschen.«

»Warum sollte Er das wohl tun?«

»Luzifer meint, Er tut es, weil Er kein guter Künstler ist. Einer von der Sorte, die es sich ständig anders überlegen und die Farbe immer wieder von der Leinwand kratzen. Außerdem sei Er ein Spaßvogel. Aber ich kann mich dazu eigentlich nicht äußern. Ich bin nicht auf dem Niveau. Und Luzifer ist voreingenommen, wenn es sich um Seinen Bruder handelt. Aber über das größte Wunder haben Sie noch kein Wort verloren.«

»Vielleicht habe ich es nicht bemerkt.«

»Nein. Ich glaube eher, Sie haben es aus Höflichkeit nicht erwähnt. Daß eine alte Hure sich in Kosmogonie, Teleologie und Eschatologie und anderen Wissenschaften mit langen griechischen Namen auskennt, das ist das größte Wunder, oder nicht?«

»Ach, Rahab, Liebling, ich war so damit beschäftigt, Ihre Runzeln zu zählen, daß ich gar nicht zuge . . .«

Daraufhin fand ich mich im Wasser wieder, und als ich prustend wieder auftauchte, amüsierten die beiden Frauen sich köstlich. Ich legte beide Hände auf den Beckenrand, so daß Katie in dem Halbkreis gefangen war. Sie schien nichts dagegen zu haben und schmiegte sich an mich wie eine Katze. »Was wollten Sie gerade sagen?« fragte ich.

»Alec, lesen und schreiben zu können ist genauso wunderbar wie Sex. Oder fast. Sie werden das wahrscheinlich nicht so stark empfinden, weil Sie es schon als Kind gelernt haben, und inzwischen ist es für Sie zu einer Selbstverständlichkeit geworden. Aber als ich vor fast viertausend Jahren als Hure in Kanaan lebte, konnte ich weder lesen noch schreiben. Ich lernte nur durch Zuhören, wo Leute sich unterhielten: die Nachbarn auf der Straße, die Händler und Hausfrauen auf dem Markt. Aber so kann man nicht viel lernen, und damals waren selbst Schreiber und Richter ziemlich unwissend.

Als ich Lesen und Schreiben lernte, war ich schon fast dreihundert Jahre tot. Meine Lehrerin war der Geist einer Dirne aus Kreta. Es mag erschreckend für Sie sein, Sankt Alec, aber es ist eine geschichtlich bewiesene Tatsache, daß es die Huren waren, die zuerst lesen und schreiben lernten – lange bevor achtbare Frauen sich an die gefährliche Materie heranwagten. Und als ich lernte, mein lieber Freund, da hatte ich für nichts anderes Interesse. Nicht mal für Sex.«

Sie grinste mich an. »Oder höchstens ein ganz klein wenig. Inzwischen bin ich zum gesunden Mittelmaß zurückgekehrt: Lesen und Sex zu gleichen Teilen.«

»Dafür bin ich nicht stark genug.«

»Frauen sind anders. Meine große Zeit fing an mit dem Brand der Bibliothek von Alexandria. Jahwe wollte sie nicht, so griff sich Luzifer die Geister von all den Tausenden von Kodizes, schaffte sie zur Hölle, regenerierte sie sorgfältig – und Rahab hatte ihr Picknick! Aber – es kommt ja noch besser: Luzifer hat ein Auge auf die Bibliothek des Vatikans, die bald zur Bergung ansteht. Anstatt Geister zu regenerieren plant Luzifer aber in diesem Fall, kurz vor dem Ende die ganze Bibliothek intakt zu übernehmen und alle Bücher unbeschädigt zur Hölle zu schaffen. Wäre das nicht großartig?«

»Hört sich gut an. Das einzige, um das ich die Papisten immer beneidet habe, ist ihre Bibliothek. Aber . . . ›regenerierte Geister‹?«

»Schlagen Sie mir auf den Rücken.«

»Wie bitte?«

»Schlagen Sie. Nein, fester, viel fester. Ich bin kein zerbrechlicher kleiner Schmetterling. Ja, so ist es schon besser. Was Sie eben geschlagen haben, ist ein regenerierter Geist.«

»Scheint ziemlich stabil zu sein.«

»Das will ich hoffen. Ich hab' den Listenpreis dafür bezahlt. Das war, bevor Luzifer mich sah und mich zu einem Vogel im goldenen Käfig machte – was für ein trauriger Anblick! Wenn ich richtig unterrichtet bin, geschieht bei den Menschen, die in den Himmel kommen, die Regenerierung gleichzeitig und automatisch mit der Erlösung . . . aber hier muß man sie auf Kredit kaufen, und dann arbeitet man sich den Arsch ab, damit man von den Schulden herunterkommt. Ich weiß, Sankt Alec, Sie sind nicht gestorben. Ein regenerierter Körper ist genau wie der, den man im Leben gehabt hat, nur besser. Keine ansteckenden Krankheiten, keine Allergien, keine Alterserscheinungen und Runzeln . . . Sagte ich Runzeln? Ich war nicht runzlig, als ich starb – jedenfalls kaum. Wie haben Sie mich auf dieses Thema gebracht? Hatten wir nicht gerade eine höchst intellektuelle Diskussion über Relativität und die Ausdehnung des Universums?«

Am Abend dieses Tages unternahm Sybil große Anstrengungen, um zu mir ins Bett zu kommen, was Katie entschlossen vereitelte, um dann selbst bei mir zu schlafen. »Pat sagte, daß man Sie nachts nicht allein lassen darf.«

»Pat glaubt, daß ich krank bin. Das stimmt aber nicht.«

»Darüber wollen wir jetzt nicht streiten. Und – Sie können ganz ruhig sein, mein Lieber – Mutter Rahab wird Sie schlafen lassen.«

Mitten in der Nacht wachte ich schluchzend auf, und Katie war da. Sie tröstete mich. Ich bin sicher, daß Pat ihr von meinen Alpträumen erzählt hat. Katies Gegenwart wirkte so beruhigend auf mich, daß ich bald wieder einschlief.

Es war ein süßes arkadisches Zwischenspiel . . . bis auf meine Sehnsucht nach Margrethe. Aber Katie hatte mich überzeugt, daß ich es Jerry (und ihr) schuldig war, geduldig zu sein und nicht über meinen Verlust zu trauern. Ich versuchte, mich daran zu halten, wenigstens am Tage. Doch die Nächte sind schlimmer. Aber selbst einsame Nächte sind nicht zu einsam, wenn Mutter Rahab da ist, um einen zu trösten, wenn man sich hilflos fühlt. Sie war immer da. Und als sie einmal eine Nacht nicht zu Haus sein konnte, übernahm Sybil die Wache. Katie hatte ihr die Aufgabe sorgfältig erklärt, und Sybil hielt sich streng an ihre Anweisungen und machte es genau wie ihre Mutter.

Dabei entdeckte ich etwas Lustiges: im Schlaf kehrt Sybil automatisch in ihren natürlichen Körper zurück. Dann ist sie mindestens fünfzehn Zentimeter kleiner und hat diese entzückenden kleinen Hörner auf dem Kopf, die ich zuerst an ihr gesehen hatte, als sie die Empfangsdame im Hotel Sans Souci spielte.

Am Tage tummelten wir uns am Swimming-pool oder ritten in die Berge und picknickten. Es hatte den Anschein, als könnten wir uns in dieser schönen Landschaft so weit wir wollten in jeder Richtung bewegen. Jerry hatte sich offenbar ein ziemlich großes Stück von Texas ›abgepflückt‹.

Aber vielleicht verstehe ich überhaupt nichts von diesen Dingen.

Das ›vielleicht‹ will ich lieber streichen und zugeben, daß ich von Gottes Wirken so wenig verstehe wie ein Frosch vom nächsten Freitag.

Als Jerry ungefähr eine Woche weg war, erschien Rahab eines Morgens am Frühstückstisch mit meinem Memoiren-Manuskript. »Sankt Alec«, sagte sie, »Luzifer wünscht, daß Sie Ihre Memoiren auf den neuesten Stand bringen und weiterführen.«

»Gut«, sagte ich. »Kann ich es handschriftlich machen? Auf der Schreibmaschine beherrsche ich nur das Zwei-Finger-Such-und-Hack-System.«

»Handschriftlich genügt. Ich bringe das dann in Reinschrift. So etwas habe ich in Fürst Luzifers Sekretariat lange genug geübt.«

»Katie, manchmal nennen Sie ihn Jerry, manchmal Luzifer, niemals Satan.«

»Alec, am liebsten hört er Luzifer, aber er akzeptiert auch die anderen Namen. ›Jerry‹ und ›Katie‹ sind Namen, die wir für Sie und Marga erfunden haben . . .«

»Und ›Sybil‹«, unterbrach Sybil.

»Und ›Sybil‹. Ja, Egret. Möchtest du jetzt wieder mit deinem eigenen Namen angeredet werden?«

»Nein, ich finde es sehr schön, daß Alec – und Marga – Namen für uns haben, die sonst niemand kennt.«

»Einen Augenblick mal«, warf ich ein. »An dem Tag, als ich euch kennenlernte, habt ihr alle drei auf diese Namen reagiert, als hättet ihr nie andere gehabt.«

»Mom und ich sind ziemlich gut im Improvisieren«, sagte Sybil-Egret. »Ich wußte nichts von meinem Hexen-Lehrgang, bevor Mutter mir das Stichwort gab, und Mom und Dad hörten an jenem Abend zum ersten Mal, daß sie Feueranbeter seien. Israfel ist auch sehr talentiert auf dem Gebiet, aber er hatte mehr Zeit, über seine Rolle nachzudenken.«

»So wurden wir von allen Seiten zum Narren gehalten, wie die dummen Verwandten vom Lande.«

»Alec«, sagte Katie ernst, »Luzifer hat immer Gründe für das, was er tut. Er gibt selten Erklärungen ab. Aber boshaft verhält er sich nur gegenüber Leuten, die selbst boshaft sind . . . und das seid ihr nicht.«

Wir drei saßen am Swimming-pool und sonnten uns, als Jerry unangemeldet zurückkehrte. Abrupt sagte er zu mir, ohne vorher seine Frau zu begrüßen. »Ziehen Sie sich an. Wir reisen sofort.«

Katie sprang auf und holte meine Kleider aus dem Haus. Die Frauen zogen mich so flink an, daß ich schneller fertig war als ein Feuerwehrmann beim Alarm. Katie schob den Rasierapparat in meine Jackentasche, schloß den Knopf, und ich verkündete: »Ich bin fertig!«

»Wo ist sein Manuskript?«

Katie verschwand und war sofort wieder da. »Hier!«

In dieser kurzen Zeit war Jerry ungefähr dreieinhalb Meter groß geworden – und hatte sich verändert. Er war immer noch Jerry, aber ich wußte jetzt, warum man sagte, Luzifer sei der schönste aller Engel. »So long!« sagte er. »Wenn ich kann, gebe ich dir Nachricht, Rahab.« Er bückte sich, um mich aufzuheben.

»Warte! Egret und ich müssen ihn noch zum Abschied küssen.«

»Ja, aber beeilt euch!«

Sie taten es. Ich bekam gleichzeitig auf jede Wange einen kleinen rituellen Schmatz. Jerry hob mich auf, hielt mich wie ein Kind, und wir stiegen senkrecht auf. Ich sah Sans Souci, den Palast und die Plaza, dann wurde alles von Rauch und Flammen verdeckt. Wir verließen diese Welt.

Wie wir flogen, wie lange und wohin wir flogen, weiß ich nicht. Es war ähnlich wie der endlose Fall zur Hölle, aber viel angenehmer, weil Jerrys Arme mich hielten. Es erinnerte mich an meine Kindheit. Als ich zwei oder drei Jahre alt war, nahm mein Vater mich nach dem Essen manchmal in seine Arme und hielt mich, bis ich einschlief.

Ich glaube, ich schlief auch jetzt. Nach einer langen Zeit wurde ich munter, weil ich fühlte, daß Jerry die Landung vorbereitete. Dann setzte er mich ab, stellte mich auf die Füße.

Hier gab es Schwerkraft. Ich spürte Gewicht, und ›unten‹ hatte wieder eine Bedeutung. Aber ich glaube nicht, daß wir auf einem Planeten waren. Wir schienen auf einer Plattform oder der Terrasse eines außerordentlich großen Gebäudes zu stehen. Ich konnte es nicht sehen, weil wir direkt davor standen, und um uns herum war nichts als gestaltlose Dämmerung

»Wie fühlen Sie sich?« fragte Jerry.

»Danke, gut«, antwortete ich wahrheitsgemäß.

»Gut. Hören Sie genau zu. Ich bringe Sie jetzt zu jemand, der für mich und meinen Bruder – Ihren Gott Jahwe – soviel bedeutet wie Jahwe für Sie. Haben Sie das verstanden?«

»Ja . . . äh, vielleicht nicht ganz.«

»A verhält sich zu B wie B zu C. Für dieses Wesen ist Ihr großer Gott Jehova wie ein Kind, das am Strand Sandburgen baut und sie dann in einem Anfall kindlicher Wut wieder zerstört. Auch ich bin für Ihn ein Kind. Ich sehe zu Ihm auf wie Sie zu Ihrer dreifachen Gottheit Vater Sohn und Heiliger Geist. Ich bete dieses Wesen nicht an, verehre Es nicht als Gott. Er verlangt nicht, erwartet nicht, will nicht, daß man sich Ihm auf diese Art nähert. Jahwe scheint der einzige Gott zu sein, der sich so etwas ausgedacht hat. Jedenfalls weiß ich von keinem anderen Planeten oder Ort in irgendeinem Universum, wo ein Gott so verehrt wird. Aber ich bin jung und unerfahren.«

Jerry sah mich prüfend an. Er schien sich Sorgen zu machen. »Alec«, sagte er. »Vielleicht kann dieser Vergleich es Ihnen erklären: Haben Sie als Kind mal ein Tier zum Tierarzt bringen müssen?«

»Ja. Ich tat es immer sehr ungern, weil die Tiere es so haßten.«

»Mir gefällt es auch nicht. Gut. Sie wissen also, was es bedeutet, ein krankes oder verletztes Tier zum Tierarzt zu bringen. Sie mußten dann warten, bis der Arzt entschied, ob er das Tier heilen kann oder ob es besser wäre, die kleine Kreatur von ihren Qualen zu erlösen. Habe ich recht?«

»Ja. Jerry. Sie wollen mir sagen, daß der Ausgang dieses Unternehmens ganz ungewiß ist.«

»Äußerst ungewiß. Es gibt keinen Präzedenzfall. Niemals ist

ein menschliches Wesen bis hierher gekommen. Ich weiß nicht, was Er tun wird.«

»Okay. Sie hatten mir schon vorher gesagt, daß die Sache riskant ist.«

»Ja. Sie sind in großer Gefahr. Ich auch, aber ich glaube, daß die Gefahr für mich nicht so groß ist. Aber eines kann ich Ihnen versichern, Alec: Falls Es beschließt, Sie zu vernichten, werden Sie es nicht spüren. Es ist kein sadistischer Gott.«

»›Es‹ – ist es ›Es‹ oder ›Er‹?«

»Äh . . . ich würde sagen ›Er‹. Wenn Es Gestalt annimmt, wird es wahrscheinlich eine menschliche sein. In dem Falle können Sie Ihn mit ›Herr Vorsitzender‹ oder ›Mr. Koshchei‹ anreden. Benehmen Sie sich, wie Sie es einem viel älteren Mann gegenüber tun würden, für den Sie große Hochachtung empfinden. Keine Verbeugungen oder Kniefälle. Vertreten Sie Ihren Standpunkt und sprechen Sie die Wahrheit. Sollten Sie sterben, tun Sie es mit Würde.«

Der Wächter, der uns an der Tür anhielt, war kein menschliches Wesen – bis ich zum zweitenmal hinsah, dann war er es. Und das charakterisiert die Unsicherheit von allem, was ich an dem Ort sah, den Jerry »Die Filiale« nannte.

»Bitte ziehen Sie sich aus«, sagte der Wächter zu mir. »Lassen Sie Ihre Sachen hier; Sie können sie nachher wieder abholen. Was ist dieser Gegenstand aus Metall?«

Ich sagte ihm, es sei nur ein Rasierapparat.

»Wozu braucht man das?«

»Es ist ein . . . ein Messer, mit dem man sich das Haar aus dem Gesicht schneidet.«

»Sie lassen sich im Gesicht Haare wachsen?«

Ich versuchte, es ihm zu erklären.

»Wenn Sie keine Haare im Gesicht haben wollen, warum lassen Sie sich dann erst welche wachsen?«

»Jerry, ich weiß nicht . . .«

»Schon gut, ich bringe das in Ordnung.« Ich nehme an, daß er dann mit dem Wächter sprach, aber ich hörte nichts. Jerry wandte sich wieder an mich. »Lassen Sie den Rasierappart bei Ihren Kleidern«, sagte er. »Er hält Sie für verrückt, und mich auch. Aber das macht nichts.«

Mr. Koshchei mag ein Neutrum sein, aber für mich sah er aus wie ein Zwillingsbruder von Dr. Simmons, dem Tierarzt in meiner Heimat in Kansas, zu dem ich meine Tiere brachte, wenn sie krank waren: Katzen, Hunde, einmal eine Schildkröte – die kleinen Gefährten meiner Kindheit. Und das Büro des Herrn Vorsitzenden sah genauso aus wie das Sprechzimmer von Dr. Simmons. Da stand sogar der uralte Rollschrank, den der Doktor von seinem Großvater geerbt haben mußte, und darauf die Seth Thomas Acht-Tage-Uhr, an die ich mich so gut erinnerte.

Es war mir klar (denn ich war gut ausgeschlafen und stocknüchtern), daß dies *nicht* Dr. Simmons war und daß die Ähnlichkeit zwar beabsichtigt war, aber nicht um mich zu täuschen. Der Vorsitzende, was immer Er oder Es oder Sie sein mochte, hatte mich irgendwie hypnotisiert und mir eine Umgebung geschaffen, in der ich mich sicher fühlen konnte. Dr. Simmons hatte, um das zu erreichen, die Tiere gestreichelt und mit ihnen gesprochen, bevor er mit der manchmal schmerzhaften Untersuchung oder Behandlung begann.

Das hatte eigentlich nie seine Wirkung verfehlt; und es wirkte auch bei mir. Ich wußte, daß Mr. Koshchei nicht der alte Tierarzt war, den ich aus meiner Kindheit kannte, aber dieses Trugbild bewirkte in mir das gleiche Vertrauen, das ich ihm gegenüber empfunden hatte.

Als wir das Zimmer betraten, sah Mr. Koshchei auf. Er nickte Jerry zu, mich sah er nur kurz an. »Setzt euch.«

Wir setzten uns. Auf Mr. Koshcheis Schreibtisch lag mein Manuskript. Er nahm es auf, stieß die Seiten zu einem ordentlichen Block zusammen und legte es wieder hin. »Wie sieht es in deinem Amtsbezirk aus, Luzifer? Gibt es irgendwelche Probleme?«

»Nein, Sir. Das übliche Gejammere über die Klimaanlage – nichts, womit ich nicht zurechtkäme.«

»Möchtest du dieses Jahrtausend auf der Erde regieren?«

»Hat nicht mein Bruder Anspruch darauf erhoben?«

»Jahwe erhebt Anspruch darauf, ja – er hat das Ende der Welt ausgerufen und will sie untergehen lassen –, aber ich bin nicht verpflichtet, ihm den Wiederaufbau anzuvertrauen. Möchtest du den Job? Sag es mir.«

»Sir, ich würde lieber mit ganz neuem Material anfangen.«

»Das wollt ihr alle: ganz neu anfangen. Und keiner denkt an die Kosten. Ich könnte dir das Glaroon für ein paar Zyklen überlassen. Was sagst du dazu?«

Jerrys Antwort ließ etwas auf sich warten. »Das muß ich der Entscheidung des Vorsitzenden überlassen.«

»Da hast du ganz recht. Das mußt du wohl. Wir werden später darüber reden. Warum setzt du dich für diese Kreatur deines Bruders ein?«

Ich mußte wohl eingeschlafen sein, denn ich sah kleine Hunde und Katzen in einem Hof spielen. »Herr Vorsitzender«, hörte ich Jerry sagen, »fast alles an den Menschen ist lächerlich, nur nicht ihre Fähigkeit, tapfer zu leiden und ritterlich zu sterben für alles, was sie lieben oder woran sie glauben. Ob der Glaube oder die Liebe gerechtfertigt sind, spielt keine Rolle. Was zählt, sind Tapferkeit und Ritterlichkeit. Eigenschaften, die man nur beim Menschen findet, und ihr Schöpfer kann sie ihnen nicht gegeben haben. Er selbst besitzt keine von ihnen. Ich muß es wissen, er ist mein Bruder . . . und ich habe diese Eigenschaften auch nicht.

Sie fragen, warum ich mich ausgerechnet um *diesen* kümmere, und warum ausgerechnet ich? Ich habe ihn auf der Straße aufgelesen. Er war obdachlos und steckte bis zum Hals in unlösbaren Schwierigkeiten, trotzdem versuchte er, meine ›Seele‹ zu retten. Daß dieser Versuch unsinnig und nutzlos war, tut nichts zur Sache. Er hat sich leidenschaftlich bemüht, mich zu überzeugen, weil er glaubte, ich sei in großer Gefahr. Ich schulde ihm einfach diesen Versuch, ihm in seiner traurigen Lage zu helfen.«

Mr. Koshchei zog seine Brille bis auf die Nasenspitze herunter und sah uns darüberhinweg an. »Und aus welchem Grund sollte ich in diesem Fall eingreifen?«

»Sir, gibt es nicht eine Regel, die den Künstler verpflichtet, seine freien Kreaturen vor Schaden zu bewahren?«

»Nein.«

Jerry sah entmutigt aus. »Sir, dann muß ich meine Ausbildung mißverstanden haben.«

»Das glaube ich auch. Es gibt ein künstlerisches Prinzip – keine Regel –, daß freie Kreaturen folgerichtig behandelt werden sollten. Sie vor Schaden zu bewahren würde ja die Freiheit aufheben, die den Kreaturen mit ihrem freien Willen gegeben ist. Ohne die Möglichkeit zur Tragik könnten sie ebensogut Golems sein.«

»Sir, das verstehe ich. Aber würde der Vorsitzende bitte so freundlich sein, mir das künstlerische Prinzip der folgerichtigen Behandlung näher zu erläutern?«

»Das ist eine ganz einfache Sache, Luzifer. Damit eine Kreatur eigene Entscheidungen treffen kann, muß sie entweder die Gesetze kennen, unter denen sie lebt, oder sie müssen so sein, daß sie durch Ausprobieren erkannt werden können, wobei nicht jedes negativ verlaufene Experiment tödlich ausgehen darf. Mit anderen Worten, die Kreatur muß in der Lage sein, aus ihren Erfahrungen zu lernen und davon zu profitieren.«

»Und genau das, ist es, Sir, was ich meinem Bruder vorwerfe. Es steht alles auf den Seiten, die da vor Ihnen liegen. Jahwe legte einen Köder aus und lockte seine Kreatur damit in einen Wettstreit, den sie nicht gewinnen konnte. Dann erklärte er das Spiel für beendet und ließ den Preis verschwinden. Und obwohl dies ein besonders krasser Fall ist, ein Destruktionstest, ist er doch typisch dafür, wie er alle seine freien Kreaturen behandelt. Seine Tricks sind so gemein, daß seine Kreaturen keine Chance haben. Seit sechstausend Jahren bekomme ich seine Verlierer . . . und viele von ihnen sind fast wahnsinnig vor Angst, wenn sie in der Hölle ankommen. Sie fürchten sich vor mir und einer Ewigkeit voller Qualen. Sie können nicht glauben, daß man sie belogen hat. Meine Therapeuten haben alle Hände voll zu tun, um diese armen Trottel umzukrempeln. Das ist überhaupt nicht lustig.«

Mr. Koshchei schien nicht zuzuhören. Er lehnte sich in seinem alten hölzernen Drehstuhl zurück, so daß er quietschte – und ich weiß genau, daß das Quietschen nur aus meiner Erinnerung kam. Er kratzte den grauen Haarkranz, der seinen sonst kahlen Kopf zierte, und gab einen seltsamen Laut von sich. Das war eine Art gepfiffenes Summen oder gesummtes Pfeifen – auch aus meinen begrabenen Erinnerungen an Doc Simmons, aber ganz real.

»Dieses weibliche Wesen, der Köder. Ist sie eine freie Kreatur?«

»Meiner Ansicht nach ja, Herr Vorsitzender.«

(»Großer Gott, Jerry! *Weißt* du das denn nicht?«)

»Dann müssen wir wohl annehmen, daß unser Klient sich mit einer Fälschung nicht zufriedengeben wird.« Er summte und pfiff durch die Zähne. »Wir werden uns die Sache mal näher ansehen.«

Als wir Mr. Koshcheis Büro zuerst betraten, hatte es klein ausgesehen. Jetzt waren plötzlich mehrere Leute anwesend: noch ein Engel, der ziemlich viel Ähnlichkeit mit Jerry hatte, aber etwas verkniffen dreinblickte, ganz anders als Jerry mit seiner entgegenkommenden Heiterkeit. Dann war da noch ein anderer älterer

Herr, der trug einen langen Mantel, einen großen, breitkrempigen Hut und über einem Auge eine schwarze Klappe. Auf seiner Schulter saß ein Rabe. Und wer war der andere? Nein – nicht zu glauben, diese Unverschämtheit! – Sam Crumpacker, dieser Winkeladvokat aus Dallas.

Hinter Crumpacker standen nebeneinander drei Männer, wohlgenährte Typen, die mir alle ziemlich bekannt vorkamen. Ich wußte, daß ich sie schon irgendwo gesehen hatte.

Dann fiel es mir ein: Ich hatte von jedem von ihnen in einer absolut idiotischen Wette einen Hunderter gewonnen. (Oder war es ein Tausender gewesen?)

Wieder sah ich Crumpacker an und wurde noch wütender als vorher – dieser elende Gauner trug jetzt mein Gesicht!

Ich wandte mich an Jerry und fing an, aufgeregt zu flüstern. »Sehen Sie den Mann da drüben. Den mit . . .«

»Halt den Mund.«

»Aber . . .«

»Sei still und hör zu.«

Jetzt sprach Jerrys Bruder. »Irgend jemand glaubt also, sich über mich beklagen zu müssen. Soll ich meinen Jesus-Hut aufsetzen und Beweise vortragen? Die Tatsache, daß einige die Prüfung bestehen, beweist doch, daß sie nicht zu schwer ist – 7,1 Prozent in der letzten Partie, Golems nicht gerechnet. Wer sagt, daß das nicht genug ist?«

Der alte Knabe mit dem schwarzen Hut antwortete: »Ich betrachte jedes Ergebnis, das unter fünfzig Prozent liegt, als unbefriedigend.«

»Und wer beklagt sich darüber? Wer hat im letzten Jahrtausend mir gegenüber jedes Jahr an Boden verloren? Wie *ihr* eure Kreaturen behandelt, ist eure Sache, was ich mit meinen tue, ist meine Sache.«

»Deshalb bin ich hier«, konterte der mit dem großen Hut. »Du hast dich an einer meiner Kreaturen vergriffen.«

»Nicht ich!« Jahwe wies mit dem Daumen hinter sich auf den Kerl, der es fertigbrachte, gleichzeitig wie ich und Sam Crumpakker auszusehen. »Der da, mein lieber Freund! Zu wem gehört denn dieser ungehobelte Bursche? Antworte!«

Mr. Koshchei tippte auf meine Memoiren und fragte den Mann mit meinem Gesicht: »Loki, wie viele Auftritte hattest du in dieser Geschichte?«

»Das hängt davon ab, wie Sie zählen, Chef. Acht oder neun, wenn Sie die Statistenrollen mitrechnen und wenn Sie bedenken, daß es mich gute vier Wochen gekostet hat, diese rothaarige Schulmeisterin so weich zu kneten, daß sie sich keuchend auf den Rücken wälzte, als dieser Joe Nebbish vorbeikam.«

Jerry hielt meinen linken Oberarm wie in einem Schraubstock. »Bleib ruhig!«

Loki fuhr fort: »Aber Jahwe ist die Zeche schuldig geblieben.«

»Warum hätte ich zahlen sollen? Wer hat denn die Partie gewonnen?«

»Du hast mich betrogen. Dein Champion, dein fanatischer Superfrömmler war fast so weit, daß er aufgeben wollte, da hast du das Jüngste Gericht ausgerufen. Vorzeitig. Dort sitzt er. Frag ihn. Frag ihn, ob er noch auf dich schwört. Oder ob er dir abschwört. Frag ihn. Dann zahl deine Schulden. Ich brauche Geld für fällige Munitionsrechnungen.«

»Ich erkläre diese Diskussion für unzulässig«, donnerte Mr. Koshchei. »Regelt eure Geldstreitigkeiten, wenn ihr unter euch seid. Jahwe, der Hauptvorwurf gegen dich scheint mir doch zu sein, daß du es an Folgerichtigkeit in der Behandlung deiner Kreaturen fehlen läßt.«

»Soll ich sie küssen? Ich kann keine Omeletts backen, ohne Eier zu zerbrechen.«

»Hier geht es um einen ganz bestimmten Fall. Es war ein Destruktionstest. Ob er künstlerisch notwendig war, will ich hier nicht untersuchen. Aber am Ende hast du einen der beiden in den Himmel aufgenommen, den anderen nicht – und damit beide bestraft. Warum?«

»Eine Regel für alle. Sie hat es nicht geschafft.«

»Bist du nicht der Gott, der gesagt hat, ›Man soll dem Ochsen, der da drischt, nicht das Maul verbinden‹?«

Das nächste, woran ich mich erinnere, war, daß ich auf Mr. Koshcheis Schreibtisch stand und direkt in Sein riesiges Gesicht blickte. Ich nehme an, daß Jerry mich hinaufgehoben hatte. »Ist sie es?« fragte der Vorsitzende.

Ich schaute in die Richtung, in die Er zeigte, und wäre fast ohnmächtig geworden. Marga!

Margrethe kalt und tot, umschlossen von einem sargförmigen Stück Eis. Es bedeckte einen großen Teil des Schreibtischs und fing schon an zu schmelzen.

Ich wollte mich daraufstürzen, konnte mich aber nicht rühren.

»Das ist Mir Antwort genug«, sagte Mr. Koshchei. »Odin, was hast du mit ihr vor?«

»Sie ist im Kampf gefallen. Im Ragnarök. Damit hat sie sich einen Zyklus in Walhalla verdient.«

»Hört, hört!« spottete Loki. »Ragnarök ist noch nicht enschieden. Und diesesmal gewinne ich. Diese *pige* gehört mir. Alle dänischen Weiber sind willfährig . . . aber diese ist explosiv!« Er grinste hämisch und zwinkerte mir zu. »Habe ich recht?«

Der Vorsitzende sagte leise: »Loki, du langweilst Mich« – und plötzlich war Loki nicht mehr da. Sogar sein Stuhl war verschwunden. »Odin, gibst du sie für einen Teil des Zyklus frei?«

»Für wie lange? Sie hat sich das Recht auf Walhalla verdient.«

»Auf unbestimmte Zeit. Dieses Wesen hier hat erklärt, ›bis in alle Ewigkeit‹ Geschirr spülen zu wollen, um für sie zu sorgen. Man darf bezweifeln, daß es einen Begriff davon hat, wie lang eine ›Ewigkeit‹ ist, aber Mangel an Zielstrebigkeit kann ihm niemand vorwerfen, der seine Geschichte gelesen hat.«

»Herr Vorsitzender, meine Krieger, männlich oder weiblich, in ehrenhaftem Kampf gefallen, sind nicht meine Sklaven, sondern mir gleichgestellt – ich bin stolz darauf, der Erste unter ihnen zu sein. Ich erhebe keine Einwände . . . wenn *sie* zustimmt.«

Ich konnte mein Glück kaum fassen. Jerry flüsterte mir ins Ohr, obwohl er weit von mir entfernt war: »Freu dich noch nicht zu sehr. Vielleicht kommt es ihr wie tausend Jahre vor. Frauen sind vergeßlich.«

Ich hörte den Vorsitzenden sagen: »Das Gewebe ist noch intakt, oder nicht?«

Jahwe antwortete: »Und wer vernichtet die Aktenkopien?«

»Wenn nötig, regenerieren.«

»Und wer soll das bezahlen?«

»Du. Betrachte es als Strafe, die dich lehren soll, besser auf Folgerichtigkeit zu achten.«

»Unglaublich! Ich habe alle Prophezeiungen erfüllt, und jetzt erzählt Er mir, daß ich nicht folgerichtig handele. Ist das Gerechtigkeit?«

»Nein. Das ist Kunst. Alexander. Sieh Mich an.«

Ich schaute in das große Gesicht. Seine Augen hielten mich. Sie wurden größer und größer und größer. Ich fiel nach vorn und stürzte in sie hinein.

# XXIX

*Man gedenket nicht derer, die zuvor gewesen sind; also auch derer, so hernach kommen, wird man nicht gedenken bei denen, die hernach sein werden* Prediger 1:11

Diese Woche sind Marga und ich und unsere Tochter Gerda damit beschäftigt, unser Haus und unseren Laden einer gründlichen, skandinavischen Reinigungskur zu unterziehen, denn die Farnsworths, unsere Freunde aus Texas – unsere besten Freunde – wollen uns besuchen. Für Marga und mich ist das, als wenn Weihnachten und der 4. Juli auf einen Tag fallen. Für unsere Kinder auch. Sybil Farnsworth ist in Ingas Alter. Die beiden sind dicke Freunde.

Und dieses Mal kommt noch etwas besonderes hinzu: sie werden Patricia Marymount mitbringen. Pat kennen wir schon fast so lange wie die Farnsworths, und sie ist die reizendste Person der Welt; eine unverheiratete Lehrerin, aber kein bißchen gouvernantenhaft.

Die Farnsworths haben uns Glück gebracht. Marga und ich verlebten unsere Flitterwochen in Mexiko, als das große Erdbeben Mazatlán zerstörte. Wir wurden nicht verletzt, aber die Heimreise ohne Pässe, Geld oder Reiseschecks war äußerst mühselig. Auf halbem Wege trafen wir die Farnsworths, und das änderte alles: es gab keine Schwierigkeiten mehr. Bei unserer Ankuft in Kansas war mein Rasierapparat mein einziges Gepäck. (Marga hatte ihn mir während unserer Flitterwochen geschenkt, und ich werde ihn benutzen, solange ich lebe.)

In meinem Heimatstaat fanden wir gleich den kleinen Laden, den wir suchten. Eine Imbißstube in der kleinen College-Stadt Eden, Kansas, südöstlich von Wichita. Die Eigentümer, Mr. und Mrs. A.S. Modeus, wollten sich aus dem Geschäftsleben zurückziehen. Wir fingen als Hilfskräfte bei ihnen an und waren nach einem Monat schon Pächter. Dann ging ich zur Bank, und als ich wieder herauskam, steckte ich bis zum Hals in Schulden; aber jetzt sind wir registrierte Eigentümer von MARGAS EIS MIT HEISSER SCHOKOLADE – Mineralwasserausschank, Hot Dogs, Hamburger und Margas köstliche dänische Delikateßhäppchen.

Margrethe hatte es ›Margas und Alecs Eis mit heißer Schokolade‹ nennen wollen, aber ich war dagegen. Das klingt nicht gut. Außerdem ist sie diejenige, die die Kundschaft bedient. Sie ist unsere beste Reklame. Ich arbeite hinten, wo mich keiner sieht: Tellerwäscher, Hausdiener, Laufbursche, nennen Sie es, wie Sie wollen. Margrethe bedient die Gäste, und Astrid hilft ihr dabei. Ich auch. Jeder von uns kann alles kochen oder anrichten, was wir verkaufen, selbst die Häppchen. Allerdings richten wir uns dabei genau nach Margas Farbfotos und ihrer Zutatenliste. Zu Neuschöpfungen ist nur Margrethe berechtigt, das sind wir unseren Gästen schuldig.

Unser Eis mit heißer Schokolade steht zu jeder Zeit zur Verfügung, und ich halte den Preis auf zehn Cents, obwohl das nur anderhalb Cents Gewinn übrigläßt. Jeder Gast, der Geburtstag hat, bekommt ein Eis gratis, und dazu singen wir *Happy Birthday!* mit lauter Trommelbegleitung und einem Kuß. Die Jungs vom College sind mehr an Margrethes Kuß interessiert als an dem Gratiseis. Verständlich. Aber Papa Graham mögen die College-Schüler und Schülerinnen auch ganz gern. (Es würde mir nie einfallen, einem jungen Mädchen meinen Geburtstagskuß aufzudrängen.)

Unser Laden war von Anfang an ein Erfolg. Die Lage ist gut – gegenüber Elm Street Gate und Old Main. Niedrige Preise und Margrethes Kochkunst garantieren uns zufriedene Kunden. Dazu kommt noch ihre Schönheit und ihr freundliches Wesen. Wir verkaufen keine Kalorien, wir machen die Leute glücklich. Sie türmt eine üppige Portion Glück auf jeden Teller, den sie serviert. Sie hat davon im Überfluß.

Mit mir als Kassenwart und Buchhalter konnte unser Team nicht verlieren. Ich sehe auf den Penny. Sollten eines Tages die Herstellungskosten den geringen Gewinn an unserem Eis mit Schokoladensoße zunichte machen, werde ich den Preis heraufsetzen. Mr. Belial, der Präsident unserer Bank, sagt, unser Land befände sich in einer langen stetigen Periode des Aufschwungs.

Ich hoffe, daß er recht hat. Inzwischen achte ich auf meinen Profit.

Wir haben jetzt einen wahren Bauboom in der Stadt, und die Grundstückspreise steigen. Schuld daran sind die Farnsworths und eine Klimaänderung. Früher hatte der typische reiche Texaner ein Sommerhaus in Colorado Springs. Aber seit wir keine Spiegeleier mehr auf unserem Straßenpflaster braten können, haben die Texaner angefangen, den Charme von Kansas zu entdecken. Man sagt, es liegt am Jet-Strom? (Oder ist es der Golfstrom? Ich war nie stark in den Naturwissenschaften.) Wie auch immer! Unsere Sommer sind angenehm mild und die Winter nicht zu kalt. Viele von Jerrys Freunden und Geschäftspartnern kaufen Land in Eden und bauen sich Sommerhäuser. Mr. Ashmedai, mit dem Jerry geschäftlich zu tun hat, wohnt hier jetzt schon das ganze Jahr über – und Dr. Adramelech, der Direktor des hiesigen College, hat dafür gesorgt, daß er ins Kuratorium gewählt wurde und die Ehrendoktorwürde erhielt. Als früherer Geldbeschaffer kann ich mir gut vorstellen, warum.

Wir heißen sie alle willkommen, und nicht nur wegen ihres Geldes . . . trotzdem möchte ich nicht, daß Eden so wird wie Dallas.

Aber die Gefahr besteht wohl nicht. Dies ist ein kleiner Ort. Das College ist unsere einzige »Industrie«. Eine Gemeindekirche dient allen Sekten, die Kirche des Göttlichen Orgasmus, Sonntagsschule um 9 Uhr 30, Gottesdienste um 11, anschließend Picknick und Orgie.

Wir sind nicht der Ansicht, daß man seine Kinder zum Kirchgang zwingen sollte, aber Tatsache ist, daß die jungen Leute unsere Gemeindekirche lieben. Das liegt an unserem Pastor, dem Reverend D. M. O. Loch. Ich glaube, er ist Presbyterianer. Er spricht einen leichten schottischen Akzent, aber er hat nichts Strenges an sich, und die Kinder lieben ihn. Er leitete die Feiern und Rituale – unsere Tochter Elise absolviert bei ihm einen Striptease-Lehrgang und behauptet, das sei ihre Berufung. (Denkste. Sie wird heiraten, sobald sie mit der Schule fertig ist. Ich könnte den Namen des jungen Mannes nennen – aber ich begreife nicht, was sie an ihm findet.)

Margrethe ist in der Altargilde. Ich reiche sonntags den Klingelbeutel herum und arbeite im Finanzausschuß mit. Meine Mitgliedschaft bei den Apokalypse-Brüdern habe ich nie aufgegeben, aber ich muß zugeben, daß wir die Schrift falsch gedeutet haben. Das Ende des Jahrtausends kam und ging, und der Ruf erscholl nicht. Ein Mensch, der mit seinem Leben zufrieden ist, liegt nicht nachts wach und macht sich Sorgen um dass was danach kommt.

Was ist Erfolg? Meine Mitschüler im Technikum würden sicher sagen, daß ich mich mit zu wenig zufriedengebe, wenn sie mich jetzt sehen könnten. Besitzer eines winzigen Restaurants in einer unbedeutenden Stadt. Und das Restaurant gehört zum größten Teil der Bank. Aber ich habe, was ich wollte. Ich möchte kein Heiliger im Himmel sein, wenn Margrethe nicht bei mir ist. Ich würde selbst in die Hölle gehen, wenn sie dort wäre – nicht daß ich an die Hölle glaubte oder jemals die Chance gehabt hätte, als Heiliger in den Himmel zu kommen.

Samuel Clemens hat es so ausgedrückt: »Wo sie ist, da ist Eden«. Omar sagte: ». . . und wenn du in der Wildnis bei mir bist, dann wird die Wildnis mir zum Paradies.« Browning nannte es: »Summum Bonum«. Und alle meinten die eine große Wahrheit, die für mich heißt:

Der Himmel ist da, wo Margrethe ist.

ENDE

# Die Programm-Alternative Bastei-Lübbe-Paperbacks

| | | |
|---|---|---|
| **Stephen King** | Shining | Band 28100 |
| | Feuerkind | Band 28103 |
| | Cujo | Band 28109 |
| | Carrie | Band 28111 |
| | Nachtschicht | Band 28114 |
| | Christine | Band 28118 |
| | Frühling, Sommer, Herbst und Tod | Band 28120 |
| | Das letzte Gefecht | Band 28126 |
| **Isaac Asimov** | Alle Roboter-Geschichten | Band 28101 |
| | Die Psycho-Historiker | Band 28108 |
| | Best of Asimov | Band 28113 |
| | Wenn sich der Wind dreht | Band 28119 |
| **Richard Monaco** | Parzival | Band 28104 |
| | Lohengrin | Band 28105 |
| | Layala | Band 28106 |
| **Michael Görden (Hrsg.)** | Das große Buch der Fantasy | Band 28102 |
| | Das große Buch der erotischen Phantastik | Band 28115 |
| | Das große Buch der Phantastik | Band 28122 |
| **Alfred Bester** | Golem 100 | Band 28110 |
| **Marion Zimmer Bradley** | Das Haus zwischen den Welten | Band 28112 |
| **Joy Chant** | Könige der Nebelinsel | Band 28125 |
| **Gerald Gold** | Gandhi | Band 28107 |
| **Michael Heim** | Ausflug ins Morgen | Band 28116 |
| **Hildebrandt/Nichols** | Urshurak | Band 28128 |
| **Sergio Leone** | Es war einmal in Amerika | Band 28124 |
| **Peter Straub** | Der Hauch des Drachen | Band 28123 |
| **Rolf Tobias** | Das viktorianische Lesebuch | Band 28121 |
| **Robert Wolf** | Das große Nibelungen-Spielbuch | Band 28127 |